CLIVE CUSSLER
& JACK DUBRUL

Tarnfahrt

Autoren

Clive Cussler konnte bereits dreißig aufeinanderfolgende *New York Times*-Bestseller landen, seit er 1973 seinen ersten Helden Dirk Pitt erfand, und ist auch auf der deutschen *Spiegel*-Bestsellerliste ein Dauergast. 1979 gründete er die reale NUMA, um das maritime Erbe durch die Entdeckung, Erforschung und Konservierung von Schiffswracks zu bewahren. Er lebt in der Wüste von Arizona und in den Bergen Colorados.

Jack DuBrul studierte an der George-Washington-Universität, Washington, D. C. Kaum hatte er seinen Abschluss in der Tasche, veröffentlichte er seinen ersten Roman. Er lebt mit seiner Frau Debbie in Burlington, Vermont.

Liste der lieferbaren Bücher

Von Clive Cussler im Blanvalet-Taschenbuch (die Dirk-Pitt-Romane):
Eisberg (35601), Das Alexandria-Komplott (35528), Die Ajima-Verschwörung (36089), Schockwelle (35201), Höllenflut (35297), Akte Atlantis (35896), Im Zeichen der Wikinger (36014), Die Troja-Mission (36473), Cyclop (37025), Geheimcode Makaze (37151), Der Fluch des Khan (37210), Polarsturm (37469), Wüstenfeuer (37755)

Von Clive Cussler und Paul Kemprecos im Blanvalet-Taschenbuch
(die Kurt-Austin-Romane):
Tödliche Beute (36068), Brennendes Wasser (35683), Das Todeswrack (35274), Killeralgen (36362), Packeis (36617), Höllenschlund (36922), Flammendes Eis (37285), Eiskalte Brandung (37577)

Von Clive Cussler und Graham Brown im Blanvalet-Taschenbuch
(die Kurt-Austin-Romane):
Teufelstor (38048), Höllensturm (38297)

Von Clive Cussler und Craig Dirgo im Blanvalet-Taschenbuch
(die Juan-Cabrillo-Romane):
Der goldene Buddha (36160), Der Todesschrein (36446)

Von Clive Cussler und Jack DuBrul im Blanvalet-Taschenbuch
(die Juan-Cabrillo-Romane):
Todesfracht (36857), Schlangenjagd (36864), Seuchenschiff (37243), Kaperfahrt (37590), Teuflischer Sog (37751), Killerwelle (37818)

Von Clive Cussler und Grant Blackwood im Blanvalet-Taschenbuch
(die Fargo-Romane):
Das Gold von Sparta (37683), Das Erbe der Azteken (37949), Das Geheimnis von Shangri La (38069), Das fünfte Grab des Königs (38224)

Von Clive Cussler (die Isaac-Bell-Romane):
Höllenjagd (37057)

Von Clive Cussler und Justin Scott (die Isaac-Bell-Romane):
Sabotage (37684), Blutnetz (37964), Todesrennen (38167), Meeresdonner (38364)

Clive Cussler
& Jack DuBrul

Tarnfahrt

Roman

Aus dem Englischen
von Michael Kubiak

blanvalet

Die Originalausgabe erschien unter dem Titel »Mirage«
bei G. P. Putnam's Sons, New York.

Verlagsgruppe Random House FSC® N001967
Das FSC®-zertifizierte Papier *Holmen Book Cream*
für dieses Buch liefert Holmen Paper, Hallstavik, Schweden.

1. Auflage
Oktober 2014 bei Blanvalet, einem Unternehmen der
Verlagsgruppe Random House GmbH, München
Copyright © 2013 by Sandecker, RLLLP
By arrangement with
Peter Lampack Agency, Inc.
551 Fifth Avenue, Suite 1613
New York, NY 10176-0187 USA
Copyright © der deutschsprachigen Ausgabe 2014 by
Blanvalet Verlag in der Verlagsgruppe Random House GmbH
Illustration © Johannes Wiebel | punchdesign, unter Verwendung
von Motiven von Shutterstock.com
Redaktion: Jörn Rauser
HK · Herstellung: sam
Satz: Buch-Werkstatt GmbH, Bad Aibling
Druck und Einband: GGP Media GmbH, Pößneck
Printed in Germany
ISBN: 978-3-442-38223-1

www.blanvalet.de

PROLOG

Als das erste Klopfen an seiner Tür von der Rückwand der Kabine als Echo zurückgeworfen wurde, war Kapitän Charles Urquhart bereits hellwach. Nach einem ganzen Leben auf See hatte er die Reflexe einer Katze entwickelt. Beim zweiten Klopfen wusste er dank der Vibrationen, die durch seine Matratze übertragen wurden, dass die Maschinen des Schiffes gestoppt worden waren. Aber das Zischen des Wassers, das am stählernen Rumpf entlangströmte, sagte ihm, dass die *Mohican* noch nicht langsamer geworden war. Spülwassertrübes Licht sickerte an den Rändern des Vorhangs vor dem einzigen Bullauge des Raums herein. Da das Schiff auf nördlichem Kurs fuhr und seine Kabine auf der Steuerbordseite lag, schätzte Urquhart die Uhrzeit auf neun Uhr abends.

Nach erschöpfenden zwanzig Stunden auf der Brücke, in denen sich der Frachter durch die Nachhut eines für die frühe Hurrikan-Saison ziemlich heftigen Sturms kämpfen musste, hatte er nur eine halbe Stunde geschlafen.

»Ich komme«, rief er und schwang die Beine aus der Koje. Das Deck war nur mit einem dünnen Teppich belegt, so dass er die Kälte der Stahlplatten darunter spüren konnte.

Die Kabinentür schwang knarrend auf, eine Gaslaterne warf einen hellen Lichtkeil auf die Schwelle. Das Schiff besaß zwar einen Stromgenerator, aber die wenigen Lampen, die dieser speiste, waren für die Kommandobrücke reserviert. »Tut mir leid, dass ich Sie störe, Sir«, sagte der Dritte Offizier, ein Waliser namens Jones.

»Was ist los?«, fragte Urquhart, während sich die letzten Schlafreste verflüchtigten. Niemand durfte den Kapitän wecken, es sei denn, ein Notfall war eingetreten. Darum wusste er, dass er auf alles vorbereitet sein musste.

Der Mann zögerte eine Sekunde lang, dann sagte er: »Wir sind nicht sicher. Aber wir brauchen Sie auf der Brücke.« Er hielt wieder inne. »Sir.«

Urquhart schleuderte die Bettdecke beiseite. Er zwängte die Füße in ein Paar Gummistiefel und warf sich einen zerschlissenen Bademantel über die Schultern. Eine griechische Fischermütze vervollständigte seine lächerliche Aufmachung. »Los, gehen wir.«

Die Kommandobrücke befand sich ein Deck über seiner Kabine. Ein Rudergänger stand stumm hinter dem großen Speichenrad aus Eiche, den Blick aber nicht auf den Bug gerichtet, wie es eigentlich hätte sein müssen, sondern zur Tür hin, die auf die kurze Brückennock des Schiffes führte. Urquhart folgte dem Blick, und obgleich seiner Miene nichts anzusehen war, gerieten seine Gedanken in hellen Aufruhr.

In etwa zwei Meilen Entfernung lag ein gespenstischer blauer Schimmer über dem Horizont und löschte die sterbenden Strahlen der untergehenden Sonne aus. Es war nicht das helle Blau eines anhaltenden Wetterleuchtens und auch kein Elmsfeuer, wie der Kapitän auf Anhieb vermutet hatte. Eher wirkte es wie ein intensiveres Blau, aber in einer Schattierung, die er noch nie zuvor gesehen hatte.

Dann dehnte sich der Lichtsaum aus. Aber nicht wie

ein Nebel, der von der Meeresoberfläche aufsteigt, sondern wie das Schlagen eines gigantischen Herzens. Plötzlich befanden sie sich inmitten dieser Lichterscheinung, und es war, als ob die Farbe Substanz hätte, als wäre sie greifbar. Urquhart glaubte das Leuchten geradezu auf seiner Haut zu spüren. Die Härchen auf seinen Armen stellten sich auf, und der dichte Haarpelz, der seine Brust und seinen Rücken bedeckte, prickelte so seltsam, als rannten Tausende von Insekten auf seinem Körper herum.

»Käpt'n«, rief der Zweite Offizier klagend und deutete auf die große Kompasskugel, die am Schott über den Fenstern der Kommandobrücke befestigt war. Der Kompass rotierte in seiner mit Öl gefüllten Kapsel wie ein Spielkreisel.

Wie jeder gute Seemann lebte Charles Urquhart nach einer festen Routine, und wenn diese Routine gestört wurde, musste es im Logbuch des Schiffes vermerkt werden. Sein nächster Blick galt daher dem Chronographen an der hinteren Wand über dem Kartentisch, damit er die Uhrzeit dieses seltsamen Phänomens eintragen konnte. Zu seinem Entsetzen deuteten beide Zeiger nach unten.

Jedoch nicht so, als sei es halb sieben, wobei sich der kleine Zeiger auf halbem Weg zur römischen Zahl Sieben hätte befinden müssen, sondern senkrecht abwärts.

Er ging zu der Uhr, um sie zu überprüfen, und löste aus Ungeschick den Schlüssel, mit dem sie regelmäßig aufgezogen wurde, aus der runden Öffnung, in der er ständig steckte. Als stünde er unter dem Einfluss einer größeren Kraft als der Erdanziehung, fiel der Schlüssel herab – allerdings so, als werde er mit großer Wucht zu Boden geschleudert. Dort angekommen, sprang er auch nicht wieder hoch, sondern schien auf dem stählernen Deck kleben zu bleiben. Urquhart bückte sich, um ihn aufzuheben, schaffte es jedoch nicht einmal, einen Fingernagel zwischen Schlüssel und Deck zu zwängen.

Er blickte wieder nach Westen, doch das kobaltblaue Licht reduzierte die Sichtweite auf wenige Dutzend Meter. Er bemerkte, dass die See um das Schiff herum absolut still war. Sie erschien solide, als wäre sie zu einer Eisfläche gefroren, nur blieb sie schwarz wie Anthrazit.

Ein paar Matrosen unten auf dem Hauptdeck entdeckten Urquharts Silhouette in der Türöffnung der Brückennock. Einer formte die Hände vor dem Mund zu einem Schalltrichter und rief: »Was ist das, Käp'n?«

Die Stimme drang zu ihm, als befände sich der Mann auf dem Grund eines tiefen Brunnenschachts.

Andere Männer erschienen, und Urquhart konnte ihre Unruhe spüren. Er wusste, dass Seeleute notorisch abergläubisch waren. Jeder von ihnen hatte irgendeine Art von Talisman bei sich, einen kleinen Traumfänger, eine Hasenpfote oder irgendwelche Glücksmurmeln. Einmal hatte er mit jemandem auf einem Schiff gedient, der stets ein winziges Glas voll Alkohol mit den Überresten seines abgetrennten kleinen Fingers in der Tasche mit sich trug. Er behauptete, dass er den Finger verloren hatte, sei ein Beweis dafür, dass er Glück brächte. Urquhart hatte ihn nie nach dem Grund gefragt.

Um sie von der seltsamen Erscheinung abzulenken, deutete er auf einige Ketten, die auf der vorderen Ladeluke der *Mohican* unordentlich herumlagen.

»Sammelt gefälligst die Ketten ein«, sagte Urquhart und zwang sich zu seiner strengsten Kommandostimme, »sonst ist hier gleich der Teufel los.«

Wie der Kapitän des altersschwachen Frachters vermutet hatte, machten sich die vier Männer sofort ans Werk, als wären sie schon froh, überhaupt eine Arbeit auszuführen zu können und beschäftigt zu sein. Aber ebenso wie er soeben den Uhrschlüssel nicht hatte aufheben können, konnten auch die kräftigen Matrosen kein einziges Kettenglied bewegen. Hätte jemand die rostige Masse Stahl auf die Luke geschweißt, die Verbindung zwischen Kette und Schiff wäre gewiss nicht enger gewesen.

Urquhart kam gerade der Gedanke, dass sich sein Schiff in einen riesigen Magneten verwandelt hatte, als er den Schrei hörte. Es war ein schmerzerfülltes Heulen, das schriller und schriller wurde und nicht enden wollte.

Der Laut durchzuckte ihn wie ein elektrischer Schlag, denn er erkannte die Stimme trotz der Todesqual, von der sie verzerrt wurde, und er wusste sofort, was mit dem Mann geschah.

Der Chefingenieur, ein Schotte, hatte seine Kabine im selben Korridor wie Urquhart. Nur Sekunden nachdem er den Schrei gehört hatte, stürmte der Kapitän bereits durch McTaggerts Tür.

Im Licht der Messingsturmlaterne, die Urquhart seinem Zweiten Offizier aus der Hand gerissen hatte, sah er den halbnackten Schotten auf seiner Koje sitzen, einen Ausdruck namenlosen Grauens im Gesicht. Er schlug sich auf die Brust oder, genauer, auf die große Narbe, die in der Mitte seines linken Brustmuskels verlief. Diese Narbe war ein Andenken an eine Dampfkesselexplosion zwanzig Jahre zuvor. Dahinter befand sich, wie McTaggert gerne prahlte, ein Eisensplitter, den der Schiffskoch, der ihn seinerzeit zusammengeflickt hatte, nicht entfernen konnte.

»Umdrehen, Conner!«, rief Urquhart, obwohl er wusste, dass es zu spät war.

Ein weiterer Schrei drang aus dem weit aufgerissenen Mund des Ingenieurs. Der Laut war so schrill und qualvoll, dass Urquhart sich unwillkürlich krümmte, als würden ihm körperliche Schmerzen zugefügt. Dann platzten Blutbläschen auf Conner McTaggerts Lippen zu einem roten Sprühregen. Die Blicke der Männer trafen sich, und eine stumme Botschaft wanderte zwischen ihnen hin und her. Es war ein Abschiedsgruß.

Der Sprühregen verstärkte sich zu einem Schaumteppich arteriellen Bluts, als der Stahlsplitter in seiner Brust, mit unwiderstehlicher Kraft von den enormen Magnetkräften deckwärts gezogen, durch sein Herz und seine Lunge schnitt. Die Schmerzen, die sein Gesicht zu einer hässlichen Grimasse verzerrten, versiegten schlagartig, und die breite rote Spur, die von seinem Kinn bis auf seine Brust reichte, war das einzige Zeugnis für die letzten grässlichen Sekunden des Mannes.

Einen Augenblick später ertönte ein matschiges, saugendes Geräusch, und der Stahlsplitter prallte klirrend aufs Deck, nachdem er seinen Weg durch McTaggerts Körper genommen hatte.

Urquhart schloss die Kabinentür, ehe ein Angehöriger der Mannschaft den Toten zu Gesicht bekam. Mit aschfahlem Gesicht und zitternden Händen kehrte er auf die Kommandobrücke zurück. Der gespenstische Schimmer lag noch immer auf dem Schiff, während die Männer an Deck ihre Versuche, die Kette wegzuräumen, aufgegeben hatten und dorthin starrten, wo das Leuchten zuerst erschienen war.

Das Meer war weiterhin spiegelglatt, kein Lufthauch bewegte die Takelage des Schiffes. Der Qualm der Heizöfen unter den Dampfkesseln stieg senkrecht in den Himmel und hing wie ein Sargtuch über der *Mohican*.

Zwanzig Minuten lang war keine Veränderung festzustellen, dann aber, als wäre eine Lampe ausgeschaltet worden, verschwand das Leuchten. Im gleichen Moment

kräuselte sich die Meeresoberfläche erneut, Wellen schlugen gegen den Schiffsrumpf, und der Qualm trieb nach
achtern, als eine Windböe von Norden über das Schiff
wehte. Im Westen, wo die Erscheinung zuerst aufgetaucht
war, war nichts zu erkennen als ein schwarzer Himmel,
an dem einige verstreute Sterne funkelten. Nichts unterschied diese Nacht von anderen ganz gewöhnlichen
Nächten auf See.

Urquhart hatte sich mit seinen restlichen Offizieren in
eine Ecke des Ruderhauses zurückgezogen, während sie
einen Umweg nach Westen machten, um Ausschau zu
halten, ob sich noch ein weiteres Schiff in Reichweite dieser nicht einmal mehr irdisch wirkenden Aura aufgehalten
hatte. Er befahl ihnen, Conner McTaggert in seine Schlaf-
decken einzunähen und seine sterbliche Hülle unauffällig ins Meer gleiten zu lassen. Sie waren nahe genug, um
Philadelphia anzulaufen, so dass der Tod des Ingenieurs
verheimlicht werden und sein Fehlen, sobald sie den Hafen wieder verließen, damit erklärt werden konnte, dass
er heimlich abgeheuert hatte.

Sie fanden keinerlei Hinweis auf die Anwesenheit anderer Schiffe in dieser Region, und nach stundenlanger
Suche entschied Urquhart, dass sie nun genug Zeit vergeudet hatten. Dennoch nahm er sich vor, wenn sie Phili
erreichten, einen Bericht über den Vorfall anzufertigen –
für den Fall, dass auch andere Schiffe von dem seltsamen
Effekt in Mitleidenschaft gezogen worden waren. McTaggerts Tod wurde aus dem einfachen Grund geheim gehalten, dass sie andernfalls für Tage oder Wochen aufgehalten
werden würden, in denen Aussagen aufgenommen und
Untersuchungen durchgeführt wurden.

Wegen des mangelnden Respekts, den er seinem
Freund damit zollte, hatte er zwar ein schlechtes Gewis-

sen, aber er war überzeugt, dass McTaggert, der ledig war und keine Familie hatte, Verständnis dafür gehabt hätte.

Wie beabsichtigt, meldete Charles Urquhart den Vorfall der Küstenwache, außerdem wurde seine Geschichte von einer Lokalzeitung aufgegriffen. Der tote Ingenieur fand keine Erwähnung. Ebenso wenig war von einem anderen Schiff die Rede, das ebenfalls von der Erscheinung heimgesucht worden war. Die *Mohican* konnte ihre Fahrt fortsetzen und erreichte Philadelphia. Dafür war ein anderes Schiff mit seinen fünf Mann Besatzung spurlos verschwunden.

EINS

Es war die Landschaft einer anderen Welt. Gewalti-
ge schwarze Klippen ragten aus den endlosen glitzern-
den Schneefeldern. Winde, deren Geheul die vollkommene Stille durchschnitt, trieben die Luftmassen häufig
mit mehr als einhundert Stundenkilometern vor sich her.
Manchmal war der Himmel so klar, als besäße die Erde
gar keine Atmosphäre mehr. Und dann wieder bedeckten
Wolken das Land so hartnäckig, dass die Sonne wochen-
lang nicht zu sehen war.

Es war eine Landschaft, die nicht für eine Besiedlung
durch Menschen vorgesehen war. Sogar die widerstands-
fähigsten Eingeborenen mieden diesen Ort und lebten
weit unten an der Küste in winzigen Dörfern, die sie
schnell abbrechen konnten, um zusammenzupacken und
den Rentierherden zu folgen.

All dies machte die Region Anfang der 1970er Jahre
für die Sowjets zu einem idealen Ort, um dort ein Hochsicherheitsgefängnis zu bauen, ein Gefängnis für die gefährlichsten Kriminellen – die politischen Überzeugungs-
täter. Gott allein und höchstens eine Handvoll Bürokraten
wussten, wie viele arme Seelen hinter den düsteren Beton-
mauern schon umgekommen waren. Das Gefängnis sollte fünfhundert Männern Platz bieten, und bis zu seiner
Schließung in den Jahren nach dem Zusammenbruch der

Sowjetunion war ein ständiger Strom neuer Insassen auf der einsamen Straße herangekarrt worden, um diejenigen zu ersetzen, die der Kälte, der Entbehrung und der Brutalität erlegen waren.

Kein Grab erinnerte an diese Männer, lediglich eine Grube, die mit der Asche ihrer sterblichen Überreste gefüllt war. Es war eine sehr große Grube gewesen, die sich nun ein kurzes Stück vom Haupteingang entfernt im Permafrost verbarg.

Zwanzig Jahre lang war die Anlage sich selbst überlassen worden und den Unbilden der Witterung ausgesetzt gewesen, obgleich die berüchtigten Winter Sibiriens dem Bauwerk aus Beton und Stahl nur wenig hatten anhaben können. Als neues Personal zurückkehrte, um das Gefängnis wieder in Betrieb zu nehmen, fanden es die Männer in genau dem Zustand vor, in dem es sich schon befunden hatte, als es stillgelegt wurde: unangreifbar, einbruchsicher und, vor allem, ausbruchsicher.

Ein einsamer mattgrün lackierter Militärtransporter kämpfte sich den gewundenen Weg zum Gefängnis entlang, das im Schatten eines einzelnen Berges stand. Dieser Berg mit seiner nach Norden gerichteten, senkrecht aufragenden Felswand, dem Eismeer zugewandt, das knapp fünfzig Kilometer entfernt war, sah aus, als sei er von einer gigantischen Axt gespalten worden. Die Straße wurde von tiefen Rinnen durchzogen, weil sie sich im Sommer teilweise in einen einzigen sumpfigen Morast verwandelte und dieses zerfurchte Aussehen auch beibehielt, wenn Arbeitskolonnen sie nicht vor Einbruch der Frostperiode glätteten. Schneeverwehungen markierten die Abschnitte, wo die Schneepflüge keine hinreichend breiten Durchfahrten geschaffen hatten.

Kalt und fern hing die Sonne nur knapp über dem Horizont. In wenigen Wochen würde sie endgültig hinter dem Rand der Welt versunken sein, um erst im nächsten Frühling wieder aufzutauchen. Die Temperatur schwankte um minus fünfzehn Grad Celsius.

Der Lastwagen näherte sich den grauen, abweisenden Festungsmauern des Gefängnisses, dessen vier Wachtürme wie Minarette in den Winterhimmel stachen. Ein mit einer Krone aus Klingendraht gesicherter Maschendrahtzaun umgab als äußerer Schutzring die gesamte Anlage, die knapp einen Hektar groß war. Ein kleines Wachhaus stand innerhalb des Zauns auf der rechten Seite der Zufahrtsstraße. Zwischen dem Wachhaus und dem Gefängnisgebäude parkte ein schneeweiß lackierter buckliger Schwerlasthubschrauber.

Erst als der Lastwagen zum Stillstand gekommen war, wagte sich ein Wächter, zum Schutz vor der Kälte dick vermummt, aus der kleinen geheizten Hütte. Er wusste, dass der Transporter erwartet wurde, konnte jedoch den Fahrer und den Beifahrer durch die Windschutzscheibe nicht erkennen. Die AK-74, die modernisierte Version der ehrwürdigen AK-47 Mikhail Kalaschnikows, hatte er sich mit dem Gurt griffbereit über die Schulter gehängt.

Mit einem Handzeichen forderte er den Fahrer auf, aus dem Führerhaus auszusteigen.

Mit einem schicksalsergebenen Achselzucken öffnete der Fahrer die Tür und schwang sich aus dem Sitz. Die Sohlen seiner Stiefel knirschten im festgebackenen Schnee.

»Wo ist Dmitri?«, fragte der Wächter.

»Wer ist Dmitri?«, antwortete der Fahrer mit einer Gegenfrage.

Es war ein Test. Die regulären Fahrer des Gefangenentransporters hießen Vasily und Anton.

Der Fahrer fuhr fort: »Wenn du Anton oder Sasha meinst« – das war Vasilys Spitzname – »Antons Frau hat ihr Baby bekommen, schon wieder ein Junge, und Sasha liegt mit Lungenentzündung auf der Nase.«

Der Wächter nickte, und sein anfängliches Unbehagen beim Erscheinen fremder Besucher vor den Toren des geheimen Gefängnisses schwand dahin. Offenbar gehörten sie zur gleichen Einheit wie die reguläre Lkw-Besatzung. »Zeig mir deine Papiere und sag deinem Beifahrer, er soll aussteigen und sich ebenfalls ausweisen.«

Sekunden später war die dienstliche Neugier des Wächters befriedigt. Er schob die Maschinenpistole weiter nach hinten auf den Rücken und schloss das Tor auf. Dann schob er den Türflügel nach draußen, begleitet vom Klirren der Ziehharmonikarollen Stacheldraht, die um den Torrahmen geflochten waren.

Eine weiße Abgaswolke wallte aus dem Auspuff, als der Fahrer aufs Gaspedal trat und den Transporter durch das Tor und unter einem offenen Fallgitter hindurch auf den zentralen Gefängnishof lenkte, um den die vier Blocks des Gefängnisses angeordnet waren. Einige Treppen führten zur Eingangstür, die eher zu einem Banktresor gepasst hätte als zu einem Gebäude. Zwei Wächter in weißen Tarnanzügen sicherten die Tür. Der Lastwagen fuhr einen engen Bogen und setzte dann langsam zu den Männern zurück. Als einer der Männer der Meinung war, dass der Wagen ausreichend nahe herangekommen war, hob er eine Hand. Der Fahrer bremste. Um dem unwahrscheinlichen Fall, dass ein Häftling den Lastwagen stahl, vorzubeugen, war es verboten, den Motor laufen zu lassen. Daher unterbrach er die Zündung und verstaute den Zündschlüssel in einer Tasche seiner Kombination.

Mit einem anderen Schlüssel an einem anderen Schlüsselring öffnete er die Hecktüren. Die beiden Wächter hatten ihre Maschinenpistolen an den Schultern hängen, als die Türen knarrend aufschwangen.

Im Innern befand sich ein einziger Gefangener, an Händen und Füßen gefesselt und zusätzlich an den Boden gekettet. Er trug blaue Gefängniskleidung, um die arktische Kälte abzuhalten. Auf den ersten Blick sah es so aus, als hätte er kurz geschorenes dunkles Haar, aber in Wirklichkeit war sein Kopf kahl rasiert. Es waren die zahlreichen verschlungenen Tätowierungen, die den Eindruck erweckten, er hätte Haare auf dem Kopf. Die Tätowierungen zogen sich über seinen Hals hinab und verschwanden im V-Ausschnitt seines Gefängnishemdes. Er war kein ausgesprochen großer Mann, aber in seinen eisblauen Augen lag ein ungezähmter Glanz, der ihn gefährlich erscheinen ließ.

»So, mein Freund«, sagte der Fahrer mit spöttischer Heiterkeit, »willkommen zu Hause.« Sein Tonfall wurde drohend. »Wenn du Ärger machst, stirbst du auf der Stelle.«

Der Gefangene sagte nichts, aber die Wildheit seines Blicks nahm schlagartig ab, als hätte er seine Wut mittels eines inneren Reglers gedrosselt. Er nickte ein Mal – zum Zeichen, dass er kooperationsbereit war.

Der Fahrer kletterte in den Transporter und schloss die Kette auf, die den Gefangenen an den Boden des fensterlosen Lastwagens fesselte. Der Fahrer stieg rückwärts aus, und der Gefangene folgte ihm schlurfend. Er zuckte zusammen, als er aus dem Wagen sprang und auf dem Erdboden landete. Während der letzten sechs qualvollen Stunden hatte er reglos in der gleichen Haltung verharrt. Der Umzug war nicht vollständig vollzogen, bevor er von den Fesseln, die er trug, befreit wäre, daher stiegen alle vier Männer die Treppe hinauf und betraten das Gefängnis.

Die Betonsteinwände der Ankunftshalle waren in einem tristen Grün gestrichen, wie man es in allen sowjetischen Gefängnissen antreffen konnte. Der Fußboden bestand aus nacktem Beton, und die Decke war drei Meter hoch. In diesem Raum war es nur wenig wärmer als draußen, aber wenigstens wehte kein Wind. Rechts neben der Tür stand ein Gitterkäfig. Darin hielten sich zwei weitere Männer auf. Sie trugen keine Uniformen, sondern waren ähnlich gekleidet wie der Gefangene.

Beide waren von massiger Statur, maßen mindestens eins fünfundneunzig und hatten Hände wie Schmiedehämmer und Oberarm- und Brustmuskeln, die den Stoff ihrer T-Shirts spannten. Ebenso wie bei dem Neuankömmling waren ihre Hälse mit Gefängnistätowierungen bedeckt. Auf der Stirn trug einer der beiden die Tätowierung eines Stacheldrahts, der darauf hinwies, dass er zu Lebenslänglich ohne Chance auf eine bedingte Strafaussetzung verurteilt worden war.

Der neue Gefangene wurde in den Käfigraum geschoben. Einer der bewaffneten Wächter reichte seinem Kollegen seine Maschinenpistole und nahm ein Paar Fesseln von einem Haken über einem kahlen Schreibtisch. Zusammen mit dem Fahrer betraten sie den Käfig und schlossen die Gittertür. Das Schloss schnappte automatisch zu.

»Da habt ihr uns aber einen ziemlich hässlichen Fisch gebracht«, sagte der Lebenslängliche. »Wir hatten uns etwas Hübscheres erhofft.«

»Bettler dürfen nicht wählerisch sein, Marko«, meinte der Gefängniswärter zu ihm. »Und bei dir bleiben sie sowieso nicht allzu lange hübsch.«

Der massige Mann zuckte die Achseln, als stimmte er dieser Feststellung zu. »Lass mal sehen, wo du überall gewesen bist, Fischlein. Zieh dein Hemd aus.«

Tätowierungen bedeuteten innerhalb des russischen Strafvollzugs so viel wie ein Lebenslauf. Sie verrieten, wie viele Jahre jemand inhaftiert war, welche Verbrechen er begangen hatte, für wen er draußen gearbeitet hatte und lieferten auch noch alle möglichen anderen Informationen. Eine Katzentätowierung bedeutete, dass ihr Träger ein Dieb gewesen war, und wenn sein Körper von mehreren Katzenbildern verziert wurde, war das ein Hinweis darauf, dass er zu einer Bande gehört hatte. Ein Kreuz auf der Brust, gewöhnlich unter Zwang gestochen, wies den Träger als Sklaven aus.

Der Fahrer blickte zum Gefangenenwärter, der diese Abweichung von der vorgeschriebenen Prozedur mit einem Nicken billigte, und fuhr fort, indem er die Fußeisen und die Handfesseln öffnete. Als der Gefangene frei war, stand er da wie eine Statue und löste für keinen Moment den Blick von Marko, dem Lebenslänglichen, der an der Spitze der Gefängnishierarchie stand und den Wärtern die Arbeit abnahm, indem er das Gefängnis leitete.

»Zieh dein Hemd aus, sonst wirst du den Raum nicht lebend verlassen«, wiederholte Marko seine Aufforderung.

Falls der Gefangene dadurch eingeschüchtert wurde, dass ihm innerhalb von zwei Minuten zum zweiten Mal mit dem Tod gedroht wurde, zeigte er es jedenfalls nicht. Weder rührte er sich etwa zehn Sekunden lang, noch zuckte er auch nur mit einer Wimper. Dann, langsam und sorgfältig, als hätte er sich freiwillig dazu entschlossen, öffnete er den Reißverschluss seiner dünnen Jacke und knöpfte mit lässigen Bewegungen sein Hemd auf.

Kein Kreuz zierte seine Brust, obwohl fast die gesamte Hautfläche mit Gefängnistinte dekoriert war.

Marko stieß sich von der Wand ab und sagte: »Mal sehen, was wir da haben.«

Der Gefangene, Iwan Karnow – der im Laufe der Jahre viele Namen gehabt hatte und dessen augenblicklicher Name, wenn man seine eher südländischen als slawischen Gesichtszüge betrachtete, sicherlich ebenfalls ein Alias war –, wusste genau, was nun kommen würde. Er kannte die Gefängniskultur, verstand jede versteckte Anspielung und jede verborgene Bedeutung. Er wusste, dass die nächsten Sekunden darüber entschieden, wie er seine Zeit in dieser Institution verbringen würde.

Marko überragte Karnow, als er von hinten an ihn herantrat, und der Knoblauchgestank, der seiner Haut trotz der herrschenden eisigen Kälte entströmte, wirkte betäubend.

Iwan Karnow ging die Prozedur im Kopf durch, achtete auf Positionen und Gesten, konzentrierte sich jedoch hauptsächlich auf Markos Helfer. Als sich dessen Augen nahezu unmerklich weiteten, wirbelte Karnow herum und packte Markos Handgelenk, einen Sekundenbruchteil bevor er seine mächtige Faust mit der Wucht eines Vorschlaghammers in Karnows Niere rammen konnte und diese dabei sicherlich zerrissen hätte. Als Nächstes kam Karnows Knie hoch, während er Markos Arm nach unten drückte. Die beiden Knochen, Speiche und Elle, zerbrachen beim Auftreffen, und ihre zersplitterten Enden bohrten sich durch die Haut, als der Unterarm in der Mitte durchknickte.

Karnow war bereits in Bewegung, ehe Markos Nervensystem den schweren Schaden seinem Gehirn melden konnte. Mit zwei Schritten hatte er den Raum durchquert und rammte die Stirn gegen die Nase des anderen Gefangenen. Der Winkel war auf Grund der Körpergröße des Mannes zwar nicht optimal, aber die Nase wurde dennoch zertrümmert.

Bei einem Zweikampf erzielte diese Taktik eine wichtige Reaktion. Ganz gleich, wie groß oder stark der auf diese Weise Überrumpelte sein mochte, seine Augen begannen sofort heftig zu tränen. Und für die nächsten Sekunden war der Mann so gut wie blind.

Markos schmerzerfülltes Heulen füllte den Raum, als sein Geist endlich auf den Schmerz reagierte.

Karnow bearbeitete die Nase des zweiten Mannes. Rechts, links, rechts, und dann hämmerte er eine Handkante gegen den Hals des Misshandelten, bewirkte, dass die Muskeln im Schock kontrahierten und die Halsschlagader abklemmten. Vorübergehend von der Zufuhr frischen Blutes abgeschnitten, stellte das Gehirn augenblicklich seine Tätigkeit ein, und der Mann brach zusammen.

Verstrichene Zeit: vier Sekunden.

Mehr als genug für den Fahrer und den Gefangenenwärter, um zu reagieren. Der Fahrer war einen Schritt zurückgetreten, während der Wärter sich näherte, eine Hand auf dem schwarz lackierten Schlagstock, der in einem Ring an seinem Uniformgürtel steckte. Der Wärter konzentrierte sich darauf, ihn in einer fließenden Bewegung herauszuziehen, und wusste, dass er im Vorteil war, sobald er die Waffe uneingeschränkt einsetzen konnte.

Es war jedoch ein Fehler, darauf zu vertrauen, dass eine Waffe allein bereits einen Vorteil bedeutete, ehe sie eingesetzt wurde. Seine Aufmerksamkeit galt ausschließlich seinen eigenen Aktivitäten und nicht denen seines Gegners.

Karnow legte eine Hand auf die Spitze des Schlagstocks, ehe er aus dem Haltering befreit werden konnte, und warf sich gegen den Wärter, während dessen Arm sich vor seiner Brust und zwischen den Männern befand. Beide waren athletisch gebaut, und die Kollision ihrer Körper, als sie gegen die Käfigwand prallten, reichte aus, um die Gelenkkugel am oberen Ende des Oberarms aus der Pfanne des Schultergelenks zu hebeln und dabei mehrere Muskelfasern und Sehnen zu zerreißen.

Der Wärter außerhalb des Käfigs hatte die Maschinenpistole im Anschlag und brüllte unzusammenhängende Befehle, war jedoch immer noch geistesgegenwärtig genug, nicht in einen engen, geschlossenen Raum hineinzuschießen, in dem nur einer von fünf Männern eine Bedrohung darstellte.

Karnow drehte sich zum Fahrer um, sah gerade noch, wie acht Pfund Stahlfesseln auf seinen Kopf zurasten, und hatte nicht mehr genug Zeit, um ihnen auszuweichen.

Der Treffer brachte ihn ins Wanken, während Blut aus einer Wunde an seiner Schläfe spritzte, die die scharfkantigen Fesseln gerissen hatten. Der Fahrer stürzte sich auf ihn, ehe er vollends auf dem Fußboden aufschlug, zwar nicht vollkommen bewusstlos, aber auch nicht mehr völlig klar im Kopf. Mit schnellen, geübten Bewegungen fesselte er Karnow an Händen und Füßen.

Karnow stemmte sich schwerfällig vom Boden hoch.

Der Fahrer trat zurück und sagte leise: »Viel Glück da drin, mein Freund. Du wirst es brauchen.«

Der Wärter außerhalb des Käfigs dachte endlich daran, Alarm zu schlagen, und betätigte einen Schalter unter der Schreibtischplatte. Die Sirene rief innerhalb von Sekunden ein halbes Dutzend Männer herbei. Karnow hatte sich mittlerweile auf die Füße gekämpft, aber der herausfordernde Ausdruck, der wie eine Maske auf seinem

Gesicht gelegen hatte, war verschwunden. Er hatte getan, was er hatte tun müssen – sich seine Position verschafft. Er war jemand, mit dem man sich lieber nicht anlegen sollte, aber das galt eher für die anderen Gefangenen, nicht für ihre Wärter. Die ausgekugelte Schulter war lediglich ein Kollateralschaden.

»Ich bin fertig«, sagte er zu den Wärtern, die darauf brannten, ihn durch die Mangel zu drehen. »Ich leiste keinen Widerstand mehr und entschuldige mich für Ihren Mann.«

Der erste Wärter öffnete schließlich die Tür, und trotz Karnows Worten und seiner Passivität kamen die Wärter zu ihrem Vergnügen. Während sie sich auf ihn stürzten und auf ihn einprügelten, war Karnow schon dankbar, dass sie nur ihre Fäuste und nicht auch ihre Schlagstöcke benutzten. Dann trat ein Wärter mit seinem Stahlkappenstiefel gegen Karnows Kopf, und die Schläge wurden sogleich aus seinem Bewusstsein ausgeblendet.

Danach war alle Zeit bedeutungslos, so dass Karnow keine Ahnung hatte, wie viel davon verstrichen war, ehe er wieder zu sich kam. Sein Körper schmerzte von Kopf bis Fuß, was ihm verriet, dass die Männer noch länger auf ihn eingeprügelt haben mussten, nachdem er das Bewusstsein verloren hatte. Aber das war zu erwarten gewesen. Er konnte sich nicht vorstellen, dass Barmherzigkeit zu den Arbeitsplatzerfordernissen eines Gefangenenwärters in einem Hochsicherheitsgefängnis am Arsch der Welt gehörte.

Seine Zelle war winzig und für ihn kaum groß genug, um sich auf dem eisigen Fußboden vollständig auszustrecken. Die Wände bestanden aus rohen Betonsteinen, und die Tür war eine solide Stahlplatte mit einem Schlitz am unteren Rand – zum Durchschieben der Essensrationen –

sowie einem weiteren in Augenhöhe, der der Beobachtung diente.

Er befand sich in Einzelhaft.

Perfekt, dachte er.

Er war noch immer an den Füßen gefesselt, und in ihrer Verwirrung schien den Wärtern entgangen zu sein, dass er auch noch immer die Handschellen trug, die er bereits während des Transports getragen hatte.

Perfekt, dachte er abermals und grinste.

In ihrem Zorn und Bemühen, den Gefangenen zu bestrafen, hatten die Wärter außerdem versäumt, die vorgeschriebene Durchsuchung vorzunehmen, sonst hätten sie ihm wahrscheinlich seine Beinprothese abgenommen.

Großartig. Jetzt wusste er, dass er es geschafft hatte.

Juan Cabrillo war in seinem bisherigen Leben aus mehr als einem Gefängnis ausgebrochen, aber dies war das erste Mal, dass er in ein Gefängnis eingebrochen war.

Der einzige Zweck seines spektakulären Auftritts hatte darin bestanden, in Einzelhaft gesteckt zu werden, sobald er angekommen war. Marko und sein Kumpan waren hierfür die geeigneten Ziele gewesen, aber wenn nötig, hätte Cabrillo es auch noch mit den Wärtern aufgenommen. Keiner von ihnen war das, was man als einen anständigen Bürger hätte bezeichnen können, der eine notwendige, aber unangenehme Tätigkeit ausübte. Die Wärter waren handverlesene Kriminelle, die zu einer Privatarmee gehörten, die von Pytor Kenin befehligt wurde, einem Flottenadmiral, der wahrscheinlich die zweitkorrupteste Erscheinung auf dem Planeten war. Cabrillo hatte geplant, die übliche Aufnahmeprozedur im Gefängnis vollständig zu umgehen.

Er berührte die Stelle an seinem Kopf, wo ihn die Stahlfesseln getroffen hatten. Die Blutung war versiegt.

Er blickte auf seine Brust. Die Tätowierungen sahen echt aus, obgleich sie erst eine Woche zuvor in mehreren vierstündigen Sitzungen an Bord der *Oregon* auf die Haut aufgebracht worden waren. Kevin Nixon, ein ehemaliger in Hollywood beschäftigter Spezialeffektkünstler, der die Bilder mit einer Spezialtinte auf die Haut zeichnete, hatte ihn gewarnt, dass die Kunstwerke sehr schnell verblassen würden. Daher hatte Cabrillo alles unternommen, um sofort nach seiner Ankunft in eine Einzelzelle gesperrt zu werden.

Juan krempelte sein Hosenbein hoch und überprüfte das künstliche Bein, das dicht unter seinem Knie befestigt war. Es war weder das naturgetreueste noch das funktionellste Modell in seiner Prothesenkollektion. Diese Prothese war sogar speziell für diese Mission angefertigt worden, damit er so viele Ausrüstungsgegenstände wie möglich ins Gefängnis schmuggeln konnte. Das Bein war ein nahezu vollkommener Zylinder mit nur einer winzigen Einbuchtung, die den Ansatz des Fußgelenks anzeigen sollte. Hätte ihm ein Wärter Fußeisen angelegt, wäre er sofort misstrauisch geworden, aber der Fahrer, der die Fesselung durchgeführt hatte, stand auf Cabrillos Lohnliste für diese Mission. Während des gesamten Transports und der nachfolgenden Ereignisse hatte nur er Cabrillos Beine fixiert, ganz so wie sie es geplant und immer wieder geübt hatten.

Juan betastete abermals seine blutige Schläfe und wünschte sich, sie hätten das Ganze noch ein wenig intensiver geprobt.

Da er den Tagesablauf im Gefängnis nicht kannte, entschied er, dass es wohl am besten sei, eine Weile zu warten, bis er aktiv wurde. Damit gewänne er auch ein wenig Zeit, um sich von den Misshandlungen zu erholen. Der erste Teil der Operation, die Entführung des Transporters mit dem echten Iwan Karnow, war glattgegangen. Die beiden Fahrer und ihr Gefangener lagen gefesselt und geknebelt in einem verlassenen Haus in einer verschlafenen kleinen Hafenstadt, von der es bis zum Gefängnis nicht mehr weit war.

Sobald diese Operation abgeschlossen wäre, würde bei der Verwaltung der Stadt ein entsprechender Telefonanruf eingehen, und Karnow befände sich auf der Weiterreise zu dem, was das Schicksal hier für ihn bereithielt.

Der zweite Teil – sich ins Gefängnis zu schmuggeln – war erwartungsgemäß ebenso glatt verlaufen. Es war vielmehr die dritte Phase, die Cabrillo einiges zu denken gab. Max Hanley, Cabrillos bester Freund und stellvertretender Kommandant ihres Einhundertachtzig-Meter-Frachters und außerdem ein allgemeiner Miesepeter, bezeichnete es als vollkommenen Wahnsinn.

Aber das war es, was die tägliche Routine Juan Cabrillos und seines Teams ausmachte – das Unmögliche aus den richtigen Gründen zu bewerkstelligen. Und für den richtigen Preis.

Und während diese Mission eine persönliche Komponente für Cabrillo enthielt, war er sich keineswegs zu schade, den Rest der fünfundzwanzig Millionen Dollar anzunehmen, die ihnen garantiert worden waren.

Während der nächsten sechsunddreißig eisigen Stunden informierte er sich über den Tagesablauf in der Einzelhaftabteilung. Viel brauchte er sich nicht einzuprägen.

Nach seiner Schätzung war es gegen Mittag, als der Spalt am unteren Türrand geöffnet wurde und ein Stahltablett mit einer Schüssel dünner Brühe und einem Stück Schwarzbrot, so groß und hart wie eine Handgranate, hereingeschoben wurde. Er hatte so viel Zeit zum Essen, wie der Gefängniswärter brauchte, um die anderen Gefangenen in diesem Stockwerk zu versorgen und ihre Toiletteneimer auszuleeren, die ihm die Männer hinausreichten. Den Geräuschen nach zu urteilen, die der Wärter bei seiner trübseligen Arbeit erzeugte, befanden sich noch sechs weitere Gefangene in Einzelhaft. Da keiner der Insassen redete, schloss Cabrillo, dass er sicherlich mit Repressalien rechnen musste, wenn er etwas sagte.

Er schwieg, ignorierte die Mahlzeit und wartete. Eine behaarte Hand griff nach dem Tablett. Der Wärter murmelte: »Wie du willst. Aber das Essen wird nicht besser.« Und der Spalt schloss sich.

Als ihm klar war, dass niemand die Männer in diesem Stockwerk überprüfte – außer bei der einmaligen Essensausgabe am Tag –, machte sich Cabrillo an die Arbeit. Nachdem er sein künstliches Bein abgenommen und den Verschlussdeckel geöffnet hatte, holte er seine Ausrüstungsgegenstände heraus und legte sie um sich herum auf dem Fußboden bereit. Zuerst öffnete er mit einem Schlüssel die Stahlfesseln. Der Schlüssel war eine Kopie des Originals, das der Fahrer des Gefangenentransporters bei sich trug. Nicht mehr bei jedem Schritt ein lautes Klirren zu erzeugen – wie der Geist von Jacob Marley –, das war schon ein großer Segen. Das Hemd und die Jacke wieder anzuziehen, die mit ihm in die Zelle gebracht worden waren, empfand er dann geradezu als paradiesisch. Das Nächste, was er aus dem Bein geholt hatte, waren fast ein Dutzend Tuben mit einer knetgummiartigen Substanz. Dabei handelte es sich um den Schlüssel zum Gelingen der gesamten Operation. Wenn es nicht funktionierte und Mark Murphy und Eric Stone, Cabrillos Spitzentüftler, Mist gebaut hatten, würde dies der kürzeste Gefängnisausbruch der Geschichte werden.

Er schnallte sein künstliches Bein wieder an Ort und Stelle, schraubte eine der Tuben auf und schmierte dicht über dem Fußboden einen kleinen Tropfen des Gels auf die mit Mörtel gefüllte Fuge zwischen zwei Betonsteinen.

Alle möglichen schrecklichen Gedanken zuckten durch Cabrillos Kopf, da das Gel nicht genauso reagierte wie auf der *Oregon*, als sie damit experimentiert hatten. Aber das Gehirn kann beängstigende Szenarien innerhalb von Sekundenbruchteilen entwickeln. Chemische Reaktionen dauern in der Regel ein wenig länger.

Stone und Murph hatten die chemische Zusammensetzung des Mörtels, der hier benutzt worden war, rekonstruiert, indem sie in Archangelsk Tausende von Geheimdokumenten durchforstet hatten. Dort war die Baufirma, die seinerzeit in den 1970ern die Gefängnisanlage gebaut hatte, ansässig. (In Wahrheit war ein Team der *Oregon* in die Firmenverwaltung eingebrochen und hatte die Dokumente in drei Nächten gescannt und den Großrechner des Schiffs damit gefüttert, damit er sie übersetzte, und erst danach hatten sich Eric und Mark ans Werk gemacht.)

In weniger als einer Minute hatte die säurehaltige Masse den Mörtel vollständig aufgelöst. Cabrillo schraubte dann eine Röhrensonde auf die Tube, damit er sie in den schmalen Spalt, den er geschaffen hatte, schieben konnte, und presste mehr Gel in die Öffnung, um den restlichen Mörtel auf der anderen Seite des Mauersteins zu entfernen. Als er sicher sein konnte, dass der Spalt vollkommen frei war, schob er den Betonstein in den schmalen Raum zwischen der Zellenwand und der Außenmauer im Parterre des Gefängnisgebäudes. Er blickte in die dunkle Höhlung und sah, dass das nächste Hindernis ein Fertigbetonteil war, das auf einem Zementbett ruhte. Jedes dieser Bauelemente wog an die zehn oder mehr Tonnen.

Das Säuregel würde dieser Masse nicht viel anhaben können, aber das Paket C-4-Plastiksprengstoff dürfte den Job mehr als ausreichend erledigen.

ZWEI

Cabrillo brauchte fast eine ganze Stunde, um aus der bausteingroßen Lücke eine Öffnung zu schaffen, durch die er kriechen konnte. Für den unwahrscheinlichen Fall einer zufälligen Kontrolle durch den Türspion stapelte er die Mauersteine weit genug vor der Öffnung aufeinander, so dass er sich dahinterzwängen konnte. Bei der dürftigen Beleuchtung der Zelle erweckte diese Anordnung die optische Illusion einer soliden Wand.

Als Nächstes nahm er die Wand neben der Zellentür in Angriff. Anstatt mit Hilfe des Säuregels einzelne Steine zu entfernen, löste er, soweit er ihn erreichen konnte, den gesamten Mörtel auf einer Fläche, die wenig größer als sein Körper war, auf. Auch dies war eine Vorsichtsmaßnahme für den Fall, dass ein Wärter oder der Gefängnisdirektor zu einer Kontrolle erschien. Erst wenn er bereit war, auch den letzten Schritt zu tun, würde er den restlichen Mörtel wegsprengen.

Als vorletztes Hilfsmittel war ein winziger Sender in seinem künstlichen Bein deponiert worden. Sobald er ihn aktivierte und sein Peilsignal die Männer erreichte, die auf dem Schiff warteten, hätte er sechs Minuten Zeit, um den Mann zu holen, den er befreien sollte, die C-4-Ladung zu zünden, die er bereits vorbereitet hatte, und ans Tageslicht zu gelangen.

Yuri Borodin war hier erst seit ein paar Wochen eingekerkert. Obwohl der Mann wie ein Bär aß und, nun, wie ein Russe trank und lediglich alle drei Schaltjahre etwas für seine Fitness tat, war er für einen Fünfundfünf-zigjährigen immer noch in ziemlich guter körperlicher Form. Andererseits hätten ihm die Wärter in dieser Zeit übel mitspielen können. Nach allem, was Juan wusste, war es wahrscheinlich, dass er einen gebrochenen und zer-störten Menschen in Yuris Zelle antreffen würde. Oder, noch schlimmer, Yuri war bereits hingerichtet und seine Asche auf den Hügel außerhalb des Gefängniszauns ge-streut worden.

Ganz gleich, was er vorfände, Cabrillos Sechs-Minuten-Frist stand jedenfalls unverrückbar und unabänderlich fest.

Er nahm sich den restlichen Mörtel vor, entschlossen dazu, jeden Hauch eines Zweifels beiseitezuschieben. Als er seine Vorbereitungen abgeschlossen hatte, angelte er als letztes Hilfsmittel die Dietriche und Lockpicks aus der zur Trickkiste umfunktionierten Beinprothese und suchte sich einen Weg durch die Zellenwand. Nach einem kräfti-gen Fußtritt krachten die Zementblöcke mit einer aufwir-belnden Staubwolke auf den Fußboden, und Juan hech-tete mit dem Kopf voran hindurch.

»Yuri«, raunte er leise, als er drüben auf die Füße kam.

Er befand sich in einem langen Korridor mit mindes-tens zwanzig Zellentüren. Am fernen Ende konnte er er-kennen, wie der Gang in einem Winkel von neunzig Grad abknickte. Dank seines intensiven Studiums der Baupläne wusste er, dass sich dort gleich um die Ecke eine weite-re Tür befand und dahinter eine Treppe, die zum ersten Stock des Gefängnisbaus führte. Das Ganze hatte Ähn-lichkeit mit dem Zellenblock, in dem Hannibal Lecter gefangen gehalten wurde, nur ohne die gruselige Wand aus Acrylglas.

»Wer ist da?«, fragte genauso leise eine Stimme, die er aus den Jahren ihres engen Kontakts kannte.

Juan ging zu der Tür, hinter der nach seiner Berechnung Yuri gefangen sein musste, und öffnete den Spion. Die Zelle war leer.

»Links von dir«, sagte Yuri.

Juan schob die Klappe vor dem Sichtspalt zur Seite und sah vor sich Admiral Yuri Borodin, den ehemaligen Kommandanten der Marinebasis in Wladiwostok. Es war Borodins Werft gewesen, in der die *Oregon* neu ausgerüstet und mit ihrem raffinierten Waffensystem versehen wurde, nachdem das ursprüngliche Schiff, ein Frachter, außer Dienst gestellt und nahezu vollständig ausgeschlachtet worden war. Der Einbau ihrer revolutionären magnetohydrodynamischen Maschinen war dann auf einer anderen Werft, die ebenfalls unter dem Befehl Borodins stand, durchgeführt worden. Die Ausführung beider Projekte hatten Gesamtkosten von fast einhundert Millionen Dollar verursacht, aber da Juans Chef bei der CIA grünes Licht zum Umbau der *Oregon* in das Superschiff, das sie mittlerweile war, gegeben hatte, stellte die Finanzierung keinerlei Problem dar.

Borodins normalerweise bronzebraunes Haar hing schlaff und glanzlos zu beiden Seiten seines offenen Gesichts herab, und seine Haut hatte eine ungesunde gelbliche Farbe. Aber in den dunklen Augen lag noch immer das Funkeln des gerissenen Fuchses, der er war. Sie hatten ihn noch nicht gebrochen, noch lange nicht.

Sein Gesicht signalisierte Verwirrung und misstrauische Wachsamkeit, während er den überraschenden Besucher betrachtete, als würde er ihn zwar erkennen, jedoch nicht einordnen können. Dann verzog sich sein Gesicht zu einem breiten Grinsen, das seine Zähne entblößte. »Chairman Juan Cabrillo«, rief er laut, ehe er seine Stimme wieder zu einem Flüstern herabsenkte. »Warum bin ich nicht im Mindesten überrascht, dich von allen Gefängnissen in allen Städten dieser Welt ausgerechnet in diesem hier anzutreffen?«

»Weil ich ein Bruder im Geiste bin«, sagte Cabrillo mit Ölgötzenmiene.

Borodin griff durch den Beobachtungsschlitz, um mit den Fingerknöcheln über Juans Schädeldecke zu reiben. »Was hast du mit dir angestellt?«

»Ich hab mich für dich schön gemacht.« Mittlerweile machte sich Juan mit den Picks am Türschloss zu schaffen.

»Wer schickt dich?«

»Misha.« Hauptmann Mikhail Kasporow war Borodins langjähriger Helfer und Adjutant.

»Gott segne den Jungen.« Plötzlich kam ihm ein düsterer Gedanke. »Um mich zu retten oder zu töten?«

Juan schaute von dem Schloss hoch, das er fast geöffnet hatte. »Ist deine Paranoia mittlerweile so schlimm? Um dich zu retten natürlich, du Idiot.«

»Ah, er ist wirklich ein guter Junge. Und was meine Paranoia angeht – ein Blick auf meine derzeitige Umgebung sollte dir klarmachen, dass ich nicht paranoid genug war. Was gibt's Neues, mein Freund?«

»Mal sehen. Der Bürgerkrieg im Sudan neigt sich dem Ende zu. Die Dodgers haben keinen anständigen Werfer mehr. Und ich glaube, dass die eine Hälfte der Kardashian-Familie nur ans Heiraten denkt, während sich die andere Hälfte dauernd scheiden lässt. Oh, und schon wieder einmal hast du es geschafft, den Falschen zu verärgern.«

Auf seinem rücksichtslosen Aufstieg zur Macht innerhalb der russischen Marine, unterstützt von rechts stehenden politischen Kumpanen, hatte der launenhafte Admiral Pytor Kenin eine Spur der Zerstörung hinterlassen – ruinierte Karrieren und, in einem Fall, den ungeklärten Tod eines Rivalen. Nun, da er einer der jüngsten Flottenadmirale in der wechselvollen Geschichte des Landes war, kamen vermehrt Gerüchte auf, dass er in Kürze, von Wladimir Putin gefördert, in die Politik gehen wolle.

Yuri Borodin war zu einem der Gegner Kenins geworden und hatte eine zu starke Position innerhalb des Generalstabs, um einfach nur entlassen zu werden, war dann aber schließlich auf Grund fadenscheiniger Anschuldigungen verhaftet und bis zu seinem Gerichtsverfahren ins Gefängnis gesteckt worden – ein Verfahren, dessen Beginn er höchstwahrscheinlich nicht erleben würde. Eine von Kenin kontrollierte Privatfirma betrieb das Gefängnis im Auftrag der Regierung als eine halb amtliche, halb private Kooperative ähnlich der Organisationen, die den Oligarchen nach dem Zusammenbruch des Kommunismus zum Aufstieg verholfen hatten. Es wäre ein Leichtes, seine Ermordung zu arrangieren und auch durchzuführen, nachdem sich die anfängliche öffentliche Erregung über seine Verhaftung gelegt hätte.

Dass Borodin korrupt war, war ein offenes Geheimnis, aber ihn allein zur Rechenschaft zu ziehen war genauso, als würde man einen einzigen Konsumenten in einem überfüllten Drogenclub verhaften. Korruption im russischen Militär gehörte genauso zur Kultur des Landes wie kratzige Uniformen und schlechte Verpflegung.

»Und das alles tust du aus reiner Herzensgüte?«

»Natürlich«, sagte Cabrillo. »Und für ein Zehntel deines Vermögens.«

»Bah. Misha ist ein guter Junge, aber anständig verhandeln kann er nicht. Für das, was ich mit dieser überdimensionierten Schute gemacht habe, liebst du mich wie einen Bruder. Wir hatten schöne Zeiten, du und ich, während

die Männer in meiner Werft dein Kätzchen in eine Löwin verwandelten. Allein aus Respekt für dieses Andenken solltest du mich retten, ohne irgendeine weitere For-
derung zu stellen.«

Juan konterte: »Ich hätte das Doppelte verlangen können, und Mikhail hätte es bezahlt, weil nicht einmal er
die Nummern deiner sämtlichen Schweizer Bankkonten
kennt.« Damit drehte er die Picks und ließ das Schloss
aufschnappen.

Das Erste, was Yuri Borodin tat, war, Cabrillo zu umar-
men und auf beide Wangen zu küssen. »Du bist ein Hei-
liger in Menschengestalt.«

»Bleib mir vom Leibe, du verrückter Russe«, sagte
Juan mit dem Anflug eines Lächelns, während er sich aus
Yuris Umarmung befreite. »Wir sind noch nicht aus dem
Schneider.«

Borodin wurde ernst. »Wir müssen über vieles reden.
Der Zeitpunkt meiner Verhaftung war kein Zufall.«

»Aber nicht jetzt. Gehen wir.«

Sie krochen in Cabrillos Zelle zurück. Juan griff nach
dem Minisender, stellte im Geiste eine Zeitschaltuhr ein
und setzte beide in Gang. Dann zündete er den Sprengstoff, den er vorher ein gutes Stück von seinem Kanin-
chenloch entfernt an die Außenmauer des Gefängnisgebäudes geklebt hatte. Der Explosionsknall wurde durch
die innen liegenden Betonsteine zwar gedämpft, aber die
Erschütterung war dennoch in jedem Winkel der weitläu-
figen Anlage zu spüren. Die Wachen würden sofort ihre
vorgeschriebenen Positionen besetzen.

Juan tauchte in den engen Raum zwischen Innenwand
und Außenmauer des Gefängnisses ein. Dort wandte er
sich zu Borodin um. »Ganz gleich, was geschieht, bleib
in meiner Nähe.«

Yuri nickte grimmig. Seine übliche Lässigkeit war einer echten Sorge für sein weiteres Schicksal gewichen.

Sie bewegten sich durch den engen Raum und mussten sich an Rohrleitungen vorbeizwängen, die aus dem Boden ragten. Sie gehörten zum passiven Ammoniakkühlsystem, das dafür sorgte, dass die vom Gefängnis produzierte geringe Wärme den Permafrost, auf dem es erbaut war, nicht zum Auftauen brachte. Die Luft war mehr und mehr mit dem stechenden Brandgeruch des Sprengstoffs gesättigt, je näher sie der Bresche in der Außenmauer kamen.

Das C-4 hatte ein zerfranstes Loch mit dem Durchmesser eines Gullydeckels in die Betonplatte gesprengt. Betonbrocken knirschten unter seinen Füßen, als Cabrillo sich durch die Öffnung schlängelte. Auf der anderen Seite gelangte er in einen Graben, der den gesamten Gefängnisbau umgab. Dieser freie Raum diente als eine Art thermaler Puffer, um auch hier die vom Gebäude abgestrahlte Wärme daran zu hindern, den gefrorenen Untergrund aufzuweichen.

Vier Meter über ihren Köpfen tarnten Stahlplatten den Graben, so dass er von oben nicht zu erkennen war. Dutzende von Löchern waren durch die Platten gebohrt worden, damit die Luft ungehindert zirkulieren konnte. Gestützt wurden sie durch ein stählernes Gerüst. Schnee verstopfte einige dieser Löcher und rieselte infolge der Explosion stellenweise in den Graben hinab.

»Komm schon«, rief Juan über den Lärm einer auf- und absteigenden Sirene hinweg. Sie entfernten sich im Laufschritt von dem Loch in der Mauer, da die Explosion von den Wächtern in den Türmen sicherlich beobachtet worden war. Es war, als bewegten sie sich durch ein Labyrinth. Sie mussten sich verrenken und sich um unzählige Stützen und Verstrebungen herumwinden, aus denen das Tragegerüst bestand. Und dennoch wäre sicherlich nur ein professioneller Schlangenmensch schneller vorangekommen als diese beiden Ausbrecher. Sobald sie um eine Gebäudeecke gebogen waren, ging Cabrillo noch ein paar Schritte und begann dann aufwärts zu klettern. Der Stahl war so kalt, dass es sich für sie anfühlte, als würden sie sich die Hände versengen. Die Deckplatten waren von oben mit Schrauben an den Streben des Stahlgerüsts befestigt. Der Inhalt einer letzten Tube konzentrierter Säure, die Stahl auflösen konnte, fraß sich durch die verrosteten Schraubenmuttern und Gewindebolzen.

Cabrillos sechs Minuten waren fast aufgebraucht. Jetzt nahm er eine Position ein, in der er die Deckplatte unter Einsatz von Rücken und Beinen nach oben stemmen und vom Gerüst lösen konnte.

»Denk daran, bleib bei mir, und wir kommen heil hinaus«, warnte er Yuri abermals. »Die Hälfte von dem, was hier abläuft, ist reine Show.«

Er spannte die Schultern an, um zu testen, wie stark der Widerstand der Platte nach so vielen Jahrzehnten war, und zu seiner Überraschung gab die perforierte Stahlplatte mit einem leisen Klirren nach, ehe er seine gesamte Kraft einsetzen konnte.

Die Gefängnissirene heulte auf, aber über ihrem an- und abschwellenden Ton war das unverwechselbare Flappen der Rotorflügel eines Helikopters zu hören, der sich mit hohem Tempo näherte.

Die Zeitschaltuhr in seinem Kopf sprang auf null, und Cabrillo wuchtete die Stahlplatte zur Seite. Er kletterte nach oben und hinaus auf die Erde. Dabei wusste er genau, dass sich seine blaue Gefängniskluft deutlich von dem tiefen Schnee abhob, der sich ringsum in hohen Verwehungen abgelagert hatte. Ein aufmerksamer Wächter würde ihn sofort bemerken, aber er verließ sich ganz auf den menschlichen Instinkt, der sie davor bewahrte, entdeckt zu werden. Die Wachen müssten eigentlich den herannahenden Hubschrauber beobachten.

Er konnte den Helikopter außerhalb des Sicherheitszauns ausmachen. Er glich einem olivfarbenen Insekt, das ständig größer wurde, ehe er es als einen plumpen Kamow Ka-26 identifizierte. Mit ihren beiden Hauptrotoren, die auf dem Rumpf übereinander angeordnet waren und sich in entgegengesetzten Richtungen drehten, brauchte die Maschine keinen Heckrotor an einem langen ausladenden Heckausleger. Damit sah der Sechs-Personen-Heli wie ein fliegender Möbelwagen mit zwei stummelartigen Höhenrudern an der hinteren Stoßstange aus.

Sekunden später tauchte Yuri neben ihm auf, und beide Männer pressten sich mit dem Rücken gegen die glatte Mauer des Gefängnisbaus.

Nun, da er näher herangekommen war, erkannte Juan auch die beiden kleinen Tragflächen, die dicht hinter der Pilotentür am Rumpf des Helikopters befestigt worden waren.

Ein nervöser Wachmann feuerte mit seiner Kalaschnikow eine lange Salve ab, obgleich sich der Helikopter noch außerhalb der Schussweite befand. Als Antwort verließ eine einzelne Rakete eines der Winglets und raste auf den äußeren Zaun zu, während ein schweres Maschinengewehr auf der gegenüberliegenden Seite mit lautem Rattern zum Leben erwachte und eine Flammenzunge ausspuckte, die an der Cockpitkanzel entlangleckte. Patronenhülsen so groß wie Zigarrenhüllen regneten von der Waffe herab, während gleichzeitig der frisch gefallene Schnee zwischen dem Gebäude und dem Schutzzaun von einem Bleischauer aufgewühlt wurde.

»Renn!«, brüllte Juan in diesem Augenblick durch den ohrenbetäubenden Lärm.

Zu Yuris namenlosem Erstaunen stürmte Cabrillo mitten in den vom Maschinengewehr entfesselten Mahlstrom, als wäre er ein Angehöriger der leichten Brigade, der bei Balaklawa die russischen Kanonen mit bloßer Hand angreifen wollte.

»Ganz gleich, was geschieht, folge mir«, hatte der Mann gesagt, der sich auch »der Chairman« nannte, und zu seiner großen Verwunderung stieß Yuri einen lauten Schrei aus, der beim Lärm der Sirene, des Hubschraubers und des immer noch hämmernden Maschinengewehrs ungehört verhallte, und rannte hinter seinem Freund her.

Die Rakete schlug vor dem Zaun ein und schleuderte noch mehr Schnee und gefrorene Erdbrocken hoch. Borodin rechnete damit, jeden Moment niedergestreckt zu werden, während rings um ihn Schneefontänen aufwirbelten, in die Höhe geschleudert von Projektilen, deren singenden und pfeifenden Vorbeiflug er in seiner Erregung noch nicht hatte hören können.

Dann spürte er einen leichten Schlag unter seinem linken Fuß. Er war nicht stark genug, um ihn zu Boden stürzen zu lassen, aber er brachte ihn ins Stolpern. Es war der Beweis, den er brauchte, um zu begreifen, dass er gegen die enorme Menge von Kugeln, die sich aus dem Maschinengewehr des Hubschraubers ergossen, nicht immun war. Denn in Wahrheit gab es keine Kugeln. Der Kamow feuerte Platzpatronen, und die Schneefontänen, die eine drei Meter hohe Dunstschicht erzeugten, stammten von kleinen Sprengladungen, die Cabrillos Team höchstwahrscheinlich verteilt hatte. Die Männer mochten sie während des letzten Schneesturms einfach über den Zaun geworfen haben.

Aber ihr Glück konnte nicht ewig dauern. Projektile aus den Maschinengewehren der Männer in den Wachtürmen folgten ihnen und machten sich durch Überschallknalllaute dicht neben ihren Köpfen bemerkbar. Borodin wünschte sich, Cabrillo wäre nicht so weich. Hätte *er* diese Flucht geplant, hätten die ersten Raketen des Kamows die erhöhten Positionen der Wachen ausradiert. Aber Juan war nun einmal anders. Obgleich Söldner und genauso hart wie jeder andere in diesem Gewerbe, verabscheute er doch jegliches Töten, wenn es nicht unbedingt nötig war, selbst wenn er damit sein eigenes Leben aufs Spiel setzte. Juan kannte diese Männer nicht. Er wusste auch nicht, dass sie zu Kenins Privatarmee gehörten und mehr für ihre Loyalität zum Admiral als zu Mütterchen Russland bezahlt wurden. Sie trugen die Uniformen ihres Vaterlandes, aber sie waren nicht weniger Söldner als Cabrillo selbst.

Während mehr und mehr echte Kugeln den Untergrund aufwühlten, schafften es Cabrillo und Borodin über das freie Feld, ohne dass einer von ihnen getroffen wurde. Die Rakete hatte einen Abschnitt des Zauns unweit eines seiner Stützpfähle zerrissen und eine Lücke geschaffen, die zwar so groß war, dass sie beide hindurchrennen konnten, sie jedoch zwang, nach links zu schwenken, um dem Knäuel tödlichen Klingendrahts auszuweichen, das sich mitten in der Lücke auftürmte.

Nachdem sie den Schießstand verlassen und sich dem Hubschrauber weiter genähert hatten, sahen sie, dass auf jeder Seite des Kamows Seile aus der Kabine heraushingen, die lang genug waren, so dass sie über den Boden schleiften.

Juan führte sie zu diesen Seilen und fand schnell die Schlinge für seinen Fuß und eine weitere für eine Hand.

»Häng dich dran«, rief er über das Rattern der Rotoren und der Maschinengewehre hinweg.

Der Abwind des Choppers hatte mindestens Sturmstärke.

Der Pilot musste gesehen haben, wie die beiden Männer ihre Plätze einnahmen, denn kaum hatte Yuri einen Schuh durch eine der Schlingen geschoben und seine Hand durch eine andere, da hatte er auch schon das Gefühl, sein Magen verlasse seinen Körper durch die Sohlen seiner Füße.

Der Kamow stieg auf, ließ die Männer wie Uhrpendel hin und her schwingen, als der feste Boden gut dreißig Meter unter ihnen wegsackte. Während der Hubschrauber Tempo aufnahm, attackierte der Wind ihre Körper mit Nadelstichen, die ihre Haut taub werden ließen und die Augen in Wasserfälle verwandelten.

Borodin hatte Mühe, an dem sich windenden, flatternden Seil Halt zu finden, und betete, dass Cabrillos Plan eine baldige Landung vorsah, so dass sie sich in eine gemütliche warme Kabine – und da er Juans Stil kannte – mit einer guten Flasche Brandy verkriechen konnten. Er hatte keine Ahnung, wie lange er durchhalten würde, aber als er auf den Schnee und die Felsen hinabblickte, die unter ihm vorbeirasten, wusste er, dass seine Kraft für den Rest seines Lebens ausreichen würde, denn ein Absturz wäre sein sicherer Tod.

Der Chopper donnerte nach Osten und tiefer in die Berge hinein. Dabei flog der Pilot so niedrig, wie es mit den beiden Männern, die unter dem dreirädrigen Landefahrwerk baumelten, nur möglich war. Jedes Absinken und Aufsteigen und jeder Schwenk schüttelte die Körper der beiden Männer bis auf die Knochen durch. Die Dämmerung senkte sich auf die Landschaft herab, aber der Pilot schaltete keinen Landescheinwerfer ein. Borodin vermutete, dass er über ungewöhnliche Nachtsichtfähigkeiten verfügte, um seine Maschine derart tollkühn durch diese engen und völlig fremden Schluchten zu lenken.

Nach einer Ewigkeit von zehn eisigen Minuten veränderte sich der Lärm der Rotoren, als sie sich einem kleinen Kiefernwäldchen näherten, das sich in den Schutz einer steilen Felswand duckte. Endlich landeten sie. Borodin würde den Chairman wegen dieses qualvollen Flugs verfluchen, aber erst, nachdem er aufgehört hätte, vor Kälte zu zittern.

Der Helikopter sank tiefer und tiefer, bis beide Männer aus den Schlingen aussteigen und sich unter dem Abwind der rasenden Rotoren ducken konnten. Borodin erwartete, dass der Kamow den Sinkflug fortsetzen und landen werde, aber stattdessen nahm der Motorenlärm der Maschine eher noch zu, und das wenig ansehnliche Fluggerät schoss abermals nach Osten davon und ließ die beiden Männer einsam in einer Eiswüste zurück. Er wusste, dass beide innerhalb der nächsten Stunde an Unterkühlung sterben würden, wenn nicht sogar noch eher. Er wusste aber auch, dass Juan Cabrillo noch nicht alles aus seiner Trickkiste hervorgezaubert hatte.

Borodin deutete in die Richtung, in die sich der Hubschrauber entfernt hatte, um kurz darauf hinter einem zerklüfteten Hügel zu verschwinden. »Ein Lockvogel, nicht wahr?«

Juan wechselte vom Russischen – einer der vier Sprachen, die er beherrschte – in seine Muttersprache, sagte jedoch in einem Englisch mit übertriebenem russischem Akzent: »Lockvogel, *da*.«

»Was ist mit dem Piloten? Wird ihm nichts passieren?«

»Warum sollte es? Er sitzt hinter einer Konsole an Bord der *Oregon*.«

Juan erfreute sich an der Bandbreite von Emotionen, die über Yuris windgepeitschtes Gesicht huschten, als er diese Information verarbeitete. Unverständnis verwandelte sich in Begreifen, und dann folgte das Entsetzen beim Durchspielen der verschiedenen Möglichkeiten. Am Ende aber stellte sich Entrüstung über die potentiellen Folgen ein.

»Du meinst, während wir an Bergen vorbeigeflogen sind und stellenweise beinahe Bodenberührung hatten, gab es keinen Piloten? Hätte er uns töten können, während er warm und sicher in deinem Schiff hockte?«

Juan konnte nicht anders, als ihn noch ein wenig mehr zu necken. »Mein Pilot, Gomez Adams, so genannt wegen einer kurzen Affäre, die er mit einer Frau hatte, die fast genauso aussah wie Carolyn Jones, die originale Morticia, hatte weniger als eine Woche Zeit, um zu üben, den Kamow fernzusteuern, nachdem wir ihn gekauft und die Fernbedienungskontrollen eingebaut haben.«

»Du bist übergeschnappt.«

»Total«, pflichtete ihm Juan grinsend bei. »Komm jetzt weiter.«

Er ging ein kurzes Stück voraus in den Wald, wo Cabrillos Team eine weitere Überraschung vorbereitet hatte. Es war ein mattweiß lackiertes Lynx-Rave-RE-800R-Schneemobil, das perfekt mit der winterlichen Umgebung verschmolz. Mit seinen breiten Laufketten und doppelten Skikufen war es die geeignete Maschine, um arktisches Terrain zu überqueren. Daneben stand eine große Tasche, die Helme und Schneeanzüge enthielt – ein Helm war batteriegespeist, der andere konnte an das Stromnetz des Lynx angeschlossen werden – sowie Thermostiefel und Thermohandschuhe.

»Zieh das an. Vor dem Gefängnis stand ein Helikopter. Damit werden sie uns bald auf den Fersen sein.«

Während sie sich anzogen, sagte Yuri: »Deshalb haben wir die Richtung nicht geändert, als wir losgeflogen sind. Du wolltest, dass sie den Kamow verfolgen.«

»Und während sie nach Osten fliegen und einen leeren Chopper verfolgen, bewegen wir uns nach Norden, wo die *Oregon* auf uns wartet.«

»Wie lange?«

Juan schwang ein Bein über den Sattelsitz des Motorschlittens und schaltete den 800-Kubikzentimeter-Rotax-Motor ein. Über dem Summen des Zweitakters antwortete er: »Etwa eine Stunde.«

Er stöpselte eine Schnur, die von seinem Helm herabhing, in ein Satellitentelefon, das sich bei der Ausrüstung befunden hatte.

»Hier ist Edmond Dantès.« Sein Codename erinnerte an den berühmten Gefangenen, der in Alexandre Dumas' Meisterwerk *Der Graf von Monte Christo* aus einem Gefängnis fliehen konnte, in dem er eine lebenslängliche Strafe hatte absitzen sollen. »Wir konnten das Chateau d'If verlassen.«

»Edmond«, erklang Max Hanleys glückliche Antwort. »Bist du bereit, den Schatz zu suchen und dich zu rächen?«

»Der Schatz wird auf ein Nummernkonto überwiesen, sobald wir an Bord zurückgekehrt sind. Rache habe ich niemals im Sinn gehabt.«

»Wie ist es gelaufen?«, fragte Max und verzichtete auf jeden weiteren Versuch, so zu tun, als hätte er sich keine Sorgen um Juans Sicherheit gemacht.

»Bisher problemlos. Die Knallbomben haben besser funktioniert, als wir gehofft haben, und Gomez hätte diesen Chopper durch ein Nadelöhr lenken können, wenn es nötig gewesen wäre.«

»Der Lautsprecher hier im Operationszentrum ist eingeschaltet, Chef«, meinte George Adams in seinem gedehnten Texas-Slang. »Ich hab's gehört und denke nicht daran, Ihnen zu widersprechen.«

Juan konnte sich sehr gut vorstellen, wie sich der attraktive Texaner mit seinem herabhängenden Revolverschwingerschnurrbart auf seinem Platz halb rechts hinter dem Kommandosessel in der Mitte des Nervenzentrums der *Oregon* lümmelte. Während Cabrillo zum Gefängnis transportiert wurde, hatte Adams den Kamow bereits vom Schiff aus gestartet und in der Nähe des Gefängniskomplexes geparkt, wo ein anderer treuer Anhänger Yuri Borodins darauf wartete, den Motor der Helikopterdrohne anzulassen, sobald er Juans Signal empfing.

»Wir liegen in Position und halten uns bereit«, meldete Hanley.

»Okay, Max. Yuri und ich sind in etwa einer Stunde an Ort und Stelle.«

»Wir lassen das Licht für euch brennen.«

Juan klopfte auf den Sitz, und Borodin schwang das Bein hinüber, um sich hinter ihm auf den Schlitten zu setzen. Zwei Handschlaufen waren auf das Rückenteil von Cabrillos Schneeanzug genäht worden, um den Männern die Peinlichkeit zu ersparen, dass der Russe die Arme um Juans Taille legte. Juan hätte Borodins Helm an das Kommunikationssystem des Schneemobils anschließen können, aber das hätte bedeutet, dass ihm Meldungen von der *Oregon* entgangen wären, während von dort aus die Kamow-Drohne und der große Mil-Hubschrauber des Gefängnisses, der auf sie Jagd machte, verfolgt wurden.

Das Lynx startete wie eine Rakete und schoss mit der

Wendigkeit eines aufgescheuchten Schneehasen aus dem Kiefernwäldchen heraus. Nach wenigen Minuten rasten sie über den festgebackenen Schnee. Dank der aufwendigen Federung und der beheizten Anzüge war die Fahrt einigermaßen komfortabel. Die eisige Kälte, die sich in Cabrillos Körper festgesetzt hatte, wurde schon bald durch genügend Wärme verdrängt, so dass er die Heizung seines Anzugs drosseln musste. Kaum spürte er die Vibrationen des Schlittens, während er durch den Schnee pflügte, und das Summen des Zweitaktmotors war in seinem Helm nur als gedämpftes Schnurren zu vernehmen.

Wäre nicht damit zu rechnen gewesen, dass ihnen der russische Helikopter schon bald im Nacken säße, er hätte die Motorschlittenfahrt sicherlich genossen.

Sie waren erst seit einer Viertelstunde in Richtung Küste unterwegs, als Max Hanley anrief, um zu melden, dass der Drohnen-Hubschrauber abgeschossen worden war und seine Kameras alles lange genug heil überstanden hatten, um ihnen mitzuteilen, dass die Russen wussten: Die Maschine war unbemannt gewesen.

Cabrillo fluchte stumm. Er hatte auf eine halbe Stunde oder mehr gehofft. Der Mil musste sich im Bereitschaftsmodus befunden haben, da er ihren ferngesteuerten Vogel so schnell erwischt hatte. Jetzt würde er schnellstens zurückkehren, und ein Pilot mit scharfen Augen würde sofort die Spur des Schneemobils entdecken, die sich wie eine Narbe auf der jungfräulichen Schneedecke abzeichnete.

Juan drosselte das Tempo gerade so weit, dass er sein Helmvisier öffnen und den Kopf drehen konnte. Er rief gegen den Wind: »Sie sind hinter uns her.«

Yuri verstand die Gefahr und klopfte Cabrillo zur Bestätigung zwei Mal auf die Schulter.

Es war ein Wettrennen nicht nur gegen den Hubschrauber, der jetzt nach ihnen suchte, sondern auch gegen die untergehende Sonne. Der Mil verfügte zweifellos über Flugscheinwerfer, die sie eingeschaltet lassen könnten, sobald sie die Spur aufgenommen hätten und das flüchtende Paar verfolgten. Andererseits konnte Juan den Scheinwerfer des Lynx unmöglich einschalten, da er die einzige Lichtquelle in der Schneewüste gewesen wäre und der verfolgende Helikopter genau darauf zuhalten könnte, sobald er sie entdeckte. Er wagte nicht, Gas wegzunehmen, und er verfluchte seine Entscheidung zu Gunsten eines getönten Helmvisiers. In der Dunkelheit konnte er den weißen Schnee kaum erkennen.

Wenn es zu dunkel würde, glaubte er, die Fahrt mit hochgeklapptem Visier fortsetzen zu können. Er probierte es aus. Der Wind stach wie mit Dolchen in seine Augenhöhlen, und er klappte den schützenden Schild sofort wieder nach unten. Mehrere Sekunden lang war er von den Tränen vollständig geblendet. So viel dazu.

Sie müssten wohl oder übel seinen Reflexen vertrauen, während sie über offenes Gelände brausten.

Hier draußen war es zwar nicht so schwierig, es gab nur wenige Hindernisse, aber sie mussten auch noch mehrere Meilen zugefrorenen Ozeans überwinden, um bis zur *Oregon* zu gelangen.

Weiter ging ihre Fahrt, während sich Borodin an die Handschlaufen klammerte und Juan sich tief über die Lenkstange beugte und die Sonne im Westen hinter dem Horizont versank. Irgendwo im Osten war ein Chopper auf der Jagd – wie ein Habicht, der Beute sucht.

Sie näherten sich zügig der Küste und gelangten in ein Gewirr von Eishügeln und tiefen Schneerinnen in einer alptraumhaften Landschaft, die unpassierbar erschien.

Juan war gezwungen, die Fahrt zu verlangsamen, und ganz gleich, wie stechend der Wind auch war, er musste außerdem das Visier öffnen. Es war einfach zu dunkel, um durch die Tönung etwas zu erkennen, und wenig später wurde es fast zu dunkel, um überhaupt noch etwas sehen zu können.

Trotz der hervorragenden Federung des Lynx wurden beide Männer hin und her geworfen, als sich die Maschine durch die eisige Trümmerlandschaft wühlte. Yuri war gezwungen, die Arme bis zu den Ellbogen durch die Handschlaufen zu schieben und den Sitz mit den Oberschenkeln zu umklammern, als säße er auf einem ungezähmten Hengst. Trotzdem war er noch so geistesgegenwärtig, den Himmel ringsum zu kontrollieren, damit der Chairman sich ausschließlich auf den Weg, der vor ihnen lag, konzentrieren konnte. Ein besonders heller Stern erregte seine Aufmerksamkeit, und staunend betrachtete er ihn.

Er hatte so lange gefroren – in seiner Gefängniszelle stieg die Temperatur niemals über zehn Grad, wodurch Schlaf fast unmöglich war –, dass die Wärme seines beheizten Anzugs seine Sinne umnebelte und seinen Geist beinahe in die Bewusstlosigkeit abgleiten ließ. Nur der wilde Ritt durch die Schneewüste hielt ihn wach. Am Tag seiner Verhaftung hatte er sich in seinem fünfhundert Quadratmeter großen Apartment in Gesellschaft einer burmesischen Kurtisane befunden und Roederer-Cristal-Champagner getrunken. Seine letzte körperliche Belastung hatte er während der Grundausbildung für die Marine ertragen müssen. Damals war Breschnew noch Präsident gewesen.

Er dürstete so sehr nach Schlaf wie ein Trinker nach Alkohol.

Aber an diesem besonderen Stern war etwas Verwirrendes, das seine Aufmerksamkeit fesselte. Er besaß nicht diese eisige Unnahbarkeit seiner himmlischen Nachbarn, während er sich auf dem schmalen Grat zwischen Erde und Himmel bewegte. Er pulsierte und schien zu wachsen, winkte ihm zu und rief ihn – ähnlich wie die Sirenen Odysseus gerufen hatten, als er an den Mast seines Schiffs gefesselt gewesen war. Sie hatten versucht, ihn auf die Felsen zu locken.

In die Gefahr hinein.

In den Tod.

Sterne wachsen nicht!

Es war der Mil!

DREI

Borodin wachte aus seiner wärmebedingten Erstarrung auf. Er schlug Cabrillo auf die Schulter, wobei sein Warnruf durch den Helm gedämpft wurde. Seine heftigen Verrenkungen machten seine Sorge jedoch mit Nachdruck deutlich.

Ungeachtet des rauen Geländes gab Juan mehr Gas.

Gleichzeitig erreichte sie ein Ruf über die Satellitenverbindung. Juan erkannte Max' Stimme. »Unidentifiziertes Fluggerät bei sechs Uhr. Er kam aus dem Schatten der Berge und fliegt dicht über dem Erdboden. Wir konnten ihn nicht ausmachen.«

»Sendet ihr Störsignale?«

»Auf jeder Frequenz außer auf dieser«, erwiderte Hanley.

Im Kopf stellte Juan einige Berechnungen an und kam jedes Mal, wenn er das Szenario durchging, zu einem unbefriedigenden Ergebnis. Der Hubschrauber würde sie einholen, ehe sie das Schiff erreichten. Er wollte Max soeben anweisen, den verfolgenden Helikopter abzuschießen, als ihm Yuri dringender als zuvor auf den Rücken klopfte. Cabrillo wagte einen Blick über die Schulter und sah, wie sich der Himmel rund um den Mil aufhellte, ähnlich wie die Korona einer schwarzen Sonne.

Eine Mehrfachsalve, höchstwahrscheinlich abgefeuert aus einem UB-32-Startbehälter an der Seite des Mil-Rumpfs. Die Entfernung war extrem, und die ungesteuerten Raketen hatten die Tendenz, sich in einem breiten

Fächer zu verteilen, aber ihre Gefechtsköpfe waren daraufhin konstruiert worden, wie Splittergranaten zu explodieren.

Noch während er den Kopf wandte, um wieder in Fahrtrichtung zu blicken, konnte Cabrillo über die Funkverbindung hören, wie Max den Befehl zum Feuern gab.

Zwei Meilen vor ihnen und immer noch von den Eishügeln verborgen, federte die Luke, die eine der 20-mm-Gatling-Kanonen der *Oregon* abdeckte, in die Höhe, und die bereits in Rotation versetzten sechs Läufe ragten aus der Redoute. Begleitet vom Klang einer industriellen Höllenmaschine, spuckte die Waffe einen soliden Vorhang aus Stahlprojektilen aus. Die Zielsysteme des Schiffes arbeiteten so genau, dass keine Leuchtspurgeschosse verwendet werden mussten. Der Hubschrauber und sein Pilot konnten nicht erkennen, was da aus der Nacht auf sie zugerast kam.

Der fünf Sekunden lange Feuerstoß sättigte die Luft mit vierhundert Geschossen, und fast alle trafen den Mil oder zerfetzten die fliegenden Trümmerteile, als die Maschine explodierte. Der Mil erblühte wie eine feurige Blume, während sich der Treibstoff zu einem Feuerball aufblähte und mehrere Sekunden lang am Himmel hing, ehe die Schwerkraft wirksam wurde und ihn aufs Eis hinabschleuderte wie eine Sternschnuppe, die den Weg bis zur Erde geschafft hatte.

Zwei Projektile hatten durch Zufall die kleinen feindlichen Raketen getroffen, aber dreißig weitere setzten ihren Weg dicht über dem Grund unbeirrt fort, fächerten sich auf und erfassten Juan Cabrillo und Yuri Borodin in einer tödlichen Umklammerung.

In diesen letzten hektischen Sekunden versuchte Cabrillo sie von dem tödlichen Schwarm wegzusteuern,

aber es war ganz so, als wolle das Eis aktiv seine Bemühungen vereiteln. Auf beiden Seiten ragten schulterhohe
Eiswälle auf, die so steil waren, dass noch nicht einmal
der Lynx sie überwinden konnte. Cabrillo und Borodin
waren in einer nicht sehr tiefen Rinne gefangen, ohne
jede Aussicht, dem Verderben anders als durch hohes
Tempo zu entkommen.

Auf grund eines paradoxen Konstruktionsmerkmals
kommen Schneemobile mit eisigem Untergrund nicht so
gut zurecht wie mit Schnee. Die Antriebskette hat die
Neigung, sich zu erhitzen und sich rapide abzunutzen,
aber in diesem Moment konnte es Juan eigentlich egal
sein, ob die Kette auseinanderfiel, solange es erst dazu
käme, nachdem sie das Schiff erreicht hätten.

Die erste Explosion erklang hinter ihnen und wurde durch die Eiswände gedämpft. Aber fast im gleichen
Moment schlugen andere Raketen rings um das Lynx-
Schneemobil ein, wobei jede Detonation durch eine helle Blume aus Feuer und Eis markiert wurde. Und durch
einen stählernen Splitterregen.

Das Meereis wurde durch die Explosionen in einer
dichten Folge von Mini-Eruptionen zertrümmert, die die
Luft mit einem dichten Schneegestöber erfüllten. Weitere Raketen schlugen wie in einem nicht enden wollen-
den Dauerangriff ein. Juan spürte das gelegentliche Zup-
fen, wenn Stahlsplitter seinen unförmigen Schneeoverall
streiften, und sein Kopf wurde zur Seite gedrückt, als ein
Splitter gegen die widerstandsfähige Plastikschale seines
Sturzhelms prallte.

Im gleichen Moment gab Yuri einen erstickten, mat-
schig klingenden Laut von sich und sackte schwer auf Cabrillos Rücken zusammen.

Juan wusste sofort, dass sein Freund getroffen worden war, hatte jedoch keine Vorstellung, wie schlimm. Die letzten Raketen explodierten hinter ihnen, während sie dem tödlichen Gefängnis zwischen den Schneewällen entflohen. Er griff mit einer Hand nach hinten und tastete Borodins Körperseite ab. Als er die Hand wieder nach vorn zog, erschien der weiße Nylonstoff schwarz vor Blut. Da der Hubschrauber abgestürzt war, schaltete er den Scheinwerfer des Lynx ein. In seinem Licht betrachtete er seine Hand ein wenig genauer. Das Blut war mit winzigen platzenden Luftbläschen durchsetzt und erinnerte an zähflüssiges Cherry Soda.

Borodin hatte einen Lungenschuss abbekommen.

Sie hatten noch eine Meile Fahrt vor sich.

»Max, hörst du mich?«

»Wir warten hier. Erzähl mir, dass ihr nicht in der Nähe dieses Raketenschwarms wart.«

»Genau mittendrin. Yuri wurde in die Lunge getroffen, und er blutet heftig. Schick Julia in die Bootsgarage hinunter.« Julia Huxley, eine von der Navy ausgebildete Ärztin, leitete die medizinische Abteilung der *Oregon*.

»Willst du immer noch ins RHIB umsteigen?«, fragte Max.

»Keine Zeit. Bring das Schiff so nah wie möglich an die Eiskante.«

»Dann bleibt aber immer noch ein Spalt von mindestens siebzig Metern.«

Juan zögerte nicht mit seiner Antwort. »Kein Problem.« Insgeheim dachte er: großes Problem.

Der Wind hatte das Eis zu einem Grat geformt, der in einem weiten Bogen nach Osten verlief, als wäre einer der Riesenbrecher vor Waikiki schockgefrostet worden. Juan lenkte das Lynx darauf und gab mit dem Gasgriff so heftig Vollgas, dass sein Handgelenk schmerzte. Er spürte, wie ihn Yuris Gewicht nach hinten zog, als die Maschine die Eisböschung erklomm, und sich dann wieder ausrichtete, als die Zentripetalkraft ihrer Fahrtgeschwindigkeit auf ihn einwirkte. Sie gelangten bis zum Ende der Rinne. Das Eis wurde jetzt so rau wie Wellblech und zwang Juan zu einer langsameren Fahrweise. Jede Unebenheit schüttelte und walkte seinen Körper durch, als würde er von den Fäusten eines Preisboxers bearbeitet. Er hoffte, dass Borodin das Bewusstsein verloren hatte und ihm weitere Schmerzen erspart blieben.

Er lenkte das Lynx zwischen zwei Eishügeln hindurch, um einen dritten herum, und dort vor ihm lag die *Oregon*, sämtliche Lampen und Lichter eingeschaltet, so dass sie so fröhlich und festlich aussah wie ein Kreuzfahrtschiff. Dunstschwaden stiegen vom Wasser zwischen dem Schiff und der Eiskante auf.

Von seinem niedrigen Aussichtspunkt konnte er beobachten, dass Max die Bug- und Heckdüsen einsetzte, um das einhundertachtzig Meter lange Schiff dichter an den Eisrand heranzubugsieren. Er wusste, dass sein alter Freund alles versuchte, um den Spalt zu schließen.

Dem Terrain zum Trotz gab Juan Gas, bis die Maschine des Schneemobils protestierend aufheulte und eine Wolke Eispartikel von der Fahrkette hochgeschleudert wurde. Es sah aus, als tauchten sie aus einer selbst geschaffenen Nebelbank auf. Juan steuerte auf die Mitte des Schiffes zu, wo ein großes, garagenähnliches Tor geöffnet worden war. Dies war die Rampe, über die alle möglichen kleinen Wasserfahrzeuge von Acht-Mann-RHIBs bis zu kleinen Kajaks zu Wasser gelassen werden konnten. Der Raum hinter der Öffnung war hell erleuchtet und verhieß Cabrillo und seinem schwer verwundeten Passagier Rettung in höchster Not.

»Festhalten«, sagte Juan unnötigerweise, als sie sich dem Ende der Packeisscholle näherten.

Zwischen Eis und Ozean existierte keine scharfe Grenze, sondern ein Bereich, in dem das Eis unter dem Schneemobil zunehmend brüchiger wurde. Solider Untergrund verwandelte sich in schwankende, tanzende Eisbrocken, die nach und nach spärlicher wurden und sich in einen Matsch verwandelten, der die Maschine nicht tragen konnte. Die Fahrketten fanden keinen Widerstand mehr. Es waren nur noch der eigene Schwung und der geringe Vortrieb, den die Fahrketten bei der Gleitfahrt über die Eisbrocken erzeugten, die das Fahrzeug über Wasser hielten.

Und dann befanden sie sich über klarem Wasser, das so still war wie ein Mühlenteich und stellenweise von Dunstschleiern verhüllt wurde. Das Schneemobil, dessen Heckfahne aus Eiskristallen sich in eine solide Heckwelle schäumenden Wassers verwandelt hatte, trug sie weiter. Juan lehnte sich so weit wie möglich zurück, da er verhindern wollte, dass die Gleitkufen in den Ozean pflügten und ihr Fahrzeug einen Purzelbaum schlug, wodurch sie wie Lumpenpuppen in die Luft geschleudert würden. Er erkannte, dass sie ein oder zwei Grad von ihrem Kurs abgekommen waren, und korrigierte ihre Fahrtrichtung, indem er seinen Körper verlagerte und bei diesem Manöver Yuris Gewicht berücksichtigte. Cabrillo hatte zwar schon mehrmals solche Gleitfahrten mit einem Schneemobil absolviert, bisher aber noch nicht mit einem Beifahrer auf dem Rücksitz und auch noch nie mit einem derart hohen Risiko.

Der Rotax-Motor des Schneemobils arbeitete störungsfrei, und so schossen sie über das Wasser, jedoch nicht mit gelegentlichen Hüpfern wie ein von einem Kind geworfener flacher Stein, sondern gleichmäßig von der Kraft eines Fahrzeugs angetrieben, das anscheinend speziell für diese Art von Einsatz konstruiert worden war. Das Schiff, dem sie sich näherten, wurde größer und größer, bis es Cabrillos Gesichtsfeld schließlich vollkommen ausfüllte und vom Ozean dahinter nichts mehr zu sehen war. Sie waren viel zu schnell unterwegs, um die mit Teflon beschichtete Rampe der Bootsgarage benutzen zu können. Bei ihrer derzeitigen Geschwindigkeit würden sie wie Wasserskiläufer die Rampe hinauffliegen und mit solcher Wucht auf die Rückwand zurasen, dass das Sicherheitsfangnetz sie in Stücke reißen würde. Wenn er jedoch zu früh Tempo wegnahm, würde die Gleitphase des Lynx abrupt abbrechen. Dann musste es versinken wie ein Stein.

Ganz behutsam nahm er Gas zurück, um ein Gefühl für die Reaktionen des Gefährts zu bekommen, und gab eine panische Sekunde später wieder Vollgas, als die Spitzen der Gleitkufen abrupt absackten. Er kannte keine griffige Rechenformel, die er hätte anwenden können, um dieses Problem in den Griff zu bekommen. Es gab sie zwar, aber dafür brauchte er entweder einen Supercomputer oder Mark Murphys Gehirn. Ihm blieb nichts anderes übrig, als sich ausschließlich auf sein Bauchgefühl zu verlassen.

Für die Besatzung der *Oregon* sah es so aus, als ob der Lenker des Lynx selbstmörderische Absichten verfolgte, als er mit knapp siebzig Kilometern pro Stunde über das Wasser flog und dabei auf den stählernen Rumpf eines Frachters zuhielt, der vor ihm und seinem Schicksalsgefährten aufragte wie eine mittelalterliche Festung vor zwei einsamen Reitern, die auf einem Pferd saßen.

Juan hatte das Gefühl, einen kurzen Moment zu lange gewartet zu haben, und spannte den Körper instinktiv an, um sich gegen eine mörderische Kollision zu wappnen. Tatsächlich war sein Zeitgefühl jedoch absolut perfekt. Nur wenige Meter vor der Rampe nahm er das Gas vollständig zurück und ließ das Lynx langsamer werden, bis es eine schäumende Bugwelle vor sich herschob, die noch mehr von seinem Schwung schluckte. Das Fahrzeug erreichte den Rumpf, als es zu sinken begann. Dann setzten die Kufen auf der abgesenkten Rampe auf, und der Motorschlitten tauchte derart kontrolliert und lässig aus dem Wasser auf, dass Cabrillo kaum die Bremsen betätigen musste, um ihn sanft zum Stehen zu bringen.

Für eine halbe Sekunde tat sich nichts, und in seinem Geist herrschte vollkommene Ruhe, ehe ein Helferteam hinter Schutzwänden hervorkam und durch aufgewühltes Wasser watete, das über die Rampe schwappte und vom Schneemobil herabrann – wie von einem Jagdhund, der sich nach dem Apportieren der Jagdbeute schüttelte. Ein Alarmsignal ertönte und zeigte an, dass sich das Garagentor schloss. Hände griffen nach Yuri Borodin, um ihn auf eine bereitstehende Bahre zu heben. Kaum waren seine Arme aus den Schlaufen von Juans Schneeoverall befreit worden, da hatte Juan bereits seinen Helm vom Kopf gerissen, um nach seinem Freund zu sehen.

Julia Huxley – für die meisten Mannschaftsangehörigen nur Hux oder Doc – beugte sich bereits über Borodin, während ein Sanitäter den Russen davor bewahrte, von der Bahre zu rollen. In OP-Kleidung und ungeachtet des eiskalten Wassers, das um ihre Füße spülte, klappte die ehemalige Navy-Ärztin zuerst das Visier von Yuris Helm auf.

Als wäre sie von einem Damm zurückgehalten worden, quoll eine Blutwoge aus der Öffnung über den Kinnbügel des Helms und ergoss sich wie eine Brandungswelle über die Brust des Verletzten. Der Helm war so dicht gewesen, dass jeder Blutschwall, den Borodin aus seiner durchlöcherten Lunge hervorwürgte, um sein Kinn geschwappt und mit jedem neuerlichen Hustenkrampf weiter angestiegen war. Sie löste den Helm, überzeugt, dass der Russe bereits in seinem eigenen Blut ertrunken war. Doch sobald sein Kopf frei lag und Blut in das Wasser tropfte, das immer noch um ihre Füße spülte, hustete Borodin und bespritzte ihren Gesichtsschutz und ihren Arztkittel.

Juan machte Platz, während ein Sanitäter ein Skalpell in Julias Hand legte. Sie begann, den dicken weißen Schneeanzug aufzuschneiden, während ein anderer Helfer einen intravenösen Infusionstropf vorbereitete, um Yuris nahezu leere Venen mit Ringer-Lactat-Lösung als Blutersatz aufzufüllen, bis sie ihm eine Transfusion aus der Blutbank des Schiffes verabreichen konnten.

Der schwere Kälteschutz gab unter Hux' Messer nach, bis Yuris bemitleidenswert schmale und bleiche Brust entblößt war und ein Arm für den IV-Tropf präpariert werden konnte. Blutiger Schaum quoll jedes Mal aus dem Loch in Yuris Haut, wenn sein Brustkorb Luft aus dem Körper presste, und wurde bei jedem Einatmen in den obszönen winzigen Mund zurückgesaugt. Sein restlicher entblößter Körper bildete eine Landschaft von verfärbten Schwellungen und Blutergüssen, die von den wochenlangen Misshandlungen herrührten.

Aus dem roten keimfreien Behälter, der in Reichweite auf einem Rollwagen stand, nahm Hux ein Okklusivpflaster und riss seine Schutzfolie auf. Diese Art von Notverband ließ zu, dass Luft zwar aus der Wunde drang, jedoch nicht von außen einströmen konnte, wodurch Yuris kollabierte Lungenflügel die Chance hatten, sich wieder aufzublähen. Hux und ihr Team drehten Borodin behutsam auf seine verletzte Körperseite. Diese Position unterstützte die Funktion des unversehrten Lungenflügels. Erst dann überprüfte sie mit dem Stethoskop Borodins Herzschlag. Sie wanderte damit über die mit Blutergüssen und Striemen übersäte Brust des Mannes – wie jemand, der mit einem Metalldetektor einen Strand nach Schätzen absucht. Und genauso wie der Strandläufer hatte sie offenbar nicht gefunden, wonach sie Ausschau hielt.

»Blutdruck?«, fragte sie.

»Kaum wahrnehmbar«, erwiderte der Sanitäter, der die Armmanschette angelegt und aufgepumpt hatte.

»Das Gleiche gilt für den Herzschlag.« Sie schaute hoch und sah, dass die Ringer-Lösung ungehindert durch den IV-Schlauch sickerte. Da wusste sie, dass sie nichts mehr tun konnte. »Okay, Leute, bringen wir ihn ins Sanitätsrevier.« Ihre Stimme hatte den festen, kontrollierten Ausdruck einer Person, die genau wusste, was sie zu tun hatte, und sich durch nichts beirren ließ.

Sie wechselte einen kurzen Blick mit Cabrillo. Ihre ernsten dunklen Augen teilten ihm alles mit, was er wissen musste.

»*Njet*«, keuchte Borodin. Irgendwie war es ihm gelungen, die Augen zu öffnen.

»Tut mir leid, noch gibt's kein *Njet*«, sagte Hux und legte eine Hand auf Yuris Arm. »Wir sollten uns beeilen.«

»*Njet*«, brachte Borodin abermals mühsam hervor. »Iwan?« Er rief nach Juan und benutzte seinen russischen Namen.

Juan stand mit einem Schritt neben Yuris ausgestrecktem Körper. »Ganz ruhig, mein Freund. Bald geht's dir besser.«

Borodin verzog das Gesicht zu einem blutigen Lächeln, die Zähne gerötet wie bei einem Haifisch nach einer ausgiebigen Mahlzeit. »*Njet*«, sagte Borodin ein drittes Mal. »Kenin.«

»Ich weiß alles über Pytor Kenin«, versicherte Juan seinem Freund.

»Chef«, sagte Hux drängend.

»Eine Sekunde.« Juan wollte den Vorwurf in ihrer Miene nicht sehen. Er wusste genauso wie sie, dass jetzt jede Sekunde zählte. Er wusste auch, dass Yuri Borodin dies viel klarer begriff als sie.

Borodin hustete, und bei diesem Anfall schien in seinem Körper etwas zu zerreißen. Er krümmte sich und schloss krampfhaft die Augen, als er von einer Schmerzwoge überrollt wurde. »Aral.«

Das Wort zerplatzte mit einer Blutblase auf seinen Lippen.

»Der Aralsee?«, fragte Juan. »Was ist damit?«

»Geisterschiff.«

»Ich verstehe nicht.« Juan sah – und jetzt konnten es alle sehen –, dass Borodin nur noch wenige Sekunden blieben.

»Was ist mit dem Aralsee und einem Geisterschiff?«

»Such Karl Petrow… – Petrow…« Die Pausen zwischen den Silben dehnten sich. Juan bückte sich, so dass sein Mund nur wenige Zentimeter von dem blutigen Mund seines Freundes entfernt war. »Petrowski.«

Die Mühe, den Namen auszusprechen, war das letzte Aufbäumen eines Sterbenden. Seine Haut sah, wenn überhaupt möglich, inzwischen noch bleicher, noch durchscheinender aus. Sie erinnerte an die wächserne Rinde der Puppen Madame Tussauds.

»Yuri?«, rief Juan und erkannte verzweifelt, dass er keine Antwort mehr erhalten würde. »Yuri?«

Borodins Adamsapfel zuckte bei dem Versuch zu reden ein letztes Mal. Da seine Lunge voller Blut war, reichte die Luft kaum aus, um das Wort zu formen. Es tastete sich über seine reglosen Lippen, die bereits im eisigen Hauch des Todes erstarrten. »Tesla.«

Julia schob Juan beiseite, wälzte Borodin auf den Rücken und schwang sich auf die Bahre, so dass sie rittlings auf ihrem Patienten saß wie ein Jockey auf seinem Pferd. Sie war eine zwar wohlproportionierte, jedoch zierliche Frau, aber als sie mit der Herzmassage begann, tat sie es kraftvoll und mit Hingabe. Die Sanitäter nahmen die Bahre in die Mitte, um sie durch die labyrinthartigen Korridore des geheimen Teils der *Oregon* in die Intensivstation zu rollen.

Cabrillo sah ihnen nach, wie sie durch eine wasserdichte Tür verschwanden, atmete aus und ging dann zu einer Interkom-Box an der Wand der Bootsgarage. Er nahm kaum wahr, wie Mannschaftsmitglieder die Bootsgarage von den Gefechtsstationen aus absicherten.

»Operationszentrum«, erklang die Stimme Max Hanleys. Da er keine Ahnung vom augenblicklichen Stand der Dinge hatte, hielt er seinen schwarzen Humor und seinen Sarkasmus im Zaum.

»Max, sieh zu, dass du uns von hier wegbringst«, sagte Juan, als ob das sofortige Verlassen des Schauplatzes ungeschehen machen könnte, was er soeben hatte mit ansehen müssen. »Die Mission war ein Schlag ins Wasser.«

»Aye, Chairman«, erwiderte Max leise. »Aye.«

VIER

Während der nächsten Viertelstunde saß er zusammenge-
kauert auf der Kante seines Schreibtisches, die Kabinen-
beleuchtung gedrosselt und die Augen blicklos auf einen
Punkt auf dem Fußboden gerichtet. Dieser Raum war seit
Jahren sein Zuhause. Im Augenblick entsprach er dem
Büro von Rick's Café aus dem Film *Casablanca*. Es war
mit Unterstützung einiger mit Kevin Nixon befreundeter
Bühnenbildner aus Hollywood nachgebaut worden. Gewöhnlich war es für Cabrillo ein Ort des Trostes. Heute
war es jedoch ein einziges großes Nichts – bis das Telefon
klingelte.

Die Kopie eines altertümlichen Bakelittelefons trällerte,
und er hatte den Hörer bereits von der Gabel geangelt, ehe
das erste Rufzeichen verstummte. Er meldete sich nicht.

»Es tut mir leid, Juan.« Es war Julia Huxley. »Ich habe
alle Bemühungen abgebrochen. Er ist tot.«

»Danke, Hux«, sagte Cabrillo mit ausdrucksloser Stimme. »Ich weiß, dass du getan hast, was du konntest.«

Er legte den schweren Hörer zurück auf die Gabel.

Durch den kurzen Blickaustausch mit der Schiffsärztin kurz zuvor in der Bootsgarage wusste er, dass Yuris
Tod nicht zu verhindern gewesen war, doch er hatte sich
nicht aufraffen können, irgendetwas zu tun, ehe er dafür
die Bestätigung erhielt. Er hatte versagt. Dass er Yuri aus
dem Gefängnis geholt und ihn heil bis auf eine Meile zur
Oregon geschafft hatte, war nun bedeutungslos. Juan Cabrillo atmete zischend aus.

Er befreite sich von den Überresten seines Schnee-
anzugs und stopfte sie zusammen mit der Gefängniskluft
und den blutbesudelten Stiefeln in einen Plastiksack, der
in den Verbrennungsofen wanderte. Dann betrat er ein in
grünem Marmor gehaltenes Badezimmer und drehte die
Messinghähne einer Ganzkörperdusche in einer Glaskabi-
ne auf, die für sechs Personen groß genug gewesen wäre.
Während Dampfwolken über den oberen Rand der Kabine quollen, schnallte er sein künstliches Bein ab, verpasste der verhärteten Haut des Beinstumpfs eine kurze Mas-
sage und hüpfte anschließend in den heißen Sprühnebel.

Gewöhnlich lagen in seiner Dusche zwei Dinge bereit, nämlich ein Stück Seife und ein handelsübliches
Haarshampoo. Obwohl Juan, was seine Kleidung betraf,
durchaus modebewusst war, ließen sich seine Körperpfle-
gegewohnheiten eher als minimalistisch einstufen.

An diesem Tag wartete noch etwas Drittes auf ihn, und
daraus drückte er ein gelbliches Gel in seine Hand und
spürte trotz der Hitze des Wassers ein Brennen in seiner
Handfläche. Er verteilte das Gel auf seinem kahlen Schädel und begann dann, es in die Haut einzumassieren. Kevin Nixon hatte den chemischen Prozess erklärt, durch
den die falschen Tätowierungen, mit denen er den Körper des Chairman verziert hatte, aufgelöst würden. Aber
Formeln und Reaktionskoeffizienten waren bedeutungslos, wenn man den Eindruck gewinnen musste, dass die
Lösung nicht nur die Farbe von seiner Haut fraß, sondern
die Haut gleich mit auflöste.

Das Wasser, das von seinem Kopf herabbrann, färbte sich
grau, als die Farbe sich abzulösen begann.

Er musste fünfzehn Minuten glühender Qualen ertragen, um die Tätowierungen so weit zu entfernen, dass
sie wie schwache, mehrere Wochen alte Prellungen aussa-

hen, die innerhalb weniger Tage verblasst wären. Er hätte sich die Schmerzen ersparen und ihren natürlichen Auflösungsprozess abwarten können, aber sie auf seinem Körper betrachten zu müssen, hätte er als ein Kainsmal empfunden, das ihn ständig an seinen Misserfolg erinnerte.

Nun frottierte er sich ab und wischte auf dem Spiegel über dem Waschbecken eine Fläche frei, um beim ersten Blick auf sein Konterfei zu entscheiden, dass zumindest für eine Weile ein Hut oder eine Mütze angesagt wären. Die Vollglatze war schon schlimm genug – gewöhnlich hatte er kurzes blondes Haar, das er vom Schiffsfriseur stets makellos in Form halten ließ. Aber der schwache bläuliche Schimmer der Farbreste auf der Haut ließ ihn wie ein Ausschussexemplar aus dem Labor Dr. Frankensteins aussehen.

Er betrachtete die blassen Farbspuren und kam zu dem Schluss, dass er, wenn sein Haaransatz jemals den Rückzug antreten sollte, wie es bei zwei seiner Onkel mütterlicherseits geschehen war – ein nicht zu ignorierendes böses Omen –, eine Totalrasur vorziehen würde. Mit den breiten Schultern und der Körpergröße eines Schwimmathleten würde es noch nicht einmal so schlecht aussehen. Er war überzeugt, dann würde er eher Yul Brynner als Telly Savalas ähneln.

Er hüpfte durch seine Kabine zum Kleiderschrank. Das Bein, das er während der Operation getragen hatte, wanderte zwecks Reinigung und Wartung in den Magic Shop hinunter. Aufgereiht wie Stiefel in einem Schuhladen stand hinten in seinem begehbaren Kleiderschrank eine umfangreiche Kollektion künstlicher Gliedmaßen für alle möglichen Gelegenheiten. Einige waren bis hin zu naturgetreuen künstlichen Härchen seinem echten Bein nachgebildet, während andere stählernen Monstrositäten aus einem Science-Fiction-Film glichen. Er entschied sich für ein fleischfarbenes Plastikbein, zog eine Schutzsocke über den Beinstumpf und achtete darauf, dass sie keine Falten bildete, die seine Haut später wundscheuern könnten.

Mehr als fünf Jahre waren verstrichen, seit eine von einem chinesischen Kanonenboot abgefeuerte Granate das Bein unterhalb des Knies abgetrennt hatte, und nicht ein Tag verstrich, ohne dass ihm der fehlende Teil der Gliedmaße Schmerzen bereitete. Phantomschmerz nannten die Ärzte diese Erscheinung. Für diejenigen, die darunter litten, war daran jedoch nichts Phantomhaftes.

Danach schlüpfte er in Jeans, ein Oregon-State-Sweatshirt und ein Paar Turnschuhe. Sein Grundstudium hatte er an der UCLA absolviert. Das Oregon-Shirt war eine Verbeugung vor dem Schiff. Zuletzt folgte als Kopfbedeckung eine echte L.A.-Raiders-Baseballmütze, die seinem Großvater gehört hatte. Er war während der zwölf Jahre, die sie in der Stadt der Engel gewohnt hatten, Dauerkarteninhaber gewesen und hatte die Mütze ausschließlich bei Heimspielen getragen. Juan hatte sie bisher gar nicht richtig eingetragen, so dass er immer noch den Schirm nachformen musste.

Erst als er sich vom Kleiderschrank abwandte, bemerkte er, dass der Plastiksack mit der schmutzigen Kleidung entfernt und ein silbernes Serviertablett auf der weißen Alabasterbar in einer Ecke seiner Kabine deponiert worden war. Daneben stand ein einzelnes Glas. Der Wein, mit dem es gefüllt war, schimmerte in der gedämpften Beleuchtung wie ein flüssiger Rubin.

Juan verzog das Gesicht zu einem reumütigen Lächeln.

Noch vor einer Stunde war er seiner Umgebung so übergenau bewusst gewesen, dass die Erinnerung an jede Kurve, jede Bodenwelle und jedes Schlagloch des wilden

Ritts aus dem Wald bis zu dem Moment, als die Maschine in der Bootsgarage der *Oregon* zum Stillstand gekommen war, in seinen Muskeln steckte. Aber jetzt, an dem Ort, der seit vielen Jahren sein Zuhause bedeutete, hatte seine Wachsamkeit derart nachgelassen, dass er nicht bemerkt hatte, wie einer der Stewards des Schiffes, höchstwahrscheinlich der siebzig Jahre alte Chefsteward Maurice, seine Kabine betreten hatte, während er in der Dusche stand, die schmutzigen Kleider entfernt und Cabrillos Abendessen serviert hatte. Wäre der Mann ein Attentäter gewesen, hätte Juan nicht die geringste Chance gehabt.

Er hob den silbernen Deckel von dem Tablett und wurde mit einem verlockend appetitlichen Duft belohnt. Er tröstete sich mit der Erkenntnis, dass, wenn es für ihn einen absolut sicheren Ort auf dem Planeten gab, sich dieser an Bord der *Oregon*, umgeben von ihrer erstaunlichen Mannschaft, befand. Die mit aufwendigem Prägedruck hergestellte Menükarte auf dem Tablett informierte ihn, dass seine Mahlzeit aus einem Bison-Chili, angerichtet in einer Baguettebrotkugel, und einem Glas Philip Togni Cabernet Sauvignon bestand.

Maurice, der in der Royal Navy als persönlicher Steward für mindestens ein Dutzend Admiräle gedient hatte, galt als ein begnadeter Sommelier, und Juan war überzeugt, dass der Wein hervorragend zu dem Gericht passte. Aber dies war heute keine Gelegenheit für Wein. Unter der Bar war ein Minikühlschrank installiert, und ihm entnahm er eine Flasche Stolichnaya-Wodka sowie zwei eisgekühlte Schnapsgläser. Er hatte sie kaum gefüllt, als an die Kabinentür geklopft wurde. Max Hanley kam unaufgefordert herein.

»Im Kino«, sagte Max, durchquerte den Raum und erklomm den Barhocker neben Cabrillo, »hat Bogie den

Pianisten Sam gebeten, noch einmal ›As Times Goes By‹ zu spielen. Nur damit du es weißt, ich kriege noch nicht einmal den ›Flohwalzer‹ hin.«

Juan quittierte dieses Geständnis mit dem Anflug eines Lächelns. »Die Wahrheit ist, dass ich hier sowieso keinen Platz für ein Klavier habe.« Er reichte Max eins der Schnapsgläser und hob das andere. »Auf Yuri Borodin.«

»Auf Yuri«, wiederholte Max, und sie leerten die Gläser in einem Zug.

Max Hanley war der Erste, den Cabrillo anheuerte, als er auf Anraten seines CIA-Mentors Langston Overholt IV die Corporation gegründet hatte. Hanley hatte damals einen Schrottplatz in Südkalifornien betrieben und Juans Angebot nach weniger als einer Minute Bedenkzeit angenommen. Davor war er im Schiffsbau und im Bergungsgewerbe tätig gewesen, und davor hatte er Patrouillenboote auf nahezu jedem schiffbaren Gewässer in Südvietnam befehligt.

Korpulent, das Gesicht stets gerötet, mit einem Kranz fuchsroten Haars, der die hintere Hälfte seines Schädels umrahmte, und einer Nase, die oft genug gebrochen war, so dass man ihn für einen ehemaligen Profiboxer halten konnte, war Max der Detailspezialist des Unternehmens. Ganz gleich wie bizarr und waghalsig die Vorhaben auch waren, die Cabrillo sich ausdachte, Max hielt sich stets bereit, dafür zu sorgen, dass sie durchgeführt werden konnten.

»Ich habe Misha Kasporow bereits die traurige Nachricht übermittelt«, sagte Hanley, ohne Juan anzusehen.

Diese Aufgabe fiel eigentlich in das Ressort des Chairman selbst, aber Cabrillo war dankbar, dass seine Nummer zwei Mikhail Kasporow über das Schicksal seines Chefs ins Bild gesetzt hatte. Er prostete Hanley mit einem zweiten Glas zu und leerte es, wobei er sich leicht schüttelte.

»Er bat darum, dass wir Yuri auf See bestatten, mit russischen Ehren«, fuhr Max fort. »Ich habe Mark die entsprechende Zeremonie im Internet suchen und ausdrucken lassen.« Er reichte Juan einen Bogen Papier.

Cabrillo überflog die einzelnen Punkte der Zeremonie. Sie war typisch russisch, rührselig und ziemlich bombastisch, aber mit einer angemessenen Portion Patriotismus, was, wie er annahm, Yuri voll und ganz gerecht wurde. »Sag der Mannschaft Bescheid, dass wir uns um 7:30 Uhr versammeln.«

»Und auch wenn es dich heute nicht besonders interessieren dürfte«, fuhr Max fort, »aber Misha hat den Vertrag, Yuri aus dem Gefängnis zu holen, strikt eingehalten. Der Rest des Honorars wurde auf unser vorübergehendes Konto auf den Cayman-Inseln überwiesen.«

Juan hob ein drittes Glas, um einen Toast auszusprechen. »Auf die Gaunerehre.«

»Amen.« Hanley deutete auf Cabrillos Abendmahlzeit. »Isst du das?«

Cabrillo zog den Teller zu sich heran. »Das tue ich. Ich bin völlig ausgehungert. Aber du kannst meinen Wein haben, wenn du möchtest.«

Max ging hinter die Bar, um zwei frische Gläser aus dem Kühlschrank zu holen, und füllte sie aus der Flasche Stolichnaya auf. »Da passe ich.«

»Misha weiß, dass sein Leben keinen Penny mehr wert ist«, sagte Juan, während er einen Löffel in sein Chili tauchte.

»Wir haben schon darüber gesprochen. Er wusste, was auf dem Spiel stand, und ist bereits auf Achse. Er sagt, er habe irgendwo in Afrika einen Schlupfwinkel, wo Kenin ihn niemals finden wird.«

Cabrillo nickte gleichgültig. Er wusste von Dutzenden toter oder eingesperrter Flüchtlinge, die geglaubt hatten, niemals aufgestöbert zu werden. Aber Kasporow fiel nicht in seinen Verantwortungsbereich. »Gibt es etwas Neues von Linda?«

Linda Ross war die Nummer drei der *Oregon*. Sie war eine elfenhafte Erscheinung, die an der gläsernen Decke der Navy hängen geblieben war und sich zurzeit im Rahmen einer anderen Mission bei einem der Stammkunden der Corporation aufhielt.

»Sie und der Emir haben Monaco mit seiner Jacht verlassen und sind unterwegs zu den Bermudas.«

Der Emir eines der Vereinigten Arabischen Emirate bestand darauf, stets von Angehörigen der Corporation begleitet zu werden, wenn er seine Heimat verließ, auch wenn er ständig von einer Armee Leibwächter beschützt wurde. Gewöhnlich bestand er darauf, dass die *Oregon* seine 300-Fuß-Megajacht, die *Sakir*, eskortierte, aber das Schiff war gerade gebraucht worden, um Yuri zu befreien, daher hatte man ihn nur besänftigen können, indem Linda sich als seine Reisegefährtin zur Verfügung stellte.

Max fuhr fort: »Wir werden sie ohne Probleme einholen, sobald wir das Eis, das hier immer noch herumtreibt, hinter uns gelassen haben.«

Als Juan die *Oregon* zu dem Kriegs- und Forschungsschiff, als das sie mittlerweile operierte, umbauen ließ, gehörte zu den vorgenommenen Modifikationen auch die Fähigkeit, sich durch Eis zu kämpfen, das einen Meter dick war. In diesen nördlichen Gewässern stellten treibende Eisberge jedoch die größte Gefahr dar, und die *Oregon* konnte trotz ihres rundum gepanzerten Rumpfs durch einen vorbeitreibenden Eisberg ebenso schnell aufgerissen werden wie die *Titanic*. Erst wenn diese Gefahr hinter ihnen lag, durften sie den stärksten je auf einem Schiff installierten Maschinen die Sporen geben. Der revolutionäre magnetohydrodynamische Antrieb brachte es fertig, das Schiff mit einem Tempo, das kaum niedriger war als das von Offshore-Powerbooten, durch die Wellen zu prügeln.

»Benimmt sich der Emir wenigstens anständig?«, fragte Juan mit einem Unterton väterlicher Fürsorge.

»Er ist achtzig Jahre alt. Linda meint, abgesehen von ein paar flüchtigen Annäherungsversuchen erinnert er sie an ihren Großvater.« Max hatte das Gesicht einer Bulldogge, in dem man die wechselvollen Erfahrungen seines Lebens nachverfolgen konnte wie auf einer vom Alter gezeichneten Leinwand. Plötzlich setzte eine Veränderung ein, seine Züge gerieten in Bewegung, und seine Stirn legte sich in tiefe Falten. »Irgendetwas sagt mir, dass Linda noch für eine längere Zeit auf sich selbst gestellt sein dürfte, oder?«

»Ich bin mir nicht ganz sicher«, sagte Juan und angelte ein Stück mit Chilisauce getränkter Kruste aus der Brotkugel und schob es sich in den Mund. »Kurz bevor Yuri starb, erwähnte er Admiral Pytor Kenin …«

»Das überrascht mich nicht«, fiel ihm Max ins Wort.

»Nein«, pflichtete Juan ihm bei. »Kenin steckt hinter der Falle, in die er getappt ist, aber ich glaube nicht, dass es das war, wovon Yuri gesprochen hat.«

»Wovon dann?«

»Er nannte den Aralsee und jemanden namens Petrowski. Karl Petrowski.«

Max lehnte sich auf dem Barhocker zurück und legte den bulligen Kopf schief. »Kenn ich nicht. Nie gehört.«

»Ich auch nicht. Dann sagte Yuri so etwas wie ›Geisterschiff‹.«

»Geisterschiff?«

»Geisterschiff. Frag mich nicht, was das heißen soll. Ich habe keine Ahnung. Aber sein letztes Wort war ›Tesla‹.«

»Wie in Nikola?«

»Das muss ich annehmen. Das ist der serbische Erfinder, der gewissermaßen das moderne Stromnetz geschaffen hat.«

»Und noch einiges mehr«, fügte Hanley hinzu. »Jedermann kennt Thomas Edison und weiß von seinen Wohltaten für die moderne Gesellschaft, aber nur wenige haben je von Tesla gehört. Nun, abgesehen von diesem neuen elektrisch angetriebenen Sportwagen, der nach ihm benannt wurde. Tesla war ein absoluter Überflieger. Einige seiner Ideen …«

Juan unterbrach ihn, weil er offenbar einiges mehr wusste. »Ich habe im Fernsehen in einer Dokumentation gesehen, wie Edison die Menschen davon zu überzeugen versuchte, dass sein Gleichstrom-System sicherer sei als Teslas Wechselstrom. Er tötete in New York City Elefanten durch Stromschläge.«

»Das war der Beginn eines neuen Zeitalters«, sagte Max. »Unendlich viel stand auf dem Spiel.«

»Aber ich bitte dich. Tötet man Elefanten, um irgendetwas zu beweisen?«

»Aber am Ende hat sich die Show auf gewisse Art und Weise ausgezahlt. Der Wechselstrom dominierte über Edisons Gleichstrom, und doch kennen wir alle Edison, während Tesla nur eine Fußnote der Geschichte geblieben ist. Manchmal belohnt die Geschichte eher den Akteur als die Aktion.«

»Wo stehen wir damit?«

»Trondheim«, erwiderte Juan.

»Wie bitte?«

»Trondheim, Norwegen. Ich muss so schnell wie möglich zum Aralsee. Ich nehme an, dass Trondheim die nächstgelegene Stadt mit einem Flughafen ist. Ihr könnt mich auf der Fahrt in die Nordsee und weiter in den Atlantik und zu den Bermudas dort absetzen.«

Max musste Juans Vorschlag einen Moment lang verarbeiten, wobei er unwillkürlich den Mund aufklappte. Als er wieder zu reden begann, wählte er seine Worte mit Bedacht. »Geisterschiff. Aralsee. Karl Petrowski.« Er hielt noch einmal einen winzigen Moment inne. »Siehst du da irgendeine Verbindung?«

»Nein. Das tue ich nicht. Aber Yuri hat sie gesehen.« Cabrillo wischte sich den Mund mit seiner Serviette ab und legte sie neben den nahezu vollständig geleerten Teller auf die Bar. Er ging zum Schreibtisch, warf einen Blick auf seine Uhr und wählte eine Nummer. Wie er erwartet hatte, traf er Eric Stone in seiner Kabine an.

»Was liegt an, Chef?« Stone war noch ein weiterer Navy-Veteran, allerdings ein Spezialist für Forschung und Entwicklung und kein Seemann im klassischen Sinn.

»Ist Mark bei Ihnen?« Stone und Mark Murphy waren wie siamesische Zwillinge.

»Ja, wir leiten hier gerade eine Internet-Debatte zwischen Fans von *Die Tribute von Panem*.«

Cabrillo konnte sich vage erinnern, dass damit eine Buch- und Filmserie gemeint war, hatte jedoch weder eine Ahnung, wovon sie handelte, noch, wie es dazu kommen konnte, dass zwei seiner Leute an einer Online-Diskussion darüber beteiligt waren. Außerdem interessierte es ihn nicht sonderlich. Aber Eric fügte hinzu: »Mark hat sein Master-Diplom bei dem Studioheini gemacht, der die Internet-Werbung organisiert.«

»Herzliches Beileid.«

»Das brauchen wir auch. Ich hatte völlig vergessen, wie gehässig halbwüchsige Girls sein können, und sie benutzen Ausdrücke, die sogar einem erfahrenen Seemann die Schamesröte ins Gesicht treiben.«

»Ihr müsst mal was für mich recherchieren. Zuerst einmal sollt ihr den schnellsten Flug von Trondheim zu dem Flughafen für mich buchen, der dem Aralsee am nächsten liegt.«

»Das dürfte der Uralsk Airport in Kasachstan sein«, warf Eric ein.

Wie Stone an derart obskure Informationen herankam, war Cabrillo zwar ein Rätsel, aber genau das machte ihn zu einem der besten Rechercheure der gesamten Branche. »Als Nächstes möchte ich alles wissen, was ihr über Karl Petrowski ausgraben könnt.« Cabrillo buchstabierte den Namen. »Dieser Name dürfte nicht allzu ungewöhnlich sein, daher sollten Sie sich auf jeden konzentrieren, bei dem es Verbindungen zum Aralsee, zu Admiral Pytor Kenin oder zu Nikola Tesla gibt.«

»Kenins Name ist mir nicht unbekannt. Das ist doch der Typ, der hinter der Verhaftung Yuri Borodins steckt. Aber was hat Tesla mit all dem zu tun?«

»Keine Ahnung, aber das war das Letzte, was Yuri sagte, ehe er starb.«

Eric ließ sich einen Moment Zeit, um diese Information zu verarbeiten. »Tut mir leid, Juan. Mark und ich wussten zwar, dass er angeschossen wurde, aber wir hatten keine Ahnung, dass er gestorben ist.«

»Ihr habt schließlich dienstfrei und konntet es also gar nicht wissen.«

»Nur damit Sie Bescheid wissen: Bei diesem Eisgang und den sonstigen Wetterbedingungen kann ich für mindestens zwölf Stunden hinsichtlich der möglichen Ankunftszeit in Trondheim keine zuverlässige Schätzung abgeben.«

»Ich weiß. Tun Sie Ihr Bestes.« Cabrillo legte auf und kehrte zu Hanley an die Bar zurück. Er griff dankbar nach einem weiteren Glas Wodka.

»Was sagt dir dein Bauchgefühl?«, fragte Max.

»Zum einen, dass, wenn ich mir noch mehr von denen hier genehmige«, er leerte sein Glas, »ich morgen früh einen ausgewachsenen Kater haben werde.«

»Und zum anderen?«

»Der Zeitpunkt von Juris Inhaftierung war nicht zufällig gewählt. Ich glaube, er hat etwas über Admiral Kenin herausgefunden und dass dieses Etwas mit Nikola Tesla und dem Aralsee zu tun hat.«

»Aber was?«

»Bis Stoney und Murph irgendwelche Informationen heranschaffen, habe ich keinen Schimmer. Aber da Yuri es kurz vor seinem Tod erwähnt hat, habe ich die Absicht, der Sache auf den Grund zu gehen.«

Wer Juan Cabrillo kannte, wusste, dass es, sofern er sich etwas in den Kopf gesetzt hatte, kaum etwas gab, das ihn aufhalten konnte. Und jeder, der es versuchte, würde sehr bald die wahre Bedeutung des Begriffs »Entschlossenheit« kennenlernen.

FÜNF

Das Boot befand sich fünfzehn Meilen vor der Küste Kaliforniens auf Schleichfahrt, und in der Nähe zog ein Kutter der amerikanischen Küstenwache gemütlich mit dem Ziel San Diego nach Süden. Der Kutter war weniger als vier Meilen entfernt, und während das U-Boot das Sonar ausgeschaltet hatte, um sich nicht durch das charakteristische Pingen zu verraten, durfte die Mannschaft nicht das geringste Risiko eingehen, aufgespürt zu werden. Zwar operierten sie in internationalen Gewässern, doch die Anwesenheit eines von Dieselmotoren angetriebenen Jagd-U-Boots so dicht vor der amerikanischen Küste würde eine schnelle und äußerst gefährliche Reaktion auslösen.

Während der Kutter selbst über keine nennenswerte Bewaffnung verfügte, um das U-Boot der Tango-Klasse auszuschalten, konnte er es immerhin mit Hilfe seines Sonars verfolgen, bis man ein Kampfflugzeug von einer der zahlreichen Marinebasen angefordert hatte. Die Mission war schon zu weit gediehen, um sie abzublasen. Falls eine Fortsetzung nur möglich war, wenn sie ein oder zwei Stunden unbeweglich unter Wasser ausharrten, bis der Kutter außer Hörweite wäre, dann würden sie es wohl tun müssen. Geduld und Lautlosigkeit waren die beiden Haupttugenden eines U-Boot-Fahrers.

Die Fahrt nach Norden hatte länger als eine Woche gedauert. Den größten Teil dieser Zeit hatten sie sich jenseits aller normalen Schifffahrtsrouten und in Schnorcheltiefe bewegt, so dass die drei Dieselmotoren mit frischer Luft versorgt werden konnten. Nur wenn das Sonar ein näher kommendes Schiff meldete – gewöhnlich kamen sie aus Asien, wenn sie sich Häfen an der amerikanischen und mexikanischen Westküste näherten –, zogen sie den Schnorchel ein und tauchten ab, um sich unsichtbar zu machen.

Normalerweise mit siebzehn Offizieren und einundsechzig Matrosen bemannt, befanden sich nur zwei Dutzend Männer an Bord dieses U-Boots, und der Kapitän hatte allen Grund, auf sie stolz zu sein.

»Sonar, Lagebericht«, flüsterte er. Er stand gerade hinter dem Mann, der sich über das veraltete Passiv-Sonarsystem beugte.

Der Matrose nahm die Hörmuschel des Kopfhörers herunter, die er gegen sein rechtes Ohr gepresst hatte. »Der Kutter entfernt sich mit acht Knoten. Ich schätze den Abstand zu uns auf fünf Meilen.«

Je nach den Begleitumständen bedeuteten fünf Meilen eine heikle Distanz. Mit dem Auto war es eine Fahrt von fünf Minuten, zu Fuß ein zweistündiger Marsch. Auf See, wo sich der Schall ungehindert ausbreiten und innerhalb kürzester Zeit weite Strecken zurücklegen konnte, waren fünf Meilen durchaus noch als Rufweite zu bezeichnen.

»Irgendwelche Anzeichen, dass er eine eigene Antenne schleppt?«

»Nein, Sir«, erwiderte der Matrose im Flüsterton. »Wenn er es täte, würde er die Fahrt drosseln und sich treiben lassen. Sonst könnte er bei dem Lärm seiner eigenen Propeller nichts hören.«

Plötzlich drückte der Mann die Hörmuschel wieder gegen sein Ohr. Es war, als hätte er, als er diese Möglichkeit ansprach, das entscheidende Stichwort gegeben.

»Sir! Seine Schrauben sind gerade eben verstummt. Er treibt!«

Der Kapitän legte besänftigend eine Hand auf die Schultern des jüngeren Mannes. »Sachte, mein Sohn. Er kann uns nicht hören, wenn wir keinen Laut von uns geben.«

Der junge Matrose nickte verlegen. »Ja, Käpt'n.«

»Wir sind nichts anderes als ein einhundert Meter langer stummer Fleck im Ozean. Da gibt es überhaupt nichts zu hören. Machen Sie weiter.«

Der Kapitän ließ den Blick durch den Kommandoturm wandern. Der niedrige Raum war so klaustrophobisch eng wie eine Gruft, und im roten Licht der Kampfbeleuchtung erschienen die Männer geradezu dämonisch. In der Mitte des Raums hing das Periskop wie ein metallener Stalaktit von der Decke herab. Darum drängten sich der Ruderstand, die Maschinenkontrolle, der Kapitänssessel und mehrere andere Stationen. Das U-Boot war so alt, dass die Anzeichen noch mit analoger Technik und simplen Skalenscheiben arbeiteten, ähnlich wie in einem Boot aus dem Zweiten Weltkrieg. Die Luft war eisig, und da das Boot ausschließlich von seinen Batterien angetrieben wurde, durfte keine Energie für die Heizung verschwendet werden. Dennoch perlte auf den Gesichtern mehrerer Männer der Schweiß. Die Spannung war geradezu körperlich spürbar.

»Der Kutter treibt noch, Käpt'n.«

»Das ist okay, mein Freund. Soll er treiben. Er hat keine Ahnung, dass wir hier sind.«

Sie waren seit fast einer Stunde auf Schleichfahrt, seitdem sie den Kutter anhand einer Datenbank auf Magnetband gespeicherter akustischer Signale identifiziert hatten – ein weiteres Stück antiquierter Technologie, das auf die in den 1970ern liegenden Wurzeln der Tango-Klasse hinwies. Als nun ein Innenalarm erklang, war er besonders schrill und durchdringend.

Der Matrose, der dem Alarmgeber am nächsten war, reagierte entsprechend seiner Ausbildung. Die meisten Personen hätten für ein paar entscheidende Sekunden innegehalten, während ihr Gehirn den störenden Lärm verarbeitete und analysierte, doch er bewegte sich so schnell wie eine Katze und betätigte den Schalter, der die Sirene zum Schweigen brachte. Die Hälfte der roten Gefechtslampen begann zu pulsieren – als visuelles Zeichen dafür, dass ein Notfall eingetreten war.

Die Zeit schien stillzustehen, während die Männer nervöse Blicke wechselten. Sie sahen sich nun mit zwei Gefahren konfrontiert: Zum einen war das der amerikanische Kutter, der mit einer Schleppantenne, die die leisesten ungewöhnlichen Laute auffangen könnte, auf Geräusche in der Tiefsee lauschte. Laut einer Geschichte aus der Zeit des Kalten Krieges hatte ein sowjetisches U-Boot während seiner viertausend Meilen weiten Reise nur deshalb auf Schritt und Tritt verfolgt werden können, weil ein Matrose immer, wenn er allein war, mit seinem Kaugummi Blasen herstellte und platzen ließ. Und das andere war etwas, das die Sensoren des Bootes als ausreichend lebensbedrohlich einstuften, um einen Alarm auszulösen.

Die Antwort auf die Frage nach dieser zweiten Gefahr erfolgte Sekunden später, als sich eine Rauchschwade aus einem der Deckenventilatoren kräuselte. Schnell wurde daraus ein milchig weißer Strom.

Noch mehr als vor dem Ertrinken fürchteten sich U-Boot-Fahrer vor Feuer.

Und es war offensichtlich, dass es in diesem Augenblick irgendwo im Schiff brannte.

Der Blick des Kapitäns wanderte durch die Kommandozentrale und blieb immer nur für einen winzigen Moment an einer Gestalt hängen, ehe er weiterwanderte. Von dort hatte er keine Hilfe zu erwarten. Der Kapitän fixierte seinen Ersten Offizier. »Bekämpfen Sie das Feuer mit allen Mitteln. Aber absolut geräuschlos.«

»Sir«, sagte der Mann und eilte dorthin, wo der Qualm am dichtesten zu sein schien.

»Sonar, Lagebericht?«, fragte der Kapitän betont routiniert. Er musste seiner Mannschaft demonstrieren, dass kein Grund zur Panik bestand. Dabei rumorte es heftig in seinen Eingeweiden.

»Der Kontakt treibt noch«, erwiderte der Mann am Sonar und drückte die Hörmuschel so heftig gegen sein Ohr, dass sich seine Fingerknöchel weiß färbten.

»Hat er uns gehört?«

»Das wird er wohl. Er weiß nur nicht, was er gehört hat.«

»Was würden Sie an seiner Stelle tun?«

»Sir?«

»Antworten Sie. Wenn Sie an seinem Passiv-Sonar säßen und diesen Alarm hörten, was würden Sie tun?«

»Hm.« Der Matrose zögerte.

»Eine einfache Frage. Verraten Sie es mir. Was würden Sie tun?«

»Ich würde Kurs auf unser Schiff nehmen und die Antenne weiterschleppen, in der Hoffnung, noch mehr Geräusche aufzufangen.«

Der Kapitän kannte die richtige Antwort – es war die, die ihm der Sonarmann gegeben hatte. Aber sein Instinkt riet ihm, die Brücke zu verlassen und seinem Ersten Offizier zu folgen. Das Feuer war ein unmittelbarer Notfall. Der amerikanische Kutter war da zweitrangig. Aber seine Ausbildung befahl ihm etwas anderes. Er musste auf der

Kommandobrücke bleiben. Es war die Fähigkeit eines guten Führers, streng zwischen Instinkt und der Ausbildung zu trennen, die das Überleben von Mannschaften garantierte. Und die unmittelbare Gefahr für das U-Boot drohte überhaupt nicht durch das Feuer. Das war und blieb die Küstenwache.

Er wartete mit seinen Männern, die Blicke auf die Uhr über dem Platz des Planesman gerichtet. Der Kutter ließ den Antrieb ausgeschaltet und lauschte mit seiner Passiv-Antenne.

Nach sechs Minuten ließ der Kapitän ein wenig von der Luft ab, die er seit dem Ertönen des Alarms glaubte angehalten zu haben. Nach der siebten Minute atmete er vollständig aus.

»Ich denke, er hat uns übersehen, Leute«, flüsterte er.

In diesem Moment kehrte der Erste Offizier zurück.

»Sir, in der Küche ist Bratfett zu heiß geworden und in Brand geraten. Nichts wurde beschädigt.«

»Sir, die Maschinen des Kutters wurden soeben gestartet. Er entfernt sich seewärts.«

»Macht er Anstalten zu wenden?«

Die Wartezeit zog sich endlos hin, aber der junge Matrose wandte sich plötzlich zu seinem Kapitän um, ein breites Grinsen im Gesicht. »Sie nehmen Kurs nach Süden und machen bereits acht Knoten Fahrt.«

»Gut gemacht, Leute«, sagte der Kapitän mit beinahe normalem Tonfall. Er blickte kurz zu Admiral Pytor Kenin, dessen Miene ausdruckslos wirkte. Er war sich nicht sicher, was er von dort erwarten konnte, daher war er angenehm überrascht, als ihn der Mann mit einem anerkennenden Kopfnicken belohnte.

Kenin hatte an der Wand gelehnt, richtete sich nun abrupt auf und rief: »Operation beendet.«

Die roten Gefechtslampen erloschen, und Deckenlampen tauchten den Kontrollraum des U-Boots in grellweißes Licht. Techniker, die kurz zuvor noch unsichtbar gewesen waren, kamen herein, um die Geräte zu überprüfen, während sich die Matrosen an den verschiedenen Stationen von ihren Sitzen erhoben. Sie waren erschöpft und angespannt, als wäre es ein echter Feindkontakt und keine Übung gewesen. Und dennoch genossen sie das Gefühl der Selbstzufriedenheit, den geforderten Job perfekt erledigt zu haben.

»Herzlichen Glückwunsch, Kapitän Escobar«, sagte Kenin und streckte dem Mann eine Hand entgegen. Er sprach Englisch, die einzige Sprache, die beide Männer verstanden.

»Für einen kurzen Moment hatte ich angenommen, wir hätten versagt«, gab Jesus Escobar zu. »Ein höchst ungünstiger Moment für ein simuliertes Feuer.«

»Ein guter U-Boot-Führer kann immer nur eine einzige Krise meistern; allein die hervorragenden schaffen mehrere gleichzeitig.«

Escobar gestattete sich als Reaktion auf dieses Kompliment den Anflug eines Lächelns.

Kenin fuhr fort: »Damit ist Ihre Ausbildung abgeschlossen, Käpt'n. Sie und Ihre Männer sind nun bereit, in See zu stechen.«

»Das Kartell wird diese Neuigkeit erfreut zur Kenntnis nehmen. Sie haben sehr viel Geld in dieses Unternehmen gesteckt, und jetzt ist endlich der Zeitpunkt gekommen, unser neues Spielzeug nutzbringend einzusetzen.«

»Hatten Sie mir bei Ihrer Ankunft hier in Sachalin nicht erzählt, Ihr Kartell brauche nur zwei Fahrten von Kolumbien nach Kalifornien, um einen Profit zu erzielen?«

»Ja«, erwiderte Escobar und strich seinen schwarzen

Schnurrbart glatt. »Mit einer Minimalbesatzung und genügend Treibstoff für die Hin- und Rückfahrt können wir mehrere Tonnen Kokain laden.«

»Sie haben mir bewiesen, dass Sie wesentlich mehr als nur zwei Fahrten schaffen, mein Freund.« Kenin legte einen Arm um Escobars Schultern, wodurch der Größenunterschied zwischen den beiden Männern unterstrichen wurde. Während der kolumbianische Drogenschmuggler die Statur eines U-Boot-Fahrers hatte – eins fünfundsechzig und nicht besonders muskulös –, stieß der russische Admiral mit seinen knapp eins neunzig Körpergröße fast an die Decke. Er war ein Bär von einem Mann mit massiger Statur und einer eisenharten Konstitution. »Heute Abend veranstalte ich für Sie und Ihre Männer als Anerkennung für die drei langen Monate, die Sie alle hier trainiert haben, eine kleine Feier. Morgen können Sie sich dann ausschlafen, und morgen Abend werden wir im Schutz der Dunkelheit Ihr Boot aus dem Trockendock manövrieren, damit Sie damit nach Hause zurückkehren können.«

»Sie erweisen uns eine große Ehre, Admiral.«

»Informieren Sie Ihre Männer über den Verlauf und Erfolg der Übung, und wir beide treffen uns später.«

Kenin machte kehrt und kletterte auf der Leiter hinauf in den Turm, wo bereits einer seiner Männer wartete, um die Außenluke zu öffnen. Die simulierte Fahrt hatte fast fünf Stunden gedauert, und Kenin gierte geradezu nach frischer Luft, würde sich aber noch ein wenig gedulden müssen. Das einhundert Meter lange U-Boot lag im Becken eines etwa drei Mal so großen schwimmenden Trockendocks, das seinerseits an einer halbverfallenen Marinebasis vertäut war, die Kenin für seine privaten Zwecke benutzte. Er ließ sich an einer Außenleiter hinabrutschen und überquerte eine bewegliche Rampe zu einem Laufgang, der sich über die gesamte Länge des Trockendocks erstreckte. In dem höhlenartigen geschlossenen Raum herrschte der Geruch des Wassers, in dem das Tango-Boot trieb. Es roch nach Maschinenöl und Rost. Starke Lampen an der Decke schafften es nicht, den trüben Halbdämmer wesentlich aufzuhellen.

Wie üblich bewegte er sich mit langen, eiligen Schritten über den Laufgang und erreichte eine Treppe, die zu einem Außenschott führte. Erst als diese Tür hinter ihm lag und er auf das offene Deck hinaustrat, atmete er ein und füllte seine Lungen. Die Sonne war längst untergegangen, der Wind hatte aufgefrischt. Die Temperatur betrug etwa vier Grad, und er wusste aus Erfahrung, dass, sobald der Winter Einzug gehalten hatte, minus vierzig Grad der tägliche Durchschnitt wären.

Eine weitere Rampe führte auf die alte Marine-Pier hinauf. Das Dock selbst war eine Anlage aus brüchigem Beton und durch Frost geschädigtem Asphalt, stellenweise mit Unkraut bewachsen, wo die Risse und Spalten im Untergrund breit und tief genug waren. Der Blick landeinwärts wurde durch baufällige Lagerhäuser versperrt, deren Außenanstrich längst von den Stürmen abgeschliffen worden war, die aus der sibirischen Tundra herangeheult kamen. Ein Wagen wartete auf ihn, dessen Fahrer sofort stramme Haltung annahm, als er Kenin auf dem Dock entdeckte.

Der Mann salutierte zackig und öffnete die hintere Tür. Kenin ließ sich auf den Ledersitz sinken und holte sein verschlüsseltes Mobiltelefon sofort aus der Tasche. Im U-Boot hatte er keinen Empfang gehabt und deshalb ein Dutzend Anrufe versäumt. Einstweilen wollte er nur den Anruf seines Adjutanten, Fregattenkapitän Viktor Gogol, beantworten.

»Gogol, hier ist Kenin.«

»Admiral, wie ist es gelaufen?«

»Sie starten morgen Abend.«

»Mir wurde versichert, dass der Apparat bereit ist«, sagte Gogol.

»Wie die Kolumbianer jemals auf die Idee kommen konnten, dass ich ihnen gestatten würde, ein ausrangiertes U-Boot zu verkaufen, um Kokain nach Amerika zu schaffen, ist mir schleierhaft. Escobar scheint zwar dazu fähig zu sein, aber fünf Minuten nachdem er Südamerika verlassen hätte, säße ihm die U.S. Navy im Nacken. Eine Mannschaft muss Jahre trainieren, um einem amerikanischen Sonar aus dem Weg zu gehen. Diese Narren glauben doch tatsächlich, dass sie ihr Schiff nach nur drei Monaten Ausbildung vollkommen im Griff haben.«

»Wie Sie sich vielleicht erinnern, Admiral, hatten sie anfangs nur um eine Woche Instruktionen gebeten, bevor sie das Boot übernehmen.«

»Ich erinnere mich. Danach hätten sie nicht einmal gewusst, wie sie das Boot aus dem Trockendock herausbekommen. Wie ich sagte, sie sind richtige Narren. Es ist auch besser so. Das Kartell wird die letzte Rate an mich überweisen, ehe das U-Boot ablegt, und wenn es auf achtzig Meter taucht, öffnen sich die Einlassventile der Ballasttanks, und der Kahn sinkt auf den Grund des Pazifiks. Keine Zeugen und keine Rückforderungen vom Kartell. Dann erzählen Sie mal, Viktor, warum rufen Sie an?«

»Wir haben ein Problem«, sagte Gogol in einem Tonfall, der Kenin aufmerken ließ.

»Reden Sie.«

»Borodin ist geflohen.«

Kenins Stimmung änderte sich von Zufriedenheit zu

rasender Wut, als hätte er einen Schalter umgelegt. »Wie konnte das passieren?«

»Ein neuer Gefangener wurde eingeliefert, im Grunde eine routinemäßige Verlegung. Anscheinend war dieser Mann aber ein Schwindler, der den Auftrag hatte, Borodin zu befreien. Irgendwie gelang es ihm, Sprengstoff ins Gefängnis zu schmuggeln. Sie haben sich einen Weg frei gesprengt, während draußen ein Hubschrauber wartete, um sie abzuholen.«

Mit Wut ließen sich die Empfindungen, die in seiner Brust an einer Stelle tobten, wo bei normalen Menschen ein Herz saß, nicht beschreiben. »Reden Sie weiter«, stieß Kenin mit zusammengebissenen Zähnen hervor.

»Danach ist der Helikopter des Gefängnisses sofort gestartet und hat die erste Maschine abgeschossen. Als sie das Wrack untersucht haben, stellten sie fest, dass der Helikopter ferngesteuert wurde. Nirgendwo ein Anzeichen von Borodin oder dem falschen Mitgefangenen. Als sie zurückflogen, entdeckten sie Spuren eines Schneemobils, die nach Norden führten. Das Letzte, das man von ihnen hörte, war, dass sie den Spuren folgten.«

»Was meinen Sie mit ›das Letzte, das man von ihnen hörte‹?«

»Admiral, das Ganze ist vor drei Stunden passiert. Seitdem hat sich die Helikopterbesatzung nicht mehr gemeldet. Ein anderer Hubschrauber ist gestartet, um sie zu suchen, jedoch vergebens. Sie befürchten, dass der Helikopter entweder abgestürzt ist oder über dem Meer abgeschossen wurde und versank.«

Pytor Kenin hätte nicht den Rang eines Admirals erreicht oder eine private Armee innerhalb des russischen Militärs aufbauen können, ohne zugleich wagemutig und gnadenlos zu sein. Und er war niemals um eine schnelle

Entscheidung verlegen. »Die Wachen, die zugelassen haben, dass der Gefangene Sprengstoff mitnehmen konnte, sollen sofort eingesperrt werden. Steckt sie zu den anderen Gefangenen, damit sie sich bei ihnen nach Lust und Laune revanchieren können. Außerdem soll der Direktor sofort ausgetauscht werden, und ich erwarte den Mann in meinem Büro, wenn ich nach Moskau zurückkehre.«

»Wird erledigt, Admiral«, versprach Gogol.

Kenin fuhr jedoch noch weiter fort: »Wir müssen wohl davon ausgehen, dass Borodin an Bord eines wartenden Schiffes gelangt ist. Überprüfen Sie alle Schiffe, die sich in dieser Region befanden, und stellen Sie fest, woher sie kamen und wem sie gehören, eben alles, was Sie in Erfahrung bringen können.«

»Jawohl, Admiral.«

»Wenn Borodin am Leben ist, ist das Mirage-Projekt gefährdet. Er kann allerdings nichts beweisen, daher gibt es nur sein Wort. Wir müssen dafür sorgen, dass er keinen Beweis finden kann. Ist das klar?«

»Ich denke schon, Admiral.«

»Sämtliche Hinweise, ganz gleich wie vage, müssen augenblicklich vernichtet werden.«

»Informieren wir die Chinesen?«

»Auf keinen Fall. Wir können das Ganze geheim halten. Wir brauchen nur ein paar Tage Zeit. Dann findet unsere Demonstration statt, und danach liegt alles andere bei ihnen.« Kenin ließ sich zurücksinken, während der Wagen die stillgelegte Basis passierte und Kurs auf das Fertighaus nahm, in dem er immer wohnte, wenn er den Kolumbianern einen Besuch abstattete. Sie zahlten ihm dreißig Millionen Dollar für das U-Boot und die Ausbildung seiner Mannschaft, daher sollte er sich wenigstens von Zeit zu Zeit bei ihnen blicken lassen. Sobald das Tango-Boot abgelegt hatte, würde das Trockendock zurück nach Wladiwostok geschleppt werden, und das Fertighaus würde man zerlegen und ebenfalls dorthin transportieren.

»Eine Sache noch, Viktor.«

»Admiral?«

»Wenn Sie das nächste Mal wichtige Neuigkeiten haben, stellen Sie mir keine Fragen, wie die Ausbildung verlaufen ist. Damit vergeuden Sie nur meine Zeit.«

»Ja, Admiral. Es tut mir leid.«

»Es soll Ihnen nicht leidtun, Sie sollen es nur nicht noch einmal tun.« Kenin fiel noch etwas anderes ein. »Ich nehme an, Borodins Befreiung wurde von seinem kleinen Speichellecker, Misha Kasporow, organisiert. Sehen Sie zu, dass er ebenfalls den Tod findet.«

»Dieser Befehl wurde erteilt, sobald ich von der Flucht erfuhr. Er ist bereits untergetaucht, aber wir werden ihn finden.«

»Das hoffe ich für Sie.«

SECHS

Am Ende erwies sich Eric Stones ungewöhnliche Kenntnis der zentralasiatischen Flughäfen als untauglich. Cabrillos Ziel war nicht die einigermaßen stabile Nation Kasachstan, sondern ihr um einiges wilderer Nachbar im Süden. Usbekistan hatte eine hundsmiserable Menschenrechtsbilanz aufzuweisen, keine Pressefreiheit, und wenn die größte Baumwollernte der Nation – ihr hauptsächliches Agrarprodukt – von den Feldern eingebracht werden sollte, wurde häufig eine allgemeine Zwangsarbeit verhängt. Zwar hatte die Korruption dort nicht solche Ausmaße angenommen wie in anderen ehemaligen sowjetischen Staaten dieses Teils der Welt, aber wäre eine Wahl möglich gewesen, so hätte Cabrillo liebend gern darauf verzichtet, dieser Region einen Besuch abzustatten.

Laut Eric Stones Recherchen war Karl Petrowski zweiundvierzig Jahre alt und ein angesehener Hydrologe mit Diplomen von der Moskauer Universität und der Technischen Universität in Berlin gewesen, als er bei einem Unfall mit Fahrerflucht ums Leben kam. Seine jüngste Tätigkeit hatte er im Auftrag der Regierung von Usbekistan ausgeübt. Sie bestand darin, den Erfolg Kasachstans bei der Reparatur der Schäden, die durch die Sowjets und ihre nicht sehr gründlich geplanten Bewässerungsprojekte in den 1940ern und '50ern verursacht worden waren, zu wiederholen.

Bevor die Sowjetunion dieses Projekt in Angriff nahm, war der Aralsee mit einer Fläche, die größer war als die des Huron- und des Ontariosees zusammen, einer der größten Binnenseen der Welt gewesen. Der Aralsee bildete die Grundlage einer erfolgreichen Fischerei- und Tourismusindustrie und musste als die Lebensader der gesamten Region gelten. In dem Bemühen, die Baumwollproduktion in den umliegenden Wüsten anzukurbeln, leiteten sowjetische Ingenieure das Wasser der beiden großen Flüsse Amudarja und Syrdarja, die den Aralsee speisten, in ein weit verzweigtes Kanalnetz um, in dem die Hälfte der abgezapften Wassermassen verloren ging. Anfang der 1960er Jahre begann der Wasserstand des Sees daher rapide zu sinken.

Die Sowjets wussten, dass dies eine Folge ihrer wasserbaulichen Maßnahmen war, aber eine zentralistisch planende Regierung schenkte den umweltschädlichen Auswirkungen ihrer Projekte wenig bis keine Beachtung. Ein halbes Jahrhundert später war der Aralsee, dessen Name »See der Inseln« bedeutet, so weit geschrumpft, dass er aus mehreren separaten Brackwassertümpeln bestand, in denen jegliches organische Leben so gut wie vollständig abgestorben war. Tatsächlich war der Salzgehalt mittlerweile drei Mal so hoch wie in den Weltmeeren. Die einst so umfangreichen Fischereiflotten lagen vor sich hin rostend und verlassen in einer toten Wüstenlandschaft. Das Schrumpfen des Aralsees veränderte das örtliche Klimasystem und sorgte für eine übermäßig starke Erwärmung der Luft und eine Minderung der saisonal bedingten Regenfälle. Staub, Salz und pestizidhaltige Abwässer, die von den Baumwollfeldern kamen, vergifteten den Untergrund zusätzlich, bis alles, was am Ende übrig blieb, so kahl und leblos war wie eine Mondlandschaft.

Der einzige Lichtblick in der traurigen Geschichte dieser Region war der Versuch der kasachischen Regierung, Wasser in den nördlichen Aralsee zu leiten, um ihn wieder zu beleben. Allmählich verschob sich das Seeufer erneut in Richtung der ehemaligen bedeutenden Hafenstadt Aralsk, die neunzig Kilometer vom Wasser entfernt lag. Die kommerzielle Fischerei wurde wieder aufgenommen, und mikroklimatische Veränderungen hatten zur Folge, dass die Regenmengen stetig zunahmen.

Indem sie reichlich verspätet versuchten, ihren nördlichen Nachbarn nachzueifern, verfolgten die Usbeken einen ähnlichen Plan. Karl Petrowski hatte zu dem Wissenschaftlerteam gehört, das die Erfolge in Kasachstan analysiert und während des vorangegangenen Jahres erste Schritte unternommen hatte, um den Erfolg in ihrem Land zu wiederholen.

Cabrillo bezweifelte, dass Petrowskis Arbeit in diesem Bereich für seinen Tod verantwortlich war. Es musste etwas sein, das entweder mit Nikola Tesla – was eher unwahrscheinlich war – oder mit dem geheimnisvollen Geisterschiff zu tun hatte, über das ihre intensiven Recherchen nicht den geringsten Hinweis zutage gefördert hatten.

Das führte den Chairman zu diesem trostlosen, windumtosten Außenposten, den man als »Arsch der Welt« bezeichnen musste. Als er nach einem Flug, der ihn vom Moskauer Domodedovo Airport nach Süden geführt hatte, durch die Tür des mit einer imposanten Glasfassade ausstaffierten Flughafengebäudes trat, wurde er von einer Wand aus glühender Luft und salzigem Staub aufgehalten. Schnell setzte er eine Sonnenbrille auf und schob die Schultertasche ein wenig weiter auf den Rücken. Dem Reisepass zufolge, den er auf diesem Trip benutzte, war er ein kanadischer Fotojournalist, und die Papiere, die er bei sich trug, bewiesen, dass er an einem Artikel arbeitete, von dem er hoffte, ihn dem *National-Geographic*-Magazin verkaufen zu können.

Während er durch Russland reiste, hatte er ein Sportsakko, ein weißes Oberhemd mit offenem Kragen und ramponierte Anzugschuhe getragen, aber diese Kombination hatte er später gegen die auf der ganzen Welt vorgeschriebene Fotografenuniform eingetauscht: Khakihose, Stiefel und eine Weste mit unzähligen Taschen. Außerdem trug er noch eine zweite Tasche, die eine Nikon-Spiegelreflexkamera, ein paar Wechselobjektive und genug anderen fototechnischen Krimskrams enthielt, um die Tarnung perfekt zu machen.

Eine solche Verkleidung hatte Vor- und Nachteile. In einem Land wie Usbekistan, wo die Medien strengster staatlicher Kontrolle unterlagen, erregte jemand, der nach Herzenslust in der Gegend herumfotografierte, unweigerlich die Aufmerksamkeit der Behörden. Da Juan jedoch nicht die Absicht hatte, die Kamera in der Nähe irgendwelcher Regierungsgebäude und militärischer Stützpunkte aus der Tasche zu holen, sollte das kein Problem bedeuten.

Ein Vorteil war: Diebe wussten gewöhnlich, dass Fotografen nur selten etwas anderes als ihre Kameras bei sich hatten, das sich zu stehlen lohnte, und dass sie solche Diebstähle sofort der Polizei meldeten, die ihrerseits gewöhnlich darüber im Bilde war, wer dahintersteckte, und, damit ihre Heimat nicht in einen schlechten Ruf geriet, mit schnellen Verhaftungen reagierte.

Sicher vor der Regierung und sicher vor potentiellen Straßenräubern. Er ignorierte die lauten Rufe von Taxifahrern, die mit günstigen Fahrpreisen in die nahe gelegene Stadt warben, und konzentrierte sich auf einen ramponierten UAZ-469. Der zweckmäßige russische Jeep war vermutlich etwa zur gleichen Zeit vom Band gelaufen, als Cabrillo sein Töpfchentraining absolvierte. Die Karosserie war eine Mischung aus blanken Metallflächen, matter Tarnfarbe und Staub und machte einen derart zerbeulten und runzligen Eindruck, dass sie wie das Fell eines Shar-Pei aussah.

Mit der raubtierhaften Geduld eines jagenden Falken beobachtete der junge Mann, der daneben stand, in einer Hand eine Zigarette und in der anderen eine von Hand beschriebene Tafel mit dem Namen »Smith« darauf, die Leute, die aus der Flughafenhalle strömten. Als er sah, wie Cabrillo die Schar Reisender, die über Taxipreise verhandelten, hinter sich ließ und auf ihn zukam, trat er die Zigarette aus und knipste ein Lächeln an, das seine tabakbraunen Zähne entblößte.

»Mr. Smith, ja?«

»Ich bin Smith«, sagte Cabrillo und ergriff die ausgestreckte Hand, um einen enthusiastischen Händedruck auszutauschen.

»Ich heiße Osman«, stellte sich der junge Mann mit einem nahezu unverständlichen Akzent vor. »Willkommen in Usbekistan. Sie sind wirklich aufs Herzlichste willkommen. Mir wurde gesagt, ich sollte Sie hier mit dem besten Wüstenfahrzeug abholen, das ich besitze. Und, wie Sie sehen können, der Wagen ist wunderschön.«

Russisch war bei den verschiedenen Stämmen und Sippen in dieser Region die allgemeine Sprache, und Cabrillo hätte es dem Vertreter der Mietwagenfirma ersparen können, sich mit einer westlichen Fremdsprache abzumühen. Doch es gab nur wenige kanadische Fotojournalisten, die das Russische beherrschten, daher blieb er bei Englisch.

»Er ist wirklich wunderschön«, bestätigte Juan und

warf einen verstohlenen Blick auf ein kleines Ölrinnsal, das unter dem Chassis hervorsickerte.

»Mir wurde nicht gesagt, dass Sie einen Fahrer brauchen, ja?«

Das war also die Absicht des Knaben, erkannte Juan. Einen Jeep gegen eine auf der altertümlich anmutenden Website der Firma genannte fixe Summe zu vermieten war die eine Sache. Osman war aber scharf auf den lukrativen Vertrag als Cabrillos Fahrer und Fremdenführer für die vier Tage, die Cabrillo den UAZ gemietet hatte.

»Es wurde Ihnen darum nicht gesagt, weil ich keinen Fahrer brauche.«

Aber dann warf ihm Cabrillo doch noch einen Knochen hin. »Ich würde Sie allerdings gut bezahlen, wenn Sie mir noch einen Reservekanister Benzin besorgen könnten.«

»Demnach wollen Sie weit in die Wüste fahren.«

»Nicht so weit, dass ich nicht mehr zurückkann.«

Der Usbeke hielt das offenbar für einen grandiosen Witz und lachte, bis er einen Hustenanfall hatte. Er zündete sich eine frische Zigarette an.

Juan genehmigte sich gelegentlich eine Zigarre, daher nahm er es niemandem übel, wenn er ihm Tabakrauch ins Gesicht blies. Aber er konnte sich nicht vorstellen, in einer Staubschüssel Zigaretten zu rauchen, während sich seine Zähne wie Sandpapier und seine Lunge wie zwei halbleere Säcke Zement anfühlten.

»Okay«, erwiderte Osman resignierend. Und dann fragte er ein wenig schüchterner: »Vielleicht nachdem Sie mich vor meinem Büro in der Stadt abgesetzt haben?«

Das war etwas, das Cabrillo am Nahen Osten und an Zentralasien schon immer gefallen hatte, nämlich dass jeder versuchte, aus einem Geschäft noch ein wenig mehr herauszuholen. Eigentlich war egal, wie wenig dabei

herauskam, solange die andere Seite etwas mehr heraus-
rückte, als man selbst zu geben bereit war. Den meisten
Westbesuchern erschien das als hinterlistig und habgie-
rig, aber in Wirklichkeit waren solche Verhandlungen lediglich eine Taktik, den Charakter eines Gegenübers zu
testen. Wenn man zu schnell einwilligte, wurde man als
Trottel abgestempelt; zierte man sich dagegen zu lange,
war man ein Snob. Die Balance bestimmte, was für eine
Person man war.

»Einverstanden.« Cabrillo nickte und streckte die Hand
aus, um die Abmachung zu besiegeln. Dann meinte er, als
sich ihre Handflächen berührten: »Aber nur, wenn Sie in
Ihrem Büro ein Glas Tee haben.«

Osmans Lächeln kehrte zurück, und nun wirkte es viel
echter als die geschäftsmäßige Freundlichkeit, die er vorher an den Tag gelegt hatte. »Ich mag Sie, Mr. Smith. Sie
sind a-okay.«

Ein Glas Tee mit Osman zu trinken würde nur ein paar
Minuten in Anspruch nehmen, aber von diesem jungen
usbekischen Abzocker als a-okay bezeichnet zu werden
brachte Juan seit Borodins Tod zum ersten Mal zum Lachen.

Die Straße zur früheren Hafenstadt Mo'ynoq war ein
die Nieren durchschüttelndes Band aus rissigem Asphalt,
das durch die nicht existente Federung des UAZ in seiner
Wirkung noch verschlimmert wurde.

Die Landschaft war eine ebene, windgepeitschte Wüste mit gelegentlichen Ansammlungen schütterer Vegeta-
tion. Das einzige halbwegs Interessante, das Cabrillo ins
Auge fiel, waren zweihöckrige Baktrische Kamele. Sie waren kürzer als ihre einhöckrigen Cousins und hatten dichte Fellbüschel an ihren Hälsen und auf jedem ihrer fetten
Höcker. Er war sich nicht sicher, ob die Tiere jemandem

gehörten oder wild waren. Aber aus den gleichgültigen Blicken, mit denen sie ihn musterten, als er an ihnen vorbeifuhr, entnahm er, dass sie an die Nähe von Menschen gewöhnt waren.

Mo'ynoq war nur einhundertachtzig Kilometer von Nukus entfernt, aber die Fahrt dauerte trotzdem fast vier Stunden. Der Abend ließ noch auf sich warten, daher blieb die Luft heiß und ätzend, und je mehr er sich seinem Ziel näherte, desto deutlicher schmeckte sie nach Salz, jedoch ganz anders als die erfrischende Seeluft, die er auf den Brückennocks der *Oregon* genussvoll einatmete, nämlich so sauer und bitter wie Essig.

Die Stadt war einst der wichtigste usbekische Hafen am südlichen Ende des Aralsees gewesen. Nun, da sich der See einhundertfünfzig Kilometer weiter nördlich befand, stellte Mo'ynoq einen so einsamen Flecken Zivilisation dar, dass er mittlerweile keine Daseinsberechtigung mehr hatte. Einst ein pulsierendes Handelszentrum, war die Stadt inzwischen praktisch tot und wurde nur noch von einem kleinen Bruchteil ihrer früheren Bevölkerung bewohnt. Nach einer Fahrt vorbei an verlassenen Wohnhäusern und Gewerbebauten gelangte Cabrillo zum einstigen Hafenkai der Stadt. Ein auf Schienen laufender Turmkran bewachte den mit Unkraut dicht bewachsenen Graben des ehemaligen Hafenbeckens.

Verrostete Fischerboote, die weit verstreut das Becken bevölkerten, boten einen so jenseitigen Anblick, wie Cabrillo ihn noch nie gesehen hatte. Er hatte einst ein Schiff entdeckt, das im Sand der Kalahari vergraben lag, aber irgendwie verwirrte das Nebeneinander eines Hafens ohne Wasser und der gestrandeten Schiffsrümpfe die Sinne. Wie Salvador Dalís Gemälde *Die Beständigkeit der Erinnerung*. Was den Eindruck des Surrealen noch verstärkte, war ein weiteres Kamel, das Grashalme knabberte, die aus dem Loch im Rumpf eines 60-Fuß-Trawlers wucherten.

Ringsum standen die Gebäude verlassener Fischverarbeitungsbetriebe, stählerne Plattenbauten, die von den Elementen Stück für Stück in ihre Bestandteile zerlegt wurden. Bei jedem von ihnen fehlten ganze Wandabschnitte, die an Zahnlücken in einem grinsenden Mund erinnerten. Es war offensichtlich, dass die Stadt so langsam gestorben war wie ein Krebskranker, der unaufhaltsam dahinsiechte, bis nur noch Haut und Knochen und Verzweiflung von ihm übrig blieben.

Ein paar Menschen waren noch zu sehen, und sie bewegten sich mit der Trägheit und Teilnahmslosigkeit von Untoten. Nirgendwo konnte Cabrillo Kinder spielen sehen, was ihm noch nie in einer Stadt der Dritten Welt begegnet war.

Die Sonne erschien hier viel härter, messingfarbener. Sonne und Wüste waren wie Hammer und Amboss, zwischen denen die Stadt unaufhaltsam zertrümmert wurde.

Auf der anderen Seite der Grenze, in Aralsk in Kasachstan, hatte man versucht, die Verbindung zwischen Stadt und See aufrechtzuerhalten, indem man einen Kanal von etwa dreißig Kilometern Länge gegraben hatte. Aber hier sah es so aus, als hätten sich die Bürger von Mo'ynoq ohne Gegenwehr in ihr Schicksal ergeben.

So wenige Häuser waren noch bewohnt, dass er nur ein paar Minuten brauchte, um sein Fahrtziel zu finden: das Haus von Karl Petrowskis Witwe, einer Kasachin. Bei der Wahl des Zeitpunkts für seinen Besuch hatte ihn das Schicksal begünstigt, denn in einer Woche, so hatte er erfahren, würde sie in die Heimat zu ihrer Familie zurückkehren.

Das Haus war ein einstöckiger Betonkasten, dessen Fassade einst mit Gips verputzt gewesen war, den der Wind jedoch so weit abgetragen hatte, dass er an schuppige Haut erinnerte. Der Hof war mit Unkraut überwuchert, obwohl sich eine magere Ziege alle Mühe gab, den Bewuchs im Zaum zu halten. Das Anwesen sah wie ein Foto aus den zwanziger Jahren aus, mit der auffälligen Ausnahme einer Satellitenschüssel auf einem Pfahl, den man in die Erde gerammt hatte. Während er aus dem Wagen stieg, bemerkte Cabrillo, dass sogar dieses moderne Utensil dem allgemeinen Verfall Tribut hatte zollen müssen. Nackte Drähte ragten aus der Empfängerkapsel, und Holzklammern verrieten, dass sie die Funktion einer improvisierten Wäschespinne wahrnahm.

Er nahm die Sonnenbrille ab, während er auf die Haustür zuging. Sie schwang auf, ehe er Gelegenheit hatte anzuklopfen.

Mina Petrowski musste früher eine schöne Frau gewesen sein, dies verriet die Struktur ihres Gesichts. Zwar hatte sie immer noch eine schlanke, straffe Figur, aber der Überlebenskampf hatte seine Spuren hinterlassen. Ihre Haltung war nicht mehr aufrecht, sondern sie ging so leicht gebeugt wie eine Frau, die dreißig Jahre älter war. Ihre Haut war grau und von tiefen Falten durchzogen. Das Haar war mit grauen Strähnen durchsetzt und hatte die trockene, spröde Beschaffenheit von altem Stroh.

»Mrs. Petrowski, mein Name ist John Smith«, sagte Cabrillo auf Russisch. »Ich glaube, Mr. Kamsin hat Ihnen meinen Besuch bereits angekündigt.«

Arkin Kamsin war Petrowskis Chef in dem neu eingerichteten Büro für die Regeneration des Aralsees gewesen. Eric Stone hatte die Witwe über die Dienststelle, die jener leitete, aufgespürt. Da sie kein eigenes Telefon besaß, waren die Vorbereitungen für dieses Treffen ziemlich mühsam gewesen.

Hinter ihr tauchte ein Mann auf, älter als sie, mit dunklen, wachsamen Augen und einem von Tabak gebräunten Schnurrbart. Er trug die Uniform eines Regierungsfunktionärs, wie sie in diesem Teil der Welt üblich war. Sie bestand aus einer schwarzen Hose aus irgendeinem unzerstörbaren Polyestermischgewebe und einem kurzärmligen weißen Oberhemd, dessen Flecken an Kragen und Achselhöhlen nicht einmal das stärkste Bleichmittel beikäme.

»Mr. Kamsin?«, fragte Cabrillo.

»Ja, ich bin Kamsin. Mina hat mich gebeten, heute hierherzukommen.«

»Ich möchte mich bei Ihnen bedanken, dass Sie sich die Zeit genommen haben, mit mir zu reden«, sagte Juan mit einem gewinnenden Lächeln. Kamsins Anwesenheit war ein unerwarteter Joker. Als jemand, der sich jederzeit seinen Lebensunterhalt als Pokerspieler hätte verdienen können, hasste Cabrillo alles, das die Gewinnchancen beeinflusste.

»Bitte«, sagte Mina Petrowski mit zaghafter Stimme, »möchten Sie nicht hereinkommen? Ich muss mich entschuldigen, dass es im Haus …«

»Mein Mitarbeiter ließ durchblicken, dass Sie in Kürze umziehen wollen«, sagte Cabrillo, um ihre Scham wegen eines Wohnzimmers voller Umzugskartons und in Plastikfolie eingewickelter Möbel zu zerstreuen. Wenn ihn etwas störte, dann war es höchstens die Tatsache, dass es im Haus womöglich heißer war, als wenn man draußen in der Sonne stehen blieb.

»Lassen Sie mich Ihnen zunächst mein aufrichtiges Beileid wegen Ihres schweren Verlustes aussprechen.«

»Danke«, sagte Mina flüchtig.

In diesem Moment kamen zwei kleine Mädchen aus dem hinteren Teil des Hauses ins Zimmer gelaufen. Eins war etwa acht, das andere sechs Jahre alt. Die abgetragene und verblichene Kleidung des jüngeren Mädchens verriet, dass die Kleine gezwungen war, die abgelegten Sachen ihrer älteren Schwester aufzutragen. Mit großen Augen und offenem Mund starrten die beiden Kinder den kahlköpfigen Fremden an.

»Sira, Nila – geht zurück in die Küche«, befahl Mina Petrowski in scharfem Tonfall.

Die Mädchen zögerten einige Sekunden lang und schufen so für Cabrillo eine günstige Gelegenheit. Er griff in seine Schultertasche und holte zwei aufgeweichte Hershey-Keksriegel in ihrer charakteristischen Verpackung heraus. Die Macht der amerikanischen Werbeindustrie reichte sogar bis zu diesem abgelegenen Außenposten der Zivilisation, und die Augen der beiden Mädchen weiteten sich zu unmöglichen Dimensionen, als sie die Süßigkeit erkannten.

»Darf ich?«, fragte Juan und wusste sofort, dass sich Eric Stones gründliche Recherche, die ergeben hatte, dass Karl Petrowski zwei Kinder hatte, auszahlen würde.

Die trauernde Witwe reagierte mit einem Lächeln, das verriet, dass sie die dafür notwendigen Muskeln seit Monaten nicht mehr beansprucht hatte. »Natürlich. Vielen Dank.«

Er überreichte jedem der Mädchen einen der Riegel und erhielt ein zweifaches über die Schulter gemurmeltes Dankeschön, während sie den Raum verließen. Ganz gleich, ob aufgeweicht oder nicht, er vermutete, dass jedes Schokoladenmolekül innerhalb von Sekunden konsumiert werden würde. Falls es so etwas wie ein Schokoladenatom gab – *chocosium* vielleicht –, würde sicherlich auch noch das letzte von der Innenseite der Verpackung abgeleckt werden.

»Bitte, nehmen Sie Platz«, lud Mina ihn ein. »Darf ich Ihnen Tee anbieten?«

»Ich habe festgestellt, dass mein Magen keinen Tee verträgt«, erwiderte Juan. Es war eine Lüge, aber er wollte nicht, dass sich die Frau wegen ihm Umstände machte, und eine offene, direkte Ablehnung hätte unhöflich gewirkt. »Außerdem habe ich gerade eine Flasche Wasser getrunken.«

Mina nickte automatisch.

Arkin Kamsin holte eine Packung pakistanische Zigaretten hervor und bot sie Cabrillo an. Abzulehnen war hier kein Ausdruck von Unhöflichkeit, sondern von Unmännlichkeit. Juan überbot den Mann, indem er eine Packung Marlboro präsentierte. Es war eine Währung, so universell wie Gold. Er nahm eine Zigarette für sich heraus und reichte dem Usbeken die Packung, dann machte er eine ablehnende Handbewegung, als Kamsin die Packung zurückgeben wollte, nachdem er sich daraus bedient hatte. Diese Geste zauberte ein Lächeln ins Gesicht des Funktionärs, während er die Packung in seine Hemdtasche steckte.

Cabrillo ließ die Zigarette zwischen seinen Fingern verqualmen, während Kamsin an der seinen tiefe Züge machte und den Rauch in kleinen Wölkchen durch die Nasenlöcher wieder ausatmete.

Nachdem die Gastfreundschaftsrituale abgeschlossen waren, beugte sich der Mann so vor, dass sein Bauch über den Kunstledergürtel quoll. »Ihr Mitarbeiter hat ein wenig ausweichend auf die Frage reagiert, weshalb Sie Karls Witwe treffen möchten.«

Diese Realität hatte sich noch nicht im Bewusstsein verankert, denn Mina zuckte bei der Nennung ihres verstorbenen Gatten zusammen.

»Weshalb ist er in Moskau gewesen?«, wollte Juan wissen, um die Beantwortung der Frage zu umgehen.

»Um zu recherchieren«, erwiderte Kamsin.

»Was?«

»Es ging um technische Einzelheiten des alten sowjetischen Kanalsystems. Vieles davon wird in Moskau archiviert.«

Cabrillo musste es riskieren. Er hatte keine Ahnung, ob Kamsin erschienen war, um die Witwe seines Angestellten oder sein eigenes Ministerium zu schützen. Und ohne die Karten auf den Tisch zu legen, hätten er und der Usbeke noch stundenlang wie die Katzen um den heißen Brei reden können, ohne auch nur einen Deut voranzukommen.

»Darf ich ganz offen sein?«, fragte er. Kamsin winkte einladend und lehnte sich auf dem mit Plastikfolie bedeckten Sofa zurück. Die Folie knisterte wie altes Zeitungspapier. »Ich vertrete eine kanadische Umweltschutzbewegung. Wir glauben, dass Mrs. Petrowskis Ehemann absichtlich getötet wurde, und zwar wegen etwas, das er hier gefunden hatte und worüber er sich in Moskau informieren wollte.«

Damit hatte Cabrillo seine Karten aufgedeckt, jetzt war Kamsin an der Reihe, das Spiel zu beenden.

Er und Mina wechselten einen Blick, und Juan wusste sofort, dass über diese Möglichkeit bereits gesprochen worden war und dass es höchstwahrscheinlich zutraf.

»Wie kommt es, dass Sie so gut Russisch sprechen, Mr. Smith«, fragte Kamsin, als er den Chairman wieder ansah.

»Ich habe ein gutes Ohr für Sprachen«, antwortete Juan ehrlich. »Lassen Sie mir ein paar Wochen Zeit, und ich werde auch Usbekisch beherrschen.« Selbst das entsprach der Wahrheit.

»Aber jetzt sprechen Sie unsere Sprache noch nicht.«

»Nein.«

»Ich werde Ihnen vertrauen.«

Dann wandte er sich an Mina, und die beiden redeten einige Minuten lang miteinander. Es war klar, dass diese Unterhaltung für die Frau qualvoll war. Was weniger deutlich wurde, waren Kamsins Tonfall und seine Absichten. Riet er ihr, zu schweigen und den Fremden aus dem Haus zu komplimentieren, oder wurde er von ihr überzeugt, dass sie endlich einen Verbündeten gefunden hatten, der ebenfalls glaubte, dass der Tod ihres Mannes alles andere als die Folge eines Unglücksfalls war?

Schließlich war es Mina, die das Wort ergriff. »Wir wissen nicht, was Karl gefunden hat. Ein paar Tage bevor er nach Moskau abreiste, hatte er den Seegrund im Zuge seiner Arbeit nördlich von hier untersucht. Als er zurückkam, war er wegen irgendetwas sehr aufgeregt, wollte mir aber nicht verraten, was er gefunden hatte, ehe er seine Entdeckung nicht überprüft hatte.«

»Mir gegenüber wollte er sich auch nicht äußern«, fügte Arkin Kamsin hinzu. »Allerdings schaffte er es, mich zu überzeugen, so dass ich ihm die Reisekosten bewilligte. Das war typisch Karl. Ich vertraute ihm vollkommen. Das hätte jeder getan, der ihn länger als fünf Minuten kannte.«

»Wie weit nördlich?«, wollte Juan wissen. Da der Aralsee auf ein Viertel seiner ursprünglichen Ausdehnung zusammengeschrumpft war, gab es Zehntausende Quadratkilometer freiliegenden Seegrunds zwischen Mo'ynoq und der kasachischen Grenze.

»Das wissen wir nicht.«

Diese Aussage hing für mehrere Sekunden unkommentiert in der heißen Luft.

»Aber es gibt jemanden, der es wissen könnte«, sagte Mina.

Juan sah sie mit einem fragenden Stirnrunzeln an.

»Er war oft mit dem alten Yusuf unterwegs«, erklärte sie. »Der war mal Fischer auf dem Aral, ehe das Wasser zurückwich. Jetzt ist er nur noch ein alter Mann, aber Karl war der Meinung, dass er den Seeboden genauso gut kannte wie seine Oberfläche, damals, als der See noch Wasser führte.«

»Haben Sie ihn gefragt, wo sich Karl umgeschaut hat?«

»Natürlich«, antwortete Kamsin. »Aber wie bei vielen alten Leuten blieben seine Beschreibungen ziemlich vage. Er redete von verschiedenen Inseln und Wind und wie die Erde sich angefühlt hat. Mit etwas Konkretem konnte er dagegen nicht dienen.«

»Und wollten Sie nicht selbst nachschauen?«, fragte Juan und glaubte die Antwort bereits zu kennen.

»Wenn das, was Karl fand, seinen Tod zur Folge hatte …«, erwiderte Kamsin und beendete den Satz nicht.

»Ich verstehe«, sagte Juan zu beiden. Kamsin hatte einen Job und ein Leben. Er wollte beides nicht in Gefahr bringen und lebte wahrscheinlich schon länger mit der Angst, dass sein Nichtwissen keineswegs eine Garantie für seine Sicherheit war. Und Minas Motiv, der Angelegenheit nicht auf den Grund zu gehen, befand sich im Zimmer nebenan und aß Schokolade. »Was ist mit Yusuf? Wäre er bereit, noch einmal dorthin zurückzukehren?«

Kamsin überlegte einen Moment lang. »Das ist möglich. Er hat sich zwar nicht angeboten, als Mina und ich ihn das erste Mal befragten, aber wir haben ihn auch nicht ausdrücklich gebeten, uns die Stelle zu zeigen.«

»Natürlich«, sagte Juan und wusste, dass sie sich beide schämten, nicht weiter nach den Gründen geforscht zu haben, aus denen Karl Petrowski ermordet worden war.

Das usbekische Volk war erst seit zwanzig Jahren von Russland unabhängig. Diese beiden Menschen waren alt genug, um sich an das Leben in einem Regime zu erinnern, das zu Teilen noch immer stalinistisch war. Man stellte keine Fragen, vermied jeden Augenkontakt mit Fremden und machte niemals jemand anderen auf sich aufmerksam. Es war der einzige Weg, in Sicherheit zu leben. Sosehr Karls Tod Mina und Kamsin schmerzte, sie wollten – und konnten – nichts anderes tun, als die offizielle Begründung aus Moskau zu akzeptieren und die Angelegenheit auf sich beruhen zu lassen.

»Sagt einem von Ihnen der Begriff ›Geisterschiff‹ irgendetwas?«, unterbrach Cabrillo das unbehagliche Schweigen mit seiner Frage.

Mina und Kamsin sahen einander perplex an. »Es gibt viele Schiffe auf dem Seegrund«, erwiderte Kamsin. »Aber so etwas wie ein Geisterschiff ist nicht dabei.«

»Karl hat es mir gegenüber auch niemals erwähnt«, fügte Mina hinzu. »Ist Karl deswegen gestorben?«

»Ich weiß es nicht, und wahrscheinlich wird es das Beste sein, wenn Sie vergessen, dass ich danach gefragt habe.«

Sie nickten verständnisvoll.

»Soll ich Sie zu Yusuf bringen?«, bot Kamsin an. »Leider spricht er nur Usbekisch. Es wäre mir eine Freude, für Sie zu dolmetschen.«

»Sie sind sehr freundlich«, sagte Juan und erhob sich. Er holte zwei weitere Hershey-Riegel aus seiner Schultertasche und reichte sie Mina Petrowski. »Für Ihre Töchter. Später.«

Wohin ihn seine Ermittlungen auch führen mochten, es

war auf jeden Fall ein Ort, den sie nicht aufsuchen durfte. Karl war tot. Zu wissen, weshalb, würde ihn nicht zurückbringen. Ideologie ist etwas für die anderen, sagte ihm ihr Blick. Ich muss pragmatisch sein.

Sobald sie draußen waren, ergriff Arkin Kamsin Cabrillos Arm und sah ihm beschwörend in die Augen. »Wird es Gerechtigkeit geben?«

Juan drehte sich zu dem Haus um, das ihm schon jetzt wie eine leere Hülle erschien, nur dass die Bewohner noch nicht ausgezogen waren. »Für Mina?«, antwortete er mit einer Gegenfrage.

»Für jeden von uns?«

»Nein.«

»Weshalb sind Sie dann hierhergekommen?«

Zu seiner Überraschung stutzte Juan eine Sekunde. »Weil ein Freund in meinen Armen gestorben ist. Und ich habe angenommen, dass ich wenigstens ihm zu ein wenig Gerechtigkeit verhelfen könnte. Reicht das?«

»Für uns? Hier? Ich nehme an, das muss es wohl.«

Die beiden Männer blieben während der Fahrt zu Yusuf schweigsam, und die einzigen Worte, die noch gesprochen wurden, waren Fahranweisungen, während Cabrillo den Wagen durch die leere Stadt lenkte. Die Gebäude schienen kaum mehr als Fassaden und leere Hüllen zu sein.

Yusuf hauste unten am Hafen in einer verrosteten Schale, die einst ein Fischerboot gewesen war. Kamsin nahm nicht an, dass dem alten Mann dieses Boot gehört hatte, aber er hatte es offenbar in Besitz genommen. Wie alle anderen im Hafen ruhte das Boot auf dem Erdboden, und stellenweise türmte sich der Sand bis zum Bootsrand auf. Juan ließ den Blick über einige andere Boote in der Nähe schweifen und vermutete, dass der alte Fischer vor allem deshalb dieses eine Boot ausgesucht hatte, weil es halbwegs gerade stand und nicht wie die meisten anderen auf die Seite gekippt war.

Cabrillo bremste in einer Staubwolke neben dem Boot. Die beiden Männer stiegen aus.

Kamsin rief einen Gruß in Richtung des seeuntüchtigen Bootes, und Cabrillo nahm durch ein Bullauge in der Kabine unter dem Ruderhaus eine Bewegung wahr. Verglichen mit dem Mann, der jetzt auf das breite Achterdeck des Bootes kletterte, war Methusalem ein Teenager. Dieser Mann trug einen weiten Mantel, ein Kopftuch und stützte sich auf einen Knotenstock. Weiße Haarsträhnen kräuselten sich unter dem Kopftuch hervor, während die untere Hälfte seines Gesichts von einem Bart verhüllt wurde, der eher zu einem Zauberer aus einem Märchen gepasst hätte. Wangen und Augen waren eingesunken. Das eine Auge war dunkelbraun, fast schwarz, während das andere mit einem milchigen Film, hervorgerufen vermutlich durch grauen Star, bedeckt war. Über einer raubvogelmageren Schulter hing eine altertümliche Kalaschnikow.

Erst als Yusuf die Reling erreichte und ihn nur noch anderthalb Meter von seinen Besuchern trennten, erkannte er Arkin Kamsin. Ein zahnloses Lächeln erschien in seinem Gesicht, und die beiden Männer unterhielten sich auf Usbekisch. Cabrillo kannte die Sitten und Gebräuche in diesem Teil der Welt und wartete geduldig ab, während sie das ausgedehnte Begrüßungsritual zelebrierten, sich gegenseitig nach dem Wohlergehen diverser angenommener Familienangehöriger erkundigten, sich über das Wetter äußerten und den jüngsten Klatsch austauschten, der in der entvölkerten Stadt die Runde machte.

Zehn unergiebige Minuten verstrichen so, ehe Juan

eine Veränderung im Tonfall der Unterhaltung wahrnahm. Nun diskutierten sie über Cabrillo und die Gründe
seiner Anwesenheit. Gelegentlich warf Yusuf einen Blick
in seine Richtung, wobei sein verwittertes Gesicht völlig
ausdruckslos blieb.

Schließlich wandte sich Kamsin zu Cabrillo um. »Yusuf meint, dass er gerne helfen würde, jedoch nicht sicher
ist, was Karls Interesse seinerzeit geweckt haben mag.«

»Haben Sie das Geisterschiff erwähnt?«

»Habe ich.«

»Bitte fragen Sie ihn noch mal.«

Daraufhin setzte Kamsin sein Gespräch mit dem alten
Mann fort. Yusuf schüttelte weiterhin den Kopf und hob
die Hände zu einer ratlosen Geste. Er wusste offenbar gar
nichts, und Juan kam zu dem Schluss, dass sein Ausflug
nichts als Zeitverschwendung gewesen war. Er fragte sich,
ob sein Anliegen während der Übersetzung irgendwo auf
der Strecke geblieben war. Er kannte sich in verschiedenen Verhörtechniken aus und wusste, wie man aus den
winzigsten Erinnerungsfetzen Details extrahieren konnte.
Aber ohne die Fähigkeit, Usbekisch zu sprechen und zu
verstehen, war er machtlos. Und dann kam ihm ein blitz-
artiger Gedanke – für einen Moment befand er sich wieder an Bord der *Oregon* und hielt Yuri Borodin im Arm,
während er seine letzten Worte hervorstieß.

Er hatte Englisch gesprochen.

»Geisterschiff«, sagte Juan in der gleichen Sprache. Yusuf musterte ihn verständnislos. »Geister-*lodka*«, sagte er
und benutzte dieses Mal das russische Wort für »Schiff«.

Plötzlich war das zahnlose Grinsen wieder da, und das
heile Auge glitzerte piratenhaft. »*Da. Da.* Geister-*lodka*.«
Er wandte sich zu Kamsin um und begann einen langen
Monolog auf Usbekisch. Diesmal fuchtelte er mit seinen

knochigen Armen herum, als würde er einen Schwarm Wespen abwehren, wobei die Spitze seines Gehstocks den beiden Besuchern gefährlich nahe kam.

Arkin Kamsin konnte die Wortflut schließlich übersetzen. »Das Geisterschiff ist draußen im Aralsee, ein Wrack wie alle anderen, aber Karl meinte zu Yusuf, dass etwas Besonderes daran sei, etwas ›Magisches‹ – so nannte er es. Zwei Tage nachdem sie das Wrack untersucht hatten, äußerte Karl den Wunsch, nach Moskau zu gehen.«

Cabrillo fragte: »Kann Yusuf es mir zeigen?«

»Ja. Er meint, wenn Sie beide im Morgengrauen aufbrechen, könnten Sie am Nachmittag dort sein.«

Juan war nicht gerade scharf darauf, durch die Wüste zu irren, aber er erkannte, dass kein Weg daran vorbeiführte. Er hatte einen Gegenvorschlag und fragte mit Kamsins Hilfe, ob sie nicht sofort aufbrechen und unterwegs campieren könnten. Der alte Mann schien davon so lange nicht begeistert zu sein, bis Juan ein Bündel Geldscheine aus der Tasche zog. Yusufs heiles Auge leuchtete wieder auf, und dann nickte er, bis Juan Angst hatte, dass der Kopf jeden Moment von seinem mageren Hals herabfallen könnte.

Zwanzig Minuten später, nachdem Arkin bei der Beschaffung von Proviant assistiert hatte, wozu auch eine Dreiviertelliterflasche dessen gehört, was in dieser Region als Premiumwodka galt und Cabrillo den Gegenwert von achtzig Cent in usbekischer Währung kostete, starteten die beiden zu einer Fahrt durch eine Einöde, die früher den Grund eines Sees gebildet hatte, und zogen eine Heckwelle Staub – nicht Wasser – hinter sich her.

SIEBEN

Wie der Name andeutet, hatte es im Aralsee, dem »Meer der Inseln«, einst Tausende von großen und kleinen Eilanden gegeben, die von seinen windgepeitschten Wellen umspült wurden. Mittlerweile ragten sie von dem ehemaligen Seeboden empor wie Tafelberge im Südwesten von Nordamerika, einsame Landmarken in einer ansonsten kahlen, abweisenden Ebene. Nach einer nahezu schlaflosen Nacht, in der die Temperatur bis auf fünf Grad gefallen und Cabrillo gezwungen war, sich im hinteren Gepäckabteil zu verkriechen, weil Yusuf auf dem Rücksitz eingeschlafen war, die leere Wodkaflasche in den vogelähnlichen Klauen, hatten sie ihre Fahrt bereits kurz nach Sonnenaufgang fortgesetzt.

Yusuf gab die jeweilige Fahrtrichtung an, weil er zumindest in dieser Region die Inseln und ihre Lage sehr genau kannte. Er hatte zu einer Zeit als Fischer gearbeitet, als das Wasser mehr und mehr zurückgegangen war, und identifizierte jede Insel nach ihren Umrissen, obgleich er jetzt von der jeweiligen Basis zu ihr emporschauen musste. Sobald sie eine der ehemaligen Inseln passiert hatten, gab er mit einem Handzeichen die neue Fahrtrichtung an und erschien dabei so selbstsicher, als stünden ihm eine Landkarte und ein Kompass zur Verfügung. Wenn man in seiner eigenen Heimat unterwegs war, brauchte man kein GPS, und außerdem war der Aralsee mehr als sechzig Jahre lang so etwas wie das private Reich des alten Fischers gewesen.

Wieder und wieder drängte sich Juan, wenn sie die Überreste eines gesunkenen Schiffes passierten, das Surreale ihrer Situation auf. Häufig bewegten sie sich durch ein Trümmerfeld voller Fischfanggerät und Küchenutensilien. Ein Wrack entpuppte sich als Autofähre, die den Umrissen der völlig verrosteten Autos, die immer noch auf ihrem Deck standen und teilweise neben dem Rumpf halb aus dem Sand des Seegrunds ragten, nach zu urteilen irgendwann in den 60ern oder 70ern gesunken sein musste. Die Wagen hatten jene kantige, kastenähnliche, nur für die praktische Nutzung reservierte Form, die die Sowjets kultiviert hatten. Yusuf gab Cabrillo ein Zeichen, das Tempo zu drosseln, daher lenkte Juan ihren UAZ über den Seegrund, bis sie neben einem ganz bestimmten Wagen anhielten. Es war eine Limousine, die früher einmal hellbraun gewesen war, mittlerweile jedoch mehr Rost zeigte als alles andere. Die luftlosen Reifen hatten die Felgen schon frühzeitig in den damals noch weichen Seegrund einsinken lassen, jedoch waren sämtliche Glasscheiben erstaunlicherweise unversehrt geblieben.

Yusuf faltete seinen spindeldürren Körper aus dem SUV und gab Juan ein Zeichen, dass er ihm folgen solle. Da er die Absichten des alten Mannes nicht kannte, blieb Cabrillo wachsam, suchte den fernen Horizont ab und achtete besonders auf die buckelförmige Erhebung einer ehemaligen Insel, die etwa anderthalb Kilometer entfernt westlich von ihrer Position lag. Hier draußen wirkte das bittere Salzaroma, das vom Wind aufgewirbelt wurde, noch schärfer und beißender als in Mo'ynoq. Er trank aus einer Wasserflasche, ehe er aus dem Wagen stieg, und musste den ersten Mundvoll ausspucken. Das Wasser schmeckte nach Ozean. Der zweite Schluck schmeckte brackig, und erst den dritten empfand er als halbwegs erfrischend.

Der alte Usbeke war neben dem Seitenfenster auf der Fahrerseite der Limousine stehen geblieben. Mit dem Ärmel seines Mantels schuf er eine kleine Öffnung in der Staubschicht, die nicht nur die Fensterscheibe, sondern den gesamten Wagen bedeckte, und blickte hinein. Knapp eine Minute lang stand er völlig regungslos da und trat dann beiseite, um Juan Platz zu machen. Juan verspürte eine seltsame Vorahnung, die sich als ein eisiges Kribbeln im Bereich seiner Wirbelsäule bemerkbar machte. Dann presste er das Gesicht gegen das heiße Glas. Von draußen drang genügend Licht ins Wageninnere, so dass er die Überreste eines menschlichen Körpers auf dem Beifahrersitz erkennen konnte. Viel war von ihm nicht übrig außer einigen Kleidungsfetzen und ausgeblichenen Knochen. Der Schädel machte einen weitgehend heilen Eindruck, bildete jedoch einen derart scharfen Winkel zum Hals, dass Juan die rundliche Wölbung des Hinterhauptlappens erkennen konnte.

Cabrillo sah Yusuf fragend an. Dieser sagte erst etwas in seiner Muttersprache und fand dann das entsprechende russische Wort. »Bruder.«

Juan gab einen Laut des Mitgefühls von sich und stellte sich vor, wie es sein musste, einen Bruder auf See zu verlieren und Jahre später seine Leiche wiederzufinden, lange nachdem sich die Fluten, in denen er umgekommen war, zurückgezogen hatten. Er fragte sich auch, weshalb Yusuf die sterblichen Überreste nicht nach vorgeschriebener muslimischer Art bestattet hatte, begriff jedoch gleichzeitig, dass dieser Wagen seit Jahrzehnten sein Grab war – und ihn jetzt herauszuholen würde ein Sakrileg bedeuten. Es gab nichts, was er hätte sagen können, daher legte er dem alten Mann eine Hand auf die Schulter, drückte sie sanft und kehrte zu dem Wagen zurück, der mit laufendem Motor wartete. Eine Minute später folgte Yusuf, nachdem er sich – wie Cabrillo vermutete – mit einem letzten langen Blick von seinem Bruder verabschiedet hatte, und deutete nach Norden.

Sechs weitere Stunden, während die Temperatur stetig anstieg und die Sonne zunehmend heftiger vom Himmel brannte, näherten sie sich auf einem Zickzackkurs ihrem Ziel, indem sie von einer Insel zur nächsten rollten und sich dabei an die Landkarte hielten, die Yusuf in seinem Kopf hatte. Mindestens ein Mal pro Stunde mussten sie eine Pause einlegen, damit sich der Motor des UAZ wieder abkühlen konnte. Bei einem dieser Stopps spendierte Cabrillo dem Kühler vorsichtshalber eine Gallone Wasser und füllte gleichzeitig den Benzintank mit dem Inhalt der Reservekanister auf, die sie mitgenommen hatten.

Natürlich verstand er nicht ein Wort von dem, was Yusuf sagte, während sie fuhren, aber der alte Mann erging sich dennoch weiter in Selbstgesprächen. Cabrillo konnte nur vermuten, dass der Usbeke von Fischfangfahrten erzählte, die er in die Gewässer vor den Inseln unternommen hatte, die sie nun auf ihrer Fahrt passierten. Er deutete auf eine lang gestreckte Senke im Seegrund, offenbar war das ein ehemaliger unterseeischer Graben. Auf seinem Grund lagen Dutzende von großen kantigen Steinen, um die herum Fischernetze verteilt waren, die fächerartig den Boden bedeckten und an Spinnweben erinnerten.

Yusuf äußerte sich mit zunehmender Erregung über diesen Ort. Der zornige Ausdruck seiner Worte war nicht zu überhören und gipfelte in einem Fluch und einem wütenden Ausspucken. Wenn Juan ihn richtig verstand, musste Yusuf an dieser Stelle mehr als ein Fangnetz verloren haben. Cabrillo lächelte unwillkürlich. Yusuf bemerkte Juans Reaktion, und seine Miene verfinsterte sich noch mehr, bis er begriff, wie unsinnig es war, unsichtbare Steine für einen längst vergessenen Schaden verantwortlich zu machen.

Das verhaltene Gelächter, in das sie anschließend ausbrachen, hatte angesichts der Tatsache, dass kein Fischer in dieser Region jemals wieder ein Netz verlieren würde, einen traurigen Unterton.

Die Wüstenlandschaft wollte kein Ende nehmen.

Kurz nach Mittag war im Hitzeflimmern über der Wüste am Horizont ein Schatten zu erkennen. Wie eine Festung mit senkrechten Mauern erhob sich dahinter eine weitere Insel. Mit jedem Meter, den sie sich dem Schatten näherten, nahm er deutlicher Form an und erwies sich schließlich als ein Schiff, das jedoch ein wenig größer als die typischen Fischerboote war, denen sie bisher begegnet waren, andererseits aber kleiner als eine Autofähre. Seinem Aussehen nach zu urteilen, war es älter als die meisten anderen. Das Seewasser hatte die stählerne Struktur weitaus heftiger angegriffen, und die Aufbauten aus Holz waren der Unterwasserfauna nahezu vollständig zum Opfer gefallen. Yusuf deutete mit einem abschließenden Kopfnicken auf das Wrack.

»Geister-*lodka?*«, fragte Juan.

»*Da.*«

Juan lenkte den SUV neben das alte Schiff, dessen Länge er auf dreiunddreißig Meter schätzte und das ihm ziemlich breit vorkam. Es machte einen Aralsee-tüchtigen Eindruck, und er fragte sich, wodurch es gesunken sein konnte. Die Insel war so nahe, dass ein unaufmerksamer Steuermann in einer mondlosen Nacht einen aus dem Wasser ragenden Felsen hätte rammen können, der den Rumpf aufgerissen hätte.

Auf der ihm zugewandten Seite war kein solcher Schaden zu entdecken. Einige Stahlplatten waren eingedellt und verformt worden, als das Schiff auf dem Seegrund aufgesetzt hatte, aber das war auch schon alles. Auf dem Achterdeck waren die Reste eines Bockkrans zu erkennen, und das Deck war abgerundet, um das Ausbringen und Einholen der Fangnetze zu erleichtern. Die Kommandobrücke stellte einen glaslosen Kasten dicht vor dem Bug dar. Seine leeren Fenster glichen Mündern, die zu ungehörten Hilfeschreien aufgerissen waren.

Juan unterbrach die Zündung des UAZ-Motors und stieg aus. Neben seinem Fuß ragte, eingebettet in Salz und Staub, eine Steinguttasse aus dem Boden und erinnerte an das harte Leben an Bord des Fischerbootes und die schwieligen Hände der Männer, die darauf gearbeitet hatten.

Yusuf kam zu Cabrillo, und gemeinsam gingen sie um das Schiff herum und untersuchten seinen Rumpf. Auf der gegenüberliegenden Seite fand Juan wie erwartet die Ursache für seinen Untergang: einen langen Riss unterhalb der Wasserlinie, der fast über ein Drittel der gesamten Schiffslänge verlief. Offenbar war das Fischerboot in der Nähe der Insel mit einem Riff kollidiert und auf Grund dieses beträchtlichen Lecks innerhalb von Sekunden gekentert. Vielleicht hatten es einige Besatzungsmitglieder auch geschafft, zu der Insel zu schwimmen, die in vierhundert Metern Entfernung lag. Es wäre nur eine Frage des Wetters gewesen. Ein rauer Wellengang hätte das Boot sicherlich unaufhaltsam gegen die Felsen gedrückt und seinen Untergang besiegelt.

Der alte Usbeke hob die Hände und gab einen kehligen Laut von sich. Er deutete mit dem Daumen auf das Fischerboot. »*Nyet* Geister-*lodka*.«

Dann zeigte er auf eine tiefe Rinne im Seegrund, etwa einhundert Meter entfernt. Wie ein mythisches Ungeheuer, das aus der Erde hervorbrach, erhoben sich die Überreste eines weiteren Schiffes aus dem flachen Graben, als wäre sein Rand ein Wellenkamm, den das Schiff erklimmen wollte. »Geister-*lodka*«, verkündete Yusuf.

Dieses Schiff sah wesentlich älter aus als das Schiff hinter ihnen. Seine Länge ließ sich nicht genau bestimmen, da nur die vorderen zehn Meter über den Grabenrand hinausragten. Auf jeden Fall war das Schiff deutlich schlanker. Es verfügte über ein voluminöses Vorderdeck, was bei einem Fischerboot ungewöhnlich war, da der größte Teil der Arbeit auf dem Achterdeck absolviert wurde. Die Aufbauten ließen eher auf eine Jacht als auf ein kommerzielles Schiff schließen.

Anstatt zum Wagen zurückzukehren, wanderte Cabrillo durch die Wüste zu diesem anderen Schiff. Yusuf folgte ihm, wobei er seinen Gehstock benutzte, um bei dem Tempo halbwegs mitzuhalten.

Das alte Schiff hatte einen kantigen Bug und zwei Anker, die noch in den Klüsen hingen. Es war nahtlos von einer Rostschicht bedeckt, nirgendwo war auch nur ein Rest der ursprünglichen Farbe erhalten geblieben. Juan erreichte den Rand der Rinne und blickte hinein. Etwa drei Meter von dem Punkt entfernt, wo der Rumpf im Sand verschwand, ragte der einzelne Schornstein in die Höhe, ebenfalls vom Rost zerfressen. Indem er sich an der Position des Schornsteins orientierte, schätzte Cabrillo die gesamte Länge des Schiffes auf etwa vierundzwanzig Meter. Außerdem wiesen seine geradlinigen vertikalen Konturen tatsächlich auf ein Schiff hin, das viel älter war als das in der Nähe liegende Fischerboot. Es erinnerte ihn an eine Luxusjacht, wie sie um die Jahrhundertwende, gegen Ende des Viktorianischen Zeitalters, gebaut worden waren.

Dies war kein kommerzielles Schiff und gehörte weder zur Flotte der örtlichen Fischindustrie, noch war es eine Fähre, die dazu diente, Einheimische über den Aralsee zu transportieren. Dieses Schiff mochte das Spielzeug eines reichen Mannes gewesen sein und hatte vielleicht einem Angehörigen der alten kaiserlichen Familie gehört, der seinen Urlaub an diesem Binnensee verbracht hatte. Und doch ergab das kaum einen Sinn. Warum sollten sich der Zar und die Zarin für ihre Ferien ausgerechnet diesen abgelegenen Winkel ihres Reichs ausgesucht haben?

Vielleicht ein einheimischer Oligarch? Jemand, der vor der Revolution hier gelebt, eine Menge Geld verdient hatte und das Schiff auf dem Aralsee bauen ließ? Das Schiff war viel zu groß, um es über Land zu transportieren, nicht einmal per Eisenbahn schien das möglich, und nachdem die Bolschewiken ihre revolutionsbedingten Säuberungen abgeschlossen hatten, gab es keine Oligarchen mehr.

Juan betrachtete das Schiff als völlig fehl am Platze, als absolute Anomalie. Dass es sich an dieser Stelle befand, hatte gewiss Karl Petrowskis Interesse geweckt, und er reagierte jetzt genauso. Dies war auf keinen Fall der Schiffstyp, der in diesen Gewässern zu kreuzen pflegte. Er betrachtete seine nähere und weitere Umgebung. Eigentlich sollte es auch nicht hier draußen in einer Wüste liegen.

Der Bug des Schiffes war unversehrt geblieben, daher musste er annehmen, dass das, was sein Sinken verursacht hatte, an dem Teil des Rumpfs zu erkennen sein musste, den die Sandmassen verschluckt hatten.

Yusuf kam schließlich herangehumpelt und tippte Cabrillo auf den Arm. Er dirigierte ihn zum Schiffsbug, wo jemand, vermutlich Petrowski, am Rumpf Steine aufge-

häuft hatte, um darauf zu steigen und über den Schiffsrand zu klettern. Juan überwand den Steinhaufen, ergriff
das Stahlskelett, das von der Reling noch übrig war, und
zog sich daran hoch. Er büßte ein Stück Haut ein, als
er umgreifen musste, um ein Bein über die Reling zu
schwingen und an Deck zu gelangen.

Von den ursprünglichen Holzplanken – Teak, vermutete Juan – war nur noch wenig übrig, daher war er gezwungen, auf den stählernen Rippen und Streben zu balancie-
ren, die der Zahn der Zeit noch nicht vollständig zernagt
hatte. Unter sich konnte er einen leeren Raum erkennen,
in dem früher einmal Fracht transportiert worden war. Es
konnte jedoch auch eine vorne gelegene Kabine gewesen
sein. Nun hingegen enthielt sie nichts außer einem Haufen angewehten Staubs.

Ein schmaler Verbindungssteg zwischen der Reling und
dem Deckaufbau ermöglichte ihm den Zugang zu einer
einzelnen wasserdichten Tür, die aus den Angeln gehebelt
worden war und nun wie ein Betrunkener am Türpfosten
lehnte. Durch den engen Spalt zu kriechen war ziemlich
mühsam, und Cabrillo legte, den Rücken auf den sandi-
gen Boden gepresst, auf halbem Weg eine kurze Pause
ein. Man mochte ja vieles über Yuri Borodin sagen, aber
dass er detailverliebt war, konnte niemand behaupten. Er
hatte stets das große Ganze gesehen, eine generelle Sicht
der Dinge bevorzugt und den allgemeinen Überblick gesucht. Er hatte Strategien erarbeitet und für kurzfristige
Taktik nichts übrig gehabt. Einzelheiten langweilten ihn.
Aber weshalb zum Teufel hatte er seine letzten Sekunden
dann damit vergeudet, Cabrillo dazu zu bringen, mitten
in einer abgelegenen Einöde in einem Schiffswrack he-
rumzukriechen?

Dieses gesamte Szenario erschien in vieler Hinsicht derart widersinnig, dass Juan auf der Stelle umkehrte und zurückkroch, bis er hinter sich den Bootsrand spürte und sich dagegen lehnte. Yusuf stand unter ihm und schaute mit seinem gesunden Auge zu ihm hoch.

Der Schuss traf genau, stanzte einen Gewebepfropfen aus dem Hals des alten Mannes, so dass sein Kopf auf die Brust kippte und weiter absackte, als würde er nicht mehr am Körper festgehalten werden. Eine Blutwolke hing in der Luft, der sprichwörtliche rote Nebel des Scharfschützen. Yusuf sank zu Boden. Es war, als wäre er auf die Knie gefallen, um zu beten, aber da sein Gesicht im Sand lag, kam es nicht zu einer Anrufung Allahs. Er war schon tot, ehe sich sein Körper im Staub ausstreckte.

Dann erst ertönte der scharfe Peitschenknall eines Gewehrschusses und das Echo des Projektils, das Yusufs Hals durchschlug und klirrend vom Schiffsrumpf abprallte.

ACHT

Eine Sekunde später lag Juan unter der offenen Tür. Alle Zweifel waren weggewischt. Er schaltete ganz genauso schnell vom Nachdenken und Analysieren auf den Überlebensmodus um, wie es dauerte, bis das akustische und das optische Geschehen des Gewehrschusses zur Deckung gelangten.

Dort, wo sich Juan in diesem Moment befand, hatte er weniger Platz als in einer Telefonzelle, aber er sah eine Eisenleiter, die zur Kommandobrücke hinaufführte. Sonnenstrahlen drangen von oben herab und demonstrierten ihm, wie deckungslos er auch dort oben wäre, aber da er keine andere Wahl hatte, begann er hinaufzusteigen. Im Ruderhaus hatte sich eine Sandschicht auf dem Deck angesammelt. Die meisten Armaturen waren geplündert worden. Das Rad und das Kompasshäuschen waren verschwunden, desgleichen der Maschinentelegraf und der Kartentisch. Die wenigen noch vorhandenen Verzierungen hatten sich schwarz verfärbt und waren erodiert. Und was er als Teakholztäfelung zu erkennen glaubte, war mittlerweile nicht mehr als eine papierdünne Furnierschicht, die vom Alter grau geworden war.

Cabrillo hielt sich unterhalb der großen Fensteröffnungen, die drei Seiten der Kommandobrücke bildeten. Die vierte Wand war kahl – bis auf einige Stahlklammern, an denen möglicherweise ein Feuerlöscher befestigt gewesen war, und eine Tür, die nach achtern führte. Dorthin schlängelte er sich und warf einen Blick in den Korridor dahinter. Der Gang war ebenfalls mit verwittertem Holz getäfelt, und in dem Winkel, wo Deck und Gangwände aufeinandertrafen, klebten noch einige Teppichreste. Nach etwa einem Meter hinter der Tür war der gesamte Korridor bis zur Decke mit Sand gefüllt.

Er saß in der Falle.

Also kehrte er ins Ruderhaus zurück und lugte vorsichtig aus einem Fenster. Er hatte die Hoffnung, den Scharfschützen zu entdecken. Ein Projektil traf das Metall zwei Zentimeter von seinem Kopf entfernt und stanzte ein Loch in den rostigen Stahl, als wäre er nicht dicker und solider als ein Gazeschleier. Vier knisternde Löcher erschienen dort, wo Cabrillo noch eine Sekunde zuvor gekauert hatte. Und vier kleine Sandfontänen wurden neben seinem ausgestreckten Körper hochgeschleudert, als die Kugeln das Deck trafen.

Cabrillo rollte sich in eine neue Position. Er wusste, dass der Schütze ihn nicht sehen konnte, denn er vermutete, dass der Mann in halber Höhe des Felssockels der nächsten Insel Posten bezogen hatte, konnte sich dessen allerdings nicht ganz sicher sein.

Eine weitere Salve schlug in die Kommandobrücke ein und hämmerte Löcher in ihre dünnen Metallwände, während der Schütze hoffte, dass er seine Beute mit einem Glückstreffer erwischte. Juan war mittlerweile bis zur vorderen Wand gekrochen, wo der Eckpfosten des Ruderhauses besseren Schutz bot. Die heiße Luft in der Kommandobrücke war mit Staub gefüllt, der auf dem Deck gelegen hatte und nun von den Kugeln hochgewirbelt wurde.

Juan rührte sich nicht und dachte noch gar nicht über den Grund für seine missliche Lage nach. Das käme später. In diesem Moment ging es ausschließlich ums Überleben. Die Schüsse kamen von der Backbordseite des Schiffes, daher konnte er durch das Steuerbordfenster springen und sich hinter der Masse des Schiffskörpers verstecken. Aber dort trennten ihn immer noch einhundert Meter freies Gelände von seinem SUV. Sobald er aus dem Schatten des Schiffes auftauchte, würde er getroffen werden.

Er hatte nichts, was er hätte benutzen können, um den Scharfschützen abzulenken. Seine Tasche lag im UAZ, und die Beinprothese, die er trug, war ein reguläres, im Handel erhältliches Modell, da er der Meinung gewesen war, das Risiko lohne sich nicht, mit einer versteckten Waffe in Moskau herumzulaufen.

Er dachte daran, bis zum Anbruch der Nacht zu warten. Cabrillo war zwar ein exzellenter Schütze, aber ihm fehlte die Spezialausbildung eines Scharfschützen. Aus Gesprächen mit Franklin Lincoln, dem Ex-SEAL und Scharfschützen der Corporation, wusste er, dass ein guter Schütze tagelang unbemerkt in seiner Deckung ausharren konnte. Der Mann, der es auf ihn abgesehen hatte, würde nicht einfach aufgeben und verschwinden, und wenn er über ein Infrarotzielfernrohr verfügte, würde Juans Körper wie ein Geistwesen vor dem Hintergrund der Wüste erscheinen. Ihn ins Visier zu nehmen, wäre bei Nacht wahrscheinlich noch einfacher als bei Tag.

Drei Schüsse schlugen kurz hintereinander in der Kommandobrücke ein, zertrümmerten verrosteten Stahl und schleuderten Sandfontänen hoch.

Der Scharfschütze hatte keine Ahnung, ob er sein Ziel getroffen hatte. Er versuchte, Cabrillo festzunageln, woraus möglicherweise geschlossen werden musste, dass er von mehreren Männern begleitet wurde, die sich unter Feuerschutz an ihn heranschlichen.

Juan konnte seine Position einerseits nicht verlassen, er konnte aber auch nicht bleiben.

Er nahm die Sonnenbrille ab, hielt die verspiegelten Gläser knapp über den Fensterrahmen und bewegte sie so langsam, dass es aussah, als seien sie nichts anderes als ein wandernder Schatten. Auf diese Art und Weise konnte er das Gelände, das sich in den konvexen Gläsern widerspiegelte, bis zur Position des Schützen ungefährdet überblicken. Er atmete erleichtert auf. Kein Angriffsteam suchte sich einen Weg durch die Wüste. Der nächste Schuss fiel. Diese Kugel sirrte durch ein Fenster weit hinter Cabrillo. Der Schütze hatte die Brillengläser nicht gesehen, sondern feuerte nur, um sich bemerkbar zu machen. Aber nun hatte Juan seine Position dank eines kleinen Feuerblitzes aus der Gewehrmündung feststellen können.

Sein Gegner befand sich ein kleines Stück höher, als er zuerst angenommen hatte, in einer Rinne in der Felswand. Juan fragte sich, wie lange der Mann dort oben schon ausharren mochte. Die gesamte Situation war ein Beweis dafür, dass Karl Petrowskis Geisterschiff eine ganz besondere Bedeutung hatte, wobei Cabrillo noch immer nicht den geringsten Schimmer hatte, welche Rolle das Schiff spielen mochte. Bisher war es für ihn nichts anderes als irgendein verrostetes Wrack gewesen, das den Grund eines ehemaligen Sees verunzierte.

Wenn keine Hilfstruppen unterwegs waren, weshalb wurde dann versucht, einen unbewaffneten Mann in seiner Stellung festzunageln? Warum machte man sich nicht selbst auf den Weg und erledigte den Job?

Cabrillo schoss eine mögliche Erklärung durch den Kopf und ließ ihn schlagartig aktiv werden. Dem Scharfschützen sollte sein Wunsch erfüllt werden, aber Juan hatte auch noch ein Ass im Ärmel. Er war überzeugt, dass das Schiff mit einer Sprengladung präpariert worden war. Der Schütze beseitigte sämtliche Spuren von Petrowskis Entdeckung. Aus seiner Sicht starb sein Opfer entweder, wenn die Ladungen explodierten, oder er versuchte schon vorher, sich in Sicherheit zu bringen, dann knipste ihn der Schütze aus seinem Versteck aus. In jedem Fall wäre die Mission erfolgreich abgeschlossen.

»Von wegen«, murmelte Juan, während er die Tür erreichte, die in den hinteren Teil des Schiffes führte.

Ihre Scharniere befanden sich auf der Gangseite, daher musste er durch die Öffnung kriechen und die Metalltür halb schließen. Vor dem Wind geschützt, war der Stahl noch immer so hart und solide wie an dem Tag, an dem er gegossen worden war. Die Scharnierstifte hatten leicht überstehende Köpfe, die der Schiffsbesatzung das Entfernen erleichterten, falls sich dies als nötig erwiesen hätte. Der mittlere Stift ließ sich so leicht herausziehen wie Unkraut aus lockerer Gartenerde. Der nächste saß zwar ein wenig fester, aber Cabrillo schaffte es, auch diesen zu entfernen. Es war der unterste Stift, der nicht nachgeben wollte, ganz gleich wie heftig er daran zog. Hinzu kam, dass der Schweiß seine Hände glitschig machte, so dass er keinen festen Halt finden konnte.

Fluchend krempelte Juan ein Hosenbein hoch und löste die Manschette, die sein künstliches Bein an Ort und Stelle fixierte. Das obere Ende der Prothese, wo sie mit dem Beinstumpf Kontakt hatte, war glatt und abgerundet, um ein Wundscheuern zu vermeiden, aber weiter unten, wo das Fußgelenk begann, befand sich eine scharfe Kante. Er klemmte diese Kante unter den Kopf des widerspenstigen Scharnierbolzens und schlug mit der Hand gegen die Ferse der Prothese. Der Stift wurde durch Rost in seiner Position gehalten, als sei er dort festgeschweißt.

Juan hatte keine Ahnung, wie viel Zeit ihm noch blieb, aber er konnte sich vorstellen, wie auf einer Digitaluhr die Sekunden so regelmäßig nach und nach vertickten, dass nur noch wenige übrig blieben. Erneut hämmerte er mit der Hand gegen die Ferse des künstlichen Beins. Und noch einmal.

»Nun komm schon.« Wieder und wieder schlug er zu.

Rostflocken lösten sich von dem Stift, und dann rutschte der Stift selbst ein winziges Stück heraus. Jeder Schlag gegen das Bein ließ ihn millimeterweise nachgeben. Stück für Stück glitt er aus dem Scharnier.

Als der Stift schließlich nach einem letzten Schlag herausflog und aufs Deck fiel, war Cabrillos Hand von der brutalen Behandlung vollkommen taub geworden.

Die Tür kippte gegen ihn und knallte so heftig gegen sein gesundes Bein, dass die Haut auf seinem Schienbein aufplatzte. Er schätzte, dass diese Tür mindestens einhundertfünfzig Pfund wog.

Dann ließ er sich aufs Deck sinken und befestigte die Prothese wieder an seinem Beinstumpf.

Die freistehende Tür ragte wuchtig über ihm auf, eine Last, die im Begriff war, seine beste Freundin und sein schlimmster Alptraum zugleich zu werden.

Cabrillo packte den heißen Stahl und wuchtete die Tür zurück ins Ruderhaus, wobei er darauf achtete, dass sich sein improvisierter Schutzschild stets zwischen ihm und dem Scharfschützen befand. Es dauerte nur wenige Sekunden, bis der Schütze begriff, dass hier etwas nicht stimmte, denn zwei schnelle Schüsse prallten von der Tür ab. Es fühlte sich an, als hätte jemand mit einem Hammer mit aller Kraft zugeschlagen. Der doppelte Treffer warf Juan einen Schritt zurück, so dass er mit dem Rücken gegen die Steuerbordwand des Ruderhauses knallte.

Er kroch durch die Türöffnung und zerrte die Tür hinter sich über die Schwelle. Der Schütze feuerte abermals zwei Schüsse ab, konnte seinem Opfer jedoch nichts anhaben. Juan schob seinen Schutzschild über den Schiffsrand und sprang auf das Hauptdeck hinunter. Wie beabsichtigt stürzte die Tür auf die Reling des Schiffes und walzte sie platt, ehe sie endgültig im Sand des Seegrunds landete.

Juan hatte keine Vorstellung, wie lange es dauern würde, bis der Scharfschütze seinen Plan durchschaute, daher beeilte er sich und sprang die drei Meter hinab in den Sand. Er brachte die Tür in Position, so dass er sie rückwärts kriechend hinter sich herziehen konnte, während er sich ständig in ihrem Schatten befand. Seine Finger fanden kaum einen richtigen Halt, und die Tür hinterließ eine tiefe Furche im losen Geröll.

Nach wenigen Sekunden bildete sich bereits Milchsäure in Cabrillos Oberschenkel- und Rückenmuskeln. Seine Finger wurden taub. Zentimeterweise kroch er weiter, zerrte die Tür hinter sich her und duckte sich so tief wie möglich dahinter, um sich dem Schützen nicht zu zeigen. Sobald er aus der Deckung des Schiffswracks auftauchte, hatte ihn der Schütze bereits im Visier und feuerte drei Schüsse in schneller Folge ab. Jede Kugel traf die Tür fast genau auf dem gleichen Punkt.

Die Wucht der drei Hochgeschwindigkeitsgeschosse bewirkte, dass die Tür Juan aus den Händen rutschte und auf ihn fiel. Schnell raffte er sich auf, kam auf die Beine und richtete die Tür fast senkrecht auf. Der Schütze feuerte, und abermals prallte seine Kugel von der Tür ab. Das Metall wurde bei jedem Treffer eingebeult, und die Aufprallenergie ließ den Stahl glühend heiß werden, aber keins der Projektile drang in die Tür ein oder gar durch sie hindurch.

Juan wusste jetzt, dass das Rennen eröffnet war. Der Scharfschütze kam auf diese Art und Weise nicht an ihn heran, daher musste er ihn verfolgen. Cabrillo musste etwa einhundert Meter überwinden, um zu seinem SUV zu gelangen. Der Schütze hatte gut vierhundert Meter vor sich, die er jedoch zum großen Teil bergab zurücklegen konnte. Dabei war er völlig unbehindert, während der Chairman seinen Schild bis zum Wagen schleppen musste, um dem Schützen nicht die Möglichkeit zu geben, die Verfolgung zu unterbrechen, in aller Gemütsruhe anzulegen und Cabrillo durch einen sicheren Schuss auszuschalten.

Juan schleifte die schwere Tür wie einen Anker, den er auf keinen Fall verlieren dürfte, über das offene Gelände. Geröll und Sand häuften sich dort auf, wo die Stahlplatte über den Erdboden rutschte, und es fühlte sich für Juan ganz so an, als schleppe er die halbe Wüste hinter sich her. Sein Rücken stieß stumme Schmerzensschreie aus, als er ein Viertel des Wegs zu seinem Ziel zurückgelegt hatte. Seine Beine zitterten wie Presslufthämmer, und dennoch wurde er nicht langsamer oder legte gar eine Pause ein. Schmerz war die Sprache des Körpers, um einer Person klarzumachen, dass sie aufhören solle, irgendetwas Bestimmtes zu tun. Eine Hand über eine Kerzenflamme zu halten war mit Schmerzen verbunden, daher befahl einem der Instinkt, sie wegzuziehen. Aber letztlich kontrollierte doch der Geist der Körper, und man konnte die Hand so lange über die Flamme halten, bis das Fleisch weggebrannt war.

Cabrillos Körper riet ihm, die Tür fallen zu lassen und sich auszuruhen, aber sein Intellekt wusste etwas, was sein Körper nicht wusste. Wenn er seinen Schutzschild aufgab, würde er sterben, daher kämpfte er gegen den Schmerz an und mühte sich weiterhin mit der Tür ab. Währenddessen hatte der Schütze sein Versteck sicherlich längst verlassen und rannte, so schnell er konnte.

Als wollte er Cabrillos Verdacht bestätigen, schoss er wieder auf ihn. Die Schüsse klangen mittlerweile viel näher – zu nahe –, und die Aufprallwucht war bedeutend stärker, da die Projektile einen wesentlich kürzeren Weg zurücklegen mussten und damit weniger von ihrer Energie verloren.

Juan verrenkte sich den Hals, um sich zu orientieren. Das Fischerboot, das er anfangs irrtümlich für das Geisterschiff gehalten hatte, befand sich nur noch zwanzig Meter entfernt. Der Schütze? Einhundert Meter? Zweihundert? Juan hatte keine Ahnung und wollte nicht das Risiko eingehen, eine Kugel einzufangen, wenn er versuchte, hinter der Tür hervorzuschauen.

Vielleicht zum zehnten Mal zog er die Tür höher auf seine Schultern, damit sie leichter über den Geröllhaufen glitt, der sich vor ihrer Unterkante sammelte, während er sie durch den Sand zog. Juan entschied, die Position zu wechseln und die Tür ein wenig abzusenken, damit sie leichter durch den Sand rutschte. Gleichzeitig verdoppelte er jedoch die Last auf seinen Armen, seinen Beinen und seinem Rücken. Seine Zähne schmerzten, weil er sie so fest zusammenbiss, aber irgendwie schaffte er es, sein Tempo zu steigern.

Da sich die Gewissheit bei ihm verdichtete, dass ihm seine Beute trotz allem am Ende doch noch entwischen werde, feuerte der Schütze aus vollem Lauf eine Salve nach der anderen, so schnell er den Abzug seines halbautomatischen Gewehrs betätigen konnte. Mehrere Kugeln trafen die Tür, doch die meisten wühlten sich rechts und links von Cabrillo in den Sand.

Wie bei jedem Wettrennen war die letzte Etappe die schwerste, und beide Männer mobilisierten nun sämtliche Kraftreserven. Cabrillo stieß einen lauten Urschrei aus, während er die schwere Tür Meter für Meter schleppte und seine Füße über den steinigen Untergrund stampften. Er wagte einen weiteren Blick und sah den Bug des Fischerbootes qualvolle fünf Meter vor sich.

Nun ließ er die Tür einfach fallen und sprintete los. Der Schütze befand sich vierzig Meter hinter ihm, rannte mit langen Schritten und wurde von Cabrillos geänderter Taktik vollkommen überrumpelt. Er hatte nicht mehr die Zeit, sein Gewehr in Anschlag zu bringen, daher schoss er aus der Hüfte, während Juan mit einem Hechtsprung hinter dem Bug des Fischerbootes verschwand.

Juan spürte einen schmerzhaften Wespenstich im Nacken, als der hastig abgefeuerte Schuss den stählernen Rumpf im selben Moment traf, in dem er dahinter in Deckung ging, und Stahlsplitter auf ihn herabregneten. Der SUV war nur noch ein Dutzend Schritte entfernt.

Sekunden bevor der Schütze das Boot erreichte und abermals auf ihn schoss, rollte sich Juan über die Motorhaube des SUV. Das Seitenfenster auf der Fahrerseite wurde zertrümmert, Juan landete auf der anderen Seite des Wagens, kam auf die Füße und griff durch das offene Fenster auf der Beifahrerseite ins Wageninnere. Gleichzeitig erblickte er zum ersten Mal, seit die Schlacht begonnen hatte, seinen Gegner. Der Mann war von Kopf bis Fuß in Khaki gehüllt, aber es war nicht die Kleidung eines eingeborenen Usbeken oder Kasachen. Eher sah es so aus, als käme er direkt aus einem Beretta-Bekleidungskatalog.

Der Mann blieb weniger als zwanzig Meter entfernt stehen und hob das Gewehr zu einem letzten tödlichen Schuss.

Cabrillos Hand ertastete die vertrauten Konturen von Yusufs alter Kalaschnikow, der Waffe, die er unbedingt hatte mitnehmen wollen, weil Schmuggler den ausgetrockneten See benutzten, um ihre Waren ins Land herein oder aus dem Land hinaus zu transportieren. Er zog das AK-47 weit genug aus dem Fußraum der Beifahrerseite, um den Gewehrlauf auf den Scharfschützen richten zu können.

Der Schaft des Scharfschützengewehrs war nur noch wenige Zentimeter von der optimalen Schussposition entfernt, als Cabrillo den Sicherungsflügel und den Abzugshebel fand und eine Salve von zwanzig Schuss durch das zertrümmerte Fenster auf der Fahrerseite jagte. Mehrere Kugeln blieben in der Tür des SUV stecken, aber ausreichend viele fanden auch den Weg hinaus, und seine Taktik erwies sich als erfolgreich.

Der Scharfschütze wurde durchgeschüttelt, als hätte er eine Starkstromleitung berührt, während acht der ungezielt abgefeuerten Projektile seinen Körper von der Hüfte bis zum Kopf trafen. Juan hatte nicht mehr die Kraft zu verhindern, dass der Lauf der Kalaschnikow bei dem Dauerfeuer nach oben ruckte, so dass die letzten Kugeln das Dach des UAZ durchlöcherten. Schließlich schaffte er es aber, den Finger vom Abzugshebel zu lösen, während der Scharfschütze zusammenbrach.

Juan ließ das AK fallen, sank zu Boden und kippte mit dem Rücken gegen den Geländewagen. Er rang gierig nach Luft. Er machte sich keine Sorgen, dass der Scharfschütze wie durch ein Wunder doch noch vor ihm erscheinen würde. Dies war kein Kinofilm. Der Mann war ohne jeden Zweifel tot. Dennoch ließ sich Juan nur neunzig Sekunden Zeit, ehe er sich auf die Füße kämpfte.

Er kam um den SUV herum und bewegte sich taumelnd auf den Schützen zu. Genauso wie seine Kleidung wies ihn auch sein Gesicht nicht als Eingeborenen aus. Er sah aus …

Die Explosion fegte Cabrillo von den Füßen, und die Erschütterung wehte Rostflocken von dem alten Fischerboot, als wäre es von einer orkanartigen Windböe getroffen worden. Der Explosionsknall hallte und rollte über die Wüste wie ein gewaltiger Donner, und Sekunden später regneten Steine und Sand und Stahl vom Himmel herab. Cabrillo lag auf dem Boden, hatte die Hände über dem Kopf verschränkt, um sich zu schützen, bis der Trümmerregen endlich versiegte und nur noch eine Wolke aus Staub und Qualm über ihn davontrieb.

Er blieb auf Händen und Knien, kroch zum Fischerboot und blickte daran vorbei in die Richtung, aus der er gekommen war. Der Bug des Geisterschiffes war verschwunden. Übrig blieb nur noch ein kraterähnliches Loch im Seegrund, so groß wie ein Schwimmbecken mit olympischen Ausmaßen. Thermit, dachte Juan. Der Scharfschütze hatte Thermit und einen Zeitzünder benutzt, um diesen Grad von Zerstörung zu erzielen. Juan begriff in diesem Moment, dass das größte Teil, das von dem Schiff noch übrig war, die Tür sein musste, die er benutzt hatte.

Er ging zu ihr hin, bückte sich und tätschelte sie liebevoll. »Ich wusste ja gar nicht, dass ich dich gerettet habe, während du mich beschützt hast.«

Erst in diesem Augenblick bemerkte er eine kleine Messingplatte, die über der Unterkante der Tür befestigt war. Er hatte sie nicht gesehen, als er die Scharniere aufgehebelt hatte, weil es in dem Korridor so dunkel gewesen war und die Innenseite der Tür die ganze Zeit, die er sie als Schutzschild eingesetzt hatte, dem Scharfschützen zugewandt gewesen war. Erst musste er eine Schmutzschicht wegwischen, um entziffern zu können, was in die kleine Messingplatte eingraviert worden war.

Es waren nur wenige Worte. Es würde einige Tage dauern, ehe er die Bedeutung dessen erfassen würde, was er las, und ein paar Wochen, um die Auswirkungen zu spüren. Aber in diesen ersten Sekunden konnte er sich absolut keinen Reim auf das machen, was da stand:

C. KRAFT & SONS SHIPYARD
ERIE, PENNSYLVANIA

NEUN

Manhattan war einst von Piers umkränzt gewesen, so wie die Nabe eines Fahrrads von seinen Speichen, und fast jeder Zentimeter Küste der Insel wurde für die kommerzielle Schifffahrt genutzt. Der Beginn und das weitere Aufkommen des Containerverkehrs sowie der sprunghafte Preisanstieg des städtischen Baulandes hatten die Schließung fast aller Anlegeplätze zur Folge gehabt, und die wenigen, die weiterhin zur Verfügung standen, waren vorwiegend für Kreuzfahrtschiffe reserviert. Daher gab es für die *Oregon* keine triumphale Fahrt den East oder den Hudson River hinauf, um vor dem berühmtesten Stadtpanorama der Welt vor Anker zu gehen.

Stattdessen ließ sie, nachdem sie unter der Verrazano-Narrows Bridge hindurchgefahren war, in Newark, New Jersey, inmitten von Stahlcontainern, so weit das Auge reichte, und unzähligen Reihen von Autos, die aus den Fabriken Europas gekommen waren, den Anker zu Wasser. Nach den aktuellen Maßstäben der Handelsschifffahrt war sie eine welkende Blume zwischen hochseetüchtigen Giganten der Meere. Mit ihren fast zweihundert Metern Länge erschien sie neben den Panamax- und den Superpanamaxschiffen wie ein Zwerg, und was ihre äußere Erscheinung betraf, so erschien sie wie ein hässliches altes Weib neben einer Ansammlung von Schönheitsköniginnen.

Ihr Rumpf war ein Durcheinander von Farben, die so großflächig davon abblätterten, dass es aussah, als litte das Schiff unter einer schrecklichen Hautkrankheit. Die Decks waren mit Müll und ausrangierten Maschinenteilen übersät, deren Funktion teilweise nicht mehr zu erkennen war. Knapp hinter der Schiffsmitte befand sich ein zentraler Deckaufbau mit Schornstein. Ausladende Brückennocks ragten nach Steuerbord und nach Backbord. Die Fensterscheiben des Ruderhauses waren von getrockneten Salzkristallen blind, und eine kleine Scheibe hatte man mit einem Stück Sperrholz geflickt, das sich, von der ständigen Nässe begünstigt, inzwischen in seine verschiedenen Schichten auflöste. Drei Kräne bedienten die vorderen sechs Frachträume, während ein weiteres Kranpaar die hinteren Frachträume be- und entladen konnte. Der Hecküberhang des unansehnlichen Schiffes ließ einen Hauch von Eleganz erahnen, während der Bug Ähnlichkeit mit einer stumpfen Pflugschar hatte und aussah, als würde er eher gegen die See ankämpfen, als die Wellen zu zerteilen. Rein äußerlich betrachtet, war die *Oregon* ein altersschwacher Trampdampfer, der schon vor vielen Jahren hätte verschrottet werden sollen.

Doch während Cabrillo nach einer Taxifahrt vom JFK Airport zum Hafen den Kai überquerte, konnte er sich nicht vorstellen, dass es auf der ganzen Welt ein schöneres Schiff gab. Er wusste allerdings auch, dass der verkommene Zustand der *Oregon* nichts anderes als eine kunstvolle Augenwischerei war. Ihr Äußeres beruhte auf einer Täuschung, die ihr eine derart überzeugende Anonymität verlieh, dass sie in keinem der Häfen der Dritten Welt, die sie häufig aufsuchte, auffiel.

Die Papiere der *Oregon* waren stets in Ordnung, und eine zolldienstliche Kontrolle förderte nichts Verdächtiges zutage. Aus ihren Frachtpapieren ging hervor, dass sie Papierrollen aus Deutschland zu verschiedenen Häfen in der Karibik transportierte, und wenn die Ladeluken geöffnet wurden, sahen die Inspektoren tatsächlich die runden Wickel mächtiger Papierrollen, von denen jede mehr als acht Tonnen wog.

Natürlich waren die Papierrollen, ebenso wie die ungepflegte Fassade des Schiffes, ganz genau das: eine Fassade. Die Rollen waren nur dreißig Zentimeter breit und tarnten die Abdeckung des jeweiligen Frachtraums wie ein doppelter Boden im Aktenkoffer eines Spions. Sie wogen nicht mehr als eintausend Pfund.

Er betrat das Schiff über die Gangway und warf wie immer zuerst einen Blick nach achtern. Normalerweise führte das Schiff die Flagge der Islamischen Republik Iran, sozusagen als Krönung des gesamten Täuschungsmanövers, und er hatte es sich zur Regel gemacht, diese Flagge stets mit dem hochgereckten Mittelfinger zu grüßen. Um aber mögliche Probleme während ihres Aufenthalts zu vermeiden, flatterte diesmal die geviertelte und mit Sternen verzierte weiß-blau-rote Fahne Panamas am Flaggenstock.

Das Innere des Deckaufbaus entsprach mit düsteren Korridoren, abblätternder Farbe und ausreichend Staub, um damit die Sandkiste eines Kindes zu füllen, dem Äußeren des Schiffs. Der Fußboden bestand vorwiegend aus nacktem Stahl oder stellenweise aus billigen Kunststofffliesen. Nur in der Kabine des Kapitäns lag ein Teppich, der jedoch aus einem Material gefertigt war, das für Außenanlagen bestimmt und in etwa so elegant und weich war wie Sackleinen. Von dem Unterkunftsbau führten geschickt getarnte Türen zu den erheblich opulenter gestalteten Räumlichkeiten, in denen die Mannschaft tatsächlich wohnte und arbeitete.

Juan ging zu einer solchen Tür, nachdem er die fetttriefende Küche und die schmuddelige Kantine durchquert hatte. Die Geheimtür ließ sich mittels eines Netzhaut-Scanners öffnen, der im Bauchnabel einer Bikinischönheit auf einem Reiseplakat versteckt war, welches neben anderen Dekorationen, wie man sie bei einer Mannschaft von sexistisch verbohrten Seeleuten erwarten würde, die Wand zierte.

Als die Tür, die sich nahtlos in die Wand einfügte, schließlich aufglitt, betrat Juan das luxuriöse Innere der eigentlichen *Oregon*. Hier waren die Teppiche gediegen, die Beleuchtung wirkte diskret und angenehm, und der Raumschmuck war das Werk eines weltbekannten Meisters. Dies war das Geheimnis, welches die äußere Tarnung verbarg – dies und die Tatsache, dass das Schiff bis an die Zähne bewaffnet war.

Es verfügte über Abschussvorrichtungen für Boden-Boden- und Boden-Luft-Raketen sowie 20-mm-Gatling-Kanonen und eine monströse 120-mm-Kanone, die im Bug versteckt war und durch spezielle Klapptüren ausgefahren und in Stellung gebracht werden konnte. Von dem Dutzend alter Ölfässer, die scheinbar wahllos auf dem Oberdeck herumstanden, enthielten sechs ferngesteuerte Kaliber .30-Maschinengewehre, die vom Hightech-Operationszentrum der *Oregon* aus bedient wurden. Sie dienten der Piratenabwehr, und mehr als einer dieser Aasgeier der See hatte sie vor der somalischen Küste bereits empfindlich zu spüren bekommen.

Außerdem besaß die *Oregon* eine umfangreiche Garnitur hochentwickelter Sensoren, die sie zu einem idealen Hilfsmittel für Spionageoperationen an Orten machte, an denen die Vereinigten Staaten ihre eigenen Beobachtungsschiffe nicht einsetzen konnten. Sie hatten in der Nähe feindlicher Nationen wie Iran und Libyen vor dem Sturz der jeweiligen Regierungen geankert und Funksignale abgefangen und gespeichert, die von Satelliten nicht aufgespürt werden konnten. Im Zuge einer kürzlich abgeschlossenen Mission hatten sie vor der Küste von Nordkorea gekreuzt, ausgerüstet mit der Testversion eines Hochenergielasers, der von den Sandia National Laboratories ausgeliehen worden war. Das Ergebnis dieser Mission war der spektakuläre, wenngleich – zumindest für die Nordkoreaner – unerklärliche Fehlschlag eines Probeflugs der Unha-3-Langstreckenrakete des kommunikationsfeindlichen Regimes.

Juan wechselte mit ein paar Mannschaftsangehörigen einige scherzhafte Worte, bevor er seine Kabine aufsuchte, um zu duschen und sich den Staub und Schweiß einer fast vierundzwanzigstündigen Reise abzuwaschen. Er hatte noch immer den Schmutz Usbekistans unter den Fingernägeln. Anschließend entschied er sich für eine anthrazitgraue Hose, ein gestreiftes Hemd mit Button-Down-Kragen und maßgefertigte Otabo-Schuhe.

Er hatte genügend Zeit, um im Speisesaal, umgeben von ledernen Polstermöbeln und der gemütlichen Atmosphäre eines Herrenclubs, einen Cobb Salad zu verzehren, ehe er sich zum Konferenzsaal der *Oregon* begab, wo ein Treffen mit seinen Führungskräften stattfinden sollte.

Dieser Raum hatte einen rechteckigen Grundriss und war mit einem Glastisch und schwarzen Ledersesseln in einem dezent modernen Stil eingerichtet. Wären sie auf See unterwegs gewesen, wären Fenster geöffnet worden, um Tageslicht hereinzulassen, aber da sie an der Pier in Newark vor Anker lagen, bot es sich nicht unbedingt an, den Hafenarbeitern einen Blick auf das wahre Innenleben des Schiffes zu gestatten.

Am Tisch saßen auf der einen Seite Max Hanley und Eddie Seng – ein weiterer CIA-Veteran wie Cabrillo –, der zusammen mit dem athletischen Ex-SEAL Franklin Lincoln, der neben ihm saß, die Landoperationen der Corporation leitete. Ihnen gegenüber hatten Eric Stone und Mark Murphy Platz genommen. Stone hatte nach seiner Ausbildung in Annapolis zunächst fünf Jahre lang gedient und sich das typische Auftreten eines Navy-Angehörigen bewahrt, obgleich er nach wie vor in dem schlaksigen Körper eines typischen Nerds gefangen war. Murph war einer der wenigen Zivilisten in der Mannschaft. Er besaß mehrere Doktorgrade, ein nahezu fotografisches Gedächtnis und zeichnete sich außerdem durch die extreme Paranoia eines wahren Verschwörungstheoretikers aus. Er kleidete sich gewöhnlich so, als hätte er die Wäsche vom Vortag vom Fußboden aufgesammelt, und sein wirres schwarzes Haar wirkte ständig ungekämmt. Als Waffenkonstrukteur hatte er bei einer der großen Rüstungsfirmen gearbeitet und war auf Eric Stones Empfehlung zur Corporation gewechselt.

Bei dem Treffen fehlten Linda Ross, die sich noch beim Emir auf dessen Jacht aufhielt, und die Schiffsärztin Julia Huxley, die zurzeit ihren Bruder in Summit, New Jersey, besuchte.

»Willkommen daheim«, sagte Max und hob seine Kaffeetasse. »Guten Flug gehabt?«

»Warum wird diese Frage eigentlich immer noch gestellt?«, ergriff Murph das Wort. »Heutzutage ist Fliegen derart alltäglich, dass die Frage nicht mehr von Bedeutung scheint. Die Maschine ist gelandet. Ob gut oder schlecht, wen interessiert es?«

Max bedachte ihn mit einem vorwurfsvollen Blick. »Aus dem gleichen Grund, aus dem Leute so schnell wie möglich den Hörer abnehmen, wenn das Telefon klingelt. Es ist eine allgemein akzeptierte Geste der Höflichkeit.«

»Es ist Zeitverschwendung«, konterte Mark.

»Das sind die meisten guten gesellschaftlichen Konventionen«, erwiderte Max mit einer wegwerfenden Geste. »Nur hat es Ihre Generation verdammt noch mal viel zu eilig, um sie zu erhalten und auch weiterhin gebührend zu pflegen.«

»Fürs Protokoll«, sagte Juan laut genug, um die Leitung über die Versammlung zu übernehmen, »mein Flug war okay, viel besser jedenfalls, als die Wüste in Usbekistan hinter mir zu lassen und mich dabei an meinen alten Reifenspuren orientieren zu müssen.«

»Das war gute Arbeit«, brummte Linc. »Eines Tages wird der Chairman noch zum SEAL ehrenhalber ernannt.«

»Hat das Ganze irgendwelche Auswirkungen auf Petrowskis Witwe?«, fragte Stone. »Es ist ja nicht zu übersehen, dass jemand versucht hat, seine Entdeckung spurlos zu beseitigen, und im Fall des Falles wäre sie ein unliebsamer Zeuge.«

»Als ich nach Mo'ynoq zurückkam«, sagte Juan, »berichtete ich Arkin Kamsin, was geschehen war. Daraufhin hat er versprochen, sie und ihre Kinder so schnell wie möglich außer Landes zu bringen. Sobald sie in Sicherheit waren, hat er Urlaub genommen und Freunde in Astana besucht, der Hauptstadt. Es ist das Beste, was wir tun können.«

Danach fuhr er fort: »Dann bringt mich doch mal auf den neuesten Stand, was eure Nachforschungen betrifft.«

Mark Murphy trug ein Paar fingerloser Handschuhe, die durch dünne Drähte mit seinem Laptop verbunden waren, der wiederum an den Cray-Hauptcomputer des Schiffes angeschlossen war. Er bewegte die Hände in der Luft, und auf dem großen Bildschirm wischten seine Gesten Datenfenster beiseite, ähnlich wie in einem Science-Fiction-Film. Es war die jüngste Entwicklung auf dem Gebiet der Monitorschirmtechnologie, die er gerade im praktischen Einsatz für das junge Start-up-Unternehmen eines Freundes testete.

»Dann mal los«, sagte er, während die Luftaufnahme von einem Industriegelände am Rand eines Gewässers auf dem Display erschien. »Das ist ein Foto der Schiffswerft C. Kraft & Sons aus dem Jahr 1917, nur drei Jahre bevor sie von einem Großbrand zerstört wurde. Die Firma wurde 1863 von Charles Kraft gegründet und stellte anfangs eiserne Fensterrahmen für die Panzerschiffsflotte der Union her. Nach dem Bürgerkrieg bauten sie dann eiserne Schiffe für die Großen Seen, und zwar vorwiegend Erzfrachter für den küstennahen Einsatz. Während ihrer vollen Blüte im Jahr 1899 war die Firma eine der bedeutendsten Werften auf den Seen.

Nach Charles Krafts Tod gerieten seine beiden Söhne, Alec und Benjamin, in Streit, wer die Firma leiten sollte. Alec, der Ältere, kaufte am Ende die Anteile seines Bruders auf, jedoch hatten die hohen Schulden, in die er sich deshalb stürzte, letztlich den Untergang der Firma zur Folge. Anstatt zu expandieren, schrumpfte der Betrieb, weil Alec gezwungen war, Teile davon zu verkaufen, um seine Ausgaben zu decken. Dass er starker Trinker war, wirkte sich auch nicht gerade positiv auf die weitere Entwicklung aus.

Das Feuer, dem der Betrieb wenig später zum Opfer fiel, erschien zwar vielen verdächtig, jedoch konnte die Versicherung keinerlei Beweise für eine Brandstiftung finden. Alec Kraft starb 1926 an Leberzirrhose. Benjamin Kraft war nach dem Verkauf seiner Anteile nicht in Eerie geblieben, sondern mit seiner Familie nach Pittsburgh umgezogen. Er konnte sich von dem Erlös ein angenehmes Leben leisten. Von den Kindern der Männer ist zwar keines mehr am Leben, aber es gibt vier Enkelkinder und elf Urenkel, von denen die meisten in Pennsylvania oder in Upstate New York ansässig sind.«

»Gibt es irgendeinen Hinweis darauf, dass die Firma jemals ein Schiff an einen Kunden in Russland verkauft hat?«, stellte Juan die Frage, die ihm unter den Nägeln brannte, seit er festgestellt hatte, dass Karl Petrowskis Geisterschiff offenbar in Amerika gebaut worden war.

»Es sind keinerlei direkte Verkäufe nach Übersee verzeichnet«, sagte Mark, machte eine Handbewegung, und auf dem Bildschirm erschien eine Liste von Schiffen, die auf der Werft gebaut worden waren. »Dieses Verzeichnis fand ich in der Datenbank des Great Lakes Maritime Museum.«

Er markierte mehrere Namen auf der langen Liste und gab seine Erläuterungen dazu ab. »Ich habe Ihre Beschreibung als Grundlage genommen und diejenigen Schiffe herausgesucht, unter denen sich das Schiff befinden könnte, das Sie gefunden haben.«

Auf dem Bildschirm waren mehr als zwei Dutzend Schiffe aufgeführt, die in Größe und Alter in etwa dem Schiff entsprachen, das Juan auf dem Grund des Sees gesehen hatte.

»Gibt es auch Bilder?«, wollte Juan wissen.

»Ja, warten Sie einen Moment.« Murph zauberte wieder mit seinen Händen, und kurz darauf konnten sie sepiafarbene Fotografien betrachten, die mehr als einhundert Jahre alt waren.

Die meisten Schiffe waren für den Transport verschiedenster Frachtgüter gebaut worden. Ein Schiff war sogar für den Eisenbahnfährdienst konstruiert worden. Auf seinem Oberdeck waren Schienen verlegt, und der Bug wies eine Brückenkonstruktion auf, die das Ruderhaus trug, um für die Eisenbahnwaggons Platz zu schaffen. Weitere Bilder klickten über den Bildschirm.

»Stopp!«, rief Juan plötzlich. »Gehen Sie eins zurück. Das ist es.«

»Die *Lady Marguerite*«, sagte Murph, nachdem er auf seinem Laptop nachgeschaut hatte. »Im Jahr 1899 für – man glaubt es kaum – George Westinghouse gebaut und nach seiner Frau benannt.«

Cabrillo studierte das Foto und achtete kaum auf Mark Murphys Kommentar. Was er vor sich hatte, war kein kommerzielles Schiff, sondern ein Vergnügungsboot. Es war weiß lackiert mit einem dunkelfarbenen Band um den Schornstein. Das Achterdeck war weitgehend offen, nur ein kleiner Teil besaß ein Sonnendach, um den Passagieren bei schlechtem Wetter Schutz zu bieten. Auf dem Foto lag das Schiff so nahe am Ufer, dass im Vordergrund ein Baum zu sehen war. Zwar konnte Juan keine Details erkennen, und doch hatte er eine vage Vorstellung von der verschwenderischen Aufmachung der Vergnügungsjacht.

»Was wissen wir von dem Schiff?«, fragte Juan und stellte sich vor, wie er mit diesem Boot auf den Großen Seen kreuzte, begleitet von leiser Musik, die blechern aus dem Schalltrichter eines Grammophons drang. »Und was ist daran so ungewöhnlich, dass George Westinghouse Eigner einer Luxusjacht war? Schließlich war er einer der reichsten Industriellen seiner Zeit.«

Eric Stone hatte schon die ganze Zeit die Gläser seiner Drahtgestellbrille poliert und setzte sie jetzt wieder auf. »Um Ihre Frage zu beantworten: Westinghouse hat in diesem Zusammenhang eine besondere Bedeutung, weil er sich mit Nikola Tesla zusammengetan hat, um das Elektrizitätswerk in Niagara Falls zu bauen, und weil die beiden im Grunde das Stromnetz erfunden haben, das wir noch heute benutzen.«

Tesla, dachte Cabrillo, Yuri Borodins letztes Wort. Das war kein Zufall. Es sah aus, als hätten sie die erste Haut von der Zwiebel seiner rätselhaften Todesbotschaft abgeschält. Der verrückte Russe war nicht umsonst gestorben, dessen war sich Juan sicher, aber in diesem Moment hatte er keine Ahnung, in was sein Freund da hineingestolpert sein mochte.

»Mr. Murphy?«, hakte er nach.

»Hiram Yaeger bei der NUMA hat mir seine Master-Passwörter für ihren Zentralrechner gegeben. Ich bin jetzt drin, aber in den Datenbanken gibt es leider nicht viel über die *Lady Marguerite*. Mal sehen. Hier steht, dass sie 1901 von den Großen Seen nach Philadelphia transportiert wurde und im Sommer 1902 auf See verschollen ist.«

»War sie versichert?«

»Jawohl, ich habe hier die Schadensmeldung von Lloyd's of London. Sie ging mit fünf Personen an Bord unter. Es gibt keine Namensliste, aber es gab auch keine Überlebenden.«

»Ein Sturm?«

»Das steht hier nicht. Ich überprüfe gerade, ob es für dieses Datum weitere Verlustmeldungen gab. Nein, keine Unglücksfälle oder Vermisstenanzeigen. Einen Moment noch. Ich schaue mir in den Datenbanken der NOAA das Wetter an. In der Nacht vom 1. August 1902 war an der gesamten Atlantikküste klarer Himmel.«

»Was könnte sonst den Untergang eines solchen Schiffes ausgelöst haben?«, fragte Eddie Seng, bildete mit den Fingern seiner Hände ein Spitzdach und stützte das Kinn darauf.

Linc hatte eine Idee. »Wie wäre es mit einem weißen Wal?«

»Kein weißer Wal«, sagte Eric Stone und blickte von seinem Laptop hoch. »Sondern eine blaue Wolke.«

»Wie bitte?«, fragte Juan.

»Es gibt eine Meldung von einem Frachter, der *Mohican*, über eine seltsame blaue Wolke, ähnlich einer elektrischen Aura, die das Schiff eingehüllt haben muss, als es sich Philadelphia näherte. Die Wolke hielt sich etwa eine halbe Stunde lang, dann verschwand sie genauso geheimnisvoll, wie sie entstanden war. Der Kapitän der *Mohican*, ein gewisser Charles Urquhart, berichtete von seltsamen magnetischen Erscheinungen, während sich sein Schiff innerhalb der Wolke befand. Metallene Objekte seien auf dem Deck fixiert gewesen wie festgeklebt, und der Schiffskompass sei in seinem Gehäuse heftig rotiert.«

»Haben andere Schiffe diese Erscheinungen auch gemeldet?«, fragte Cabrillo.

»Niemand sonst. Nur die *Mohican*.«

Mark Murphy atmete zischend ein, als ihm plötzlich ein Gedanke durch den Kopf schoss.

»Behalten Sie es lieber für sich«, warnte Juan, der genau wusste, wann Murph sich anschickte, das Gespräch in verschwörungsträchtige Bahnen zu lenken. »Es ist nicht nötig, sich in gewagten Vermutungen zu ergehen. In meinen Augen sieht das Ganze wie ein ordinärer Versicherungsbetrug aus. Westinghouse behauptet, dass das Boot gesunken ist, und verkauft es einem Russen, der es auf dem Aralsee parkt. Und wenn es einen Ort gibt, an dem ein Versicherungsagent niemals nachschauen würde, dann dort.«

Mark hüpfte auf seinem Platz regelrecht auf und ab.

»Okay«, gab sich Juan geschlagen, »reden Sie.«

Murph grinste anzüglich. »Laut dem Bericht von Lloyd's war die Versicherungssumme lediglich ein symbolischer Betrag, um die von einer Bank geforderten Haftungsverpflichtungen zu erfüllen. Das Schiff selbst ist gar nicht versichert gewesen.« Als niemand seine Erklärung kommentierte, fuhr er eilig fort: »Kommt schon, Leute. Es ist doch alles da. Westinghouse mit seinem Geld. Teslas Genie, eine unheimliche blaue Aura mit seltsamen magnetischen Eigenschaften und ein Schiff, das zehntausend Meilen von dem Ort entfernt gefunden wird, an dem es verschwunden war.«

»Redest du etwa von Teleportation?«, fragte Linc zweifelnd.

»Genau! Was hat Sherlock Holmes gesagt? Wenn man alle anderen Faktoren eliminiert, muss der Faktor zutreffen, der übrig bleibt.«

»Woher wissen wir, dass wir alle anderen Faktoren eliminiert haben?«, fragte Eddie.

Darauf fiel Mark auf Anhieb keine Antwort ein.

»Lassen wir mal den Versicherungsaspekt beiseite«, fuhr Seng fort. »Ich denke, wahrscheinlicher dürfte doch sein, dass das Schiff verkauft wurde. Die neuen Eigentümer brachten es ins Schwarze Meer, wo es auseinandergenommen, zum Aralsee transportiert und dort wieder zusammengebaut wurde.«

Cabrillo wandte sich zu Murphy um und hob eine Augenbraue. »Sie müssen zugeben, dass diese Erklärung einleuchtender klingt als Ihre Science-Fiction-Idee.«

Mark verzog das Gesicht wie ein Kind, dem man soeben sein Lieblingsspielzeug weggenommen hatte.

»Irgendwie geht es mir gegen den Strich, dass ausgerechnet ich derjenige bin, der so etwas sagt«, erwiderte Max Hanley und schüttelte resigniert seinen Bulldoggenschädel, »aber Mark liegt vielleicht gar nicht mal so schief.«

»Wie bitte?«

»Zu Beginn des zwanzigsten Jahrhunderts konnte man den Aralsee nur auf dem Landweg erreichen. Wahrscheinlich wurden dazu eher Kamele als Pferde benutzt. Der See ist tausend Meilen vom nächsten schiffbaren Gewässer entfernt, und wir reden hier von einem Schiff, das zweihundert Tonnen wog und nicht dazu konstruiert war, schnell zerlegt zu werden. Weiß jemand, welche Lasten ein asiatisches Kamel tragen kann? Es dürften höchstens ein paar Hundert Pfund sein. Vielleicht etwas mehr, wenn Transportkarren eingesetzt werden. Wie viele Märsche wären wohl nötig? Wie viele Tiere bräuchte man? Für unseren fiktiven Russen wäre es wahrscheinlich einfacher und vor allem billiger gewesen, ein Schiff direkt auf dem Aralsee zu bauen, anstatt eins dorthin zu schaffen. Aber jetzt kommt die entscheidende Frage: Wo könnte man es zusammenbauen? Man brauchte ein Trockendock oder eine große Schiffswerft, und ich bin bereit, jede Wette einzugehen, dass so etwas um 1902 nirgendwo in der Region existierte.«

Dazu fiel Eddie etwas ein. »Die *Lady* hätte doch jahrelang auf dem Schwarzen Meer herumschippern und erst viel später zum Aralsee geschafft werden können.«

»Nach der russischen Revolution waren die Türen endgültig zu«, gab Max zu bedenken. »Es gab keine Reichen mehr, demnach auch keine Spielzeuge der Reichen. Mark kann es mal überprüfen, aber ich vermute, dass auch 1917 keine von den Einrichtungen dort existierte, die ich soeben erwähnt habe.« Er sah die Versammelten nacheinander an. »Zwar halte ich Murphs Idee ebenfalls für ziemlich abwegig, aber man kann sie nicht generell verwerfen.«

Juan nickte, war jedoch alles andere als überzeugt. »Murph, haben Sie bei Ihren Recherchen einen Hinweis gefunden, dass Tesla sich auch mit Teleportation beschäftigt hat?«

Diesmal musste Mark passen. »Nikola Tesla ist eine derart undurchsichtige Persönlichkeit, vor allem in seinen späteren Jahren, als er völlig mittellos war, dass man bis heute nicht eindeutig feststellen kann, woran er tatsächlich gearbeitet hat. Die Rede ist von Todesstrahlen und Erdbebenmaschinen und Gedankenkontrolle. Es ist völlig unmöglich zu entscheiden, was da Tatsache und was Spekulation ist.«

»Wer könnte das wissen?«

»Eine interessante Frage.« Mark wedelte mit seinen behandschuhten Händen in der Luft, schob das Bild von der *Lady Marguerite* und die Versicherungsdaten beiseite und rief das Porträtfoto eines älteren Mannes mit beginnender Glatze auf, dessen Aussehen der landläufigen Vorstellung von einem zerstreuten Professor entsprach. Auf dem Foto trug er ein sackartiges Tweedjackett und eine Brille mit wuchtigem schwarzem Horngestell. Seine Gesichtszüge waren nicht besonders markant, und er wirkte ein wenig versponnen. Die sorgfältige Anordnung seiner nur noch in Resten vorhandenen Haarpracht schien die einzige Konzession an die Eitelkeit zu sein. »Das ist Professor Wesley Tennyson, ein Fachmann für theoretische Physik, der früher am MIT tätig gewesen ist. Vor fünf Jahren hat er sich in Vermont zur Ruhe gesetzt. Er ist der Autor der letztgültigen Tesla-Biografie, *Das serbische Genie*.

Eric und ich haben versucht, so viel wie möglich über den Knaben zu erfahren. Seit seinem Weggang vom MIT ist er aber vollständig abgetaucht. Es gibt keine Telefonnummer, kein E-Mail-Konto, sondern nur ein Postfach, allerdings fanden wir eine Adresse in Montpelier, der Hauptstadt von Vermont. Nach heutigen Maßstäben fällt er durch jedes bekannte Raster.«

»Weshalb erzählen Sie uns das?«

Verlegen senkte Eric den Blick. »Um uns dafür zu entschuldigen, dass wir ihn noch nicht befragt haben.«

Cabrillo lehnte sich in seinem Kontursessel zurück und verschränkte die Hände hinter seinem rasierten Schädel. »Demnach hat das Dynamische Duo versagt.«

»Einen Ludditen mit hoch entwickelter Technologie aufzustöbern ist genauso, als würde man versuchen, eine Motte mit einem Amboss zu erwischen«, entgegnete Mark.

Max lachte verhalten, als Juan offenbar keine passende Erwiderung einfiel.

»Es scheint, als müsste jemand nach Vermont reisen«, sagte er und sah den Chairman auffordernd an. »Vergiss nicht, Ahornsirup mitzubringen.«

»Oh, und ein paar Becher Ben and Jerry's Ice Cream«, fügte Eddie hinzu. »Hux liebt besonders Cherry Garcia.«

Juan blickte in die Runde. »Ich glaube, Vermont ist auch für Granit berühmt. Hat jemand Bedarf?« Er fand keine Abnehmer. »Okay, dann mache ich mich auf den Weg nach Norden. Mark und Eric, Sie suchen nach einer plausibleren Erklärung dafür, dass das Schiff im Aralsee gelandet und auch dort gesunken ist. Max, deine Frage nach einem Trockendock oder einer Schiffswerft trifft den Kern des Problems. Geh mal alle erreichbaren Datenbanken nach Hinweisen durch, ob es am Aralsee überhaupt etwas Derartiges gibt. Um auf Nummer sicher zu gehen, nimm dir den Zeitraum von 1902 bis zu dem Datum vor, als sie mit dem Bewässerungsprogramm begannen, das zum Austrocknen des Sees geführt hat. Und eine weitere

Frage, Max, wann werden die Proviantvorräte des Schiffes wieder aufgefüllt sein?«

Max hatte eine Lesebrille aufgesetzt und sah Cabrillo mit einem missbilligenden Ausdruck an. »Du bist im Begriff, der bedeutendsten wissenschaftlichen Entdeckung seit Menschengedenken auf den Grund zu gehen, und erkundigst dich nach unseren Lebensmittelvorräten? Findest du die Idee denn so weit hergeholt?«

»Offen gesagt, ja. Linda wartet auf uns. Wann erreichen wir voraussichtlich die Bermudas?«

Max nahm die Brille ab und musterte Juan prüfend. Er wartete einen kurzen Moment und meinte schließlich: »Als Nikola Tesla mit seinen Studien begonnen hatte, stand er allein auf weiter Flur. Nichts war von vornherein tabu, weil, na ja, weil das noch junge Gebiet der Elektrizität so neu war, dass niemand wusste oder ahnte, dass es dort irgendwelche Tabus geben könnte. Viele moderne Wissenschaftler lassen ganz bewusst bestimmte Bereiche ihres Forschungsgebietes unbeachtet, weil sie, basierend auf den Erfahrungen ihrer Vorgänger, an der vorgefassten Meinung festhalten, dass einiges ganz einfach unmöglich ist. Der Punkt ist, dass Tesla durch solche Beschränkungen nicht behindert wurde, weil er der erste Forscher auf seinem Gebiet war. Er war der Pionier, der die Grenzen festlegte. Wer könnte denn behaupten, dass er sich nicht mit Teleportation und Todesstrahlen und Erdbebenmaschinen beschäftigt hat? Und dass er seine Erkenntnisse nicht veröffentlichte, bedeutet noch nicht, dass er in den jeweiligen Bereichen keine Erfolge vorzuweisen hatte.« Über den Tisch hinweg fixierte er Mark und Eddie. »Wer hat behauptet, dass Teleportation unmöglich sei?«

»Werner Heisenberg«, sagten sie unisono, und dann

fügten sie hinzu: »Die Heisenberg'sche Unschärferelation.«

»Richtig. Man kann zwar jeweils den Ort und den Impuls eines Teilchens bestimmen, aber niemals beides gleichzeitig, vor allem nicht mit absoluter Genauigkeit, oder?« Es klang wie eine Frage, und als die beiden Genies vom Dienst zustimmend nickten, fuhr Max fort: »Das kam erst Jahrzehnte nach dem Zeitrahmen heraus, mit dem wir es hier zu tun haben. Tesla kannte die Unschärferelation aber nicht, daher wurde er durch sie in seinen Überlegungen auch nicht eingeschränkt.«

»Aber Max«, sagte Juan, »das Prinzip existiert nun einmal, ganz gleich, ob es entdeckt wurde oder nicht. Zum Beispiel ist es auch niemandem gelungen, sich schneller als Licht vorwärtszubewegen, ehe Einstein bewiesen hatte, dass es unmöglich ist, und danach hat es auch niemand geschafft.«

Hanley hatte eine logische Falle gestellt, und Cabrillo war mittenhinein getappt. Max schlug sofort zu: »Vor zwei Monaten erreichte dich der Anruf eines Computers, der auf der Basis der Quantenverschränkung arbeitete. Dabei kommunizieren Teilchen mit Überlichtgeschwindigkeit miteinander. Unmöglich, hast du soeben erklärt, und trotzdem hat dein Gespräch stattgefunden. Ich will damit nur aufzeigen, dass im technologischen Bereich etwas, das gestern noch als undurchführbar galt, manchmal schon morgen an der Börse gehandelt wird. Geh nach Vermont und halte deinen Geist für alles offen, und in der Zwischenzeit werden Murph, Stoney und ich eine alternative Theorie entwickeln, die deinen Gestalt-Vorstellungen gerecht wird.«

»Gestalt?« Spöttisch verzog Cabrillo das Gesicht.

»Du würdest sagen, noch so ein Modewort«, meinte

Max glucksend, »aber spotte lieber nicht darüber. Nur um das Ganze ins rechte Licht zu rücken, dein Mobiltelefon hat eine größere Rechnerleistung als die Landefähre, mit deren Hilfe der Mensch auf dem Mond gelandet ist. Und beide Dinge wurden wahrscheinlich, weniger als zehn Jahre bevor sie erfunden wurden, für absolut unmöglich gehalten.«

»Schön, betrachte meinen Geist als weit offen. Zurück zu meiner ursprünglichen Frage, wann ist die Verproviantierung des Schiffs abgeschlossen?«

»Heute Abend um zehn. Wir warten noch auf die Lieferung eines Spirituosengroßhändlers, und die Maschine aus Anchorage mit unseren King Prawns landet um halb neun in Newark.«

»Eine Armee ist nur dann gut, wenn sie auch etwas Anständiges zu futtern kriegt«, sagte Linc.

»Und zu trinken offenbar«, fügte Eddie Seng hinzu. »Es hat einiges für sich, endlich mal wieder richtigen Bourbon im Glas zu haben. Max, dieser afrikanische Fusel, den Sie in Madagaskar gekauft haben, war der reinste Rachenputzer.«

»Was erwarten Sie für einen Dollar pro Flasche?«

»Ich bin nur froh, dass wir von dem Zeug nicht blind geworden sind.«

»Wenn Sie erblinden, dann aus anderen Gründen«, schoss Hanley zurück. Er sah den Chairman an. »Wir haben Vorbereitungen getroffen, dass wir um elf von einem Lotsen rausgebracht werden.«

»Demnach trefft ihr übermorgen mit Linda und dem Emir auf den Bermudas zusammen?«

»Sie haben gute Fahrt gemacht. Wir müssen dem alten Mädchen ordentlich die Sporen geben und in zwanzig Stunden auf den Bermudas sein, um sie zu erwischen.«

Juan ging in Gedanken seinen Zeitplan durch. »Wenn ich mit Tennyson gesprochen habe, fliege ich mit einem Shuttle nach Hamilton und lasse mich von Gomez mit dem Chopper abholen. Wir eskortieren den Emir, wie es unser Vertrag verlangt, aber das Schiff soll bereit sein, den Job jeden Moment abzubrechen und auf eigenen Kurs zu gehen.« Er sah seine Führungsleute ernst an. »Yuri Borodin ist gestorben, weil er ein Geheimnis von Pytor Kenin enthüllen wollte. Wir werden nicht eher Ruhe geben, bis wir dieses Geheimnis kennen.«

ZEHN

An der Art und Weise, wie sich sein Gegner in den Hüften drehte, erkannte er, dass der nächste Boxhieb kommen würde. Damit hatte er den dritten Teil des Puzzles. Bei einem Kampf konnte sich ein guter Boxer ausrechnen, von wo und wie der nächste Schlag seines Widersachers erfolgte. Die begnadeten Boxer fanden sogar die Antwort auf die entscheidende Frage, wann der Schlag kam. Als er die Hüftbewegung gewahrte, hatte er etwa eine halbe Sekunde Zeit, um zu reagieren. Die linke Faust raste mit allem, was der Mann hineinlegen konnte, auf seinen Kopf zu. Es war kein K.-o.-Schlag. Dieser Schlag sollte tödlich sein.

Für ihn war diese halbe Sekunde eine kleine Ewigkeit, und er verbrauchte tatsächlich einen Teil davon, um den Mut seines Gegners zu bewundern.

Um zu einem solchen Schlag anzusetzen, musste man wissen, wo er landete, und der Kampf wäre beendet. Es war ein Akt absoluter Selbstsicherheit.

Oder, in diesem Fall, absoluter Anmaßung.

Er zog die Rechte weit genug nach vorn, um den Schlag abzulenken, und lehnte sich zurück, wobei der Handschuh seines Gegners einen Hautfetzen von seiner Nasenspitze abschürfte. Das war alles, was sein Gegner erkämpfte – ein winziges Stückchen Haut. Denn seine Linke kam zu einem Hammerschlag hoch, der mit der Wucht eines Hurrikans im Ziel landete. Er hatte nicht mehr die Kondition für einen langen Kampf – sie war mit den Jahren auf der Strecke geblieben –, aber er war noch immer fähig, eine Lücke zu erkennen und sofort auszunutzen. Sein Haken, aus nächster Nähe abgefeuert und nicht abgewehrt, zertrümmerte die Nase seines Sparringspartners, als hätten sie mit nackten Fäusten gekämpft. Blut spritzte in hohem Bogen, während der Mann korkenzieherartig auf die Bretter sank. Er war so gründlich weggetreten, dass acht Ammoniakstäbchen nötig waren, um ihn zu wecken und wieder auf die Beine zu stellen.

Drei Stunden im Operationssaal in der Obhut eines Chirurgen würden nötig sein, um seine äußere Erscheinung wiederherzustellen.

Pytor Kenin wartete nicht einmal, bis die Ringhelfer seinen Sparringspartner aufgeweckt hatten. Er kletterte durch die Seile und hielt die Handschuhe hoch, damit einer der Trainer die Schnüre aufknüpfte und sie abnahm. Er hatte nur wenige Minuten im Ring gestanden, aber der Eigentümer der Sporthalle sorgte in den Trainingsräumen für eine Temperatur von dreißig Grad Celsius, um die Wirkung seines Fitnessprogramms zu steigern. Daher glänzten dicke Schweißtropfen in dem dichten Pelz gekräuselter Haare, der Kenins Brust, seinen Rücken und seine Schultern bedeckte.

»Wo haben Sie diesen Mann aufgetrieben?« Der Admiral deutete mit einer Kopfbewegung auf die ausgestreckte Gestalt auf dem Ringboden.

Sein Trainer zuckte die Achseln. Er war ein ehemaliger Teilnehmer an den Olympischen Spielen – zu einer Zeit, als die Sowjetunion noch den Großteil der Wettbewerbe dominierte. »Er brüstete sich damit, der beste Boxer in der Lastwagenfabrik zu sein, in der er arbeitet. Ich hatte zwar noch nie von ihm gehört, habe ihm aber geglaubt.«

»Er hätte den Mund nicht so voll nehmen sollen«, erklärte der Admiral, während der zweite Handschuh ausgezogen wurde und der Trainer begann, seine Hand von der Bandage zu befreien. »Er hatte durchaus Kraft, kündigte jedoch jeden seiner Schläge vorher an, als gebe er ein Telegramm auf, so wie Samuel Morse in seinen besten Tagen.«

Der Trainer lachte über diesen Vergleich. »Er war fünf Zentimeter größer und zwanzig Pfund schwerer als Sie, aber wie wir beide im Laufe der Jahre lernen durften, haben Jugend und Elan kaum eine Chance gegen Alter und Hinterlist.«

Jetzt musste Kenin grinsen. »Wie wahr.«

Der Admiral beugte sich, mit einem Badetuch um die Hüften geschlungen, im Duschraum der Sporthalle über ein Waschbecken und rasierte sich, als ein Adjutant in Dienstuniform hereinkam, der erst seit kurzem für ihn tätig war. Kenin quittierte den neugierigen Blick des jungen Marinesoldaten, als dieser zum ersten Mal die Narbe erblickte, die quer über die Brust seines Vorgesetzten verlief, mit einem Stirnrunzeln. Sie war ein Andenken an einen Hubschrauberabsturz zu Beginn seiner Offizierslaufbahn.

»Entschuldigen Sie, Admiral«, stotterte der Adjutant. »Einen schönen Gruß von Fregattenkapitän Gogol. Er bittet Sie, ihn umgehend anzurufen.«

Kenin konnte sich den Grund für dieses Telefongespräch schon denken, daher spülte er schnell mit zwei Händen voll Wasser den restlichen Rasierschaum von seinem Gesicht ab. »Vielen Dank. Gehen Sie zum Wagen zurück, und bestellen Sie dem Fahrer, dass wir zu meiner Wohnung und nicht ins Büro fahren werden.«

Kenin zog seine Uniform an, ordnete einige seiner

zahlreichen Auszeichnungen, die einen beträchtlichen Teil seiner Uniformjacke bedeckten, und verließ den Duschraum. Dabei hatte er das abhörsichere Mobiltelefon bereits am Ohr. Im Boxring hatten die Trainer seinen Sparringspartner auf einen Hocker in einer der Ringecken gehievt, wo sich neben seinen Füßen bereits ein kleiner Haufen blutiger Handtücher angesammelt hatte und er ein frisches gegen sein Gesicht presste.

Kenin nahm den Geruch der Sporthalle immer nur dann wahr, wenn er sie betrat oder wenn er sie verließ und auf die Moskauer Straßen hinaustrat. Die Luft in der Stadt war zwar alles andere als rein, aber er füllte trotzdem seine Lunge damit, um den Geruch von Schweiß und Blut und altem Leder zu verdrängen.

»Viktor, ich bin's – Kenin. Befinden sich alle Männer auf ihren Positionen?«

»Sie haben sich gerade eben gemeldet. Sind bereit.«

Der Admiral ließ sich auf den Rücksitz seiner Mercedes-Limousine fallen, und sein altgedienter Fahrer schloss die Tür. Der junge Adjutant setzte sich nach vorne auf den Beifahrersitz. Da sich Kenin in seiner Position innerhalb der Regierung absolut sicher fühlte, verzichtete er auf eine Eskorte von Leibwächtern.

»Gut. Ich fahre nach Hause, um von dort aus anzurufen. Kommen Sie in meine Wohnung, damit wir weiter planen können.«

»Wir sehen uns in einer halben Stunde, Admiral.«

Mit dem Wagen war Kenins Luxuswohnung nur zehn Minuten von dem Fitnesszentrum entfernt, in dem er regelmäßig trainierte. Das feudale Apartment verfügte über einen eigenen Trainingsraum mit den modernsten Sportgeräten, aber er zog es vor, sein Fitnessprogramm in der feuchten Sporthalle zu absolvieren, umgeben von anderen

Männern, deren beinahe fanatische Hingabe an den Boxsport ihn zu Höchstleistungen anspornte.

Er hätte sich die neunhundert Quadratmeter große Etage mit Blick über den Fluss in dem Hochhaus niemals leisten können. Ihm stand schließlich nicht mehr als ein Admiralsgehalt zur Verfügung. Nein, das Apartment war das Geschenk eines seiner zahlreichen Wohltäter, eines Oligarchen, der sein Vermögen in den Wildwesttagen nach dem Zusammenbruch der Sowjetunion angehäuft hatte und nun mehrere politische und militärische Senkrechtstarter unterstützte, um es zu erhalten.

Im Foyer des Gebäudes steckte er seinen Schlüssel in die Kontrolltafel des Fahrstuhls und tippte den Befehl ein, ihn zu seiner Wohnung hinaufzubringen. Dort öffneten sich die Türen zum Foyer des Apartments. Es war ein mit Marmor und goldenen Verzierungen überladener Raum, den man eher im Schloss von Versailles vermutet hätte. Kenin hatte kein Auge für diese Pracht. Er interessierte sich nur für das, was mit dem Reichtum so häufig einherging, und das war Macht. Die materielle Seite dieser Gleichung bedeutete ihm so gut wie nichts.

Wenig später betrat er sein Büro und blickte auf den Flachbildschirm, der an einer Wand links neben seinem Schreibtisch befestigt war. Der größte Teil des Schirms war schwarz – bis auf eine Ecke, in der ein Bild von ihm selbst zu sehen war, aufgenommen von einer Kamera, deren Position ihn hinter seinem Schreibtisch recht massig erscheinen ließ. Als er mit seinem Konterfei auf dem Monitor zufrieden war, betätigte er eine Taste seines Desktop-Computers.

Der Bildschirm hellte sich auf. Im Vordergrund saß ein Mann ebenfalls an seinem eigenen Schreibtisch. Hinter ihm befand sich ein Flügelfenster, das einen Blick auf den Ozean gestattete. Dort, wo sich der Mann soeben aufhielt, herrschte anscheinend trübes Wetter. Der Himmel war bleigrau bewölkt, und die Wellen des Ozeans brachen sich schäumend am Ufer. Kenin hatte sich im Laufe der Jahre schon so oft mit diesem Mann unterhalten, dass er seine äußere Erscheinung gar nicht mehr bewusst wahrnahm.

Niemand kannte die Ursache des Feuers, das diese grässlichen Spuren bei dem Mann hinterlassen hatte. Einige sprachen von einem Attentatsversuch, andere erzählten, seine Mutter habe ihn absichtlich angezündet, als er noch ein Kind war. Wieder andere glaubten zu wissen, dass er einen Unfall gehabt hatte, als er noch Bomben für die türkischen Separatisten auf Zypern baute. Seine linke Hand glich der Schere eines Hummers, während seine rechte verschont worden war. Er besaß keine Haare mehr. Das Narbengewebe, das seinen Schädel bedeckte, glänzte wie eine Halloween-Maske, die für ihren Träger zu klein war. Beide Ohrmuscheln waren verbrannt, desgleichen seine Nase. Die Haut an seinem Hals erinnerte an den Schuppenpanzer einer Wüstenechse. Ein Auge war mit einer schlichten schwarzen Klappe bedeckt, das andere blitzte vor Intelligenz.

»Admiral Kenin, es freut mich, dass Sie den Wunsch verspüren, mich heute Morgen anzurufen«, sagte der Mann, den man in Geheimdienstkreisen nur als l'Enfant kannte.

Kenin war sicher, das Yuri Borodin und sein Speichellecker Mikhail Kasporow kein russisches Team beauftragt hatten, ihn aus dem Gefängnis zu befreien. Kenin kannte sämtliche Gruppierungen, die zu einer derart raffinierten Operation fähig waren. Letztlich standen sie alle unter seiner Kontrolle. Das bedeutete, dass sich Kasporow für die Befreiung ausländischer Helfer bedient hatte. Es gab nur wenige solcher Einheiten, und jede achtete sorgfältig auf die Geheimhaltung ihrer Identität. Es waren nicht die großen Sicherheitsfirmen, die sich bei den amerikanischen Überfällen im Irak und in Afghanistan einen Namen gemacht hatten. Nein, eher waren es kleinere Elitetrupps, die nicht vom Radar erfasst wurden. Aber an einem ungeschriebenen Gesetz kam man in der Schattenwelt nicht vorbei: Wenn man Informationen brauchte, musste man über kurz oder lang mit l'Enfant ins Geschäft kommen.

»Wie geht es Ihnen, alter Freund?« Sie waren allerdings keine Freunde, und den freundlichen, entspannten Tonfall schlug Kenin nur deshalb an, um den Schein zu wahren. l'Enfant nahm seinen Anruf sicherlich genauso erfreut entgegen, wie er mit einem Totengräber die Umstände seiner eigenen Beerdigung besprochen hätte.

»Ich kann nicht klagen, lieber Admiral, aber wollen Sie es wirklich hören?« Das Feuer und der Rauch hatten l'Enfants Lunge derart geschädigt, dass seine Stimme nicht mehr als ein raues Krächzen war. Ein Sauerstoffschlauch klebte unter der Ruine seiner Nase, mit einem Heftpflaster an Ort und Stelle fixiert, und alle paar Minuten machte er einen Atemzug durch eine zusätzliche transparente Kunststoffmaske. Die Schäden verzerrten auch jeglichen Akzent, mit dem der Mann gesprochen haben könnte. Einzelheiten seiner Nationalität blieben ebenso vage wie die Ursache des folgenschweren Feuers.

Kenin grinste ihn hinterhältig an. »Ihr Wohlergehen liegt mir ständig am Herzen.«

l'Enfant neigte seinen missgestalteten Kopf. »Seltsam«, sagte er. »Vor kurzem ist Ihr Name gefallen.«

»Tatsächlich.« Der Informationsmakler hatte auf dem gesamten Erdball Spione verteilt, die mehr geheime Meldungen aufsaugten als die CIA. Kenin hatte keine Ahnung, in welchem anderen Zusammenhang als mit Borodins Flucht l'Enfant auf seinen Namen hätte stoßen sollen, aber es war für beide Männer noch zu früh im Verlauf dieses Gesprächs, um den wahren Grund des Anrufs zu offenbaren.

»In der Tat. Es scheint, als hätten einige kolumbianische Gentlemen ein ausgemustertes Unterseeboot erworben, dessen Mannschaft zweimal versäumt hat, sich wie vorgeschrieben zu melden.«

Kenins Miene blieb unverändert. Für eine sichtbare Reaktion hatte er sich zu gut in der Gewalt, aber innerlich kochte er vor Wut darüber, dass die kleine Kröte über diese Operation Bescheid wusste. Die Information konnte nur von den Kolumbianern gekommen sein, aber allein die Tatsache, dass sie durchgesickert war, empfand er als schweren Schlag.

»Ich hatte keine Ahnung, dass die Kolumbianer für ihre Marine ein U-Boot ankaufen wollten«, sagte er jedoch gleichmütig.

»Oh, Sie haben mich missverstanden, Admiral. Es war nicht ihre Marine. Sondern ein paar Geschäftsleute, die ein, nun … nennen wir es Syndikat … gegründet haben. Ich glaube, sie mussten irgendeine ungewöhnliche Fracht transportieren und waren der Meinung, dass es mit einem Unterseeboot einfacher wäre. Ich erwähne das nur, weil ein Angehöriger des Syndikats, der die Beschaffung des U-Boots eingefädelt hatte, wegen seines Verlustes von seinen Partnern getötet wurde und vor seinem Tod die seltsamsten Dinge erzählt hat. Er sagte nämlich, er habe das Boot von Ihnen.«

Kenin lächelte. »Da haben Sie es. Wie können Sie etwas glauben, das unter Druck ausgesprochen wurde? Er muss von mir gehört haben, als ich den Chinesen dabei behilflich gewesen bin, ein paar unserer alten U-Boote der Kilo-Klasse und, erst vor kurzem, den Flugzeugträger *Varyag* zu erwerben.«

»Ich denke auch, so wird es gewesen sein«, pflichtete ihm l'Enfant bereitwillig bei. »Ich erinnere mich an Ihre Federführung bei dieser Transaktion, und ich möchte fast wetten, dass der arme Teufel Ihren Namen fälschlicherweise hinausposaunt hat.«

Beide Männer nahmen die Lügen unwidersprochen zur Kenntnis und gaben sich damit zufrieden. Dies war l'Enfants Methode, sein Wissen zu demonstrieren und Kenin daran zu erinnern, dass er sehr genau wusste, wo seine Leichen begraben waren und in welchem Schrank noch weitere Skelette lauerten.

»Ich denke, wir sollten zum Geschäftlichen kommen«, sagte l'Enfant.

»Na gut.« Die falsche Freundlichkeit verflüchtigte sich nun aus Kenins Miene, und seine Stimme bekam einen harten Klang.

»Bevor Sie irgendetwas sagen, lassen Sie mich Ihnen versichern, dass ich mit Yuri Borodins Flucht nicht das Geringste zu tun hatte.«

»Wissen Sie also darüber Bescheid?«, fragte Kenin.

l'Enfant ließ sich nicht zu einer Antwort herab. Also sprach Kenin weiter:

»Ich glaube zwar nicht, dass Sie den Auftrag für die Befreiungsaktion vermittelt haben, aber ich nehme an, dass Sie wissen, wer sie durchgeführt hat.« Als l'Enfant nicht widersprach, fuhr Kenin fort: »In Anerkennung unserer vielfältigen Geschäfte bitte ich Sie, mir den oder die Betreffenden zu nennen.«

Dies allerdings war eine Grenze, die man niemals überschritt. l'Enfant war seit vielen Jahren vor allem deshalb so erfolgreich, weil er stets seine Verschwiegenheit mit dem Nachdruck eines schweizerischen Bankiers bewahrte. Auch nur darum zu bitten, etwas Derartiges zu offenbaren, war ein Zeichen von Respektlosigkeit, und beide Männer waren sich vollkommen darüber im Klaren, dass ihre Beziehung von diesem Moment an beendet war.

l'Enfant machte einen Atemzug an seiner Sauerstoffmaske, wobei seine Brust sich mühsam aufblähte, um Luft in die geschädigte Lunge zu saugen. »Eine ungewöhnliche, allerdings nicht unerwartete Bitte. Wie soll ich Ihrer Meinung nach darauf reagieren?«

»Indem Sie mir vorher noch eine andere Frage beantworten.«

»Nur zu.«

»Vor wem haben Sie mehr Angst? Vor mir oder vor dem Mann, der Borodins Flucht geplant und inszeniert hat?«

»Ich habe vor niemandem Angst, obgleich ich ganz offen zugeben muss, dass meine Hochachtung und Bewunderung für ihn um einiges größer ist.«

»Das ist die falsche Antwort.« Kenin blickte auf seine Tastatur und tippte schnell *IM*. Als er dann weitersprach, war er wieder so kurz angebunden wie zuvor, nur klang das diesmal überzeugender. »Das Geheimnis Ihres Erfolges waren immer zwei Dinge. Ihre Diskretion, die ich kaum beeinflussen kann, und Ihr Aufenthaltsort, auf den ich zugreifen kann.« Kenin hielt inne, als ob ihm in diesem Moment noch etwas einfiel. »Eigentlich sind es sogar drei Dinge. Da ist noch etwas, das allgemein als Totmannschalter bezeichnet wird. Im Falle Ihres Todes werden Informationen, die Sie im Laufe der Jahre zusammengetragen haben, an interessierte Kreise weitergeleitet. Ich denke, dadurch werden zahlreiche Attentate und vielleicht sogar ein paar Kriege ausgelöst. Aber ich hätte besser von mehreren Schaltern reden sollen, da es in Wirklichkeit vier verschiedene Personen sind, die mit der Aufgabe betraut sind, Ihre letzten Anordnungen auszuführen, falls Ihnen etwas zustößt.«

Hätte l'Enfants vernarbtes Gesicht eine emotionale Reaktion zeigen können, so hätte sich in diesem Moment ein Ausdruck von Angst in seine Züge geschlichen. Dass er einen Totmannschalter als Schutz vor Verrat installiert hatte, war allgemein bekannt. Jedoch nicht, dass es insgesamt vier waren.

Der Monitor, den beide Männer betrachten konnten, teilte sich auf einen Tastendruck Kenins hin in vier Quadrate auf. In jedem zielte ein Mann in schwarzem Kampfdress, das Gesicht hinter einer dunklen Maske verborgen, mit einer Pistole auf den Kopf einer anderen Person. Die Personen waren drei Männer und eine Frau. Zwei von ihnen trugen Straßenanzüge, und es sah ganz so aus, als kämen sie gerade aus ihren Büros oder als wollten sie sich dorthin auf den Weg machen. Eine der anderen beiden Personen, die Frau, trug Sportkleidung, und hinter ihr waren verschiedene Sportgeräte in einem privaten Fitnessraum zu erkennen. Der dritte Mann saß neben seinem Bett und trug lediglich Boxershorts, über deren Bund sich sein beträchtlicher Bauch wölbte.

Alle vier waren Anwälte. Keiner von ihnen wohnte auf dem gleichen Kontinent oder kannte einen der anderen, und dennoch waren alle vier insgeheim von l'Enfant engagiert worden, um im Fall seines gewaltsamen Todes sämtliche Informationen, die von ihm über seine Kunden und Feinde gesammelt worden waren, offenzulegen.

»Mein einziges Risiko besteht darin«, sagte Kenin sorglos, »dass ich nicht sicher sein kann, ob diese Personen nicht noch weitere Personen engagiert haben, die Ihre letzten Anweisungen ausführen. Aber ich denke, in dieser Hinsicht kann ich mich in Sicherheit wiegen.« Dann wurde er todernst. »Was Ihren Aufenthaltsort angeht, mein Freund, so befinden Sie sich zurzeit in der südöstlichen Ecke des 118. Stockwerks des Burj-Khalifa-Turms. Das Meerespanorama hinter Ihnen ist ein von einer Webcam übertragenes Bild, das von der Amalfiküste in Italien stammt, und während Sie Eigentümer der Stockwerke direkt über und unter Ihrer derzeitigen Bleibe sind, habe ich in der Suite im 116. Stockwerk genug Sprengstoff deponiert, um das gesamte Gebäude dem Erdboden gleichzumachen.

Ich werde meine Frage jetzt wiederholen. Vor wem haben Sie mehr Angst, vor mir oder vor ihm? Und ich sollte Sie darauf aufmerksam machen, dass ich die Sprengladungen in, sagen wir, zwanzig Sekunden zünde.«

l'Enfant nahm einen tiefen Zug aus seiner Sauerstoffmaske. »Wenn die Chancen gleich verteilt wären, hätte ich noch immer mehr Angst vor ihm als vor Ihnen.«

»Von Chancengleichheit kann allerdings keine Rede mehr sein«, sagte Kenin und deutete auf seine vier Männer auf dem Monitor, die l'Enfants Leute in Schach hielten.

»Das sehe ich.«

»Es wird folgendermaßen laufen. Sie nennen mir seinen Namen und den Namen seiner Organisation, und danach werden wir nie mehr miteinander sprechen. Sie werden ihn nicht warnen. Vielleicht wird Ihr Verrat publik, vielleicht auch nicht. Möglicherweise können Sie nach dieser Angelegenheit einen Teil Ihrer Einnahmen retten. Die Entscheidung liegt ganz bei Ihnen, und jetzt haben Sie noch fünf Sekunden Zeit.«

l'Enfant zögerte so lange, wie er es riskieren zu können

glaubte, und verriet zum ersten Mal in seinem Leben einen seiner Kunden. »Juan Cabrillo. Er ist Chef der Corporation. Sie residiert auf einem Schiff namens *Oregon*, auch wenn der Name nur selten auf dem Heck zu lesen ist.«

»Sehen Sie? Das war doch gar nicht so schwer.«

»Gehen Sie zum Teufel, Kenin.«

Kenin überging diese Bemerkung. »Und nun, mein lieber Freund, erzählen Sie mir alles, was Sie über diesen Cabrillo und sein Schiff wissen.«

ELF

Was Juan Cabrillo an New York City besonders liebte, war, dass man dort, wenn man genug Geld hatte, alles bekommen konnte, egal zu welcher Tages- und Nachtzeit. Deshalb saß er, als er am nächsten Morgen um sieben Uhr nach Norden aufbrach, hinter dem Lenkrad eines Porsche Cayman S. Weil er sich fast das ganze Jahr hindurch auf See befand, hatte er kaum Gelegenheit, ein solches Auto zu fahren. Als ihm am vorangegangenen Abend klar wurde, dass Flug- und Fahrtzeit zur Hauptstadt von Vermont etwa gleich waren, entschied er sich dafür, den Sportwagen zu mieten. Der Autohändler hätte ihm auch einen Lamborghini oder einen Porsche GT3 bereitstellen können, doch all die Kühlerlamellen und Spoiler wären für die Verkehrspolizei so etwas wie das sprichwörtliche rote Tuch des Matadors gewesen.

Tempokontrollen konnten ihn nicht schrecken, da der Radar- und Lidar-Detektor, den er aus dem Geräteraum des Schiffes mitgenommen hatte, den Keramik-Komposit-Bremsen des Wagens genügend Zeit verschaffen würde, um die Geschwindigkeit bis auf das erlaubte Maß zu reduzieren.

Ehe er startete, schaltete er das Navigationsgerät des Cayman ein, um die günstigste Strecke festzulegen, und als er sehen musste, dass sie vorwiegend über Schnellstraßen führte, programmierte er das Gerät stattdessen für die Suche nach verkehrsarmen Nebenstrecken. Sobald er die Verkehrsstaus rund um New York und seine Randbezirke hinter sich gelassen hatte, rollte er über zweispurige Asphaltstraßen, auf denen außer vereinzelten Traktoren und Einheimischen in ihren Fahrzeugen kaum ein nennenswerter Verkehr herrschte.

Hinter seinem tiefliegenden Sitz dröhnte der Sechszylindermotor unternehmungslustig, während er mit Kupplung, Gangschaltung und Lenkrad spielte, um den wendigen Sportwagen durch weite und enge Kurven zu manövrieren, zuerst in Connecticut und danach in den Berkshire Mountains im westlichen Massachusetts. Besonnenheit und Rücksichtnahme ließen ihn das Gas zurücknehmen, wenn er kleine Städte passierte, die in Gestalt zusammengedrängter eintöniger Ladenfronten und weniger Kreuzungen an der Straße klebten, ehe sich wieder freies Farmland vor ihm erstreckte. Schwarz-weiß gefleckte Holsteiner Rinder bevölkerten die Weiden, als wären sie eigens für Fototouristen dort aufgestellt worden, die Motive suchen.

Auch wenn er sich darauf konzentrierte, den Cayman in der Ideallinie über den Asphalt zu lenken, konnte er doch gleichzeitig darüber nachdenken, wo die Corporation da genau hineingestolpert sein mochte. Es musste ein Geheimnis sein, für das einen Mord zu begehen Pytor Kenin offenbar jederzeit bereit war, so viel wusste er. Yuri, Karl Petrowski und der alte Yusuf hatten deswegen sterben müssen. Nach dem, was Cabrillo über Admiral Kenin wusste, musste es mit irgendeinem russischen Verteidigungsprojekt zusammenhängen. Wenn Yuri sein mageres Marinegehalt mit dem Verkauf russischer Kriegstechnologie aufgebessert hatte, würde Kenin das Gleiche tun. Dessen war er sich sicher. Ebenso sicher war er, dass diese Technologie auf etwas basierte, das Nikola Tesla vor mehr als einem Jahrhundert erfunden hatte.

Er hatte wenig Vertrauen in Mark Murphys Teleportations-Theorie, trotz Max' lahmer Befürwortung – oder zumindest keiner vollständigen Ablehnung – dieser Idee. Juan war einigermaßen überzeugt, dass ihre Recherchen in dieser Richtung zu einer plausibleren Erklärung führen würden, wie die Jacht von George Westinghouse auf die andere Seite des Globus gelangt war.

Die Stadt Montpelier liegt, in Berge eingebettet, am Ufer des Winooski River, der Hauptwasserader von Vermont. Nachdem er den Fluss auf einer der zahlreichen Brücken der achttausend Einwohner zählenden Stadt überquert hatte, stand Cabrillo bald vor dem im eindrucksvollen griechischen Stil gehaltenen staatlichen Regierungsgebäude mit seiner Granitfassade und dem vergoldeten Kuppeldach. Nach kurzer Weiterfahrt gelangte er in ein Stadtviertel, das aus einem Gemälde von Norman Rockwell entnommen schien. Kein Gebäude war höher als vier Stockwerke, und jedes zeichnete sich durch aufwendige architektonische Feinheiten aus. Er bedauerte jeden modernen Städteplaner, der sich mit traditionsbewussten und denkmalsinnigen Komitees würde herumschlagen müssen.

Als er noch zwei Straßen von seinem Fahrtziel entfernt war, parkte er neben einem kleinen Apartmenthaus und benutzte die Motorhaube des Wagens, um sich vor neugierigen Blicken zu schützen, während er ein Schulterhalfter umschnallte und dann in einen einreihigen schwarzen Blazer schlüpfte, der entsprechend geschnitten war, um die verräterische Wölbung der halbautomatischen FN-Five-seveN-Pistole zu kaschieren. Darunter trug er ein weißes baumwollenes Oxfordhemd mit offenem Kragen. Er hakte das untere Ende des Holsters unter seinen Gürtel, um es unverrückbar zu fixieren, und klappte die Motorhaube des Porsche zu.

Zunächst fuhr er weiter, aber schon eine Minute später ließ er den Wagen vor einem Gebäude im Queen-Anne-Stil ausrollen, das mit seinen hellfarbenen Verzierungen, seinen schmalen Dachfenstern und zahlreichen Spitztürmchen wie ein Lebkuchenhaus aussah. Hätte es tatsächlich aus Lebkuchen bestanden, wäre er nicht sonderlich überrascht gewesen. Das mindestens einhundert Jahre alte Gebäude besaß eine Garage, die nachträglich hinzugefügt worden war. Aber wer immer diese Arbeit ausgeführt hatte, er war darum bemüht gewesen, die ursprüngliche Architektur des Hauses zu erhalten und in der Garage fortzusetzen. Der Wohnsitz war das, was Fremdenführer und traditionsbewusste Architekten als ein »bezauberndes Ensemble« bezeichnen würden. Und er schien der geeignete Rückzugsort für einen emeritierten MIT-Professor zu sein.

Cabrillo schlängelte sich aus dem Wagen und spazierte über einen Steinplattenweg zur Vorderveranda und weiter zur Haustür. Ein entsprechender Knopf deutete zwar auf das Vorhandensein einer elektrischen Klingel hin, doch es erschien ihm weitaus passender, stattdessen den reich verzierten Messingklopfer zu benutzen.

»Einen Moment«, rief eine gedämpfte Stimme von drinnen.

Wenn Juan genau festlegen konnte, wie lang »ein Moment« war, wurde er belehrt, dass er so lange dauerte, wie die Tür brauchte, um aufzuschwingen.

»Ja, bitte?«

Professor Tennyson hatte einiges an Gewicht zugelegt, seit das Foto gemacht worden war, das Cabrillo gesehen hatte. Sein Gesicht war zwar voller, aber immerhin lag ein gesundes Leuchten darin. Auf dem Kopf trug er einen breitkrempigen Strohhut, dazu an den Füßen Gummistiefel. Außerdem hatte er ein Paar Gartenhandschuhe in seinen Hosenbund gesteckt. Dass er eine Spur schmutziger Fußabdrücke von der offenen Hintertür quer über den polierten Kirschholzfußboden seines Wohnzimmers hinterließ, entging dem Mann vollkommen.

»Professor Tennyson?«

»Ja«, wiederholte der Angesprochene. »Kann ich Ihnen behilflich sein?«

»Das hoffe ich sehr, Professor. Mein Name ist John Smith, und ich würde mich gerne mit Ihnen über Nikola Tesla unterhalten.«

Tennyson blinzelte und machte plötzlich einen wachsamen Eindruck. »Arbeiten Sie an einem Buch?«

»Nein, Sir. Ich recherchiere ausschließlich aus privatem Vergnügen.«

»Und was machen Sie sonst, Mister … äh?«

»Smith, Professor Tennyson. John Smith. Ich arbeite in einer Denkfabrik, die die Regierung in Fragen der Außen- und Sicherheitspolitik berät.« Daraus ergaben sich zwei Möglichkeiten, dachte er. Entweder war Tennyson alles zuwider, was mit der Regierung zu tun hatte, dann würde es ihn schweigsam werden lassen wie eine Auster. Oder er nahm die Gelegenheit wahr, sich ausführlich über sein Lieblingsobjekt zu äußern, ganz gleich, wer ihm gerade zuhörte.

»Sicherheitspolitik, hm? Gehören Sie vielleicht zu den Leuten, die annehmen, dass sich irgendein Teilbereich von Nikola Teslas Forschung für die Herstellung von Waffen nutzen lässt?«

»Eigentlich bin ich hergekommen, um mich zu vergewissern, ob jemand anderer nicht schon längst auf diese Idee gekommen ist.«

Dies weckte anscheinend Tennysons Interesse. Er öffnete die Tür nun erst vollständig. »Klar können wir uns unterhalten, einen Moment lang, aber es wird Sie etwas kosten.«

Der Größe und dem Alter des Hauses nach zu urteilen, machte Tennyson nicht gerade den Eindruck, als dächte er an Geld, daher verwirrte diese Bemerkung Cabrillo, zumindest so lange, bis der Mann weiterredete.

»Ich habe hinten im Garten eine kleine Ulme gefällt. Aber ich fürchte, ich werde es wohl nicht schaffen, den Baumstumpf mitsamt der Wurzel auszugraben. Aber ein kräftiger junger Mann wie Sie müsste das Ding in null Komma nichts draußen haben.«

Juan grinste. »Ich glaube, da kommen wir ins Geschäft, wenn ich vorher Ihre Toilette benutzen darf. Es war eine lange Reise.«

»Sind Sie den ganzen Weg von D.C. gefahren?«

»Ich wohne in New York«, sagte Cabrillo, während er das Haus betrat. Die Einrichtung war fleckenlos sauber und sah aus, als habe sie von Anfang an in dieses Haus gehört. Ein mit kunstvollen Schnitzereien versehenes Geländer schwang sich in den ersten Stock hinauf. Juan registrierte, dass, wie in vielen Häusern aus dieser Epoche, zwischen den Stockwerken quadratische Gitter von gut einem halben Meter Kantenlänge eingebaut worden waren, so dass die Wärme aus dem geheizten Parterre bis in die oben liegenden Schlafzimmer aufsteigen konnte. Rechts neben dem Hauseingang zweigte ein Korridor mit einem kleinen Tisch neben der Tür ab, die vermutlich in die Garage führte. Die Schüssel im Tiffany-Stil, die auf dem zierlichen Tisch stand, dessen schlanke Beine einen hochgradig zerbrechlichen Eindruck machten, war offenbar eine echte Antiquität.

Tennyson blieb Cabrillos Interesse an der Inneneinrichtung nicht verborgen. »Dieses Haus gehörte zuerst meinen Großeltern und dann einer altjüngferlichen Tante«, erklärte er. »Sie hat es in diesem Zustand belassen, da es als eine persönliche Gedenkstätte für ihren Vater und ihre Mutter fungierte, und als sie dann vor ein paar Jahren verstarb, konnte auch ich mich nicht überwinden, irgendetwas zu verändern.«

»Es ist wunderschön«, sagte Juan.

»Und ein Alptraum, was seinen Unterhalt betrifft«, sagte Tennyson mit dem Anflug eines Lächelns. »Ich frage mich oft, ob ich dieses Haus bewohne oder ob ich so etwas wie sein Sklave bin.«

Die Armaturen im Bad sahen aus, als stammten sie aus einem Sanitärmuseum. Nachdem er die Toilette mit ihrem Spülkasten hoch oben an der Wand benutzt hatte, schlüpfte Juan aus seinem Blazer und nahm das Schulterhalfter ab. Er konnte unmöglich einen Baumstumpf ausgraben und dabei ein Halfter tragen, ohne dass Tennyson es bemerken würde, und nach seiner Erfahrung konnten harmlose Bürger recht nervös werden, sobald sie eine Waffe zu Gesicht bekamen. Er wickelte die Pistole in sein Jackett ein, klemmte es sich unter den Arm und ging hinaus zu Tennyson, der schon in dem aus Backstein gemauerten Patio wartete. Die ersten Blumen blühten bereits, und wenn bald der Sommer anbrach, wäre der Garten ein wogendes Meer aus Farben und Düften.

»Betreiben Sie die Gartenarbeit als Hobby?«, fragte Juan.

»Ja, notgedrungen. Unglücklicherweise war sie das Hobby meiner Tante und nicht meins. Eigentlich hasse ich diese Arbeit, aber was kann ich tun?«

Er führte Cabrillo auf die linke Seite des eingezäunten Gartens, wo ein knapp zehn Zentimeter dicker Baumstumpf zwischen den Grashalmen aus der Erde ragte. Daneben lagen ein Spaten und eine Axt. In einem Baum in der Nähe baute ein Rotkehlchenpaar ein Nest und zwitscherte aufgeregt, als sich die Männer näherten.

Juan legte seine im Jackett versteckte Pistole ein kleines Stück entfernt ins Gras und ergriff den Spaten.

»Dann sagen Sie doch mal, Mr. Smith ...«

»Bitte, nennen Sie mich John.«

»Dann bin ich Wes. Was für eine Art von Waffe hat Nikola Ihrer Meinung nach erfunden?«

Cabrillo gefiel, wie Tennyson Teslas Vornamen benutzte, als sei er ein Freund und kein vor langer Zeit verstorbener Fremder. »Das ist ja das Problem. Wir sind uns da nicht sicher. Wir glauben, dass Ergebnisse seiner Forschung in einem Verteidigungsprogramm zur Anwendung kommen sollen, aber wir wissen nicht, welche Ergebnisse aus welchem Forschungsbereich.«

»Er war eine bemerkenswerte Persönlichkeit – ich meine Tesla. Am Ende wurde er zwar verrückt und war völlig mittellos, aber er galt dennoch als ein anerkanntes Genie. Ihnen brauche ich wohl kaum aufzuzählen, was er auf dem Gebiet der Elektrotechnik geleistet hat – da ist der Induktionsmotor, die Funksteuerung, die drahtlose Kommunikation, die Zündkerze. Es heißt, dass seine Ideen und Erfindungen wie Geistesblitze durch seinen Kopf schossen.«

»Und wie sieht es mit Waffenforschung aus?«

»Es wird berichtet, dass er einen ›Friedenstrahler‹ zum drahtlosen Energietransport bauen wollte, aber trotzdem wird er bis heute Todesstrahler genannt. Seine Abhandlung über dieses Thema, *The Art of Projecting Concentrated Non-dispersive Energy through the Natural Media,* wird im Tesla-Museum in Belgrad aufbewahrt. Ich habe sie gelesen, und sie ist vollständiger Unfug. Seine Theorien sind durchaus interessant, aber ein solcher Apparat würde niemals funktionieren. Er hat viel Zeit dafür aufgewendet, ein Flugzeug zu entwickeln, das fliegen sollte, indem es die Luft unter seinen Tragflächen ionisiert. Vielleicht ist es das, was Sie suchen.«

Während er grub, konnte Juan keine Verbindung zwischen einem von Ionen angetriebenen Flugzeug und der in Usbekistan gestrandeten Jacht von George Westinghouse erkennen. »Waren er und Westinghouse befreundet?«

»Oh ja.« Tennyson nickte heftig. »Auch wenn er bereits ein reicher Mann war, konnte Westinghouse dank ihrer Zusammenarbeit sein Vermögen noch einmal beträchtlich vergrößern.«

»Können Sie sich irgendein Experiment vorstellen, das Tesla an Bord der Jacht von Westinghouse, der *Lady Marguerite*, durchgeführt haben könnte?«

»Nein«, antwortete Tennyson schnell.

Zu schnell für Cabrillos geschulte Ohren. »Es müsste am oder um den 1. August 1902 herum stattgefunden haben.«

»Nikola arbeitete 1902 draußen auf Long Island am Wardenclyffe Tower. Dieser Turm sollte drahtlos elektrischen Strom übertragen.«

»Einen Monat zuvor war die finanzielle Unterstützung dieses Projekts gestoppt worden«, konterte Cabrillo und bedankte sich im Stillen bei Murph und Stone für das umfangreiche Dossier, das sie für ihn zusammengestellt hatten. »Bitte, Professor Tennyson, es ist wirklich wichtig. Ich habe vor ein paar Tagen die *Lady Marguerite* gefunden – in einer Wüste, die früher der Aralsee gewesen ist.«

Tennyson wurde leichenblass, legte eine Hand auf die

Brust und machte ein paar unsichere Schritte rückwärts. »Mein Gott.«

»Was ist an diesem Tag geschehen?«, drängte Juan. »Woran haben sie gearbeitet?«

Tennyson ging zu einem Adirondack-Stuhl und ließ sich mit seiner ganzen Körperfülle hineinsinken. »Es war nur eine Geschichte aus zweiter Hand. Deshalb habe ich sie in meinem Buch nicht erwähnt.«

»Was hat er versucht?« Juan legte den Spaten beiseite und schenkte Tennyson seine ungeteilte Aufmerksamkeit.

»Es war ein Experiment, das sie der U.S. Navy vorführen wollten, wenn es funktioniert hätte. Es ging darum, mit Hilfe von Magnetismus Licht so um ein Schiff herumzulenken, dass der Schiffsrumpf nichts davon reflektierte. Das Schiff wäre in diesem Fall für einen Betrachter unsichtbar. Sein Blick würde darüber hinweggehen und nur noch erfassen, was sich dahinter befindet.«

»Reden Sie von optischer Tarnung?«

»Genau. Sie haben die Apparatur auf der *Marguerite* installiert und damit den Hafen von Philadelphia verlassen, wo die Arbeiten in einem Lagerhaus, das Tesla gehörte, durchgeführt worden waren. Begleitet wurden sie von einem anderen Schiff, auf dem sich die Beobachter aufhielten. Erfahren habe ich von der Angelegenheit durch den Bericht eines dieser Beobachter, eines Captain Paine vom Verteidigungsministerium.«

»Was ist geschehen?«

»Niemand wusste etwas Genaues. Sie hatten die Schifffahrtsrouten schon weit hinter sich gelassen, als die *Marguerite* den Nachthimmel plötzlich mit einer seltsamen blau leuchtenden Aura erhellte. Dieses Leuchten hielt für etwa eine halbe Stunde an und erlosch schließlich wieder. Als sie der Sache auf den Grund gehen wollten und Kurs auf die Jacht nahmen, war sie verschwunden. Man vermutete, dass sie gesunken war.«

»Und … hatten sie auch irgendwelche seltsamen Erscheinungen auf ihrem eigenen Schiff beobachtet? Irgendetwas, das auf ungewöhnliche Magnetfelder zurückgeführt werden konnte?«

»Denken Sie an die Geschichte von der *Mohican*?«

Cabrillo nickte.

»Natürlich habe ich diesen Bericht so gut es ging überprüft. Aber nichts von dem, was deren Mannschaft erlebte, geschah auf dem Beobachterschiff. Ehrlicherweise muss ich allerdings hinzufügen, dass sie sich auf einer Schaluppe mit einem Rumpf aus Holz befanden. Im Aralsee, sagten Sie?«

»Ja. Was hat sich Ihrer Meinung nach dort ereignet?«

Tennyson verstummte. Die Augen hinter den Gläsern seiner Hornbrille hatten einen leeren Ausdruck angenommen, während sie auf einen imaginären Punkt starrten.

»Was ist los, Professor? Was überlegen Sie gerade?«

»Ich bin mir nicht sicher«, gab Tennyson schließlich zu. »Die *Lady Marguerite* ist in dieser Nacht verschwunden. Daran kann es keinen Zweifel geben. Und Sie sagten, Sie hätten sie in Kasachstan gefunden?«

»Auf der usbekischen Seite des Aralsees«, korrigierte sich Juan.

Den Blick noch immer ins Leere gerichtet, sagte Tennyson: »Nikola starb im Januar 1943. Es gab Gerüchte von einem anderen Ereignis, die später im gleichen Jahr in Philadelphia aufkamen – im Oktober, um genau zu sein. Sie betrafen ein anderes Projekt der Navy, an dem die USS *Eldridge* beteiligt war.«

Dank Mark Murphys trotzigen Kommentaren wusste Cabrillo genug von dieser Angelegenheit, um zu fragen:

»Sie sprechen aber doch nicht etwa vom Philadelphia-Experiment, oder? Das wurde doch zweifelsfrei als Märchen entlarvt.«

Tennyson sah Cabrillo mit glühenden Augen an. »Als Märchen? Sie haben eben erst die *Lady Marguerite* in Usbekistan gefunden und sind bereit, die Geschichte von einem Schiff der Navy zu ignorieren, das aus Philadelphia verschwand und gleichzeitig in Richmond, Virginia, wieder aufgetaucht ist? Über diesen Vorfall wird weiter berichtet, dass das Schiff in seinen Heimathafen zurückkehrte und einige Mannschaftsangehörige zu einem grotesken Stillleben mit dem Deck verschweißt waren, während andere durch dieses Ereignis den Verstand verloren hatten.« Er machte eine kurze Pause, um seine Emotionen in den Griff zu bekommen. »Es tut mir leid, John. Das Ganze geht mir verdammt nahe. Es gibt noch so viel mehr über Nikola zu berichten, viel mehr, als ich je schreiben könnte. Er war ein echtes Genie, ganz genauso wie Einstein, nur dass die Geschichte ihn vollkommen vergessen hat, weil vieles von dem, was er zuwege brachte, als reine Spekulation und leeres Gerede verworfen wurde.«

»Was ist denn in Philadelphia passiert?«, fragte Juan möglichst behutsam, um den Professor zum Weitersprechen zu animieren.

»Richtig … Philadelphia. Nicht lange nach Nikolas Tod brachte das FBI auf Anweisung von J. Edgar Hoover persönlich einen Teil von Teslas Hinterlassenschaft unter seine Kontrolle. Sie räumten das Hotelzimmer in Manhattan, in dem er gewohnt hatte, aus und konfiszierten außerdem Eigentumswerte im Küstenbereich von Philadelphia. Was über die USS *Eldridge* erzählt wird, ist natürlich absoluter Blödsinn. Aber die Geschichte hat sehr eng mit dem zu tun, was in diesem Lagerhaus im Hafen gefunden wurde. Nicht das, was mit der *Eldridge* passiert sein soll, ist von Bedeutung, sondern das, was sie in Nikolas Lagerhaus fanden.«

Tennyson konnte sich Cabrillos Aufmerksamkeit sicher sein. »Was wurde denn gefunden?«

»Ein anderes Schiff. Ein Schiff, das teilweise umgebaut worden war. Es handelte sich um ein altes Minensuchboot, das Tesla mit Unterstützung von George Westinghouse erworben hatte. Er hatte erklärt, dass er eine neue Methode entwickelt habe, dank derer seine optische Tarnung diesmal funktionieren werde. Aber er hatte nie genug Geld, um das Projekt zu vollenden, daher lag das Schiff jahrelang im Hafen, bis das FBI das Lagerhaus schließlich ausräumte.

Sie nahmen jeden Fetzen Papier mit, den sie finden konnten, doch das Schiff ließen sie zurück. Als Nikola starb, hatte er enorme Steuerschulden, daher wurde das Schiff dem Kriegsministerium zum Verschrotten überlassen, um diese Schulden wenigstens teilweise zu bezahlen.«

»Woher wissen Sie das alles, und warum habe ich nicht schon früher etwas darüber gelesen?«

Tennyson lächelte. »Wegen eines kaum bekannten Abkommens, das während des Zweiten Weltkriegs zwischen der amerikanischen Regierung und der Mafia getroffen wurde.«

»Wie bitte?«

»Sie haben richtig verstanden. Sehen Sie, der Mob kontrollierte damals die Hafenanlagen im Nordosten von Boston bis hinunter nach Wilmington, Delaware. Damit der für den Krieg so wichtige Betrieb in den Docks ungehindert weitergehen konnte, wurden einflussreichen Persönlichkeiten aus dem Bereich des organisierten Verbrechens gewisse Zugeständnisse gemacht, darunter war auch Lucky Luciano, der nach dem Krieg sozusagen als Belohnung für seine Kooperation vorzeitig aus dem Gefängnis entlassen wurde.«

»Was hat all das mit Teslas Schiff zu tun?«

»Zuerst versuchten Dockarbeiter, die Dampfkessel des Schiffes anzuheizen, um es zu einem Abwrackbetrieb am Delaware River zu bringen. Es gelang ihnen auch, und einer der Arbeiter aktivierte dabei unbeabsichtigt die Apparaturen, die Tesla im Schiffsrumpf installiert hatte. Zwei Männer befanden sich in dem Raum, als die Maschine startete. Einer von ihnen wurde von einer unbekannten Kraft in der Mitte durchgeschnitten, und seine unteren Extremitäten müssen regelrecht verdampft sein. Daraus entstand das Gerücht von Männern, die auf dem Deck der *Eldridge* festgeschweißt waren. Es heißt, dass der Torso des Mannes aufrecht und auf die Hände gestützt vorgefunden wurde, als wäre er gerade im Begriff gewesen, aus dem Deck herauszuklettern. Der zweite Mann war zwar völlig unversehrt geblieben, aber ebenfalls tot, seine Haut schneeweiß. Später wurde festgestellt, dass das Eisen in seinem Blut aus der Proteinverbindung herausgelöst worden und der Mann an einem toxischen Schock gestorben war. Diese beiden Männer hatten zufälligerweise beste Beziehungen zu einem örtlichen Mafiaboss – sein Name fällt mir im Augenblick nicht ein. Aber man muss nicht eigens erwähnen, dass die Arbeiter es danach mit der Angst zu tun bekamen und sich fortan weigerten, das Schiff zu betreten. Sie drohten sogar damit, im Hafen zu einem allgemeinen Streik aufzurufen, bis die Navy sich bereit erklärte, das Schiff auf den Atlantik hinauszuschleppen und zu versenken.«

»Und ist das geschehen?«

»Sie hatten keine andere Wahl. Philadelphia war einer der wichtigsten Stützpunkte der Navy für Schiffsbau und -Reparaturarbeiten. Es hätte in keinem Verhältnis zum Schrottwert eines alten Minensuchboots gestanden, wenn der Betrieb dort zum Erliegen gekommen wäre.«

»Warum hat die Navy die Maschine, die die Männer getötet hat, nicht eingehender untersucht?«

»Das hätte sie sicherlich gerne getan, aber angesichts der Drohung von zwanzigtausend Arbeitern, ihren Job zur gleichen Zeit ruhen zu lassen, in der die Alliierten durch Italien marschierten und sich der Nachschub für die Invasion in der Normandie im Hafen stapelte, entschieden sie sich für den klügeren Weg, um den Frieden an der Heimatfront zu erhalten.«

»Wie kam es denn, dass aus dem, was Sie mir soeben erzählt haben, die Geschichte von der USS *Eldridge* und dem Philadelphia-Experiment entstehen konnte?«

»Im Jahr 1953 erhielt der Autor eines obskuren Buches über UFOs namens Morris Jessup einen Brief von einem Mann, der sich als Carlos Allende vorstellte. Allende wandte sich an Jessup, weil dieser in seinem Buch spekulierte, dass UFOs durch Elektromagnetismus angetrieben würden und die Navy während des Krieges in Philadelphia auf einem Schiff entsprechende Experimente durchgeführt habe. Allende erklärte, dass die Forschung in dieser Richtung auf Einsteins Einheitlicher Feldtheorie basiere, obwohl Einstein niemals sämtliche Kraftfelder der Natur in einer einzigen Formel so hatte vereinen können, wie es ihm mit der Relativitätstheorie gelungen war.

Eine Zeitlang korrespondierten sie noch miteinander, bis Jessup erkannte, dass Allende ein Spinner war, und den Kontakt abbrach. Wer Allende wirklich gewesen war, wurde zwar nie aufgeklärt, aber ich glaube, dass er sich an

Bord von Nikolas altem Minensuchboot aufgehalten hatte, als diese beiden Männer auf die geschilderte mysteriöse Art und Weise ums Leben kamen, und sich dazu eine noch verrücktere Geschichte ausgedacht hatte.

Interessanterweise meldete sich das Office of Naval Research einige Jahre später bei Jessup wegen eines mit Anmerkungen versehenen Exemplars seines Buches, das ihnen per Post übersandt worden war. Er klärte sie darüber auf, dass die rätselhaften Notizen von Allende stammten. Dann, im Jahr 1959, verabredete sich Jessup mit Dr. Manson Valentine, dem Mann, der später die Kalksteinformation namens Bimini Road im Ozean vor den Bahamas entdeckte. Jessup erschien allerdings nicht zu dem Treffen, sondern wurde in Miami tot in seinem Wagen aufgefunden. Ein Gummischlauch reichte vom Auspuff durch das Seitenfenster ins Wageninnere. So etwas ist ein gefundenes Fressen für Verschwörungstheoretiker auf der ganzen Welt. Sie schlossen daraus, dass er keinen Selbstmord begangen habe, sondern von französischen Agenten getötet wurde.«

Cabrillo schüttelte ungläubig den Kopf. »Warum von Franzosen?«

»Es ist schließlich eine Verschwörungstheorie«, erwiderte Tennyson glucksend. »Also warum nicht von den Franzosen?«

»Wo haben Sie die Geschichte von dem Minensuchboot erfahren, und weshalb haben Sie sie nicht in Ihrer Biografie erwähnt?«

Ehe er diese Frage beantwortete, stemmte sich der pensionierte Akademiker aus seinem Sessel hoch. »Ich habe Durst. Wir sollten etwas trinken und endlich mit diesem Baumstumpf da fertig werden. Sie haben ihn ja schon fast draußen.«

Nachdem er sein Jackett vom Erdboden aufgehoben und die Waffe ins Holster gesteckt hatte, während Tennyson ihm den Rücken zuwandte, folgte Juan ihm über den Rasen. Die Küche befand sich im hinteren Teil des Hauses mit Blick auf den Garten, und während ihre Einrichtung einen durchaus modernen Eindruck machte, sah der Kühlschrank wie ein umgebauter Eiskasten aus. Eine Schachtel mit überlangen Streichhölzern wies neben dem Kochherd darauf hin, dass dieser noch zu der Sorte gehörte, deren Kochstellen von Hand angezündet werden mussten.

Tennyson holte zwei Dosen Coca-Cola aus dem Kühlschrank und reichte eine seinem Besucher. »Gewiss wäre Ihnen ein Bier lieber, aber ich trinke keinen Alkohol.«

»Das ist völlig okay.« Cabrillo öffnete die Dose, trank einen tiefen Schluck und stellte erstaunt fest, wie trocken seine Kehle war.

Die Türklingel schlug an, und Juans Durst verflog, da seine Gedanken sofort zu der Kugel sprangen, die Yusuf in der Wüste, in der eigentlich kein Mörder hätte lauern dürfen, tödlich getroffen hatte.

»Erwarten Sie noch weiteren Besuch?«

»Eigentlich nicht. Aber ich habe in dieser Woche Geburtstag, und da bekomme ich Geschenke von ehemaligen Studenten und Kollegen«, sagte Tennyson, während er die Küche verließ. Juan drängte sich an ihm vorbei und blickte aus dem vorderen Fenster. Ein Lieferwagen, dessen Seitenfläche mit dem Bild eines Blumenstraußes verziert war, parkte auf der Straße neben seinem Porsche. Sein Pulsschlag beschleunigte sich.

»Sieht so aus, als schickte Ihnen jemand Blumen.«

»Wahrscheinlich meine ehemalige Sekretärin. Jedes Jahr beglückt sie mich mit Pfingstrosen.«

Cabrillo verrenkte sich fast den Hals, um den Fahrer vor der Haustür stehen zu sehen. Er konnte den Mann und die Blumen, die er in der Hand hielt, nur teilweise erkennen. Dann warf er einen zweiten Blick auf den Lieferwagen und las den Namen unter dem aufgemalten Blumenstrauß: Empire Florists.

Die Gedankenverbindungen entstanden so schnell, wie die Synapsen in seinem Gehirn überhaupt reagieren konnten. Vermont war der sogenannte Green Mountain State. Es war der Nachbarstaat New York, der den Spitznamen Empire State hatte. Niemals würde ein Florist eine solch weite Strecke fahren, um einen Blumenstrauß auszuliefern. Wer immer dem Professor gratulieren wollte, hätte eher einen einheimischen Händler damit beauftragt. Jemand, der den weiten Weg von New York hierher gekommen war, hatte gewiss nicht die Absicht, einen Blumenstrauß zu präsentieren. Pytor Kenins Name kam ihm in den Sinn, und er wusste, dass, wenn Kenin jemanden auf den Weg schickte, um den weltweit führenden Nikola-Tesla-Experten zu töten, dieser Auftragsmörder so gut wie sicher aus Brighton Beach, New York alias Little Odessa käme.

»Wes!«, rief Cabrillo, als er herumfuhr und sah, dass Tennyson bereits die Haustür erreicht hatte. »Nein!«

ZWÖLF

Tennyson zog an der massiven Messingklinke, als ihm die Tür schon entgegenflog, weil der Blumenhändler sie von außen mit einem Fußtritt öffnete. Der Professor stürzte rückwärts zu Boden, während das gedämpfte Knattern einer Maschinenpistole die Diele des Hauses füllte. Fast gleichzeitig fielen aus Cabrillos schallgedämpfter FN-Pistole zwei Schüsse, die den falschen Blumenhändler auf ein Rosenbeet warfen.

Tennysons Sturz hatte ihn gerettet. Er lag auf dem Boden und befand sich damit unterhalb der Salve, die den Luftraum über ihm füllte. Cabrillo verwünschte sich, dass er zwei Sekunden zu spät gekommen war, um den Angriff auf den Professor zu verhindern, dankte jedoch gleichzeitig der Vorsehung, die offenbar dafür gesorgt hatte, dass Tennyson keinen Treffer eingefangen hatte. Er hatte kaum Zeit, um ihm zuzurufen, er solle sich tot stellen.

In der gespenstischen Stille, die danach einsetzte, hörte Cabrillo zwei Männer, die sich auf Russisch unterhielten, während sie durch den Garten in die Küche preschten. Als sie den Wohnraum betraten, war er bis auf Tennysons reglosen Körper und einen kleinen Teppich verstreut herumliegender Narzissen vollständig leer. Lediglich die zertrümmerte Haustür wies einige blutrote Flecken auf. Die Männer ahnten nicht, dass sich Cabrillo hinter Mänteln im Garderobenwandschrank verbarg und sie durch einen Türspalt beobachtete.

»Ist er das?«, fragte einer der Mörder.

Sein Komplize nickte. »Höchstpersönlich. Sein in Vermont ausgestellter Führerschein lautet auf den Namen Wesley Tennyson.«

Im Wandschrank hielt Cabrillo den Atem an und hoffte, dass Tennyson klug genug war, eine überzeugende Leiche zu spielen. Der einzige Haken war, dass kein Tropfen Blut an ihm zu sehen war.

Als fiele ihm plötzlich etwas Wichtiges ein, richtete sich einer der beiden Maschinenpistolenschützen auf und blickte zur Haustür. »Wo ist Wladimir?«

»Wahrscheinlich schon draußen und holt die Gasflaschen aus dem Wagen, um das Haus in Brand zu setzen.«

»Ich kann durch die Windschutzscheibe des Lieferwagens sehen. Dort ist er nicht.«

»Ich schau mal vorne nach«, murmelte der Mann, der in der Türöffnung stand. »Geh du rauf und durchsuch die anderen Zimmer. Ich übernehme das Parterre, sobald ich Wladimir gefunden habe.«

»Vergiss nicht, die Gashähne am Herd zu öffnen.«

Der Mann trat nach draußen vor die Haustür, während sein Komplize die Treppe hinaufstieg.

Er hatte nur fünf Schritte in Richtung Lieferwagen zurückgelegt, als er Wladimirs sterbliche Überreste, die mit blicklosen Augen in die Sonne starrten, im Rosenbeet entdeckte. Sofort wirbelte er herum und rannte ins Haus zurück, während er den Namen seines Gefährten rief. Sobald er den Vorraum betrat, entdeckte er einen Mann, der auf einem Sofa in der Nähe des Hauseingangs saß. Die Überraschung kostete ihn die drei Mikrosekunden, die Cabrillo brauchte, um ihm eine Kugel genau zwischen den Augen in die Stirn zu schießen.

Zu spät begriff der Mann auf der Treppe, dass etwas

nicht mit rechten Dingen zuging. Cabrillo feuerte ein zweites Mal, und schon klaffte ein rotes Loch im Hals des Russen.

Cabrillo betrachtete den Körper, der auf Tennysons Füße gestürzt war. Dann hievte er den Toten hoch und legte ihn auf den anderen. Erst danach ging er neben Tennyson auf die Knie hinunter.

»Sind Sie okay, Professor?«

Tennyson hob den Kopf und starrte Cabrillo an. »Nein, ich bin ganz und gar nicht okay. Ich habe ein ruhiges, anständiges Leben geführt, und jetzt, nach nur fünf Minuten, liegen drei Tote auf meinem Blumenbeet und in meinem Hauseingang. Wie soll ich das der Polizei erklären?«

»Kein Sorge. Besitzen Sie so etwas wie eine Schubkarre?«

»Im Geräteschuppen steht eine.«

»Darf ich die mal ausborgen?«

Tennyson sah ihn fragend an. »Wozu?«

»Ich schaffe die Leichen hinaus zum Lieferwagen und verstecke sie. Kennen Sie in der Nähe ein verschwiegenes Plätzchen?«

Tennyson überlegte kurz. »Es gibt eine stillgelegte Kiesgrube, die sich mit Wasser gefüllt hat. Sie wird wegen der Chemikalien, die darin zurückgeblieben sind, von Tauchern gemieden.«

»Wo finde ich die?«

»Etwa zehn Meilen südlich der Stadt, in unwegsamem Gelände. Die Gegend dort ist dicht bewaldet. Die Straße dorthin wird schon seit dreißig Jahren nicht mehr benutzt.«

»Klingt ideal«, sagte Cabrillo. Er reichte Tennyson seine Wagenschlüssel. »Sie führen mich zu der Kiesgrube, sobald Sie gepackt haben.«

»Gepackt?«

»Ja, Sie packen Ihre Sachen. Ihr Leben ist keine zwei Cent wert, wenn Sie hierbleiben. Meine Firma besitzt ein kleines Anwesen auf der Insel Antigua. Dort können Sie sich verstecken und am Strand entspannen, bis ich Ihnen Bescheid gebe, dass Ihnen niemand mehr nach dem Leben trachtet.«

Tennyson stellte die naheliegende Frage: »Weshalb wollen mich diese Leute töten?«

»Sie wissen zu viel über Nikola Tesla.«

Ohne sich weiter dazu zu äußern, belud Cabrillo den Lieferwagen mit den Leichen, während Tennyson schnell ein paar Kleider und Rasierzeug in einen Reisekoffer stopfte.

Für die zehn Meilen brauchten sie vierzig Minuten. Cabrillo fuhr voraus, gefolgt von Tennyson in seinem gemieteten Porsche. Dabei hupte der Professor jeweils ein Mal, wenn Cabrillo nach rechts abbiegen musste, und zwei Mal, wenn es nach links ging. Nachdem sie die Hauptstraße verlassen hatten und sich auf einem teilweise zugewucherten Weg durch den Wald befanden, sank ihre Geschwindigkeit auf bestenfalls zwanzig Stundenkilometer. Drei Mal mussten sie anhalten und abgestorbene Äste beiseiteräumen. Schließlich erreichten sie die verlassene Kiesgrube.

Die Reste der technischen Einrichtungen, vom Rost der Jahre zerfressen, lagen verstreut am Rand der tiefen Senke. Zerfallene und verrottete Holzbauten waren alles, was von den Büros und der Kantine für die Arbeiter noch übrig geblieben war. Cabrillo stieg aus dem Lieferwagen und warf einen Blick über den Rand der Grube. Das Wasser, mit dem sie gefüllt war, hatte eine gelblich braune Farbe und stank nach Schwefel. Er konnte nur hoffen, dass der Tümpel tief genug war, so dass der Wagen vollständig darin versank und vom Wasser bedeckt wurde.

Er legte einen schweren Stein aufs Gaspedal, drückte den Schalthebel in die Fahrtposition und schaute zu, wie sich der Wagen ruckartig vorwärtsbewegte, über die Kante kippte, völlig unspektakulär auf der Wasserfläche aufschlug und träge versank.

Dann setzte sich Cabrillo für einige Minuten auf einen größeren Felsbrocken, um in Ruhe nachzudenken, während der Lieferwagen Zentimeter für Zentimeter in der Schwefelbrühe verschwand. Juan wusste, wer die Killer angeheuert hatte – und auch weshalb. Ein Punkt war ihm jedoch ein Rätsel.

Anfänger, sagte er sich. Warum hatte Pytor Kenin drei Amateure geschickt?

DREIZEHN

Als der Mast wie die verräterische Rückenflosse eines Hai-
fisches aus dem Meer auftauchte, schnitt er nahezu unbemerkt durch das Wasser und hinterließ keine durch die
Turbulenz erzeugte Spur phosphoreszierender Luftbläschen. Es war nicht mehr als ein winziger, nicht wahr-
nehmbarer dunkler Punkt, lediglich sichtbar für das Auge
eines erfahrenen Beobachters. Leviathan tat seine Anwesenheit kund, tauchte jedoch nicht aus seinem ozeani-
schen Reich auf.

Fünfzehn Meter tiefer, am unteren Ende dieses dünnen
Metallstabs, lauerte die schrecklichste Waffe, die je von
Menschenhand erschaffen wurde. Auf den Namen Akula – das russische Wort für »Haifisch« – getauft, war jeder
Angehörige dieser Klasse sowjetischer Angriffs-U-Boo-
te ein wahres Raubtier der Meere. Mit seiner Länge von
mehr als einem Fußballfeld und einer Wasserverdrängung
von gut zwölftausend Tonnen verfügte dieser tödliche Jäger über mehrere Torpedorohre, Lenkraketenwerfer und
eine Sonaranlage, die das leiseste Geräusch über enorme
Entfernungen wahrnehmen konnte. Die Besatzung bestand aus dreiundsiebzig Männern und arbeitete unter der
Führung eines Kapitäns namens Anton Patronow.

Patronow hatte weißblondes Haar und eine derart bleiche Haut, dass er wie ein Albino aussah. Seine Himmel-
fahrtsnase, die an die Zwillingsmündung einer Schrotflinte
erinnerte, verlieh seiner Physiognomie eine frappierende
Ähnlichkeit mit einem Schwein. Seine feucht glänzen-

den Lippen glichen übertrieben dicken Fleischwülsten, zu denen sich ein Blumenkohlohr gesellte, das er sich als Mitglied der Boxstaffel an seiner alten sowjetischen Marineakademie eingehandelt hatte. Er war nicht sehr groß, hatte jedoch auffällig breite Schultern, auf denen ein spitz zulaufender Kopf saß, der mit millimeterkurz gestutztem weißem Haar bedeckt war. Was ihm an männlichem Charme fehlte, machte er durch Kompetenz und schonungslose Härte wett. Er hatte zwei Mal eine Beförderung abgelehnt, damit er weiter zur See fahren konnte, und da er viele Jahre zuvor der jüngste U-Boot-Kapitän der neueren Geschichte Russlands gewesen war, verfügte er in dieser Waffengattung über einen umfangreicheren Erfahrungsschatz als jeder andere Angehörige der Marine.

Patronow verließ soeben seine winzige Kabine, als der Empfang einer Blitzmeldung über die Bordsprechanlage gemeldet wurde. Aus dem Lautsprecher drang der Ruf: »Geheime Nachricht für den Kapitän in der Funkzentrale!«

»Platz da«, knurrte er, während er nach Achtern zur Funkkabine eilte. In seiner leisen, rauen Stimme lag ein düsterer Unterton, der augenblicklichen Gehorsam forderte. Sowohl Matrosen als auch Offiziere pressten sich reflexartig gegen die Wände der engen Durchgänge, um ihm Platz zu machen.

Der Funkraum war nicht mehr als ein enges Gelass, das eher auf die Bedürfnisse elektronischer Geräte als auf die Erfordernisse von Menschen abgestimmt war. Trotzdem hatten sich zwei junge Techniker hineingezwängt, einer mit einem Kopfhörer um den Hals, während der andere sich so weit wie möglich in den hinteren Teil zurückgezogen hatte und das im Burst-Modus übertragene Datenpaket öffnete.

»Wir hatten gerade ein Ohio im Visier«, sagte Patronow, während er die winzige Zelle betrat. »Ich kann nur hoffen, dass dies wichtiger ist.«

Das Akula hatte ein U-Boot der Ohio-Klasse verfolgt – diese Unterseeboote gehörten zum dreiteiligen amerikanischen Verteidigungssystem nuklearer Abschreckung –, als es per Funkruf auf einem Ultra-Niedrigfrequenzband aufgefordert wurde, sofort aufzutauchen, um wichtige Daten zu empfangen. »Die Sendung ist verschlüsselt«, sagte der Funker und wich dem stechenden Blick seines Kapitäns aus, indem er den Bogen dünnen Durchschlagpapiers über die Schulter reichte, in der Hoffnung, dass er ihm abgenommen und ihm nicht länger die Schuld daran gegeben wurde, dass die U-Boot-Jagd abgebrochen werden musste.

»Verdammt.« Patronow riss dem Matrosen das Papier aus der Hand, glättete es, damit er den Text lesen konnte, und fluchte abermals. »Kenin. Der geht mir schon seit der Akademie auf den Sack.«

»Käpt'n?« Der Tonfall des jungen Funkers verriet, dass er eine derartige Respektlosigkeit seines Kapitäns gegenüber dem kommandierenden Admiral der Flotte niemals erwartet hätte.

»Bleiben Sie locker, Pavel. Wenn der Tag kommt, dass sie Ihnen die Kapitänsstreifen an die Schulter heften, werden Sie mich zehn Mal schlimmer verfluchen als ich meinen ersten Kommandeur.«

»Ja, Käpt'n. Ich meine, nein, Käpt'n. Ich meine …« Der junge Funker verstummte klugerweise und hielt den Blick auf seine Funkanlage gerichtet. Der zweite Funker drehte sich mit seinem Sessel um und fragte: »Hängen wir uns wieder an die Amerikaner?«

Patronow bedachte ihn mit einem Blick, der den Techniker in seinem Sessel versinken ließ und dazu brachte, dass er sich ebenfalls nur noch für seine Funkgeräte interessierte. »Wir haben eine Woche lang gesucht, ehe wir sie fanden«, erwiderte er, während er den Raum verließ. »Ich werde wahrscheinlich genauso lange brauchen, nur um diese verdammte Nachricht zu dechiffrieren.«

Er brachte fast eine Stunde damit zu, den seitenlangen Text zu entschlüsseln. Da es sich um eine private Mitteilung von Mann zu Mann und nicht um einen offiziellen Befehl handelte, musste er ein privates Codebuch benutzen, das Kenin nur seinen loyalsten Vertrauten ausgehändigt hatte. Patronow wusste, dass sich ein solches Buch auch im Besitz von Flottenkapitän Sergei Karpow befand. Karpow kommandierte zurzeit ein U-Boot der Typhoon-Klasse, das mit zwanzig Interkontinentalraketen mit Atomsprengköpfen bewaffnet war. Patronow kannte Sergei ziemlich gut und wusste, dass Karpow, wenn Kenin jemals einen geheimen Abschuss befehlen sollte, sofort auf den roten Knopf drücken würde, und zwar so schnell und heftig er konnte.

Ehrlicherweise musste Patronow zugeben, dass er ebenso handeln würde.

Da China im Begriff war, zur weltweit führenden Nation aufzusteigen, und Amerika nicht länger bereit schien, seine Rolle als Supermacht auszufüllen, entstand eine Lücke, die ein Mann wie Admiral Kenin für seine Zwecke ausnutzen konnte. Der Drachen und der Adler könnten ruhig weiterhin um die Vorherrschaft ringen, am Ende wäre es der russische Bär, der den Sieg davontrüge.

Patronow überflog die dechiffrierte Nachricht ein zweites Mal, ehe er den Schalter der Sprechanlage auf seinem Schreibtisch betätigte, die ihn mit der Kommandobrücke verband. »Eilbefehl. Diensthabender Offizier sofort zur

Kapitänskabine. Rudergänger, Kurs zwei-drei-fünf. Korrektur erfolgt, sobald Objekt erfasst. Volle Kraft voraus. Amerikanisches U-Boot kein Ziel mehr. Ich wiederhole, amerikanisches U-Boot kein Ziel mehr.«

Sieben Sekunden später klopfte der diensthabende Offizier – er war der Stellvertreter des Kapitäns – an Patronows Kabinentür.

»Kommen Sie rein.«

Paulus Renko trat über die Schwelle und blieb so steif wie ein Ladestock stehen, bis sein Kapitän ihm mit einer Handbewegung einen Stuhl anbot. Der junge Mann war rein äußerlich das Gegenteil von Patronow. Er war so attraktiv wie ein Model auf einem Werbeplakat für die Armee, unterschritt die für den Dienst in einem U-Boot zulässige maximale Körpergröße nur um Haaresbreite und hatte mit breiten Schultern, schlanker Taille und schmalen Hüften die Idealfigur eines Fechters.

Patronow betrachtete ihn einige Sekunden lang wortlos, wobei sein hässliches Gesicht nicht verriet, was in ihm vorging. Schließlich seufzte er, als sei er zu einer wichtigen Entscheidung gelangt. »Ich habe die Aufgabe, Ihnen mitzuteilen, Oberstleutnant Renko, dass Sie nie wieder als diensthabender Offizier eingesetzt werden.«

Renkos blaue Augen weiteten sich erschreckt, und sein Mund klappte auf.

»Admiral Kenin hat mir mitgeteilt, dass Sie nach Abschluss dieser Mission Ihr eigenes Schiff erhalten werden.« Patronow erhob sich und streckte seine Hand über den kleinen Schreibtisch, der ein Viertel der Grundfläche der winzigen Kabine einnahm. »Herzlichen Glückwunsch.«

Renkos Gesichtsausdruck wechselte innerhalb eines Lidschlags von geschockter Leichenblässe zu strahlender Freude. Er schüttelte die Hand seines Kapitäns, wobei sein Grinsen immer breiter wurde, bis er nicht länger an sich halten konnte und einen lauten Freudenschrei ausstieß.

»Das kann ich gar nicht glauben«, sagte er, als er schließlich wieder sprechen konnte. »Ich hatte keine Ahnung, dass ich für eine Beförderung vorgesehen war.«

»Das waren Sie auch nicht«, sagte Patronow, während er sich wieder in seinen Sessel fallen ließ. Sein eisiger Tonfall senkte die Temperatur im Raum um mindestens fünfzehn Grad, und Renkos Lachen erstarb.

Er tastete sich auf seinen Stuhl zurück. »Käpt'n?«

»Ich will Ihnen eine Geschichte erzählen«, sagte Patronow mit plötzlich entwaffnender Freundlichkeit, als hätten die eisigen Sekunden kurz vorher nicht stattgefunden. »Vor achtzehn Monaten fungierten wir als Tauchbasis bei einem Bergungsprojekt. Es fand vor der Ostküste der Vereinigten Staaten statt, allerdings nicht in ihren Hoheitsgewässern. Wir lagen dort eine Woche lang, in der Taucher eine Reihe technischer Einrichtungen aus einem gesunkenen Schiff herausholten.« Er kam der Frage seines Untergebenen zuvor, indem er hinzufügte: »Admiral Kenin hat mir keine weiteren Informationen gegeben, daher habe ich keine Ahnung, was für sie in dem Trümmerhaufen so interessant war. Ich weiß nur, dass das Wrack etwa einhundert Jahre alt sein musste und Kenin überzeugt war, dass der Wert der geborgenen Gegenstände das Risiko aufwog, von der amerikanischen Küstenwache oder der Navy entdeckt zu werden. Soeben habe ich vom Admiral die Nachricht erhalten, dass eine andere Gruppe ungewöhnliches Interesse an dem Wrack zeigt und möglicherweise schon bald zu ihm hinabtaucht.«

»Wer ist diese Gruppe?«

»Es sind amerikanische Söldner«, antwortete Patronow

mit einem Ausdruck unverhohlener Abscheu. »Als wir das erste Mal bei dem Wrack waren, wurde entschieden, dass wir es nicht zerstören, um keine Aufmerksamkeit darauf zu lenken. Nun hingegen verlangt Kenin von uns, dass wir es mit zwei Torpedos vernichten. Um diesen Befehl ausführen zu können, brauche ich Ihre Genehmigung als diensthabender Offizier, scharfe Torpedos abzufeuern.«

»Und wenn ich einverstanden bin, werde ich befördert.«

»Sozusagen im Gegenzug.«

Renko massierte sein markantes Kinn. »Ich nehme an, dass weder diese Aktion noch die ursprünglichen Tauchgänge vom Oberkommando der Marine genehmigt wurden.«

»Sicherlich haben einige davon gewusst, ganz gewiss Leute in Admiral Kenins direkter Umgebung, aber nein, diese Operation ist absolut inoffiziell.«

»Was ist mit den Söldnern?«

»Laut Kenins Informationsquelle sind sie nicht in der Lage, uns aufzuspüren geschweige denn uns abzuwehren. Wir schleichen uns langsam und unbemerkt an, jagen zwei USET-8 in das Wrack und sind wieder verschwunden, ehe sie überhaupt bemerken, dass wir dort waren. Allerdings – falls ausgerechnet zu diesem Zeitpunkt Taucher auf dem Meeresgrund sind, nun, dann haben sie Pech gehabt. Also, was meinen Sie, Paulus, wollen Sie schon mit einunddreißig Jahren Kapitän eines U-Boots sein? Damit hätten Sie übrigens die Chance, meinen Dienstrekord um zwei Jahre zu übertreffen.«

Renko stand auf und reichte seinen Arm über den Tisch, um die Hand seines Kapitäns zu ergreifen. »Ich bin Ihr Mann, Kapitän.«

»Sehr gut, dann geben Sie dem Torpedoraum Bescheid, dass wir in Kürze zwei Rohre mit unseren Anti-U-Boot-Fischen laden werden. Wir haben zwar noch gut drei Tage Fahrt vor uns, um die vorgesehene Position zu erreichen, aber ich hätte gern, dass die Mannschaft dort unten jederzeit einsatzbereit ist.«

»Jawohl, Kapitän.«

Patronow schrieb einige Koordinaten auf einen Notizzettel. »Das sind die GPS-Daten des Wracks. Berechnen und korrigieren Sie unseren neuen Kurs. Und bleiben Sie auf voller Fahrt.«

»Jawohl, Käpt'n.« Renko machte auf dem Absatz kehrt und verließ die Kabine.

Patronow blieb nicht verborgen, dass sein Untergebener seine Zukunft in rosigen Farben sah, aber Bündnisse mit dem Teufel ließen sich immer vielversprechend an. Wie teuer sie einen kamen, erfuhr man gewöhnlich erst erheblich später.

VIERZEHN

»Wenn man dich so sieht, könnte man meinen, dass du gleich vor Langeweile stirbst«, stellte Max fest, als er im hinteren Teil des Operationszentrums den Fahrstuhl verließ.

Cabrillo bugsierte seine Kaffeetasse in einen Halter des Kirk Chair, dem zentralen Kommandoplatz in der Mitte des niedrigen Raums, der mit Elektronik vollgestopft war. Auf dem Hauptsichtschirm waren verschwommene Videoaufnahmen zu sehen. Sie wurden von einer kabelgebundenen Sonde übertragen, die in fast einhundert Metern Tiefe den Grund des Atlantiks absuchte. Details waren kaum auszumachen, als das unbemannte Tauchfahrzeug mit seinen Kameras den Rumpf eines unbekannten Schiffskadavers abtastete.

»Du triffst den Nagel auf den Kopf«, erwiderte er. »Zweiundzwanzig Wracks überprüft und zweiundzwanzig Mal Fehlanzeige.«

»Und was sehen wir im Augenblick?«, fragte Max, während er den Raum mit einem vollen Speiseteller in der Hand durchquerte. Er stellte ihn neben Cabrillos Ellenbogen auf die Armlehne des Sessels. »Übrigens, hier sind Fisch-Tacos. Mit frischem Pico de Gallo, aber der Koch hat eine Chilischote darin versteckt, also sei vorsichtig.«

»Danke. Ich stehe kurz vor dem Verhungern.« Cabrillo verschlang einen halben Taco mit einem einzigen Biss und schaffte es, sein Hemd nicht zu ruinieren, als die Teigrolle zwangsläufig zerfiel. »Sofern ich mich auf meine

Erfahrungen aus fünf Tagen vergeblicher Suche verlassen kann, sehen wir ein Bostoner Langleinen-Fangschiff vor uns, das um 1960 gesunken ist.«

»Nicht unser Zielobjekt?«

»Nicht einmal andeutungsweise. Weißt du, wie viele Wracks vor der Ostküste liegen?«

»Etwa dreieinhalbtausend«, erwiderte Max. »Und die meisten davon zwischen Richmond, Virginia, und Cape Cod. Weniger als ein Viertel sind identifiziert. Womit wir eine Menge Heuhaufen durchsuchen müssen, um eine einzige Nadel zu finden.«

»Das nenne ich den Inbegriff von Untertreibung.«

In den Tagen seit Juan Cabrillos Rückkehr auf das Schiff – nach seinem unglückseligen Treffen mit Wesley Tennyson – hatte die *Oregon* den Meeresboden mit ihrem Seitensichtsonar abgesucht und Ausschau nach dem geheimnisvollen Minensuch-Versorgungsschiff gehalten, das laut Aussage des Professors von Nikola Tesla umgebaut worden war. Murph und Stone hatten die Suchparameter berechnet und sie mit einem Lageplan von Schiffswracks in dieser Region kombiniert. Das war eine große Hilfe. Da diese Gewässer intensiv befischt wurden, waren sämtliche Hindernisse wie Felsen, Hügel und gesunkene Schiffe zwar deutlich markiert, wenn auch kaum namentlich identifiziert worden.

Übrig blieben auf diese Weise vierzig mögliche Kandidaten, die es mit ihrem ferngesteuerten Tauchfahrzeug namens *Little Geek* zu untersuchen galt. Das verdankte seinen Namen einem ähnlich aussehenden ROV aus dem Kinofilm *The Abyss*. Sie konnten Schiffe mit Holzrumpf und natürliche Gesteinsformationen bedenkenlos ignorieren, indem sie jedes Zielobjekt mit einem Magnetometer auf das Vorhandensein von metallischen Elementen überprüften.

Sobald sie ein Wrack mit stählernem Rumpf gefunden hatten, folgte die mühsame Prozedur, den reisekoffergroßen Roboter durch den Moon Pool auf den Meeresgrund hinabzulassen und das Wrack visuell zu untersuchen. Schwieriger war eine genaue Identifizierung, weil viele Schiffe mit Fischnetzen verziert waren, die von Fischtrawlern abgerissen wurden, während diese ihrem Gewerbe nachgingen. Diese Netztrümmer verhüllten nicht nur die Wracks, sondern stellten auch eine Gefahr für das ROV dar, weil es sich sehr leicht in den Maschen verfangen konnte.

Juan drückte auf einen Knopf in der Armlehne seines Kommandosessels. »Cabrillo an Moon Pool. Dies ist wieder mal eine Niete, Eric. Holt *Little Geek* rein, und wir werfen einen Blick auf Zielobjekt dreiundzwanzig.«

»Verstanden, Chairman.«

»Steuermann, sobald das ROV an Bord ist, gehen Sie auf Kurs eins-acht-fünf, Geschwindigkeit zwanzig Knoten.« Das lag zwar deutlich unter der Höchstgeschwindigkeit des Schiffes, aber in diesen dicht befahrenen Gewässern hätte es wenig Sinn, die wahren Fähigkeiten der *Oregon* offen zur Schau zu stellen. Tatsächlich erschienen auch zwanzig Knoten für einen von Rost zerfressenen Trampdampfer illusorisch, aber das war ebenfalls Teil ihrer sorgfältigen Tarnung. »Das nächste Zielobjekt ist zwanzig Meilen entfernt.«

Juan rieb sich die Augen. »Ich kann nicht glauben, dass Dirk Pitt mit dieser Tätigkeit seinen Lebensunterhalt verdient hat. Kann es etwas Langweiligeres geben?«

»Jedem Tierchen sein Pläsierchen«, erwiderte Max. »Wir wissen beide, dass das Leben dieses Mannes kaum von Langeweile bestimmt wurde. Wie kommt es übrigens, dass der Emir nicht Zeter und Mordio schreit, weil wir nicht in seiner Nähe sind, um ihn zu beschützen?«

»Wir haben Glück. Er befindet sich mit einem saudischen Prinzen und einem milliardenschweren mexikanischen Telekommunikationstycoon auf Floßfahrt, falls man drei miteinander vertäute Megajachten überhaupt als Floß bezeichnen kann. Linda berichtet, dass sich die drei beim Arrangieren von abendlichen Fressgelagen gegenseitig zu übertreffen versuchen. Sie sagt, dass jeder von ihnen eigene Köche und Speisen nach Hamilton hat fliegen und von dort mit Hubschraubern auf sein Schiff bringen lassen. Sie hat einen der angebotenen Tischweine gegoogelt und auf diese Weise erfahren, dass er vor vier Jahren bei einer Auktion für zehn Riesen den Besitzer gewechselt hat.«

»Pro Kiste?«

»Pro Flasche. Und die drei und ihre reizenden Gäste haben während des Abendessens acht Stück davon geleert.«

Max hob eine Augenbraue. »Reizend?«

»Das ist mein Adjektiv. Lindas Beschreibung war weniger wohlwollend. Ich glaube, sie hat sogar das Wort ›Flittchen‹ benutzt.«

Hanley lachte glucksend. »Es gibt nicht sehr viele Frauen, die auf grund des Aussehens ihren Neid wecken können.«

»Na ja, und jetzt hat sie es gleich mit sechs von dieser Sorte zu tun, und sie ist darüber nicht sehr erfreut. Sie sagt, wir hätten zwei weitere Tage Zeit, ehe sie ihre kleine Party beenden und der Emir Kurs auf die Bermudas nimmt. Wenn wir das Wrack bis morgen um diese Zeit nicht gefunden haben, brechen wir die Suche ab, spielen zwei Wochen lang auf einer der sichersten Inseln der Welt für unseren geschätzten Freund das Kindermädchen und kehren danach hierher zurück, um uns weiter umzuschauen.«

»Was glaubst du, was wir finden werden?«

»Ich habe keine Ahnung, aber wenn Pytor Kenin daran interessiert ist, kann es nichts Gutes sein.«

Eric Stones Stimme drang aus den Deckenlautsprechern. »*Little Geek* ist wieder an Bord, und die Kieltore sind geschlossen.«

»Steuermann«, rief Cabrillo.

»Bin schon dabei, Chairman.«

Juan schaltete die Kameras der Kommandobrücke auf den Hauptschirm und vergrößerte den Aufnahmewinkel so weit, dass er ein Panoramabild des Ozeans erhielt. Das Meer lag bewegt und bleifarben unter einem grauen Himmel, und in der Ferne waren die dunklen Schatten dichter Regenschleier zu erkennen. Am Horizont machte er die Umrisse von zwei Schiffen aus, eins mit Kurs nach Norden, das andere nach Süden. Während die *Oregon* Fahrt aufnahm, stabilisierte sich ihre Lage, und das ständige Rollen, dem sie unterworfen war, als sie über dem gesunkenen Trawler ausharrte, ließ nach.

Er verzehrte hungrig den zweiten Taco und atmete plötzlich zischend ein. Sein Gesicht rötete sich, und er begann nach Luft zu schnappen.

»War das die Chilischote?«, fragte Max mitfühlend.

»Ja«, brachte Cabrillo keuchend hervor, während ihm die Tränen über die Wangen liefen.

»Es gefällt mir gar nicht, dass ich derjenige bin, der es dir sagen muss«, flötete Hanley und legte eine Hand auf Cabrillos Schulter, während der Chairman heftig durch den Mund einatmete, um seine malträtierte Zunge mit frischer Luft zu kühlen, »aber das ist die Revanche dafür, dass du gestern Abend deinen Hackbraten mit Salz und Pfeffer nachgewürzt hast. Der Koch meinte, dass er perfekt abgeschmeckt war und er dir liebend gern entgegenkäme, wenn du das, was er zubereitet, ein wenig pikanter haben möchtest. Lass es dir schmecken.«

Er verließ das Operationszentrum im Schlenderschritt, offenbar ohne zu bemerken, dass der Chairman im wahrsten Sinne des Wortes unfähig war, etwas zu erwidern.

Eine Stunde später befanden sie sich über dem Punkt, an dem auf den Seekarten ein Hindernis auf dem Grund des Ozeans eingezeichnet war. Sie brachten das Seitensichtsonar zu Wasser, das aus einer kabelgebundenen Schallgeber-und-Empfangs-Einheit bestand, die dicht über dem Meeresgrund schwebte und akustische Bilder von ihrer Umgebung erzeugte. Sehr oft befand sich das jeweilige Hindernis, ob von Menschenhand geschaffen oder natürlichen Ursprungs, genau dort, wo es auf den Karten eingezeichnet war, aber das Kartografieren des Meeresbodens war nicht die primäre, sekundäre oder auch nur die tertiäre Aufgabe der *Oregon*. Infolgedessen entsprach ihr Sonar, verglichen mit den Geräten, die von Organisationen wie NOAA oder NUMA eingesetzt wurden, keineswegs dem aktuellen Standard, und es dauerte einige Zeit, um das Zielobjekt zu finden. In diesem Fall verbrachten sie eine ganze Stunde damit, ähnlich einem Hobbygärtner beim Rasenmähen: Sie folgten von Norden nach Süden verlaufenden Bahnen über dem Meeresgrund. Es war ein mühsames Auf-und-Ab-Scanning, das Cabrillos Geduld auf eine harte Probe stellte.

Schließlich, nach der zweiten Stunde einer erfolglosen Suche, erschien auf dem Sichtschirm ein Objekt, das Schallwellen reflektierte und zum Empfänger zurückschickte.

Juan verspürte den typischen Adrenalinstoß, der jeden Jäger beim ersten Anzeichen darauf trifft, dass sich seine Beute in nächster Nähe befindet. Die Hoffnung, fündig geworden zu sein, verwandelte sich schnell in bittere Enttäuschung, als das Sonar ein Objekt enthüllte, das mindestens einhundertfünfzig Meter lang und dabei so seltsam geformt war, dass es sich nur um eine natürlich gewachsene Felsformation auf dem ansonsten völlig kahlen Kontinentalschelf handeln konnte.

Ein weiterer Flop, sagte er sich. Er schaltete die Sprechanlage ein. »Eric, um Charlie Brown an Halloween zu zitieren, wir haben Saures erwischt. Macht weiter und lasst den Schlitten draußen, bis zu unserem nächsten Ziel sind es nur fünf Meilen.«

Das Kabel des Sonars war erheblich kräftiger als die Nabelschnur des ROV, daher konnten sie es im Wasser lassen, während sie zur nächsten Markierung wechselten. Sie mussten lediglich darauf achten, dass ihr Tempo fünfzehn Knoten nicht überschritt, um das Kabel nicht zu stark zu belasten.

»Okay.«

»Steuermann, nächstes Ziel fünf Meilen entfernt bei zwei-neunzehn.«

»Gehe auf Kurs zwei-neunzehn mit fünfzehn Knoten.«

Mark Murphy kam aus der Fahrstuhlkabine. Er trug ein scheinbar blutbesudeltes T-Shirt mit den Worten »I'm fine« auf der Brust. Das junge technische Genie hatte nur Augen für sein iPad, während es durch den Raum ging.

»Das wurde auch Zeit«, sagte Juan. »Sie wollten mich vor zehn Minuten ablösen.«

»Sie und ich wissen doch, dass Sie das Operationszentrum nicht verlassen würden, ehe Sie dieses letzte Zielobjekt nicht eindeutig identifiziert hätten, daher habe ich den Sprechverkehr abgehört und bin heraufgekommen, als Sie Ihr Ergebnis verkündeten.«

Juan sah es gar nicht gerne, dass er so leicht zu durchschauen war. »Na schön. Dann will ich mal ein Auge zudrücken. Nur damit Sie Bescheid wissen, das Sonar ist noch draußen.«

»Hallo? Ich hab doch mitgehört. Das wusste ich längst.«

»Sie hatten aber schon mal bessere Laune«, bemerkte Cabrillo.

»Tut mir leid, Boss. Ich wurde gebeten, den Artikel eines Freundes an der UC Berkeley zu beurteilen, und nun zeigt sich: Seine sämtlichen Schlussfolgerungen sind falsch. Und ganz gleich, auf welche Art und Weise ich versuche, ihn auf seine Fehler aufmerksam zu machen, er will es einfach nicht begreifen.«

»Es gefällt ihm offenbar nicht, dass ihm ein Nerd zeigt, wo es langgeht.«

Murph grinste. »Das gefällt niemandem.«

Juan verbrachte den Rest des Tages mit der Erledigung wichtigen Papierkrams, aß mit Eddie Seng und Franklin Lincoln zu Abend und sah sich in seiner Kabine einen Kinofilm an, ehe er zu Bett ging. Während Marks Wache hatten sie fünf weitere Zielobjekte unter die Lupe genommen, und wie auch bei allen anderen vorher schon war Teslas Schiff nicht darunter.

Sie hatten noch einen weiteren Tag zur Verfügung, ehe sie einen südlichen Kurs zu den Bermudas einschlagen mussten. Im Großen und Ganzen war eine zweiwöchige Auszeit, in der sie auf den Emir aufpassten, zwar keine bedeutsame Angelegenheit, aber Juan hatte das bedrohliche Gefühl, dass die Zeit drängte. Kenin war ihm auf der Spur, zuerst in Kasachstan und nun auch noch bei Professor Tennyson. Daraus folgte, dass er versuchen würde, Teslas Forschungsschiff zu zerstören, wenn er davon wusste – was, wie Juan sich ziemlich sicher war, auf den russischen Admiral zutraf.

Daher war es nicht sehr verwunderlich, dass er einen unruhigen Schlaf hatte.

Das Klingeln des Telefons neben seinem Bett weckte ihn.

»H'llo«, murmelte er, räusperte sich und versuchte es noch einmal. »Hallo. Cabrillo hier.«

»Chef, hier ist Eric.«

»Ja, Stoney. Was haben Sie?«

»Ich glaube, wir haben gefunden, was wir suchen.«

Wie Juan feststellen konnte, war es fünf Uhr. Erste Sonnenstrahlen stahlen sich an den Vorhängen vorbei, die vor den Bullaugen seiner Kabine zugezogen waren.

»Wann habt ihr heute Morgen angefangen?«, fragte er, während er die Beine aus dem Bett schwang.

»Wir haben die ganze Nacht gearbeitet. Wir dachten, schließlich müssen wir in einer derart großen Tiefe suchen, dass wir ohnehin die Halogenscheinwerfer des ROV einschalten werden, und der Schiffsverkehr war spärlich.«

»Wo sind wir?«

»Bei Ziel zweiunddreißig.«

Juan wusste, dass sie sich in diesem Fall etwa zwanzig Meilen östlich von Ocean City, Maryland, befanden. Fast genau in der Mitte des Suchrasters, das Eric und Murph festgelegt hatten.

»Sehr gut berechnet«, sagte er.

Stone wusste, was Cabrillo meinte. »Um ehrlich zu sein, es war nicht allzu kompliziert, aber trotzdem danke.«

»Habt ihr Sichtkontakt? Gibt es Bilder?« Juan hatte das Telefon zwischen Schulter und Kinn geklemmt und zog den Stulpen der Prothese über den Beinstumpf.

»*Little Geek* ist zurzeit unten, und anscheinend ist es

ein kleines Kriegsschiff aus den 1930ern mit einigen seltsamen Umbauten. Sieht so aus, als sei ein Käfig über dem gesamten Deck mitsamt seinem Aufbau und der Kommandobrücke errichtet worden.«

»In welchem Zustand befindet sich das Wrack?«

»Das Schiff steht mehr oder weniger gerade auf dem Untergrund. Es ist zwar an einigen Stellen beschädigt, aber im Großen und Ganzen befindet es sich in einem besseren Zustand, als man nach der langen Zeit erwartet hätte. Das einzige Problem ist, dass sich einige Fischernetze an ihm verhakt haben, darum möchte ich *Little Geek* nicht zu dicht heranlenken, damit sich seine Nabelschnur nicht verheddert.«

»Okay. Sagen Sie den Leuten im Moon Pool Bescheid, dass ich runterkomme, und wecken Sie Mike Trono.« Trono war auf der *Oregon* die Zielscheibe zahlreicher Scherze, weil er der einzige ehemalige Air-Force-Angehörige in einer Mannschaft war, die hauptsächlich aus Navy-Veteranen bestand. Er hatte sich als Rettungsspringer hinter die feindlichen Linien gewagt, um abgeschossene Piloten zurückzuholen, und hatte sich seine Sporen zuerst im Kosovo und später im Irak verdient. Außerdem war er neben dem Chairman der einzige Taucher, der lizenziert war, mit Trimix zu tauchen. Dieses Atemgasgemisch brauchten sie, um die Tauchtiefe zu erreichen, in der der Minensuch-Tender lag.

»Wollen Sie eine Runde schwimmen?«

»Wir dürfen kein Risiko eingehen, *Little Geek* zu verlieren, und ich wäre eher zu verschmerzen. Außerdem soll Eddie aufgescheucht werden. Ich will ihn unten im Nomad haben.« Cabrillo legte auf, schlüpfte in die Kleider vom Vortag und machte einen kurzen Abstecher auf die Toilette.

Der größte zusammenhängende Raum an Bord der *Oregon* – mit Ausnahme des Hauptfrachtraums – war die Tauchgarage, in der die beiden Unterwasservehikel parkten, und der Moon Pool, in dem sie durch große Tore im Schiffskiel zu Wasser gelassen wurden. Er wurde von grell weißen Lampen erhellt, deren Licht von den schwarzen schäumenden Wassermassen, die in dem schwimmbeckengroßen Loch schwappten, reflektiert wurde. Ein Service-Team bereitete das Nomad 1000 vor. Es war das größere der beiden Minitauchboote und das einzige, das über eine Luftschleuse verfügte. Das weiß lackierte Nomad mit seinen drei kleinen, nach vorn gerichteten Bullaugen hatte die Konturen einer schlanken Raute. Es war mit einer funktionalen Konstruktion aus Ballasttanks, Strahlrudern, Batteriesätzen und einem Paar gefährlich aussehender Arme mit Greifwerkzeugen verbunden, die den druckempfindlichsten Seefächer einsammeln oder massive Stahlplatten auseinanderreißen konnten. Das Mini-U-Boot bot sechs Personen Platz und konnte dreihundertfünfzig Meter tief tauchen. Das kleinere Discovery-Tauchboot war, verglichen mit seinem möbelwagengroßen Cousin, ein schnittiger Sportwagen und erreichte die gleiche Tauchtiefe, aber Cabrillo wollte die Luftschleuse als Rückversicherung für den Fall, dass irgendetwas schiefging. Er und Mike konnten die Schleuse aufsuchen und darin dekomprimieren, falls das Tauchboot schnell aufsteigen musste. Es war Cabrillos natürlicher Pessimismus, der ihn zu einem begnadeten Organisator machte. Max hänselte ihn gern wegen seiner diversen Ersatzpläne B, C, D und E, von denen viele einfach nur verrückt waren, aber sie hatten schon mehr Operationen gerettet, als Hanley jemals zugegeben hätte.

In einem abgetrennten Teil der verliesähnlichen Räum-

lichkeit bereiteten Techniker die leistungsfähigste Tauchausrüstung im technischen Inventar der *Oregon* vor. Je gefährlicher der vorübergehende Aufenthaltsort, desto mehr
technische Hilfsmittel braucht der Mensch zum Überleben. Auf einer abgelegenen tropischen Insel kann ein
Bastrock ausreichend sein. Aber der Ort, den Cabrillo
nun aufsuchen wollte, war genauso lebensfeindlich wie
das Vakuum des Weltraums. Auf grund des hohen Drucks
unterhalb einer Tauchtiefe von einhundertzwanzig Metern würde der Stickstoff, der den größten Teil der Atemluft ausmacht, das Blut sättigen und eine Stickstoffnar-
kose oder einen Tiefenrausch auslösen. Letzteres war ein
euphorischer Zustand, der die Ausführung einfachster
Aufgaben unmöglich machte. Um dem entgegenzuwir-
ken, wurde der größte Teil des Stickstoffs in der Luft, die
Cabrillo und Trono zum Atmen zur Verfügung stand,
durch unauflösliches Helium ersetzt. Die Mischung wurde Trimix genannt, weil sie auch noch eine geringe Menge Stickstoff enthielt, um eine weitere gefährliche Erscheinung namens High Pressure Nervous Syndrome, kurz
HPNS oder Heliumzittern, zu verhindern.

Außerdem standen ihnen kleine, mit Argon gefüllte
Gasflaschen zur Verfügung, um ihre Trockenanzüge auf-
zublasen. Argon zeichnete sich durch eine deutlich ge-
ringere Wärmeleitfähigkeit als Helium oder gewöhnliche
Luft aus und wirkte bei einer Tiefenwassertemperatur von
weniger als fünf Grad Celsius der ständig drohenden Gefahr einer Unterkühlung entgegen. Alles in allem würde
jeder der beiden Männer an die einhundertfünfzig Pfund
Ausrüstung mit sich führen.

»Guten Morgen, Juan«, begrüßte Mike Trono seinen
Schicksalsgefährten. Er war Mitte dreißig, von schlanker
Statur und hatte schütteres, glattes braunes Haar. »Ich

hatte noch keine Gelegenheit, dich zu fragen, wie es dir in Vermont gefallen hat.«

Trono war im Green Mountain State geboren.

»Es war sehr schön, aber die Straßen sind eine Katastrophe.«

»Ah, Schlaglöcher und Frostaufbrüche – also die vermisse ich ganz und gar nicht.«

»Bist du bereit für diese Operation?«

»Machst du Witze? Ich lebe fürs Wracktauchen. Meinen letzten Urlaub habe ich damit verbracht, die *Andrea Doria* zu untersuchen.«

»Ach ja, richtig. Wurde der Ausflug nicht von Kurt Austin organisiert?«

»Ja. Er war das zweite Mal unten bei der alten Dame.«

Eine neue Stimme, die sich durch einen kultivierten englischen Akzent auszeichnete, erklang. »Auf diesem Schiff gibt es einfach zu viele Alpha-Tiere.«

»Hallo, Maurice«, begrüßte Juan den Chefsteward der *Oregon.*

Es machte nichts, dass es erst kurz vor fünf Uhr morgens war oder dass die Meldung von dem Schiffsfund erst eine Viertelstunde zuvor die Runde gemacht hatte – der pensionierte Royal-Navy-Mann war so elegant wie eh und je mit einer schwarzen Hose samt rasiermesserscharfer Bügelfalte, einem schneeweißen Oberhemd mit Button-Down-Kragen und schwarzen, auf Hochglanz polierten Schuhen bekleidet, angesichts derer eine Ehrenwache der Marineinfanterie vor Neid erblasst wäre.

Er hatte sich eine weiße Serviette über den Unterarm drapiert und trug ein Serviertablett, auf dem sich ein großer silberner Deckel wölbte. Er stellte eine Kanne schwarzen Kaffees auf einen Tisch und hob den Deckel hoch. Der verführerische Duft von Rührei und Bratwürstchen verdrängte den Salzwassergeruch, der die Tauchgarage ausfüllte.

Nachdem sie gefrühstückt hatten, zogen sich die Männer aus und schlüpften in Thermounterwäsche und -socken. Dann folgten die Ursuit-Cordura-FZ-Trockenanzüge. Diese Anzüge waren einteilig und ließen nur das Gesicht frei, das von Tauchhelmen mit integrierten Kommunikationssystemen geschützt werden sollte. Ein computergesteuerter Stimm-Modulator mochte die Wirkung des Heliums in der Atemluft zwar teilweise mildern, aber beide Männer würden trotzdem klingen wie eine Micky Maus mit Altstimme.

Während sie ihre Monturen anlegten, hatte Eddie die notwendigen technischen Kontrollen vorgenommen, und das Nomad-Tauchboot wurde zu Wasser gelassen. Zusätzliche Trimix-Behälter waren an Außenlaststationen des Bootsrumpfs befestigt worden, damit die beiden Taucher ihre eigene Atemluft aufsparen konnten, bis sie den Meeresgrund erreicht hätten.

»Wie weit bist du?«, fragte Cabrillo seinen Tauchpartner.

»Jederzeit startbereit.«

Juan zeigte Mike das unter Tauchern allgemein übliche Okay-Signal, indem er Zeigefinger und Daumen zu einem Ring formte, und stülpte sich den Helm auf den Kopf. Mike folgte seinem Beispiel. Zur Probe machten sie noch einige vorsichtige Atemzüge und passten die Einstellungen der Lungenautomaten ihren Bedürfnissen an.

»Darf ich unserem Sängerknaben-Duo einen guten Morgen wünschen?«, fragte Max Hanley, der die Mission aus dem Operationszentrum verfolgte, und spielte damit auf die kindlich hohen Stimmen der beiden Taucher an.

»Sehr lustig«, erwiderte Juan zwar bissig, aber seine Verärgerung ging in dem spaßigen Klang seiner Stimme völlig unter.

»Nur zu eurer Information, der Wetterbericht meldet leichten Wind und mäßigen Wellengang bis höchstens einen halben Meter. Aber seid darauf vorbereitet, dass euch auf dem Meeresgrund eine Strömung von fünf Knoten aus südlicher Richtung erwartet. Nehmt euch bloß in Acht, sonst werdet ihr noch abgetrieben.«

»Verstanden«, antworteten die beiden Männer im Chor.

»Busfahrer, sind Sie bereit?«, erkundigte sich Cabrillo bei Eddie Seng.

»Ich warte auf das Startzeichen.«

»Wir kommen.«

Juan und Mike gaben sich gegenseitig das Okay-Zeichen und ließen sich unspektakulär in die kühlen Fluten des Atlantiks gleiten. Schnell bliesen sie ihre Anzüge auf und regulierten deren Auftrieb, so dass sie sich wie dunkle Quallen dicht unter der Wasseroberfläche hin und her wiegten. Sie fanden die Handgriffe seitlich am Rumpf des Nomad und schalteten auf die Atemluftversorgung durch die dort befestigten Reserveflaschen um.

»Festhalten. Nomad abkoppeln.« Und nach einer kurzen Pause: »Wir sind frei.«

Luftbläschen stiegen rund um das Tauchboot auf, als Eddie die Ballasttanks flutete und das zehn Meter lange U-Boot seinen Abstieg zum Meeresgrund und zum gesunkenen Minensuch-Tender mit seinem geheimnisvollen Inhalt begann.

Cabrillo konnte spüren, wie der Druck auf seinen Anzug zunahm, und wusste, dass er sich einem Wert von vierzehn Kilogramm pro Quadratzentimeter nähern würde, wenn sie das Wrack erreichten. Daher erhöhte er durch ständige Zugabe von Argongas den Innendruck seines Tauchanzugs. Zurzeit war die Wasserkälte zwar noch nicht problematisch, aber nach und nach würde sie durch die Schutzschichten dringen, zuerst die Wärme seiner Haut schlucken und schließlich seinen ganzen Körper auskühlen.

Es ging weiter abwärts, wobei sich die blau graue Wasserfarbe eines frühmorgendlichen Tauchgangs über Mitternachtsblau bis zu absolutem Schwarz vertiefte. Während ihres Abstiegs war keinerlei Bewegung zu spüren außer der stetig wachsenden Strömung, die tropisches Wasser aus der Karibik an der amerikanischen Ostküste entlang und schließlich nach Nordeuropa beförderte.

Juan überwachte ständig seine Ausrüstung, kontrollierte Ventile und behielt die Angaben für Tauchzeit, Tauchtiefe und andere Parameter auf seinem Tauchcomputer im Auge. Außerdem überprüfte er in regelmäßigen Abständen die Verbindung mit Max und Eddie und holte sich laufend die visuelle Bestätigung, dass bei seinem Tauchpartner alles in Ordnung war. Nachlässigkeit ist zwar überall gefährlich, beim Tauchen aber ist sie tödlich.

»Abstand zum Meeresgrund fünfzig Fuß«, meldete Eddie Seng. »Ich schalte die Scheinwerfer ein.«

So leistungsfähig sie auch waren, die Xenonlampen erzeugten auf dem vorderen Abschnitt des U-Boots einen Lichtkranz von lediglich sieben Metern. Er zeigte, dass im Ozean dichtes Schneetreiben herrschte – winzige Partikel organischen Materials regneten unaufhörlich von der Wasseroberfläche herab, nur kam in diesem Fall die Strömung hinzu, in der die Partikel heftig herumgewirbelt wurden und die Sicht zusätzlich erschwerten. Cabrillo hatte dieses Phänomen schon oft beobachtet, aber bei diesem Ausflug kam er sich wie in einem arktischen Schneesturm vor.

»Die Sicht ist eine Katastrophe«, klagte Mike.

»Wiederholen«, antwortete Max.

»Sicht nahezu null«, sagte Juan langsam.

»Verstanden. Schlechte Sicht.«

»Wir erreichen den Grund etwa zwanzig Meter vom Schiff entfernt«, sagte Eddie. »Ich hab's auf dem Lidar. Das Schiff selbst ist knapp dreißig Meter lang, aber ein etwa siebzig Meter langer Schleier aus alten Fischernetzen flattert an seinem Rumpf.«

Schlickmassen wurden aufgewirbelt, als Eddie das Boot zu abrupt Fahrt aufnehmen ließ. »Autsch. Tut mir leid.«

Das Tauchboot schob sich aus der aufwallenden Sandwolke, die vom Golfstrom weggespült wurde. Zum ersten Mal konnte Cabrillo das Wrack mit eigenen Augen betrachten. Das alte Navy-Boot erschien genauso verwunschen und elend wie jedes andere Wrack, das er je gesehen hatte. Mit den zerfransten Fischernetzen, die sich in der Strömung wiegten, sah es wie ein altes, von Spinnweben eingehülltes Schloss aus. Ein eisiger Schauer lief ihm über den Rücken, der nichts mit der Wassertemperatur zu tun hatte.

Das Schiff selbst war schlank, besaß einen schnittigen Bug, einen Deckaufbau mit mäßigen Proportionen und mittschiffs, leicht nach achtern versetzt, einen einzelnen, in seiner Höhe regulierbaren Schornstein. Es hatte zwar keinen Namen, jedoch war neben der Hauptankerklüse unter der Schicht maritimer Flora und Fauna auf dem Rumpf die aufgemalte Zahl 812 zu erkennen. Offenbar hatte das Boot in aufrechter Haltung auf dem Meeresgrund aufgesetzt. Am Rumpf waren keine eingedrückten oder gar geborstenen Stahlplatten zu sehen, obwohl die

Anzeichen des Verfalls an den Aufbauten unverkennbar waren, da Teile des Decks nach fast fünfundsiebzig Jahren ozeanischer Korrosionsattacken kapituliert hatten und eingebrochen waren.

»Könntet ihr vielleicht so nett sein und eure Helm-Cams aktivieren, damit wir hier oben ebenfalls einen visuellen Eindruck bekommen?«, bat Max.

Juan schaltete sowohl seine Helmkamera als auch seine Helmlampe ein, während Mike Trono das Gleiche tat.

Während sie sich ihrem Suchobjekt weiter näherten, traten noch mehr Details zutage, und Juan erblickte die seltsame Rahmenkonstruktion um das Schiff herum, die Eric Stone bereits erwähnt hatte. Das metallene Gitterwerk reichte anscheinend bis unter die Wasserlinie und schuf für das gesamte Schiff eine Art Käfig mit fünfzig mal fünfzig Zentimeter großen Öffnungen. Es würde eine ziemlich mühsame Angelegenheit werden, sich durch den Gitterrahmen zu schlängeln und das Schiff eingehender zu inspizieren.

Irgendetwas an dieser gesamten Konstruktion, deren Zweck ihm völlig schleierhaft war, kam ihm seltsam vor. Und dann wurde ihm klar, was es war. Während das restliche Schiff von Rost zerfressen und mit Algen und Muscheln bedeckt war, glänzte der Gitterrahmen, und kein einziger Organismus hatte sich darauf angesiedelt. Keine Muschelkolonie, wie sie zu Dutzenden das Deck bevölkerten, hatte sich darauf festgesetzt, kein Seestern und noch nicht einmal eine vereinzelte Koralle klebten daran. Es war, als hätte die gesamte Meeresfauna den Kontakt mit den Verstrebungen des metallenen Käfigs gemieden.

»Mike«, rief Juan, »nimm unbedingt eine Probe von diesem Gitter.«

»Verstanden. Du willst eine Probe von diesem Gitter«,

wiederholte Trono, um anzuzeigen, dass er alles verstanden hatte.

Etwa drei Meter vom Wrack entfernt senkte Eddie das Nomad auf den Meeresgrund ab. Cabrillo und Trono schalteten auf ihre eigenen Trimix-Gasflaschen um, warteten noch etwa eine Minute, um sich zu vergewissern, dass das Atemgemisch ordnungsgemäß durch die Ventile strömte, und dann stießen sie sich von dem Mini-U-Boot ab.

Eddie hatte eine Position gewählt, in der der Rumpf des Nomad den Druck der enormen Strömung deutlich milderte, so dass sie keine Schwierigkeiten hatten, bis zum Wrack zu gelangen. Während sich Mike sofort mit einer Diamantsäge an einem der Käfigstäbe zu schaffen machte, schaffte Cabrillo es, sich durch eine der quadratischen Öffnungen zu winden, indem er seine Atemflasche abnahm und zuerst hindurchschob. Sobald er die Gasflasche wieder auf den Rücken geschnallt hatte, schwamm er zum offenen Achterdeck hinüber, auf dem früher einmal Seeminen gelagert und repariert worden waren. Da er sich nicht mehr im Strömungsschatten des Nomad befand, achtete er darauf, sich ständig mit einer Hand an irgendwelchen Vorsprüngen auf dem Schiffsdeck festzuhalten. Der Käfig würde verhindern, dass er vollständig vom Wrack weggeschwemmt würde, aber mit dem Gitter zu kollidieren, falls er den Halt verlor, könnte fatale Beschädigungen seiner Tauchausrüstung oder gar Knochenbrüche zur Folge haben.

Dann erreichte er eine Tür, die ins Schiffsinnere führte. Ehe er seinen Weg fortsetzte, klopfte er mit dem stählernen Ende seiner Tauchlampe dagegen, um die Beschaffenheit des Stahls zu testen. Am Rand der Tür lösten sich einige Rostflocken, sonst aber schien sie immer noch recht solide zu sein.

»Ich gehe rein«, meldete er.

»Roger«, sagte Max. Eigentlich verlangten die allgemein üblichen Verhaltensregeln beim Tauchen, dass sich Mike für die Möglichkeit, dass irgendein Notfall eintrat, an der Tür postierte, aber der Tauchpartner des Chairman befand sich in diesem Moment in Sichtweite und wäre innerhalb von Sekunden zur Stelle.

Vor Cabrillo öffnete sich ein standardmäßiger Korridor mit Türen auf beiden Seiten. Jeder Raum war tiefschwarz, bis Cabrillo den Lichtstrahl seiner Lampe über die Wände gleiten ließ. Es sah so aus, als sei das Schiff im Zuge seiner geplanten Verschrottung vollständig ausgeräumt worden. In keinem der Räume war auch nur ein einziges Möbelstück zurückgeblieben, und an den offenen Rohrleitungen konnte er erkennen, dass sogar die Toilettenschüsseln und Waschbecken aus dem Mannschaftswaschraum entfernt worden waren.

Er gelangte zu einer Treppe und nahm im Lichtkegel seiner Lampe eine Bewegung wahr, die ihn zurückweichen ließ. Ein silbrig glänzender Fisch, dessen Art und Gattung er in der Eile nicht identifizieren konnte, schoss mit einem hektischen Flossenwirbel an ihm vorbei.

»Was ist passiert?«, drang Hanleys besorgte Frage aus dem Helmlautsprecher. So unangenehm es für Juan auch gewesen sein mochte, so war in der wackligen Videosequenz doch nicht zu erkennen gewesen, was ihn derart erschreckt hatte.

»Nur ein Fisch.« Normalerweise hätte Juan auch noch einen Kalauer folgen lassen, aber mit einer durch Helium erzeugten Falsettstimme Humor zu kommunizieren schien ihm in dieser Situation so gut wie unmöglich.

Er vermutete, dass sich alles, was Tesla an speziellen Geräten installiert haben mochte, eher auf einem unte-

ren Deck als oben, in der Nähe der Brücke, befinden würde. Er schwamm die Treppe hinunter – eigentlich war es
eine steile Leiter – und fand einen Raum, der in der akti-
ven Zeit des Schiffes als Lager für Seeminen gedient hatte. Anstatt ebenfalls ausgeräumt worden zu sein, wie er
erwartet hatte, wurde das Abteil nahezu vollständig von
einer seltsamen Apparatur eingenommen. Juan schoss mit
seiner hochauflösenden Kamera einige Bilder von seinem
Fund.

»Was sehe ich?«, fragte Max ein wenig ungehalten über
die – trotz der sündhaft teuren Ausrüstung – armselige
Bildqualität.

»Eine Maschine«, antwortete Juan. »Aber so etwas ist
mir noch nie begegnet.«

Es war ein kastenförmiges Gebilde, aus dessen Seitenflächen sich zahlreiche Drahtleitungen in einem verwir-
renden Durcheinander herausschlängelten. Stellenweise
war die Maschine von Meeresgetier okkupiert worden,
während andere Teile, ähnlich wie der Käfig, der den oberen Teil des Schiffes umhüllte, unangetastet geblieben waren. Dicke Kabel wanden sich aus dem oberen Teil der
Maschine durch eine Öffnung hinauf zum Oberdeck, wo
sie vermutlich mit dem Käfig verbunden waren. Hinter
der Maschine zeichneten sich die Umrisse eines Dynamos
zur Stromerzeugung ab, dessen freiliegende Spulen aus
Kupferdraht nunmehr mit einer dicken Schicht Grünspan
bedeckt waren. Juan konnte nirgendwo einen Hinweis darauf entdecken, dass das, was ihm Professor Tennyson ge-
schildert hatte, in diesem Raum stattgefunden hatte. Allerdings hatte er es auch nicht erwartet.

Cabrillo war zwar kein Ingenieur, aber seine technologischen Kenntnisse reichten aus, um zu erkennen, dass
er hier auf etwas völlig Neuartiges gestoßen war. Dass

dies von Tesla geschaffen worden sein musste, stand außer Zweifel, aber welchen Zweck es erfüllte, blieb ein absolutes Rätsel. Optische Tarnung? Teleportation? Todesstrahlen? Alles nur Gerüchte, aber dieses Ding hatte den Menschen erwiesenermaßen so viel Angst eingejagt, dass sie ihm schnellstens zu seinem nassen Grab verholfen hatten. Außerdem entdeckte er Hinweise darauf, dass jemand anderer bereits zu dem Wrack hinabgetaucht war. Es sah nämlich ganz so aus, als würden Teile der Maschine fehlen.

In diesem Augenblick geschah es. Er erkannte, wie sein Geist abirrte und die technischen Aspekte dieses Tauchgangs aus dem Fokus verlor, da er über die Sprechanlage ein schrilles Alarmsignal hörte. Es kam von der *Oregon.*

»Max?« Sekunden verstrichen, in denen keine Antwort erfolgte. Daher rief er abermals mit seiner helium-schrillen Stimme: »Max!«

FÜNFZEHN

Auf das Heulen der Alarmsirene folgten die hektischen roten Blitze der Warnlampen, während die verschiedenen Betriebssysteme der *Oregon* automatisch in den Gefechtsmodus umschalteten. Eine schwüle weibliche Stimme meldete sich über die Sprechanlage: »Gefechtsstationen besetzen. Gefechtsstationen besetzen.«

»Lagebericht«, bellte Hanley aus dem Kommandosessel.

Mark Murphy saß auf seinem angestammten Platz weiter vorn im Raum, wo seine vordringliche Aufgabe in der Überwachung und Steuerung der zahlreichen Waffensysteme des Schiffes bestand. An diesem Morgen beaufsichtigte er die Tauchfahrt.

»Sekunde.« Er bearbeitete mit Hochdruck das Keyboard und ließ die schlanken Finger wie ein Konzertpianist über die Tasten fliegen. »Oh, verdammt!«

»Was ist los?«

»Das Passivsonar hat das Geräusch von zwei sich öffnenden Außenklappen eines U-Boots aufgefangen.«

»Entfernung und Richtung?«

»Achttausend Yard von Steuerbord.«

»Was für ein Typ?«

»Kommt gleich.« Die United States Navy verfügte über eine Datenbank mit identifizierbaren Geräuschen von nahezu jedem Unterseeboot der Welt, so dass die jeweiligen Typen in Gefechtssituationen sofort erkannt wurden. Mark hatte zufälligerweise mit einem der Datenspezialisten zusammengearbeitet, der die Listen zwar regelmäßig aktualisierte, aber wenig Ahnung von Computersicherheit zu haben schien. »Es ist ein russisches Boot der Akula-Klasse. Rumpf-Nummer eins-fünf-vier. Offenbar befindet es sich auf Schleichfahrt, weil keine Maschinen- oder Schraubengeräusche zu hören sind.«

Mark blickte hinüber zum Radarschirm. In einem Umkreis von zwanzig Meilen um die *Oregon* waren keine Schiffe zu sehen. Das bedeutete, dass keine anderen Ziele existierten, falls das U-Boot feindselige Absichten verfolgte. Knisternd stellten sich seine Nackenhaare auf.

»Chairman, an Steuerbord, viereinhalb Meilen entfernt, lauert ein russisches Unterseeboot. Es hat soeben zwei Torpedorohre geöffnet.«

»Dann nichts wie weg«, befahl Juan.

»Es hat gefeuert!«, rief Mark aufgeregt. »Torpedo im Wasser!«

Es würde ein paar Sekunden dauern, um den Kurs des Torpedos genau zu berechnen, aber alle Männer, die mitgehört hatten, wussten instinktiv, dass der Torpedo Kurs auf die *Oregon* nahm. Die einzige Frage, die sich noch stellte, war, ob die *Oregon* tatsächlich das Ziel war oder ob sie es auf das Schiffswrack abgesehen hatten, über dem sie Position bezogen hatte.

Max war nicht im gleichen Maß Stratege wie Juan. Eher war er ein Praktiker, der die Planung anderen überließ, daher hielt er sich an Cabrillos letzten Befehl. »Steuermann, volle Kraft voraus!«

Die Trägheit von achtzehntausend Tonnen Stahl, die auf der Meeresoberfläche trieben, stellte für sich eine enorme Kraft dar, konnte sich jedoch nicht gegen die magnetohydrodynamischen Maschinen behaupten. Die Kryopumpen liefen hoch und erreichten Infraschallgeschwindigkeit, während sie flüssigen Stickstoff mit Hochdruck zu den Magneten transportierten, die freie Elektronen aus dem Wasser filterten, das durch die Antriebsdüsen gepresst wurde. Eine Schaumwolke explodierte unter dem überhängenden Heck der *Oregon*, und bereits zehn Sekunden nach Max' Kommando setzte sich der ehemalige Frachter in Bewegung.

Dass sie ihre Position verließen, hatte gleichzeitig zur Folge, dass innerhalb weniger Sekunden die Reichweite ihres Funkgeräts nicht mehr genügte, um mit den Tauchern oder Eddie im U-Boot zu kommunizieren.

»Max, ehe Sie den Befehl gegeben hatten, hörte ich einen zweiten Torpedostart«, informierte ihn Mark. Während das Schiff Fahrt machte, waren die Passivsensoren taub für alles – bis auf die Geräusche, die die *Oregon* selbst erzeugte, das Kreischen ihrer Maschinen und das an Lautstärke zunehmende Zischen des Wassers an ihrem Rumpf.

»Juan, hast du das mitbekommen?«

»Ein zweiter Torpedo.« Cabrillo zögerte nicht, ehe er seine Befehle gab. Die Unterwasserfunkgeräte waren nicht verschlüsselt, daher musste der russische Kapitän wissen, dass sich Menschen am oder auf dem Wrack aufhielten. Was er getan hatte, war kaltblütiger Mord. »Versenkt sie.«

Es blieben nur etwa sieben Minuten bis zum Aufprall. Dann wäre die *Oregon* außer Reichweite der Torpedosonare, aber das Wrack wäre eine leichte Beute.

»Alles klar. Mark, wir sollten diesem Knaben klarmachen, dass er sich den falschen Tanzpartner ausgesucht hat. Beharkt ihn mit dem Aktivsonar, und zwar mit voller Kraft, und behaltet ihn so lange im Visier, bis ich entscheide, dass ihr aufhören könnt.«

Murph grinste boshaft und feuerte Sonarimpulse ab.

Die Echos zeigten, dass das Akula noch keine Anstalten gemacht hatte, den Rückzug anzutreten.

»Das U-Boot hat seine Position noch nicht verlassen, und die Torpedos bleiben auf Tiefenkurs.«

»Sie warten ab, weil sie sehen wollen, wie ihre Fische das Wrack treffen. Großer Fehler, mein Freund«, sagte Max. »Du hättest in dem Moment das Weite suchen sollen, als du gefeuert hast. Natürlich konntest du nicht wissen, dass wir gelauscht haben oder dich aufspüren und verfolgen können.«

Eric Stone erschien im Operationszentrum und nahm neben Murph den Platz am Ruder ein. Den Chairman ausgenommen, war der junge Mr. Stone der beste Steuermann an Bord und konnte – falls nötig – die *Oregon* auch durch ein Nadelöhr bugsieren.

»Eric, bringen Sie uns in Position, und sorgen Sie dafür, dass er in die Reichweite unserer Torpedos kommt.« Das Akula konnte einen derartigen Weitschuss riskieren, weil es auf ein stationäres Ziel feuerte, aber um einen beweglichen Gegner zu treffen, musste man den Abstand deutlich verringern. »Waffensystemkontrolle, machen Sie unsere eigenen Fische scharf.«

»Verstanden! Sieht so aus, als hätte sie unser Sonar inzwischen geweckt. Zwanzig Meilen von hier bricht der Kontinentalsockel ab, und sobald das Akula über die Kante geht, wird es sinken wie ein Stein, und wir haben es verloren.«

Die *Oregon* pflügte in einem weiten Bogen durch den Ozean, als sie die Jagd auf das flüchtende russische U-Boot begann. Bei ihrer überlegenen Geschwindigkeit bestand nur eine geringe Chance, dass ihr das U-Boot entkommen konnte.

»Rohre eins und zwei sind geflutet«, meldete Mark wenige Sekunden später. »Die Klappen sind noch geschlossen. Und nur damit Sie es nicht vergessen: Um sie öffnen zu können, müssen wir auf zwanzig Knoten runtergehen. Sonst können die Torpedos beschädigt werden.«

»Habe ich registriert«, erwiderte Max.

Sie reduzierten die Entfernung auf sechstausend Yard, und Hanley hielt sie auf dieser Distanz. Fünf Minuten waren verstrichen, seit die ersten Schüsse abgefeuert worden waren. In etwa zwei weiteren Minuten würden die Torpedos das Wrack treffen. Max musste diese Geschichte also schnell zu Ende bringen, wenn er rechtzeitig wieder auf Position sein wollte, um eine möglicherweise notwendige Rettungsaktion in Gang zu setzen.

»Kontakt!«, rief Mark. »Er hat auf uns geschossen! Torpedo auf direktem Kollisionskurs!«

»Steuermann, volle Kraft rückwärts. Bremsen Sie auf zwanzig Knoten runter. Waffenkontrolle, so bald wie möglich Außenklappen öffnen und feuern. Eric, nach Abfeuern der Torpedos wieder auf dreißig Knoten beschleunigen.«

Bei diesem Tempo wären sie nicht sehr viel langsamer unterwegs als ihre eigenen Waffen. Die beiden Männer verstanden nicht, welche Strategie Max verfolgte, richteten sich jedoch nach seinen Anweisungen.

Das Schiff schüttelte sich regelrecht, als die Kreiselpumpen die Laufrichtung änderten. Gläser klirrten auf den Tischen, und Mannschaftsangehörige mussten sich auf grund des brutalen Bremsmanövers an den Wänden und Geländern abstützen.

»Zwanzig Knoten«, verkündete Eric.

»Feuer.« Mark tippte den Befehl zum Abschuss ihrer eigenen Torpedos ein und betätigte gleichzeitig die Kippschalter zum Schließen der Torpedoklappen.

Eric Stone beobachtete ihn aufmerksam und schaltete die Maschinen sofort wieder auf Laufumkehr. Erneut vibrierte das gesamte Schiff, als würde es jeden Moment von den herrschenden Kräften zerrissen werden.

»Sorry, altes Mädchen«, murmelte Hanley und tätschelte die Armlehne seines Sessels. Dann sagte er lauter: »Selbstzerstörung unseres Torpedos auslösen, sobald er den russischen Fisch unmittelbar vor sich hat.«

»Ah«, sagte Mark, als er verstand, was Hanley beabsichtigte.

Da sie immer noch den Ozean mit Aktivsonar-Impulsen bepflasterten, konnten sie den Weg der beiden Torpedos genau verfolgen – im Gegensatz zu dem Russen, der keine Impulse aussandte, sondern sich auf passives Lauschen beschränkte, um seine Beute zu suchen.

In einer Ecke des Hauptmonitors rief Hanley ein computeroptimiertes Sonar-Bild von dem Seegebiet vor ihnen auf. Zwischen ihnen und dem Akula-Boot rasten die beiden Torpedos mit einer Gesamtgeschwindigkeit von neunzig Knoten aufeinander zu.

»Steuermann, halten Sie sich bereit, um für einen weiteren Schuss abzubremsen. Auf grund der Explosionen wird er uns nicht mehr hören. Sobald es knallt, ändern Sie den Kurs um fünf Grad, damit er uns nicht doch noch erwischt, falls er einfach ins Blaue schießt.«

Die beiden Torpedos verfolgten unbeirrt ihren Kollisionskurs und würden ungefähr eine halbe Meile vor dem Bug der *Oregon* aufeinandertreffen. In wenigen Sekunden wäre es so weit. Murphs Hand schwebte über dem Selbstzerstörungsknopf, während er konzentriert auf den Sichtschirm starrte. Wenn dieses Manöver nicht funktionierte, bliebe ihnen verdammt wenig Zeit für eventuelle Fluchtmanöver.

Der Kapitän des Akula hätte niemals auch nur im Traum daran gedacht, dass seine Beute einen Gegenangriff wagen würde. Doch es gab eine Binsenweisheit, derer er sich offensichtlich nicht bewusst war: Lass dich niemals auf ein Hühnchenspiel mit einem Gegner ein, den du nicht kennst.

»Jetzt!«, riefen Max, Eric und Mark gleichzeitig.

Stone änderte bereits ihren Kurs, während vor dem Schiff eine zehn Meter hohe Wasserfontäne aufstieg.

Beide Torpedo-Symbole verschwanden vom Bildschirm und wurden durch eine verschwommene Wolke verzerrter akustischer Echos ersetzt.

»Okay, Steuermann, gehen Sie runter auf zwanzig Knoten. Waffenkontrolle, Feuer frei nach Belieben.«

Einen Augenblick später schickte die *Oregon* den zweiten Torpedo auf die Reise, und die Entfernung war jetzt so gering, dass das Akula keine Chance hatte. Es jagte dicht über dem Meeresgrund dahin und holte alles aus seinen Maschinen heraus in der Hoffnung, die Kante des Kontinentalschelfs rechtzeitig zu erreichen. Die Kakophonie sonarer Ping-Impulse, die die *Oregon* in den Ozean abstrahlte, würde die Sichtschirme des Akula überfluten, falls es selbst sein Aktivsonar einzusetzen versuchte.

Sie alle konnten es gleichzeitig beobachten. Auf dem Sonarschirm folgte der Torpedo dem Heckwirbel des Akula, als das U-Boot nach weniger als einer halben Schiffslänge abrupt stoppte.

Hanley reagierte am schnellsten. »Waffenkontrolle, Selbstzerstörung jetzt!«

Mark löste den Blick vom Sichtschirm und tippte den entsprechenden Befehl ein. Der Torpedo war derart tief abgetaucht, dass an der Wasseroberfläche nicht einmal eine kleine Turbulenz zu sehen war, als er weniger als fünfhundert Meter von seinem Ziel entfernt explodierte.

»Was ist passiert?«, fragte Eric.

»Das Akula muss mit irgendetwas kollidiert sein, mit einem Tiefseeberg, einem Felsen. Mit irgendwas eben«, vermutete er. »Maschinen aus, damit wir über Passivsonar lauschen können.«

»Warum haben Sie unseren Torpedo gesprengt?«

»Wenn und falls dieses U-Boot je gefunden wird, werden die Ermittler völlig zu Recht zu dem Schluss kommen, dass es ein Unfall war. Man muss sie ja nicht mit der Nase darauf stoßen, dass das Boot verfolgt wurde, als es zum Meeresgrund hinabtauchte.«

Als das Schiff seine Fahrt so weit gedrosselt hatte, dass die empfindlichen Mikrofone eingeschaltet werden konnten, war das Akula-Boot stumm wie ein Grab.

Max gab sich einen Ruck. »Steuermann, so schnell es geht zurück zum Wrack.« Er warf einen Blick auf die abgenutzte Timex an seinem Handgelenk. »Die Torpedos unserer russischen Freunde dürften vor acht Minuten eingeschlagen haben. Für den Chairman und die anderen zählt jetzt jede Sekunde.«

Er wehrte sich dagegen, die Möglichkeit in Betracht zu ziehen, sie könnten längst den Tod gefunden haben.

SECHZEHN

Panik ist für einen Taucher tödlich. Das war die erste Lektion des scheinbar stets mürrischen Tauchlehrers gewesen, bei dem Juan Cabrillo als Teenager seine Lizenz zum Gerätetauchen erworben hatte. Und es war auch die letzte. Panik ist für Taucher tödlich.

Ihm, Mike und Eddie blieben sechs bis acht Minuten, um sich in Sicherheit zu bringen. Also jede Menge Zeit. Kein Grund, in Panik zu geraten.

Cabrillo verstaute seine Kamera im Gerätesack, der an seinem Gürtel hing, warf einen letzten Blick auf Teslas bemerkenswerten Apparat und kehrte zur Treppe zurück.

»Mike, bist du schon auf dem Rückweg zum Nomad?«, fragte Cabrillo und ärgerte sich sofort, dass die mit Helium angereicherte Atemluft seine Stimme wie die eines jungen Mädchens klingen ließ.

»Ja. Ich habe sogar eine Probe von dem Käfig genommen.«

»Gut. Eddie, wir müssen uns in die Luftschleuse zwängen. Sobald wir drin sind, Alarmaufstieg.«

»Verstanden. Eilaufstieg, sobald Sie und Mike an Bord sind.«

Das wird teuer, dachte Juan.

Bei einem Alarmaufstieg wurde der zylindrische Rumpf des Tauchboots vom Rest des Vehikels – damit waren alle Motoren, Batteriesätze und zusätzlichen Apparaturen und Ausrüstungsteile gemeint – abgetrennt. Das Mannschaftsabteil würde wie ein Korken zur Wasseroberfläche hinaufschießen und sie aus dem Explosionsbereich bringen. Aber gleichzeitig würden U-Boot-Elemente im Wert von etwa einer Million Dollar auf dem Meeresgrund zurückgelassen werden und wären damit praktisch vernichtet.

Cabrillo verschätzte sich, als er die Treppe hinaufglitt, und prallte mit seiner Trimix-Gasflasche gegen eine Seitenwand. Es geschah zwar nicht allzu heftig, aber für das alte Wrack war dieser unfreiwillige Kontakt tödlich. Stählerne Stützen, geschwächt durch die lange Zeit auf dem Grund des Ozeans, gaben nach, und die Wände um die Treppe brachen im Zeitlupentempo zusammen. Das Wasser füllte sich mit einer undurchdringlichen Wolke von Rostpartikeln, die den hellen Strahl von Cabrillos Lampe zu einem mageren ziegelroten Schimmer reduzierte.

Er schaffte es, zum größten Teil der Trümmerlawine auf ausreichende Distanz zu gehen, und bewahrte sich auf diese Weise davor, von den Stahlplatten in Stücke geschnitten zu werden.

Seine Unvorsichtigkeit musste eine Kettenreaktion ausgelöst haben, weil er jetzt ein entferntes lautes Rumpeln hören konnte. Das alte Wrack war offenbar im Begriff, seine Lage zu verändern.

Cabrillo rollte sich zusammen und wartete, bis alles zur Ruhe gekommen war. Ein stählernes Trümmerteil war auf seinem Rücken gelandet. Seine Atemtanks hatten ihn zwar geschützt, aber als er nun versuchte, die Platte wegzuschieben, musste er feststellen, dass sie entweder schwerer war, als der Aufprall vermuten ließ, oder sie hatte sich in ihrer Position auf seinem Rücken verkeilt.

»Chairman? Bist du da? Juan?«

»Ich höre dich, Mike. Möglich, dass ich in Schwierigkeiten bin.«

»Was ist passiert?«

»Eine Wand hat den Geist aufgegeben, als ich dagegen-stieß. Ich bin jetzt auf einer Treppe und sitze anscheinend in der Falle.«

»Ich komme.«

»Nein. Sieh zu, dass du das Nomad erreichst. Ich be-freie mich selbst.«

»Wir haben fünf Minuten.«

Cabrillo rechnete die Chancen im Kopf durch. »Okay, ich gebe dir drei. Wenn du in dieser Zeit nicht an mich herankommst, dann sieh zu, dass du von hier verschwin-dest.«

Eddie Seng hatte die Taucher ständig beobachtet und wusste, was er jetzt tun musste. Er aktivierte die Moto-ren des Nomad und wendete es, so dass er direkt auf das Wrack blickte. Dann manövrierte er es näher heran und reichte einen Arm durch die enge Kabine, um die Greif-arme zu aktivieren, die normalerweise vom Kopiloten be-dient wurden. Er konnte Mike erkennen, der gerade im Begriff war, seine Atemflaschen abzulegen, damit er sich durch das Käfiggitter zwängen konnte, und rief ihn über Funk.

»Warte, Mike, ich habe eine bessere Idee.«

Trono musste bemerkt haben, wie die Scheinwerfer des Tauchboots zu ihm herumschwenkten. Er blickte hoch und sah das Boot fast direkt über sich, die Arme ausge-streckt wie skelettierte Gliedmaßen. Eilig machte er ihm Platz.

Indem er mit einer Hand behutsam die Steuerdüsen bediente, um das Nomad in der starken Strömung in Po-sition zu halten, packte Eddie mit einem Greifarm eine der Käfigstangen und riss sie aus ihrer Verankerung. Dann wich er mit dem Boot ein Stück zurück, damit Mike durch die vergrößerte Öffnung schwimmen konnte.

Mike paddelte über das Achterdeck und gelangte zu der Tür, durch die Cabrillo wenige Minuten zuvor in das Schiff eingedrungen war. Rostflocken wallten aus dem Schiffsinneren hoch wie Qualm aus einem brennenden Gebäude. Die Wolke verflüchtigte sich erst, als sie von der Strömung erfasst und mitgerissen wurde.

Wie ein Blinder tastete er sich durch den Korridor und spürte, dass er nicht viel tun konnte, bis sich die Sicht verbessert hätte.

»Die Treppe befindet sich hinter der vierten Tür auf der rechten Seite«, sagte Juan, als könnte er seine Gedanken lesen.

Mike zählte die Türen ab, und als er in die richtige Türöffnung hineinleuchtete, entdeckte er einen offenen Schacht, in dem sich vorher die Treppe befunden hatte. Die Stufenleiter war zusammengebrochen, und Stahlplatten hatten sich im Treppenschacht abgelöst. Er erkannte, dass die Nieten, die die gesamte Konstruktion zusammengehalten hatten, ein Opfer der jahrelangen Korrosion geworden waren.

Die Rostflocken wurden weggeschwemmt, die Sicht besserte sich, und er konnte Cabrillos Bein erkennen, das unter den Trümmern eine Etage tiefer hervorragte. Der Unterschenkel bewegte sich zwar, als Juan versuchte, sich aus der Zwangslage zu befreien, aber jeder nach oben gerichtete Ruck ließ die Trümmerteile weiter absacken.

»Bleib so«, sagte Mike.

»Ich habe auch gar nicht vor, diesen idyllischen Ort zu verlassen«, erwiderte Cabrillo.

Trono schwamm hinab, sorgsam darauf bedacht, seine Handschuhe nicht zu beschädigen, und begann, einige Stahlplatten beiseitezuräumen. Die Teile waren zwar nicht sehr groß, aber es kam ihm dennoch wie eine besondere

Form des Mikado-Spiels vor. Auf keinen Fall wollte er das Risiko eingehen, dass durch das Entfernen der Trümmer die Einsturzgefahr der noch halbwegs intakten Wrackabschnitte erhöht wurde. Er rückte dem Trümmerhaufen mit gebremster Eile zu Leibe, hätte gerne schneller gearbeitet, mahnte sich jedoch ständig zur Vorsicht. Dabei war ihm die ganze Zeit über bewusst, dass Juan ihn jeden Moment zum Nomad zurückschicken würde.

Er wuchtete genug Wandteile aus dem Weg, so dass Cabrillo ein letztes Mal versuchen konnte, sich aus eigener Kraft zu befreien.

»Jetzt bist du an der Reihe.«

Juan sammelte seine Kräfte, bündelte sie und stemmte sich gegen das Hindernis auf seinem Rücken. Mike hatte die Last ausreichend verringert, so dass sich die Platte, die ihn eingeklemmt hatte, tatsächlich verschob und knirschend an den anderen entlangrutschte, jedoch nicht vollends nachgab. Juan machte einen zweiten Versuch und konnte sich schließlich unter dem Trümmerhaufen hervorwinden.

Mike war sogleich zur Stelle und half ihm, sich aufzurichten.

»Dafür bin ich dir was schuldig.« Juan wollte, dass es ernst klang, aber die Wirkung des Heliums vereitelte diesen Versuch. »Und jetzt nichts wie weg von hier.«

Die beiden Männer schwammen zum Hauptdeck hinauf und dann durch den Korridor. Sie verließen den Deckaufbau und stellten fest, dass Eddie mit Hilfe der Greifarme weitere Teile des Käfigs entfernt und das Tauchboot mitten auf dem Deck geparkt hatte.

Mike erreichte die Luftschleuse als Erster und drehte an dem Verschlussrad. In der Schleuse war nur wenig Platz – nicht viel mehr als in einer Telefonzelle –, und er und Cabrillo müssten dort für eine Weile ausharren. Sie hatten so lange in ihrer augenblicklichen Tauchtiefe zugebracht, dass sie mindestens zwei Stunden für die Dekompression brauchten. Die winzige Zelle würde ihnen zwar als Dekompressionskammer dienen können, sobald sie die Wasseroberfläche erreicht hätten, aber dafür brauchten sie die Energieversorgung durch die *Oregon*, weil die Batterien des Nomad zurückbleiben würden.

Das Wrack möglichst weit hinter sich zu lassen war allerdings nur der erste Teil ihrer Übung. Wenn sie nicht frühzeitig zur *Oregon* zurückkamen, würde der Trimix-Vorrat beider Taucher zur Neige gehen, und das Nomad verfügte über keinerlei eigene Reserven an Atemluft. Was ihre Lage noch verschlimmerte, war die Tatsache, dass Juan und Mike ihre Dekompressionsphase abgeschlossen haben müssten, bevor Eddie das Tauchboot durch die Luftschleuse verlassen konnte.

Trono schob sich mit dem Kopf voraus durch die Öffnung und verschwand in der Luftschleuse. Juan wartete einen Moment, damit sich sein Partner eine halbwegs bequeme Position suchen konnte, ehe er ebenfalls in die Luftschleuse schwamm. Seine Füße fanden Halt auf Mikes Atemtanks, und sein Kopf befand sich noch außerhalb des U-Boots, als er im Wasser eine Vibration wahrnahm. Er identifizierte auf Anhieb ihre Ursache und duckte sich im letzten Moment.

Er schaffte es zwar, die Klappe zu schließen, hatte sie jedoch nicht vollständig gesichert, als sich der Torpedo in Bugnähe in den alten Minensuch-Tender bohrte. Fast eintausend Pfund Sprengstoff explodierten und erzeugten eine Druckwelle, die durch das unnachgiebige Wasser raste und schließlich gegen das Mini-U-Boot hämmerte, so dass es gegen die Reste des Käfigs krachte. Stahl verbog sich und barst unter qualvollem Ächzen. Gleichzeitig bäumte sich der Deckaufbau des Schiffes auf und kippte auf die Seite.

In der Luftschleuse herrschte eine derartige Enge, dass der Chairman und Mike Trono nicht in Gefahr gerieten, verletzt zu werden, jedoch verloren beide Männer vollkommen die Orientierung, als das U-Boot einen Purzelbaum nach dem anderen schlug. Aber noch ehe es wieder zur Ruhe kam, bemühte sich Juan, den Verschluss endgültig zu verriegeln. Sein Kopf brummte von der Explosion, und seine Hände waren schwer wie Blei. Doch es gelang ihm, den Drehverschluss bis zum Anschlag festzuzurren und sie beide sicher in der Kammer einzuschließen.

»Eddie, schieß uns nach oben!«

Seng hatte im Cockpit bereits das Kontrolllicht bemerkt, das ihm mitteilte, dass die Klappe der Luftschleuse geschlossen war. Er betätigte den Notfallknopf, als er die Stimme des Chairman über Funk hörte.

Mit einem lauten metallischen Klirren trennte sich das Nomad von seinem Unterbau und begann seinen rasanten Aufstieg ans Tageslicht. Aber weit kam es nicht. Nach knapp einem halben Meter stieß es gegen die aus ihrer Verankerung gesprengte Funkantenne des Minensuch-Tenders und verhedderte sich gleichzeitig in einem alten, teilweise verrotteten Fischernetz.

Juan wusste, dass er jetzt eigentlich spüren müsste, wie der zylindrische Rumpf des Tauchboots wie ein Express-lift aufwärts schoss. Doch er merkte nichts dergleichen. Sie hatten zwar den schweren Landeschlitten abgeworfen, stiegen jedoch nicht auf.

Bis zum Auftreffen des zweiten Torpedos klaffte eine zeitliche Lücke von höchstens dreißig Sekunden, und er reagierte, ohne nachzudenken.

»Schließ die Klappe hinter mir«, sagte er zu Mike Trono und öffnete die Luftschleuse.

Cabrillo turnte aus dem Mini-U-Boot, ließ den Lichtstrahl seiner Lampe über seinen Rumpf gleiten und suchte nach der Ursache, die sein Auftauchen verhinderte. Er sah, dass der Antennenmast auf den Rumpf des U-Boots gestürzt war, doch er war nicht groß und schwer genug, um ihren Aufstieg zu stoppen. Stattdessen, sah er, hatte sich das Tauchboot zusätzlich in einem dichten Knäuel alter Fischernetze verfangen, das sie an Ort und Stelle festhielt.

Sein Tauchermesser aus Titan war rasiermesserscharf, und der Auftrieb des Tauchboots bewirkte, dass die Netzschnüre straff gespannt waren. Er attackierte sie wie ein Ninjakämpfer mit einem Samurai-Schwert und sägte und schnitt wie wild an den Schnüren herum. Das Mini-U-Boot stieg zentimeterweise höher, als seine Fesseln nacheinander durchtrennt wurden. Cabrillo ließ in seinen Bemühungen keine Sekunde nach. Um ihn herum entstand eine zunehmend dichtere Wolke aus winzigen Sisalfetzen und in ihrer beschaulichen Ruhe gestörten Meerestieren und Pflanzenresten.

Dann, so unvermittelt, wie er es erwartet hatte, befreite sich das Tauchboot aus dem Netz, schüttelte die letzten Leinen und Schnüre ab und entschwand blitzartig in höhere Gefilde.

Cabrillo vergeudete keine Zeit, ihm nachzuschauen. Er schwamm zur anderen Seite des Wracks, ließ sich auf den Meeresboden sinken und entfernte sich kriechend so weit vom Schiff wie möglich. Dabei musste er die Hände möglichst tief in den Schlick wühlen, um von der Strömung nicht mitgerissen zu werden.

Der zweite Torpedo grub sich dicht vor seinem Ziel

in den Meeresboden. Weil Juan vom Rumpf des Minentenders abgeschirmt wurde und sich flach auf den Meeresgrund presste, raste die Druckwelle zum größten Teil über ihn hinweg. Doch er bekam immer noch so viel von der Sprengwirkung mit, dass die Luft explosionsartig aus seiner Lunge gepresst wurde und die Dichtung seines Taucherhelms beinahe aufplatzen ließ.

Er glaubte, das Schlimmste überstanden zu haben, als ihn eine zweite Druckwelle traf, und diesmal wuchtete sie ihn vom Boden hoch und wirbelte ihn herum. Augenblicklich erfasste ihn die Strömung, und sofort tanzte er mit strammen vier Knoten Geschwindigkeit über den Untergrund.

Wenn er die Chance wahren wollte, gerettet zu werden, musste er um jeden Preis in der Nähe des Wracks bleiben. Es wäre der einzige logische Ort, an dem Max nach ihm suchen würde. Falls er daran vorbeitrieb, könnte er unmöglich gegen die Strömung ankämpfen, um dorthin zurückzukehren. Außerdem hatte er auch nicht annähernd genug Atemluft übrig, um beim Auftauchen ausreichend lange Dekompressionspausen einzulegen. Und ohne diese Pausen drohte ihm die Taucherkrankheit. Seine Gelenke würden verkrampfen, während sich der Stickstoff aus seinem Körpergewebe löste. In diesem Fall würde er unter unvorstellbaren Qualen sterben.

Mit großer Mühe streckte er sich und nahm eine annähernd perfekte Schwimmhaltung ein. Er wusste, dass er der Strömung nichts entgegenzusetzen hatte, daher versuchte er es gar nicht erst. Wie jemand, der in eine heftige Brandung geraten war, schwamm er in einem schrägen Winkel zur Strömung, anstatt frontal dagegen anzukämpfen, wodurch er den Druck der Wassermassen auf seinen Körper spürbar minderte. Er war sicher, dass die Strömung ihn bereits ein beträchtliches Stück vom Wrack weggeschwemmt hatte, aber er hatte immer noch die vage Chance, die Reste der Fischernetze zu finden, die das Schiff wie ein Brautschleier schmückten.

In seinen Beinen entstand ein brennender Schmerz, während er wie wild mit den Füßen paddelte. Er verdrängte den Gedanken, dass der zweite Torpedo die Netze möglicherweise vollständig vom Wrack abgerissen hatte, und schwamm mit aller Kraft, stemmte sich gegen eine Strömung, die er nicht überwinden konnte, und verbrauchte rasant seinen Trimix-Vorrat. Hinzu kam der quälende Schmerz allmählich verkrampfender Muskeln, die sich rapide mit Milchsäure füllten, dem er mit einem lauten Stöhnen in seinem Helm Luft machte. Das Rasseln und Pfeifen des eigenen Atems füllte seinen Kopf wie ein Todesgesang.

So würde er also sterben, während er sich verzweifelt in den Schlick krallte, mehr spürte als sah, dass sich das Netz außerhalb seiner Reichweite befand, und genau wusste, dass er, wenn er nur wenige Sekunden länger durchhielt, die reelle Chance hatte, es zu fassen zu kriegen.

Und dann erblickte er es. Es wiegte sich in der Strömung wie eine riesige Qualle mit ihren langen Fäden. Außerdem konnte er erkennen, dass er sich dem Ende des Netzschleiers näherte, der am Schiff hing. Er musste ungefähr fünf Meter schwimmend überwinden, aber bis zum Ende des Netzbündels waren es nur noch drei. Wenn er es verfehlte, war der Tod seine einzige noch verbleibende Option.

Cabrillo verdoppelte seine Anstrengungen. Seine Füße entfachten ein nahezu unkontrolliertes Flattern, ohne dass die Flossen jedoch etwas von ihrer Wirksamkeit einbüßten. Er ruderte mit den Armen, die Hände in ihren

Schutzhandschuhen zu perfekten Paddeln gespreizt, die ihn gegen den Golfstrom durch das Wasser zogen. Er veränderte seine Schwimmrichtung ein wenig und steuerte direkter der Strömung entgegen, wohl wissend, dass er das Ende des Netzschleiers verfehlen würde, wenn er einen zu flachen Winkel wählte.

Dann streckte er die Hände aus. Nur noch Zentimeter fehlten. Mehr brauchte er nicht. Er stieß unwillkürlich einen heiseren Schrei aus, als seine Finger das flatternde Ende des Netzknäuels berührten. Sie suchten hektisch Halt, aber die Netzschnüre waren mit glitschigen Algen bedeckt, die wie Schmiere wirkten und seine Finger abgleiten ließen.

Dann hakte er sie in die vorletzte Netzmasche, nur um ein Stück verfaulter Leine in der Hand zu halten, die auch gleich zerriss. Er klammerte sich an den letzten Netzzipfel und schickte ein Stoßgebet zum Himmel, weil er sich nicht mehr aus eigener Kraft gegen die Strömung behaupten konnte. Entweder konnte das Netz das zusätzliche Gewicht seines Körpers halten, oder es gab nach, und er wäre verloren.

Er hörte auf, mit den Füßen zu paddeln, und das alte Fischernetz trug nun sein Gewicht. Er zog sich daran entlang, damit er mit beiden Händen zupacken konnte, und zwang sich, ruhiger zu atmen, während sich das Adrenalin wieder aus seinem Kreislauf zurückzog. Er hing an seinem zweifelhaften Rettungsanker, keuchend und sich völlig darüber im Klaren, dass seine augenblickliche Position alles andere als sicher war, jedoch unfähig, sich zu irgendeiner Aktion aufzuraffen. Das Netz wiegte sich in der Strömung sanft auf und ab, daher wusste er, als er plötzlich einen heftigen Ruck verspürte, dass etwas nicht in Ordnung war. Er angelte nach seiner Handlampe und richte sie auf das Netz. Im Lichtkegel war zu erkennen, dass es unter der zusätzlichen Belastung kapitulierte und zu zerreißen begann. Juan Cabrillo war zu schwer für die altersschwachen Sisalschnüre.

Er zog sich weiter an dem Netz und gegen die Strömung aufwärts, den Kopf gesenkt, während seine Schultern und Arme mühsam arbeiteten.

Ein weiterer Ruck lief durch das Netz, als weitere Leinen nachgaben. Juan hatte es jetzt eilig. Er erinnerte sich daran, im Trainingszentrum der CIA auf der Hindernisbahn des Öfteren in Ladenetzen herumgeklettert zu sein, aber das war mit dieser Situation gar nicht zu vergleichen. Der Druck der Strömung gegen seinen Körper und die klobige Ausrüstung übertrafen die Schwerkraft, gegen die er seinerzeit hatte ankämpfen müssen, um ein Vielfaches. Und anders als in seinen Trainingsstunden konnte er seine Füße nicht benutzen, weil seine Schwimmflossen im Weg waren und er keinesfalls die Sekunden vergeuden durfte, die nötig wären, um sie abzustreifen.

Das Netz kam vollständig frei, als er an einem solideren Teilstück einen halbwegs sicheren Halt fand. Die Strömung saugte das abgelöste Stück hinter ihm weg. Es verhakte sich an seinem Gewichtgürtel, und für einen kurzen Moment zerrte es mit der Kraft und Hartnäckigkeit eines Pitbull-Terriers an ihm. Seine Finger waren eben im Begriff nachzugeben, als sich das Netz vom Gürtel löste und hinter ihm verschwand.

Er gönnte sich jedoch keine Verschnaufpause, sondern kletterte weiter in die trügerische Sicherheit der Wrackreste hinein. Es war eine Kletterpartie von fast siebzig Metern. Sobald er sicher sein konnte, dass ihm das Netz keinen Streich mehr spielen würde, schlüpfte er aus den Schwimmflossen, hängte sie an sein Tauchgeschirr und genoss einen Moment lang, dass seine Füße die Last an seinen Armen vorübergehend verringerten.

Drei Minuten Pause gönnte er sich, ehe er seinen Weg fortsetzte, wobei es nun seine Beine waren, die die Hauptarbeit leisteten. Und er kam zügig voran.

Der Minensuch-Tender war kaum noch als Schiff zu erkennen. Das Licht seiner Stirnlampe und seiner Tauchlampe enthüllte, dass das Schiff vom ersten Torpedo nahezu vollständig zertrümmert worden war und seine Überreste dann zum größten Teil von den Sandmassen bedeckt wurden, die von dem zweiten Torpedo hochgeschleudert worden waren. Teile des Rumpfs waren in weitem Umkreis auf dem Meeresgrund verstreut. Die Reste des Schornsteins erkannte er nur an der typischen Krümmung der Stahlplatten, aus denen er zusammengeschweißt war. Von dem Käfig, mit dem Nikola Tesla das Schiff ausgerüstet hatte, und von der seltsamen Maschine im Frachtraum war nichts mehr zu sehen.

Es war schon ein Wunder, dass das Netz an den Überresten des Deckaufbaus hängen geblieben war, die die Explosion erstaunlicherweise überlebt hatten. Er fand einen sicheren Platz im Strömungsschatten eines zerstörten Dampfkessels und ließ sich dort nieder, um sich für einen Moment zu entspannen und frische Kräfte zu sammeln.

Da das Tauchboot als Relaisstation für ihren Funkverkehr diente, wusste er, dass es sinnlos wäre, die *Oregon* zu rufen. Die Entfernung zur Wasseroberfläche war für seine Ausrüstung zu groß, aber das Hauptproblem war, dass der Rumpfabschnitt des Mini-U-Boots ohne den Antriebsschlitten taub und stumm war.

Er drosselte die Helligkeit seiner Helmlampe, um Batterieleistung zu sparen. Er war auf dem Grund des Ozeans gefangen und ebenso unfähig, etwas an seiner Situation zu ändern, wie ein Astronaut, der von seiner Raumkapsel getrennt wird. Juan konnte nichts anderes tun, als sich darauf zu verlassen, dass ihn seine Mannschaft retten würde. Sein Glaube an sie war zwar grenzenlos, aber Rettungsaktionen dieses Kalibers nahmen viel Zeit in Anspruch. Zuerst müssten sie das Tauchboot bergen, und erst dann würde Max feststellen, dass er noch immer unten beim Wrack war. Als Nächstes würden sie versuchen, Rettungsgeräte zu beschaffen und entweder *Little Geek* oder das Discovery 1000, das zweite, kleinere U-Boot, das sich an Bord der *Oregon* befand, zu Wasser zu lassen. Aber das alles brauchte Zeit.

Der unendliche Ozean lastete auf ihm, einem einsamen Mann, der inmitten der verrosteten Trümmer des Traums, den ein inzwischen Toter geträumt hatte, auf dem Meeresgrund saß und von weitem nicht mehr war als ein einsamer Lichtpunkt in unterweltlicher Finsternis, so unendlich wie der Kosmos. Juan spürte, wie die Kälte durch seine Haut drang, überprüfte mit einem kurzen Blick die noch vorhandene Menge seines Atemgemisches, nickte grimmig und knipste Helm- und Tauchlampe aus, so dass ihn die Schwärze nun vollkommen umhüllte.

Er hatte noch zehn Minuten zu leben.

SIEBZEHN

Max Hanley gab weiterhin Anweisungen, während Eric abermals ihren Kurs korrigierte.

»Mark, gehen Sie zusammen mit MacD runter in die Bootsgarage, und halten Sie sich mit einem RHIB startbereit. Das heißt, das Außentor ist geöffnet und die Motoren sind warmgelaufen.« Dann rief er über die Sprechanlage die Tauchgarage: »Hier spricht Max. Bereiten Sie die Discovery für eine Rettungsaktion vor und sorgen Sie dafür, dass *Little Geek* ebenfalls jederzeit auf Tauchfahrt gehen kann.«

Die *Oregon* flog annähernd mit Rennbootgeschwindigkeit über die Wellen, ebenso angetrieben von ihren Maschinen wie von Hanleys Entschlossenheit, seine Leute zu retten.

Mark Murphy schwang sich aus seinem Sessel, als er auf seiner Konsole etwas entdeckte.

»Max, ich empfange das automatische Peilsignal des Nomad. Es ist aufgetaucht.«

»Über dem Wrack?«

»Nein. Fast zwei Meilen nach Norden abgetrieben.«

Eric Stone fragte: »Soll ich den Kurs ändern?«

»Nein«, erwiderte Max, nachdem er einige Sekunden nachgedacht hatte. »Halten Sie weiterhin auf das Wrack zu. Mark, verziehen Sie sich nach unten. Geben Sie Bescheid, wenn Sie und Lawless einsatzbereit sind. Wir drosseln dann die Fahrt, damit Sie mit der Suche nach dem Mini-U-Boot anfangen können.«

»Wir sind schon dabei.« Eilig verließ der Angesprochene die Kommandobrücke, während Max per Sprechanlage schiffsweit MacD Lawless aufforderte, sich umgehend in der Bootsgarage zu melden.

Eine Meile von ihrem Ziel entfernt gab Murph Bescheid, dass sie starten könnten. Max befahl, mit der Geschwindigkeit herunterzugehen, und schickte sie, als die *Oregon* ihr Tempo ausreichend gedrosselt hatte, auf die Reise.

Angetrieben von zwei kraftvollen Außenbordmotoren, war das RHIB eine wahre Wasserrakete mit offenem Cockpit. Mit seinem glatten schwarzen Rumpf und einem Ring luftgefüllter Wülste meisterte es nahezu jeden Seegang und konnte für alle möglichen unterschiedlichen Aufgaben modifiziert werden.

Das RHIB schnitt durch die Wellen, tanzte und sprang über die höheren Brecher, während hinter ihm ein weißer Hahnenschweif aufstieg. Es war nicht für Bequemlichkeit gebaut – die beiden Männer standen mit leicht angewinkelten Knien hinter der Steuerkonsole und fingen auf diese Art und Weise die harten Stöße des rauen Ritts ab.

Wo Mark verschroben und ein wenig schlaff und schwammig erschien, wenn er sich nicht gerade um seine Fitness kümmerte, sah MacD Lawless mit seinem athletisch geformten Körper und seiner Filmstar-Physiognomie wie ein Model für Unterwäschereklame aus. Er war das neueste Mitglied der Corporation, nachdem er aus der Gewalt von Taliban-Kämpfern in Nordpakistan gerettet worden war. In den vorangegangenen Monaten hatte er seinen Wert für die Corporation überzeugend unter Beweis gestellt, und mit seinem fröhlichen Charme und seinem melodiösen Südstaatenakzent war er mittlerweile vollständig ins *Oregon*-Team integriert.

Wie ein geworfener Stein auf einem See jagten sie in weiten Sprüngen über den Atlantik und beschleunigten das RHIB dabei auf mehr als fünfzig Knoten. Hinter ihnen war die *Oregon* schon bald nur noch ein winziger Punkt, während sie ihrem eigenen Ziel entgegenjagten. MacD lenkte das Schlauchboot, während Mark mit Hilfe eines Tablet-Computers und einer Satellitenverbindung den Kurs zum Nomad festlegte.

Sie brauchten nur ein paar Minuten, um zu dem treibenden Schwimmkörper zu gelangen, dessen Anblick die Männer an einen Eisenbahntankwagen fern seines Heimatbahnhofs erinnerte. MacD lenkte das RHIB neben das Tauchboot, und Mark sprang mit einer Leine in der Hand auf den Schwimmkörper, um beide Fahrzeuge miteinander zu vertäuen. Lawless wartete nicht ab, bis Mark die Leine verknotet hatte, sondern ergriff sofort eine Tauchmaske, schleuderte die Nike-Turnschuhe von den Füßen und hechtete ins Wasser. Mark verfolgte kopfschüttelnd seine Aktion und verstand nicht, weshalb Lawless sich solche Umstände machte, wenn er doch durch die achtern gelegene Luftschleuse viel einfacher in das Tauchboot hätte gelangen können.

Lawless hatte während ihres wilden Ritts genug Gischtwolken abbekommen, um feststellen zu können, dass das Wasser eiskalt war, und dennoch atmete er reflexartig mit einem Zischen aus, als es durch seine Kleidung drang. Er holte tief Luft, tauchte unter und schwamm zum Bug des Tauchboots. Dann drückte er die Tauchmaske gegen eins der drei kleinen Bullaugen. Im Innern des U-Boots herrschte absolute Finsternis. Kein gutes Zeichen.

Er klopfte mit seinem Absolventenring der University of Louisiana gegen die Glasscheibe, und schon nach wenigen Sekunden ließ sich eine Gestalt in den Pilotensessel fallen, knipste eine Lampe an und entpuppte sich als Eddie Seng. In der Nähe der Schläfe hatte er eine Beule, die fast so dick wie ein Taubenei war. Er schrieb etwas auf einen Notizblick, der neben der Steuerkonsole für den Fall bereit lag, dass die Sprechverbindung zwischen Boot und Taucher gestört war, und hielt ihn hoch, so dass MacD erkennen konnte, was darauf zu lesen war.

Lawless atmete heftig aus, als er Eddies Handschrift entzifferte, und beeilte sich, so schnell wie möglich zur Wasseroberfläche aufzusteigen.

Kaum hob er das Gesicht aus dem Wasser, da brüllte er schon: »Mark, stopp!«

Er hievte sich in einem einzigen kraftvollen Schwung aus dem Wasser und auf den schwankenden Schwimmkörper. Er sah, dass Mark über der Luftschleusenklappe kauerte und gerade im Begriff war, am Verschlussrad zu drehen. »Nicht öffnen!«

»Weshalb?«

»Weil die Schleuse unter Druck steht, und wenn du den Verschluss öffnest, fliegt dir nicht nur die Klappe ins Gesicht, sondern Mike Trono wird in eine Fleischbombe verwandelt.«

Murph zog die Hand behutsam vom Verschlussrad zurück und atmete langsam aus, da er unbewusst die Luft angehalten hatte. »Was ist mit Juan?«

»Keine Ahnung. Eddie hat gerade eine Notiz hochgehalten, die besagt, dass Mike sich in der Luftschleuse befindet. Darin dürfte ein Druck von dreizehn atü herrschen.«

»Warte einen Moment.« Mark turnte ins RHIB zurück und griff in eine Gerätetasche, die er von der *Oregon* mitgenommen hatte. Er holte ein Kabel hervor und reichte es Lawless hinüber.

»Über der Buchse für das elektrische Ladekabel befindet sich der Anschluss der Sprechanlage. Beides findest du neben dem externen Lufteinlass. Und der ist nicht zu übersehen«, sagte Mark grinsend und versetzte MacD einen leichten Stoß vor die Brust, so dass dieser nach hinten ins Wasser zurückkippte.

MacD warf ihm einen unfreundlichen Blick zu und ging mit dem Kabel in der Hand auf Tauchstation. Eine halbe Minute später kam er wieder an die Wasseroberfläche und schob sich die Tauchmaske auf die Stirn. »Dann versuch mal dein Glück.«

»Eddie, kannst du mich hören? Hier ist Murph.«

»Hätte nie gedacht, dass ich mich jemals so über den Klang deiner Stimme freuen würde«, antwortete Eddie. »Hast du meine Warnung verstanden?«

»Klar. Aber was macht Mike in der Luftschleuse? Und wo ist der Chairman?«

»Das ist eine lange Geschichte. Was den Chairman betrifft, der ist noch unten beim Wrack.«

»War er draußen, als die Torpedos trafen?«

»Nicht beim ersten, aber er ging hinaus, um uns zu befreien, ehe das zweite explodierte.«

»Lebt er noch?«

»Weiß ich nicht. Aber wir haben keine Zeit für lange Diskussionen. Mike hat nur noch einen begrenzten Luftvorrat in seinen Flaschen. Wir müssen diesen Eimer schnellstens auf die *Oregon* bringen und ihn mit Trimix versorgen, damit er endlich mit der Dekompression anfangen und aufsteigen kann.«

»Okay. MacD und ich sind mit dem RHIB hier. Die *Oregon* dürfte mittlerweile das Wrack erreicht haben. Wir schleppen euch schnell rüber und hieven euch mit dem Deckkran an Bord.«

»Das ist gut. Mike und ich haben uns mit Morsezeichen verständigt. Er hat so flach wie möglich geatmet und schätzt, dass er noch für eine halbe Stunde Luft hat.«

»Sag ihm, er braucht sich keine Sorgen zu machen. Wir reden später.« Mark gab MacD ein Zeichen, und der jüngste Angehörige des Teams wusste, was er zu tun hatte. Er rückte die Tauchmaske wieder vor die Augen und tauchte ab, um das Kabel einzuholen.

Nur eine Minute später nahmen sie das Nomad auf den Haken. Das RHIB war zwar eher für Geschwindigkeit als für Zugkraft konstruiert, aber sie schafften immer fünfzehn Knoten, als sie den voluminösen Schwimmkörper im Schlepp hatten. Mark hatte ihre Ankunft schon per Funk angekündigt, daher schwenkte, als sie im Schatten der Leeseite der *Oregon* auftauchten, der stärkste der vorderen Deckkräne seinen Ausleger bereits hinaus und ließ einen Haken ins Wasser hinab.

Das Mini-U-Boot wurde aus dem Atlantik geholt wie ein Säugling aus seiner Wiege. Wasser rann von seinem Rumpf und überschüttete die Männer im Schlauchboot.

Lawless gab Gas und lenkte sie in die Bootsgarage, während das Mini-Tauchboot über die Reling gehoben und in den Hauptfrachtraum abgesenkt wurde. Sobald sie an Bord waren, angelte sich Murph ein Handtuch aus einem Geräteschrank, trocknete sich flüchtig Haare und Gesicht ab und begab sich dann eilig zum Frachtraum, wo Max sicherlich die Rettung des Chairman organisierte, während er gleichzeitig darüber nachdachte, wie er das in diesem Moment heikelste Problem lösen könnte.

Unten im Moon Pool befestigte Hanley mit einem Nylonnetz zwei Trimix-Flaschen am *Little Geek*.

»Okay«, sagte er schließlich, »versuchen wir es.«

Ein Techniker, der die Kontrollen des *Little Geek* bediente, startete die Propeller und bewegte sie in ihren Kardanhalterungen hin und her, um sich zu vergewissern, dass sie nicht von der zusätzlichen Last behindert wurden, die das ROV trug.

»Das sieht gut aus«, stellte Hanley fest und richtete sich auf. »Helfen Sie mir mal.«

Die beiden Männer hoben den zweihundert Pfund schweren Roboter mit den Atemflaschen an seiner Nabelschnur in den Moon Pool. Er verschwand, sobald sie das dicke, verstärkte Kabel losließen, sackte in die Tiefe und wurde dank des Golfstroms sofort nach Norden gezogen. Der kleine Roboter würde auf dem gesamten Weg gegen die Strömung ankämpfen, aber da er an einer Leine hing und vom Mutterschiff mit Energie versorgt wurde, wäre es kein Problem.

Die Frage war nur, ob er rechtzeitig an Ort und Stelle wäre.

Mit einer solchen Kälte hatte Cabrillo nicht gerechnet. Völlig unbemerkt und heimtückisch war sie in seine Knochen eingedrungen. Er hatte sich völlig still verhalten, damit sein Körper keine Wärme produzierte – das war die Ursache. Um seinen Luftvorrat so weit wie möglich zu strecken, musste er so regungslos wie er konnte auf seinem Platz ausharren, wodurch er sich jedoch einer Gefahr auslieferte, die mindestens genauso tödlich war wie der Sauerstoffmangel.

Seine Hände zitterten derart heftig, dass drei Versuche nötig waren, um seine Tauchlampe einzuschalten. Ihr Leuchten machte die Einsamkeit ein wenig erträglicher. Menschen waren trotz allem soziale Wesen. Und allein zu sterben löste eine Angst aus, die unserer Spezies ständig innewohnte. Er blickte auf die Anzeigen

seines Atemgeräts. Die zehn Minuten, die er sich ausgerechnet hatte, waren verstrichen. Er atmete mittlerweile ein Gasgemisch, das so amorph war, dass es von
den Sensoren in den Atemflaschen nicht mehr gemessen
werden konnte.

Er spürte es auch. Jeder Atemzug erschien magerer,
weniger gehaltvoll. Ganz gleich, wie gründlich er seine Lunge füllte, er bekam einfach nicht genügend Luft.
Abermals flackerte Panik in den fernen Winkeln seines Be-
wusstseins auf, aber er drängte sie zurück und bemühte
sich, gleichmäßig weiterzuatmen. Nur noch zwei weitere
Minuten musste er durchhalten, damit Max' Rettungsaktion erfolgreich endete.

Die Lampe rutschte ihm aus den eisigen Fingern, und
er war inzwischen so stark durchgefroren, dass er nicht
einmal mehr zittern konnte. Er versuchte Luft zu atmen,
die es nicht mehr gab, und über diese Tatsache konnte
ihn sein Geist nicht länger hinwegtäuschen. Er hatte sein
Glück versucht und eine Niete gezogen. So hatte sich
Juan sein Ende niemals vorgestellt. Er hatte immer angenommen, dass er bei einer Schießerei sterben würde. Rein
statistisch betrachtet, hätte er schon vor Jahren nieder-
geschossen werden müssen. Aber von all den vernarbten
Schusswunden an seinem Körper befand sich nicht eine in
einer lebensbedrohlichen Region. Es war schon seltsam.
All das hatte er überlebt und sollte ausgerechnet bei einem Tauchgang sterben.

Am liebsten hätte er über diese Ironie des Schicksals
herzlich gelacht, aber dazu reichte die Luft nicht mehr
aus, daher gab er sich mit einem düsteren Grinsen zufrieden und spürte, wie sich sein Bewusstsein allmählich
davonstahl.

»Nun komm schon, verdammt noch mal!«, bellte Max heiser. »Wir sollten es längst sehen können!«

Er stand hinter dem Techniker und blickte ihm über die Schulter. Beide Männer verfolgten die Videoübertragung vom *Little Geek*. Doch bislang sahen sie außer dem kahlen Meeresgrund gar nichts. Sie befanden sich zwar auf der richtigen Position, nur war das Wrack offenbar verschwunden.

»Sind Sie sicher, dass Sie an der richtigen Stelle suchen?«

»Ja, Max. Das verstehe ich nicht.«

Die Bilder waren stark verrauscht, dunkel und schwankend, zeigten jedoch eindeutig, dass nirgendwo eine Spur von dem alten Minensuch-Tender auszumachen war. Beide Männer starrten so lange angestrengt auf den Bildschirm, bis ihre Augen tränten, und versuchten Details zu erkennen, die nicht vorhanden waren.

»Da, dort ist etwas!«, rief Max. »Drehen Sie *Little Geek* um fünfundzwanzig Grad nach Steuerbord.«

Der Techniker betätigte den Joystick, während einhundertfünfzig Meter unter ihnen der kleine Roboter Stück für Stück herumschwang.

»Aha!«, rief Max. Rund um das ROV erstreckte sich ein Trümmerfeld, das über den Lichtkreis der Scheinwerfer hinausreichte. Sie waren lediglich ein paar Meter vom Kurs abgekommen, aber in dieser Situation konnte das über Erfolg oder Misserfolg entscheiden. »Juan muss hier irgendwo sein.«

»Würde er nicht versuchen, zum Licht zu schwimmen?«

»Wenn er dazu in der Lage wäre, sicher. Aber wir wissen noch nicht, in welchem Zustand er sich befindet.«

Das kleine ROV schlängelte sich zwischen den Trümmerstücken hindurch, und diesmal war es der Techniker, der hinter einem alten Dampfkessel einen Lichtschein entdeckte. Er lenkte den Roboter um den Kessel herum, und im Licht des Suchscheinwerfers erschien der Chairman, der zusammengesunken vor dem Kessel saß, die Hand neben sich, mit der Handfläche nach oben, in der Nähe seiner Tauchlampe, die eingeschaltet im Schlick lag. Sein Kopf war wie bei einem Toten in einem unnatürlichen Winkel auf seine Schulter gesunken. Aus seinem Atemregulator stiegen keine Luftblasen auf.

»Nein«, flüsterte Max, und dann wiederholte er es ein zweites Mal. Beim dritten Mal gab er kaum einen Laut von sich. »Nein.«

Er konnte sich mit dem, was er da sah, nicht abfinden. Er konnte nicht glauben, dass Juan tot war. Dass er seinen besten Freund im Stich gelassen hatte.

Diesmal rief er es mit lauter Stimme. »Nein!«

Er fasste über die Schulter des Technikers, legte die Hand auf den Joystick des ROVs und benutzte ihn, um *Little Geek* mit der Kraft seiner Motoren gegen den Chairman zu lenken.

Anstatt durch die Kollision vollends umzukippen, streckte sich Cabrillos Leiche. Der Kopf ruckte von der Schulter hoch, und ein Arm griff nach dem Mini-U-Boot.

Der Techniker traute seinen Augen nicht. »Hat er geschlafen?«

»Den wenigen Bläschen nach zu urteilen, die aus seinem Regulator aufsteigen, glaube ich eher, dass er für einen Moment ohnmächtig war.« Max konnte das Grinsen, das sich auf seinem Gesicht ausbreitete, nicht unterdrücken.

Juan hatte von seiner Frau geträumt, die bei einem Verkehrsunfall ums Leben gekommen war, während er sich auf einer Mission für die CIA befunden hatte. Tief im Herzen wusste er, dass es ihre Einsamkeit gewesen war, die sie hatte zur Trinkerin werden lassen. Ihr Blutalkoholspiegel an diesem Tag war doppelt so hoch gewesen wie gesetzlich erlaubt. Es war nicht von Bedeutung, dass sie mit Freunden ausgegangen war. Und dass diese sie nicht davon abgehalten hatten, sich hinters Lenkrad zu setzen. Ihr Tod war seine Schuld. Basta. Und wenn es ihm ganz schlecht ging, erschien sie ihm im Traum.

Cabrillo wurde von grellem Licht, das seine Augen traf, schlagartig hellwach. Seine prekäre Lage wurde ihm erst eine Sekunde später bewusst, aber sein durch den Sauerstoffmangel halb lahmgelegtes Gehirn brauchte weitere Sekunden, um zu begreifen, was geschehen war. Es war *Little Geek*. Er war die Lichtquelle. Juan streckte die Hand nach dem kleinen ROV aus und ertastete die Atemflaschen, die Max an seinem Rumpf befestigt hatte, wie man es bei einem Packesel machte. Hanley hatte sogar darauf geachtet, dass ihre Luftschläuche in Reichweite waren.

Seit fast einer Minute hatte Juan nicht mehr eingeatmet, und seine Sicht verengte sich inzwischen auf einen Punkt, umgeben von einer grauen Wolke. Aber er besaß immerhin noch so viel Geistesgegenwart, dass er den Luftschlauch, der mit seinem Helm verbunden war, löste und durch den Schlauch der frischen Atemflasche ersetzte. Fünfzehn Sekunden verstrichen, und nichts geschah, er bekam noch immer keine Luft. Dann attackierte *Little Geek* ihn aus irgendeinem Grund abermals.

Max versuchte ihm irgendetwas mitzuteilen. Was? Juan hatte keine Ahnung und wollte weiterschlafen. Sein Kopf sackte nach vorn, und das ROV prallte ein drittes Mal gegen seine Brust. Es drehte sich, so dass sich die klobige Trimix-Flasche direkt vor ihm befand.

Das Ventil. Juan öffnete es mit unsicheren Fingern. Mit einem Leben spendenden Zischen füllte sich sein Helm mit atembarer Luft, und er sog sie so tief in seine Lunge, dass er das Gefühl hatte, sie würde gleich platzen. Seine Verwirrtheit klärte sich erst, als sein sauerstoffentwöhntes Gehirn einen Neustart durchführte. Er machte zehn, zwanzig Atemzüge, geradezu berauscht von diesem Gefühl. Er dankte seinem Schicksal und machte das bei Tauchern übliche Okay-Zeichen in Richtung der Kamera, die sich unterhalb der Scheinwerfer befand. *Little Geek* drehte sich daraufhin um dreihundertsechzig Grad wie ein junger Hund, der sich über das Lob seines Herrchens freut.

Little Geek ließ sich neben ihm auf den Meeresgrund sinken, als wollte er gestreichelt werden. In diesem Moment bemerkte Juan das Bündel, das Max auf der oberen Wölbung des ROVs befestigt hatte. Er öffnete es und sprach ein stummes Dankgebet. Hanley hatte an alles gedacht. Seine Hände waren vor Kälte so taub, dass er sie kaum benutzen konnte, und er schaffte es nur mit äußerster Mühe, die Finger durch den Sicherungsring der Magnesiumfackel zu schieben.

Das Licht war blendend hell und hätte sicherlich seine Netzhäute beschädigt, wenn er direkt hineingeblickt hätte, aber sein Kopf war abgewandt. Das Licht, das die Fackel verströmte, war ihm eigentlich gleichgültig, wichtiger war die Tatsache, dass die Fackel das Wasser im Schatten des Heizkessels erwärmte. Er spürte ihre Wirkung schon nach wenigen Sekunden. In dem Bündel, das in Wirklichkeit eine große Packtasche war, fand er auch mehrere chemische Heizelemente. Er aktivierte sie, klemmte sie zwischen seine Oberschenkel und unter seine Arme. Weitere stopfte er sich zwischen den Trockenanzug und den Gewichtgürtel, der über seine Brust verlief.

Er gönnte sich zehn Minuten, um sich zu erholen. Als er einsatzbereit war, hatte sich auch das Discovery 1000 mit Eric Stone an den Kontrollen unter der Acrylglaskuppel eingefunden. Eric und *Little Geek* begleiteten ihn während seines todlangweiligen endlos langen Aufstiegs und hielten sich in seiner Nähe, wenn er seine stundenlangen Dekompressionspausen einlegte. Trotz der Kälte und seiner Erschöpfung ließ er sich Zeit und ging auf Nummer sicher. Er wusste, dass er wahrscheinlich gemeinsam mit Mike in der engen Dekompressionskammer der *Oregon* würde schlafen müssen, aber eine Nacht unter diesen Bedingungen war alles, was er zu ertragen bereit war.

Der größte Teil der Mannschaft umringte den Moon Pool, als er schließlich aus dem Ozean auftauchte – mit lauten Freudenrufen wurde er begrüßt. Max machte einen durch und durch zufriedenen Eindruck, und sogar die Ärztin musste trotz ihrer Sorge um seine angegriffene Verfassung lächeln.

Man half ihm, aus dem Wasser zu klettern, und er wurde in Rekordzeit von seiner schweren Tauchausrüstung befreit.

»Wie fühlst du dich?«, fragte Julia Huxley, während sie sich an seine Seite drängte. »Irgendwelche besorgniserregenden Symptome?«

»Mir ist kalt«, stammelte er mit klappernden Zähnen. »Ich habe Hunger und brauche dringendst eine Toilette.« Er wandte sich zu Hanley um, der hinter Julia erschien. »Ich habe nie an dir gezweifelt.«

»Warum solltest du auch?«, sagte Max lässig. »Ich hab dich noch kein einziges Mal im Stich gelassen.«

»Danke.«

»Du kannst dich ja irgendwann revanchieren.«

»Das reicht jetzt«, ergriff Hux das Wort. »Juan, du gehst mit Mike in die Dekompression, damit ich euch auf Anzeichen von irgendwelchen Schäden beobachten kann.«

»Sind er und Eddie okay?«

»Eddie hat wahrscheinlich eine Gehirnerschütterung, aber Mike geht es gut. Das mit der Dekompressionskammer soll nur eine Vorsichtsmaßnahme sein.«

»Hat er Proben von dem Käfig mitgebracht, oder war das ganze Theater umsonst?«

»Keine Ahnung«, erwiderte Hux, während – hinter ihr – Max die Probe wie ein Magier bei seiner Bühnennummer hochhielt.

»Trara! Mark hat bereits einen ersten Blick darauf geworfen und meint, dass er keine Ahnung hat, was das ist.«

Juan nahm den etwa dreißig Zentimeter langen Stab in die Hand, während er zur Dekompressionskammer im hinteren Teil der Tauchgarage geleitet wurde. Er hatte eine raue Oberfläche, fühlte sich jedoch völlig anders an als alles, was er je berührt hatte. Wenn er dieses Gefühl hätte beschreiben müssen, wäre ihm nur der Begriff »außerirdisch« eingefallen.

Er gab Max das Mitbringsel zurück. »Ich brauche Antworten.«

»Mark und Eric werden sich die ganze Nacht damit beschäftigen, das garantiere ich dir. Und jetzt geh zu Mike in euren Sarkophag, inzwischen werde ich euch aus der Küche etwas zu essen herunterschicken lassen. Dürfte recht interessant werden zu beobachten, wie Maurice' Service durch eine Luftschleuse aussieht.«

Juan trat durch die massive Tür des ersten Abschnitts der zweiteiligen Stahlkammer und ließ sich auf der sparsam gepolsterten Bank nieder. Der Luftdruck würde bald auf die Hälfte des Wertes erhöht werden, bei dem er und Mike sich auf dem Meeresgrund bewegt hatten, danach konnte er die zweite Kammer betreten, in der Trono bereits wartete. Die Einrichtung wirkte primitiv und abweisend, wie man sie aus Navy-Ausbildungsfilmen aus den 1960ern kannte, aber Juan hatte nichts dagegen, sich dieser Tortur zu unterziehen. Schließlich ging es um seine und Mike Tronos Gesundheit.

Er schluckte seine Ohren frei, während der Luftdruck in der Kammer weiter anstieg, ging in Gedanken die Erlebnisse der vergangenen Stunden durch und kam zu dem Ergebnis, dass es die glücklichste Rettung seines Lebens gewesen war.

ACHTZEHN

Dr. Huxley entließ die beiden Taucher am nächsten Morgen um halb acht aus ihrer Isolation. Cabrillo begab sich schnurstracks in seine Kabine. Dabei stellte er fest, dass sich das Wetter offenbar verschlechtert und ein zunehmend stärkeres Rollen des Schiffes ausgelöst hatte, das er deutlich spürte, als er durch die Korridore eilte. Er hatte eine halbe Stunde in der Dusche der Dekompressionskammer zugebracht, um sich aufzuwärmen, daher gab er sich jetzt mit einer kurzen Dusche zufrieden und rasierte sich mit dem alten Rasiermesser, das seinen Großvater durch vierzig Jahre seines Berufs als Friseur begleitet hatte. Nachdem er Rasiermesser und Gesicht trocken getupft hatte, verrieb er einen Spritzer Aftershave, schlüpfte in Chinos und einen schwarzen Rollkragenpullover und schlug den Weg zur Messe ein, um zu frühstücken. Vorher überprüfte er auf dem Tablet, das auf seinem Schreibtisch lag, ihre augenblickliche Position und stellte fest, dass sie auf ihrem Weg zum Rendezvous mit der Jacht des Emirs, der *Sakir*, ziemlich gut in der Zeit lagen.

Er entschied sich für einen Tisch in der Mitte des Speisesaals und hatte kaum Platz genommen, als Maurice bereits Kaffee in eine Porzellantasse einschenkte.

»Guten Morgen, Käpt'n.« Als ehemaliger Royal-Navy-Mann ignorierte der Chefsteward die Unternehmensstruktur des Teams und titulierte Juan niemals als Chairman. Die *Oregon* war ein Schiff. Cabrillo hatte die Leitung inne. Daher war er ein Kapitän. »Keine unangenehmen Nachwirkungen Ihres Abenteuers?«

»Außer einer wunden Stelle am Rücken nach einer Nacht in einer lausigen Koje geht es mir gut. Danke.« Er trank mit Genuss von dem starken Kaffee. »Und jetzt geht es mir sogar noch besser. Ganz gleich, was Sie zum Frühstück für mich vorbereitet haben, bringen Sie mir bitte auf alle Fälle die doppelte Menge Würstchen.«

»Haben Sie in letzter Zeit mal Ihren Cholesterinspiegel überprüfen lassen?«

»Hux hat mir erst letzte Woche die Freigabe für doppelte Portionen Schweinefleisch erteilt.«

»Wie Sie meinen, Käpt'n.«

Eric und Mark kamen wie ein Gespann angreifender Nashörner in den stillen Speisesaal, entdeckten den Chairman und eilten zu ihm hinüber. Beide trugen die Kleider vom Vortag und hatten den hektischen Blick von Leuten, die zu viel Koffein konsumiert hatten.

»Guten Morgen, Gentlemen«, sagte Juan lächelnd. »Sie sehen ja aus, als hätten Sie Hummeln im Hintern. Wie kommt's?«

»Red Bull und Recherche«, erwiderte Mark.

Cabrillo wurde ernst und kam sofort zur Sache. »Was ist das für Material?«

Eric antwortete als Erster. »Etwas, das erst vor ein paar Jahren entdeckt wurde.«

»Es ist ein Metamaterial«, sagte Mark, als sei das eine allgemein einleuchtende Erklärung.

»Das heißt …«

»Es ist ein Material, das fast im Nanobereich verändert wurde. Aus diesem Grund verfügt es über einzigartige Fähigkeiten wie zum Beispiel: Licht und Schallwellen zu beeinflussen.«

»Stellen Sie sich die Eierkartons vor, die von Garagen-bands an Wänden und Decken befestigt werden, um den Schall zu dämpfen. Multiplizieren Sie das mit einhundert, und schrumpfen Sie es dann auf Nanoformat. Die Mate-rialstruktur ist auf eine Art und Weise verwinkelt, dass sie fast alles ablenken kann, was man ablenken will.«

»Würde es auch Schall schlucken?«, fragte Cabrillo, der glaubte verstanden zu haben, was sie meinten.

»Ganz sicher, aber nur in Frequenzbereichen, die wir nicht hören können.«

Juan erkannte, dass er noch nicht den gesamten Über-blick hatte. »Und was ist der springende Punkt?«

»Die Form verleiht ihm Eigenschaften, die es norma-lerweise nicht besitzt. Ähnlich wie die Reflektorplatten bei einem Tarnkappenbomber. Es ist die Form, nicht die Zusammensetzung der äußeren Hülle, die ihm die Tarn-kappeneigenschaften verleiht.«

»Die Außenhaut an sich besitzt ebenfalls diese Eigen-schaft«, korrigierte Mark automatisch, denn jede Abwei-chung von der Wahrheit auf Grund von Verallgemeine-rungen machte ihn verrückt.

»Ich versuche, irgendeine Erklärung zu finden, wenn du nichts dagegen hast.«

»Ausgezeichnet.«

»Also, was bewirkt dieses spezielle Material?«

»Keine Ahnung«, sagte Eric.

»Nicht die geringste«, bestätigte Murph. »Die Konst-ruktion des Rahmens bestimmt seinen Zweck. Das Meta-material sorgt für die gewünschte Wirkung.«

»Kann es Lichtstrahlen um das Schiff herumlenken? Es unsichtbar machen?«

»Möglich wäre das. Oder es könnte auch im Bereich elektromagnetischer Wellenlängen wirksam sein.«

»Auch akustischer«, fügte Stoney hinzu.

»Irgendeine Erklärung, weshalb sich weder Pflanzen noch Lebewesen auf dem Käfig angesiedelt haben?«

»Oh, in dem Material ist eine Menge Cadmium enthalten. Es ist hochgiftig.« Als er Juans besorgten Blick bemerkte, erklärte Mark: »Cadmium ist gefährlich, wenn es eingeatmet oder verzehrt wird. Genauso wie Quecksilber. Man kann mit dem Zeug gefahrlos herumhantieren und muss nur darauf achten, dass es nicht in den Blutkreislauf gelangt.«

Maurice erschien, stellte Juans Frühstück auf den Tisch und hob den Deckel mit einer eleganten Bewegung hoch. Es war ein Omelett, wie Cabrillo es sich gewünscht hatte – mit einem Berg von Bratwürstchen.

»Okay, Sie haben mir erzählt, was Sie wissen, wie wäre es jetzt mit ein paar Spekulationen?«

»Als Sie sich mit Professor Tennyson unterhielten, hat er da vielleicht die Franzosen erwähnt?«, fragte Murph.

»Das hat er tatsächlich«, antwortete Juan, als er sich an die bizarre Bemerkung des Tesla-Experten erinnerte. »Er sagte, dass Morris Jessup, der Typ, der die Geschichte vom Philadelphia-Experiment veröffentlicht hat, im Jahr 1959 wahrscheinlich von französischen Agenten getötet wurde und dass sein Tod wie ein Selbstmord aussah.«

»Hat er dieser Geschichte Glauben geschenkt?«

»Daran kann ich mich nicht erinnern. Nein, Moment. Ich glaube, er erwähnte, dass dies unter die Rubrik Verschwörungstheorie falle, daher dürfte er diese Möglichkeit verworfen haben.«

»Das hätte er vielleicht nicht tun sollen«, sagte Mark mit einem Anflug von Genugtuung. Als diensthabender Verschwörungsfanatiker der *Oregon* war er jetzt in seinem

Element. »Hört euch Folgendes an: Im Frühjahr 1963 fand ein Wildhüter in Alaska die Überreste von drei Personen, die irgendwann während des Winters den Tod gefunden hatten. Die Leichen waren von Aasfressern verstümmelt worden, daher war eine Identifizierung unmöglich. Aber jetzt kommt's – in den Taschen eines der Toten fand der Wildhüter französische Francs.«

»Und?«

»Das Beste habe ich noch gar nicht erwähnt. Alle Männer trugen Laborkittel und T-Shirts, und als sie gefunden wurden, lagen sie auf einer mit weißem Sand bedeckten Fläche mitten in einem – wissenschaftlich ausgedrückt – borealen Nadelwald. Als der Ranger mit ein paar Leuten zurückkehrte, um die Leichen zu bergen, hatten Tiere sie bereits weggeschleift. Das Einzige, was er noch tun konnte, war, eine Probe von dem Sand einzusammeln. Diese schickte er einem Geologen an der Universität von Alaska in Anchorage, der auf Anhieb feststellte, dass der Sand nicht aus reinem Silikat bestand, sondern dass darin auch eine hohe Konzentration von Korallensubstanz enthalten war. Der Ranger verlor das Interesse an der ganzen Angelegenheit, doch der Geologe, ein gewisser Henry Ryder, verfolgte die Sache weiter.«

Eric schaltete sich ein. »Drei Jahre lang fragte er herum und verglich alle möglichen Proben, aber es blieb bei dem ersten Ergebnis. Außerdem wurde festgestellt, dass der in Alaska gefundene Sand von einem Atoll namens Mururoa mitten im Pazifischen Ozean stammte.«

»Ist das von besonderer Bedeutung?«, wollte Cabrillo wissen.

Mark legte eine dramatische Pause ein, dann sagte er: »Mururoa ist der Ort, an dem die Franzosen ihre Atombombentests durchgeführt haben. Damals, in den

1960ern, lebten dort zahlreiche Wissenschaftler und Ingenieure. Dieser Ryder wandte sich an die französische Regierung mit der Frage, ob Wissenschaftler von Mururoa vermisst würden. Die Regierung mauerte und blockte seine Anfrage ab. Das Ganze sei ein Staatsgeheimnis. Zudem befand sich der Kalte Krieg damals gerade auf seinem Höhepunkt. Aber Ryder gab nicht auf. Mit der Hilfe einer Frau in der französischen Abteilung der Universität telefonierte er mit den Sekretariaten der führenden französischen technischen Hochschulen und brachte schließlich in Erfahrung, dass drei Männer« – er holte einen Notizzettel aus der Gesäßtasche seiner Jeans – »Dr. Paul Broussard, Professor Jacques Mollier und Dr. Viktor Quesnel – seit 1963 vermisst wurden und dass jeder dieser drei in der französischen Kernwaffenforschung tätig gewesen war. Dann setzte er sich mit ihren Witwen in Verbindung. Zwei wollten nicht mit ihm reden, doch eine der Ladys gab zu, dass sie durch die Regierung zu absoluter Verschwiegenheit verpflichtet worden sei. Sie ließ lediglich verlauten, dass ihr Mann drei Jahre zuvor auf dem Mururoa-Atoll gewesen war und sie seitdem nichts mehr von ihm gehört habe.«

»Woher haben Sie diese Informationen?«, fragte Juan und versuchte, das Ganze in einen logischen Zusammenhang zu bringen.

Die beiden wechselten einen verlegenen Blick.

»Von Verschwörungs-Websites«, gestand Murph.

»Dann könnte das also alles auch ausgemachter Blödsinn sein?«

»Ja, außer dass wir in Alaska angerufen haben. Henry Ryder ist schon lange tot, ebenso seine Ehefrau. Aber seine Tochter lebt noch in Anchorage und erinnert sich daran, dass ihr Vater ein Glasgefäß voll Sand auf seinem

Schreibtisch stehen hatte, das sie als kleines Mädchen nicht anfassen durfte.«

Stone ergriff abermals das Wort. »Und dass er eine Freundin hatte, die gelegentlich zu Besuch kam und geklungen habe wie Catherine Deneuve.«

»Okay«, sagte Juan schließlich. »Das verleiht der Geschichte wenigstens einen Hauch von Glaubwürdigkeit. Was könnte sich daraus ergeben?«

»Dass das, was vom Philadelphia-Experiment berichtet wurde, zum Teil der Wahrheit entsprach, wenn auch nicht in allen Einzelheiten, und dass die Franzosen Morris Jessup getötet haben, um ihn ein für alle Mal zum Schweigen zu bringen, und dass sie an ihrem geheimsten Ort weitere Forschungen durchführten und dass dann ein paar Laborheinis mit dem Sand, auf dem sie seinerzeit gestanden haben, mittels irgendeiner unbekannten Kraft nach Alaska befördert wurden. Vielleicht ja auf die gleiche Art und Weise, auf die einige Jahre zuvor das Schiff von George Westinghouse im Aralsee landete.«

»Für Science-Fiction habe ich nicht viel übrig«, warnte Juan.

»Chairman, Mobiltelefone gehörten vor gar nicht langer Zeit ebenfalls in den Bereich der Science-Fiction. Desgleichen Flugzeuge, Raketen, atomgetriebene Unterseeboote. Die Liste ist endlos.«

»Ich verlasse mich lieber auf St. Julian Perlmutter.«

»Aber weshalb?«

»Ich habe ihn gebeten, Recherchen über die *Lady Marguerite* anzustellen.« Perlmutter war ein guter Freund Dirk Pitts und jemand, den Cabrillo mittlerweile ebenfalls um Rat fragte. Der Mann besaß die auf der ganzen Welt umfangreichste Sammlung maritimer Literatur, Schriften und historischer Darstellungen. Hinzu kamen der Instinkt und die Witterung eines Bluthundes, wenn es darum ging, in diesem Bereich Rätsel zu lösen und Geheimnisse aufzudecken. »Ich kann mich nicht dazu durchringen, an irgendwelche Teleportations-Apparaturen zu glauben. Eher denke ich, dass jemand die Westinghouse-Jacht gestohlen hat und sie am Ende darum nach Russland gelangt sein muss. Perlmutter soll versuchen, meine Theorie zu beweisen.«

»Aber wir haben in dieser Richtung bereits gründlich nachgeforscht. Und nichts gefunden.«

Juan lächelte nachsichtig. »Ihr gehört zu der Generation, die glaubt, dass man alles Wissenswerte im Internet finden kann. Dabei gibt es in Bibliotheken zehn Mal mehr Informationen als im Internet. Wahrscheinlich sogar tausend Mal mehr. Ihr beiden seid schon erheblich besser als eine Google-Suche, aber wenn es darum geht, Antworten auf esoterische Fragen zu suchen, könnt ihr St. Julian nicht das Wasser reichen.«

Hali Kasims Stimme drang aus dem Lautsprecher der Sprechanlage. Er war der Kommunikationsspezialist der *Oregon.* »Chairman Cabrillo, bitte kommen Sie sofort ins Operationszentrum.«

Juan legte die Serviette neben den geleerten Teller und erhob sich. »Ich muss mich kurz entschuldigen. Wir reden später weiter.«

Hali saß hinter einer Konsole auf der rechten Seite des Operationszentrums, als Cabrillo hereinkam. Kasim stammte aus dem Libanon. Er hatte ein Paar Kopfhörer um den Hals drapiert, aber ein Streifen zerdrückten Haars auf seinem verschwitzten Kopf verriet, dass er sie längere Zeit aufgesetzt hatte.

»Was ist los?«

»Sie haben einen Anruf auf dem Anschluss, dessen

Nummer wir l'Enfant genannt haben, aber er ist nicht der Anrufer.«

»Und wer ist es?«

»Pytor Kenin. Er hat ausdrücklich nach Ihnen verlangt.«

Cabrillo spürte eine Woge aufwallenden Zorns, die er schnellstens unterdrückte. Dies war nicht der richtige Zeitpunkt für emotionale Ausbrüche. Er ließ sich in seinen vertrauten Sessel fallen und riss den Hörer aus seiner Halterung in einer der Armlehnen. Er hielt ihn ans Ohr und nickte Hali kurz zu.

»Cabrillo«, meldete er sich.

»Sie nennen sich nicht Chairman?«, fragte Kenin auf Russisch. »Und ich weiß, dass Sie mich verstehen, also tun Sie nicht so, als könnten Sie es nicht.«

»Was wollen Sie?«, fragte Juan in der gleichen Sprache.

»Ich möchte wissen, weshalb ich K-154 nicht erreichen kann.«

»Weil es zehn Minuten nach dem Versuch, mich zu töten, gesunken ist.« Cabrillo wartete einen kurzen Moment, um diese Information wirken zu lassen. »Sie sind hart genug auf dem Meeresboden aufgeschlagen, um wie eine Sardinendose aufzuplatzen. Die U. S. Navy hat bereits eine anonyme Meldung von dem Unfall erhalten, und ich bin sicher, dass sie innerhalb von vierundzwanzig Stunden mit einem Bergungsschiff am Unglücksort erscheinen.«

»Was haben Sie getan?«, rief der Russe wutschäumend.

»Kenin, Sie sind es, der diese Geschichte inszeniert hat, und Sie sind der Erste, der für Blutvergießen gesorgt hat, also regen Sie sich nicht künstlich auf, wenn wir mit gleicher Münze zurückzahlen.«

»Sie mischen sich in Angelegenheiten, die Sie nicht das Geringste angehen.«

»Sie gingen mich seit dem Moment etwas an, in dem Yuri Borodin starb. Ich weiß nicht, welche Spielchen Sie innerhalb der militärischen Führung Russlands treiben, und offen gesagt ist es mir auch gleichgültig. Ich weiß nur, dass ich alles tun werde, um Sie aufzuhalten.«

»Sie leiden unter Wahnvorstellungen, Mr. Chairman. Sie geben selbst zu, dass Sie nicht wissen, was ich tue, wie wollen Sie mich dann aufhalten? Sicherlich nicht auf die gleiche Art und Weise, wie Sie mich davon abzuhalten versuchten, Tennyson zum Schweigen zu bringen. Ich bin Ihnen jetzt einen Schritt voraus – und werde es auch in Zukunft immer sein.«

Offenbar wusste Kenin nicht, dass Tennyson noch am Leben und in Sicherheit war.

»Sie glauben, weil Sie an l'Enfant herangekommen sind, ich hätte keine anderen Quellen.«

»Ach ja, der geheimnisvolle l'Enfant. Es scheint, als wäre sein Selbsterhaltungstrieb am Ende doch stärker gewesen als die Erhaltung seines Geschäftsprinzips, die Geheimnisse seiner Geschäftspartner um jeden Preis zu wahren.«

»Er hat Ihnen allerdings noch genug vorenthalten, sonst wäre Ihrem U-Boot-Führer kein so tödlicher Fehler unterlaufen«, konterte Juan. »Aber um ihn geht es gar nicht. Es geht um Sie. Brechen Sie ab, was immer Sie im Schilde führen, und wir beenden diese Affäre hier und jetzt. Einverstanden?«

»Ich fürchte nein. Sehen Sie, Sie hinken bereits einen Schritt hinterher. Tatsächlich hat Ihre Einmischung dazu geführt, dass ein geplanter Test vorgezogen wurde und ich mein Ziel geändert habe. Sie sollten das, was geschehen ist, sehr persönlich nehmen. Wenn Sie sich zurückgehalten hätten, wäre der Emir noch am Leben und die reizende Linda Ross ebenfalls.«

Ein eisiger Schauer lief Juan über den Rücken. »Was haben Sie getan?«

»Meinen Kunden davon überzeugt, dass das Spielzeug, das ich für ihn gebaut habe, wunschgemäß funktioniert. Schauen Sie mal in Ihren E-Mails nach.« Die Verbindung wurde unterbrochen.

Cabrillo war aus dem Sessel hochgeschossen und stand eine Sekunde später hinter Hali. »Nun?«

»Er hat den Anruf durch fast sämtliche Relaisstationen auf der Erde und die meisten Nachrichtensatelliten umgeleitet, aber ich habe ihn auf einem Militärflughafen vor den Toren Moskaus aufspüren können.«

Juan ließ Mark und Eric über die Sprechanlage des Schiffes ausrufen und ihnen bestellen, sie sollten sich umgehend im Operationszentrum melden, während Hali einen Blick in den allgemeinen E-Mail-Ordner warf. Noch war keine Nachricht von Kenin eingetroffen.

Was hatte der Mann getan? Diese Frage ging Cabrillo ständig durch den Kopf, während seine Sorge um Linda und den Emir das köstliche Frühstück in seinem Magen in einen unverdaulichen säuerlichen Klumpen verwandelte.

In Anbetracht der Mittel, die Kenin bei dieser Operation aufgewandt hatte, musste dies sein letzter großer Coup sein. Er hatte die Möglichkeit gehabt, den sauberen Weg einzuschlagen und sich um einen Ministerposten zu bewerben oder zumindest einen wichtigen Kommandeursposten zu besetzen. Oder er konnte sich weiterhin mit Lug und Trug im System tummeln und sich bereichern. Offenbar hatte er sich für Letzteres entschieden und musste nun schnellstens von der Bildfläche verschwinden, weil die russische Marine das, was er ihr gestohlen hatte, unbedingt zurückhaben wollte.

Stone und Murph erschienen.

»Kenin hat eben angerufen und erklärt, er habe getestet, woran er gearbeitet hatte, und das Ergebnis seinem Kunden übergeben. Das bedeutet, dass er untertauchen will. Er befindet sich auf dem Luftwaffenstützpunkt Ramenskoje. Das ist sein Ausgangspunkt. Versucht euch reinzuhacken und herauszubekommen, wohin er verschwinden will. Ich rufe Langston an und versuche ihn zu überreden, dass wir die Maschine des Russen mit Uncle Sams Spionagevögeln verfolgen können.«

»Juan«, meldete Hali. »Die Mail ist angekommen.«

»Auf dem gleichen Weg?«

»Ja. Er hat keine Ahnung, dass wir ihn aufgespürt haben, sonst hätte er sich diese Mühe nicht gemacht.«

»Gute Arbeit. Dies ist unser erster Vorsprung vor Kenin, seit wir das Gefängnis überfallen haben, in dem sie Yuri festhielten. Ruf die Mail auf.« Juan nickte Eric und Mark zu. »Bleiben Sie noch einen Moment hier. Ich weiß nicht, was wir zu sehen kriegen.«

Die E-Mail enthielt einen MPEG-Anhang, den Hali Kasim nun öffnete. Ein Bild erschien auf dem Hauptschirm. Es zeigte ein weißes Schiff in rauer See. Es sah aus, als ob das Schiff mit den gleichen Wetterbedingungen wie die *Oregon* zu kämpfen hatte. Die Kamera wackelte, und es handelte sich offenbar um eine Aufnahme aus einem Hubschrauber, der in großer Höhe unterwegs war. Uhrzeit und Datum der Aufnahme verrieten, dass sie nur wenige Sekunden alt war. Das weiße Schiff war eine Mega-Jacht, und Juan erkannte es auf Anhieb als die *Sakir*, den großen Stolz des Emirs. Das Schiff befand sich in diesem Moment dreihundert Meilen südlich von ihnen mit Kurs auf die Bermudas. Der Heckwelle nach zu urteilen, machte es fünfzehn Knoten Fahrt.

Dann erschien auf seiner Backbordseite ein gespenstisches blaues Leuchten, das aus dem Ozean aufstieg wie eine riesige Gasblase aus einem Sumpf. Das Leuchten hüllte die *Sakir* vollständig ein, trotzdem war das einhundert Meter lange Schiff immer noch deutlich zu erkennen.

Ohne Vorwarnung, ohne jedes dramatische Schlingern schlug die Jacht plötzlich vollständig um – ganz so wie ein Badespielzeug in den Händen eines ungeschickten Kindes. Wasser rann über ihren auf dem Kopf stehenden Rumpf und strömte für einen kurzen Moment an ihm entlang, als die Massenträgheit das Boot noch ein Stück weiter gleiten ließ, während seine Zwillingsschrauben aus einer Eisen-Bronze-Legierung die Luft verwirbelten.

Das Leuchten erlosch nach einem kurzen Moment. Die Männer, die das Geschehen verfolgten, hielten die Luft an, da die Wellen jeden Moment über der Jacht zusammenschlagen würden. Aber irgendwie schaffte sie es doch, sich zu erholen und auf den Wellen zu halten, so dass das Wasser von ihrem rot lackierten Rumpf ablief und sie ein gewiss trügerisches und nicht lange anhaltendes Gleichgewicht fand. Die Videosequenz endete, und zurück blieb nur das leere Fenster auf dem Bildschirm.

»Steuermann!«, rief Cabrillo. »Volle Kraft voraus. Hali, schicken Sie Gomez in den Hangar hinunter, damit er den Chopper warm laufen lässt. Er soll so bald wie möglich aufsteigen. Linc soll ebenfalls dorthin kommen. Sie, Eric, gehen runter in die Tauchgarage und holen mein Atemgerät mitsamt dem Anzug. Mark, Technik. Ich brauche Schneidewerkzeuge und außerdem ein Rettungsschlauchboot.«

Ein Schiff, so groß wie die *Sakir*, hatte eine Mannschaft von zehn Mann und sicherlich doppelt so viel weiteres Personal. Ein einziges Schlauchboot bot nur zehn Personen Platz, aber Juan wollte ihren Hubschrauber nicht überladen und auf diese Art und Weise sein Tempo drosseln. Die Überlebenden würden sich im Rettungsboot abwechseln müssen, während sich die anderen an seinen Rand klammerten.

Überlebende. Juan wusste nicht einmal, ob es überhaupt Überlebende geben würde. Das Wetter war alles andere als ideal, daher bezweifelte er, dass sich viele Personen an Deck aufgehalten hatten, als die Jacht kenterte, und diejenigen, die im Bootsinneren gefangen wären, dürften derart desorientiert sein, dass sie möglicherweise gar nicht mehr in der Lage wären, sich zu retten. Und wenn das Schiff sinken würde, ehe sie dort einträfen, müssten sie wohl mit einem Totalverlust rechnen.

In diesem Fall brauchten sie ein eigenes Rettungsboot, denn mit der Reichweite ihres MD-520N-Helikopters würden sie zwar bis zu der gekenterten Jacht gelangen, aber nicht mehr zur *Oregon* zurück.

»Los!«, befahl Juan, und seine Leute wurden aktiv.

Anschließend würden sie das Video analysieren, um herauszufinden, wie ein Schiff, das so groß war wie die *Sakir*, auf diese drastische Art und Weise zum Kentern gebracht werden konnte. Sie hatten es offensichtlich mit einer völlig neuen Technologie zu tun, etwas, das eng mit Teslas Wirken zusammenhängen musste, aber die Beantwortung der Fragen, wie diese Technologie genau aussah und wie sie funktionierte, konnte bis später warten.

Juan machte einen kurzen Abstecher in seine Kabine, um seine augenblickliche Beinprothese gegen ein Modell auszutauschen, das fürs Schwimmen besser geeignet war, und um Schlechtwetterkleidung mitzunehmen. Die hintere Frachtklappe der *Oregon* stand offen, und der schwarz glänzende McDonnell-Douglas-Hubschrauber kauerte auf dem Teller des Hangarlifts wie ein Raubvogel. Der Himmel über dem Ozean sah aus, als würde sich ein Unwetter zusammenbrauen. Natürlich würde das Wetter wieder einmal nicht mitspielen. In Augenblicken wie diesen fand Cabrillo, dass Mutter Natur einen ganz gemeinen Sinn für Ironie hatte.

»Gomez, wie sieht es aus?«

George Adams reckte den Kopf aus dem Cockpit. »Sie haben mich sozusagen mit heruntergelassener Hose erwischt, Chairman. Ich war gerade dabei, ein Funkgerät auszutauschen, als Hali anrief. Ich brauche zehn Minuten, um das alte wieder einzusetzen.«

»Ich gebe Ihnen fünf.«

Linc und Mark erschienen gemeinsam. Murph schob einen Handwagen, beladen mit einem Brennschneider und anderem Werkzeug, während der Ex-SEAL das achtzig Pfund schwere Schlauchboot in seiner harten Plastikkapsel ohne sichtbare Mühe auf der Schulter herbeischleppte. Hali Kasim musste ihm angedeutet haben, was ihn erwartete, weil er mit Carhartts unter einem Regenanzug und Stahlkappenschuhen die entsprechende Kleidung ausgewählt hatte.

»Was ist los, Chairman?«, fragte Linc mit seiner rollenden Bassstimme.

»Kenin hat die *Sakir* irgendwie zum Kentern gebracht. Möglicherweise müssen wir uns durch den Rumpf schneiden.«

»À la *Höllenfahrt der Poseidon*?«

»Genau.«

Als Nächster erschien Eric mit Juan Cabrillos Tauchausrüstung. Diesmal würde er sich nicht mit einem unbequemen Trockenanzug herumschlagen müssen, da er nicht sehr tief tauchen musste, um in das Innere des

Schiffes zu gelangen. Hux fand sich mit einer Kiste voll medizinischer Geräte und Präparate für eine Notfallversorgung ein. Sie lud den Behälter ins externe Frachtabteil des Hubschraubers, während Cabrillo seine Tauchkleidung vervollständigte. Er lehnte sich mit dem Rücken gegen den Chopper, damit er seine Tauchstiefel anziehen konnte, und half Eric anschließend, die restliche Ausrüstung auf den Rücksitz des Helikopters zu packen. Linc hatte die Kapsel bereits hinter dem Pilotensitz deponiert.

»Gomez?«, fragte Juan.

»Noch eine Minute. Das Schiff kann schon mal das Tempo drosseln.«

»Okay.«

An der Hangarwand hing ein Intercom. Cabrillo rief die Kommandobrücke, und als die Maschinen auf Schubumkehr geschaltet wurden, veränderte sich das Rauschen des Wassers in den Antriebsrohren fast augenblicklich.

Max wird mich dafür umbringen, dachte er, wobei er nicht wusste, dass Hanley genau an diese Art von Strafe gedacht hatte, als er das russische Akula-Schiff gejagt hatte. So unbesiegbar die *Oregon* für Cabrillo auch erschien, sie hatte ihre Grenzen, und diese plötzlichen Starts und Stopps malträtierten die Lamellen ihrer Flügelräder und die Motoren, die ihre Drehzahl steuerten, aufs Äußerste.

»Aufsitzen«, verkündete Gomez Adams und warf einem seiner Hangar-Affen eine Tasche voller Werkzeug zu – Hangar-Affen wurden die Männer genannt, die für den Service des Hubschraubers verantwortlich waren. Dann schwang er sich in den Pilotensessel. Schließlich kam ein Summen von den Maschinen, als er den Hauptschalter umlegte und die Startsequenz einleitete.

Während Juan und Linc an Bord kletterten, verband der Pilot seinen Helm mit dem Funkgerät des Hubschraubers und führte einen Verbindungstest durch. »Max, sind Sie im Operationszentrum?«

»Ich bin hier. Das war übrigens ein böses Erwachen.«

Cabrillo hatte sich mittlerweile den eigenen Helm aufgesetzt und meldete sich. »Hast du dir das Video angesehen?«

»Hali hat es mir gerade gezeigt. Hol sie da raus, Juan.«

Sie hätten zwar genauso reagiert, wenn Linda nicht auf der *Sakir* gewesen wäre, aber ihre Anwesenheit dort machte diese Rettungsaktion zu einer ganz besonderen Mission.

»Keine Sorge, das schaffen wir schon. Irgendetwas auf dem Radarschirm?«

»Nichts, was uns Probleme bereiten könnte.«

»Haltet die Augen offen. Kenin muss entweder ein Schiff oder ein anderes U-Boot benutzt haben, um diese Nummer durchzuziehen. Aktiviert das Sonar, während ihr uns folgt, und achtet auf mögliche Kontakte auf der Wasseroberfläche. Hast du von l'Enfant gehört?«

»Hali hat mir erzählt, dass die kleine Ratte uns verraten hat.«

»Stimmt schon, aber er ist nicht damit herausgerückt, dass wir Kenins U-Boot verfolgen konnten und in der Lage waren, es zu versenken. Ich glaube auch kaum, dass Kenin weiß, dass wir über einen Hubschrauber verfügen oder dass die *Oregon* das auf der Welt schnellste Schiff ihrer Größe ist.«

»Das ist doch ein Lichtblick.«

»Kenin hat uns schon einmal unterschätzt. Beten wir, dass es jetzt wieder geschieht.«

»Verstanden. Wir halten die Augen offen.«

Die Mannschaftsangehörigen wünschten einander niemals Glück vor einem Einsatz, daher wiederholte Max lediglich seine anfangs schon geäußerte Aufforderung: »Holt sie raus.«

»Roger.«

Juan krümmte mit einem Gefühl quälender Hilflosigkeit die Finger, während sie darauf warteten, dass die einzelne Turbine die vorgeschriebene Betriebstemperatur erreichte. Erst dann schaltete Gomez das Getriebe zu, und der Rotor begann sich zu drehen, anfangs noch träge, bis die Flügel in einem Wirbel verschwammen. Am Heckausleger wurden anstelle eines zweiten, kleineren Rotors die Abgase durch ein ausgeklügeltes Rohrsystem abgeleitet, um das durch den Rotor erzeugte Drehmoment zu neutralisieren und die Fluglage des Helikopters zu stabilisieren.

»Max«, fragte Adams per Funk, »wie sind die Windverhältnisse an Deck?«

»Ihr könnt«, erwiderte Hanley.

»Dann wollen wir mal.« Er gab mehr Gas und zog so sacht am Steuerknüppel, dass sich der Anstellwinkel der Rotorblätter veränderte und sie Luft zu schaufeln begannen.

Der Chopper erhob sich vom Deck und huschte knapp über die Heckreling, während die *Oregon* unter ihm durchzog. Adams ließ die Nase des Choppers leicht absacken, um das Tempo zu erhöhen, und dann schraubten sie sich stetig in den Himmel. Vereinzelte Regentropfen zerplatzten auf der Windschutzscheibe, während sie auf dreihundert Meter stiegen und sich nach Süden entfernten.

»Sie haben doch hoffentlich richtig gerechnet, oder?«, fragte Juan.

»Klar. Wir werden das Ziel mit einem letzten Rest im Tank erreichen, wenn wir ein Tempo von einhundertdreißig Knoten halten.« Gomez blickte kurz über die Schulter zu Cabrillo hinüber. »Ich will nicht unbedingt die Unke vom Dienst spielen, aber was geschieht, wenn die Jacht nicht mehr da ist?«

»Wir landen im Wasser und warten im Rettungsfloß auf die *Oregon*, und wenn wir wieder auf dem Trockenen sind, ziehe ich den Preis des Choppers von Ihrem Anteil an der Corporation ab.«

»Vorschlag eins und zwei leuchten mir ein, aber Vorschlag drei erscheint mir nicht gerade fair.«

»Er will dich nur vergackeiern«, sagte Linc. »In diesem Fall müsste er nämlich den Preis des Nomad von seinem eigenen Anteil abziehen. Eddie hat mir verraten, dass der Alarmstart eine Idee des Chairman war.«

Dankbar, dass ihn dieses verbale Geplänkel davon abhielt, allzu intensiv über Lindas missliche Lage nachzudenken, meinte Juan grinsend: »Wie wäre das denn: Wenn wir in den Bach fallen, sind wir quitt.«

»Das klingt schon besser.«

Linc verbrachte den größten Teil ihrer Flugzeit damit, den Ozean durch ein starkes Fernglas abzusuchen, das noch nicht einmal seine beachtlich großen Hände richtig festhalten konnten. Er nahm jedes Schiff vor der Atlantikküste aufs Korn, bis er sicher sein konnte, dass es keine Bedrohung darstellte. Dann erregte etwas seine Aufmerksamkeit, das er deutlich länger beobachtete als jedes andere bisherige Ziel. Schließlich reichte er das Fernglas über die Schulter und deutete auf einen Punkt, der vierzig Grad von ihrer Route entfernt war. »Juan, was halten Sie davon?«

Cabrillo justierte die Okulare und blickte in die Richtung, in die Franklin Lincolns Finger wies. Er drehte am Fokusregler des Fernglases, bis das Bild deutlich zu erkennen war. Er sah die Heckwelle eines Schiffes, die sich auffächerte und mit der bewegten See vermischte. Er folgte dieser Spur, die jedoch verschwand, ehe er das Schiff sah, das sie verursachte. Verwirrt verfolgte er die Heckwelle ein zweites Mal. Sie bildete einen weiß schäumenden Keil auf der Oberfläche des Ozeans, an dessen Spitze sich jedoch absolut nichts befand – und der Keil bewegte sich trotzdem stetig von ihnen weg.

Die Unmöglichkeit dessen, was sich seinen Augen darbot, lähmte seine analytische Denkfähigkeit, und er starrte auf das Phänomen, ohne seine Existenz zu begreifen oder auch nur zu akzeptieren.

Etwa dreißig Meter vor der Wellenspitze erschienen gelegentlich weiße Gischtspritzer, als ob der Bug eines Schiffs durch die Wogen pflügte, aber zwischen diesen beiden Punkten befand sich nichts als freies Wasser.

Juan blinzelte und sah genauer hin. Nein, das war kein freies Wasser, sondern ein verzerrter Fleck, der lediglich aussah wie freies Wasser, ein Faksimile der Natur vielleicht, aber nicht die natürliche Erscheinung selbst. Dann traf es ihn wie ein Blitz.

»Science-Fiction. Diese beiden ahnen wahrscheinlich gar nicht, dass sie möglicherweise ins Schwarze getroffen haben.«

»Soll ich näher rangehen?«, fragte Adams.

»Nein. Bleiben Sie auf Distanz. Vielleicht haben sie noch nicht bemerkt, dass wir sie entdeckt haben.« Juan gab das Fernglas an Linc zurück und schaltete sein Funkgerät ein. »Max, bist du da?«

»Ich höre.«

»Geh auf Beta«, befahl Juan, und Gomez wechselte auf den zweiten, verschlüsselten Funkkanal des Hubschraubers. »Hörst du mich noch?«

Eine kleine Pause trat ein, weil die Computer zusätzliche Zeit brauchten, um den Sprechverkehr auf dem gesicherten Kanal zu entschlüsseln. »Laut und deutlich.«

»Ich weiß nicht, wie Kenin die Jacht des Emirs umgelegt hat, aber ich weiß, wie er sich nahe genug heranschleichen konnte, um seine Waffe einzusetzen. Wir haben hier eine Heckwelle im Visier, nur gibt es kein Schiff dazu, das sie erzeugt.«

»Sag das noch mal.«

»Sie verfügen über eine Art optischer Tarnung. Das Schiff, mit dem er die *Sakir* angegriffen hat, ist, nun ja, es ist unsichtbar.«

»Bist du sicher, dass du nicht unter den Nachwirkungen der Taucherkrankheit leidest?«

»Linc sieht es ebenfalls, oder genauer gesagt, er sieht es nicht.«

»Juan«, drängte Lincoln und drückte ihm das Fernglas wieder in die Hand. »Sieh es dir an. Offenbar denken sie jetzt, dass sie die Gefahrenzone hinter sich gelassen haben.«

Juan fand die Heckwelle und verfolgte sie abermals bis zu ihrem Ursprung. Diesmal war das Schiff sichtbar – und was für ein Schiff das war! Es erinnerte ihn an die pyramidenförmige *Sea Shadow* der U.S. Navy, ein experimentelles Tarnkappenschiff, dessen Bauform auf der F-117-Nighthawk basierte. Dieses Schiff war mattgrau lackiert und verschmolz mit der Meeresoberfläche in seiner Umgebung. Es hatte geneigte, verwinkelte Seitenflächen, die etwa zehn Meter über den Wellen zu einem scharfen Grat zusammenliefen. Im Gegensatz zur *Sea Shadow* war es aber kein Katamaran, sondern ein Einrumpfschiff mit einem flachen Heckspiegel und einem langen, überstehenden Deck über dem Bug. Das Design berücksichtigte vorwiegend funktionale und keine ästhetischen Aspekte, weshalb es das hässlichste Schiff war, das Juan je gesehen hatte.

Er schätzte seine Geschwindigkeit auf fünfzehn Knoten, daher konnte er wohl davon ausgehen, dass dies, falls es vom Schauplatz des Verbrechens flüchtete, seine Höchstgeschwindigkeit war.

»Was soll ich deiner Meinung nach jetzt tun?«, fragte Hanley.

Auf See hatte die Erhaltung von Menschenleben Vorrang vor allem anderen, daher stand die weitere Vorgehensweise außer Zweifel. Er konnte unmöglich Befehl geben, dass die *Oregon* ihren Kurs änderte und diese bizarre neue Waffe verfolgte. Und keine ihrer Raketen verfügte über die Reichweite, um einen Treffer zu landen. Aber das hieß nicht, dass sie überhaupt nichts tun konnten.

»Lass mir ein paar Minuten Zeit, um Vektoren und die relative Geschwindigkeit zu berechnen. Halt dich bereit, Eddie und MacD in einem RHIB hinter ihnen herzuschicken.«

»Das Ding hat soeben eine einhundert Meter lange Mega-Jacht zum Kentern gebracht. Was glaubst du denn, was es mit einem winzigen Schlauchboot tut?«

»Sie sollen sie nur verfolgen. Sobald wir unsere Rettungsaktion abgeschlossen haben, nehmen wir die Verfolgung auf, holen sie ein und nehmen sie uns zur Brust.«

»Was ist mit dem Sturm?«

»Es gibt auf diesem Planeten keinen Sturm, mit dem ein RHIB nicht zurechtkäme.«

Sorge schwang in Max' Stimme mit, als er warnte: »Es könnte Tage dauern, bis wir auf der *Sakir* Überlebende finden.«

»Wir machen uns auf den Weg, sobald die Küstenwache erscheint. Du hast sie doch angefunkt, oder?«

»Sie sind drei Stunden hinter uns.«

»Da hast du deine Antwort. Wir ziehen unser Programm drei Stunden lang durch und übergeben dann an die Profis. Das ist ein guter Plan, Max.«

»Und ein gefährlicher«, gab Hanley zu bedenken.

»Sind sie das nicht alle? Ladet zusätzliche Treibstoffkanister ins RHIB, und ich melde mich, wenn ihr der Heckwelle dieses Boots am nächsten seid.«

»Okay«, kapitulierte Max. »Aber ich schicke unsere Jungs nicht ohne vollständige Überlebensausrüstung und redundante GPS-Tracker los.«

»Das hatte ich auch nicht angenommen.« Juan ließ sich von Max die relative Position und Geschwindigkeit der *Oregon* durchgeben und führte die notwendigen Berechnungen durch. Sie würden die *Sakir* erreichen, wenn die *Oregon* sich in geringster Distanz zu dem fliehenden Schiff befand, daher gab er Max Hanley die Uhrzeit für den Start des RHIB und den relativen Zielkurs durch.

»Juan«, machte sich Gomez nun bemerkbar, »wir nähern uns der letzten bekannten Position der *Sakir*. Es wäre gut, wenn wir noch ein zusätzliches Augenpaar hätten, das nach ihr Ausschau hält.«

»Okay«, erwiderte Juan und informierte Max: »Wir nähern uns. Ich melde mich wieder, wenn wir sie gefunden haben.«

»Roger. Gute Jagd.«

»Dito.«

NEUNZEHN

Sie hatten insofern Glück, dass sie die Position der *Sakir* zu dem Zeitpunkt, als sie angegriffen wurde, bis auf zwei Meilen genau kannten. Alle Angehörigen der Corporation besaßen Peilchips, die ihnen chirurgisch in die Oberschenkel eingepflanzt worden waren. Die Sendeleistung dieser Chips war allerdings nicht sehr hoch, daher konnten die Signale nur unregelmäßig empfangen werden. Aber sie hatten einen Impuls von Lindas Chip aufgezeichnet, als sie sich, zwanzig Minuten bevor die *Sakir* kenterte, an Deck aufgehalten hatte, wodurch sich das Suchgebiet erheblich verkleinerte.

Sie hatten jedoch das Pech, dass die Wolkendecke gesunken war und sie zwang, auf einhundertdreißig Meter Flughöhe hinunterzugehen, so dass die Entfernung zum Horizont und damit ihr Blickfeld erheblich schrumpfte. Für zehn Minuten, in denen die Turbine des Choppers Treibstoff schluckte wie ein Säufer Drinks an einer Bartheke, die für kostenlose Selbstbedienung geöffnet war, folgten sie den Linien eines Gitternetzes, das Gomez auf seiner Flugkarte festgelegt hatte. Und was sie fanden, war – nichts.

»Ich will euch die Laune nicht endgültig verderben«, meldete sich Gomez Adams über die Sprechanlage des Hubschraubers zu Wort, »aber wir haben nur noch für fünf Minuten Sprit.«

Linc nahm das Fernglas nicht herunter, als er erwiderte: »Du bist ein krankhafter Pessimist.«

Und nur wenige Sekunden später erhielt er den Beweis für die Richtigkeit seiner Bemerkung. »Dort.« Er deutete in Flugrichtung.

Juan lehnte sich zwischen den beiden Vordersitzen nach vorn und ließ sich von dem ehemaligen SEAL das Fernglas geben.

Wie ein toter Fisch, der bauchoben im Wasser treibt, schaukelte die gekenterte Luxusjacht einsam und verlassen in den Fluten. Gelegentlich schlugen Wellen gegen den Schiffskörper. Erstaunlicherweise trieben nur wenige Trümmer in der näheren Umgebung des Unglücksbootes im Wasser. Während sie sich dem Wrack näherten, entdeckte Juan zwei Personen, die dort gesessen hatten, wo eine der Propellerwellen aus dem Bootsrumpf ragte. Nun hatten sie sich erhoben und winkten heftig. Für einen Moment hoffte er, dass Linda Ross eine dieser Personen sein möge, doch schon bald war zu erkennen, dass die beiden Überlebenden Männer in identischen schwarzen Anzügen waren.

»Sicherheitspersonal«, sagte Juan. »Sie müssen an Deck gewesen sein, als das Schiff umkippte. Wahrscheinlich wurden sie ins Wasser geschleudert und sind zurückgeschwommen, um auf Hilfe zu warten.«

Gomez lenkte den Chopper dorthin und ließ ihn über der Jacht auf einem Punkt dicht hinter der Schiffsmitte stehen. Er beobachtete die leichten Rollbewegungen des Schiffes und setzte den Heli mit den Landekufen rittlings auf dem Kiel der *Sakir* ab. Dann schaltete er den Motor und die Elektronik der Maschine aus. Die beiden Wachmänner kamen im Laufschritt und wegen der kreisenden Rotorblätter geduckt auf sie zu.

Juan stieß die Tür auf seiner Seite auf. »Sind nur Sie noch übrig?«

»Es gab noch einen Dritten«, sagte der anscheinend Ältere der beiden. »Er war mit uns an Deck, aber er tauchte nicht mehr auf, nachdem das Schiff gekentert ist.«

»Irgendwelche Hinweise auf weitere Überlebende? Haben Sie Klopfgeräusche aus dem Schiffsinneren gehört?«

Es war offensichtlich, dass keiner daran gedacht hatte, darauf zu achten. Linc war bereits auf die Knie hinuntergegangen und bearbeitete den Bootsrumpf mit einem schweren Schraubenschlüssel. Dabei hielt er den Kopf so schief wie ein aufmerksamer Hund und lauschte auf eine Reaktion.

Juan holte seine Tauchausrüstung aus dem Hubschrauber. »Sie können sich auf die Rückbank setzen und sich aufwärmen.« Die Wächter waren bis auf die Haut durchnässt und sichtlich froh, Schutz vor Wind und Regen zu finden. »Mein Schiff dürfte in etwa einer Stunde hier eintreffen, und dann geben wir Ihnen trockene Kleidung und eine warme Mahlzeit.«

»Wer sind Sie?«

»Juan Cabrillo von der Corporation.«

»Ist das nicht die Firma, die der Emir als zusätzlichen Schutz engagiert hat?«

»Ihre Ironie ist durchaus berechtigt«, gab Juan zu.

Fünf Minuten später ging er mit den Schwimmflossen in der Hand über den Rumpf zur Wasserlinie. Er bückte sich vorsichtig unter der Last auf seinem Rücken und zog die Schwimmflossen über seine Tauchstiefel, dann setzte er die Tauchmaske auf. Er drehte sich um und schritt rückwärts den Rumpf hinab, bis die See sein Gewicht trug und er schwamm. Er entfernte sich so weit von der Jacht, dass die Wellen ihn nicht gegen die stählerne Hülle drücken konnten. Dann justierte er seinen Auftrieb, indem er ein wenig Luft aus seiner Jacke abließ.

Er sank am Rumpf entlang abwärts und geriet nach gut drei Metern in ruhigeres Wasser. Kurz darauf passierte er die Freibordmarke, wo die rote Fäulnisschutzfarbe von der schneeweißen Lackierung, dem Markenzeichen der *Sakir*, abgelöst wurde.

Cabrillo hatte sich von den Anstrengungen und Nachwirkungen des Tauchgangs am Vortag noch nicht vollständig erholt, und er tauchte ohne Partner – das waren zwei Kardinalfehler, aber wenn nur die geringste Chance bestand, Linda zu retten, hätte er sich sogar durch die Tore der Hölle gewagt. Er blickte in einige Bullaugen und fasste neue Hoffnung, als in einem der Räume nur wenig Wasser auf dem Boden – oder dem, was früher die Decke gewesen war – schwappte. Er tippte gegen die Fensterscheibe einer Kabine, die aussah, als gehörte sie einem Offizier, erhielt jedoch keine Antwort.

Als er das auf dem Kopf stehende Hauptdeck erreichte, betrug seine Tauchtiefe zehn Meter. Er knipste seine Tauchlampe an, obwohl die Sicht dafür, dass es über dieser Meeresregion stürmte und regnete, nicht allzu schlecht war.

Das Deck aus Teakholz war vollkommen geleert worden, als sich das Schiff auf die Seite gelegt hatte und umgeschlagen war. Verschwunden waren die Sessel und Tische, die Stapel flauschiger Handtücher auf dem Rand des Whirlpools und die Trinkgläser aus geschliffenem Kristall. Weiter unten folgten das zweite Deck und das dritte, auf dem sich auch die Kommandobrücke befand. Noch tiefer warteten die Radarkuppeln, die Funkantennen und der mächtige Schornstein des Schiffes.

Juan fand eine Glasschiebetür, die den zerstörerischen Kräften beim Kentern des Schiffes standgehalten hatte, und öffnete sie. Da sie auf dem Kopf stand, hatte sie sich in ihren Laufschienen verkeilt, und er hatte einige Mühe, um sich hindurchzuzwängen. Der Korridor, in den er gelangte, erstreckte sich vom Bug bis zum Heck. Spontan und aus keinem besonderen Grund schlug er den Weg zum Bug ein und schaute unterwegs in jeden der angrenzenden Räume. Jede Kabine glich einem überfluteten Trümmerfeld aus Bettzeug, Möbeln und Kleidung, die im eingedrungenen Wasser trieb.

Dann fand er das erste Todesopfer. Es war eine junge Frau, ihrer Kleidung nach offenbar ein Zimmermädchen. Sie trieb in der Kabine, in der sie ihrer Arbeit nachgegangen sein musste. Ihr Gerätewagen lag in einer Ecke des Raums, und frische Laken tanzten im Lichtstrahl seiner Lampe wie verspielte Meerestiere. Die Frau wandte Cabrillo den Rücken zu, daher schwamm er näher heran und drehte sie behutsam um.

Er atmete so heftig aus, dass sein Atemventil für einen kurzen Moment überlastet wurde.

Die arme Frau musste mit dem Gesicht auf eine Wand aufgeschlagen sein, weil ihre Züge bis zur Unkenntlichkeit entstellt und verformt waren. Juan erinnerte sich an die abrupte Längsrolle des Schiffs und schätzte, dass diese Frau den Tod gefunden hatte, als sie mit mehr als zwanzig Meilen pro Stunde mit der Wand kollidiert war. Sie sah aus, als ob sie mit einem Baseballschläger misshandelt worden sei.

Juan tastete sich weiter, immer in dem Bewusstsein, dass ihn noch Schlimmeres erwartete.

In dieser Etage fand er zwei weitere Todesopfer. Eins war gekleidet wie ein Sicherheitsmann – schlichter schwarzer Anzug, weißes Oberhemd, schwarze Krawatte –, und der andere Tote trug die weiße Leinenjacke und graue Gingan-Hose eines Kochs. Der Art und Weise nach zu urteilen, wie ihre Köpfe auf ihren Hälsen haltlos hin und her wackelten, mussten sie genauso gestorben sein wie das Zimmermädchen, nämlich gegen eine Wand gekracht sein.

Juan erreichte die Haupttreppe, eine prachtvolle, geschwungene Konstruktion, die sich um ein Atrium wand, das einst von einem Glasdach bedeckt worden war. Juan richtete den Lichtstrahl seiner Lampe darauf und sah, dass nur noch wenige Scheiben in den schmiedeeisernen Rahmen der Kuppel intakt waren. Darunter lauerte tintenschwarz der Ozean.

Mit einem zunehmenden Gefühl drückender Angst schwamm Juan in den Treppenschacht. Diese Etage erschien völlig überflutet, aber bei einer solchen Mission durfte er sich keine Nachlässigkeiten erlauben und sich auf den bloßen Augenschein verlassen. Mühsam inspizierte er jeden Winkel und jede Nische mit dem Gedanken im Hinterkopf, dass möglicherweise jemand eine Luftblase gefunden und das Unglück überlebt hatte. Er war schon mehr als einmal auf der *Sakir* gewesen. Es kostete ihn Mühe, diesen Grad von Verwüstung zu erfassen, da er das Schiff stets als Inbegriff der Opulenz betrachtet hatte.

Traurigerweise fand er weitere Tote. In einer der männlichen Leichen erkannte er den Neffen des Emirs, einen sympathischen Teenager, dessen ehrgeiziges Berufsziel das eines Wissenschaftlers gewesen war. Im Bereich Teilchenphysik, soweit Juan sich erinnern konnte.

Jede weitere grausige Entdeckung steigerte seine rasende Wut auf Kenin, und sie schmerzte umso mehr, als diese Menschen niemals als mögliche Opfer ausersehen waren. Kenin hatte ihm diese Toten in den Schoß gelegt, und so gerne er die Schuld an ihrem Schicksal von sich abgewälzt hätte, er konnte es nicht. Der Tod dieser Menschen war ihm genauso zuzuschreiben wie dem skrupellosen russischen Admiral.

Das nächste Deck, näher an der Wasseroberfläche und folglich auch an der Wasserlinie, beherbergte die Mannschaftsunterkünfte. Keine Spur mehr von eleganten Seidentapeten, exklusiven Teppichen und indirekter Beleuchtung. Dies war eine Welt weißer Stahlwände, frei liegender Stromleitungen und schlichter Linoleumfliesen. Der Emir hatte genug Geld, um ihnen in der dienstfreien Zeit eine angenehmere Umgebung zu bieten, aber die Räumlichkeiten in einem derart kahlen Zustand zu belassen sollte sie daran erinnern, dass sie zur Dienerschaft gehörten und er der Herr und Meister war. Manchmal stieß Cabrillo der Geiz der Reichen sauer auf.

Er rechnete mit zahlreichen weiteren Toten, aber er fand keinen mehr. Sicherlich hatten sich auf dem Mannschaftsdeck einige Leute aufgehalten, als das Schiff gekentert war, aber da war niemand mehr. Er stieß auf eine Tür zum technischen Bereich. Sie war durch ein elektronisches Schloss mit Kartenleser gesichert, doch als der Stromkreis der Jacht zusammengebrochen war, hatten sich die Schlösser automatisch geöffnet. Juan zog die Stahltür auf und schwamm eine Treppe hinauf, die so steil war, dass man sie eher hätte als Leiter bezeichnen können.

Der Maschinenraum wirkte genauso sauber und geordnet, wie er es von der *Oregon* kannte. Die schweren Dieselmotoren, die auf Grund der Lage des Schiffes scheinbar an der Decke hingen, waren weiß lackiert, während der Fußboden mit schallschluckenden grünen Platten bedeckt war. Juan fand zwei Leichen, beide mit den Overalls des technischen Personals bekleidet. Er schwamm weiter zum nächsten Raum, wo das Schmutzwasser und die Abfälle des Schiffes aufbereitet wurden und wo sich die Anlage zur Trinkwassererzeugung mittels umgekehrter osmotischer Entsalzung befand.

Er war bestürzt, dass er keine weiteren Todesopfer gefunden hatte, und schloss daraus, dass sich alle Passagiere, Mannschaft wie Gäste, oben auf dem zweiten Deck aufgehalten hatten. Auf Grund der Kräfte, die beim Kentern eines Schiffes wirksam wurden, wären sie beim Aufprall auf die Kabinenwände entweder allesamt auf der Stelle getötet oder zumindest so schwer verletzt worden, dass sie nichts hätten tun können, um dem Ertrinken zu entgehen, als Wasser ins Schiff eingedrungen war. Er war im Begriff, einen Blick in die oberen Decks zu werfen, als er über sich eine Luke entdeckte, die ursprünglich eine Bodenklappe gewesen war. Sie verschloss vermutlich den Zugang zur Bilge. Er stieg zu ihr auf und versuchte sein Glück am Verschlussrad. Es drehte sich so leicht, als sei es erst an diesem Morgen geölt worden.

Die Luke schwang auf, und Juan schob den Kopf und einen Arm in den Raum darüber. Dabei erlebte er eine Überraschung, als er feststellte, dass dieser Raum nicht mit Wasser gefüllt war. Er glaubte nicht, dass er sich bereits auf gleicher Höhe mit der Wasseroberfläche befand, und ein Blick auf seinen Tiefenmesser bestätigte ihm, dass er immer noch fast drei Meter Wasser über sich hatte. Die Luft in der Kammer stand unter einem Druck, der verhinderte, dass die Kammer geflutet wurde. Er ließ den Lichtstrahl seiner Lampe durch einen Raum wandern, den er als eine Art Vorkammer identifizierte, weil er ziemlich klein war. Ihm gegenüber gab es eine zweite Luke. Die Kopffreiheit betrug gut einen Meter. Er nahm seine Atemflaschen ab und schaute sich um.

Wenn die gesamte Bilge mit Luft gefüllt war, musste sie für den Auftrieb sorgen, der die *Sakir* in schwimmendem

Zustand erhielt. Irgendwann würde die Luft zwar ausströmen, aber im Augenblick verhinderte sie noch, dass die Luxusjacht auf den Grund des Ozeans sank.

Er schloss die erste Luke und öffnete die zweite. Dabei streckte er zuerst seine Tauchlampe durch die Öffnung. Ihn erwartete ein entsetzliches Schauspiel. Dreißig Personen lagen ausgestreckt vor den Wänden, einige aneinandergeklammert, andere allein und wieder andere in kleinen Gruppen, als hätten sie sich unterhalten, ehe sie zusammengebrochen waren. Er fand keine Erklärung dafür, wie sie hierhergekommen waren und was ihren Tod herbeigeführt haben mochte. Die Luft war in Ordnung, sie roch ein wenig abgestanden und salzig, aber immerhin war sie atembar.

Und während der Lichtstrahl über eine der Leichen hinwegglitt, schlug sie die Augen auf und schrie. Sofort kam auch Leben in die anderen. Sie alle hatten in der erdrückenden Dunkelheit der Schiffsbilge geschlafen.

Zwei Taschenlampen flammten auf und erhellten die erregten Gesichter von Menschen, die sich aufrafften und eilig zu Cabrillo kamen. Mehrere blieben sitzen oder liegen, und Cabrillo konnte erkennen, dass sie verletzt waren. In einem halben Dutzend verschiedener Sprachen prasselten Fragen auf ihn ein, aber schließlich übertönte eine Stimme alle anderen.

»Es wurde auch Zeit, dass du endlich erscheinst«, schimpfte Linda Ross. »Die Luft hier drin wird allmählich ein wenig knapp, und die Langeweile schafft mich. Ich habe meinen letzten Cent beim Gin Rommé verloren.«

Linda maß gerade mal eins fünfundfünfzig und hatte ein elfenhaftes Gesicht und eine Stupsnase. Zu ein paar Sommersprossen, die sie noch jünger aussehen ließen, kam eine mädchenhafte Stimme.

»Was ist passiert?«

»Das Gleiche wollte ich dich fragen.«

Ihre Unterhaltung wurde für einen kurzen Moment unterbrochen, als der Emir, der elf Namen sein Eigen nannte und den Juan nur Dullah – eine Abkürzung für Abdullah – nannte, sich mehrmals überschwänglich für seine Rettung bedankte.

»Noch sind wir nicht aus dem Schneider, alter Freund. Die *Oregon* ist eine halbe Stunde entfernt, und wenn wir uns durch den Rumpf bis hierher vorarbeiten, wird die Luft aus der Bilge entweichen, und die *Sakir* wird sinken wie ein Stein.«

Er wandte sich an Linda. »Was ist geschehen, nachdem ihr gekentert seid? Wie seid ihr ausgerechnet hier gelandet?«

»Das haben wir allein ihr zu verdanken«, sagte der Emir und strahlte Linda an. »Sie hat uns alle gerettet. Als das Schiff umkippte, hat sie dafür gesorgt, dass wir so schnell wie möglich hierher flüchteten. Sie wusste, dass das Wasser ins Schiff eindringen würde, und hat uns hierhergescheucht. Sie hätten sie sehen sollen, mein Freund. Sie war wie eine Löwin, die ihre Jungen beschützt. Ich konnte kaum auf den eigenen Beinen stehen, und Ihre reizende Linda hat uns entsprechend eingeteilt, damit die Starken den Schwachen helfen konnten.«

Juan schickte Linda einen bewundernden Blick. Um ihre Lippen spielte der Anflug eines Lächelns. Sie genoss das Lob des Emirs, war jedoch zu bescheiden, um sich offen darin zu sonnen.

»Ich habe ihr schon angeboten«, fuhr Dullah fort, »ihr das Zehnfache von dem zu zahlen, was Sie ihr geben. Sie soll meine persönliche Leibwächterin werden. Während meine Männer vollständig benommen und hilflos umherirrten, hat sie uns das Leben gerettet. Ich sage es noch einmal: eine wahre Löwin. In meinem ganzen Leben habe ich noch keine Frau gesehen, die so tapfer, so stark, so ...«

Dullah fiel kein Superlativ mehr ein, daher meinte Linda: »Sie haben vergessen, dass ich auch noch Wasser in Wein verwandelt habe.«

»Ich glaube wirklich, auch dazu wären Sie fähig«, sagte der Emir.

Juan sah sie an. »Linda, bist du ganz sicher, dass der Platz hier für uns und dein Ego ausreicht?«

»Aber sicher«, erwiderte sie betont selbstgefällig.

Gut gemacht, formte er lautlos mit den Lippen, dann ließ er den Blick über die kleine Schar wandern. »Ich muss mit einem Ingenieur sprechen.«

Einer der Männer meldete sich. »Nehmen Sie mich – Heinz-Erik Vogel«, stellte er sich vor. »Ich bin der Chefingenieur.«

Er war Teutone, von seinen strohblonden Haaren bis hinunter zu den dicken Sohlen seiner schweren Arbeitsstiefel. Entsprechend nahm er Haltung an – wie ein Soldat vor einem Offizier. Juan schüttelte ihm die Hand.

»Ich bin Juan Cabrillo, Lindas Chef.« Er erläuterte seine Theorie, weshalb das Schiff bisher nicht gesunken war, und der Ingenieur, der zum gleichen Ergebnis gekommen war, stimmte ihm bereitwillig zu. Sie kamen überein, dass der beste Weg, die Überlebenden aus dem Schiff zu holen, darin bestand, die Rumpfplatten über dem Vorraum, durch den Juan in die Bilge gelangt war, aufzubrechen. Auf diese Art und Weise konnten sie ein Entweichen der Luft verhindern, indem sie die Tür wie eine Luftschleuse benutzten und jeweils nur so lange öffneten, um einige Personen hineinzulassen und die Tür dann gleich zu schließen, während sie von Cabrillos Leuten aus dem Schiff geholt wurden.

Ein zweites Loch müsste in die Bilge gebohrt und Luft unter hohem Druck hineingepumpt werden, um den durch das Öffnen der Tür zu erwartenden Verlust an Atemluft auszugleichen.

Sie bestimmten die genaue Position des Vorraums in Relation zu den Propellerwellen des Schiffes, da sie der einzige Orientierungspunkt auf dem ansonsten vollkommen glatten Rumpf waren.

Nachdem sie alle wichtigen Einzelheiten geklärt hatten, wandte sich Juan wieder an Linda. »Ich habe genügend Luft, um uns beide zur Meeresoberfläche zu bringen.«

Sie dachte nicht eine Sekunde lang über dieses Angebot nach. »Dies sind jetzt meine Leute. Ich bin für sie verantwortlich, und ich verlasse sie nicht, bevor sie alle in Sicherheit sind.«

Er beugte sich vor und drückte ihr einen Kuss auf die Stirn. »Ich wusste, dass du es nicht tun würdest. Schließ die Luke hinter mir. Wir werden etwa eine Stunde brauchen, ehe wir mit der Aktion starten können. Mit dem Aufschneiden des Rumpfs fangen wir gleich an, und sobald die *Oregon* eintrifft, schließt Max den Luftschlauch an. Wenn ich drei Mal gegen die Luke klopfte, kündige ich damit an, dass ich sie gleich öffnen werde. Dann schick die ersten fünf Leute nach draußen. Die am schwersten Verletzten zunächst, aber sie müssen sich beeilen, darum teil auch ein paar Unversehrte ein, damit sie ihnen helfen.«

»Alles klar.«

»Danach schließen wir die Luke, räumen den Vorraum und erhöhen den Druck hier drin und wiederholen die ganze Prozedur.«

»Klingt gut.«

»Okay, Superwoman. Bis später.«

Juan brauchte zehn Minuten, um nach einer kurzen Dekompressionspause zur Meeresoberfläche zurückzugelangen und auf den Rumpf der *Sakir* zu klettern. Linc war augenblicklich zur Stelle, um ihm dabei zu helfen, sich von seiner Tauchausrüstung zu befreien. »Nun?«

»Linda hat fast alle gerettet«, berichtete Juan mit einem stolzen Lächeln.

»Grandios!«, rief Linc begeistert. »Ich wusste, dass meine Kleine durchhält. Was ist passiert?«

»Sie hat jeden in die Bilge runtergeschickt, nachdem die *Sakir* umschlug, aber bevor sie sich mit Wasser füllte. Dort halten sie sich zurzeit auf, und zwar in einer Luftblase. Ich habe mit dem Schiffsingenieur beraten, wie wir sie retten können, ohne dass uns dieser Eimer unter den Füßen wegsackt. Was ist mit der *Oregon*?«

»Dort sind MacD und Eddie vor zwanzig Minuten gestartet, und wenn du dich mal umschauen würdest, könntest du sehen, dass sie in etwa zehn Minuten längsseits gehen wird.«

»Perfekt.« Juan balancierte zum Helikopter, um mit Hanley Sprechverbindung aufzunehmen. Er erklärte ihm, was sie brauchten, und Max versprach, dass alles bereitläge, wenn sie einträfen.

Während Linc den Brennschneider einsatzbereit machte, schlüpfte Juan aus seinem Tauchanzug, trocknete sich mit einem Putzlumpen ab, für dessen Sauberkeit sich Gomez verbürgte, und zog die Kleider, die er aus seiner Kabine mitgenommen hatte, komplett mit einem Paar kniehoher Gummistiefel an.

Sobald die *Oregon* auf der dem Wind zugewandten Seite der *Sakir* so in Position gegangen war, dass ihr massiger

Rumpf das Arbeitsteam vor den schlimmsten Sturmböen abschirmte, schoss das Zodiac aus der Bootsgarage und zog einen dicken Gummischlauch hinter sich her. Max saß am Steuer und brachte ein paar Angehörige seines technischen Stabs mit.

Für Smalltalk blieb keine Zeit. Das Unwetter wurde heftiger. Nicht mehr lange, und die Wellen würden über den Bootsrumpf schlagen und jeden Versuch, die Überlebenden herauszuholen, bis auf weiteres vereiteln. Den Maßangaben entsprechend, die Vogel ihm genannt hatte, markierte Cabrillo ein Quadrat auf dem Rumpf, das ein mal einen Meter groß war, und Linc machte sich mit dem Brennschneider an die Arbeit. Flüssiges Metall tropfte zischend durch die Einschnitte, die er schuf, während sich die Flamme durch die vier Zentimeter dicken Platten fraß. Hanley hatte einen zweiten Plasmaschneider mitgebracht und unterstützte Linc in seinen Bemühungen. Ein Stück von dem Schweißpunkt entfernt bohrten Techniker der *Oregon* ein Loch, um den Luftschlauch anzuschließen. Sie hielten große Tuben eines industriellen Kontaktklebers bereit, um den Schlauch an Ort und Stelle zu fixieren, sobald sie das Auslassventil in den Bilgenraum geschoben hatten. Gomez Adams ließ den Motor des Choppers für einen kurzen Sprung in den Hangar auf der *Oregon* warm laufen.

Alles in allem arbeiteten Cabrillos Leute wie eine gut geschmierte Maschine, und er war auch nichts anderes von ihnen gewöhnt.

Juan hatte Linda angekündigt, dass sie für ihre Vorbereitungen eine Stunde brauchen würden. Er verfehlte seine Zeitangabe um zwei Minuten, weil er nicht berücksichtigt hatte, wie lange Max brauchte, um im Vorraum eine hydraulische Ramme aufzustellen. Sie würden sie brauchen, um die Luke gegen den Druck der ausströmenden Luft zu schließen. Glücklicherweise war der Druck jedoch nicht so hoch, dass die Gefangenen in der Bilge eine Dekompressionspause einlegen müssten.

Cabrillo machte sich mit dem vereinbarten Klopfzeichen bemerkbar, wartete, bis Lindas Antwortzeichen erklang, und öffnete dann die Luke. In dem explosionsartig herausfauchenden Luftstrom taumelten fünf Personen in den Vorraum, stolperten übereinander und stürzten schließlich auf den Fußboden des Vorraums, der vor dem Kentern die Decke gewesen war. Eine Frau stieß einen Schmerzensschrei aus, als ihr gebrochener Unterschenkel gegen die Wand des Vorraums prallte. Max aktivierte die Ramme und schloss die Luke mit einem Krachen, das durch den Rumpf der *Sakir* hallte.

»Was denkst du?«, fragte Cabrillo. Er hatte nicht das Gefühl, als sei das Schiff auch nur einen winzigen Deut abgesackt.

»Wie soll ich das wissen? Du hast kein Barometer aufgestellt. Gunner bedient den Kompressor. Er sollte eigentlich den Gegendruck kennen. Damit wissen wir, wann wir die nächste Gruppe herauslassen können. Aber wenn du mich fragst, ich denke, es klappt wie geschmiert.«

Juan grinste. »Ich auch.«

Da sie Geduld haben und jedes Mal warten mussten, bis genügend Luft in den Bilgenraum zurückgepumpt worden war, dauerte es etwa vierzig Minuten, bis die letzte Gruppe, zu der Linda, Vogel und der Emir – der entgegen der Bitten seiner Schiffsbesatzung bis zum Schluss gewartet hatte – gehörten, aus dem Bauch der Luxusjacht auftauchte. Max machte die Luke dicht, während sich die restlichen Überlebenden zur letzten Etappe ihrer Rettung aufrafften.

Dullah schüttelte Juan abermals die Hand. »Sind wir denn jetzt, wie Sie es ausgedrückt haben, aus dem Schneider?«

»Fast, mein Freund, fast.«

ZWANZIG

In einer idealisierten, fiktiven Welt wäre die *Oregon* längst hinter dem Horizont verschwunden, sobald die Passagiere gerettet waren, und in voller Fahrt, um das Tarnkappenschiff einzuholen. Aber schließlich befand man sich in der Realität. Und in dieser Realität wurde der Atlantik sowohl von der U.S. Navy als auch der Coast Guard als »unser Teich« betrachtet.

Nicht mehr als eine Minute nachdem der Emir aus der Bilge gekrochen war, donnerte ein HH-60-Jayhawk-Helikopter in den Traditionsfarben Orange und Weiß in knapp zwanzig Metern Höhe über das Wrack hinweg und füllte die bereits regennasse Luft mit zusätzlichem Wasser, das vom Abwind der Rotoren hochgepeitscht wurde.

Juan hatte gewusst, dass es dazu kommen würde, also hatte er die militärische Radaranlage der *Oregon* ausgeschaltet und den Anflug des Vogels mit der wesentlich schwächeren zivilen Radarausrüstung verfolgt. Der Chopper verfügte nicht über die technischen Möglichkeiten, um den Unterschied festzustellen, was jedoch nicht auf den Kutter zutraf, der ihm folgte – und das würde Fragen aufwerfen, die der Chairman nicht beantworten wollte. Eine weitere Frage, der er lieber auswich, wäre, wie ein Schiff, das noch vor kurzem vor Philadelphia gesichtet worden war, so schnell so weit nach Süden hatte gelangen können.

Dieses Problem würde Max' jüngste Erfindung lösen. Er hatte erst vor kurzem die Stahlplatte am Heck der *Oregon*, auf der der Schiffsname gewöhnlich zu lesen war, durch ein raffiniertes elektromagnetisches Mikrogitter ersetzt. Ein Computer steuerte, welche der winzigen Magnete, die das Gitter bildeten, mit Elektrizität versorgt wurde. Wenn ein Nebel feinster Eisenspäne aus einer beweglichen Düse auf dieses Gitter geblasen wurde, würde jeder Name erscheinen, den Hanley über das Computerkeyboard eingab. Sobald er den Strom unterbrach, würde der alte Name und die Nationalität der Flagge – in diesem Fall *Wanderstar* aus Panama – vom Wind weggeweht werden. Er hatte einen neuen Namen eingegeben, für den sie alle notwendigen Dokumente besaßen, und die Düse aktiviert. Die Magneten zogen die Eisenspäne an und bildeten den Namen *Xanadu* aus Zypern, während das überschüssige Metall in den Atlantik rieselte. Das System war derart präzise, dass auch aus nächster Nähe der Eindruck von abblätternder Farbe entstand, was zu dem allgemein heruntergekommenen Zustand des Schiffes passte.

In der Vergangenheit hatte die Mannschaft jedes Mal bis zu einer halben Stunde gebraucht, um den Namen des Schiffes zu ändern. Jetzt dauerte dieser Vorgang weniger als zehn Sekunden.

Cabrillo angelte ein verschlüsseltes Walkie-Talkie aus der Gesäßtasche, nachdem der Hubschrauber der Küstenwache abgedreht war, der sich einen Überblick über die Lage verschafft hatte. »Lass hören, Max.«

»Der Vogel kommt vom Kutter *James Patke* aus Norfolk. Er müsste in etwa einer halben Stunde hier sein. Die *Oregon* ist jetzt die *Xanadu*. Eric nimmt im Ruderhaus und in der Kapitänskabine gerade die entsprechenden Veränderungen vor für den Fall, dass sie an Bord kommen wollen.«

»Ich brauche meine Ausweise für Kapitän Ramon Esteban«, sagte Juan. Das waren die notwendigen Papiere für ihre Tarnung als Schiff unter zypriotischer Flagge.

»Stoney legt sie in den Schreibtisch in deiner Kabine.«

»Wir sollten darauf achten, dass wir überzeugend sind. Am besten lässt du eins der Rettungsflöße zu Wasser, dann sieht es so aus, als ob wir die Absicht hätten, Überlebende aufzufischen. Danach solltest du dafür sorgen, dass die Kräne einen Defekt haben, damit uns die Küstenwache die Schiffbrüchigen abnimmt.«

»Schon längst veranlasst«, erwiderte Max ungehalten, und dann fügte er ein wenig freundlicher hinzu: »Meinst du, ich ziehe eine solche Nummer das erste Mal durch?«

»Nein, aber es ist das erste Mal, dass wir mit der Coast Guard zu tun haben und nicht mit Behördenvertretern eines Landes der Dritten Welt, die mehr an Schmiergeldern interessiert sind als an Rettungsmaßnahmen.«

»Da hast du natürlich recht. Aber wir werden das Kind schon schaukeln.«

Der Hubschrauber der Küstenwache näherte sich wieder, diesmal mit geöffneter Seitentür, in der ein Rettungstaucher saß und die Beine ins Leere baumeln ließ. Als sie noch etwa einhundert Meter von der Backbordseite des schaukelnden Wracks entfernt waren und in zehn Metern Höhe über dem Wasser schwebten, rutschte der Taucher von seinem Aussichtsplatz und stürzte wie ein Pfeil in den schäumenden Ozean. Der Chopper drehte sofort ab, um dem Rettungstaucher das Schwimmen zu erleichtern. Max und sein Team nutzten die Gelegenheit, um die hydraulische Ramme zu entfernen und heimlich über Bord zu werfen. Nachdem der Luftschlauch von der *Oregon* eingeholt wurde, war dies der letzte Hinweis darauf, dass die Rettungsaktion weitaus komplizierter gewesen war, als sie zugeben wollten.

Der Taucher erschien neben der *Sakir*, und Juan reichte ihm eine Hand, um ihm auf den Rumpf der Jacht zu helfen.

»Master Chief Warren Davies«, stellte sich der Mann vor, während er seine Schwimmflossen abstreifte und sie am Gürtel eines Nasstauchanzugs befestigte.

»Kapitän Ramon Esteban.«

»Wie ist die Lage, Käpt'n?«

»Dies ist eine Luxusjacht«, sagte Juan mit einem singenden spanischen Akzent. »Ich glaube, sie wurde von einer Monsterwelle getroffen und offensichtlich zum Kentern gebracht. Wir waren unterwegs nach Nassau, als wir das Wrack entdeckten. Zwei Männer waren wohl ins Wasser geschleudert worden, aber wir fanden sie dann auf dem Rumpf. Sie erzählten, dass sie aus dem Schiffsinnern Klopfgeräusche gehört hätten. Mit einem Schneidbrenner von unserem Schiff sind wir eingedrungen und haben diese Leute gefunden. Wir wollten sie mit einem unserer Rettungsboote holen, aber wir haben Probleme mit Krankontrollen.«

Juan deutete auf die *Oregon*. Das Rettungsboot auf ihrer Backbordseite hing auf halber Höhe, allerdings völlig schief – mit dem Heck nach unten und dem Bug steil nach oben. Zwei Matrosen hantierten offenbar hektisch an den Kontrollen herum.

»Das sollte kein Problem sein, solange dieser Eimer noch schwimmfähig ist«, sagte Davies. »Unser Kutter ist bald hier. Wie sieht es mit Verletzungen aus?«

»Das versuchen wir gerade festzustellen. Haben Sie eine medizinische Ausbildung?«

»Sogar eine ziemlich gründliche. Sehen wir uns mal die Verletzten an.«

Während der nächsten halben Stunde spielte Cabrillo die Rolle des besorgten Kapitäns, während er die ganze Zeit daran denken musste, dass sich seine Jagdbeute weiter und weiter entfernte. Per Walkie-Talkie erhielt er zwar regelmäßige Aktualisierungen von Max, aber tatenlos im Ozean zu treiben brachte ihn fast um den Verstand. Schließlich tauchte die *James Patke* aus den dichten Regenschauern auf, die über ihr Deck wehten. Sie war ein schlankes, modernes Schiff mit den schnittigen Konturen eines Jägers. Ihre Zwölfeinhalb-Zentimeter-Kanone war auf einem stabilen rechteckigen Geschützturm befestigt, der mit den alten Kuppeln früherer Schiffsgenerationen nichts mehr gemein hatte. Man hätte die *James Patke* durchaus für ein Kriegsschiff der Navy halten können, wären da nicht der weiße Rumpf und der hell leuchtende orangefarbene Streifen gewesen. Kaum hatte sie beigelegt, als zwei Schlauchboote vom Achterdeck zu Wasser gelassen wurden und herangeschossen kamen, wobei sie weiße hahnenschwanzartige Gischtwolken hinter sich herzogen.

Sie schoben sich auf den langsam sinkenden Rumpf der *Sakir* – Luft entwich durch das Loch, das sie gebohrt hatten, aus der Bilge. Und da es nichts gab, woran die Schlauchboote hätten vertäut werden können, musste einer der Matrosen die Leinen festhalten. Die Männer auf den Booten waren ausgebildete Sanitäter, bewaffnet mit Kisten voll medizinischen Geräts, zwei erfahrene Matrosen und ein Offizier, der mit ausgestreckter Hand auf Cabrillo zukam. »Commander Bill Taggard.«

»Kapitän Ramon Esteban.«

»Master Chief Davies hat uns bereits darüber ins Bild gesetzt, was Sie hier geleistet haben. Verdammt gute Arbeit, Käpt'n.«

»Als Kind war ich begeistert von der Höllenfahrt der

Poseidon«, sagte Juan mit einem entwaffnenden Lächeln. »Ich hätte niemals gedacht, dass ich etwas Ähnliches auch mal erleben würde.«

»Sie sagten, die Ursache sei eine Riesenwelle gewesen?«

»Ja, wir haben sie ebenfalls abgekriegt. Sie kam aus dem Nichts, ein wahres Monster. Glücklicherweise haben wir mit dem Bug genau darauf zu gehalten, aber ich vermute, dass dieses Schiff quer dazu gelegen hat.«

»Seltsam, weil wir bei den Schiffen in der Umgebung nachgefragt haben und niemand eine Riesenwelle gemeldet hat.«

Cabrillo tippte mit der Stiefelspitze auf den Rumpf. »Ich denke, das ist doch Beweis genug, oder finden Sie nicht?«

»Na ja, ich denke, Sie haben recht.«

Angehörige der Küstenwache begannen, die am schwersten Verletzten auf Bahren zu betten und in die Schlauchboote zu laden, um sie so schnell wie möglich zum Kutter zu bringen. Die restlichen Überlebenden, frierend und elend, warteten auf dem sinkenden Schiffsrumpf darauf, dass auch sie an die Reihe kamen, in Sicherheit gebracht zu werden. Von Minute zu Minute schluckte der Ozean mehr von dem schwankenden Deck, während das Wrack stetig tiefer sank. Cabrillo erinnerte sich an das Gemälde von den Überlebenden der *Medusa*, als sie sich auf ihrem Floß drängten, während es versank. Wenn sich Taggard mit seiner Rettungsaktion nicht beeilte, geschähe hier möglicherweise das Gleiche.

Zwei weitere Fahrten waren nötig, um die restlichen Überlebenden zu evakuieren. Wie sie vorher abgesprochen hatten, schwärmte der Emir von Cabrillos Heldenhaftigkeit und schwor, ihn für den Rest des Lebens zu einem reichen Mann zu machen, weil er ihm das Leben gerettet hatte. Cabrillo hingegen spielte den knorrigen Seefahrer und erwiderte, es sei nun einmal seine Pflicht gewesen und dass er doch wohl kaum eine finanzielle Belohnung dafür annehmen könne, dass er das Richtige getan habe. Dieses Schauspiel war für die Küstenwache bestimmt, und es schien ganz so, als kaufe Taggard ihnen ihre Nummer tatsächlich ab. Er bat nicht darum, an Bord der *Oregon* kommen zu dürfen, oder stellte gar neugierige Fragen über sie. Er hatte, was er brauchte, um einen Bricht anzufertigen, und auch wenn er nicht versprechen konnte, dass die Namen *Xanadu* oder Ramon Esteban nicht in den Medien auftauchen würden, gab er ihm zu verstehen, dass ihre Mitwirkung bei der Rettungsaktion nicht besonders herausgestellt werden würde. Sie müssten ständig um finanzielle Mittel kämpfen, und eine Operation wie diese würde seinen Verein in den Augen Washingtons sehr gut dastehen lassen.

Sie schüttelten sich die Hände, und während die Männer der Küstenwache zu ihrem Kutter zurückkehrten, begaben sich Cabrillo und sein Team auf die *Oregon*. Das »Problem« mit dem Kran war gelöst worden, und das Rettungsboot hing vorschriftsmäßig und sicher an Ort und Stelle. Umständlich hievten sie ihr kleines Schlauchboot die heruntergelassene Bordleiter hinauf und verstauten es zwischen Gerümpel auf dem Oberdeck. Kaum waren sie an Bord, als Max tiefer in die Unwetterfront eindrang, während er Kurs auf ihr angebliches Ziel Nassau auf den Bahamas nahm. Diesen Kurs und eine Geschwindigkeit von gerade mal zwölf Knoten behielt er bei, bis der Feindkontakt-Detektor meldete, dass sie sich außerhalb der Radarreichweite des Kutters befanden.

Erst dann konnten sie zur Jagd auf das Tarnkappenschiff starten, das bereits von MacD und Eddie im RHIB verfolgt wurde. Cabrillo stand noch unter der Dusche, als er spürte, wie die Maschinen bereits anliefen und das Schiff Fahrt aufnahm. Sie hatten mehrere Stunden auf ihr Zielobjekt verloren, und es schien ganz so, als wollte Max diesen Rückstand so schnell wie möglich wettmachen. Zehn Minuten später, in Jeans und einem Norwegerpullover mit Rollkragen, betrat Cabrillo das Operationszentrum.

»Wie läuft es bei unseren Jungs?«, fragte er und nahm im Kommandosessel Platz.

»Sie sind nach wie vor hinter ihnen her«, erwiderte Max.

»Und wie sieht es mit ihrem Treibstoffvorrat aus?«

»Wenn wir vierzig Knoten halten können, holen wir sie ein, wenn sie noch für eine Stunde Sprit haben.«

»Das ist knapper, als mir lieb ist«, meinte Juan. »Wenn wir aufgehalten werden, müssen Sie die Verfolgung abbrechen, damit sie nicht liegen bleiben.«

»Daran können wir nichts ändern«, sagte Hanley. »Die Küstenwache hat sich Zeit gelassen, um das Wrack zu erreichen. Es hätte allerdings noch schlimmer kommen können ... wenn sie hätten an Bord kommen wollen, um unsere Papiere zu kontrollieren.«

Juan verzichtete auf einen Kommentar. Was ihm Sorgen bereitete, war, dass seine Männer bei diesem Seegang das RHIB in Fahrt halten mussten, um zu vermeiden, von einer Welle überspült zu werden. Wenn ihr Treibstoffvorrat bis auf eine bestimmte Menge zusammengeschrumpft wäre, müssten sie ihr Tempo drosseln, um das Boot länger in Gang halten zu können. Das bedeutete allerdings, dass das Tarnkappenschiff entkommen würde.

Während der nächsten Stunden saß Cabrillo schweigend auf seinem Platz und trank eine Tasse Kaffee nach der anderen, während sich der Punkt, der die Position der *Oregon* anzeigte, und der Blip des RHIB laut seinem Locator aufeinander zubewegten. Da sie die technischen Fähigkeiten ihrer Jagdbeute nicht kannten, hielten sie absolute Funkstille. Mit einer gewissen Erleichterung nahm Juan zur Kenntnis, dass sie einen stetigen südöstlichen Kurs beibehielten. Das RHIB war nicht mehr als zwei Grad von seinem Kurs abgewichen, seit die Jagd begonnen hatte, und es hatte auch seine Geschwindigkeit nicht geändert. Sie behielten gleichmäßige fünfzehn Knoten bei.

Die Abenddämmerung war bereits angebrochen, als sie sich dem RHIB bis auf zwanzig Meilen genähert hatten, was gleichzeitig bedeutete, dass die Distanz zu dem Tarnkappenschiff nur noch einundzwanzig Meilen betrug. Juan entschied, dass sie nahe genug herangekommen waren, um MacD und Eddie die Verfolgung abbrechen und zur *Oregon* zurückkehren zu lassen. Er wusste, wo sich sein Zielobjekt während der nächsten Stunde befände, und wollte die Möglichkeit haben, irgendetwas unternehmen zu können.

»Hali, ich brauche eine Verbindung zu Eddie.«

Hali Kasim, der an der Funkkonsole saß, hatte seit Stunden auf diesen Befehl gewartet und öffnete innerhalb von Sekunden einen Kanal.

»Zeit heimzukehren«, gab Juan durch. »Gegenkurs. Achtzehn.«

Eddie Seng sendete einen Antwortklick und wusste, dass er, wenn er sofort umkehrte, nach achtzehn Meilen mit der *Oregon* zusammentreffen würde.

Da er nun nicht mehr das langsame Tarnkappenschiff beschattete, würde Eddie sicherlich alles aus den beiden Außenbordmotoren des RHIB herausholen, so dass sich die beiden Schiffe mit insgesamt über achtzig Knoten Geschwindigkeit aufeinander zubewegten. Der Chairman rief die Bootsgarage, um das dortige Personal zu informieren, dass sich das RHIB im Anmarsch befand und in weniger als fünfzehn Minuten erscheinen würde.

Tatsächlich dauerte es nur zehn Minuten, aber weil die *Oregon* fast vollständig zum Stillstand kommen musste, um das RHIB aufnehmen zu können, verstrichen insgesamt siebzehn Minuten, bis Juan wieder volle Kraft voraus befehlen konnte. Nur beschrieb er diesmal, während sie sich ihrer Beute näherten, einen so weiten Bogen mit der *Oregon* um ihr Zielobjekt herum, dass es schien, als kämen sie von Osten, und nicht, als hätten sie das Schiff verfolgt.

Linda Ross trat schließlich ins Operationszentrum. Von dem soeben überstandenen Abenteuer war ihr nichts anzusehen.

»Wie geht es dir?«, fragte Juan mit aufrichtiger Sorge.

»Unser Doc meint, ich sei okay, und ich werde einen Teufel tun und ihr widersprechen. Wie ist der Stand?«

»Die Endphase beginnt«, sagte Cabrillo. »Wir packen sie in der Flanke.«

»Irgendetwas auf dem Radar?«

»Unser Freund ist überhaupt nicht zu sehen«, gab Juan zu. »Aber er hat seit seiner Flucht von der *Sakir* weder den Kurs noch die Geschwindigkeit geändert.«

Als wäre dies das Stichwort, meldete sich Mark Murphy von der Waffenkontrolle. »Kontakt mit Kurs siebenundvierzig Grad. Entfernung zwanzig Meilen.« Cabrillo hatte bereits die taktische Position errechnet, ehe Murphy hinzufügte: »Direkt auf einer Linie mit dem Tarnkappenschiff.«

»Rendezvous«, formte Cabrillo lautlos mit dem Mund.

Die Situation hatte sich im Nu geändert. Juan musste die *Oregon* zwischen das Tarnkappenschiff und den neuen Kontakt manövrieren, ehe dieses Schiff sie auf dem Radar aufspürte. Dank der signalabsorbierenden Materialien an Rumpf und Aufbauten hatte sein Schiff zwar einen wesentlich kleineren Radarquerschnitt, als man hätte erwarten können, aber es war weit davon entfernt, unsichtbar zu sein.

»Steuermann, Kurs dreiunddreißig Grad. Höchstgeschwindigkeit.« Wie ein Jäger wusste Cabrillo sein Ziel dergestalt zu verfolgen, dass das Geschoss – in diesem Fall die *Oregon* selbst – dort erschiene, wo sich das Ziel bald befände, und nicht dort, wo es sich in diesem Moment befand. Wie vorher schon hatte er Winkel und Geschwindigkeiten im Kopf ausgerechnet. Eric Stone würde die Werte mit Hilfe des Navigationscomputers überprüfen, aber wie gewöhnlich würde er keinen Fehler in den Berechnungen des Chairman finden.

»Waffenkontrolle, Hauptgeschütz vorbereiten. Wer weiß, wie er reagieren wird, wenn er merkt, dass wir ihn auf dem Kieker haben.«

»Keine Raketen?«, fragte Murph.

»Wenn dieses Schiff ein Magnetfeld erzeugen kann, das stark genug ist, um Dullahs Jacht auf den Rücken zu legen, dürfte eine Rakete keine Chance haben. Laden Sie lieber solide Wolframgeschosse. Denen kann kein Magnetfeld etwas anhaben.«

Murph quittierte Cabrillos Weitsicht mit einem Kopfnicken und schalt sich gleichzeitig, dass er nicht auf den gleichen Gedanken gekommen war. Dann fuhr er fort, die 120-mm-Kanone hinter den Geheimtüren im Bug einsatzbereit zu machen. Das Glattrohrgeschütz war mit den gleichen ausgeklügelten Kontrollelementen ausgestattet wie ein M1-Abrams-Kampfpanzer und konnte stets präzise schießen, ganz gleich, ob das Schiff stampfte oder rollte.

»Eins würde ich gerne wissen, Juan«, sagte Max und stocherte mit einem Stopfer in seiner Tabakspfeife herum, »wie willst du den Eimer treffen, wenn er auf dem Radar nicht zu sehen ist?«

»Ganz einfach. Ich starte ein UAV.«

Nach wenigen Minuten befand sich die Drohne, nur wenig größer als ein Modellflugzeug und mit leistungsfähigen Kameras ausgerüstet, in der Luft und flitzte mit einhundertsechzig Stundenkilometern vor der *Oregon* her. Als sie eine Flughöhe von zweitausend Fuß erreichte, fasste ihre Starlight-Kamera die Heckwelle des Tarnkappenschiffs auf, eine funkelnde, grün phosphoreszierende Linie, die wie ein Lichtbogen den Ozean zerschnitt. Der Ausgangspunkt war das Schiff selbst. Dieses schwerfällige Schiff kämpfte mit dem Seegang, behielt seine Geschwindigkeit aber bei. Das Rendezvous-Schiff war noch zu weit entfernt, um es mit bloßem Auge sehen zu können, aber sie würden es erst ins Visier nehmen, nachdem sie ihr erstes Ziel eliminiert hätten.

»Ich habe eine Funkpeilung«, verkündete Mark, »aber wir sind noch zu weit entfernt.«

»Er wird uns bald sehen«, warnte Hanley.

Juan musste ihm beipflichten. Nur hatte er keine Ahnung, was dann geschehen würde.

»Zwanzig Sekunden«, meldete Mark.

Komm schon, flehte Cabrillo stumm.

»Zehn.«

Das Bild, das die Drohne lieferte, veränderte sich. Der kantige Rumpf des Tarnkappenschiffes begann zu schimmern, und der blaue Lichtschein flammte in seinem Zentrum auf und breitete sich aus. Das Schiff verschwamm, ehe es vollständig verschwand.

Eine Sekunde später zeigte das Bild, das die Drohne sendete, nur noch elektronisches Schneegestöber, bevor sie mit einer Salve magnetischer Impulse vom Himmel geholt wurde.

»Wir sind in Reichweite!«, rief Mark.

»Feuer!«, brüllte Juan, während die *Oregon* gegen eine unsichtbare Energiemauer prallte.

Er hatte keine Ahnung, ob Murph den Schuss abgefeuert hatte, denn ein ohrenbetäubender Lärm hallte durch das Schiff, während es sich schlagartig nach Backbord neigte. Dabei verschwammen die Zahlen auf dem digitalen Inklinometer, um mit der Neigung Schritt zu halten. Schon bald spülte Wasser über die Decks und brandete schäumend gegen den Deckaufbau. Die Kombination aus Eigengeschwindigkeit und magnetischem Impuls schien die *Oregon* in die Tiefe zu drücken.

Dann, ebenso plötzlich, wie es begonnen hatte, brach der Lärm wieder ab, als sei ein Schalter umgelegt worden, und das Schiff richtete sich erneut auf, wenn auch so langsam, als müsste es Hunderte Tonnen Meerwasser abschütteln.

Cabrillo stand vom Fußboden auf, auf dem er ziemlich unsanft gelandet war. Die Hauptstromversorgung war zusammengebrochen, daher wurde das Operationszentrum von Notlampen erhellt. Alle Computermonitore und sämtliche Kontrollen waren tot, und nun wurde ihm auch bewusst, dass er die Maschinen der *Oregon* nicht mehr hören konnte. »Sind alle okay?«

Er hörte einen leisen Chor gedämpfter Antworten. Niemand war verletzt, aber alle wirkten ziemlich durcheinander.

»Max, ich brauche sofort einen Schadensbericht. Hali, alarmieren Sie unseren Doc, bestimmt ist es zu Verletzungen gekommen. Mark, bringen Sie so schnell wie möglich ein zweites UAV in die Luft. Ich will dieses Schiff im Auge behalten. Und fürs Protokoll: Ich glaube, Sie haben uns das Leben gerettet.«

»Chairman?«

»Sie haben doch geschossen, nicht wahr?«

»Ganz knapp.«

»In diesem Spiel zählt auch ganz knapp. Guter Schuss.«

Das technische Personal brauchte zwanzig Minuten, um die Energieversorgung neu zu starten und die Computer wieder online zu bringen. Aber sie mussten Reservebatterien benutzen, weil das magnetohydrodynamische System weiterhin ausfiel. Dr. Huxley versorgte einen Armbruch und diagnostizierte Gehirnerschütterungen bei zwei Mannschaftsangehörigen, während Mark Murphy es nicht schaffte, eine Drohne zu starten. So schlimm sich der magnetische Impuls auf die abgeschirmte Elektronik des Schiffs ausgewirkt hatte, so gründlich hatte er alles zerstört, was ungeschützt gewesen war. Kleine Geräte wie PDAs, Elektrorasierer und Küchenmaschinen waren ausnahmslos durchgebrannt. Die noch zur Verfügung stehenden UAVs waren nicht mehr als Spielzeugflugzeuge. Cabrillo und sein Team hatten sich mit einem RHIB zufriedenzugeben, und sogar dessen Motoren mussten erst auf herkömmliche Art und Weise mit Hilfe von altmodischen Starterseilen manuell in Gang gesetzt werden.

Da sich das Unwetter verschlimmert hatte, kamen sie nur mühsam voran. Der Regen prasselte wie mit eisigen Nadeln auf jeden Fleck nackter Haut, während das stabile Boot den Wellengang sehr gut meisterte. Als sie die Position erreichten, in der das Tarnkappenschiff getroffen worden war, fanden sie ein Trümmerfeld, umgeben von einem in allen Farben schillernden Film Dieseltreibstoff, der sich rasch auflöste. Cabrillo lenkte das RHIB zum größten Stück Treibgut, einem Abschnitt Kompositmaterial, der aussah, als hätte er zu dem spitzen Bug des Schiffes gehört. Er und Eddie Seng hievten das leichtgewichtige Trümmerteil ins RHIB und zurrten es auf dem starren Boden fest, damit sie es auf der *Oregon* später gründlich untersuchen konnten.

»Was denken Sie?«, wollte Eddie wissen.

»Ich denke, als dieses Geschoss traf, explodierte das Schiff wie eine Granate. Was immer den magnetischen Impulsgenerator angetrieben hat, er kann nicht besonders stabil gewesen sein.«

»Sie meinen, als das Magnetfeld versagte, hat es das Schiff zerstört?«

»Ich vermute es. Ich werde mal mit Murph und Stone über diese Möglichkeit sprechen, aber ich glaube, dass ich recht habe.«

»Was ist mit dem Rendezvous-Schiff?«

Juan blickte auf die dunkle See hinaus. »Es ist abgedreht, sobald sie begriffen haben, was mit ihren Kameraden geschehen war.« Grimmig fügte er hinzu: »Wenn wir die *Oregon* nicht während der nächsten Stunde in Gang bringen, haben wir sie verloren.«

Sie kehrten zurück.

Als das zivile Radar schließlich wieder funktionierte, war das Meer in einem weiten Umkreis leer, so wie Cabrillo vorausgesagt hatte. Das militärische Radar ließ sich wenig später wieder einschalten, und dank seiner größeren Reichweite waren zwei Schiffe zu sehen. Aber ihr jeweiliger Kurs verriet, dass keins der beiden Schiffe das Rendezvous-Schiff war. Sie näherten sich, anstatt sich zu entfernen. Fünf Stunden nach dem elektromagnetischen Impuls-Angriff sprangen die Hauptmaschinen wieder an. Als Chefingenieur beharrte Max darauf, dass sie nur in kleinen, sorgfältig überwachten Schritten auf volle Leistung gebracht wurden.

So zufrieden Cabrillo auch war, dass das Tarnkappenschiff zerstört worden war, so enttäuscht war er doch darüber, dass die Spur nun erkalten würde. Angesichts der Schäden, die ihnen zugefügt worden waren, empfahl Hanley einen längeren Hafenaufenthalt, damit sie alle Probleme sichten und einen gründlichen System-Check durchführen konnten. Widerstrebend erklärte sich Juan einverstanden, und einen Tag später legten sie im Hafen von Hamilton an. Alles, was sie für die Reparaturen brauchten und auf den Bermudas nicht fanden, konnte aus den Vereinigten Staaten eingeflogen werden. Dafür würde Max schon sorgen.

Cabrillos Aufgabe bestand nun darin, zwei Männer zu suchen, die auf keinen Fall aufgestöbert werden wollten.

EINUNDZWANZIG

Sie wurden Favelas genannt. Die Slums von Rio de Janeiro waren weltberühmt. Niemand konnte genau sagen, weshalb, aber einige waren zu touristischen Attraktionen geworden, wo die Reichen der Welt das Elend der Armen begafften. Während ein paar der Slums, die an den Berghängen rund um Brasiliens zweitberühmteste Stadt klebten, durch die Versorgung mit fließendem Wasser und elektrischem Strom aufgewertet worden waren, verfügten viele keineswegs über diesen Luxus und waren kaum mehr als Ansammlungen von Schiffscontainern mit primitiven, vom Regen aufgeweichten Fahrwegen zwischen ihnen. Speziell diese Favelas beherbergten Verbrecherbanden, die gewöhnlich aus Drogendealern und professionellen Kidnappern bestanden, die Leute auf offener Straße entführten, um mit ihnen Lösegelder zu erpressen.

Einer dieser Slums breitete sich wie ein Haufen Abfall über einen Berghang aus, dorthin geschüttet von der Hand eines Riesen. Er stellte das Zuhause von dreißigtausend Menschen dar, die sich auf einer Fläche, nicht größer als drei städtische Wohnblocks, drängten. Hunde und halbnackte Kinder trieben sich auf den Lehmwegen herum, die sich um die Gebäude schlängelten. Nur wenige waren auf Dauerhaftigkeit angelegt, Schlackenbetonbauten, errichtet von irgendwelchen Hilfsorganisationen mit der Absicht, ein paar Hundert Menschen in winzigen Apartments unterzubringen. Stattdessen nannten mehrere Tausend Menschen jeden dieser Bauten ihr Zuhause, und viele wohnten in Treppenhäusern und Korridoren oder in Hütten aus Wellblech und Sperrholz auf den Dächern.

Abwässer flossen in Gräben neben den Straßen, und nur gelegentlich wurde einer der dort geparkten Wagen bewegt. Die meisten waren gestohlen und einfach da stehen gelassen worden, ausgeweidet wie die Chitinhüllen toter Käfer, die von Ameisen verzehrt worden waren. Der Gestank und der Dreck waren entsetzlich. Es war ein Ort grauer Hoffnungslosigkeit, an dem noch nicht einmal das permanent schöne Wetter Rios den Bewohnern Lebensfreude vermitteln konnte. Der Slum war auch ein Ort bedrückender Angst vor der Drogenbande, die die Favela mit eiserner Faust regierte. Die Polizei wagte sich niemals in den Slum, und nicht ein einziges Mal hatte die Regierung versucht, in die internen Angelegenheiten dieser Region einzugreifen. Der Anführer wurde Amo genannt, was so viel wie »Boss« hieß. In diesem Territorium geschah nichts ohne sein Wissen.

Der Fremde sah wie einer von den Tausenden Bauern aus, die auf der Suche nach Arbeit vom Land in die Stadt strömten. Er trug eine ausgefranste braune Hose und ein einfaches Baumwollhemd. Die Sohlen seiner Sandalen bestanden aus der Lauffläche eines Lastwagenreifens. Auf dem Kopf trug er einen aus Palmenblättern geflochtenen Hut. Niemand schenkte ihm Beachtung, während er langsam den Berghang hinaufstieg und sich seinen Weg zwischen Abfallhaufen und Kindern suchte, die die Straßen unsicher machten.

Schließlich erhoben sich zwei junge Männer mit gegeltem Haar und raubtierhaften Augen von den Blecheimern, die ihnen als Sitzgelegenheit dienten. Einer zog sein Hemd hoch, so dass der Kolben eines altertümlichen

Revolvers zu sehen war. Sein Partner wog einen Baseball-schläger in den Händen.

Sie näherten sich dem Fremden und riefen: »Was hast du hier zu suchen?«

Sie konnten erkennen, dass der Mann um die sechzig war und einen dümmlichen Ausdruck in den Augen hatte. Er murmelte eine Erwiderung, die keiner der beiden verstand.

»Ich denke, du solltest lieber umkehren, alter Mann«, empfahl ihm der Anführer der beiden Schlägertypen. »Hier gibt es nur Ärger für dich.«

Es war offensichtlich, dass der alte Mann nichts Wertvolles besaß, daher hätte es wenig Sinn gehabt, ihn auszurauben. Ihn aber in Ruhe zu lassen bedeutete, dass ein weiterer Bettler die Straßen bevölkerte. Besser wäre es, ihn jetzt schon davonzujagen, anstatt seine Leiche später wegzuschaffen, wenn er verhungert oder an Dysenterie gestorben war.

»Ich will keinen Ärger«, sagte der Mann auf Spanisch.

»Er ist noch nicht mal Brasilianer, Mann«, beschwerte sich der junge Schläger. »Wir finden selbst kaum genug zum Essen und müssen uns auch noch mit einem Bolivi-aner rumschlagen, der erwartet, von unserer Wohltätig-keit leben zu können.«

Der Junge mit der Pistole spuckte verächtlich aus. »Das ist heute nicht dein Glückstag.«

Er packte den alten Mann am Arm, während sich sein Partner des anderen Arms bemächtigte, und gemeinsam zerrten sie ihn in eine enge Gasse zwischen zwei Schiffs-containern, die Dutzenden von Menschen als Zuhause dienten. Eine Katze hatte sich auf einem Reifenstapel am Eingang zur Gasse gesonnt, aber ein Instinkt, der ihr Bedrohung signalisierte, trieb sie zur Flucht. Der Untergrund war mit Schmieröl getränkt und so hart wie Zement.

Sie stießen den Mann gegen die Seitenwand eines der beiden Container, aber er drehte sich, so dass er mit dem Rücken und nicht mit dem Gesicht dagegenprallte, so wie sie es eigentlich beabsichtigt hatten. Wenn einer der beiden Strauchdiebe schon jetzt erkannt hätte, wie geschickt sich der alte Mann bewegte, wäre die Begegnung vielleicht ein wenig anders verlaufen. Die Gasse war zu eng, um mit dem Baseballschläger richtig auszuholen, daher benutzte sein Besitzer das dicke Ende als Ramme, mit der er auf die Magengrube des alten Mannes zielte. Der junge Mann war nicht sehr groß, und der ständige Hunger raubte ihm einiges an Kraft, aber der Stoß mit dem Baseballschläger würde ausreichen, um dem alten Mann die Luft aus den Lungen zu treiben und ihn zu Boden zu strecken.

Der Holzschläger traf die Seitenwand des Containers und erzeugte ein lautes Dröhnen. Der Mann war dem Baseballschläger ausgewichen und ging nun selbst zum Angriff über. Er riss dem Anführer den Revolver aus dem Hosenbund, ehe der junge Mann überhaupt begriff, dass sein vermeintliches Opfer sich bewegt hatte, und benutzte ihn wie einen Schlagring. Sein Boxhieb brach dem jungen Mann das Jochbein und ließ seine Haut aufplatzen, so dass Blut in breitem Strom aus der Wunde sickerte.

Er schrie vor Schmerzen und Wut auf, während sich der alte Mann dem Jungen mit dem Baseballschläger zuwandte. Dieser war von dem unerwarteten Schlag gegen den Container noch immer leicht betäubt, daher konnte er nichts zu seiner Verteidigung tun, als die Pistole gegen seine Nase krachte und sie derart gründlich zertrümmerte, dass sogar der beste Schönheitschirurg der Welt Mühe hätte, sie wieder zu reparieren. Er sackte auf die Knie und presste die Hände auf die Wunde. Er heulte wie eine Sirene, erst schrill, dann dumpf. Neben ihm hatte der Anführer von Amos Wachpostenduo längst das Bewusstsein verloren.

Der Fremde nahm sich schließlich die Zeit festzustellen, dass die Pistole noch nicht einmal geladen war. Als er sie zunächst gesehen hatte, hatte ihm sein Instinkt geraten, gar nicht erst zu versuchen sie abzufeuern. Das war also genau richtig gewesen. Er hatte allerdings nicht angenommen, dass die Waffe nicht geladen war, sondern nur, dass sie wahrscheinlich in seiner Hand explodieren würde, wenn er den Abzug betätigte. Er steckte die Waffe ein, um sie später unauffällig zu entsorgen, und zog den Jungen, der noch bei Bewusstsein war, auf die Füße.

Die Kamera war nicht größer als ein Lippenstift, und ihr drahtloser Router hatte die Dimensionen eines Zigarettenpäckchens. Beides war an einem Telegrafenmast befestigt.

Der Fremde nahm seinen lächerlichen Hut ab, hielt das blutige Gesicht des jungen Mannes vor die Kamera und sagte: »Ich weiß, dass dieser Typ unterste Schublade ist und dass Sie bessere Wächter haben, aber Sie wissen auch, dass Sie mich nicht aufhalten können. Ich habe Sie hier aufgespürt und mache weiter, bis ich Sie kriege. Geben Sie sich geschlagen, und niemandem wird etwas zustoßen.«

Als er ihn losließ, sank der Junge sofort schluchzend auf die Knie.

Der Fremde kehrte auf die Hauptstraße zurück. Dort hatte sich nichts verändert. Einige Frauen bildeten eine Warteschlange vor einem Tankwagen, der Trinkwasser in die Favelas transportierte und zum Verkauf anbot. Einige alte Männer saßen auf einem Sofa, das schon so lange der

Witterung ausgesetzt war, dass es mit Schimmel bedeckt war. Hühner, die mit Schnüren an einem Stock festgebunden waren, pickten nicht weit von einer Hütte auf dem steinigen Erdboden herum. Alles war so, wie es sein sollte.

Ein paar Sekunden später erschien ein weißer Pick-up am Anfang der Straße. Wenn auch alt und verdreckt, repräsentierte er echten Reichtum in der Favela. Der Fremde wartete, bis das Fahrzeug auf ihn zukam. Es hielt neben ihm an, und der Chauffeur lehnte sich aus dem Fenster.

»Er sagt, Sie sollen hinten einsteigen. Keine Tricks. Er sagt, Sie hätten ihn gefunden.«

Der Fremde nickte. Hier galt ein Ehrenkodex, an den er sich eigentlich nicht halten sollte, aber er sagte sich, dass es besser sei, auf Nummer sicher zu gehen. Also schwang er sich über den Kotflügel und kauerte sich auf die Ladefläche, während der Truck umständlich wendete und sich langsam bergauf in Bewegung setzte. Der Wagen gehörte Amo, daher wagte niemand, ihn eingehender zu betrachten. Und dennoch machten ihm die Menschen Platz – wie ein Fischschwarm, der einem hungrigen Haifisch ausweicht. Der Truck stoppte vor einem dreistöckigen Gebäude aus Betonsteinen. Sobald die Füße des Fremden den festen Boden berührten, fuhr der Truck los und entfernte sich. Zahlreiche Schuppen, drei Reihen tief, waren um das Grundstück des Hauses herum errichtet worden, und nur der Zugang zum Hauseingang selbst war freigelassen worden, so dass der Fremde durch eine enge Gasse aus Wellblechwänden und müden gleichgültigen Gesichtern gehen musste.

Die Haustür des Gebäudes war schon vor langer Zeit aus ihren Angeln gerissen worden. Der Betonboden starrte vor Schmutz, und die Luft in dem Gebäude roch nach verfaulten Abfällen. Der Fremde wusste nicht, wohin er sich wenden sollte, bis er zu der Treppe rechts von sich blickte. Was er sah, erschreckte ihn auf Grund seiner Fremdheit an diesem Ort geradezu. Es war eine Frau in weißer Krankenschwesterntracht, so sauber und adrett gekleidet, als hätte sie sich eben erst angezogen. Die Frau war blond und attraktiv, zumindest aus dieser Entfernung betrachtet, und ihre Beine, in den weißen Strümpfen ihrer Uniform, machten einen wohlgeformten Eindruck. Inmitten dieses Elends und dieser Verkommenheit erschien sie wie ein vom Himmel gesandter Engel.

Sie winkte ihm mit einem Finger, und er stieg die Treppe hinauf.

Im ersten Stock bestand der Fußboden ebenfalls aus nacktem Beton, allerdings in einem geschmackvollen Grau. Außerdem war er makellos sauber. Die Wände waren ebenfalls gestrichen und frei von Kritzeleien. Auf diesem Treppenabsatz gab es nur eine einzige Tür, und als er hindurchging, erklang ein Warnsignal. Ein Mann in der Uniform eines Wächters erhob sich hinter seinem Pult und griff mit einer offenbar häufig geübten Bewegung nach seiner Pistole.

»Sir«, sagte der Wächter, während der Fremde die Hände hob.

»In einem Holster hinten am Hosenbund«, erklärte der Mann und drehte sich langsam um. »Eine zweite steckt in meiner Tasche.«

Der Wächter gab der Krankenschwester mit dem Kopf ein Zeichen, woraufhin sie dem Fremden seine Waffen abnahm. Der Mann kannte die Routine, verließ den Raum und trat wieder in den Korridor. Die Türschwelle, obgleich optisch völlig unauffällig, war in Wirklichkeit ein Körperscanner, der die mit Klebeband zusammengeflickte Waffe, die er dem Jungen abgenommen hatte, und die

FN-Five-seveN-Pistole, die er ohnehin bei sich trug, sofort entdeckt hätte. Diesmal blieb der Alarm aber stumm, und der Wächter entspannte sich sichtlich. Ein Telefon auf seinem Pult klingelte. Er lauschte einige Sekunden lang, ehe er den Hörer auflegte.

»Geben Sie ihm seine Waffen zurück. Er sagt, dass er ohne sie genauso gefährlich ist wie mit ihnen.«

Der Mann nahm der hübschen Krankenschwester seine Automatik aus der Hand und verstaute sie wieder in ihrem Holster. Er winkte ab, als sie den ramponierten Revolver auffordernd hochhielt, daher gab sie die Waffe nicht weg. Der Fremde blickte sich schließlich in dem Raum um. Er erinnerte an das Foyer eines verschwiegenen Boutique-Hotels, wie man sie in London oder New York finden konnte und die so exklusiv waren, dass kein Schild auf sie aufmerksam machte. Der Fußboden bestand aus Marmorfliesen, die Wände waren mit Mahagoni getäfelt, und das Licht kam von Wandlampen aus funkelndem Kristall. Der Blick aus den beiden Fenstern verwirrte ihn einen kurzen Moment lang. Eigentlich hätte er die mit Abfall übersäten Straßen eines brasilianischen Slums sehen müssen, stattdessen bot sich ihm der Anblick einer Straße mit Kopfsteinpflaster in einer offenbar osteuropäischen Stadt – möglicherweise in der Tschechischen Republik oder in Ungarn. Das hereindringende Licht erschien völlig natürlich, und dennoch waren die beiden »Fenster« nichts anderes als Flachbildschirme mit Vorhängen, so dass die Bewohner dieser Räume nicht an die erbärmlichen Verhältnisse draußen erinnert wurden. Eine weiter entfernte Tür wurde geöffnet, und eine andere Krankenschwester, das identische Abbild der ersten, winkte den Besucher weiter durch dieses surreale Gebäude.

Die nächsten Räume waren noch luxuriöser gestaltet als die Empfangshalle. Noch mehr Flachbildschirme zeigten Bilder von der gleichen Straße. Eine alte Frau führte ein Pferd auf der gegenüberliegenden Straßenseite, und er hatte das Gefühl, als könnte er das Klappern der Hufe durch die Glasscheibe hören. Schließlich wurde er in ein elegantes Büro mit offenem Kamin, einer luxuriösen Sitzgruppe und einem modernistischen gläsernen Schreibtisch am anderen Ende geleitet. In einer weiteren Ecke befanden sich die geschlossenen Türen eines Fahrstuhls, der zu einem Apartment im zweiten Stock führte, das genauso opulent eingerichtet war wie dieser Raum.

»Chairman«, sagte der mit Narben übersäte und an einen Rollstuhl gefesselte Mann hinter dem Schreibtisch zur Begrüßung.

»l'Enfant«, entgegnete Cabrillo.

»Ich nehme an, wenn Sie meinen Tod gewollt hätten, wären Sie bei Nacht gekommen, und ich hätte niemals bemerkt, was mich erwartete.«

»Der Gedanke ist mir durch den Kopf gegangen«, erwiderte Cabrillo.

Zwei Wochen waren seit der Begegnung mit dem Tarnkappenschiff verstrichen. Die *Oregon*, deren Generalüberholung inzwischen nahezu abgeschlossen war, lag noch immer im Hamilton Harbour. Juan hatte die Suche nach Admiral Kenin nach seiner Flucht aus Russland aufgegeben. Dies musste sein letzter großer Coup gewesen sein, der Coup, der ihm ein sorgenfreies Leben garantierte. Ein Mann in einer solchen Situation plant seine Flucht bis in das kleinste Detail. Er wäre zehn Sekunden nach Beginn dieser Flucht unauffindbar und würde eine neue Identität haben, die nicht geknackt werden könnte. Er hätte einen neuen Wohnort und Bankkonten, die schon Jahre zuvor eröffnet worden waren. Alles in allem wäre es ein völlig neues Leben, das genauso real erschien – zumindest für jeden Beobachter – wie das Leben, das er zurückgelassen hatte.

»Allmählich werde ich wohl nachlässig«, sagte l'Enfant und wedelte mit seiner gesunden rechten Hand. »Zuerst hat Kenin mich aufgespürt, und jetzt haben Sie mich gefunden.«

»Beim ersten Mal waren Sie nachlässig«, gab Juan ihm recht, »beim zweiten Mal hatten Sie es einfach nur eilig.«

Anstatt Zeit damit zu vergeuden, einen Mann zu suchen, den sie nie finden würden, hatte er Murph und Stone darauf angesetzt, lieber den gerissenen Informationshändler zu suchen. Ihr Vorteil war, dass sie wussten, dass er sich aus dem Staub gemacht hatte, nachdem Kenin ihn kontaktiert hatte, um Informationen über die Corporation zu erhalten. Davon ausgehend, waren noch immer zwölf Tage Datensuche und Nachrichtenanalyse notwendig gewesen, um eine weitere Bleibe l'Enfants ausfindig zu machen, und zwar an einem höchst seltsamen und unerwarteten Ort.

Cabrillo fügte hinzu: »Und außerdem werden Sie berechenbar.« Er blickte vielsagend zu der attraktiven Krankenschwester.

»Ah«, erwiderte l'Enfant, »ich hatte keine Ahnung, dass Sie über meinen Hang zu hübschen Krankenschwestern Bescheid wissen.«

»Jetzt machen Sie mir und sich selbst aber etwas vor. Wenn es Ihnen nur um schöne Frauen ginge, hätten wir Sie niemals gefunden. Aber echte Schwestern, die sich im Krankendienst betätigen, sind sehr selten.«

L'Enfants einzelnes Auge funkelte, als er die Krankenschwester betrachtete. »Meine letzten waren tatsächlich Zwillinge. Keine eineiigen, oh nein, aber auf jeden Fall Zwillinge.« Er klatschte mit der rechten Hand in seine verkrüppelte Linke. »Lass uns allein, meine Liebe.« Als die Krankenschwester hinausgegangen war, sagte l'Enfant: »Sie haben mich sicherlich nicht aufgesucht, um über mein medizinisches Personal zu diskutieren, nehme ich an.«

»Sie nehmen richtig an.« Cabrillo wartete, dass der undurchsichtige Mann von selbst dahinterkam, weshalb er ihm einen Besuch abstattete.

l'Enfant studierte ihn einige Sekunden und fragte schließlich: »Weshalb die Verkleidung?«

»Ich musste einige üble Gegenden durchqueren, um hierherzukommen. Dabei wollte ich nicht aussehen, als sei ich für Wegelagerer ein lohnendes Ziel.«

»Sie waren schon immer ein sorgfältiger Planer. Okay, was darf ich sonst noch annehmen? Ich habe Ihnen geschadet, indem ich Kenin von der Corporation erzählt habe, das muss ich auf irgendeine Art und Weise wiedergutmachen.«

Juan nickte, während l'Enfant den Sauerstoffschlauch unter den Resten seiner verbrannten Nase zurechtrückte.

»Ich nehme an, dass meine Wiedergutmachung darin bestehen sollte, dass ich für Sie ausfindig mache, wo sich Admiral Kenin aufhält.«

»Korrekt.«

»Und Sie haben mich persönlich aufgesucht, anstatt auf konventionelle Art mit mir Verbindung aufzunehmen, damit ich begreife, dass mein Leben verwirkt ist, wenn ich ihn nicht finde.«

»Volltreffer. Sie sollten sich als Wahrsager betätigen. Wissen Sie, wohin Kenin abgetaucht ist?«

Der Mann schüttelte den reptilienhaften Kopf. »Nein. Glauben Sie nicht, dass ich nicht längst meine Fühler ausgestreckt habe, aber er wusste genau, was er tat, als er das Kaninchen machte und sich verkroch.«

»Er spielte wirklich Kaninchen?«, fragte Juan mit einem leisen Lächeln. »Dass jemand Kaninchen spielt, habe ich zum letzten Mal in einem alten Roman über Spione gelesen.«

»Mir gefällt ›die Fliege machen‹ um einiges besser.«

»Ich wüsste lieber, wo er ist«, sagte Juan mit einem scharfen Unterton, um den Informationsmakler daran zu erinnern, dass dies kein harmloses Schwätzchen war.

»Ich werde ihn finden.«

»Und jetzt rufen Sie Amo an, damit er den Pick-up schickt. Ich habe keine Lust, wer weiß wie weit laufen zu müssen, um einen Bus zu finden, der mich in ein Stadtviertel bringt, in dem es Taxis gibt.« Es klang vielleicht wie ein Witz, aber Cabrillo hatte sich tatsächlich zu Fuß durch zehn Meilen städtischen Dschungels kämpfen müssen, weil Busse, geschweige denn Taxis, sich niemals in diesen Teil der Stadt verirrten.

»Ich kann Ihnen noch etwas Besseres anbieten. Ich besitze einen alten Mercedes, der nicht allzu viel Aufsehen erregt. Wo wohnen Sie?«

»Im Fasano«, log er.

»Ich hätte angenommen, dass jemand wie Sie eher etwas Nostalgisches bevorzugt und im Copa Palace absteigt.«

Wäre Juan nicht ein gewiefter Pokerspieler gewesen, er hätte durch eine Reaktion verraten, dass l'Enfant damit ganz richtig geraten hatte. Er liebte das ehrwürdige, im Art-déco-Stil gehaltene Copacabana Palace Hotel und residierte stets dort, wenn er sich in Rio aufhielt.

»Egal. Ich lasse Sie am Fasano absetzen. Keine Busse oder Taxis. Das ist das wenigste, das ich tun kann.«

Juan legte einen drohenden Unterton in seine Stimme. »Das wenigste, das Sie tun können, ist, mich zu Pytor Kenin zu führen.«

ZWEIUNDZWANZIG

The Container war im Spiel.

Das war sein Name. The Container. Großes *T*, großes *C*. The. Container.

Dass er am Ende wieder aufgetaucht war, hatte bei der CIA, beim FBI, bei der Homeland Security, beim Schatzamt, bei der NSA und dann auch noch bei ungefähr jeder Institution in Washington, D.C., die sich hinter einem Akronym versteckte, die Alarmglocken klingeln lassen. Cabrillo hätte sich nicht gewundert, wenn sein alter Freund Dirk Pitt und die NUMA, wenn es um den Container ging, ebenfalls die Finger im Spiel gehabt hätten.

Die Gerüchte, die über ihn in Umlauf waren, waren der Stoff für zahllose Legenden. Niemand wusste genau, wie und weshalb der Container das Licht der Welt erblickte oder wer dahintersteckte, aber in jedem Souk und Basar von einem Ende des Nahen Ostens bis zu den abgelegensten Inseln des muslimischen Indonesiens wusste man von seinem Inhalt.

In den ersten Jahren der amerikanischen Invasion des Irak waren enorme Mengen an Bargeld nötig gewesen, um, wie in vielen Teilen dieser Region üblich, Verbündete zu kaufen, wobei die Gefolgschaftstreue zumeist erlahmte, sobald der Geldstrom versiegte oder jemand ein besseres Angebot hatte. Damit war Washington gezwungen, unvorstellbare Mengen Bargeld nach Bagdad, Basra und in jedes kleine Dorf an der kurdischen Grenze zur Türkei zu pumpen.

Die Kontrolle dieser Geldströme galt als narrensicher, war in Wirklichkeit jedoch ein Witz. Riesige Geldsummen wurden von immer wieder neuen korrupten Kreisen in einer durch und durch korrumpierten Gesellschaft abgeschöpft. Das Problem all jener, die an Uncle Sams Großzügigkeiten partizipierten, war nicht, wie sie an das Geld *herankamen*, sondern, wie sie es außer Landes schaffen sollten. Sicher, eine einzelne Person konnte ein paar Bündel Einhundert-Dollar-Scheine über die Grenze bringen, aber was war mit denjenigen, die dieses Geschäft in großem Maßstab betrieben? Einhunderttausend Dollar an einem einsamen Außenposten in der Wüste vorbeizuschmuggeln war die eine Sache. Aber wie lief das mit der Milliarde in harter Währung, deren Verbleib nicht geklärt war? Um sie zu transportieren, wäre ein Sattelschlepper oder ein Container nötig.

Und genau das geschah mit ihr. Sie wanderte in einen ISO-Container, und dann stand dieser Container in einem Lagerhaus, weil diejenigen, die die Milliarde gestohlen hatten, genau wussten, dass die Amerikaner niemals aufhören würden, danach zu suchen. Daher taten sie das, was Araber besonders gut können. Sie saßen ihre Gegner aus. Es dauerte Jahre, aber am Ende zogen die Vereinigten Staaten ihre Streitkräfte ab. Es gab keine Patrouillen mehr, die jede Straßenecke und -kreuzung kontrollierten. Panzer und aufgerüstete Humvees verschwanden. Black Hawkes und Cobras schwirrten nicht mehr wie aufgescheuchte Hornissenschwärme über den Städten kreuz und quer. Nach einem Jahrzehnt reduzierten die Amerikaner ihre Präsenz im Irak, bis die Unterweltbosse entschieden, dass es endlich sicher genug war, um das Geld abzutransportieren. Es müsste natürlich gewaschen werden, und mit mehreren Banken im Fernen Osten wurde eine Vereinbarung getroffen. Etwas Derartiges an Ort und Stelle zu versuchen musste unweigerlich die internationalen Geldwächter auf den Plan rufen.

Daher sollte The Container nach Jakarta geschickt werden. Was nun wieder die Frage aufwarf, wer ihn aus dem Irak herausschmuggeln sollte. Nach wie vor patrouillierten Kriegsschiffe der amerikanischen Navy und der NATO auf dem Persischen Golf und kontrollierten den gesamten Schiffsverkehr. Sie brauchten einen Schmuggler. Mehrere Namen fielen während der hitzigen Beratungen der Unterweltbosse, die die enorme Summe zusammengerafft hatten, bis am Ende ein einziger Name übrig blieb, auf den sich alle Beteiligten einigten: Ali Mohamed. Er war Saudi und vertrauenswürdig. Er und sein Schiff befanden sich gerade ziemlich weit vom Golf entfernt, daher dauerte es zwei Wochen, bis er die Ausführung ihres Auftrags in Angriff nehmen konnte. Und dann kam der Tag, als sein Schiff im Irak anlegte.

Der Container erwachte aus seinem Dornröschenschlaf.

Es gab nur ein kleines Problem bei ihrem Plan. Sie hatten die Geduld ihres Gegners unterschätzt.

Die Amerikaner vergaßen das Geld, das ihnen durch die Finger geschlüpft war, niemals. Im Laufe der Zeit erfuhren sie von der Existenz des Containers und gelangten zu einigen logischen Schlussfolgerungen, was sein weiteres Schicksal betraf. Auch ihnen war klar, dass das Geld weder im Irak noch in einem benachbarten Land gewaschen werden konnte. Es müsste nach Übersee geschafft werden.

Und an diesem Punkt stellten sie ihre Falle auf.

Weil die amerikanische Marine und ihre verbündeten NATO-Staaten den Persischen Golf kontrollierten, entschieden sie auch, welche Schiffe kontrolliert wurden.

Drei Schiffe wurden ausgesucht, die nicht belästigt wurden, auch wenn allen klar war, dass sie für Schmuggelfahrten benutzt wurden. Die Schiffe gelangten nur selten bis nach Basra, aber ihre illegale Fracht erreichte stets ihren Bestimmungsort. Während andere Schmuggler regelmäßig angehalten und inspiziert wurden oder gezwungen waren, ihre jeweilige Schmuggelware über Bord zu werfen, wenn sie verfolgt wurden, erfreuten sich diese drei Frachter eines ausgesprochen friedlichen Daseins. Sie erhielten niemals unerwünschten Besuch an Bord, und wenn doch einmal eine intensivere Kontrolle stattfand, wurde niemals etwas Illegales gefunden.

Daher verwunderte es nicht, dass die Unterweltbosse eines dieser drei Schiffe für ihr Vorhaben aussuchten. Um die Wahrscheinlichkeit zu erhöhen, dass sich die Bosse für das Schiff entschieden, das ausgewählt werden sollte, hatten die Amerikaner noch einen besonders raffinierten Trick in der Hinterhand. Es gab keine drei Schiffe und keine drei Kapitäne, sondern Schiffe und Kapitäne waren immer die gleichen.

Juan Cabrillo und seine *Oregon*.

Ohne Zweifel war dies das raffinierteste und zeitaufwendigste Spiel, das die Corporation jemals inszeniert hatte. Es war das geistige Kind von Langston Overholt, Cabrillos altem CIA-Chef. Alle paar Monate wurde die *Oregon* umgebaut, so dass sie wie eins der drei Schiffe aussah, und lief den Seehafen Umm Qasr im Irak an. Anfangs mussten sich CIA-Agenten als Kunden ausgeben, die Waren in eines der Länder schmuggeln lassen wollten, aber irgendwann hörte die kriminelle Unterwelt von diesen drei Schmugglern, deren Schiffe offenbar niemals geentert wurden. Wann immer einer der drei Kapitäne bereit war, eine Schmuggelfahrt vor den Augen der Amerikaner zu riskieren, gab es einen Unterweltboss, der ihn engagieren wollte.

Nun sollten sich diese Jahre der Vorbereitung auszahlen. Die Regierung würde ihre Dollarmilliarde zurückerhalten und, was genauso wichtig war, den Amerikanern auf die Spur kommen, die den Irakern geholfen hatten, das Geld auf die Seite zu bringen.

Langston hatte Cabrillo schon Jahre zuvor gelehrt, dass eine Demokratie nur dann funktionieren kann, wenn sie über eine unkorrumpierbare Bürokratie verfügt. Diese gesamte Operation würde unbedingt dafür sorgen, dass jemand bestraft wurde, der seine Machtstellung auf diese Art und Weise ausgenutzt hatte.

Die *Oregon* sah wie der alte Trampfrachter aus, aus dem sie hervorgegangen war, allerdings mit einem roten Schiffsrumpf, cremefarbenen Deckaufbauten und einem blauen Band um den gelben Schornstein. Sie erschien zwar ein wenig gepflegter als sonst, aber das gehörte zu ihrer Tarnung. Sie war die *Ibis*.

Cabrillo war ebenfalls verkleidet, als er neben dem Hafenlotsen stand und die letzte Phase des Anlegemanövers seines Schiffes beaufsichtigte. Seine Haut war dunkler als sonst, sein Haar und sein schmaler Schnurrbart glänzten schwarz. Entsprechende Kontaktlinsen verhalfen ihm zu braunen Augen.

Der Lotse drückte auf die Sprechtaste seines Walkie-Talkies. »Okay. Vorder- und Achterleinen festzurren.« Er ging zur Steuerbordseite der Kommandobrücke, wechselte den Kanal seines Funkgeräts und befahl dem Kapitän des Schleppers, der den Frachter gegen die schweren Yokohama-Fender drückte, den Schub zu drosseln. Dann wandte er sich zu Cabrillo um und streckte eine Hand aus. »Willkommen zu Hause, Kapitän Mohamed.«

Cabrillo ergriff und drückte die Hand, und der Lotse ließ zwei Einhundert-Dollar-Scheine genauso geschickt in seiner Tasche verschwinden, wie er das Schiff dirigiert hatte. Es bestand keine besondere Notwendigkeit, den Lotsen zu schmieren, da dies das letzte Mal war, dass die *Ibis* im Irak oder in irgendeinem anderen Teil der Welt anlegte, aber der Chairman wollte den Schein wahren.

Unten auf dem Kai standen ein Sattelzug mit einem Container auf dem Auflieger und zwei Toyota Minivans, die aussahen, als hätten sie die Einhunderttausend-Meilen-Marke schon vor zehn Jahren überschritten. Nicht weit von ihnen entfernt parkte eine Limousine, die nicht viel jünger aussah. Überragt wurde dieser Wagenpark von einem Drehkran, dessen Ausleger bis zwanzig Meter über das Hafenbecken ausgefahren werden konnte. Scheinwerfer an seinem Gerüst schufen ein künstliches Zwielicht auf dem Kai. Dies war der ältere Teil des Hafens. Die Kräne zum Entladen der Container, die von den riesigen Panamax-Frachtern kamen, standen näher an der Hafeneinfahrt. Die Tanker, die den größten Teil des Schiffsverkehrs von Umm Qasr ausmachten, wurden über Pipelines draußen auf See beladen.

Juan hatte sein eigenes Sprechfunkgerät, und er gab den Männern an der Gangway den Befehl, diese herunterzulassen. Die Kette rasselte durch ihre Öffnung, und die Gangway legte auf dem Betonkai auf. »Wenn Sie mich entschuldigen …«

»Natürlich.« Der Lotse trat beiseite, um zu warten, bis der Kapitän seine Geschäfte auf dem Kai abgeschlossen hatte. Danach würde er das Schiff am al-Baṣrah-Ölterminal vorbei und zurück in den Persischen Golf lenken.

Cabrillo nahm sich die Zeit, um sein Uniformhemd in die schwarze Hose zu stecken und sich zu vergewissern, dass die Schulterstücke gerade saßen. Eddie Seng erwartete ihn an der Gangway. Er posierte als Erster Offizier der *Ibis*, während Hali Kasim diese Rolle auf den beiden anderen *Oregon*-Versionen ausfüllte.

Die zwei Männer schritten gemeinsam die Gangway hinab. Ein Zollbeamter – korrupt bis auf die Knochen – beobachtete, wie Männer aus den Minivans stiegen. Von Waffen war nichts zu sehen, aber Cabrillo wusste, was sie unter ihren Jacken versteckt hatten.

Dies war der einzige heikle Aspekt des gesamten Unternehmens. Drei verschiedene Verbrechersyndikate sowie ihr unbekannter amerikanischer Partner – oder auch mehrere, falls es sie gab – machten Besitzrechte an dem Container geltend. Niemand traute dem anderen über den Weg, daher herrschte auch ohne die Anwesenheit eines Schiffscontainers voller Geld eine nervöse Spannung auf dem Kai. Niemand sagte ein Wort, während ein paar Minuten verstrichen. Dann näherten sich drei weitere Fahrzeuge. Bei allen dreien handelte es sich um schwarze Mercedes-SUVs mit dunkel getönten Fensterscheiben. Jeder dieser Geländewagen war sicherlich genauso geschützt wie der Panzerwagen einer Bank.

Die Bosse waren eingetroffen. Weitere Wächter schälten sich aus den Fahrzeugen, als sie zum Stehen kamen, und diese Männer gaben sich nicht die geringste Mühe, die kompakten Maschinenpistolen zu verstecken, die sie mit sich führten. Schließlich wagten sich auch die Bandenchefs aus ihren SUVs. Sie waren sportlich, nach westlicher Mode gekleidet und erschienen so harmlos wie Teehändler. Jeder wurde von einem Abendländer begleitet. Diese Männer waren größer als ihre irakischen Gastgeber, und während sie einerseits Zivilkleidung trugen, bewegten sie sich andererseits mit militärischer Präzision. Die

Schirme der Baseballmützen auf ihren Köpfen hatten sie zusätzlich zu dunklen Sonnenbrillen vor ihren Augen tief herabgezogen, obwohl die Sonne schon vor Stunden untergegangen war.

Als Ali Mohamed sprach Cabrillo die drei Bandenbosse mit ihren Namen an, während er sie begrüßte. Zwei von ihnen hatte er bereits persönlich kennengelernt, und mit dem Sohn des dritten hatte er ein paar Geschäfte abgewickelt. Dieser Boss war über siebzig Jahre alt, und sein Sohn war im Begriff, die Leitung über ihre Organisation zu übernehmen, aber bei einem so bedeutenden Objekt wie dem Container wollte er persönlich zugegen sein.

Nach einem Austausch blumiger Begrüßungsfloskeln und Respektsbekundungen wurden die Männer ernst. Cabrillo wurde ganz bewusst nicht mit ihren Begleitern bekannt gemacht, und diese Männer hielten sich auch von der Gangway fern.

»Ich sehe hier mehr als vier Aufpasser«, stellte Cabrillo schließlich fest. »Wir hatten jedoch nur vier Männer vereinbart.«

»Kein Grund zur Sorge, mein lieber Kapitän«, sagte der Boss aus Bagdad. »Bis dieser Container sicher auf dem Schiff steht und den Hafen verlassen hat, möchten wir zusätzlichen Schutz bereitstellen. Bei Ihnen auf dem Schiff werden wie abgemacht nur vier Mann sein.«

»Sie sollen aber unbewaffnet sein«, beharrte Cabrillo. Dies war von Anfang an ein Kernpunkt ihrer Verhandlungen gewesen.

»Das wäre mir auch lieber, aber wir müssen leider darauf bestehen. Hat Ronald Reagan nicht seinerzeit gesagt, ›Vertrauen ist gut, Kontrolle ist besser‹? Vier Gruppen schicken ihre Vertreter, vier Mann sind auf Ihrem Schiff, außerdem vier Pistolen, um, hm, zu kontrollieren, okay?

Vielleicht brauchen Sie sogar ihre Hilfe, falls Sie von diesen somalischen Piratenschweinen überfallen werden.«

Cabrillo lachte unbekümmert und sagte: »Ich glaube, mit den Somalis werden wir schon fertig. Dem letzten Trupp, der sich mit uns anlegen wollte, ist es ziemlich schlecht ergangen.«

»Sie wissen, was sich in diesem Container befindet, nicht wahr?«

»Man hat es mir nicht gesagt, aber ich kann es erraten.«

Der Boss, der bis zu diesem Zeitpunkt freundlich gewesen war, senkte nun die Stimme, und sein Blick wurde hart. »Es wäre in Ihrem besten Interesse, es nicht zu erraten. Wenn dem Inhalt irgendetwas zustößt, wird jeder sterben, der Ihnen jemals lieb und teuer war.«

Juan wartete einen kurzen Moment, ehe er erwiderte: »Das wird nicht nötig sein. Wir haben in der Vergangenheit schon Geschäfte gemacht und werden es auch in Zukunft tun. Sie bezahlen mich gut für das Risiko, das ich eingehe. Und ich bezahle meine Leute ebenfalls sehr gut. Jeder ist zufrieden. Es ist also nicht nötig, dass ich mir und ihnen zusätzliche Probleme schaffe, indem ich dieses Gleichgewicht störe.«

Der Iraki behielt seine steinerne Miene bei, bis er schließlich nickte und sagte: »Sehr gut. Ich glaube, wir haben uns verstanden.«

»Ja, das haben wir. In zehn Tagen liege ich auf Platz 43C im Hafen von Jakarta«, bestätigte Cabrillo. »So, wie Sie mir diesen Container anvertrauen, verlasse ich mich darauf, dass ich nicht von der indonesischen Polizei in Empfang genommen werde, wenn wir eintreffen.«

»Keine Sorge«, sagte ein anderer Bandenboss. »Unsere al-Qaida-Kontakte haben mit ihren Brüdern von der Jemaah Islamiyah Kontakt aufgenommen. Die sind allesamt idiotische Fanatiker, aber nützlich. Sie werden dafür sorgen, dass Ihre Ankunft glatt über die Bühne geht.«

Juan erkannte, dass der Mann aus Bagdad nur ungern ihre Verbindungen mit al-Qaida erwähnte, daher beeilte er sich, die unbehagliche Pause abzukürzen. »Ich glaube, dann sind wir bereit, mit dem Beladen anzufangen.«

Der Zollbeamte trat vor, um die Unversehrtheit der Zollplomben eines Containers zu überprüfen, den nicht zu bemerken er sich bisher alle Mühe gegeben hatte.

Juan beobachtete, wie sich die drei Abendländer die Hände schüttelten. Einer sagte gerade laut genug, dass er ihn hören konnte: »Viel Glück, Gunny.«

Cabrillo ließ sich seine Enttäuschung nicht anmerken. Er hatte gehofft, dass der bewaffnete amerikanische Wächter einen höheren Dienstgrad innegehabt hätte als den eines Gunnery Sergeant. Dann wäre es einfacher gewesen festzustellen, wer in der militärischen Nahrungskette über ihm stand. Aber wenigstens wusste er jetzt, dass der Mann Marineinfanterist gewesen war. Der Sergeant trug einen Seesack auf der Schulter, und Juan konnte von außen deutlich die Umrisse eines Sturmgewehrs erkennen, das darin steckte. Die irakischen Bandenbosse berieten sich mit ihren Begleitern und gingen sicherlich zum hundertsten Mal die Einzelheiten der Mission durch. Juan konnte nur über das Ausmaß an Vertrauen staunen, das nötig war, um jemandem die Bewachung einer Milliarde Dollar zu übertragen, der einen wahrscheinlich zutiefst verachtete, noch während er einem die Stiefel leckte.

Der Chairman versuchte, jedem Mann die Hand zu schütteln, als er die Gangway heraufkam, aber keiner nahm dieses Angebot an oder revanchierte sich, als er sich mit seinem Decknamen vorstellte. Die drei Irakis und die drei Amerikaner marschierten stumm vorbei, wobei jedoch jeder der Männer seine Umgebung mit lauernden Blicken studierte. Vier harte Burschen, dachte Juan und fragte sich, wie sie während der nächsten zehn Tage wohl miteinander auskämen.

Der Boss aus Bagdad machte eine ironische Ehrenbezeugung vor Cabrillo und wedelte dann winkend mit der Hand über dem Kopf. Hoch oben auf der Pier hatte der Kranführer auf das Signal gewartet. Der Dieselgenerator, der die Kranmotoren mit Energie versorgte, sprang hustend an und stieß dicke Abgaswolken aus. Nach wenigen Sekunden drehten sich die Seiltrommeln, und das Hubgeschirr, das zur Bewegung des genormten Containers diente, wurde zu dem geparkten Sattelzug herabgelassen. Es setzte mit einem metallischen Klirren auf und rastete an den vier oberen Ecken des Containers automatisch ein. Die Laufrichtung der Seile wurde umgeschaltet und der Behälter angehoben.

Juan nahm sich ein paar Sekunden Zeit, die Bosse und die drei Amerikaner auf der Pier eingehend zu betrachten. Sie alle beobachteten den Container mit dem gleichen habgierigen Gesichtsausdruck. Jahrelang hatten sie auf einem Vermögen gesessen, das sie nicht ausgeben durften. In nur zwei Wochen hätte jeder von ihnen genug Geld auf einem Nummernkonto, um sich alles kaufen zu können, was sein dunkles Herz begehrte.

Der Kranführer ließ den Container am Ausleger hinauswandern, bis er über der Reling der *Oregon* schwebte. Die Luke von Frachtraum Nummer 2 stand bereits offen, und der Container verschwand darin. Der Sattelzug war gestartet, sobald der Auflieger von seiner Last befreit worden war, und ein weiterer Lastzug mit identischem Container nahm seinen Platz ein.

Die *Oregon* war zwar nicht für den Containerdienst konstruiert, dennoch konnte sie zwanzig dieser Behälter aufgestapelt in ihrem Bauch aufnehmen. Die anderen waren leer und wurden in den Fernen Osten zurückgebracht, wo sie wieder mit neuer Ware, die für den Export bestimmt war, gefüllt werden sollten. Zur Sicherheit wurden fünf weitere leere Container auf dem Deck abgestellt, nachdem man die Frachtraumluke geschlossen hatte.

Für die stundenlange Wartezeit, die es dauerte, um das Schiff zu beladen, hatten sich die Bosse in ihre jeweiligen Mercedes-SUVs zurückgezogen. Cabrillo hatte die Aktion von der Kommandobrücke aus verfolgt, während den vier bewaffneten Wächtern Kabinen zugewiesen wurden, die zu benutzen sicher keiner von ihnen beabsichtigte. Nur eine einzige Tür führte in den Frachtraum, und auch wenn das Geld unter einem Gebirge leerer Container versteckt war, schienen alle vier entschlossen, den milliardenschweren Behälter für die anderthalb Wochen, die ihre Reise über den Indischen Ozean in Anspruch nähme, persönlich zu bewachen.

Mit einer Thermosflasche Eistee und zwei Gläsern bewaffnet, gesellte sich Max Hanley zu dem Chairman. Obgleich sich die Luft zur Nacht hin abgekühlt hatte, lag die Temperatur immer noch bei über fünfundzwanzig Grad Celsius. Cabrillo wäre ein Bier lieber gewesen, aber er verkörperte einen Saudi, und wer konnte sagen, wie viele Männer das Schiff durch Scharfschützenzielfernrohre von den Dächern der umstehenden Warenhäuser aus beobachteten. Er war überzeugt, dass jeder der Bosse mindestens zwei Teams im Einsatz hatte. Im Stillen musste er bei der Vorstellung grinsen, wie es wäre, wenn das letzte Team an Ort und Stelle erschien und feststellen würde, dass die besten Aussichtspunkte bereits besetzt waren.

»Woran denkst du gerade?«, fragte Hanley und ließ Tee über eine frische Zitronenscheibe rinnen.

»An streitende Scharfschützen.«

Max dachte einen Moment lang über diese seltsame Antwort nach, bis er Juans Scherz verstand. »Du meinst, wer von den Kerlen unten im Schiff vor dem Container Wache halten darf.«

»Ich denke, sie werden Schichtdienst machen.«

»Praktizierende Paranoiker.«

»Eine Milliarde Dollar, mein Freund. Wärest du es dann nicht?«

»Es wäre schrecklich nett, wenn Uncle Sam sie uns überlassen würde. Mir sind sogar ein paar Ideen gekommen, wie wir sie stehlen könnten.«

»Mir auch«, gestand Juan. Doch dann fügte er mit einem diebischen Grinsen hinzu. »Aber nur als Gedankenspiel.«

»Natürlich.«

Beide Männer wussten, dass es keiner von ihnen ernst meinte. Oh, zwar hatten sie tatsächlich Pläne entwickelt, die Fracht in ihren Besitz zu bringen, aber keiner der beiden würde ernsthaft in Erwägung ziehen, das Geld zu stehlen.

»Ich habe mir gerade mit Linda Videoaufnahmen und dann die Fotos angeschaut, die Eddie mit seiner Minikamera geschossen hat.«

»Und?«

»Viel haben wir nicht. Die drei Amerikaner, die zurückgeblieben sind, blickten nur in dem Moment hoch, als der Container an Bord gehievt wurde. Aber sie haben sich tief im Schatten gehalten. Hinzu kommen ihre Mützen und die Sonnenbrillen. Möglicherweise sind ihre Gesichter völlig unkenntlich. Sie sind niemals nahe genug herangekommen, dass Eddie ein anständiges Foto hätte schießen können.«

»Ich wusste von Anfang an, dass es nicht einfach werden würde. Was ist mit dem Gunny?«

»Eine Menge guter Schnappschüsse vor seiner Kabinentür, in der Messe und im Frachtraum, als er an Bord kam und herumgeführt wurde.«

»Können sie schon mit einem Namen dienen?«

»Das Pentagon kämmt soeben sämtliche Datenbanken durch. Sobald wir ihn identifiziert haben, rufen sie alle seine Posten und ehemaligen Vorgesetzten auf, und dann nehmen wir die Hackordnung genau unter die Lupe. Hältst du Overholts Idee für realistisch, dass der amerikanische Mr. Big in Indonesien zum Schiff kommt?«

»Hier war er jedenfalls nicht, das ist sicher. Mr. Big könnte einen Gunny nicht von einem Erdloch unterscheiden. Dafür rangiert er zu weit oben. Ich vermute, dass einer der Typen, die heute hier erschienen sind, ein Major war, der über dem Gunnery Sergeant gedient hat, und dass der andere ein gemeinsamer Bekannter von Mr. Big und dem Major war.«

Max ließ sich diese Konstellation durch den Kopf gehen. »Vom Alter her würde es hinkommen. Der Gunny und der Major haben zusammengearbeitet und sich angefreundet. Sie haben den Plan ausgeheckt, Mr. Bigs Freund darüber informiert, damit er von oben für ihren Schutz sorgt, und schon sind wir um eine Milliarde ärmer. Sie dürften jedoch immer noch jede Menge Hilfe nötig haben, um so viel Bargeld zu bewegen.«

»Das ist absolut klar. An dieser Stelle kommen die Irakis ins Spiel. Sie übernehmen die Logistik, während unser Verräterclub den Zugriff auf das Geld ermöglicht.«

»Ich sollte Langston raten, das Pentagon Leute im Majorsrang überprüfen zu lassen, sobald wir den Namen unseres Gunny kennen.«

In diesem Moment kam der Hafenlotse vom Steuerstand herüber. »Ah, und wer ist das, Käpt'n Mohamed?«

»Mein Obermaschinist, Fritz Zöller.«

Max begrüßte den Mann und bediente sich dabei eines haarsträubenden deutschen Akzents, bevor er erklärte, dass er wieder in den Maschinenraum zurückkehren müsse, da das Verladen in Kürze abgeschlossen wäre.

Eine Stunde später gelangte das Schiff in freies Wasser, und der Lotse stieg auf ein kleines Motorboot um, das ihn zum Hafen zurückbrachte. Es war Vollmond, daher war am Himmel nur das Funkeln der hellsten Sterne zu sehen. Wie üblich bot sich der geschützte Persische Golf so ruhig und warm wie eine Badewanne dar. Der Radarschirm zeigte regen Verkehr. Die großen Signale stammten von Tankern, die Öl aus dem Golf transportierten oder sich auf nördlichem Kurs befanden, um ihre Bäuche mit Rohöl füllen zu lassen. Andere, kleinere Blips rührten von den zahllosen Fischerbooten her, die in diesen Gewässern unterwegs waren. Meistenteils waren es moderne Motorschiffe, aber es gab auch noch einige mit ihren charakteristischen Lateinsegeln ausgestattete Daus, die auf dem Golf kreuzten, wie sie es schon seit einigen Hundert Jahren zu tun pflegten.

Der Funkverkehr war lebhaft, da die Schiffsbesatzungen miteinander schwatzten, um sich während der langen Nacht wach zu halten. Da er nicht wusste, ob einer der vier Wächter dem Steuerhaus einen Besuch abstatten würde, veranlasste Juan, dass der Ruderstand ständig besetzt blieb. Cabrillo mimte den Wachoffizier, während Hali Kasim am Ruder lehnte und sich bemühte, wach zu bleiben. Juan genoss die nächtliche Wache, während sich sein Kommunikationsexperte zu Tode langweilte. Um Mitternacht wurden sie abgelöst. Es schien ganz so, als werde das Schiff tatsächlich von der Kommandobrücke aus gesteuert.

Diese Routine wurde während der nächsten zwei Tage fortgesetzt, obgleich es wirklich keinen Sinn ergab, diese Scharade auf der Kommandobrücke beizubehalten. Die vier Männer, die den Container bewachten, verließen den Korridor vor dem Frachtraum nur, um die Toilette aufzusuchen. Sie mussten sich einig geworden sein, weil sie schichtweise schliefen. Das Essen wurde ihnen von einem Angehörigen der regulären Küchenmannschaft der *Oregon* serviert, der jedoch nicht die adrette Uniform trug, die beim Dienst im luxuriösen Speisesaal üblich war, sondern die fleckige Kluft eines Imbisskochs.

Mittlerweile wussten sie, dass der amerikanische Angehörige des Wächtertrupps ein gewisser Gunnery Sergeant Malcolm Winters USMC (Ret.) war. Das Pentagon hatte per E-Mail Dutzende Bilder von Offizieren geschickt, mit denen Winters während seiner zwanzigjährigen Dienstzeit zusammengearbeitet hatte, aber weder Cabrillo noch Eddie Seng konnten einen von ihnen als einen der anderen Amerikaner auf dem Kai identifizieren. Sie rechneten damit, in Kürze weitere Fotos zu erhalten.

DREIUNDZWANZIG

Sie kamen am dritten Tag ihrer Reise bei Sonnenaufgang. Wie Cabrillo vermutet hatte, waren es drei Boote – niedrige, schlanke Powerboote –, die aus dem Dunkel der frühen Morgendämmerung auftauchten wie Haifische, die auf der Lauer nach einer Möglichkeit für den tödlichen Biss ihr Opfer umkreisen. Sie hatten weniger als dreißig Zentimeter Freibordhöhe, daher waren sie auf dem Radarschirm nicht zu sehen. Und gewiss waren sie nicht allein gekommen. Hinter dem Horizont wartete ein Mutterschiff, das die Schnellboote in die Position des geplanten Überfalls geschleppt hatte. Jedes Boot war mit fünf Piraten besetzt, allesamt kaffeebraune Somalis, die diese Region des Indischen Ozeans in einen der gefährlichsten Orte auf dem Planeten verwandelt hatten. Juan hatte den Verdacht, dass ihnen der Bandenboss in Başrah den Tipp, welches Schiff sich zu überfallen lohnte, hatte zukommen lassen. Başrah war schließlich eine Hafenstadt, daher unterhielt er sicherlich gute Kontakte zu den Piratenchefs.

Die meisten Männer schwangen Kalaschnikow-Gewehre. Außerdem befand sich auf jedem Boot ein RPG-7-Raketenwerfer. Sie griffen von achtern an, so dass die Ruderwache auf der Kommandobrücke sie nicht sehen konnte und ihr Erscheinen erst in dem Moment bemerkte, als eine RPG knapp oberhalb der Wasserlinie im Heck einschlug, um Propeller und Ruder der *Oregon* zu zerstören.

Jedes andere Schiff wäre nach einem solchen Treffer

manövrierunfähig liegen geblieben, aber die *Oregon* war in kritischen Bereichen verstärkt worden und so gepanzert, dass die Raketengranate wenig mehr bewirkte, als in der stählernen Armierung eine kleine Delle zu hinterlassen und an dieser Stelle die Lackierung zu versengen.

Weil die Brücke ohnehin besetzt bleiben musste, hatte Cabrillo entschieden, Steuerung und Kontrollen des Schiffs vom Operationszentrum auf die Kommandobrücke zu schalten und anstelle der üblichen zwei Personen nur eine einzige als Bereitschaft im Operationszentrum zu belassen. Sekunden nachdem die Explosion durch das Schiff gehallt war, sprang MacD Lawless aus dem Kirk Chair, in dem er gelangweilt herumgelümmelt hatte, und begab sich eilig zur Waffenkontrollstation im vorderen Teil des Raums. Obgleich er das jüngste Mitglied der Corporation war, kannte er sich mit den verschiedenen Systemen der *Oregon* genauso gut aus wie alle anderen seiner neuen Kollegen.

Er brauchte nur ein paar Sekunden, um die verschiedenen Kamera-Feeds durchzugehen und die Piratenboote zu lokalisieren. Sie hielten etwa fünfzig Meter Abstand vom Schiff und befanden sich damit außer Reichweite der Feuerlöschschläuche, die von einigen Frachtschiffen zur Piratenabwehr eingesetzt wurden. Sie warteten darauf, dass ihre Beute auf Grund des durch die Panzerabwehrrakete verursachten Schadens die Fahrt drosselte. Falls der Frachter nicht langsamer wurde, würden sie zwei weitere RPGs abfeuern. So oder so würden sie ihr Jagdwild zur Strecke bringen.

MacD dachte zuerst daran, die 20-mm-Gatling-Kanonen einzusetzen, aber die vier Schiffsgäste waren ehemalige Angehörige des Militärs und würden das schrille Jaulen der Gatlings beim Abfeuern von dreitausend Schuss pro

Minute sofort wiedererkennen. Besser wäre der Einsatz einer Waffe, die man eher auf einem Schmugglerschiff erwarten würde. In einer Ecke des Hauptsichtschirms zeigte ein kleines Fenster die vier Wächter unten vor dem Frachtraum, regelrecht paralysiert durch ihre Unschlüssigkeit. Sie wussten nicht, wie sie reagieren sollten. Sollten sie nach oben gehen und mithelfen, das Schiff zu verteidigen, oder sollten sie auf ihrem Posten bleiben und sich für den letzten Kampf bereithalten, falls die Piraten zum Frachtraum vordrangen?

MacD aktivierte zwei M60-Maschinengewehre, die Juan bevorzugt bei Enterversuchen unliebsamer Besucher einsetzte. Die Waffen waren in Ölfässern versteckt, die in der Nähe der Schiffsreling auf dem Oberdeck festgeschweißt waren. Die Deckel der Fässer klappten auf, und die Gewehre sprangen mit dem Lauf voraus aus den Fässern hoch, ehe sie in horizontale Schussposition fuhren. Er klickte das Symbol der Zielelektronik auf seinem Computermonitor an, startete die automatische Feuersequenz und gab den Schussbefehl ein.

Die Gewehre verschossen die routinemäßige 7,62-mm-NATO-Munition. Sie hatte zwar keine außergewöhnlich hohe Durchschlagskraft, was die Waffe durch ihre Feuergeschwindigkeit jedoch mehr als wettmachte. Das erste Schnellboot wurde der gesamten Länge nach von fünfzig Projektilen durchlöchert, ehe jemand an Bord überhaupt begriff, was geschah. Der Steuermann fand sofort den Tod, desgleichen zwei Schützen. Die anderen beiden wurden in den Ozean katapultiert, als sich das steuerlose Boot in eine hohe Welle bohrte und umschlug.

Auf der anderen Seite der *Oregon* wirkte sich der Einsatz des zweiten Maschinengewehrs gegen ein anderes Piratenboot noch verheerender aus. Dieses Boot explodierte, als sich Treibstoff aus dem durchlöcherten Tank an dem heiß gelaufenen Motor entzündete. Der Feuerball sah aus, als sei er in Hollywood inszeniert worden. Das dritte angreifende Boot machte kehrt und raste in Richtung Horizont davon, ehe es vom M60 ins Visier genommen wurde. Aber die Besatzung des Mutterschiffs, das törichterweise näher gekommen war, erkannte oder verstand nicht, was mit ihren Kameraden geschah. Die Piraten hielten ihren stetigen Kurs, damit sie eine weitere RPG auf das Heck ihrer Beute abfeuern konnten.

MacD klickte wieder auf das Ziel-Symbol. Auf dem Oberdeck schwang der Lauf des M60 herum und visierte einen minimal höher gelegenen Punkt an, um die größere Entfernung und den Einfluss eines leichten Seitenwindes zu kompensieren. Der Computer berechnete sogar die veränderten ballistischen Bedingungen, die sich durch die Erwärmung des Laufes während der ersten Salve ergaben.

Das Gewehr ratterte in dem Moment los, als der Raketenschütze das Werferrohr auf seine Schulter hob. Er wurde mehrmals getroffen, schaffte es jedoch abzudrücken, ehe er starb. Das Problem für seine Kumpane war, dass das Werferrohr genau auf das Deck ihres eigenen Bootes zielte, als der Treibsatz gezündet wurde. Die Rakete durchbohrte den Boden des Mutterschiffes, ohne wesentlich abgebremst zu werden, und versank dann schnell, ohne zu explodieren. Das Loch im Schiffsrumpf vergrößerte sich zu einem breiten Riss, der allein schon die Mannschaft in den Tod geschickt hätte, selbst wenn sie nicht von einem heftigen Maschinengewehrfeuer überschüttet worden wäre.

Alles in allem dauerte es vom ersten bis zum letzten Schuss nur wenige Sekunden. Lawless atmete zischend aus, während Angehörige der Crew ins Operationszentrum drängten, Cabrillo an der Spitze. Er trug eine Badehose unter einem Frotteebademantel und hinterließ eine Spur von Wassertropfen auf dem Deck, von der er nichts bemerkte. Nach seinem Bad im Swimmingpool des Schiffes verströmte er einen scharfen Chlorgeruch.

»Piraten in Powerbooten. Insgesamt drei. Zwei wurden ausgeschaltet, während das letzte die Flucht ergriff. Dann näherte sich das Mutterschiff und bekam ebenfalls einen Volltreffer ab«, berichtete MacD ohne ausdrückliche Aufforderung. Er wusste, was der Chairman wünschte.

»Schäden?«

»Ein RPG ist ins Heck eingeschlagen. Die Meldung der Schadenskontrolle müsste jeden Moment erfolgen. Geschwindigkeit und Kurs sind nicht beeinträchtigt. Die Waffen befinden sich bereits wieder in Ruheposition.«

Juan warf einen Blick auf das Kamerabild, das die vier Wächter vor der Tür zum Frachtraum zeigte. Sie unterhielten sich erregt und kamen schließlich zu einem Entschluss. Einer von ihnen schulterte sein Gewehr und ging zur nächsten Treppe, über die er aufs Hauptdeck gelangte.

»Ich denke«, sagte Juan, »ich sollte hinausgehen und ihm erklären, was geschehen ist. MacD, holen Sie noch einmal zwei Gewehre raus. Linc und ich werden so tun, als hätten wir damit geschossen.«

Schließlich erschien auch Max Hanley.

»Schäden?«, fragte Juan, denn er wusste, dass Max vor allem anderen zuerst sein geliebtes Schiff überprüfen würde.

»Unseren Namen werden wir so bald nicht ändern können. Meine Magnettafel ist wohl im Eimer, aber sonst sehen wir gut aus.«

»Na schön, irgendwie haben wir es kommen sehen. Jetzt warten wir, ob wir noch einmal angegriffen werden, und beweisen ein für alle Mal, dass es so etwas wie Ganovenehre nicht gibt.«

Linda Ross saß sechs Tage später im Operationszentrum, als die *Oregon* die Insel Sumatra passierte und die letzte Etappe nach Jakarta in Angriff nahm. Juan und Hali hatten Wachdienst auf der Kommandobrücke. Alle paar Minuten ließ sie den Blick über die verschiedenen Computerbildschirme gleiten, immer auf der Suche nach einem Anzeichen für Probleme auf dem Schiff. Danach konzentrierte sie sich wieder auf den Hauptsichtschirm. Darauf waren Aufnahmen vom Ozean – sowohl vor als auch hinter dem Schiff – zu sehen und dann ein Radarbild, das vom Repeater an seinem Schwingarm ständig aktualisiert wurde. Auf einem anderen Teil des Sichtschirms lief das Programm eines Nachrichtenkanals. Sprechende Köpfe diskutierten über eine zunehmende Spannung zwischen China und Japan, und zwar wegen eines riesigen Erdgasfeldes, das vor irgendeiner Insel entdeckt worden war, auf die beide Staaten Anspruch erhoben. In einem anderen Fenster blickte man in den Korridor vor dem Frachtraum, wo die vier Schiffsgäste die Tür bewachten. Die Männer waren unrasiert, und die Erschöpfung durch die ständige Wachsamkeit der vergangenen Tage zeigte sich in ihren tief liegenden Augen und hängenden Schultern.

Linda Ross musste ihnen Anerkennung zollen. Misstrauisch und fremd, wie sie waren, hatten sie durchgehalten. Während die Araber sich mittlerweile jeden Tag eine halbe Stunde an Deck genehmigten, verließ Winters niemals seinen Posten.

Ihr fiel nichts Ungewöhnliches auf, und sie erkannte

erst, nachdem sie weitere zwanzig Sekunden lang auf den Sichtschirm gestarrt hatte, dass irgendetwas nicht stimmte. In den Tagen und Nächten, seitdem sie an Bord gekommen waren, hatte immer nur einer der Wächter geschlafen, während die anderen wach geblieben waren. Beim Betrachten des Bildes vergeudete sie wertvolle Zeit, bis sie erkannte, dass jetzt drei Wächter schliefen und der vierte verschwunden war. Die Auflösung des Videobildes war zwar nicht sehr gut, aber sie konnte schnell feststellen, dass Gunny Winters nicht mehr zu sehen war und die drei Männer, die auf dem Boden lagen, auf eine Weise erschossen worden waren, als seien sie hingerichtet worden. Sie hatten erstaunlich wenig Blut verloren, aber jeder hatte eine Kugel in den Kopf bekommen.

Gerade wollte sie Juan auf der Kommandobrücke anrufen und ihn über das informieren, was offenbar geschehen war, als die Maschinen plötzlich stoppten. Winters hatte reichlich Zeit gehabt, um vom Frachtraum auf die Kommandobrücke zu gelangen und das Kommando über das Schiff zu übernehmen. Linda war sicher, dass er Juan befohlen hatte, den Strom abzuschalten. Damit befand sich die *Oregon* unter der Kontrolle eines Verräters und Diebes. Doch genauso wie mit dem Überfall der Somalis hatte Cabrillo auch mit einem solchen Ereignis gerechnet. Und sein Befehl für den Fall einer derartigen Attacke lautete, dass zunächst abgewartet werden sollte, was weiter geschähe.

Linda rief Max sowie Eric und Mark ins Operationszentrum. Sie beließ die Ruderkontrolle einstweilen auf der Kommandobrücke, aber sicherlich sollte das A-Team auf dem Posten sein, wenn sie sich die Kontrolle über ihr Schiff zurückholten. Sie warf einen Blick auf den Radarschirm. Ein Schiff war etwa achtzig Meilen entfernt, und während sie seinen Weg verfolgte, teilte sich der Blip in zwei separate Signale auf. Nach wenigen Sekunden wurde ihr klar, dass von diesem Schiff, das sich in schneller Fahrt näherte, ein Helikopter gestartet war, der mit mehr als einhundert Knoten Geschwindigkeit Kurs auf die *Oregon* nahm.

»Auf geht's!«

Cabrillo hätte Malcolm Winters' Meuterei bereits im Ansatz beenden können, wenn es ihm in diesem Moment wichtig gewesen wäre. Winters hatte es zwar gut gemacht, als er ins Ruderhaus geschlichen war, aber Cabrillo hatte sein Spiegelbild auf einer alten Kaffeekanne gesehen, die auf einem Regalbrett unter dem Panoramafenster der Kommandobrücke stand.

Anstatt zu reagieren, war er scheinbar ahnungslos sitzen geblieben, bis Winters ihm die Mündung des immer noch warmen Laufs seiner Beretta gegen den Hinterkopf drückte. »Tut mir leid, Käpt'n, aber bei den weiteren Plänen hat sich eine kleine Änderung ergeben.«

Hali, der am Ruder stand, wandte sich heftig einatmend um, weil er Winters bis zu diesem Moment, als er anfing zu reden, nicht gehört hatte.

»Ganz ruhig bleiben«, sagte Juan auf Arabisch.

»Jawohl, Käpt'n«, verfiel Hali sofort in die Rolle des furchtsamen Matrosen.

»Was wollen Sie?«, fragte Cabrillo wieder auf Englisch.

»Zuerst einmal möchte ich, dass Sie die Maschinen stoppen.« Winters kam herum, so dass er Cabrillo und Kasim gleichzeitig in Schach halten konnte. Ein M4-Sturmgewehr hing quer über seiner Brust.

Juan vermutete, dass ein Mann wie Gunny Winters, Veteran mit drei Einsätzen im Irak, wenigstens ein paar Brocken Arabisch verstand, daher gab er Hali am Ruder die richtigen Befehle. Das Pulsieren der Maschinen – ein künstlich erzeugtes Geräusch, um das Singen des eigentlichen Antriebs der *Oregon* zu übertönen – wurde leiser und verstummte schließlich ganz, bis nur noch das leise Zischen des Wassers zu hören war, das am stählernen Rumpf des Schiffes entlangströmte.

Der Morgen war so idyllisch, wie man ihn nur in den Tropen erleben konnte. Die Sonne war aufgegangen, aber die Wärme und Schwüle hatten noch nicht eingesetzt. Ein leichter Wind wehte, und die Wellen waren lang und träge und nicht höher als einige Zentimeter.

»Über welche anderen Waffen verfügen Sie außer den M60ern, die Sie am vergangenen Freitag gegen die Piraten eingesetzt haben?«, wollte Winters wissen.

Cabrillo musste insgeheim zugeben, dass er beeindruckt war. Dem silbergrauen Schimmer in seinem kurz geschnittenen Haar nach zu urteilen, war Winters den Fünfzigern sicherlich näher als dem Anfang der Vierziger. Seit über einer Woche agierte er unter Stress, der Wirkung von Koffeintabletten und mit wenig Schlaf, und trotzdem sah er noch immer ziemlich gut aus. Sicher, da war ein Bartschatten auf seinen Wangen, und die Augen waren blutunterlaufen, aber er hatte nichts von seiner militärischen Disziplin und nur wenig von seiner Haltung eingebüßt. In einer anderen Welt hätten sie vielleicht Freunde sein können.

»Ich bewahre eine Tokarev-Pistole im Safe in meiner Kabine auf, und mein Erster Offizier besitzt eine Schrotflinte.«

»Befehlen Sie Ihrem Mann, beide zu holen. Er soll sie mit entspannten Schlitten und offenen Verschlüssen auf dem Boden durch die hintere Brückentür schieben. Wenn ich ihn oder irgendjemand anderen von Ihrer Mannschaft sehen sollte, sterben Sie. Verstanden?«

»Ja.« Juan gab seine Anweisungen und stellte mit unterdrückt gequältem Grinsen fest, dass Winters ihn anscheinend verstand, weil er nickte, als Juan die Kombination seines Safes nannte. Zwei Minuten später rutschte eine Schrotflinte mit abgesägtem Lauf, gefolgt von einer ramponierten Tokarev-Pistole aus dem Korridor hinter der Kommandobrücke über die Türschwelle in den Ruderraum. Der Schlitten der Pistole war zurückgeschoben, so dass sie nicht abgefeuert werden konnte, und die Verschlüsse des Zwillingslaufs der Schrotflinte waren geöffnet, so dass man erkennen konnte, dass sie nicht geladen war. Winters inspizierte die Pistole mit einem kurzen Blick, um sich zu vergewissern, dass das Magazin herausgezogen worden war.

»Werfen Sie bitte beides über Bord, Käpt'n.«

Cabrillo hob die beiden Waffen auf, ging zur Brückennock auf der Steuerbordseite und schleuderte die Waffen über die Brüstung. Er wusste, dass Winters sich wegen der M60er unten auf dem Deck keine großen Sorgen machte. In engen Räumlichkeiten wie der Kommandobrücke würde eine solche Waffe eine Geisel genauso schnell und sicher töten wie den Kidnapper.

Juan kam zurück und stellte sich neben das Ruder. Winters hatte sich für den Fall, dass Cabrillo gelogen hatte und jemand mit einem Gewehr mit Zielfernrohr auf der Lauer lag, vom Fenster zurückgezogen. Abermals war Juan beeindruckt.

»Was nun?«

»Zwei Mann sollen den Drehkran unten auf dem Deck in Gang setzen und die leeren Container über die Reling befördern.«

»Was ist mit Ihren drei Kollegen? Sie werden doch sicher auch etwas dazu zu sagen haben.«

»Sie sind tot«, erwiderte Winters knapp. »Und jetzt sollten Sie meine Befehle ausführen. Und Ihr Steuermann soll in den Korridor hinter uns zurückkehren und auf weitere Anweisungen warten.«

Juan rief Hali durch die hintere Tür zu, was er tun solle. Ein wenig länger dauerte es, um die Ausführung des Befehls vorzubereiten. Eddie Seng und Franklin Lincoln verließen den Deckaufbau und gingen zum Drehkran. Eddie ließ den Dieselmotor an, der den Kran mit Strom versorgte. Obgleich er qualmte, als würde er jeden Moment den Geist aufgeben, lief er so gleichmäßig wie eine Nähmaschine.

Während Linc die Steuerung übernahm, kletterte Eddie auf den ersten der auf Deck stehenden Container. Er schleifte ein verrostetes Kabelgeschirr hinter sich her, das vier Haken besaß, die an den vier Ecken eines Containers befestigt werden konnten, sowie einen Stahlring in der Mitte, der in den Kranhaken eingehängt wurde.

Als der erste Container an der Schiffsseite über dem Wasser schwebte, erklang ein neues Geräusch. Es war das unverwechselbare Rattern von Hubschrauberrotorflügeln. Es wurde stetig lauter, bis Cabrillo das Gefühl hatte, es fülle seinen Kopf vollständig aus. Er konnte den Hubschrauber nicht sehen, weil er sich von Südosten näherte und über dem Heck in der Luft stehen blieb. Dann gab er Winters ein Zeichen, dass er sich das Schauspiel von der Brückennock aus ansehen wollte. Der ehemalige Gunnery Sergeant nickte.

Cabrillo trat in einen künstlichen Sturm hinaus, der von einem Sikorsky S-70, der zivilen Version des Black Hawk, erzeugt wurde. Die Seitentür des Choppers stand bereits offen, und als sich die Maschine über dem Schiffsheck stabilisiert hatte, rollten sich zwei dicke Seile ab. Zwei Männer folgten, noch ehe die Seilenden das Deck berührt hatten, und fielen wie Steine herab. Sie bremsten abrupt, ehe sie auf dem stählernen Deck aufschlugen. Zwei weitere Männer folgten eine Sekunde später.

Danach schwenkte der Hubschrauber ab und kehrte nach Süden zurück. Die Männer trugen schwarze Kampfanzüge und waren mit technischem Gerät und Waffen beladen. Ihr Abstieg war mit der Präzision von Angehörigen der Special Forces erfolgt, in deren Reihen sie tatsächlich früher gedient hatten.

»Ihre Leute werden sich innerhalb des Schiffes aufhalten«, sagte Winters, der seine geduckte Haltung beibehielt, um kein Ziel abzugeben. »Wo, ist mir egal, solange sie nicht zu sehen sind. Wer einer Tür oder einem Fenster zu nahe kommt, wird ohne Vorwarnung erschossen.«

»Hali!«, rief Juan.

»Ich bin hier, Käpt'n. Was hatte dieser Lärm zu bedeuten?«

»Vier weitere Soldaten haben das Schiff geentert. Geben Sie über die Sprechanlage durch, dass sich die gesamte Besatzung in der Messe versammeln und dort warten soll. Niemand darf das Deck betreten, egal aus welchem Grund. Ist das klar?«

»Jawohl, Käpt'n. Wir warten in der Messe, bis Sie uns rufen.«

Juan fragte sich, ob er und seine Mannschaft dieses Abenteuer überleben würden oder ob Winters und seine Chefs sie als potentielle Zeugen eliminieren konnten. Er tippte auf Letzteres. Die Mannschaft war nicht nur Zeuge des Überfalls, sondern das Versenken des Schiffes würde außerdem den Diebstahl vor den Bandenbossen verschleiern. Ein ordnungsgemäß abgesetzter SOS-Ruf und eine Such- und Rettungsaktion, in deren Verlauf das Schiff gefunden wird, buglastig auf dem Meeresgrund stehend, so dass eine Bergung unmöglich ist, und, voilà, schon hat man seinem Partner eine Milliarde Dollar abgeknöpft.

Der leere Container schlug mit einem lauten Dröhnen und begleitet von einer hohen Wasserfontäne auf und tanzte auf den Wellen wie ein roter Eiswürfel in einem Drink. Eddie raffte die Kabelschlinge zusammen, nachdem er sie vom Container gelöst hatte, und wurde zurück an Bord gehievt.

Winters stieß einen Fluch aus, als er aus dem Brückenfenster blickte. Er fürchtete keinen Scharfschützen mehr, da seine Männer mittlerweile das Oberdeck besetzten und alles unter Kontrolle hatten. »Ich habe vergessen zu verlangen, dass die Türen der Container geöffnet werden, damit sie versinken.«

»Ich gebe das weiter.« In einem kleinen Schrank unter dem Kartentisch lag ein Megafon bereit.

»Wenn Sie nur einen Schritt nach draußen machen, Käpt'n, werden meine Leute Sie töten. Spricht einer von Ihren beiden Männern da draußen Englisch?«

»Ja.«

Der ehemalige Marineinfanterist ergriff das Megafon und trat auf die Brückennock hinaus. »Achtung! Hier spricht Winters.« Seine verstärkte Stimme dröhnte und hallte über das Schiff, während zwei seiner Wächter die Gewehre hochrissen und in Anschlag brachten, ehe sie sich wieder entspannten. »Ihr beide da unten am Kran. Von jetzt an öffnet ihr die Containertüren, damit sie versinken. Hebt einen Arm, wenn ihr verstanden habt.« Der asiatische Mannschaftsangehörige, der sie auf dem Kai in Umm Qasr erwartet hatte, winkte nervös. Winters kehrte ins Ruderhaus zurück. Obwohl er mit den Männern draußen redete, hatte er weder den Chairman für einen

Moment aus den Augen gelassen noch die Waffe gesenkt, die er nach wie vor auf ihn richtete.

Es dauerte drei Stunden, sämtliche leeren Container auszuladen. Als Eddie und Linc diese Arbeit beendet hatten, näherte sich ein Boot. Es sah aus wie ein typischer Bohrinsel-Tender mit einem kastenförmigen Deckaufbau am Bug und einem langen offenen Achterdeck. Auf dem Deck stand der Sikorsky-Hubschrauber, der Winters' Männer auf der *Oregon* abgesetzt hatte, und dann noch ein schwerer Kran auf breiten Fahrketten. Zwischen beiden war genügend Platz für den Container.

Cabrillo begriff auf Anhieb, weshalb sie ihren eigenen Kran mitgebracht hatten. Als sie den Plan schmiedeten, den Container zu stehlen, hatten Winters und seine amerikanischen Partner nicht gewusst, ob das Schiff, mit dem das Geld aus dem Irak herausgeschmuggelt werden sollte, über eigene Kräne verfügte, um Ladung aufzunehmen oder zu löschen. Klugerweise hatten sie angenommen, dass es keinen Kran an Bord gab, daher hatten sie ihren eigenen Kran zu diesem Hochseerendezvous mitgebracht.

»Falls Sie schon darüber nachgedacht haben sollten – wir haben nicht die Absicht, Sie zu töten«, sagte Winters beiläufig, während er beobachtete, wie seine Partner näher kamen.

»Das überzeugt mich kaum«, sagte Juan.

»Nein, wirklich. So wie wir es sehen, können Sie unmöglich in Jakarta mit der Geschichte aufkreuzen, dass wir unsere anderen Partner betrogen haben. Vielleicht glaubt man Ihnen das, vielleicht auch nicht, aber man wird Sie ganz sicher zwingen, für den Verlust aufzukommen. Ihre einzige Chance, am Leben zu bleiben, dürfte sein, dieses Schiff in irgendeinem unbedeutenden Hafen zu verkaufen und von der Bildfläche zu verschwinden.«

Cabrillo sagte nichts.

»Ich habe dieses Töten allmählich satt«, fuhr Winters fort. »Diese drei da unten ...« Seine Stimme versiegte, als ein neues Geräusch über das Schiff hallte. Es war das schrille Heulen einer der 20-mm-Gatling-Kanonen, die das Feuer auf den Tender eröffnete. Die Projektile bohrten sich in sein Heck wie die Klauen einer Raubkatze ins Hinterteil ihrer Jagdbeute. Stahl wurde zerfetzt, als wäre es Papier. Das Steuerruder des Tenders wurde vollständig abgerissen, und weitere Treffer zertrümmerten die Stopfbuchse, wo die Propellerwelle aus dem Rumpf herausragte. Die Welle selbst zerbarst unter dem Trommelfeuer, und der bronzene Propeller brach ab wie ein fauler Zahn.

Wasser drang in derartigen Mengen in den Maschinenraum ein, dass die Mannschaft dort nicht die geringste Überlebenschance hatte. Der Feuerstoß dauerte nur wenige Sekunden, aber er reichte aus, um den schnellen Tod des Schiffes zu besiegeln.

Doch Juan hatte mit der Salve aus der Gatling gerechnet. Alles war bereits Tage zuvor geplant worden, als sie verschiedene Überfall-Szenarios durchspielten. Wenn sich ein Helikopter der *Oregon* genähert hätte, als der Container hätte hochgehievt werden können, wäre er sofort abgeschossen worden. Sie hatten den Sikorsky verschont, weil einerseits die leeren Container noch auf Deck standen und die Frachtluke versperrten und die Maschine andererseits nicht genügend Tragkraft hatte, um den mit Bargeld gefüllten Container auch nur anzuheben, geschweige denn durch die Luft zu bewegen.

Bestünde sein Inhalt ausschließlich aus Einhundert-Dollar-Scheinen, hätte er ein Gewicht von elf Tonnen. Zweiundzwanzigtausend Pfund Bargeld. Noch schwerer wäre er allerdings, wenn sich Scheine mit kleinerem Nennwert darunter befänden.

Das Ablenkungsmanöver in Gestalt der vernichtenden Attacke auf den Tender verschaffte Juan Cabrillo keinerlei Vorteil. Gunny Winters schoss ihm beinahe ins Gesicht, als Juan angriff. Der alte Marineinfanterist hatte die Reflexe eines olympiareifen Fechters und die Konzentrationsfähigkeit eines Zen-Meisters. Selbst noch während die Gatling ihr grässliches Heulen erklingen ließ, war Winters kampfbereit. Juan hatte Winters' Arm kaum zur Seite gedrückt, als der Gunny dicht neben Cabrillos Ohr vier Schüsse in rascher Folge abfeuerte. Die beiden Männer kollidierten Brustkorb gegen Brustkorb, und Juan hatte das Gefühl, von einer Betonmauer aufgehalten zu werden. Winters war ungefähr genauso groß wie Juan, aber unter seinem weit geschnittenen Hemd strotzte ein Oberkörper von Muskelpaketen. Wie eine angreifende Kobra stieß Winters den Kopf vor und hätte Cabrillos Nase zertrümmert, wenn dieser nicht zurückgewichen wäre, wobei er den Griff um Winters' Pistolenhand jedoch nicht im Mindesten lockerte. Ein blitzschneller Fußtritt in Richtung seines Unterleibs folgte als Nächstes, und Juan verdrehte sein Bein, um den wuchtigen Tritt mit dem Oberschenkel abzufangen. Der Treffer ließ sein Bein bis zu den Zehen hinab völlig kraftlos werden.

Die meisten Zweikämpfer, die mit einer Pistole bewaffnet sind, konzentrieren ihre Bemühungen darauf, die Waffe abzufeuern, und ignorieren alle anderen Möglichkeiten. Nicht so dieser Mann. Er stürzte sich ohne Rücksicht auf Verluste auf Juan. Es war, als hätte die Pistole in seiner rechten Hand keinerlei Bedeutung für ihn. Unterdessen vernachlässigte Cabrillo seine Deckung und bot ihm genügend Ziele für Schläge und Tritte, weil er ge-

zwungen war, die Pistolenhand weiterhin von sich fern-
zuhalten.

Die Gatling verstummte schließlich, und Rauch quoll
aus den mehreren hundert Löchern, die sie in den Rumpf
des Tenders gestanzt hatte. Der Kampf im Ruderhaus
ging in seine siebte Sekunde, als Cabrillo erkannte, dass
er im Begriff war, den Kürzeren zu ziehen. Und das löste einen Alarm in ihm aus – die Vorstellung von einer
Niederlage. Er hämmerte Winters' Hand immer wieder
gegen einen Fensterrahmen, bis die Pistole klirrend aufs
Deck fiel.

Er ließ die Hand los, weil er wusste, dass Winters sie
nicht mehr benutzen konnte, und feuerte eine ganze Serie von Schlägen ab, die Winters jedoch gekonnt parier-
te. Juan musste unbedingt noch einige weitere Sekunden herausschinden. Sein Plan sah vor, dass seine Leute
die Wachen auf Deck überwältigten und die Kommandobrücke zurückeroberten. Jeden Moment würde Max mit
Linc und MacD im Schlepptau durch die Tür hereingestürmt kommen.

Winters' rechte Hand sollte eigentlich nutzlos sein.
Trotzdem schaffte er es, ein Kampfmesser aus einer Schei-
de zu ziehen, die er unter seinem Hemd um die Taille
geschnallt hatte. Cabrillo widersetzte sich dem natürlichen Drang, vor der Klinge zurückzuweichen. Stattdessen
verringerte er die Distanz und schränkte damit Winters'
Spielraum ein, um mit dem Messer auszuholen. Winters drehte das Messer und machte Anstalten, es in Juans
Schulter zu stoßen. Juan packte das Handgelenk seines
Gegners, aber der ehemalige Marineinfanterist hatte die
bessere Position inne und konnte eine stärkere Hebelkraft
entwickeln, so dass die Klinge die Haut über Cabrillos
Trapezmuskel ritzte. Dann winkelte Winters die Klinge

an und zielte auf die Hauptarterien, die das Gehirn mit Sauerstoff versorgten.

Heißes Blut quoll aus der Wunde und rann ihm die Brust hinunter. Cabrillo brüllte auf, als er seine gebündelte Kraft einsetzte, um ein tieferes Eindringen des Messers zu verhindern, während Winters mindestens ebenso verbissen versuchte, die Klinge in voller Länge in die Wunde zu stoßen.

Sie schaffte einen Zentimeter. Je tiefer sie eindrang, desto weniger hatte Juan dem unbarmherzigen Druck entgegenzusetzen. Er spürte, wie sein Gegner die Kraft zu einem letzten Aufbäumen sammelte, zu einem letzten Stoß, der ihn töten würde.

Das Blut, das ihm ins Gesicht spritzte, trübte seinen Blick für einen kurzen Moment, und dann hörte er den Schuss. Winters brach tödlich getroffen zusammen und riss das Messer aus Cabrillos Körper heraus, als er zu Boden sackte. Max stand in der hinteren Türöffnung, eine kompakte Glock in der Hand, aus deren Mündung, die zur Decke gerichtet war, kleine Wölkchen Pulverdampf aufstiegen.

»Die anderen vier haben sich kampflos ergeben«, sagte Hanley.

»Ich hatte so gut wie jeden Vorteil unter der Sonne auf meiner Seite, und trotzdem hat er mich beinahe ins Jenseits geschickt.« Juan schlug sein bluttriefendes Hemd zurück, um die Wunde zu begutachten. Es war tatsächlich nur ein winziger Schnitt, aus dem in einem dünnen Rinnsal das Blut heraussickerte.

»Ich denke, Hux sollte mal eben mit ihrem Nähzeug raufkommen«, meinte Max nicht sonderlich besorgt.

»Wie sehr dir mein Wohlergehen am Herzen liegt, berührt mich zutiefst.«

»Oh, aber ich habe dir doch gerade das Leben gerettet.«

»Das kann ich nicht leugnen.« Juan betrachtete Winters' Leiche. »Ein harter Knochen.«

»Wie heißt es so schön, einmal Ledernacken, immer Ledernacken.«

Innerhalb weniger Minuten herrschte auf der Kommandobrücke emsige Geschäftigkeit. Hux hatte Juan auf einen freien Platz gesetzt und ihm geholfen, das Hemd auszuziehen, damit sie die Wunde säubern, nähen und verbinden konnte. Max leitete und beaufsichtigte die Rettung der Passagiere und der Mannschaft des Bohrinseltenders. Das Heck des Schiffes war bereits so tief abgesackt, dass fast der gesamte Bug aus dem Wasser ragte. Es sank zu schnell, um ein Rettungsboot zu Wasser zu lassen, daher sprangen Männer ins Wasser, teilweise mit Schwimmwesten, sofern sie denn eine solche hatten finden können, und kraulten zu dem großen Frachter hinüber, den sie eigentlich hatten ausrauben wollen.

Linda, MacD und Mike Trono, alle drei bewaffnet, standen in der Nähe der heruntergelassenen Gangway, um ihre neuen Gäste zu begrüßen.

Cabrillo weigerte sich, etwas Stärkeres als Tylenol zu schlucken, und war gerade rechtzeitig wieder auf den Beinen, um mitzuerleben, wie der Fahrkran seine Halteketten sprengte, über das steil abfallende Deck rutschte und den bereits teilweise von Wasser überspülten Hubschrauber zertrümmerte.

»Da muss wohl irgendjemand fürs Erste auf sein Spielzeug verzichten.«

»Darauf kannst du Gift nehmen«, sagte Max, die obligatorische Pfeife weiterhin im Mund. »Der Tender und der Kran waren gemietet, aber der Heli gehörte demjenigen, der diese Nummer hier finanziert hat.«

»Genau das ist mir auch schon durch den Kopf gegangen«, pflichtete Juan ihm bei.

Der Bug des Tenders ragte jetzt nahezu senkrecht in die Höhe, umgeben von einem Gischtkranz, der durch die Luftbläschen erzeugt wurde, die aus den zahllosen 20-mm-Einschusslöchern aufstiegen. Und dann war das Schiff verschwunden. Das Wasser wurde noch für einige Sekunden aufgewühlt, aber der Rumpf richtete sich horizontal aus, so dass sich die Wasseroberfläche schnell glättete. Alles, was übrig blieb, waren ein kleiner Ölfleck und einige wenige nicht näher identifizierbare Stücke Treibgut.

Die ersten Überlebenden erreichten mittlerweile die Bordtreppe. Jeder wurde sorgfältig gefilzt und angewiesen, sich auf einem freien Teil des Oberdecks in der Nähe der vier Männer, die mit dem Hubschrauber an Bord gelangt waren, niederzulassen und sich nicht vom Fleck zu rühren.

Juan und Max gingen hinunter, um ihre Beute in Augenschein zu nehmen. Wie sie bereits vermutet hatten, bestand die Mannschaft des Tenders aus gedungenen Helfern – in diesem Fall waren es eingeborene Indonesier, die wahrscheinlich auf den Ölfeldern von Brunei arbeiteten. Sie wurden eingesperrt und verhört, am Ende aber wieder freigelassen. Was Juan viel mehr interessierte, waren die vier Westler. Zwei von ihnen, vermutete er, waren die beiden Vertreter aus dem Irak. Die anderen beiden waren älter, und während sie nach der unerwarteten Schwimmübung wie nasse Ratten aussahen, umgab die beiden eine Aura von Würde und eingefleischter Arroganz. Er kannte keinen von ihnen, und sie blieben stumm, als er sie nach ihren Namen fragte.

Cabrillo schüttelte genervt den Kopf. Er holte sein Mobiltelefon hervor, schoss Fotos von ihren Gesichtern und schickte sie per E-Mail an Mark Murphy, der immer noch in die Datenbanken des Verteidigungsministeriums eingeloggt war. Er erzielte auf Anhieb einen Treffer, und die Antwort versetzte Juan einen gelinden Schock.

»Max, weißt du, mit wem wir es hier zu tun haben?«

»Mit einer Ratte.«

»Sicher, aber mit einer Ratte im Rang eines ehemaligen Stellvertretenden Staatssekretärs der Army.«

»Stellvertretender Staatssekretär? Ist das ein offizieller Titel?«

»Es geht doch nichts über eine solide Bürokratie. Ist es nicht so, Mr. Hillman? Ich weiß zwar noch nicht, wer Ihr Freund ist, aber ich vermute, dass Sie hier das Sagen haben.«

»Wer sind Sie?«

»Tut mir leid, das ist meine Party. Hier stelle ich die Fragen. Ich finde es ziemlich seltsam, dass Sie tatsächlich denken konnten, mit dieser Geschichte durchzukommen. Haben Sie ernsthaft angenommen, das Pentagon würde eine Milliarde Dollar einfach abschreiben? Eine Milliarde nicht zurückverfolgbarer Dollars. Mit diesem Geld lassen sich auf Jahre hinaus schwarze Operationen finanzieren, und Sie haben wirklich geglaubt, das Militär würde diesen Posten einfach vergessen.«

Dem geknickten Gesichtsausdruck Hillmans nach zu urteilen, mit dem er Cabrillo ansah, war es genau das, was er und seine Mitverschwörer angenommen hatten.

»Sie haben seit Jahren geplant, dieses Geld wieder in ihren Besitz zu bringen«, fuhr Juan fort. »Sicher, niemand wusste, wer es hatte, aber sie sind sich verdammt sicher gewesen, dass sie es zurückholen würden. Wir wussten sogar, dass Sie und Ihre irakischen Komplizen einander am Ende gegenseitig austricksen würden. Wenn wir es bis

Jakarta geschafft hätten, wären wir bestimmt von ein paar Hundert al-Qaida-Kämpfern empfangen worden.«

»Wo ist Gunny Winters?«, fragte einer seiner Freunde aus Umm Qasr. Sie vermuteten in dem Mann einen der ehemaligen Offiziere, unter denen Winters gedient hatte.

»Gehörte er zu Ihren Männern?«, fragte Juan.

»Ich hatte das Privileg, während seines letzten Einsatzes sein kommandierender Offizier zu sein.«

»War er ein guter Marineinfanterist?«

»Der beste.«

»Er ist tot.« Der Mann musste bereits Bescheid wissen, denn er reagierte nicht. »Max hat ihn erschossen, als er versucht hat, mich abzustechen wie ein Schwein, und jetzt wird man sich an diesen guten Ledernacken nur noch als einen Verräter und Dieb erinnern. Ich hoffe, Sie sind richtig stolz darauf.«

»Was geschieht als Nächstes?« Diese Frage kam von einem der Kämpfer, die sich aus dem Sikorsky abgeseilt hatten.

Er sah zu jung aus, um an diesem Coup aktiv beteiligt zu sein. Juan vermutete, dass er ein ehemaliger Soldat war, der jetzt als Söldner arbeitete und für diesen Einsatz engagiert worden war. Wahrscheinlich wusste er noch nicht einmal, was wirklich hinter dieser Operation steckte.

»In ein paar Stunden wird ein Kampflandungsschiff, das uns folgt, seit wir den Persischen Golf verlassen haben, am Horizont erscheinen. Sie schicken dann ein Boot, um Sie abzuholen, und einen großen Chinook-Hubschrauber für den Container. Die vier, die auf meinem Schiff abgesetzt wurden, werden vor Gericht gestellt und wegen Piraterie schuldig gesprochen, während diese Gentlemen hier den Rest ihres Lebens im schlimmsten Gefängnis irgendeines bislang noch ungenannten Landes verbringen werden, höchstwahrscheinlich sogar ohne in den Genuss einer ordnungsgemäß geführten Gerichtsverhandlung zu gelangen. Dabei tippe ich auf ein schwarzafrikanisches Land, wo die HIV-Rate in den Gefängnissen an die fünfzig Prozent beträgt.«

Hillman und die anderen wurden blass.

»Sehen Sie, Mr. Hillman«, fügte Juan hinzu, »Uncle Sam wird zu keinem Zeitpunkt öffentlich eingestehen, dass ein derart schwerer Diebstahl jemals stattgefunden hat. Es würde unsere Regierung ziemlich inkompetent dastehen lassen, und das bedeutet, dass Sie still und heimlich unter den Teppich gekehrt werden.«

»Haben Sie eine Ahnung!«, meinte der ehemalige leitende Angehörige des Verteidigungsministeriums herablassend. »Sie werden mir einen Handel anbieten, weil ich nicht der Chef des Ganzen bin. Ich kann Namen nennen, und am Ende komme ich sauber aus der Sache raus.«

Cabrillo beugte sich so weit vor, dass der Mann deutlich sehen konnte, welchen Hass und welche Freude Juan über Hillmans Niederlage empfand. »Das ist ein Problem. Sehen Sie, nach deren Auffassung stehen Sie weit genug oben. Man gibt Ihnen die Schuld, und Sie werden bestraft. Singen Sie ruhig, so viel Sie wollen, niemand wird Ihnen zuhören.«

Er und Max entfernten sich. Er hatte keine Ahnung, ob seine Drohung zutraf, aber es war immerhin nett anzusehen, wie Hillman tatsächlich zu zittern begann, als er über sein weiteres Schicksal nachdachte.

Eddie und Linc holten den letzten Container aus dem Frachtraum und stellten ihn aufs Deck. Cabrillo und Hanley gingen um ihn herum. Die Zollplomben befanden sich noch immer an Ort und Stelle. Juan legte eine Hand gegen die Seitenwand des Stahlbehälters, als könnte er auf diese Art und Weise spüren, was sich dahinter befand.

»Gerätst du etwa doch in Versuchung?«, fragte Max mit einem hinterhältigen Grinsen.

»Fang nicht wieder damit an. Aber es gibt etwas, das ich tun muss. Overholt wird es nicht besonders gefallen, aber ich muss wenigstens einen Blick hineinwerfen.« Er öffnete die hintere Tür und zerbrach die empfindliche Plombe.

Was sie zu sehen bekamen, waren quadratische Pakete, etwa so groß wie Heuballen, die in unterschiedlich gefärbte Plastikfolie eingeschweißt waren. Die Pakete waren aufeinandergestapelt wie jedes andere Frachtgut auch, und die Stapel reichten fast bis zur Decke des Containers. Es hätten genauso gut Pakete mit DVDs oder anderen Konsumgütern sein können, wie sie auf der ganzen Welt in ISO-Containern verschifft wurden.

»Na ja«, sagte Max. »Was hast du erwartet? Ali Babas Schatzkammer?«

Juan war verblüfft, wie genau die Einschätzung seines Freundes zutraf. »Ein bisschen Hoffnung tut niemandem weh.«

Cabrillo zog eins der Pakete aus dem Stapel und schnitt die Kunststofffolie mit dem Messer auf, das er stets bei sich trug. Ein Schmerzimpuls zuckte durch seine Schulter und erinnerte ihn daran, dass er sich lieber für ein paar Tage schonen sollte. Er vergrößerte den Einschnitt, um ein zehn Zentimeter dickes Bündel Einhundert-Dollar-Scheine herauszuholen.

»Ich habe mal irgendwo gelesen, dass ein Stapel eintausend amerikanischer Dollar-Noten gut zehn Zentimeter dick ist. Dies hier sind Hunderter. Demnach hätte ich einhundert Riesen in der Hand.« Andächtig betrachteten sie den Containerinhalt und gewannen in diesem Moment eine wesentlich bessere Vorstellung als jeder andere

Bewohner des Planeten, wie eine Milliarde Dollar wirklich aussah.

Er stopfte das Geld zurück und überließ es diesmal Max, das Paket in den Container zu schieben. Sie schlossen die Tür, legten wieder den Riegel vor und beendeten auf diese Weise eine achtjährige Operation. Ironischerweise käme ihr Honorar auch aus diesem Geldstapel, sobald er auf dem schwarzen Konto für inoffizielle Sonderausgaben verbucht wäre.

Stunden später, nachdem die toten Irakis ein würdiges Seebegräbnis erhalten hatten und die Gefangenen und das Bargeld auf die USS *Boxer* umgeladen worden waren, veranstaltete der Chairman im Speisesaal für die gesamte Mannschaft ein opulentes Abendessen und verkündete unter ausgelassenem Applaus, mit welchem Geldbetrag jedes Mitglied der Corporation als Honorar für die erfolgreiche Wiederbeschaffung des Containers rechnen durfte.

Wie das Schicksal so spielte – und in ihrem Gewerbe hatte das Schicksal einen viel größeren Einfluss als in den meisten anderen –, hatte sich Juan soeben ein zweites Glas Veuve Clicquot eingeschenkt, als er den Vibrationsalarm seines Mobiltelefons spürte.

Es war der diensthabende Offizier im Operationszentrum. »Tut mir leid, Ihre Party stören zu müssen, Chairman, aber ich habe einen Anrufer in Ihrer privaten Leitung.«

»l'Enfant«, flüsterte Juan unwillkürlich. Er musste es sein, und es konnte nur bedeuten, dass der Informationsmakler Pytor Kenin aufgespürt hatte. Nach dieser zwar ungelegenen, aber profitablen Ablenkung wurde es Zeit, die Fährte von Yuri Borodins Mörder wieder aufzunehmen.

VIERUNDZWANZIG

In Anbetracht des Reiseziels und des späteren Einsatz-
ortes schien es sinnvoll, dass Eddie Seng den Chairman
bei seiner Aufklärungs-Mission begleitete. l'Enfant hatte
lediglich eine Adresse geliefert. Mark und Eddie hatten
danach ihre wie gewohnt gründlichen Recherchen über
den Ort angestellt, aber nichts konnte besser sein, als sich
einen genauen visuellen Eindruck zu verschaffen, und in
einem solchen Fall sahen zwei Augenpaare nun mal mehr
als eins. Sie flogen mit einem Business Jet von Jakarta
nach Shanghai.

Keiner der beiden fühlte sich in Eddies Heimatland
sonderlich wohl. Seng gefiel es nicht, weil er dort einen großen Teil seiner CIA-Laufbahn mit dem Anwerben von Agenten verbracht hatte, die für ihn spionieren
sollten, und sich ziemlich oft mit den verschiedenen Si-
cherheitsinstitutionen der Volksrepublik angelegt hatte.
Den Umfang des Dossiers, das man über ihn angelegt
hatte, schätzte er auf rund eintausend Seiten. Zwar sah
er seinem damaligen Konterfei nicht einmal mehr entfernt ähnlich, dafür hatten die besten plastischen Chirurgen gesorgt, die man für das Geld der CIA hatte engagieren können, aber nichtsdestoweniger hatte er jedes
Mal, wenn er dorthin zurückkehrte, das Gefühl, beobachtet zu werden.

Cabrillo war für das Ministerium für Staatssicherheit
ebenfalls von Interesse, da er einst die *Chengdo*, einen
Zerstörer der chinesischen Marine, in die Luft gesprengt

hatte. Rein technisch betrachtet hatte Dirk Pitt die Bombe gezündet, aber er hatte es getan, während er sich an Bord der *Oregon* befand. Nicht das war es jedoch, was auf dem Chairman lastete, sondern es war die Tatsache, dass ihn diese spezielle Auseinandersetzung ein Bein gekostet hatte. Er brütete nicht sehr oft über diesen Verlust nach, für den er sich auf die vielfältigste Art und Weise revanchiert hatte, aber es gab durchaus Zeiten, in denen es ihm ausgesprochen schmerzlich bewusst wurde.

Shanghai war mit fünfundzwanzig Millionen Einwohnern die wahrscheinlich größte Stadt der Welt. Während ihrer Hochgeschwindigkeitsfahrt im Transrapid vom Flughafen durch Vororte und Trabantenstädte mit ihren kilometerlangen Wohnblocks, vor deren Fenstern die Wäsche ihrer Bewohner im Wind flatterte, hatte Juan nicht die geringsten Zweifel daran. Während Eddie der Stadt schon des Öfteren einen Besuch abgestattet hatte, war dies Juans erster Aufenthalt. Bei Spitzengeschwindigkeiten von bis zu vierhundert Stundenkilometern erreichte der extrem schnittige Zug, der sich auf einem Luftpolster bewegte, den Pudong District der Stadt innerhalb weniger Minuten. Ein Taxi hätte für die fünfundzwanzig Kilometer mehrere Stunden gebraucht.

Nur wenige Jahre zuvor hatte Pudong am Ostufer des Huangpu River – im Gegensatz zum Westufer, auf dem sich die alten Stadtviertel und die meisten Wolkenkratzer, die nach der Expansionsphase der 1970er Jahre übrig geblieben waren, befanden – nur wenige Bewohner gehabt. Jetzt hingegen war Pudong mit seiner charakteristischen Skyline aus ungewöhnlich geformten Gebäuden, darunter als das bekannteste der Oriental-Pearl-Fernsehturm mit seinen seltsamen aufeinandergestapelten Kugeln sowie das wunderschöne Shanghai World Financial Center, das Gesicht der Stadt. Hektik und Lärm in den Straßen erinnerten an New York City.

Mit einem Taxi fuhren sie vom Bahnhof weiter zu ihrem Hotel, checkten jedoch separat ein, da zwei Männer in einem Doppelzimmer unweigerlich Verdacht erregt hätten. Wie das Glück es wollte, befand sich keins der beiden Zimmer auf der richtigen Gebäudeseite, daher musste Juan den hässlichen Amerikaner herauskehren und ein anderes Zimmer verlangen. Dieses neue Zimmer entsprach schließlich seinen Vorstellungen und war für ihr Vorhaben geradezu ideal.

Die Adresse, die l'Enfant ihnen geliefert hatte, gehörte zu einem der neueren Wolkenkratzer in Pudong. Es war ein glänzender Kasten aus schwarzem Spiegelglas, über einhundertdreißig Meter hoch. Zwar war er bei weitem nicht das höchste Gebäude des Distrikts, trotzdem wirkte er beeindruckend.

Eddie kam zu Cabrillo, dessen neues Zimmer einen Blick auf den *Zielturm* bot. Das Hotel war nicht so hoch wie dieses Gebäude, aber einstweilen waren sie mit der Sicht zufrieden. Eddie war als Fachhändler für medizinische Geräte in China eingereist, so dass er ein paar spezielle elektronische Geräte hatte mitführen können. Der Zoll hatte natürlich sein gesamtes Gepäck unter die Lupe genommen, jedoch nichts Verdächtiges gefunden.

Mit einem dieser Geräte trat er nun ans Fenster, öffnete dieses einen Spalt breit, schob eine Sonde hinaus und zielte damit auf das gegenüberstehende Gebäude. Er beobachtete eine Digitalanzeige, während er die Sonde nacheinander auf jedes Stockwerk richtete, wobei er im Parterre anfing und sich langsam nach oben arbeitete. Als er auf das vorletzte Stockwerk zielte, stieß er nach einem Blick aufs Display ein undeutliches Knurren aus.

Die Überprüfung der obersten Etage lieferte ihm das gleiche Ergebnis.

»Und?«, fragte Juan.

Das Gerät war ein Laser, der die Schwingungen einer Fensterscheibe registrieren konnte. Mit Hilfe einer entsprechenden Software konnten diese Schwingungen dann in die gesprochenen Worte dessen umgewandelt werden, der sich auf der anderen Seite der Glasscheibe aufhielt. Sie hatten sich nicht einmal die Mühe gemacht, einen Computer mitzunehmen, um die Schwingungen »lesen« zu können. Für sie war nur interessant zu erfahren, ob irgendjemand in dem Gebäude den Versuch unternahm, den erfolgreichen Einsatz eines solchen Laser-Detektors zu vereiteln.

»Die beiden oberen Stockwerke verfügen über Zufallspulsgeneratoren«, erwiderte Eddie und legte den Laser wieder in seinen Transportbehälter zurück. »Die Fensterscheiben tanzen wie Derwische. Unmöglich, mit einem Laser aufzuzeichnen, was in dem Raum dahinter gesprochen wird.«

Juan nickte nachdenklich. Das bedeutete zwar nicht unbedingt, dass l'Enfant mit seinem Tipp richtiglag, aber es ließ die ziemlich sichere Schlussfolgerung zu, dass dem Benutzer der oberen beiden Stockwerke die Abhörsicherheit der Räumlichkeiten am Herzen lag. »Okay, das sieht schon mal ganz gut aus. Wir trennen uns jetzt und versuchen, so viel wie möglich über die Bewohner dieser Stockwerke in Erfahrung zu bringen.«

Eddie trug bereits seine erste Verkleidung als Paketbote. Später würde er sich umziehen und versuchen, bekleidet mit einem Straßenanzug als möglicher zukünftiger Mieter in das Gebäude zu gelangen.

Juan posierte als Tourist mit Gürteltasche, Baseballmütze und einer Windjacke mit Panda-Logo. Dank eines Online-Foto-und-Karten-Service wussten sie längst, dass das Gebäude über einen ausgedehnten Dachgarten verfügte, und er hatte sich bereits den besten Aussichtspunkt ausgesucht, um einen Blick darauf zu werfen.

Vier Blocks von dem schwarzen Turm entfernt betrat Cabrillo die kunstvoll gestaltete Lobby eines anderen Gebäudes, das so jung war, dass noch immer der Geruch von frischer Farbe in der Luft lag. Ein Expresslift brachte Besucher zur Aussichtsplattform hinauf. Eine Gruppe von Schulmädchen in gleichfarbenen Röcken und Pullovern drängte sich kichernd und schwatzend vor den geschlossenen Fahrstuhltüren und vertrieb sich die Wartezeit mit komplizierten Abklatschspielen. Die Lehrerinnen der Mädchen unterhielten sich währenddessen mit einem Angehörigen der Hausverwaltung.

Schließlich erschien die Liftkabine, und die Gruppe strömte hinein. Juan schenkte den Lehrerinnen ein albernes Grinsen, daraufhin ignorierten sie ihn geflissentlich. Etwa zweihundertfünfzig Meter über der Straße stiegen sie aus und gelangten auf eine offene Plattform, die von einer brusthohen Glasbarriere umgeben war. Das Panorama war atemberaubend. Tief unten konnte man Schiffe auf dem Huangpu River und auf der gegenüberliegenden Seite die berühmte Bund-Promenade sehen. Im Norden schimmerte der mächtige Yangtze. Und wenn man nach Osten über das Häusermeer hinwegblickte, grüßten die stillen Fluten der Ostchinesischen See.

Die Kinder würdigten die herrliche Aussicht mit bewundernden Ooohs und Aaahhs. Was Cabrillo betraf, so war er zwar ebenfalls angemessen beeindruckt, doch war er wegen eines ganz bestimmten Ausblicks hier heraufgekommen. Er ließ sich einen Moment Zeit, um sich zu vergewissern, ob irgendjemand auf der Aussichtsplattform fehl am Platz erschien. Ein einziger Wachmann war anwesend, der auf der Plattform auf und ab schlenderte und an einen dieser Haifische erinnerte, die man gelegentlich in Seewasseraquarien dabei beobachten konnte, wie sie lauernd ihre Kreise zogen. Die restlichen Anwesenden waren ausnahmslos Touristen – wie er selbst – oder junge Paare, die an diesem Werktag die Arbeit schwänzten. Er näherte sich dem Punkt, von dem aus er die beste Sicht nach unten auf den Dachgarten hatte, gab sich jedoch nur mit einem kurzen, desinteressierten Blick zufrieden, ehe er sich umdrehte und den wuchtigen Aufbau in der Mitte des Dachs betrachtete, in dem der Fahrstuhlmotor seine Arbeit verrichtete. Auf Anhieb entdeckte er die Überwachungskamera, da sie die einzige auf der Aussichtsplattform war. Und – sie war auf den Punkt gerichtet, von dem aus man das Zielgebäude am besten inspizieren konnte. Demnach wollte jemand ganz genau wissen, ob er beobachtet wurde.

Juan hatte mit keiner Reaktion verraten, dass er die Kamera lokalisiert hatte. Dazu war er zu professionell. Er war allerdings auch neugierig und entfernte sich aus ihrem Aufnahmebereich, schlenderte scheinbar ziellos herum wie jeder typische Tourist. Zwanzig Minuten lang blieb er auf der Plattform, als könnte er sich an dem Panorama nicht sattsehen. Die Schulmädchen waren längst wieder nach unten gefahren und durch eine Gruppe deutscher Touristen, die sich offenbar auf einer Pauschalreise befanden, ersetzt worden. Er schätzte, dass genug Zeit verstrichen war, so dass ihn niemand mit dem, was er zu tun beabsichtigte, in Verbindung bringen würde. Er hatte die Baseballmütze bereits abgenommen und seine Wendejacke umgedreht. Zuerst war sie dunkelblau gewesen und hatte ein Logo auf der Brust gehabt. Jetzt war sie dunkelgrün und schmucklos.

Er trat unter die Kamera und streckte, als niemand in seine Richtung blickte, den Arm aus, um den Aufnahmewinkel ein wenig zu verändern. Danach entfernte er sich ein paar Schritte, um zu warten. Er musste sich zehn Minuten gedulden. Der Mann, der schließlich erschien, trug einen Anzug und nicht die Uniform eines typischen Hausmeisters. Er ging direkt zur Kamera und drehte sie in ihre ursprüngliche Position. Er hatte ein Bluetooth-Headset an einem Ohr und korrigierte auf Anweisung dessen, der die Videobilder der Kamera überwachte, den Aufnahmewinkel noch um einige weitere Grade.

Sobald der Mann Anstalten gemacht hatte, seinen Auftrag auszuführen, hatte Cabrillo den nächsten Fahrstuhl nach unten genommen. Nun drückte er sich auf dem Bürgersteig vor dem Gebäude herum. Er brauchte nur wenige Minuten zu warten. Der Kameraexperte arbeitete nicht in diesem Haus. Er machte sich sofort mit langen Schritten die Straße hinunter auf den Weg. Da Juan sein Ziel kannte, hielt er in einer Parallelstraße mit ihm Schritt. Er kam gerade rechtzeitig, um den Mann in dem schwarzen Turm verschwinden zu sehen, in dem sich laut l'Enfant auch Kenin versteckt hielt.

In der Tat, der Bewohner der obersten Stockwerke war sehr auf seine Sicherheit bedacht. »Offenbar ein echter Paranoiker«, murmelte der Chairman halblaut.

Sie hatten gar nicht in Erwägung gezogen, die Aussichtsplattform zur Überwachung des schwarzen Turms zu nutzen, da sie nachts geschlossen war. Juan hatte sie lediglich aufgesucht, um die Entschlossenheit und Wachsamkeit seines Gegners zu testen. Er kehrte zu dem Gebäude zurück und unterhielt sich dort mit einer Frau, die für Vermietungen zuständig war. Unter einem falschen Vorwand hatte die Corporation bereits ein Büro im sechzigsten Stock angemietet, das für sie eine perfekte Operationsbasis darstellte. Er ließ sich die Schlüssel für die Suite aushändigen, schlug jedoch ihr Angebot aus, ihn in den Räumlichkeiten auch herumzuführen. Juan fuhr allein mit dem Lift hinauf.

Es waren insgesamt drei Räume. Der erste stellte eine Art Empfangshalle dar und verfügte über einen Schreibtisch für eine Sekretärin und eine Sitzgruppe mit Couch und Sesseln für Besucher. Zwei Türen führten zu den eigentlichen Büros. Sie waren identisch möbliert – Standardschreibtische, Sideboards und Sessel. Die Wände waren sogar mit Bildern geschmückt, die zur Ausstattung passten. Cabrillo schenkte all dem keine Beachtung. Er holte ein kompaktes, aber überraschend starkes Fernglas aus seiner Gürteltasche und richtete es auf die Dachterrasse, die sich vier Blocks entfernt und siebzig Meter tiefer befand.

Er hatte eine ungehinderte Sicht auf das Objekt seines Interesses. Ebenso wie bei diesem Gebäude war das *Zieldach* von einer gläsernen Brüstung umgeben, nur war sie in diesem Fall fast drei Meter hoch und, wie Juan vermutete, kugelsicher. Auf die Terrasse gelangte man mit einem Fahrstuhl, der sich in einem Pavillon an der südlichen Ecke des Gebäudes befand. Geprägt wurde die Terrasse von dem dunklen Teakholzboden und einem langen, schimmernden Swimmingpool. An seinem Ende ergoss sich Wasser über Natursteine, die zu einem täuschend echt wirkenden Miniaturgebirge aufgestapelt waren. Unweit davon, ebenfalls auf Natursteine gebettet, so dass man unwillkürlich an eine natürliche Quelle denken musste, lud ein Whirlpool, von dessen Oberfläche hauchdünne Dampfschwaden aufstiegen, zum Bad ein. Hunderte Pflanzen gediehen dort, und schmale Wege schlängelten sich zwischen Bäumen und Büschen hindurch. Die Terrasse sah aus, als gehörte sie zu einem der Luxushotels, wie man sie in den diversen Disney Worlds antreffen konnte, die über die ganze Welt verstreut waren. Juan musste eingestehen, dass dieses Arrangement eines gewissen ästhetischen Reizes nicht entbehrte.

Später schafften sie ihre Ausrüstung aus dem Hotel dorthin. Juan tarnte sich dabei als Fotojournalist und schleppte Objektive mit sich herum, die um ein Mehrfaches stärker waren als das Fernglas, das ebenfalls zu seiner Ausrüstung gehörte. Um in China einreisen zu dürfen, hatten er und Eddie ein Hotel nennen müssen, in dem sie abstiegen, aber von jetzt an wäre diese Suite ihr Zuhause.

Stunden später verzehrten sie in einem der Büros ein lauwarmes Kentucky-Fried-Chicken-Menü und tauschten aus, was sie erfahren hatten. Cabrillo hatte soeben seinen Bericht beendet und deutete mit einer Handbewegung an, dass Eddie schildern solle, was seine Recherchen ergeben hatten. Liebend gerne hätten sie Max und einige ihrer anderen Kampfgefährten mithören lassen, aber Mobilfunksignale ließen sich allzu leicht abfangen, und falls die Verschlüsselung zu kompliziert war, um von Regierungsstellen geknackt zu werden, würde es nur Minuten dauern, bis die Polizei vor ihrer Tür stünde.

»In der Lobby sind zwei Wachen postiert«, begann Eddie Seng. »Und wenn man keinen von der Hausverwaltung autorisierten Ausweis vorlegen oder eine Verabredung nachweisen kann, erlauben sie einem noch nicht einmal einen längeren Aufenthalt dort … in der Lobby. Sämtliche Lieferungen für das Gebäude erfolgen durch einen Hintereingang. Die Sendungen werden gegen Unterschrift in Empfang genommen, und der hauseigene Sicherheitsdienst liefert sie im entsprechenden Büro ab. Ich habe mit einigen Paketboten gesprochen. Es gibt überhaupt keine Ausnahmen. Ich konnte einen Besuchstermin bei einer Im- und Exportfirma im zwanzigsten Stock ergattern. Die Lifte fahren bis zum achtunddreißigsten Stock hinauf und sind uneingeschränkt benutzbar, aber in jeder Kabine befindet sich ein Kartenschlitz, um mit Hilfe einer Magnetkarte ein Stockwerk höher zu gelangen.«

»Aber es sind die *beiden* obersten Stockwerke, die akustisch gesichert sind«, sagte Juan.

Seng nickte. »Und jetzt kommt der Clou. Ich habe die Stockwerke von außen durchgezählt. Das Gebäude hat einundvierzig. Die nur mit Hilfe der Magnetkarte zugängliche Etage ist so etwas wie ein Puffer zwischen dem zweistöckigen Penthouse und dem restlichen Turm darunter. Im neununddreißigsten Stockwerk muss man die Fahrstühle wechseln, um weiter nach oben zu kommen.«

»Befinden sich die Fahrstuhlschächte in der Mitte des Gebäudes?«

Eddie nickte bestätigend.

»Dann erfolgt der Zugang zum Penthouse von der südlichen Ecke aus. Zumindest existiert dort ein Lift, der bis zum Dach fährt.«

»Wir müssen jemanden finden, der eine dieser Schlüsselkarten besitzt«, sagte Seng.

»Das wird uns nicht viel helfen. Zuerst einmal möchte ich fast wetten, dass drei Kartenschlitze Attrappen sind und dass die Magnetkarte nur in einem der Lifte funktioniert. Und man kann wohl davon ausgehen, dass die Sicherheitsmaßnahmen da oben ziemlich streng sind. Jemand, der unbefugt ist und bis dorthin vordringt, dürfte einen Alarm auslösen. Der Fahrstuhl zu den beiden obersten Stockwerken und zum Dach bleibt stehen und wird elektronisch verriegelt. Und dann wird die Polizei gerufen, oder die hauseigenen Wachen nehmen sich selbst des Problems an.«

»Wie wäre es mit einer Verkleidung?«

»Darüber habe ich auch schon nachgedacht«, sagte Juan. »Aber dazu müssten wir wissen, wer überhaupt berechtigt ist, im neununddreißigsten auszusteigen und zum Penthouse weiterzufahren.«

Eddie schüttelte den Kopf. »Das kriegt man nur heraus, wenn man den ganzen Tag Fahrstuhl fährt.«

»Und hat es so ausgesehen, als würde der Sicherheitsdienst das erlauben?«

»Nein«, sagte Eddie kläglich. »Ein Treppenhaus?«

»Dürfte im achtunddreißigsten abgesperrt sein. Wir könnten das Schloss knacken, aber da oben müssen wir mit Überwachungskameras rechnen. Und ehe wir überlegen, im gesamten Gebäude den elektrischen Strom auszuschalten, sollten wir uns klarmachen, dass sie wahrscheinlich über Batterien und ein Notstromaggregat verfügen.«

»Könnte es sein, dass dieser Bau uneinnehmbar ist?«

»Bisher scheint es so. Selbst wenn wir in diesen einen Fahrstuhlschacht hineinkämen, steckten wir eine Etage unter Kenins Behausung fest.« Dieses hohe Maß an Sicherheitsmaßnahmen sagte Juan, dass er den verbrecherischen Admiral gefunden hatte und dass er zu denen gehörte, die ihren Schutz aufs Sorgfältigste planten. »Ich wette, dass das Belüftungssystem nur bis zum neununddreißigsten Stockwerk reicht und das Penthouse über eine eigene Heizung und eine eigene Klimaanlage zur Kühlung verfügt.«

»Was ist mit den integrierten Schächten für Wasserleitungen und Abflussrohre?«, hatte Eddie eine andere Idee.

»Zu eng, und ich gehe außerdem davon aus, dass sie im neununddreißigsten einen Bewegungssensor installiert haben. Ich würde jedenfalls so etwas tun.«

»Na gut, immerhin wissen wir, dass er sich so bald nicht vom Fleck rühren wird.« Kenin unterzog sich wahrscheinlich umfangreichen schönheitschirurgischen Eingriffen, um seine äußere Erscheinung zu verändern. Der behandelnde Arzt wohnte sicher in seinem Unterschlupf und arbeitete dort auch. Er dürfte vielleicht das Haus verlassen, um irgendwelche Besorgungen zu machen, würde jedoch bestimmt ständig überwacht und hätte auf jedem Schritt eine Begleitung. Kenin selbst würde erst dann wieder in die menschliche Gesellschaft zurückkehren, wenn die Wunden von den Operationen verheilt wären und er mit seiner früheren Erscheinung keinerlei Ähnlichkeit mehr hätte.

»Wir sollten den Bau für einige Tage unter die Lupe nehmen und abwarten, was sich möglicherweise anbietet.«

Am nächsten Morgen bei Tagesanbruch beobachteten sie auf dem Dach die ersten Anzeichen von Aktivität. Die schwarzen Glaswände des Gebäudes blieben dabei so undurchsichtig wie eh und je. Ein drei Mann starker Sicherheitstrupp erschien auf der offenen Terrasse. Juan beobachtete sie durch ein Teleobjektiv, das auf einem Stativ ruhte. Einer blieb am Fahrstuhl stehen, während die anderen beiden, die Waffen gezückt, den Dachgarten Zentimeter für Zentimeter durchsuchten. Sie sahen unter den Büschen und hinter dem Wasserfall nach. Die Innenverkleidung des Swimmingpools war hellblau, so dass sie auf einen Blick erkennen konnten, dass sich außer Wasser nichts darin befand. Die Innenverkleidung des Whirlpools war hingegen dunkel, und einer der Wächter rührte mit einem Netz, das normalerweise zum Abschöpfen von Laub aus dem Swimmingpool benutzt wurde, in der tiefen Wanne herum. Sie überprüften einfach alles und ließen nichts aus. Und Juan konnte erkennen, dass sie dabei ständig miteinander kommunizierten.

Durch und durch professionell und zutiefst deprimierend. Er hatte daran gedacht, irgendwie auf das Dach zu gelangen und nach unten ins Penthouse vorzudringen, anstatt von unten heraufzukommen. Doch die Männer vereitelten diese Idee. Sobald der Kontakt mit einem der Wächter unterbrochen wurde, würde der Mann am Fahrstuhl ins Penthouse hinunterfahren und es abriegeln. Wenn sich danach ein Angriffstrupp Zugang zum Apartment verschafft hätte, wäre Kenin gewiss längst über alle Berge.

Er skizzierte Eddie diesen Ablauf.

»Dann stöbern wir ihn auf, bewachen sämtliche Ausgänge und halten uns bereit, um ihn von der Straße zu holen«, fasste Seng zusammen.

Juan erkannte sofort die Schwachstelle ... genauer, die beiden Schwachstellen. Kenin konnte sich in einem der tiefer gelegenen Büros verstecken und den Angriff aussitzen. Und zweitens würde die Polizei gerufen werden, sobald der Durchbruch bemerkt würde. Kenin hatte örtliche Hilfe in Anspruch nehmen müssen, um sich diesen Unterschlupf einzurichten, und zwar eine örtliche Hilfe mit größtem Einfluss.

Sobald sie das Parterre erreichten, würde es auf den Straßen von Polizisten wimmeln. Dann wäre es unmöglich, den Russen zu verfolgen, geschweige denn zu entführen.

Mehrere Stunden lang passierte gar nichts. Eddie Seng behielt das Dach im Visier, während Juan im anderen

Büro auf und ab ging und versuchte, einen Plan zu entwickeln. Derselbe Dreiertrupp Sicherheitswächter tauchte abermals aus dem Fahrstuhl auf, führte eine weitere Überprüfung durch und stellte fest, dass sich auf der einsamen Insel aus Glas und Stahl nichts verändert hatte. Eddie rief den Chairman herein, damit er alles durch sein Fernglas verfolgen konnte.

Nach dem Rundgang begaben sich zwei Wächter nach unten, während der dritte seine Position am Fahrstuhl beibehielt. Sekunden später erschien eine Frau in einem schlichten weißen Frotteemantel. Sie sah wie eine Chinesin aus, und ihr achtzehnter Geburtstag konnte höchstens einen Tag zurückliegen. Offenbar liebte Kenin sie zwar jung, aber volljährig. Als sie das Teakholzdeck um den Swimmingpool herum erreichte, stellte sie eine Korbtasche ab, die sie bei sich trug, und schlüpfte aus dem Bademantel. In Erwartung eines knappen Bikinis waren Juan und Eddie überrascht, dass sie einen glatten einteiligen Badeanzug trug, wie er unter den Teilnehmern an den olympischen Schwimmwettbewerben üblich war.

Sie setzte eine Schwimmbrille auf, hechtete ins Wasser und schwamm einige Bahnen.

Cabrillo ignorierte sie und beobachtete dafür den Wächter. Dieser blickte kaum einmal in ihre Richtung. Stattdessen studierte er die umstehenden Gebäude und den Himmel und hielt nach irgendwelchen Gefahren Ausschau. Juan musste zugeben, dass dieser Typ gut war. Niemals verharrte sein Blick lange auf einem Punkt, nicht einmal als ein Hubschrauber eine halbe Meile von dem schwarzen Turm entfernt vorbeiflog. Er sah zu ihm hinüber, wurde durch ihn jedoch nicht von seiner Aufgabe abgelenkt.

Die Mittagsstunde rückte näher. Ein neuer Wächter erschien, um den Mann am Fahrstuhl abzulösen, und zwei andere suchten die Dachterrasse ab, als wäre sie vorher noch nicht inspiziert worden. Über der Schulter eines der Wächter hing ein Präzisionsgewehr mit großem Zielfernrohr, während der andere Wächter ein chinesisches Type-95-Sturmgewehr in der Armbeuge schussbereit hielt. Das kurzläufige Modell war die modernste Waffe der Volksarmee. Dass diese beiden Männer mit größeren Waffen als Pistolen ausgerüstet waren, stellte eine neue Entwicklung dar. Es war eine deutliche Ausweitung der Schutzmaßnahmen und verriet Cabrillo, dass hier in Kürze mit dem persönlichen Auftritt Kenins zu rechnen war.

Als Nächstes erschien ein Kellner, der einen rollbaren Speisewagen, wie er häufig in Hotels benutzt wurde, vor sich herschob. Unter einem Sonnenschirm neben dem Swimmingpool bereitete er einen Mittagstisch vor. Als alles bereit war, die Weinflasche geöffnet und das Besteck ein letztes Mal poliert, zog er sich in eine respektvolle Distanz zurück. Die junge Frau stieg mit der lässigen Eleganz eines Fischotters aus dem Wasser und trocknete sich ab.

Eine neue Gestalt war im Pavillon zu sehen.

Juan spürte, wie sich sein Pulsschlag beschleunigte. Er erkannte Pytor Kenin sofort. Er war lediglich mit einer Badehose und Schaumgummisandalen bekleidet, so dass man den dicken Pelz aus silbergrauem Haar sehen konnte, der seinen massigen Oberkörper bedeckte und ihm das Aussehen eines Bären verlieh. Er hatte typische slawische Gesichtszüge – einen runden Schädel, ein kräftiges Kinn und tief liegende Augen. Und er bewegte sich mit dem Elan eines mindestens zwanzig Jahre jüngeren Mannes. Die junge Frau bot ihm eine Wange dar, und er gab ihr einen flüchtigen Kuss. Diese kleine intime Geste wirkte beinahe echt. Er musste sie sehr gut bezahlen.

Juan bemerkte, dass eins der Ohren Kenins bandagiert und das andere gerötet und geschwollen war. Der Russe hatte also mit der Serie von Schönheitsoperationen begonnen, um sein Aussehen zu verändern, und wie bei allem anderen ging er auch dabei sehr sorgfältig zu Werke. Ohren waren genauso individuell wie Fingerabdrücke oder DNA-Muster, und die neue, äußerst raffinierte Gesichtserkennungssoftware sowie die hohe Zahl von Überwachungskameras in den Großstädten der Welt machte es erforderlich, dass mehr modifiziert wurde als nur das Kinn, die Nase und die Stirn. Juan wusste von mehr als einem Terrorismusverdächtigen, der allein auf Grund der Form seiner Ohren geschnappt worden war. Kenin war also verdammt raffiniert.

Er speiste so genussvoll wie ein Mann, den keinerlei Sorgen quälten. Der Ruhestand schien ihm zu gefallen.

Nach dem Essen beschäftigte sich Kenin mit einem Laptop. Juan hoffte, dass er eine WLAN-Verbindung benutzte, die sie möglicherweise hacken konnten, doch der Computer war über ein dickes, zweifellos abgeschirmtes Kabel mit einer Buchse verbunden. Irgendwann rief Kenin dem Kellner etwas zu. Der Mann verschwand für ein paar Sekunden, dann kehrte er mit einem Humidor zurück. Der Admiral suchte eine Zigarre aus, schnitt mit einer rituellen Geste die Spitze mit einem goldenen Cutter ab und zündete die Zigarre an.

Sie blieben bis etwa drei Uhr am Swimmingpool. Die junge Frau war noch ein wenig geschwommen, und Kenin war wie ein Wasserbüffel eine Zeitlang im Pool herumgewatet, ständig darauf bedacht, kein Wasser an seine leicht entzündlichen Ohren kommen zu lassen.

Nachdem sich das Paar ins Penthouse zurückgezogen hatte, räumte der Kellner eine Weile auf, aber es waren die Wächter, die als Letzte die Dachterrasse verließen. Vorher nahmen sie noch eine gründliche Durchsuchung vor, die vierte an diesem Tag.

Eddie hatte von allen Wächtern Porträtaufnahmen gemacht und sie in sein Mobiltelefon geladen. Er ließ Juan im Büro zurück, von wo aus dieser weiterhin das verlassene Dach beobachtete, während er selbst eilig das Gebäude verließ. Er fand ein geeignetes Versteck unter einem geparkten Auto, um den Personaleingang des schwarzen Turms zu beobachten. Falls der Fahrer des Wagens erschien, hätte er genügend Zeit, um unter den nächsten Wagen in der Reihe zu rutschen, die den Bordstein säumte. Sobald ein Angestellter das Gebäude verließ, verglich Eddie dessen Gesicht mit denen aus seiner Datenbank. Er war gezwungen, seinen Standort zweimal zu wechseln, und gegen zehn Uhr abends standen nur noch wenige Fahrzeuge auf der Straße. Also musste er seinen Beobachtungsposten aufgeben.

Bis dahin hatte für längere Zeit niemand mehr das Gebäude verlassen. Keine der Personen, die er hatte herauskommen sehen, gehörte zum Wachpersonal. Ebenso wie bei Kenin beschränkte sich ihr augenblicklicher Lebensraum offenbar ausschließlich auf das Gebäude.

Eddie kehrte in ihr angemietetes Büro zurück. Cabrillo beobachtete durch das starke Teleobjektiv die dunkle Dachterrasse.

»Erfolgreich?«, erkundigte er sich.

»Nein. Ich versuche, morgen früh die Vordertüren zu überwachen, aber ich glaube, sie halten sich ebenso versteckt wie ihr Boss. Und selbst?«

»Nichts«, sagte Juan säuerlich. »Es sieht so aus, als

überprüften sie die Terrasse jeden Morgen und immer dann, wenn jemand sie benutzen will.«

Am Ende blieben Eddie und er eine ganze Woche auf ihrem Posten. Die Abläufe variierten nur geringfügig. Manchmal nahm Kenin sein Abendessen am Pool ein, oder er spazierte durch den Dachgarten. Die junge Frau wurde am sechsten Tag von einer anderen abgelöst, die sich – abgesehen von ihrer Haarlänge – äußerlich kaum von ihrer Vorgängerin unterschied. Ein umfangreiches Team wäre nötig gewesen, um sie zu beschatten, doch damit hätten sie sich wahrscheinlich verraten.

Trotzdem machten sie weitere wichtige Beobachtungen. Auf den meisten öffentlichen Plätzen Shanghais erklang verstärkt Marschmusik. Und überall in der Stadt tauchten patriotische Plakate auf. Soldaten wurden zu einer alltäglichen Erscheinung, und die meisten lockten ganze Scharen von Passanten an, die sich um sie drängten, um ihnen die Hand zu schütteln. Am Himmel über der Stadt vollführten Kampfflugzeuge gewagte Kunststücke wie bei einer Flugschau.

In einem Land, das so streng überwacht wurde wie China, geschah ausnahmslos alles aus einem bestimmten Grund. Die zahlreicher werdenden militärischen Demonstrationen sollten den Zorn der Menschen über den andauernden Streit mit Japan über den Besitz der Inseln Diaoyu und Senkaku schüren. Was als diplomatisches Spiel mit dem Feuer begonnen hatte, eskalierte schnell. Seit der Entdeckung der Erdgas- und Erdölvorkommen in den Gewässern rund um die Inseln nahm das Säbelrasseln in Peking und Tokio an Lautstärke ständig zu. Kriegsschiffe wurden in Marsch gesetzt, und Flugzeuge ließen sich zu gefährlichen Geplänkeln hinreißen, wobei die Piloten einander so nahe kamen, dass es irgendwann unweigerlich zu Unfällen kommen musste. Die Folgen eines solchen Unglücks wären unberechenbar, aber auf jeden Fall gefährlich.

Die beiden Männer überbrückten die langweiligen Stunden, indem sie nacheinander alle möglichen Ideen, wie man an Kenin herankommen könne, entwickelten und jede davon am Ende wieder verwarfen. Ein Hubschrauberangriff käme auf keinen Fall in Frage. Schon der Rotorlärm würde die Wächter alarmieren, und Kenin würde sich sofort einschließen und für sie unerreichbar sein. Dann diskutierten sie darüber, das Gebäude von außen zu erklettern, aber das würde unter den Passanten auf der Straße zu viel Aufsehen erregen. Sie zogen auch einen nächtlichen Fallschirmabsprung aus großer Höhe in Erwägung. Dies war zwar eine Möglichkeit, aber da die Wächter ständig in Sprechverbindung standen, würde ein plötzliches Abbrechen der Kommunikation diejenigen, die sich innerhalb des Gebäudes befanden, alarmieren. Außerdem wurde der chinesische Luftraum durch die Regierung strengstens kontrolliert. Ein nicht angemeldetes Flugzeug würde unweigerlich Kampfflugzeuge auf den Plan rufen, lange bevor sie überhaupt den Pudong District erreicht hätten.

Am Ende gelangten Eddie und Juan zum gleichen Ergebnis. Pytor Kenin hatte sich in das moderne Äquivalent einer uneinnehmbaren Festung zurückgezogen und war auf jede Art von Belagerung vorbereitet.

Erst als sie auf die *Oregon* zurückkehrten und die restliche Mannschaft von ihrer pessimistischen Einschätzung in Kenntnis setzten, wurden neue Ideen entwickelt und in das Projekt eingebracht. Schließlich war es Juan selbst, der mit einem Geistesblitz für den entscheidenden Durchbruch sorgte. Er brauchte lediglich Max' technisches Genie, um die Idee auch in die Praxis umzusetzen. Hanley ließ sich das Problem für ein paar Sekunden durch den Kopf gehen. »Es ist dein Hals, der auf dem Spiel steht, mein Freund.«

»Es steht viel mehr auf dem Spiel als nur mein Hals.« Die beiden grinsten wie Schulbuben beim Aushecken eines besonders raffinierten Schabernacks.

FÜNFUNDZWANZIG

Zwei ganze Wochen waren nötig, um alles vorzubereiten und in Stellung zu bringen. Eddie war umgehend mit einem kleinen Team nach Shanghai zurückgekehrt, um Kenins Penthouse unter ständiger Beobachtung zu halten. Das Büro diente zudem als Adresse, über die sie verschiedene Gegenstände ins Land schaffen konnten. Gleichzeitig begann das Vorhut-Team mit dem Umbau eines kleinen Kastenwagens, den sie auf dem Schwarzmarkt gekauft hatten. Abschließend mussten sie einen geeigneten Platz finden, um Ausrüstungsgegenstände aus einem Unterseeboot auszuladen. Sie hatten ihr Nomad vor der Küste von Maryland verloren, verfügten aber noch über das kleinere Discovery 1000. Die *Oregon* würde sich außerhalb der Zwölf-Meilen-Zone Chinas aufhalten, und die verbotenen Ausrüstungsgegenstände würden heimlich aufs Festland transportiert werden müssen. Außerdem würden sie das Discovery benutzen, um, falls nötig, Menschen außer Landes zu schmuggeln.

Juan wünschte sich, mehr Zeit zur Verfügung zu haben, um mit Max' genialem Apparat zu üben, aber die Decks des Schiffes stellten eine zu große Gefahr dar, und ihn über dem Meer einzusetzen wäre reiner Selbstmord gewesen, falls irgendetwas schiefging. Also musste er sich mit dem bescheidenen Training zufrieden geben, das er im Hauptfrachtraum der *Oregon* absolvieren konnte. Den Apparat in einer stabilen Lage zu halten war zwar schwierig, aber schließlich war er überzeugt, den Bogen herauszuhaben. Falls während der eigentlichen Attacke Komplikationen auftreten sollten, würde er den Einsatz mit hoher Wahrscheinlichkeit nicht überleben.

Juan lenkte das Tauchboot selbst. Eine Stunde vor Sonnenuntergang starteten sie aus dem Moon Pool und gingen sofort auf eine ausreichende Tauchtiefe, so dass sie von oben nicht zu sehen waren. Linda Ross begleitete ihn. Sie würde das kleine Vier-Mann-Tauchboot später zum Schiff zurückbringen. Sämtliche Ausrüstungsteile, die sie transportierten, befanden sich in einem wasserdichten Behälter, der huckepack auf dem U-Boot befestigt worden war.

»Darf ich dich etwas fragen?«, sagte Linda, als sie ihre Kriechfahrt zum Rendezvouspunkt auf einer unbenutzten Pier am Ufer des Huangpu River begannen.

»Schieß los.« Sie befanden sich zu diesem Zeitpunkt in einer Tiefe, in der noch genügend Licht vorhanden war, um Wolken organischen Treibguts an der Acrylglaskuppel vorbeitreiben zu sehen. Das U-Boot navigierte mit Hilfe eines Lidar-Systems, das nach dem Prinzip eines lasergestützten Radars arbeitete.

»Warum schalten wir Kenin eigentlich nicht mit einer raketengetriebenen Granate aus, während er sich sonnt? Es gibt doch sicherlich genug Gelegenheiten, ihn allein zu erwischen.«

»Wenn es mir nur um Rache ginge, würde ich das auch sofort tun«, erwiderte Juan. »Aber ich will seine Tarnkappentechnologie – oder was immer es war – in die Finger kriegen. Das, womit sich dieses Schiff unsichtbar machen und die *Sakir* mit dir und Dullah an Bord zum Kentern bringen konnte.«

»Ich nehme an, dass du sie gerne deinem und meinem Lieblingsonkel verkaufen möchtest.«

»Ich habe Lang Overholt den Mund wässrig gemacht, als wir auf den Bermudas festlagen. Er sagte – ich zitiere: ›Verschaff mir das, und ich gebe dir einen Blankoscheck vom Schatzamt.‹ Darauf sehe ich im Geist eine Zahl mit acht Nullen.«

Linda brauchte eine Sekunde, um sich den Betrag zu vergegenwärtigen. »Einhundert Millionen. Mein Gott.«

»Wir haben ihnen soeben ihre gestohlene Milliarde wiederbeschafft. Ich denke, da können sie es sich leisten. Obwohl Lang mit den Zähnen knirschen wird, wenn er mir den Scheck aushändigt.« Juan grinste bei dieser Vorstellung. Es war allgemein bekannt, dass sein alter Mentor zwar ein brillanter Stratege, zugleich aber auch der schlimmste Geizhals in Washington, D.C., war.

Von Zeit zu Zeit stiegen sie weit genug auf, um aktuelle GPS-Signale zu empfangen und mit ihrer Hilfe den Kurs des U-Boots zu korrigieren. Sie mussten gegen die Strömung des Yangtze ankämpfen, daher kamen sie nur langsam voran. Da Shanghai über den größten und am stärksten frequentierten Containerhafen der Welt verfügt, herrschte über ihren Köpfen ein unglaublich dichter Schiffsverkehr. Das Rauschen der durchs kabbelige Wasser gleitenden Stahlrümpfe und das dumpfe Pulsieren der Schiffsschrauben mit ihren gigantischen Schaufeln klang wie eine industrielle Sinfonie, die jedes andere Geräusch übertönte und eine Kommunikation innerhalb des Discovery nahezu unmöglich machte. Sie wurde nur unwesentlich leiser, als das Tauchboot herumschwenkte, um dem Huangpu River zu folgen, der die Megalopolis zerschnitt.

Sie hielten sich etwa in der Mitte des Stroms. Juan wusste, dass sich an beiden Ufern meilenweit Piers und Kais für die Handelsschifffahrt erstreckten. Schließlich war dies eine industrielle Metropole, und die Flüsse waren ihre Lebensadern. Als sie den Pudong District passierten, betrug ihre Tauchtiefe gut zehn Meter, doch sie konnten noch immer den künstlichen Neonglanz der zahllosen Gebäude erkennen, der durch das Hafenwasser bis zu ihnen drang. Zwanzig Minuten später näherten sie sich dem vereinbarten Treffpunkt. Das Gelände befand sich im Umbau. Vorher hatte eine Zementfabrik auf dem Ufergrundstück gestanden, das nun für den Bau von Luxusapartments erschlossen wurde. Die Türme, die sich dort in Kürze erheben sollten, würden fünftausend Menschen neuen Wohnraum bieten.

Die Fabrik war bereits teilweise abgerissen worden, aber der Kai, über den die Rohstoffe für die Zementherstellung früher angeliefert worden waren, schien noch intakt. Juan aktivierte eins ihrer verschlüsselten Walkie-Talkies. »Hier spricht der Wassermann.«

»Es wurde auch Zeit, Wassermann«, erwiderte Eddie. »Eine Weile dachte ich schon, Sie wären zur Vernunft gekommen und hätten das Ganze abgeblasen.«

Juan tauchte mit dem Mini-U-Boot im Schatten des Kais auf und erkannte schnell, dass er das Boot in eine Lücke zwischen dem Kai und einem gesunkenen Frachtkahn lenken konnte. Dort wären sie unsichtbar. Eddie wartete in der chinesischen Kopie eines Toyota-Lieferwagens. Ein leichter Nieselregen ließ die Lichter der Stadt verschwimmen. Juan öffnete seinen Sicherheitsgurt, tätschelte Lindas Schulter und schlängelte sich zur Luke.

»Pass auf dich auf«, sagte Linda.

»Bis bald.«

Eddie hatte bereits die Gurte gelöst, die den Frachtbehälter auf dem Oberdeck des Tauchboots fixiert hatten, und gemeinsam hievten er und Cabrillo ihn ins Frachtabteil des Lieferwagens. Der Behälter selbst war nicht viel größer als die Gepäckboxen, die man gelegentlich auf den Dächern von Pkws sehen konnte, und wog weniger als einhundert Pfund.

Sobald sie die Last übernommen hatten, stiegen Luftblasen rund um das Discovery-U-Boot auf, und dann versank es wieder in seinem natürlichen Element. Linda hatte jetzt die Ebbe und die Flussströmung im Rücken und würde in der Hälfte der Zeit zur *Oregon* zurückgekehrt sein, die sie gebraucht hatten, um diesen Flusskai zu erreichen. Eddie fuhr mit dem Truck zu einem Lastwagenparkplatz, etwa zwei Meilen von Kenins Festung entfernt. Die nächste Stunde verbrachten sie damit, die Gegenstände zu inspizieren, die sie ins Land geschmuggelt hatten, um sich zu vergewissern, dass nichts beschädigt worden war. Da Juan beabsichtigte, diesen Apparaten sein Leben anzuvertrauen, ging er besonders gründlich und systematisch vor.

Es war zu spät, um ein Taxi zu finden, daher kehrten sie zu Fuß zu ihrem gemieteten Büro mit dem Blick auf Kenins luxuriösen Unterschlupf zurück. MacD Lawless überwachte die Terrasse durch das Kamera-Teleobjektiv. Mike Trono hatte sich im Büro nebenan schlafen gelegt. Cabrillo weckte ihn nicht, wickelte sich in seinen Schlafsack und streckte sich auf dem Teppichboden aus. Innerhalb weniger Sekunden war er ebenfalls eingeschlafen.

Am nächsten Morgen hatte der Regen zugenommen, und der Wetterbericht meldete, dass dieser Zustand für mindestens einen weiteren Tag anhalten werde. Die Männer verbrachten die Zeit versteckt in ihrem Büro. Eddie wurde auf die Rolle des Botenjungen reduziert und holte zu den Mahlzeiten das Essen für sie alle. Die Überwachung der Dachterrasse behielten sie gewissenhaft bei, weil es nicht viel anderes für sie zu tun gab. Sie alle hatten schon früher an solchen Beschattungsaktionen teilgenommen, und jeder von ihnen hatte seine eigene Methode, gegen die Langeweile anzukämpfen.

Dreißig Stunden nachdem sie ins Land eingesickert waren, stiegen Juan und Eddie in den Truck. Das Wetter hatte sich gebessert. Seng saß hinter dem Lenkrad, während der Chairman auf der Ladefläche mitfuhr. Er hatte sich festgegurtet und war startbereit. Das Dach war aufgeschnitten und mit Scharnieren versehen worden, damit er es öffnen konnte, indem er an einer Leine zog. Jetzt mussten sie nur noch auf Kenin warten.

Eddie fand einen Parkplatz in der Nähe der Stelle, wo er einen Teil der Nacht verbracht hatte, als er den Hinterausgang des Turms überwacht hatte. Er musste für den Fall im Wagen sitzen bleiben, dass ein Polizist von ihm verlangte weiterzufahren. MacD hatte sich ein Stück die Straße hinunter eine Position gesucht und hielt sich dort für das Ablenkungsmanöver bereit, während Mike mit einem Sprechfunkgerät oben im Büro saß, um ihnen Bescheid zu sagen, wenn Kenin, nachdem er so lange im Haus eingesperrt gewesen war, herauskam, um Sonne zu tanken.

Die Wächter hatten ihre morgendliche Inspektion vorgenommen und um neun Uhr wiederholt, weil die junge Frau im Pool ein paar Runden schwimmen wollte. Mike gab die Information mittels einer verabredeten Serie von Klicks auf seinem Walkie-Talkie an die anderen weiter. Da sie nicht wussten, wie intensiv die Polizeiorgane der Regierung ihre Abhör- und Überwachungsaktivitäten betrieben, waren sie vorsichtshalber etwas wachsamer, als es wahrscheinlich nötig war.

Juan hörte in seinem Sprechfunkgerät zwei Klicklaute.

Kenin war erschienen. Juans Magen verkrampfte sich. Nur noch wenige Minuten bis zum Start. Er spannte sich an. Er würde die Dachhälften nicht öffnen, bevor er den letzten – einzelnen – Klicklaut hörte, nur für den Fall, dass jemand aus den umliegenden Gebäuden auf die Straße hinuntersah, den oben offenen Kastenwagen bemerkte und von dem Anblick ausreichend irritiert wurde, um die Polizei zu rufen.

Er musste abwarten, bis Kenin sich am Swimmingpool niedergelassen hatte. Ein Wächter würde vor dem kleinen Pavillon stehen, in dem sich der Fahrstuhl befand. Aber der entscheidende Moment käme erst, wenn Mike sah, wie der Fahrstuhlwächter die Frequenz seines Walkie-Talkies wechselte, um mit den anderen Wächtern unten im Penthouse Verbindung aufzunehmen. Das tat er alle fünf Minuten. Dabei gab er ein simples »Alles klar« durch. Danach hätte Juan genau diese fünf Minuten Zeit …

»*Klick*.«

Cabrillo zog an dem Seil, und die beiden ausgeschnittenen Dachhälften klappten nach außen, wodurch das Innere des Kastenwagens von gleißendem Licht überflutet wurde. Der Wagen schaukelte sacht, als Eddie heraussprang und zu einem anderen Fahrzeug eilte, das sie in der Nähe geparkt hatten.

Ein Stück die Straße hinunter legte MacD die Papiertüte, die er aus dem Haus mitgenommen hatte, in die Lücke zwischen zwei hintereinander geparkten Wagen und verschmolz wieder mit den Passantenströmen auf den Bürgersteigen. Mit etwa zehn Sekunden Verzögerung – damit hatte Cabrillo gerechnet – explodierte nach und nach der Inhalt der Tüte.

Sie war mit winzigen Knallfröschen gefüllt. Ironischerweise hatten sie die Kracher ebenfalls ins Land geschmuggelt, weil sie sich auf die Qualität der Feuerwerkskörper, die von der Nation hergestellt wurden, die sie ursprünglich erfunden hatte, nicht verlassen konnten. Sie gingen los wie eine Tüte Popcorn. Die Leute, die den Rauchwolken der winzigen Explosionen am nächsten waren, wichen blitzschnell zurück, während fast jeder andere Fußgänger nach vorn drängte, um nachzusehen, was da geschah. Auf einem Abschnitt von einem halben Block waren die Augen aller auf die knatternde und rauchende Tüte gerichtet. Niemand schenkte dem Kastenwagen nur die geringste Beachtung.

Daher konnten sie auch nicht sehen, was durch das offene Verdeck aufstieg.

Die Technologie existierte schon seit den 1960er Jahren. Max hatte die Konstruktionszeichnungen und Spezifikationen im Internet gefunden. Schwierig war einzig und allein, reines Wasserstoffperoxyd zu finden, um den Apparat anzutreiben.

Cabrillo hatte den ganzen Vormittag mit einem Raketenantrieb auf dem Rücken verbracht. Nun, da jedermann auf der dicht bevölkerten Straße von dem ständigen Krachen der explodierenden Knallfrösche abgelenkt war, betätigte er den Schalter, der bewirkte, dass der Treibstoff mit Hilfe eines silbernen Katalysators in einer exothermen Reaktion explodierte, in deren Folge superheißes Gas durch die Ventile der Zwillingsflaschen gepresst wurde. Es klang wie das Ausströmen von Dampf an einer undichten Rohrverbindung, nur waren die Abgase unsichtbar.

Juans erste Versuche, den Raketenrucksack zu benutzen, während er im Frachtraum der *Oregon* mit Seilen gesichert wurde, waren katastrophal verlaufen. Sekunden nach dem Abheben vom Boden begann er in der Luft

Purzelbäume zu schlagen, und wären die Halteseile nicht gewesen, hätte er sicherlich ein Dutzend Mal den Tod gefunden. Aber dann war der Augenblick mit dem Heureka-Erlebnis gekommen, als er plötzlich die Dynamik dieser Art des Fliegens verstand. Mit einem Mal konnte er sich aufrecht und stabil in der Luft halten, bis sich die Tanks geleert hatten und er – elegant wie ein Adler, der von seinem Flug zurückkehrt – auf den Füßen landete.

Max hatte die Berechnungen angestellt, und Cabrillo vertraute niemandem mehr als Hanley! Aber als er von der Ladefläche des Kastenwagens abhob, wusste er, dass er in dreißig Sekunden sterben konnte. Das war die Zeit, die er brauchte, um einhundertvierzig Meter in die Luft zu steigen und auf dem Flachdach des Fahrstuhlgehäuses zu landen. Falls er dies nicht schaffen sollte, würde er mit nahezu tödlicher Geschwindigkeit aufs Pflaster krachen.

Cabrillo schob sich mit der majestätischen Langsamkeit einer startenden Saturnrakete aus dem Laderaum, wobei die Schubkraft des Raketenantriebs die Gurte zwischen seinen Beinen und auf dem Rücken in Spannung versetzte. Er hatte eigentlich auf einen Helm verzichten wollen, aber Max überredete ihn, doch einen zu tragen, nachdem er eine Kamera daran angebracht hatte, damit man auf der *Oregon* seine Fortschritte beim Steigflug verfolgen konnte. Die Welt schrumpfte unter seinen Füßen zusammen, und er konnte erkennen, dass sein Start tatsächlich genauso unbemerkt erfolgt war, wie sie es geplant hatten.

Es gab nichts, was sie dagegen hätten tun können, dass Bewohner der umliegenden Gebäude ihn sahen. Er konnte nur hoffen, dass sie dieses Schauspiel dann für eine Art Werbeaktion hielten. Zehn Sekunden nach dem Start kam ihm – durch die Kameraoptik betrachtet – das Dach des

Gebäudes keinen Deut näher vor, und er hatte bereits die Hälfte seines Treibstoffs verbrannt.

Aber als das Wasserstoffperoxyd durch die Abgasdüsen strömte, verringerte sich sein Gesamtgewicht, und seine Geschwindigkeit nahm zu. Er beschleunigte exponentiell, und sehr schnell rückte sein Flugziel in Reichweite. Das Countdown-Display, das die Antriebsdauer berechnete, zeigte an, dass er noch Treibstoff für acht Sekunden hatte und nur noch ein Dutzend Stockwerke höher steigen musste. Mehr und mehr war von der Stadt zu sehen, während er an der Glaswand des Wolkenkratzers emporschwebte, aber er achtete natürlich nicht darauf, sondern konzentrierte sich, seinen Körper gerade zu halten und seine sonstigen Bewegungen auf ein Minimum zu beschränken. Das war das Geheimnis, um im Turbo-Vakuum zu fliegen, wie Max es nannte. Halt dich senkrecht und still und verzichte auf heftige Armbewegungen. Er schwankte nur wenig, während er höher und höher stieg, und er wusste, wenn er dieses Abenteuer überlebte, würde er diesen Rausch des Fliegens nie mehr vergessen.

Noch vier Sekunden, und er passierte soeben das neununddreißigste Stockwerk. Dann nahm er den Schub unmerklich zurück und bremste seinen Aufstieg. Er wollte nicht höher fliegen als unbedingt nötig.

In der letzten Sekunde seines Treibstoffvorrats schaffte er die oberste Etage und begriff, dass er auch noch über den Rand der gläsernen Schutzwand, die den Dachgarten umgab, gelangen musste. Er konnte sich nicht erinnern, ob Max dieses letzte Hindernis in seine Berechnungen einbezogen hatte.

Aber in diesem Moment konnte er sowieso nichts mehr tun. Er beugte sich vor, um sich näher an die Wand heran zu schwingen – und schaffte es, sie zu überwinden, indem er ruckartig die Beine nach vorn streckte. Diese Aktion brachte seine Aerodynamik zwar völlig aus dem Gleichgewicht, aber das war in diesem Moment nicht mehr von Bedeutung. Der letzte Rest Wasserstoffperoxyd verließ den Raketenrucksack, und Cabrillo sackte einen Meter ab und fiel auf das Dach des Fahrstuhlgehäuses. Er schaffte es sogar, auf den Knien zu landen und dank der Polster in seiner Thermoschutzhose unverletzt zu bleiben.

Nun schlug er auf den Schnellverschluss des Gurtgeschirrs und warf den Raketenrucksack ab wie ein Cape. Leer wog er weniger als vierzig Pfund. Er kam sofort auf die Füße, eine FN Five-seveN in der Hand. Sie war mit einem Schalldämpfer und einem verlängerten Magazin für dreißig Schuss ausgestattet. Hinzu kam die Patrone in der Kammer.

Der Wächter vor der Fahrstuhltür hatte gehört, wie etwas auf dem kastenförmigen Aufbau gelandet war, und trat langsam zurück, um sich einen besseren Überblick zu verschaffen. Die Pistole hatte er nur halb erhoben. Juan bekam ihn sofort ins Visier. Die hohe Geschwindigkeit und die geringe Größe der FN-Projektile streckten den Mann nieder.

Der Chairman nahm Helm und Thermoschürze ab und sprang die zwei Meter auf den Terrassenboden hinab. Er befand sich am südöstlichen Rand des Dachgartens, daher schlug er sich in den künstlichen Dschungel. Er bewegte sich schnell, angetrieben vom Adrenalin in seinem Blut. Seine Sinne waren derart geschärft, dass er trotz der Glasbarriere den Verkehr unten auf den Straßen hören konnte. Der zweite Wächter war der Scharfschütze, und Cabrillo sah, wie er ein Hochhaus fünf Blocks entfernt durch sein Zielfernrohr betrachtete. Die Art und Weise, wie er die Waffe ruhig und auf einen Punkt gerichtet hielt, verriet Juan, dass er kein Profi war wie die anderen. Das Gebäude, das er im Visier hatte, besaß Balkone, und ganz bestimmt hatte er auf einem davon eine leicht bekleidete Sonnenanbeterin entdeckt.

Also starb er mit einem hoffentlich hübschen Anblick vor Augen.

Cabrillo hatte noch drei Minuten Zeit, ehe das Sicherheitsteam eine Etage tiefer bemerken würde, dass etwas nicht stimmte. Eigentlich sollte er den dritten Wächter ausschalten, aber er befand sich jetzt in der Nähe dessen, was sie als Einlass für das Belüftungssystem der Penthousewohnung identifiziert hatten. Es war lediglich ein unauffälliger grauer Kasten, der zwischen den Dschungelbäumen stand. Juan ging neben ihm auf die Knie hinunter und öffnete eine Seitenwand, die ihm den Zugang zu dem technisch aufwendigen Filtersystem erlaubte. Er entfernte die Molekularfilter, bis die Luft, die nach unten gepumpt wurde, die gleiche erstickende Qualität hatte wie der Smog, der die Lungen der Einwohner Shanghais täglich vergiftete. Dann holte er die kleine Gasflasche hervor, die er vorsorglich eingepackt hatte. Sie enthielt ein Betäubungsgas ähnlich dem, das die russischen Speznas benutzt hatten, als sie im Jahr 2002 in Moskau ein von tschetschenischen Terroristen besetztes Musicaltheater stürmten, nur war es um einiges ungefährlicher. Cabrillo öffnete die Düse, so dass die Ventilatoren das Gas in die Räumlichkeiten sogen und bis in den entlegensten Winkel verteilten.

Dann machte er sich auf die Suche nach dem dritten Wächter.

Mike Trono hatte gemeldet, dass sich der Mann auf der westlichen Seite des Gebäudes aufhielt. Aber diese Information war inzwischen vier Minuten alt, und die Wächter patrouillierten ständig herum. Trotzdem bewegte sich Juan nach Westen und hielt sich dabei so gut wie möglich von den Pfaden und den Pflanzenrabatten fern. Er mied auch den Bereich um den Swimmingpool. Falls Kenin auch nur einen flüchtigen Blick auf jemanden erhaschte, der in seiner kleinen urbanen Oase herumschlich, würde er sich mit Gewissheit sofort aus dem Staub machen. Der Mann hatte den Instinkt einer Hafenratte und war mindestens drei Mal so raffiniert.

Juan fand einen Punkt, von dem aus er die gesamte westliche Seite des Gebäudes überblicken konnte, sah jedoch nichts von seiner Zielperson. Er schlich weiter, sorgfältig darauf achtend, sich nicht bemerkbar zu machen. Der Mann verriet sich, indem er nieste. Er war weniger als drei Meter von Juan entfernt, versteckt hinter einem Farngebüsch. Juan wollte schießen, als er Kenins Stimme und die Antwort der Chinesin hörte. Seine Suche hatte ihn näher an den Swimmingpool herangeführt, als er beabsichtigt und bemerkt hatte.

Er wartete. Da tat der Wächter etwas, das Juan am wenigsten erwartet hatte. Er kam direkt aus dem Farngebüsch, anstatt auf dem Weg zu bleiben. Selbst schallgedämpft wäre ein Schuss aus der Five-seveN laut genug gewesen, um am Swimmingpool gehört zu werden. Der Lauf eines Sturmgewehrs teilte den dichten Farnvorhang. Cabrillo packte ihn und brachte den Wächter mit einem heftigen Ruck aus dem Gleichgewicht, ehe er vollständig aus dem künstlichen Dschungel auftauchte. Als der Kopf des Mannes in Sicht kam, verpasste Juan ihm einen Schlag mit dem Kolben seiner Pistole und noch einen zweiten, während der Mann schon bewusstlos zu Boden sank. Er tastete nach seinem Puls. Er spürte ihn, wenn auch nur schwach. Er würde am Leben bleiben.

Das Gas, das er hatte ausströmen lassen, würde in ein paar Minuten den höchsten Sättigungsgrad erreicht haben. Es hätte keinen Sinn, noch länger zu warten. Er ging zu einem Dschungelpfad in seiner Nähe und trat dann langsam aus dem künstlichen Wald auf das Teakholzdeck, das den Swimmingpool umgab. Die junge Chinesin sah ihn zuerst und stieß einen Schrei aus. Kenin blickte erschrocken von seinem Computer auf. Sein Allerheiligstes war entweiht worden.

»Hände hoch, sofort«, befahl Juan auf Russisch und wiederholte den Befehl auf Chinesisch, wie Eddie es ihm beigebracht hatte. Er ließ ihnen eine halbe Sekunde Zeit zu gehorchen, ehe er die mit Eistee gefüllte Karaffe auf dem Tisch zwischen den beiden Sesseln zerschoss. Kenins junge Gefährtin quiekte abermals, aber diesmal streckten beide die Hände in die Höhe.

»Sie soll sich in den Pool verziehen und dort bleiben«, sagte Juan immer noch auf Russisch.

Die Chinesin verstand die Sprache offenbar, denn sie erhob sich aus ihrem Sessel und sprang ziemlich unelegant in das azurblaue Wasser, die Augen groß wie Untertassen und das hübsche Gesicht grau vor Angst.

In diesem Moment gewann Kenin einen Teil seiner verlorenen Selbstsicherheit zurück. Seine Augen wurden hart, und obgleich er seine Hände immer noch nach oben hielt, streckte er sie nicht mehr krampfhaft in die Höhe wie noch Sekunden zuvor. Er fragte betont indigniert: »Wer sind Sie?«

»Der Trauzeuge bei Yuri Borodins Hochzeit. Und im Augenblick voller Hoffnung, dass Sie mir einen Grund liefern werden, Ihnen eine Kugel zwischen die Augen zu schießen.«

Offenbar dämmerte dem Admiral nach und nach, mit

wem er es zu tun hatte. »Sie sind der Chairman. Sie sind Juan Cabrillo.«

Juan nahm aus den Augenwinkeln eine Bewegung wahr und reagierte rein instinktiv. Er feuerte rasend schnell ein halbes Dutzend Schüsse ab, so dass es klang, als sei die FN eine automatische Waffe. Er schaute nach links und sah Kenins Butler hinter einem dicken Gummibaum hervorstolpern. Fünf der sechs Kugeln hatten ihn mitten in den Oberkörper getroffen, und Blut tränkte sein weißes Jackett. Eine MAC-10-Maschinenpistole rutschte aus seinen Händen, als er mit dem Gesicht voraus auf die Steinplatten außerhalb des Poolbereichs stürzte.

Kenin hatte die kurze Verwirrung genutzt und sprintete zum Fahrstuhl. Er hatte etwa eine Sekunde Vorsprung und war seinem Ziel bereits gut fünf Meter näher gekommen. Juan konnte es sich nicht leisten, ihm in den Rücken zu schießen, daher verfolgte er den Russen. Er war zwanzig Jahre jünger als Kenin, aber der General rannte mit der Energie eines in die Enge getriebenen Raubtiers. Er wusste, dass sein Leben auf dem Spiel stand, und legte ein Tempo vor, das zu erreichen er wahrscheinlich bis zu diesem Moment niemals für möglich gehalten hätte.

Cabrillo verkürzte trotzdem den Abstand. Kenin trug unter seiner Leinensporthose offene Sandalen, die bei jedem Schritt ein lautes Klatschen von sich gaben. Juan machte Anstalten, Kenin von hinten anzuspringen und zu Fall zu bringen, als der Russe drei Meter vor dem Fahrstuhl plötzlich stehen blieb, herumwirbelte und einen Schlag abfeuerte, den er sein ganzes Leben lang immer wieder trainiert hatte.

Juan hielt ebenfalls abrupt an und wich leicht zurück, musste jedoch immer noch den brutalsten Treffer einstecken, der ihn je erwischt hatte. Kenin wusste, dass sein

Gegner zu Boden gehen würde, obgleich er noch nicht gefallen war. Der Russe hatte sich bei diesem Boxhieb das Handgelenk gebrochen, aber das war jetzt nicht wichtig. Wichtig war in diesem Moment allein, dass er im Begriff war zu fliehen. Er registrierte nicht, dass der Mann, der es irgendwie geschafft hatte, seinen Sicherheitsschirm zu durchbrechen, die schwere Pistole hoch genug hob, um dem Russen, als er den Abzug betätigte, den kleinen Finger am ersten Glied abzutrennen.

Kenin umklammerte seine blutende Hand, als dieser neue und weitaus heftigere Schmerz das dumpfe Pochen seines gebrochenen Handgelenks überlagerte. Blut spritzte gegen die Wand hinter ihm, während der abgetrennte Finger in einem Blumenbeet zu seiner Rechten landete.

»Die nächste Kugel trifft ins Herz«, knurrte Juan. Zwar war er noch immer benommen von dem Treffer, erholte sich aber schnell. Er wedelte mit der Pistole, um Kenin anzuzeigen, dass er zum Pool zurückkehren solle.

Die Chinesin blieb am seichten Ende, hielt sich am Rand fest und starrte mit großen Augen zu ihnen herüber.

Cabrillo warf Kenin ein Handtuch zu, damit er die Blutung stoppen konnte, und klappte den Laptop des Russen zu. Außerdem steckte er zwei Mobiltelefone, die dort lagen, wo Kenin gesessen hatte, in die Tasche. Ein drittes fand Juan im Tragekorb der jungen Frau. In diesem Telefon würde er sicherlich auf keinerlei interessante Informationen stoßen, daher schleuderte er es mit einem bedauernden Achselzucken ins Wasser.

»Los. Auf geht's«, befahl Juan. Er und Kenin kehrten zum Fahrstuhl zurück. Zum Schutz vor der Wirkung des Gases, das er anfangs in die Belüftungsanlage geleitet hatte, holte Juan zwei Filtermasken aus seinem Ausrüstungssack, setzte eine auf und reichte die andere dem Russen.

Die Türen des Lifts glitten auf.

»Setzen Sie sich in der Ecke auf den Boden, die Hände unterm Hintern.« Er wartete damit, auf den Knopf zum neununddreißigsten Stockwerk zu drücken, bis Kenin die korrekte Position einnahm.

Juan ließ ihn dort während der gesamten Liftfahrt sitzen und gestattete ihm erst in dem Moment, auf die Füße zu kommen, als die Kabine langsamer wurde. Er zog ihn an seinem verletzten Arm hoch. Kenin biss vor Schmerzen die Zähne zusammen und sog zischend die Luft ein.

Mit einem Glockenton öffneten sich die Lifttüren. Der Chairman kontrollierte den Raum über Kenins Schulter hinweg und drückte gleichzeitig die Pistolenmündung gegen seine Wirbelsäule. Drei Wachmänner in identischen Uniformen hielten sich in dem Vorraum auf. Sie bildeten den zweiten Teil des Schutzschirms und hatten bei weitem nicht die professionelle Klasse ihrer Kollegen auf der Dachterrasse. Zwei von ihnen beugten sich über ein Schachbrett, während der dritte die Füße auf einen Tisch gelegt hatte und in eine Illustrierte vertieft war. Hinter ihnen befanden sich große Fenster und das beeindruckende Stadtpanorama.

Diese Etage wurde offenbar zusammen mit dem restlichen Haus belüftet, denn die Männer waren bei Bewusstsein. Juan nahm die Atemmaske ab und bellte auf Russisch: »Achtung! Aufstehen!«

Die drei Männer fuhren herum, erblickten ihren Boss und nahmen an, dass er es war, der den Befehl gegeben hatte. Sie sprangen mit schuldbewussten Mienen auf und nahmen Haltung an. Erst in diesem Moment gab sich Juan zu erkennen. Einer der Männer war dumm genug, nach der Waffe in seinem Holster zu greifen. Cabrillo konnte sich nicht erlauben, ein Risiko einzugehen, und schoss dem übereifrigen Wächter zwei Mal in den Kopf.

Die übrigen Wächter fuchtelten mit den Händen in der Luft und bettelten um ihr Leben. Er ließ sich von ihnen die Pistolen jeweils mit zwei Fingern und dem Kolben voraus reichen und befahl ihnen, sich gegenseitig mit den Plastikhandschellen, die sie an ihren Gürteln trugen, an den Schreibtisch zu fesseln.

Einen der Plastikgurte benutzte er, um auch die Hände seines Gefangenen zu fixieren.

Cabrillo schob Kenin gerade zu der Tür hinüber, die aus diesem Raum hinausführte, als die Hölle losbrach. Die Tür flog explosionsartig aus dem Rahmen, und Chinesen in der gleichen Uniform, wie der Mann sie trug, den Eddie unten in der Lobby gesehen hatte, stürmten herein. Sie waren bewaffnet, jedoch schlecht ausgebildet, denn sie begannen sofort wild zu schießen, als sie Juans Pistole sahen. Die Fenster hinter Juan barsten und regneten auf die Straße hinab, von unzähligen Kugeln zertrümmert. Mit seinem Körper fing Kenin eine Salve auf, die ihn zurückschleuderte. Er schwankte wie betrunken, während Juan auf Tauchstation ging. Kenin rollte über Juans Rücken, als ihn der Schwung durch den Fensterrahmen fegte. Sie befanden sich vierzig Stockwerke über der Straße, und Juan konnte flüchtig den Schock und die Wut in Kenins Augen erkennen, ehe die Schwerkraft ihn in die Tiefe zog.

Yuri hätte sicherlich an der Ironie Gefallen gefunden, dass dieser abgrundtief böse und heimtückische Mann, der seine Verhaftung angeordnet hatte, durch die Hände seiner eigenen unfähigen Wachen hatte sterben müssen. Es war zwar nicht unbedingt die Art von Revanche, die Juan vorgeschwebt hatte, aber genugtuend war sie auf jeden Fall.

Cabrillo erwiderte das Feuer. Er hatte noch mehr als zwanzig Patronen in seiner Five-seveN und entfesselte ein Sperrfeuer, das ihm Gelegenheit gab, sich in den Fahrstuhl zurückzuziehen. Er drückte auf den Knopf und wechselte das leer geschossene Magazin aus. Dieses zweite Magazin war seine einzige Reserve. Er konnte hören, wie Kugeln in die äußeren Lifttüren einschlugen, während die Kabine nach oben schwebte. Der Laptop hatte an einer Ecke einen Treffer abbekommen, aber noch sah er aus, als sei nichts Lebenswichtiges beschädigt worden.

Die Wachen, die hereingestürmt waren, mussten vor den Hauptfahrstühlen im neununddreißigsten Stock postiert gewesen sein. Sie dienten als das Kanonenfutter für den Fall, dass jemand dieses Stockwerk aus dem Hauptfahrstuhl des Gebäudes angriff. Einer der Wächter im Penthousebereich musste eine Möglichkeit gehabt haben, sie zu alarmieren, und hatte es offensichtlich getan, ohne dass Juan etwas bemerkt hatte.

Juan setzte seine Maske wieder auf und fuhr ein Stockwerk höher. Die Tür öffnete sich zu einem Serviceraum. Das Luxusapartment befand sich eine Etage höher. Dieser Bereich war für die Wachen und das Personal reserviert. Ein kleiner Beistelltisch stand vor der Wand gegenüber dem Fahrstuhl. Juan zog ihn heran, so dass er das Schließen der Türen verhinderte und die Männer in der Etage unter ihm den Fahrstuhl nicht benutzen konnten. Sie hatten zu diesem Stockwerk auch keinen Zugang über die Nottreppe, aber diese würden sie sicherlich bewachen, so dass niemand nach unten gelangen konnte. Juan saß, nüchtern betrachtet, in der Falle.

Wäre er Pytor Kenin gewesen, hätte er sich noch einen dritten – geheimen – Weg vorbehalten, auf dem er das Penthouse verlassen könnte. Er machte sich eilig auf die

Suche. Dabei fand er einige Wächter und Hausangestellte, die – von der Wirkung des Gases getroffen – bewusstlos in verschiedenen Räumen lagen. Und dann stieß er auf den Rettungsschacht, den Kenin offenbar nachträglich hatte installieren lassen. Der Zugang befand sich in einem kleinen Raum, nicht größer als eine Telefonzelle. Die Decke war offen, so dass Juan in die obere Etage der Penthousewohnung blicken konnte. Wenn er nach unten schaute, gähnte ihm dort ein schwarzer, bodenloser Abgrund entgegen.

Aber direkt vor ihm erkannte er einen Rettungsschlauch aus Plastikgewebe mit einem inneren elastischen Schlauch, mit dessen Hilfe er das Tempo seiner Rutschfahrt kontrollieren konnte. Juan kletterte in die einengende Röhre und kam sich ein wenig so vor, als arbeite er sich durch die Eingeweide eines Wals. Er schlängelte und schob sich abwärts, ohne zu wissen, wohin ihn der Schlauch führen mochte und wie lange diese Reise dauern würde. Schließlich gewahrte er Lichtreflexe unter seinen Füßen und fiel, einen kurzen Augenblick später, aus dem Rettungsschlauch in einen Raum mit einer Wand, die vollständig aus Fenstern bestand.

Kenin hatte an alles gedacht. Auf dem Boden neben der Tür stand ein Rucksack, in dem sich seine Fluchtutensilien befanden: mehrere falsche Ausweise, Bargeld und Waffen. Für den Fall, dass Kenin bei seiner Flucht aus dem Penthouse noch etwas Zeit hätte herausschinden können, hingen verschiedene Verkleidungen auf einem Garderobenständer bereit – ein maßgeschneiderter Anzug, Freizeitkleidung und Uniformen für einen Hausmeister, einen Auslieferungsfahrer und einen Sicherheitswächter.

Juan entschied sich für ein frisches Oberhemd, das zwar ein wenig zu weit war, ansonsten aber recht gut passte. Er legte sämtliche Ausrüstungsteile ab, die er noch am Leib trug. Seine Hose war leicht verschmutzt, aber nicht so stark, dass es irgendjemandem aufgefallen wäre. Er ging zur Tür und öffnete sie vorsichtig. Dahinter erstreckte sich ein Korridor ohne charakteristische Merkmale, wie man ihn in unzähligen Bürobauten in jeder Stadt auf der Welt antreffen konnte. Er war auf eine beruhigende Art und Weise trist und langweilig. Die Aufschrift auf der Tür verriet Juan, dass Kenins Rettungsschlauch ihn in Raum 3208 ausgespuckt hatte. Demnach hatte er fast zehn Stockwerke überwunden.

Er bedauerte, seine Pistole zurückgelassen zu haben, daher müsste er sich von jetzt an aus heiklen Situationen herauszureden versuchen, anstatt sich seinen weiteren Weg freizuschießen.

Mit Kenins Laptop unter dem Arm trat er aus dem Büroraum und ließ die Tür hinter sich zufallen. Er ging an mehreren geschlossenen Büros vorbei und nickte der einzigen Person, die ihm begegnete, freundlich zu. Es war ein Mann mittleren Alters, der sein Kopfnicken erwiderte und nicht im Mindesten misstrauisch erschien. Die Stelle an seinem Körper, wo Kenin ihn mit seinem mörderischen Boxhieb getroffen hatte, hatte sich noch nicht verfärbt. In einer Stunde würde dieser Fleck sicherlich in einem hässlichen Schwarzbraun schimmern.

Juan fand den Fahrstuhl und brauchte nur eine knappe halbe Minute zu warten. Nur wenige Personen befanden sich in der Kabine, als die Türen mit einem leisen Flüstern aufglitten. Juan trat hinein, wandte sich wie jeder der Anwesenden zur Tür um und demonstrierte absolute Ruhe und Gelassenheit. Ein Glockenton erklang, und die Türen schlossen sich. Ein paar Zwischenstopps später erreichte der Lift die Lobby. Anfangs erschien alles völlig normal. Dann sah Juan, dass einige Wachmänner am Empfangspult beieinanderstanden. Sie schienen ihm erregt und verunsichert, während sie einem Walkie-Talkie lauschten, aus dem vermutlich eine Durchsage aus dem neununddreißigsten Stock erklang. Juan wandte sich ab. Es bestand kein zwingender Grund, unnötige Aufmerksamkeit zu erregen. Draußen fuhr gerade ein Polizeiwagen vor. Beinahe hätte Cabrillo die Richtung geändert, aber damit hätte er sich erst recht verdächtig gemacht. Offenbar hatten ein paar Leute einen Mann gemeldet, der in der Nähe des Gebäudes durch die Luft geflogen war. Also hatten die Behörden schließlich eine Polizeistreife losgeschickt, um der Angelegenheit auf den Grund zu gehen. Er befand sich den beiden Cops genau gegenüber, als sie gleichzeitig die Drehtür benutzten. Er trat hinaus, sie gingen hinein. Wer konnte wissen, was geschähe, wenn sie sich erst einmal Klarheit über die Ereignisse verschafft hätten?

Cabrillo sendete mit seinem Walkie-Talkie zwei Klicklaute, um Eddie zu rufen. Sekunden später rollte der zweite Lieferwagen um eine Straßenecke. Eddie analysierte die Situation in Windeseile. Der Chairman war allein, daher bestand keine Notwendigkeit, schnell am Bordstein anzuhalten, damit sie ihren Gefangenen im Laderaum verfrachten konnten. Er fand ein Stück die Straße hinunter einen freien Parkplatz und wartete dort auf Cabrillo, der in einen leichten Laufschritt verfiel.

»Fahr los«, sagte Juan, sobald er die Tür geschlossen hatte.

»Was ist passiert?«

Eddie hatte eine Flasche Mineralwasser in der Ablage auf dem Getriebetunnel in der Wagenmitte deponiert. Als er sie bemerkte, spürte Cabrillo plötzlich, wie ausgetrocknet und eng sich seine Kehle anfühlte. Er öffnete den Verschluss und trank einen halben Liter in einem Zug. »Ob Sie es glauben oder nicht, aber Kenin wurde von seinen eigenen Wachen erschossen. Alles ging viel glatter als geplant. Ich hatte gerade die Wächter im Vorraum zu seinem privaten Fahrstuhl ausgeschaltet, als die Männer, die die Hauptfahrstühle des Gebäudes bewachen sollten, hereingeplatzt kamen und aus allen Rohren feuerten.«

»Da werden die Russkies ganz schön sauer sein«, meinte Eddie weitsichtig.

»Als ich zum ersten Mal mit meinem Kontaktmann im Kreml Verbindung aufgenommen und ihm berichtet hatte, dass ich Kenin auf dem Kieker hätte, habe ich den Eindruck gewonnen, dass Moskau über diesen Ausgang der Angelegenheit gar nicht so unglücklich wäre. Das erspart ihnen, offen einzugestehen, was er getan hat, ihn in einem Schauprozess abzuurteilen und auch noch eigenhändig zu erschießen.« Juan hielt den Laptop hoch. »Ich hoffe nur, dass Murph und Stoney etwas Wertvolles aus diesem Ding herausholen können, damit sich die Operation einigermaßen gelohnt hat.«

»Wenn es sich darin befindet, dann werden sie es auch finden.« Für einige Minuten fuhren sie schweigend weiter. Schließlich stellte Eddie auch die dringendste Frage. »Wie war es?«

»Wie war was?«, entgegnete Juan.

»Na, kommen Sie schon. Es muss doch sensationell gewesen sein.«

Der Chairman grinste. »Sensationell trifft es nicht einmal andeutungsweise. Ich dachte immer, Fallschirmspringen sei das, was dem Gefühl zu fliegen am nächsten kommt. Aber es ist nichts im Vergleich mit dem Trip, den ich da gerade absolviert habe. Ich glaube, ich wünsche mir von Max zu Weihnachten einen zweiten Raketenrucksack.«

Sie kurvten bis zum Sonnenuntergang in der Stadt herum und schlugen dann den Weg zu der verlassenen Zementfabrik ein. Eddie, MacD und Mike hielten sich legal im Land auf, würden es am nächsten Morgen auf dem Luftweg verlassen und dabei ihre Tarnung aufrechterhalten – für den Fall, dass sie sie noch einmal brauchen sollten. Da Juan sich aber nach China eingeschlichen hatte, müsste er das Land auch wieder auf die gleiche Art und Weise verlassen. Eddie leistete Juan Gesellschaft, bis das Discovery 1000 im Schatten der Pier auftauchte. Cabrillo gelangte mit einem Sprung auf das Mini-U-Boot und wartete darauf, dass die Einstiegsluke geöffnet wurde. Hanley persönlich lenkte das Tauchboot.

»Wie ist das Ding geflogen?«

»Wie war das noch mit dem größten Spaß, den man in bekleidetem Zustand haben kann?«, fragte Juan. »Das trifft es wohl am präzisesten.«

Während der gesamten Rückfahrt zur *Oregon* alberten sie auf diese Art und Weise noch weiter herum, glücklich und zufrieden, dass die Mission erfolgreich verlaufen war. Für Juan Cabrillo war dieser Punkt besonders wichtig. Er zählte auf der ganzen Welt nur wenige Männer zu seinen Freunden, und Yuri Borodin war einer von ihnen gewesen. Nun hatte er diesen Freund gerächt. Yuris Seele mochte ein wenig mehr Ruhe finden.

Die Corporation hatte zurzeit kein weiteres Projekt in Arbeit, und wenn Eric und Mark den Laptop knacken konnten, erwartete sie von Seiten der amerikanischen Regierung ein reicher Geldsegen, zusammen mit der letzten Honorarrate für die Container-Mission. Cabrillo dachte sich, er sollte die *Oregon* vielleicht für einige Zeit irgendwo vertäuen und seinen Leuten einen wohlverdienten Urlaub gewähren.

Aber das Schicksal war abermals im Begriff zu intervenieren. Weit davon entfernt, in einen erholsamen Urlaub abdampfen zu können, erwartete die *Oregon* und ihre Mannschaft eine Schlacht, bei der es um ihrer beider nacktes Überleben ging.

SECHSUNDZWANZIG

Max war ein geborener Pragmatiker. Ihm gefiel Cabrillos Idee, das Schiff für einige Zeit stillzulegen und die gesamte Besatzung in den Urlaub zu schicken. Außerdem wusste er, wo sie Ersatz für das Nomad-1000-Tauchboot finden würden, und war der Meinung, dass dieser Ort so gut wie jeder andere war, um die Mannschaft von Bord gehen zu lassen.

Er hatte Verhandlungen mit einer taiwanesischen Universität geführt, die ein Nomad besaß, für das sie keine Verwendung mehr hatte. An der Hochschule waren früher einmal technische Geräte für die Fischfangindustrie entwickelt und getestet worden, und das Tauchboot war eine überflüssige Anschaffung gewesen. Max hätte jederzeit ein neues Boot beim Hersteller erwerben können, aber er gehörte zu denen, die grundsätzlich nicht gewillt waren, auch nur einen Penny zu vergeuden, wenn es sich vermeiden ließ, geschweige denn mehrere Millionen Dollar.

Max flog mit dem Hubschrauber voraus, während das Schiff Kurs auf Taipeh nahm, um mit der Universitätsverwaltung zu verhandeln. Er trat in der Tarnung eines Beauftragten einer Ölbohrfirma auf, also des Industriezweigs, der den Löwenanteil der von U.S. Submarines alljährlich produzierten Nomads und Discoverys erwarb. Die *Oregon* war der Frachter, den er gemietet hatte, um das Tauchboot zu den Ölfeldern im Golf von Mexiko zu transportieren.

Die Inspektion verlief vielversprechend. Die Hochschule hatte das Nomad fachgerecht eingemottet und regelmäßige Inspektionen durchgeführt. Die Batterien nahmen noch Ladung an, aber Max war sich darüber im Klaren, dass sie ausgetauscht werden mussten. Das waren Dinge, die man nicht gebraucht erwarb. Für alle Fälle hatte er stets frische Batterien an Bord seines Schiffes. Sämtliche elektronischen und mechanischen Systeme funktionierten einwandfrei, und er konnte keinerlei Korrosionsschäden an den hydraulischen Leitungen feststellen. Das einzige Problem, das sie fanden, war, dass die Greifhand am Ende des Teleskoparms nicht störungsfrei arbeitete. Für Max wäre es eine simple Reparatur, aber er sorgte dafür, dass ein paar Tausend Dollar von dem geforderten Preis nachgelassen wurden.

Als die *Oregon* eintraf, fesselte sie die Aufmerksamkeit Hunderter Studenten. Offenen Mundes begafften sie das massige Schiff, das ihnen die Sicht auf die Bucht und das offene Meer versperrte. Max hatte dafür gesorgt, dass sich ein Zollbeamte aus Taipeh im Hafen befand, und er leistete die notwendigen Unterschriften für die Freigabe der Fracht.

Juan selbst, wegen der zahlreichen Schaulustigen als sturmerprobter Seebär verkleidet, steuerte den Hauptkran des Schiffes. Mitglieder der Besatzung bereiteten die Übernahme vor und legten um den zehn Meter langen Rumpf des Tauchboots Gurtschlingen. Etwa eine Stunde nach Ankunft der *Oregon* ruhte es quer auf dem vorderen Laderaum, und der Frachter war bereit zum Ablegen. Max musste seiner Rolle als Makler treu bleiben und würde mit dem Auto nach Taipeh fahren.

Die taiwanesische Hauptstadt lag an der nördlichen Spitze der Insel, und sie hätten sie innerhalb von vierzehn

Stunden erreichen können, aber Cabrillo hielt die *Oregon* von den traditionellen Schiffsrouten für Küstenschiffe und Ozeandampfer, die den Pazifik überquerten, um amerikanische Häfen anzusteuern, sorgfältig fern. Außerdem brauchte er den Schutz der Dunkelheit. Ein Schiff, das ein Mini-U-Boot zu Wasser ließ, mochte zwar ungewöhnlich sein, aber nicht gänzlich unbekannt. Das Schiff, das die Region verließ, ohne das Mini-U-Boot wieder zu bergen, würde lästige Fragen aufwerfen.

Da das Nomad noch keinem gründlichen Test unterzogen worden war, ließ Juan nicht zu, dass ein anderer die erste Tauchfahrt unternahm. In den Stunden, die sie gebraucht hatten, um in eine abgelegene Region des Ozeans zu gelangen, hatte die Mannschaft die alten Batterien gegen neue ausgetauscht und ein System aufblasbarer Kunststoffbälge am Rumpf angebracht, falls das Mini-Tauchboot Cabrillos Lenkbefehlen nicht gehorchen sollte. Außerdem befanden sich mehrere Rettungstaucher im Wasser, und die nähere Umgebung der *Oregon* wurde von starken Scheinwerfern über und unter Wasser nahezu taghell erleuchtet.

Nachdem es ins Wasser hinabgelassen und das Krangeschirr entfernt worden war, wurden die Ballasttanks des Mini-U-Boots von Juan Cabrillo langsam geflutet. Er blies sie probeweise aus, als die Meereswellen seine Aussichtskuppel überspülten. Zufrieden stellte er fest, dass er so sicher aufstieg wie ein Spielzeug-U-Boot in einer Badewanne.

Dann wollte er es wissen und tauchte am stählernen Rumpf der *Oregon* hinab, um gleich wieder vorsichtig in den Moon Pool aufzusteigen. Weitere Mannschaftsangehörige standen bereit, um die Hebetaue zu befestigen. Kurz darauf war das neue Tauchboot sicher in seinem neuen Zuhause untergebracht, und Juan Cabrillo war zum Speisesaal unterwegs, um sich ein spätes Abendessen zu genehmigen.

Er stellte fest, dass der Spargel, der serviert wurde, aus der Konservendose kam. Also passte es gut, dass sie in Kürze zu einem längeren Aufenthalt anlegen würden. Ihre sämtlichen frischen Verpflegungsvorräte waren zur Neige gegangen. Und als er dem Messesteward eine entsprechende Frage stellte, erfuhr er, dass die Küche nur noch drei ziemlich unbeliebte Eiskremsorten anbieten konnte.

Juan konnte an diesem Abend nicht einschlafen, und das hatte nichts mit frischem Gemüse oder Rum-Toffee-Eiskrem zu tun. Irgendetwas nagte an seinem Unterbewusstsein, irgendeine kleine Störung, die die Müdigkeit nicht betäuben und so verstecken konnte, wie eine Auster es mit einem Sandkorn tat, indem sie es nämlich mit Perlmutt umhüllte. Gegen Mitternacht gab er sich seiner Schlaflosigkeit geschlagen, fand sich damit ab, wach zu bleiben, und stand aus dem Bett auf. Er schlüpfte in die Beinprothese und die Kleidung, die er erst anderthalb Stunden zuvor abgelegt und ausgezogen hatte.

Er war nicht in der Stimmung für einen Drink, und alleine in seiner Kabine zu sitzen war eine wenig verlockende Vorstellung. Julia Huxley gehörte zu jenen bemerkenswerten Menschen, die mit wenigen Stunden regelmäßigen Schlafs auskamen. Er machte sich auf die Suche nach ihr, traf sie aber nicht in ihrer Kabine an, sondern fand sie schließlich in der Sanitätsabteilung. Sie hatte sich ins Internet eingeloggt, da sie bei einem Service für Menschen mitwirkte, die zwar medizinische Probleme, jedoch keinen Zugang zu einem Arzt hatten.

»Hey, Juan. Kannst du nicht schlafen?«, begrüßte sie

ihn, als er an der Tür zu ihrem Büro in der Nähe des Untersuchungsraums stehen blieb.

Ihr Büro bestand aus einer winzigen Zelle, kaum groß genug für ihren Schreibtisch und einen Besucherstuhl. Eine ganze Wand war mit eingerahmten Ehrenurkunden und Diplomen bedeckt. Sie hatte einmal erklärt, dass ihre Version der »Ego-Wand« nicht so sehr für sie als vielmehr für ihre Patienten bestimmt war. Sie mit derart vielen Auszeichnungen überhäuft zu sehen beruhige sie und erfülle sie mit Vertrauen und Zuversicht.

»Wie gut du bist, sieht doch auch ein Blinder«, meinte Juan grinsend.

»Lass mich das hier noch abschließen. Ich habe gerade Kontakt mit jemandem auf den Fidschi-Inseln, der glaubt, er habe eine Gürtelrose.« Sie und ihr Patient tauschten für zwei Minuten getippte Nachrichten aus. »So. Das war's. Was ist los mit dir?«

»Keine Ahnung«, gestand Juan. »Irgendetwas geht mir durch den Kopf.«

»Das engt die Möglichkeiten erheblich ein«, meinte Julia mit einem belustigten Grinsen. »Okay, versuchen wir es anders. Wie lange beschäftigt es dich schon?«

»Erst seit heute Abend. Seit meiner Flucht aus Shanghai war ich bester Laune und kam mir unbesiegbar vor. Und dann bin ich heute Abend ins Bett gegangen und konnte nicht einschlafen. Ich habe ein Gefühl, als entginge mir irgendetwas.«

Hux wurde plötzlich ernst. »Wir beide haben doch schon einiges miteinander überstanden.« Julia hatte Juans Genesung nach dem Verlust seines Beins überwacht. »Ich kenne dich, und ich weiß, wenn du glaubst, etwas übersehen zu haben, trifft es in den meisten Fällen auch zu. Dann hast du wirklich etwas übersehen.«

»Ich weiß«, sagte Cabrillo, »das macht es ja so schwierig.«

»Wir können sicher davon ausgehen, dass es mit unserer letzten Mission zu tun hat, also warum gehen wir nicht alles noch einmal gemeinsam durch?«

Und das taten sie, angefangen mit dem Anruf von Yuri Borodins Adjutant, Misha Kasporow, in dessen Verlauf er ihnen von Borodins gesetzwidriger Gefangennahme berichtete, bis hin zu dem Moment, als sich die Einstiegsluke des Discovery 1000 im Huangpu River für die Rückfahrt zur *Oregon* schloss. Julia hatte nicht gewusst, wie knapp Juan in vielen Situationen an einer Katastrophe vorbeigeschrammt war, und sie machte ihm heftige Vorwürfe, häufig so leichtsinnig zu sein. Er nahm ihre Kritik genauso gleichmütig hin wie ein leidenschaftlicher Raucher den dringenden Rat seines Arztes, das Rauchen schnellstens aufzugeben. Wirklich, ein guter Tipp, aber dazu wird es niemals kommen.

»Es muss l'Enfants Verrat sein«, kombinierte Julia. »Alles andere liegt ziemlich klar auf der Hand, zumindest nach deinen Maßstäben.«

»Offenbar können wir ihn nicht mehr als Kontakt benutzen. Er hat uns zwar Kenins Aufenthaltsort genannt, aber die Vertrauensbasis ist zerbrochen. Das ist uns beiden klar. Und es stimmt schon, in seinem Gewerbe ist er der Beste der Welt, aber es gibt auch noch andere, an die wir uns wenden können.«

»Willst du damit sagen, das ist es nicht?«

»Ja. Nein. Ich weiß es nicht.« Juan fuhr sich mit den Fingern durchs Haar, das mittlerweile auf die Länge eines Navy-Rekruten-Schnitts nachgewachsen war. »Kenin muss gefolgert haben, hinter wem wir her waren, nachdem wir Yuri gerettet, na ja, *fast* gerettet hatten. Er wird unseren Ruf gekannt haben, weil er sofort damit begonnen hat, jede Verbindung mit seinem Tarnkappenschiff zu eliminieren. Außerdem hat er l'Enfant gezwungen, unsere weiteren Ziele in Erfahrung zu bringen. Und dann hat er dieses Schiff losgeschickt, um die *Sakir* und, wie ich annehme, auch uns zu versenken.«

Juan hielt inne, als etwas in den tiefsten Winkeln seines Geistes Gestalt anzunehmen begann. »Wie viel, glaubst du, hat es gekostet, dieses Tarnkappenschiff zu entwickeln?«

»Wer weiß? Selbst wenn er Teslas Technik, ein Schiff unsichtbar zu machen, kannte und ihm Teile seiner Apparaturen zur Verfügung standen, bewegen wir uns in einem Bereich von mindestens einhundert Millionen.«

»Genau, und trotzdem ist er das Risiko eingegangen, damit das Schiff des Scheichs und auch uns anzugreifen. Wenn er Zugriff auf ein U-Boot hatte, dürfte er auch Leute in der Überwasserflotte gekannt haben, die ihm treu ergeben waren. Warum hat er nicht einfach ein paar schwere Raketen auf uns und auf Dullahs Jacht abgefeuert?«

»Wir hätten sie abschießen können«, gab Julia zu bedenken.

»Das wusste er aber nicht. Er hat einhundert Millionen Dollar aufs Spiel gesetzt, um ein Einhundert-Dollar-Problem zu lösen. Das stört mich. Dies ist außerdem sein großer Coup gewesen, sein letzter Raubzug, ehe er Mütterchen Russland für immer hinter sich ließ. Es ist völlig unbegreiflich, dass jemand bereit gewesen sein soll, so viel Geld aufzuwenden, um einen Scheich aus den Emiraten zu töten, der zufälligerweise zur gleichen Zeit unser Klient war. Das ist mir einfach zu viel des Zufalls.«

Er schnappte sich das Telefon von Julias Schreibtisch

und wählte die Nummer von Mark Murphys Kabine. Murph meldete sich nach dem zweiten Klingeln. Juan konnte hören, dass er die Freisprechfunktion eingeschaltet hatte.

»Wie kommen Sie beide mit dem Laptop weiter?«

»Wir haben ihn gerade erst von Linc zurückbekommen«, rief Eric, um nervtötende Techno-Musik, die im Hintergrund spielte, zu übertönen.

»Drehen Sie den Krach leiser«, verlangte Juan.

»Krach?«, fragte Mark indigniert. »Das sind die Howler Monkeys.«

»Das hatte ich mir fast gedacht.« Die Lautstärke wurde dankenswerterweise gedrosselt. »Warum hatte Linc den Computer?«

»Haben Sie meine E-Mail nicht bekommen?«

»Offensichtlich nicht, sonst hätte ich nicht gefragt.«

»Der Laptop war mit einem Paket C-4 präpariert. Eric und ich hatten schon so etwas vermutet, daher haben wir ihn zuerst geröntgt. Gut, dass wir auf diese Idee gekommen sind. Wir vermuteten, dass die Ladung hochgehen würde, nachdem der Computer aufgeklappt und das Passwort nicht innerhalb von einer bestimmten Zeitspanne eingegeben wurde. Linc brauchte bis heute Abend, um den Zünder und den Sprengstoff zu entfernen.«

»Wie lange wird es dauern, bis Sie etwas Brauchbares anbieten können?«

»Wir fangen gerade erst mit dem Passwort an. Danach kommt es darauf an, wie viele Verschlüsselungszyklen Kenin benutzt hat. Ich tippe auf einen ganzen Sack voll.«

»Wie lange?«, wiederholte Juan seine Frage fordernder und unfreundlicher.

»Tage. Wochen. Genaues kann man nicht sagen. Tut mir leid, Chairman.«

»Vierundzwanzig Stunden«, schnappte Juan. »Das ist ein Befehl.«

Er knallte den Hörer auf die Gabel. Julia musterte ihn besorgt.

»Sie arbeiten besser, wenn sie glauben, ich sei wütend und würde unvernünftige Forderungen stellen.«

»Dann war das nur Theater?«

»Teils«, sagte Juan. »Aber wir brauchen wirklich schnellstens Antworten.«

»Das verstehe ich nicht«, sagte Julia. »Weshalb diese Eile?«

»Du hast von dem Konflikt zwischen China und Japan gehört, wegen irgendwelcher Inseln?«

»Ja, es geht wohl um Hoheitsrechte und neu entdeckte Öl- oder Gasvorkommen.«

»Ich glaube kaum, dass das eine kürzlich gemachte Entdeckung ist. Meines Erachtens hat China schon länger davon gewusst. Ich erinnere mich, dass Yuri, als ich ihn gerettet hatte, nach den jüngsten Ereignissen gefragt hat. Ich antwortete ihm mit einem lahmen Scherz, aber ich erwähnte gleichzeitig, dass sich das Ende des Bürgerkriegs im Sudan abzeichne.«

»Und?«

»China war in diesem Konflikt ein wichtiger Geldgeber, weil sie sehr viel Öl aus dieser Region bezogen. Sie haben den Geldhahn zugedreht, weil sie erkannten, dass sie keine fossilen Brennstoffe aus Afrika mehr importieren müssen, wenn sie für Jahrzehnte Reserven vor ihrer eigenen Küste haben.«

»Aber da sind noch die Japaner«, sagte Julia.

»Die können ohne unsere Hilfe überhaupt nichts unternehmen. Und was tun wir in einer solchen Situation, wenn sich zwei Seemächte in der Wolle haben?«

»Frag Max oder Eddie. Die sind unsere militärischen Experten.«

»Komm schon, Hux. Jeder weiß doch, was wir tun.«

»Wir schicken einen Flugzeugträger.«

»Genau. Machtprojektion in Reinkultur. Und es ist nicht nur ein Flugzeugträger. Es ist ein vollständiger Kampfverband mit mehreren Zerstörern, einer Fregatte, einigen Kreuzern und zwei U-Booten. Sie alle bilden einen Schirm, um den Flugzeugträger zu schützen. Das System ist derart ausgeklügelt, dass es auch als immun gegen jeden Angriff betrachtet wird. Damals, in den schlimmen alten Zeiten des Kalten Krieges, rechneten sich die Sowjets aus, dass sie mindestens einhundert Marschflugkörper einsetzen müssten, um hoffen zu können, auch nur einen einzigen Flugzeugträger auszuschalten.«

»O-kay«, dehnte Julia das Wort. »Unser Flugzeugträger erscheint, beide Seiten streichen die Segel, und die Krise ist abgewendet.«

»Denk nach, Doc.«

Und der entsetzliche Gedanke, der sich in Juans Geist festgesetzt hatte, schoss auch ihr durch den Kopf. Sie erbleichte. »Da draußen gibt es noch eins von diesen Tarnkappenschiffen.«

»Das muss es sein. Das Schiff wurde vor der Auflösung der Sowjetunion konzipiert, um unseren Flugzeugträgern Paroli zu bieten. Die Russen brauchen so etwas nicht mehr, aber ein expandierendes und zunehmend feindseliger agierendes China könnte sich nichts Besseres vorstellen, als einen atomgetriebenen Flugzeugträger zu vernichten, ohne dass man ihm die Schuld dafür in die Schuhe schieben kann.«

»Wären sie so dreist?«

»Das Ganze kündigt sich schon seit Jahren an«, sagte

Juan. »Man muss sich nur die unzähligen Versuche ansehen, in unsere Computersysteme einzudringen, und dazu noch diese ständige Industriespionage. Seit mindestens zehn Jahren befinden wir uns in einem Daten- und Informationskrieg mit China. Nun, da die Unabhängigkeit von ausländischen Energiequellen in Reichweite gerückt ist, werden sie alles tun, um diese Unabhängigkeit auch zu erreichen.« Juan kam ein neuer Gedanke. »Die Versenkung der *Sakir* sollte den Chinesen die Leistungsfähigkeit dieser Waffe demonstrieren. Sie müssen den Angriff auf die *Sakir* von dem Rendezvousschiff aus verfolgt haben, das uns entkommen ist, als wir wie tot im Wasser lagen. Kenin hat Dullahs Jacht benutzt, um es mir heimzuzahlen, und ich wette, dass er irgendeine politische Gruppierung im Nahen Osten gefunden hat, die ein paar Dinar für den Angriff auf Dullah lockermachte.«

»Was tun wir jetzt?«

»Ich werde Langston darauf aufmerksam machen, aber ohne etwas Konkretes wie zum Beispiel eine als Verkaufsliste bezeichnete Datei in Kenins Computer kann er nicht allzu viel unternehmen. Die Navy wird wegen eines solchen vagen Hinweises sowieso nicht aktiv.«

»Demnach ist unser Urlaub zu einem Ende gekommen, bevor er überhaupt angefangen hat, nicht wahr?«

Juan sah sie nur stumm an. Er rief das Operationszentrum und bat den diensthabenden Offizier, die Position des nächsten Flugzeugträger-Kampfverbands festzustellen. Falls er in diese Region gerufen werden sollte, müsste er die Route schon im Voraus kennen, weil die Chinesen ihm ihr tödliches Tarnkappenschiff sicherlich direkt in den Weg stellen würden. Zu seiner Erleichterung erfuhr er zehn Minuten später, dass die *Johnny Reb*, wie die USS *John C. Stennis* scherzhaft genannt wurde, soeben Hono lulu mit dem Ziel Yokosuka, Japan, und seiner dortigen Marinebasis verlassen hatte. Somit hatten sie ein paar Tage Atempause, selbst wenn der Präsident sie schnurstracks in diese umstrittene Region schicken sollte.

Andere praktische Erwägungen mussten in Betracht gezogen werden. Cabrillo bedankte sich bei Julia und suchte das Büro gleich neben seiner Kabine auf. Er weckte Max in seinem Hotelzimmer in Taipeh, um ihm mitzuteilen, dass sich ihre Pläne geändert hätten und er die *Oregon* am nächsten Tag an der Pier im Bali District erwarten solle. Dort hatten sie bereits einen Liegeplatz für die zwei geplanten Urlaubswochen reservieren lassen. Cabrillo informierte anschließend die dortige Hafenverwaltung, dass sie den Liegeplatz nur noch für einige Stunden brauchen würden.

Die Strafgebühr für die Änderung war heftig, und Cabrillo war sich nicht sicher, ob er die richtige Spur verfolgte. Da sie die internationale Datumsgrenze überschritten hatten, war es in Washington, D.C., ein Uhr Mittag am Vortag. Er rief Langston Overholt an.

Nachdem er die Lage skizziert hatte, wollte Cabrillo von seinem ehemaligen Mentor und Agentus Emeritus der CIA wissen, welche Vorgehensweise er nun empfehlen würde.

»Wir haben es hier nicht mit gesicherten Fakten zu tun, Juan«, sagte der achtzigjährige Spionageveteran. »Es sind lediglich Einschätzungen und Vermutungen. Die mir, wenn sie von dir kommen, normalerweise ausreichen, um den Verteidigungsminister aufzusuchen. Aber bei dieser Geschichte brauche ich ein wenig mehr.«

»Wie zum Beispiel Beweise aus Kenins Laptop?«

»Die würden lediglich zeigen, dass er der Volksrepublik eine solche Waffe verkauft hat. Falls er nicht auch noch über ihre genauen Schlachtpläne verfügt, glaube ich kaum, dass wir irgendetwas tun können. Natürlich werde ich ein entsprechendes Memo weiterleiten, und das hat möglicherweise eine allgemeine Warnung an den kommandierenden Admiral des Kampfverbands zur Folge. Aber du musst verstehen, dass sie sich, wenn sie tatsächlich bei dieser Senkaku-Diaoyu-Insel-Affäre intervenieren sollen, in höchster Alarmbereitschaft befinden. Daran würde auch deine Nachricht nicht viel ändern.«

Cabrillo hatte etwas Derartiges erwartet. Das war das Problem mit Washington. Die bürokratische Trägheit rangierte im Bereich glazialer Fließgeschwindigkeiten. Das System war nicht für schnelles laterales Denken geschaffen. Und doch war die Nachricht nicht durch und durch schlecht. »Ich werde mich bei Grant in der chinesischen Abteilung erkundigen, was man dort gehört hat. Wir rechnen damit, dass China in diesem speziellen Fall einen härteren Standpunkt vertritt als bei anderen umstrittenen Inseln, wie zum Beispiel in der Auseinandersetzung um die Spratlys. Japan wird ebenfalls keinen Rückzieher machen, daher haben wir die *John C. Stennis* in Marsch gesetzt.«

»Ich dachte, in Japan sei bereits ein Flugzeugträger stationiert«, sagte Juan.

»Die *George Washington*, ja. Auf ihr hat es vor einer Woche gebrannt. Es heißt, dass sie noch nicht einsatzfähig ist.«

Overholts Stimme hatte einen seltsamen Unterton, als er die Information weitergab, und Cabrillo vermutete, dass er auch wusste, wodurch dieses Feuer ausgelöst worden war. Lang war ein Weltkriegs-Veteran. Damals hatte man Schiffe bereits einen Tag nach Kamikazetreffern zurück in die Schlacht geschickt. Heutzutage würden Si-

cherheitsinspektoren und Untersuchungsausschüsse sowie die Vertreter der Militärstaatsanwaltschaft Monate
brauchen, um zu einer Entscheidung über die Seetüch-
tigkeit des Flugzeugträgers zu kommen.

»Wir behalten die Situation im Auge«, sagte Overholt.
»Wo wirst du sein?«

»Ich versuche, die Einfahrt ins Ostchinesische Meer zu
bewachen.«

SIEBENUNDZWANZIG

Cabrillo hatte im Operationszentrum Bereitschaftswache, als Mark Murphy ihn bat, in den Konferenzraum zu kommen. Juan registrierte die Uhrzeit auf dem Hauptbildschirm. Seine Leib-und-Magen-Freaks hatten die Frist, die er ihnen gesetzt hatte, nur um drei Stunden überschritten.

Sie hatten bereits im neuen Hafen von Taipeh angelegt und nisteten wie ein hässliches Entlein zwischen zwei wunderschönen Schwänen in Gestalt von Kreuzfahrtschiffen, die ihre Passagiere für einen Besichtigungstag in die Hauptstadt Taiwans entließen. Der Lastwagen der Lieferanten stand bereits auf dem Kai, und schon eine Stunde nach ihrer Ankunft waren die Kisten leichtverderblicher Waren und anderer Lebensmittel an Bord gehievt worden.

Juan bedeutete der Navigatorin mit einem Kopfnicken, dass sie die Ruderwache übernehmen solle, und machte sich auf den Weg zum Konferenzraum. Murph und Stoney sahen aus, als hätten sie keine Sekunde geschlafen, seit sie Kenins Laptop von Linc übernommen hatten. Beide Männer hatten rot geränderte Augen mit dunklen Tränensäcken darunter. Doch auf ihren Mienen lag auch ein triumphierendes Grinsen, das von Ohr zu Ohr reichte.

»Darf ich davon ausgehen, dass es gute Neuigkeiten gibt?«, fragte Juan und setzte sich auf seinen Platz am Kopfende des Tisches.

»Oh ja«, sagte Mark. »Wir haben eben gerade Kenins

letztes Bankkonto leer geräumt. Insgesamt hatte er fünfzig Millionen bei verschiedenen Bankplätzen auf der ganzen Welt gebunkert: auf den Cayman-Inseln, in Dubai, Luxemburg – suchen Sie es sich aus.«

»Schön und gut«, sagte Juan. »Und was ist mit dieser Geschichte, dass noch ein zweites Tarnkappenschiff existiert? Haben sie noch eins gebaut?«

»Das haben sie«, bestätigte Eric Stone. »China hat dafür zwanzig Millionen bezahlt und außerdem die Kosten für Kenins Luxusversteck übernommen.«

Meistens freute sich Cabrillo, wenn sich seine Einschätzungen als richtig erwiesen. Aber nicht an diesem Tag. Die Neuigkeit ließ sogar sein Blut gefrieren, denn sie bedeutete, dass China hinreichend ermutigt würde, diese Waffe gegen ein amerikanisches Ziel einzusetzen.

»Gebaut wurden sie im Jahr 1989«, fügte Stone hinzu. »Ursprünglich wollten die Russen für jeden unserer Flugzeugträger-Kampfverbände ein solches Schiff. Aber nachdem zwei Exemplare gebaut worden waren, ließen sie das Projekt fallen. Sie motteten die beiden fertiggestellten Schiffe in einer Werft ein, wo sie anscheinend vergessen wurden. Dort hat Kenin sie dann vor zwei Jahren entdeckt, aufwendig überarbeiten und einiges von der weiterentwickelten Technologie hinzufügen lassen, die er auf Teslas Minensuch-Tender vorgefunden hatte. Er wusste, dass die Chinesen seine einzigen potentiellen Kunden waren, und hat sie monatelang umworben. Am Ende willigten sie tatsächlich in das Geschäft ein, und zwar etwa zum gleichen Zeitpunkt, als die umkämpften Öl- und Erdgasvorkommen zum ersten Mal in den Medien erwähnt wurden.«

Dieser zeitliche Ablauf war nach Cabrillos Einschätzung korrekt. Die Chinesen wussten, dass die Navy, wenn sie an ihrem Plan festhielten, einschreiten würde. Sie brauchten also etwas, das sie gegen einen amerikanischen Flugzeugträger einsetzen konnten, ohne einen dritten Weltkrieg auszulösen. Seiner Meinung nach hätte Kenin allerdings mehr Geld verlangen sollen. Andererseits besaß der Russe längst mehr, als er in seinem restlichen Leben hätte ausgeben können, weshalb sollte er also etwas fordern, das er eigentlich gar nicht nötig hatte?

»Sind die technischen Daten im Computer?«

»Tut mir leid, Chairman«, entschuldigte sich Eric mit einem betrübten Hundeblick. »Wir haben jede Datei in seinem Computer geknackt. In einer wurden die Fähigkeiten des Schiffes aufgezählt. Er hat sie benutzt, um die Chinesen zu ködern, aber es gibt nichts über die Funktionsweise der Waffe oder darüber, welche technischen Einrichtungen er von Teslas Schiff geborgen hat.«

»Wir machen weiter, Chairman«, sagte Mark, »aber es sieht nicht gut aus. Kenin war kein Techniker. Ihm war egal, wie das Schiff funktioniert, ihn interessierte nur, *dass* es funktionierte.«

»Okay«, sagte Juan. »Vielen Dank. Das war gute Arbeit. Gehen Sie schlafen.«

Cabrillo rief auf dem großen Bildschirm am Ende des Konferenztisches eine Karte vom Chinesischen Meer auf und versuchte sich in den Geist des Mannes hineinzuversetzen, der das Tarnkappenschiff steuerte. Er musste eine Position vor dem Kampfverband einnehmen, da seine Heckwelle zu sehen wäre, wenn das Schiff Fahrt machte, und gewiss von einem Kampfpiloten gesichtet würde. Alles hinge von der Fähigkeit ab, den Kampfverband aufzuspüren und seinen Kurs zu berechnen, eine dank der Konstellation chinesischer Spionagesatelliten simple Aufgabe.

Den Kurs des Kampfverbands könnte er sich von Over-holt durchgeben lassen, damit er dann den gleichen Informationsstand hätte wie sein chinesischer Gegner. Die eigentliche Frage war aber, wie weit vor den umkämpften Inseln er seine Beute zur Strecke bringen wollte. Je weiter entfernt, desto besser. Das verringerte jedoch die Wahrscheinlichkeit, dass die Schiffe auf ihrem jeweiligen vorausberechneten Kurs blieben. Sie folgten einem willkürlich gewählten Zickzackmuster, während sie sich stetig nach Westen bewegten.

Er spielte ein Dutzend Szenarien durch und hatte am Ende auch ein Dutzend Orte, an denen er sich auf die Lauer legen konnte. Das alles war zwar fruchtlos, zugleich aber auch aufschlussreich. Fruchtlos, weil er nach zwei Stunden ständigen Auf-die-Karte-Starrens einer Lösung keinen Deut näher gekommen war, und aufschlussreich, weil es bewies, wie ungemein wichtig dies für die Chinesen war. Falls der Flugzeugträger die Region erreichte, löste sich jede Chance, die Inseln unter dem Einsatz von Gewalt zu annektieren, in Wohlgefallen auf.

Die Chinesen hatten die Taktik verfolgt, die japanische Flotte ins Leere laufen zu lassen und auf diese Art und Weise müde zu machen, immer in der Hoffnung, dass sie irgendwann die Region verließ und darauf verzichtete, ihren Anspruch auf die Inseln geltend zu machen. Wie die Weltöffentlichkeit es bereits bei den Flugzeugträgern, die im Persischen Golf operierten, fast zwanzig Jahre lang hatte beobachten können, ließ sich die U.S. Navy durch eine solche Taktik niemals zermürben.

Oberst Kenji Watanabe brachte die H-6 ins Zentrum seines Fadenkreuzes und drückte sacht auf den Auslöseknopf an seinem Steuerknüppel. Nichts geschah. Was er erwartet hatte. Er hatte das Waffensystem seiner F-16 nicht aktiviert. Dann sackte er unter dem schwerfälligen zweimotorigen Lufttankflugzeug weg, während es einen J-10-Düsenjäger mit Treibstoff versorgte.

Während die J-10 eine moderne Maschine war, die wie eine Kreuzung zwischen seiner eigenen Fighting Falcon und der schwedischen Gripen aussah, war der fliegende Tanker ein altes russisches Modell aus den fünfziger Jahren. Wie ein großer Teil der chinesischen Luftwaffenflotte war sie eine unter Lizenz gebaute Billigkopie und hätte während eines ernsthaften Kampfs keine fünf Minuten überdauert. Selbst die J-10 war kein ernstzunehmender Gegner für die F-16. Sie hatte nur eine geringe Reichweite – daher die Notwendigkeit, ständig betankt zu werden, während die Maschine den Himmel rund um die Senkaku-Inseln überwachte. Außerdem war die F-16 um einiges wendiger.

Watanabes echter Vorteil bestand darin, dass er wahrscheinlich zehn Mal mehr Flugstunden absolviert hatte als der chinesische Pilot.

Er war erfahren genug, dem angekoppelten Flugzeug ausreichend Manövrierraum zu lassen, um die heikle Operation durchzuführen. Die Chinesen beherrschten die Technik der Luftbetankung erst seit kurzem, daher verfügten die Piloten über nicht allzu viel Erfahrung damit. Es hätte keinen Sinn, mit seiner Wirbelschleppe einen Unfall auszulösen. Watanabe flog einen weiten Bogen, so dass er sich dem Gespann von hinten näherte. Auf diese Art und Weise befände er sich, wenn die J-10 Vigorous Dragon von der fliegenden Tankstelle abkoppelte, in ihrer Sechs-Uhr-Position. Der letzte chinesische Kampfflieger, den er auf diese Weise aufs Korn nahm, hatte ihn nicht abschütteln können, bis er schließlich aufgab und zu seiner Heimatbasis zurückkehrte. Der erfahrene Pilot war sicher, dass dieses neue chinesische Möchtegern-Fliegerass bei dem Geplänkel nicht viel besser abschneiden würde.

Die H-6 mit ihren rückwärts gepfeilten Tragflächen sackte plötzlich ab, da sie in einen Luftwirbel geriet. Der J-10-Pilot hätte die Operation hier beenden und die Verbindung mit dem Tanker trennen sollen, stattdessen versuchte er jedoch, bei dem größeren Flugzeug zu bleiben, und führte eine zu heftige Lenkbewegung aus. Zu Watanabes Schrecken berührten die beiden Maschinen einander und wichen dann in einem Feuerball auseinander, der am Himmel wie eine zweite Sonne aufblühte. Er zwang seine eigene Maschine in einen Sturzflug und dann scharf nach links, um der Trümmerwolke auszuweichen. Trotzdem spürte er, wie ein Splitterregen auf die Flugzeugzelle seiner F-16 prasselte. Die Wracks der beiden zerstörten Maschinen fielen aus der Explosionswolke heraus wie Leergut, das nach dem Gebrauch entsorgt wird. Kein Trümmerteil war größer als ein Stück Sperrholz, und alles war schwarz verkohlt.

Kein Fallschirm schwebte zur Erde.

Watanabe funkte seinen Bericht und hoffte – betete –, dass er nicht Zeuge des Ereignisses geworden war, das sein geliebtes Nippon in den Krieg triebe.

Trotz leidenschaftlicher Unschuldsbeteuerungen auf höchster Ebene – inklusive einer Einladung, Kenji Watanabes Düsenjäger zu inspizieren, um den Beweis zu erhalten, dass er die chinesischen Maschinen nicht abgeschossen hatte – konnte Peking nicht beschwichtigt werden. Die Chinesen beharrten darauf, dass dies ein willkürlicher Akt war, und verlangten, dass die Japaner sämtliche Kampfflugzeuge und Kriegsschiffe von den Diaoyu-Inseln abzogen und auf ihre Souveränitätsansprüche verzichteten.

China traf Vorbereitungen, den größten Teil seiner Kriegsflotte in Marsch zu setzen, darunter Truppentransporter mit über eintausend Soldaten, um die Inseln mit Waffengewalt zu besetzen.

Auf diplomatischer Ebene wurden zwar hektische Versuche unternommen, die Situation zu entschärfen, aber keine der beiden Seiten war bereit nachzugeben. Japan erhöhte seine militärische Präsenz auf den Inseln und ließ mit einer Luftkissenfähre Soldaten ins Krisengebiet bringen. Der amerikanische Präsident hatte keine andere Wahl, als die USS *John C. Stennis* in die umstrittene Region zu schicken. Außerdem machte er seinem Verteidigungsminister Feuer unterm Hintern, damit dieser dafür sorge, dass die angeschlagene *George Washington* so schnell wie möglich ihren Dienst wieder aufnahm, ganz gleich, welche Meinung die militärischen Anwälte vertraten.

Sofern es den Amerikanern nicht gelänge, mit ihrer militärischen Präsenz die Wogen zu glätten, käme es innerhalb einer Woche zum Ausbruch des dritten chinesisch-japanischen Krieges.

Wie ein ruheloser Bär in einem Käfig patrouillierte die *Oregon* auf dem Seeweg, der zu den Inseln führte. Sie kreuzte hin und her, das Radar auf maximaler Leistung, die Mannschaft hellwach von Koffein und Adrenalin. Das Wetter spielte in diesem Fall mit und ließ zu, dass Drohnen gestartet wurden, um das Suchgebiet zu vergrößern. Juan überredete Langston Overholt sogar, ihnen den Zugang zu Satellitendaten zu ermöglichen, auch wenn sie ehrlicherweise zugeben mussten, dass sie nicht über ausreichende Erfahrung verfügten, um die HiRes-Bilder einigermaßen genau zu deuten. In diesem Punkt verließen sie sich auf die Experten des National Reconnaissance Office, einer Behörde, die noch verschwiegener war als die NSA.

Was Juan Cabrillo betraf, so saß er in Jeans und langärmeligem T-Shirt im Operationszentrum. Er federte die sanfte Dünung, die das Schiff wiegte, mit der Lässigkeit eines Cowboys auf einem langen Viehtrieb ab, wobei sein Körper derart mit der Umgebung eins war, dass die minimalen ausgleichenden Veränderungen seiner Haltung völlig unbewusst stattfanden. Der kardanisch aufgehängte Getränkehalter in der Armlehne seines Sessels war nur selten leer, allerdings servierte Maurice ohne ausdrückliche Ankündigung nach der dritten Tasse nur noch koffeinfreien Kaffee. Die Brückenwache wechselte in regelmäßigen Zeitabständen, dagegen blieb der Chairman eine Konstante im Raum, da er stumm vor sich hin brütete, während sein Blick von Bildschirm zu Bildschirm sprang. Er kontrollierte den Radarschirm über die Schulter der Ruderwache hinweg und sah die von den Drohnen gelieferten Videosequenzen über die Schulter des Piloten, der die Fernsteuerung bediente. Anstatt abgelenkt zu werden, empfand die Mannschaft Cabrillos konzentrierte Wachsamkeit als willkommene moralische Unterstützung. Solange er auf seinem Platz saß, wäre alles in Ordnung und unter Kontrolle.

Er holte Schlaf nach, wann immer sich dazu die Möglichkeit bot, was gewöhnlich dann der Fall war, wenn das Ende ihres jeweiligen Patrouillenrasters erreicht und die Wahrscheinlichkeit gering war, über ein Tarnkappenschiff zu stolpern. Er hielt sich nicht damit auf, sein Bett aufzusuchen, sondern ließ sich auf die Couch in seinem Büro fallen und zog sich eine wollene Reisedecke bis zum Kinn, die von der *Normandie* gerettet worden war, als sie 1942 im Hafen von New York in Brand geriet. Jeweils nach zwei Stunden ließ er sich wecken und benutzte das Ritual, sich zu rasieren, um seinem erschöpften Körper vorzugaukeln, dass er genügend Schlaf gehabt hatte. Dann kehrte er ins Operationszentrum zurück, wo er ebenso wie sein Schiff unermüdlich seine Runde drehte.

Cabrillo war soeben von einem zweistündigen Nickerchen zurückgekehrt, als ihm etwas auf dem Radarschirm ins Auge fiel. Ein leuchtender Punkt. Eigentlich keine Überraschung. Obwohl die Gewitterwolken eines Krieges aufzogen, herrschte auf den Schifffahrtsrouten reger Betrieb, der sicherlich anhalten würde, sobald die ersten Schüsse fielen. Hali Kasim machte als Kommunikations- und Radarexperte Dienst.

»Hali, dieser Echoimpuls nördlich von uns, welche Entfernung ist das?«

»Rund fünfzig Meilen.«

»Wie lange ist er schon auf unserem Schirm?«

Kasim tippte auf sein Keyboard. »So wie es aussieht zwanzig Minuten.«

Im Kopf stellte Cabrillo einige Berechnungen an und brachte die Reichweite des Radars sowie die Geschwindigkeit der *Oregon* und ihren Kurs zueinander in Relation. »Das Schiff macht weniger als drei Knoten Fahrt. Kommt Ihnen das nicht seltsam vor?«

Hali stimmte ihm zu. Er bearbeitete noch immer die Tastatur. »Ich habe sogar etwas noch Seltsameres. Als wir das letzte Mal dieses Raster absuchten, befand sich an genau derselben Position ein Zielobjekt.«

Zufälligerweise hatte George Adams ebenfalls Dienst und lenkte das Modellflugzeug, das sie als Luftüberwachungsplattform einsetzten. Er sagte: »Sie müssen mich gar nicht erst bitten. Aber es dauert einige Zeit. Der Vogel ist bereits in der Luft, aber auf der anderen Seite und fünfzig Meilen entfernt.«

Juan hatte es plötzlich eilig. Dies war nicht der Moment, um sich lange Wartezeiten zu erlauben. Irgendetwas war nicht koscher, und Cabrillo brauchte Antworten. »Hören Sie, Gomez, schmeißen Sie den Vogel in den Bach und starten Sie einen neuen.«

»Sind Sie sicher?«

»Ich bezahle den Verlust von meinem Anteil.«

Adams führte den Befehl aus, opferte das eine UAV und startete ein anderes vom Schiffsdeck. Trotzdem brauchte das anderthalb Meter lange Flugzeug fast eine halbe Stunde, um die Zielposition zu erreichen. Juan hatte das Suchmuster der *Oregon* zwar nicht geändert, aber er hatte die Geschwindigkeit gedrosselt, um den Radarkontakt nicht zu verlieren. Nach zwanzig Meilen ließ Gomez die Drohne aus einer komfortablen Höhe von knapp zweihundert Metern auf sechs bis sieben Meter über den Wellen absacken.

Dies war eine Situation, in der sich sein Instinkt und seine Erfahrung als Pilot auszahlten. Sie mussten unterhalb der Radarreichweite des Zielobjekts bleiben und mit dem akustischen Hintergrundrauschen des wogenden Ozeans verschmelzen. An Bord gab es keinen besseren Piloten als Adams, daher ahnte niemand auf dem geheimnisvollen Schiff, dass sie belauert wurden. Die Kamera der Drohne zeigte den dunklen Ozean anscheinend nur wenige Zentimeter unter dem Fahrwerk des kleinen Flugzeugs, während die untergehende Sonne vor ihm als ein blassgelb strahlender Fleck am Horizont zu erkennen war.

»Da ist es!«, rief Juan, als er eine kantige Silhouette

auf der Linie entdeckte, die Himmel und See voneinander trennte.

Adams hatte die Erscheinung dank seines besseren Überblicks bereits ausgemacht und den Kurs des UAV leicht verändert.

Es dauerte nur wenige Minuten, bis sich die gespannte Erwartung in Enttäuschung verwandelte. Was sie da vor sich hatten, war nicht das Tarnkappenschiff. Dieses Schiff war fast dreihundert Meter lang und kastenförmig. Nur am ausladenden Bug dicht über der Wasserlinie war eine Andeutung von Stromlinienform zu erkennen. Auf dem Vorderschiff erhob sich eine Pillendose von einer Kommandobrücke, während die Zwillingsschornsteine auf der Steuerbordseite des hinteren Schiffsviertels an stumpfe Fischflossen erinnerten. Mittschiffs war ein großes Tor zu erkennen – wie von einer Garage – und ein zweites auf dem abgeflachten Heckspiegel. Das gesamte Schiff hatte einen mattgrünen Farbanstrich.

Juan erkannte die Schiffsklasse auf Anhieb. Es war ein Autotransporter, eines dieser schwimmenden, mehrstöckigen Parkhäuser, die die Monatsproduktion einer Autofabrik aufnehmen und an jeden Punkt der Welt bringen können. Schiffe dieser Art waren in diesen Gewässern eine alltägliche Erscheinung, da China und Japan zu den wichtigen Autoexportnationen gehörten. Weshalb das Schiff derart geringe Fahrt machte, war ein Rätsel, das geradezu danach schrie, gelöst zu werden, aber nicht an diesem Tag.

Schlagartig verblasste das Videobild. Gomez stieß einen Fluch aus, und Juan wusste sofort, was geschehen war – es war nicht das erste Mal. Das UAV war so niedrig geflogen, dass eine ungewöhnlich hohe Welle es aus der Luft gepflückt hatte. Das waren nun einmal die sattsam bekannten Gefahren einer extrem niedrigen Flughöhe, mit denen man jederzeit rechnen musste.

»Und das, Freunde«, sagte Adams, »ist der Grund, weshalb wir unbemannte Flugzeuge benutzen und nicht meinen Hintern im Hubschrauber bei Routineaufklärungsflügen riskieren.«

»Aber das war kein Routineflug.« Cabrillo hatte sich aus seinem Sessel erhoben und stand unter dem Hauptbildschirm. »Gomez, zeigen Sie noch mal die letzten Sekunden der Videoaufnahme.«

Der Chefpilot rief die abschließenden zwanzig Sekunden des Drohnenfilms auf. Er sah nichts Ungewöhnliches, aber Cabrillo machte hinter seinem Rücken ein Zeichen, dass die Sequenz sogar ein drittes Mal abgespielt werden solle. Danach ein viertes Mal. Schließlich, bei der fünften Wiederholung, nur Sekunden bevor die Welle das UAV ins Meer gewischt hatte, rief Juan: »Stopp!« Und er studierte das Standbild. »Langsam vorwärts.« Das Bild begann zu zucken. »Stopp! Was sehen Sie?«

Adams sah den riesigen Transporter aus einem Winkel von neunzig Grad, während er das Blickfeld der Kameraoptik füllte. An seinem Heck war kaum ein nennenswertes Kielwasser zu erkennen und auch kein Gischtkranz vor dem Bug, was darauf schließen ließ, dass er nicht besonders schnell unterwegs war. Aber das wussten sie bereits. Doch auch jetzt konnte er nicht erkennen, was das Interesse des Chairman geweckt haben mochte. Von den anderen Diensthabenden schien ebenfalls niemand etwas Ungewöhnliches zu erkennen, da die Mannschaft weiterhin stumm blieb.

Als ob er die allgemeine Verwirrung spüre, sagte Juan: »Anderthalb Meter über der Wasserlinie. Kann jemand dort einen dünnen weißen Streifen erkennen?« Seine Frage wurde mehrstimmig bejaht. »Irgendeine Idee, was das sein könnte?«

Diese Frage löste nun wieder Stille aus. Schließlich war es Gomez Adams, der dahinterkam, was der Chairman auf Anhieb erkannt hatte. Er sprang aus seinem Sessel hoch. »Ich lasse den Vogel warmlaufen, damit er sofort starten kann, wenn Sie bereit sind.«

»Leute«, sagte Juan. »Das ist kein Autotransporter. Es ist ein schwimmendes Trockendock. Der weiße Streifen stammt von den Salzablagerungen vom letzten Mal, als es unter Ballast war.« Er aktivierte die Sprechanlage. »Hier spricht Cabrillo. Achtung Gefechtsstationen! Wir haben die mobile Operationsbasis des chinesischen Tarnkappenschiffs gefunden. Linc, Eddie und MacD sofort in vollständiger Kampfausrüstung zum Heli. Wir tragen Schwarz.« Er gab mehrere weitere Befehle und folgte danach dem Piloten aus dem Operationszentrum. Gleichzeitig wechselte Max auf die Position des Schiffsführers.

Juan rannte zu seiner Kabine und stieß gleichzeitig laute Warnrufe aus, damit Mannschaftsmitglieder Platz machten, während er durch die Gänge eilte. Sämtliche Reste seiner Erschöpfung hatten sich verflüchtigt. Er wechselte seine augenblickliche Prothese gegen das Modell aus, das er als sein »Kampfbein« bezeichnete. Es war die veritable prothetische Version eines Schweizer Messers. Es verfügte über eine einschüssige Pistole mit Kaliber .44, die aus der Ferse feuerte, sowie genügend Platz, um eine Kel-Tec-Kaliber-.380-Pistole, eine kleine Menge Sprengstoff und ein Messer aufzunehmen. Als Nächstes schlüpfte Juan in einen schwarzen Kampfanzug, hergestellt aus feuerfestem Gewebe, und schwarze Kampfstiefel. Seine persönlichen Waffen bewahrte er in einem alten Safe auf, der einmal auf einem Bahnhof einer schon vor

Ewigkeiten stillgelegten Eisenbahnlinie im Südwesten der USA gestanden hatte. Er drehte das Zahlenrad des Kombinationsschlosses, um ihn zu öffnen, und ignorierte die Geldstapel und die Goldmünzen, die er stets für Notfälle mitführte. Gewöhnlich hatten sie auch eine hübsche Reserve an Diamanten, aber diese hatten sie auf grund der günstigen Marktlage in Bargeld umgewandelt.

Das untere Fach des Safes bot Platz für ein veritables Waffenarsenal. Er zog eine Kampfweste an und schob eine neue FN Five-seveN in das integrierte Holster. An dafür vorgesehene Schlaufen hängte er eine Tränengasgranate sowie zwei Blendgranaten. Seine Einsatzwaffe für diese Operation war eine Kriss Arms Super V. Sie war die kompakteste Maschinenpistole, die je gebaut wurde, und sah mit ihrem kurzen Handgriff und dem skelettartigen Kolben aus, als stamme sie aus einem Science-Fiction-Roman. Ihre revolutionäre Konstruktion gestattete die Verwendung der massiven ACP-Kaliber-.45-Geschosse und ermöglichte dem Schützen eine unvergleichliche Kontrolle über eine berüchtigt schwierige Munition für eine automatische Waffe. Normalerweise bestückt mit einem standardmäßigen dreizehnschüssigen Glock-Magazin, war Juans Modell für ein dreißig Schuss fassendes Langmagazin ausgelegt. In den entsprechenden Taschen seiner Weste verstaute er Reservemagazine.

Wäre dies eine längere Mission gewesen, so hätte er auch noch Waffen des gleichen Kalibers mitgenommen, für den Fall, dass er weitere Munition für die Super V brauchen sollte. Aber dies sollte eine blitzschnelle und kompromisslose Übernahmeaktion sein und kein ausgedehntes Feuergefecht. Sein Kampfgeschirr war bereits serienmäßig mit einem Wurfmesser, einem Würgedraht, einem Erste-Hilfe-Set und einem Sprechfunkgerät ausgestattet, daher brauchte er sich nur noch die schwarze Skimaske überzuziehen und war abmarschbereit.

Er stieß seine Kabinentür auf und hätte damit beinahe Maurice zu Boden gestreckt. Stattdessen musste er den alten Engländer stützen, damit er nicht das Silbertablett fallen ließ, das er trug. »Sie schleichen hier immer herum wie eine Raubkatze«, monierte Cabrillo.

»Tut mir leid, Käpt'n. Ich wollte gerade anklopfen. Ich habe etwas für Ihr leibliches Wohl vorbereitet.«

Juan wollte erwidern, dass er keinen Appetit habe, fühlte sich jedoch plötzlich ausgehungert. »Ich hab nicht sehr viel Zeit.«

»Nehmen Sie es und gehen Sie«, sagte Maurice und nahm den runden Deckel vom Tablett. Darunter lag ein dampfender Burrito, die perfekte Marschverpflegung. »Gehacktes Rind- und Schweinefleisch, und sehr, sehr mild.«

Juan angelte den Burrito vom Teller und verstaute die Flasche mit dem Elektrolytgetränk in der Oberschenkeltasche seiner Kampfhose. Dann sprintete er los und rief, ehe er einen Bissen nahm, über die Schulter: »Sie sind ein guter Mann, egal was sonst über Sie erzählt wird.«

»Eigentlich meinen alle, ich sei ein guter Mann«, antwortete Maurice.

Die *Oregon* hatte bereits das Tempo gedrosselt, damit der Chopper starten konnte. Gomez hatte seinen Platz hinter den Kontrollen eingenommen, als Juan aufs Achterdeck kam und zur hintersten Luke ging, die gleichzeitig als versenkbarer Heliport diente. Das Heulen der Turbine schnitt durch die Luft, weshalb Juan nicht hörte, wie MacD Lawless ihm folgte, um ihm auf die Schulter zu klopfen. Hinter dem Pilotensitz hatten sich Eddie und Linc bereits auf der hinteren Sitzbank angeschnallt. Lawless grinste Cabrillo an. Um den Hals hatte er sich eine ehrwürdige Uzi gehängt, eine Waffe, die sich seit ihrem ersten Einsatz im Jahr 1950 kaum verändert hatte.

Juan erwiderte den Gruß mit einem Kopfnicken.

MacD nahm den letzten freien Platz auf der Rück-bank ein, während sich Juan neben Gomez ins Cock-pit schwang. Der Hubschrauber schüttelte sich wie eine schlecht ausbalancierte Waschmaschine beim Schleuder-gang, während sich die Rotoren schneller zu drehen be-gannen. Mit dem Schließen der beiden offenen Türen nahm auch der Lärm ein wenig ab. Juan setzte Kopfhö-rer auf, Adams gab dem Deckhelfer, der die Bremsklöt-ze wegzog, die verhinderten, dass der Hubschrauber bei rauer See über das Deck rutschte, mit dem Daumen das Okay-Zeichen, und der MD 520N stieg in den Himmel.

Bei diesem Start erreichten sie den höchsten Punkt des gesamten Fluges. Gomez hielt sie dicht über den Wellen, wobei er ausreichende Sicht hatte, um zu verhindern, dass sie von einer durchlaufenden Welle getroffen wurden, von denen eine das UAV heruntergeholt hatte. Sie flogen so tief, dass der Rotor derart viel Gischt aufwirbelte, dass die Scheibenwischer ihrer kaum Herr werden konnten.

»Wie sieht es aus, Max?«, fragte Cabrillo per Funk.

»Bisher gut. Verkehr zurzeit eher sparsam. Ich kann im Umkreis von zwanzig Meilen um euer Ziel nichts erken-nen, es sei denn, dort kreuzt ein kleines Fischerboot im Schatten des großen Eimers.«

»Okay.«

Sie steuerten direkt auf die Sonne zu, die ihre Strahlen über den Horizont schickte. Bis zur totalen Dunkelheit dauerte es in diesem Teil der Welt mindestens noch eine halbe Stunde. Es bestand keine Notwendigkeit, sich auf einen Plan zu einigen. Diese Männer hatten schon so oft

gemeinsam gekämpft und geblutet, dass eine nahezu tele-
pathische Verbindung zwischen ihnen bestand. Zwar war
MacD das jüngste Mitglied des Teams, und doch hatte
er sich das Vertrauen seiner Mitstreiter mehr als verdient.

Gomez war einen weiten Bogen nach Süden geflogen,
so dass sie sich dem Schiff von hinten – aus einem toten
Winkel – näherten. Und mit erschreckender Plötzlichkeit
vergrößerte sich der Punkt am Horizont zu dem hässlichen, wie abgehackt erscheinenden Heck des Automo-
biltransporters und Trockendocks, wenn Cabrillos Theorie zutraf. Wenn nicht, dann waren sie im Begriff, einen
unbeabsichtigten Akt der Piraterie auf hoher See zu voll-
ziehen.

Der Chopper blieb bis zur letzten Sekunde im Tief-
flug. Das Heck des Schiffes füllte ihr Blickfeld vollständig aus. Juan inspizierte die hintere Fahrrampe. Alles sah
völlig legitim aus, und der weiße Salzstreifen erschien aus
der Nähe betrachtet viel weniger überzeugend. Ihm kamen erste Zweifel.

Noch war es nicht zu spät, um die Mission abzubrechen.

Er zog sich die Skimaske vors Gesicht.

Er vertraute auf seine Intuition und sagte nichts, während Adams den Chopper über den kantigen Heckspiegel dirigierte, wobei seine Landekufen nur um Zentimeter
einem Kontakt mit der Reling entgingen. Er lenkte den
Hubschrauber über die gesamte Länge des Schiffes und
blieb nur wenige Schritte hinter dem mit Antennen ge-
spickten Steuerhaus in der Luft stehen. Die Männer öffneten die Seitentüren und sprangen aufs Deck hinunter.
Kaum hatten sie den Chopper verlassen, wendete Gomez
und versank hinter dem Schiffsheck, wo er auf den Befehl
wartete, sie wieder vom Schiff zu holen.

Juan führte das Team über die Reling, die den Weg zu den kurzen Brückennocks des Schiffes säumte. Er konnte ins Innere der Kommandobrücke blicken. Ein Steuermann stand an dem traditionellen Ruderrad. Ein Offizier und ein anderer Angehöriger der Mannschaft kamen heraus, um nach der Ursache des Lärms zu forschen, den die Rotoren des Hubschraubers erzeugten. Alle Männer waren Chinesen. Der Offizier bemerkte schließlich die bewaffneten Männer, die auf das Steuerhaus zurannten, und rief seinem Begleiter eine Warnung zu. Cabrillo eröffnete das Feuer und schoss mit voller Absicht über die Köpfe der Männer. Die Glasscheibe der Kommandobrücke explodierte regelrecht, dicke Scherben prallten von der Decke ab und regneten gegen die hintere Wand.

MacD hechtete durch die Öffnung, rollte sich über die Schulter ab, kam auf die Knie und hielt den Offizier mit seiner Waffe in Schach. Eddie folgte als Nächster. Er bewachte den Steuermann. Cabrillo war der Dritte im Bunde, während Linc draußen blieb, um ihnen den Rücken freizuhalten.

Der dritte Mannschaftsangehörige war geflüchtet. Alle Anwesenden stießen laute Rufe aus – die Schiffsmannschaft vor Angst und das Team der Corporation, um ihnen zu befehlen, sich auf den Boden zu werfen.

Juan verfolgte den dritten Mann, der über eine offene Treppe am anderen Ende des Raumes geflüchtet war. Cabrillo gelangte zwei Stufen tiefer, ehe jemand das Feuer auf ihn eröffnete. Mindestens eine Kugel traf sein künstliches Bein mit der Wucht eines Maultiertritts. Er zog sich schnellstens aus dem Blickfeld des Schützen zurück und ließ eine Blendgranate auf das nächste Deck hinunterrollen. Dann wandte er sich ab und presste die Hände auf die Ohren, aber die Wirkung war beinahe lähmend.

Diesmal packte er die glänzende Reling, flankte über die Treppe und rutschte nach Matrosenart aufs Oberdeck hinunter. Der Schütze war schnell. Er verschwand soeben durch eine andere Tür, die Hände auf die Ohren gepresst. Dies verriet Juan, dass der Matrose eine Blendgranate erkannte und wusste, wie er sich vor dem Lärm und dem grellen Lichtblitz schützen konnte. Er feuerte zwei Schüsse, erwartete jedoch nicht, einen Treffer erzielt zu haben. Ein anderer Mannschaftsangehöriger befand sich im Karten- und Funkraum. Er saß hinter einem alten Marinefunkgerät und presste die Hände gegen den Kopf, der von dem infernalischen Lärm der Granate widerhallen musste. Juan erwischte ihn mit dem Lauf der Super V hinter einem Ohr, und die Bewegungen des Mannes erlahmten. Er sackte zu Boden. MacD würde hinter ihm aufräumen, daher vergeudete Juan keine Zeit damit, den Mann zu fesseln.

Der Schütze hatte offenbar ein ganz bestimmtes Ziel, und Cabrillo musste wissen, wo und was es war. Aber bisher gab es nichts, was er als Bestätigung dafür hätte betrachten können, dass er die Situation richtig eingeschätzt hatte. Bewaffnete Matrosen auf einem Schiff waren zwar ungewöhnlich, aber nicht gänzlich unbekannt. Und vielleicht hatte der Typ auch zahlreiche Actionfilme gesehen und kannte daher die Granate und ihre Wirkung.

Der Ausgang führte zu einem Korridor, der auf einer Seite mit Türen gesäumt war. Dahinter mussten sich die Kabinen der Offiziere befinden. Eine Tür flog auf, weil der Bewohner zweifellos von dem Lärm alarmiert worden war. Er war nur mit Boxershorts bekleidet und hatte ebenfalls eine Waffe in der Hand. Juan gab ihm keine Gelegenheit, sie zu benutzen. Er jagte eine Kugel in jede Schulter des chinesischen Schiffsoffiziers. Dies reichte aus, um ihn kampfunfähig zu machen, aber nicht, um ihn zu töten. Cabrillo hatte Hemmungen, tödliche Gewalt anzuwenden, ehe er seiner Sache ganz sicher war.

Er gelangte zu einer weiteren Treppe, benutzte seine letzte Blendgranate und rannte bereits die Stufen hinab, während die Explosion durch das Schiff dröhnte. Er hatte auf dem Boden Blutstropfen gesehen. Offenbar hatte er seinen Mann getroffen, und jetzt würde ihn die Spur zu seiner Beute führen.

Am Fuß der Treppe wartete ein weiterer grauer Stahlkorridor, an dessen Decke Stromkabel und Leitungsrohre verliefen. Das Blut glänzte in dem unzureichenden Licht pechschwarz, aber es war so deutlich zu sehen, dass er ihm folgen konnte. Cabrillo trat durch die Tür rechts von ihm und blieb abrupt stehen, während sich seine Gedanken in einem wilden Tanz überschlugen.

Er hatte sich geirrt. Und zwar dramatisch.

Vor sich sah er lange Reihen von Limousinen wie in einem Flughafenparkhaus. Sie reichten, so weit das Auge blicken konnte. Sämtliche Farben des Regenbogens waren vertreten, und obgleich sie mit Staub bedeckt waren, leuchteten sie wie Juwelen in dem sonst so düsteren Laderaum des regulären Autotransporters. Sie hatten ein unschuldiges Schiff überfallen, und Juan hatte zwei einfache Matrosen angeschossen. Die Niederlage und das Schuldgefühl waren unerträglich.

Er tastete nach seinem Kehlkopfmikrofon, um den anderen mitzuteilen, dass sie sich geirrt hatten, als er die dekorative Plakette auf den Motorhauben der Wagen entdeckte. Für einen kurzen Moment fühlte er sich zu Yusuf und nach Usbekistan zurückversetzt: Sie standen vor dem Auto, in dem sein Bruder gestorben war, als die Fähre sank, mit der er den Aralsee überquert hatte. Wie das verrostete Wrack besaßen diese Wagen die typische Wikinger-schiff-Plakette, die Juan gesehen hatte, als er in Gedanken zum Aralsee zurückgekehrt war. Dies waren russische Autos. Ladas. Und sämtliche Reifen waren platt. Die Bedeutung dieser Feststellung erschloss sich ihm auf Anhieb, und seine Hochachtung vor den russischen Kriegsplanern wuchs beträchtlich.

Cabrillo setzte die Verfolgung des verletzten Matrosen fort.

Damit die sowjetischen Tarnkappenschiffe im Falle eines Krieges mit den Vereinigten Staaten wirkungsvoll eingesetzt werden konnten, mussten sie sich stets in der Nähe der Flugzeugträger-Kampfverbände befinden. Die Flugzeugträger operierten rund um den gesamten Globus, und um sie zu beschatten, ohne Verdacht zu erregen, hatte die Russen ihre Hilfsschiffe als Autotransporter getarnt und die Tarnung sogar dergestalt perfektioniert, dass sie die Schiffe mit der russischen Ikone des Automobilbaus, dem omnipräsenten Lada, vollgepackt hatten. Das geschah natürlich für den Fall, dass das jeweilige Schiff Besuch von Zollbeamten bekam. Die Wagen hier waren verstaubt und hatten platte Reifen, weil sie seit dem Untergang der Sowjetunion auf diesem Deck standen. Weder Kenin noch die Chinesen hatten sich die Mühe gemacht, sie auszuladen.

Die Blutspur führte Cabrillo eine gewundene Fahrrampe hinunter. Er blieb an ihrem unteren Ende stehen, um einen Blick auf das nächste Frachtdeck zu werfen. Noch mehr Ladas, noch mehr platte Reifen, und so viele Jahre in der salzhaltigen Luft hatten bei vielen für ausgedehnte Rostflecken gesorgt. Ein Pistolenschuss prallte gegen eine stählerne Verstrebung dicht neben seinem Kopf, und ein Metallsplitter riss eine kleine Wunde an seiner Schläfe.

Blut sickerte seine Wange hinunter. Er leerte das Magazin und erzeugte eine Wolke aus Glas- und Metallsplittern, während sich der Schütze hinter einen Lada-Lastwagen kauerte. Der Kugelhagel reichte aus, um ihn aufspringen zu lassen und aus der Deckung zu locken.

Cabrillo wollte den Mann nicht töten. Er sollte auf den Beinen bleiben, seine Flucht fortsetzen und ihm zeigen, wie man in den geheimen Bereich des Schiffes gelangte, also in den Abschnitt, den, wie auf der *Oregon*, kein Zollbeamte je zu Gesicht bekam. Im Lauf wechselte er das Magazin aus und hörte über sein Sprechfunkgerät mit, wie MacD und Eddie die Gefangennahme der restlichen Schiffsbesatzung organisierten.

Der Schütze stieg eine weitere Etage tiefer, ehe er direkt nach achtern rannte. Juan blieb ihm wie ein Fährtenhund auf den Fersen und ließ dem Mann gerade so viel Vorsprung, dass er sich nicht die Mühe machte, seinen Verfolger mit gezielten Schüssen aufzuhalten. Schließlich sah Juan, wie er zu einer Tür gelangte, die aussah, als befände sie sich in der am weitesten achtern gelegenen Schiffswand. Sie musste direkt über dem Propeller liegen – Juan hätte dessen Vibrationen eigentlich durch seine Stiefelsohlen spüren müssen. Er blickte kurz in Richtung Bug.

Cabrillo hatte ein hervorragendes Gespür für Räumlichkeiten und wusste sofort, dass der vordere Teil des Frachtraums deutlich kürzer war, als man angesichts der dreihundert Meter Länge des Schiffes hätte erwarten müssen. Die Tür befand sich in einer falschen Stahlwand.

Er drehte sich wieder zu dem Schützen um und konnte über seine Schulter hinweg erkennen, dass der Raum hinter der Tür ein Lagerraum war. Das war es. Die *Oregon* hatte genau den gleichen Grundriss. Cabrillo sprintete los, verkürzte die Distanz, schlängelte sich geschickt um die dicht beieinanderstehenden Wagen herum, bis er einen Außenspiegel bei einem der von Rost stärker in Mitleidenschaft gezogenen Fahrzeuge abbrach. Das Geräusch machte den Schützen auf ihn aufmerksam. Er hatte gerade an irgendetwas herumhantiert, das sich vor der Rückwand der geheimen Kammer befand. Nun wirbelte er herum und hob die Pistole.

Cabrillo hatte bereits die Super V an der Schulter in Anschlag gebracht und streckte den Mann mit einem kurzen Feuerstoß von einem halben Dutzend Kaliber-.45-Projektilen nieder.

»Eddie, sind Sie da?«, fragte Juan. Die Sicherheitsregeln verlangten, dass er den gestürzten Gegner nicht aus den Augen ließ, aber er wusste, dass der Schütze tot war.

»Bin ich.«

»Haben Sie alles gesichert?«

»Nur die Brücke und die Mannschaftsquartiere. Im Maschinenraum und im Frachtraum haben wir noch nicht nachgeschaut.«

»Das wird auch nicht nötig sein. Kommen Sie nach achtern zu Deck drei. Ich glaube, ich habe einen Volltreffer gelandet.«

Juan stieg über den gestürzten Mann und vergewisserte sich, dass er tot war. Er ließ die Super V an ihrem Gurt von seiner Schulter herabhängen und schleifte die Leiche aus dem Weg. Er konnte den Auslösemechanismus nicht finden, der ihm den Zugang zum geheimen Bereich des Schiffes ermöglichen würde, daher präparierte er die Tür mit einer Ladung Plastiksprengstoff.

»Wir kommen«, meldete Eddie per Funk, als er und MacD sich Cabrillos Position näherten. Eine Vorsichtsmaßnahme, um nicht in Eigenbeschuss zu geraten.

»Probleme?«

»Nichts, was sich durch einen Schlag auf den Kopf mit dem Lauf einer alten Uzi nicht beseitigen ließe«, antwortete MacD gedehnt. »Was ist los? Machen wir für die Chinesen etwa klar Schiff?«

»Hinsehen und lernen.« Cabrillo schob sie von dem Lagerraum zurück und aktivierte den elektronischen Zünder. Die Explosion war ein Anschlag auf ihre Sinne, laut und heftig, und rollte weithin hallend über die Wagenreihen.

Er hatte ein Loch in die Rückwand der Kammer gesprengt. Dahinter erblickte er eine Szenerie wie aus einem James-Bond-Film. Der Heckabschnitt des Schiffes, gut fünfzig Meter lang, war eine höhlenartige Halle, umgeben von stählernen Laufstegen und Treppen. Unter ihrem Standort plätscherte Wasser gegen zwei etwa sieben Meter hohe Piere. Zwischen diesen ragte ein Gerüst aus Holzbalken empor, das dem Tarnkappenschiff Halt gab, sobald es sich im Dock in Position befand und das Mutterschiff seine vorgeschriebene Reisetrimmung eingenommen hatte.

Zu Juans Enttäuschung war der Platz zwischen den Pieren leer. Das Tarnkappenschiff befand sich draußen auf See und machte gerade Jagd auf die *Stennis*.

Auf einem der Piere befand sich ein kleiner Aufbau, in dem der Kontrollraum untergebracht sein musste. Er besaß ein großes Panoramafenster, von dem aus das gesamte Schwimmdock zu überblicken war. Die drei Männer eilten über den Laufsteg und dann eine Treppe hinunter. Die Tür zum Kontrollraum hatte kein Schloss. MacD nickte Juan zu, der daraufhin die Tür öffnete. Sobald sie weit genug offen stand, warf Lawless eine Blendgranate durch den Spalt, und Juan schlug die Tür wieder zu, um die Sprengwirkung der Granate zu erhöhen.

Die Granate explodierte mit einem ohrenbetäubenden Knall, der die Fensterscheibe zwar durchbog, aber nicht zum Bersten brachte. Cabrillo riss die Tür wieder auf. Zwei Chinesen, bekleidet mit Technikeroveralls, taumelten herum, benommen und völlig orientierungslos von der Explosion. Juan streckte einen von ihnen zu Boden, MacD den anderen. Kaum lagen sie flach, hatte Eddie sie auch schon gefesselt.

Cabrillo verschaffte sich einen Überblick über seine Umgebung und nahm schließlich in einem Sessel vor einer Armaturentafel Platz, die allem Anschein nach die gesamte Dockanlage steuerte. Jede mechanische Vorrichtung war mit kyrillischen Buchstaben beschriftet, und dann bemerkte er, dass der gesamte Raum in jenem stumpfen Grün gestrichen war, für das die Sowjets seit jeher eine Vorliebe hatten. Die Computer mussten neu hinzugekommen sein. Mark Murphy hatte dem Chairman noch einen kurzen Besuch abgestattet, ehe er an Deck ging, und ihm einen, wie es schien, herkömmlichen USB-Speicherstick überreicht.

»Eine meiner Glanzleistungen«, hatte er voller Stolz bemerkt. »Sie brauchen den Stick nur in den USB-Anschluss einzutöpseln, den Rest macht er allein. Ich nenne ihn Dyson Oreck Hoover 1000, denn er saugt wirklich alles auf.«

Cabrillo tat wie geheißen, und nur Sekundenbruchteile später erwachte der schlummernde Computer zum Leben. Danach war wirklich nicht mehr viel zu sehen. Mark meinte, ein Cursor werde auf dem ansonsten leeren Bildschirm erscheinen und blinken, wenn der Stick sämtliche extrahierbaren Informationen gespeichert habe.

Er wünschte sich, sie könnten die Steuerung der Ballasttanks dazu verwenden, das Schiff zu versenken, aber gewiss gab es Sicherungssysteme, die einen solchen Fall verhinderten. Besser wäre es, entsprechende Sprengladungen im Schiff zu verteilen und zu zünden. Während er darauf wartete, dass der Computer seine Geheimnisse preisgab, verteilte er den restlichen C-4-Vorrat an Eddie und MacD, damit sie ihr Sabotagewerk vorbereiten konnten.

»Linc, verstehen Sie mich?«

»Laut und deutlich.«

»Sammeln Sie die Gefangenen ein und verfrachten Sie sie in ein Rettungsboot.«

»Alles klar.«

»Aber noch nicht zu Wasser lassen. Ich habe noch zwei weitere hier unten.«

»Haben Sie das Tarnkappenschiff gefunden?«

»Nein, aber dies ist eindeutig seine Basis.« Ein Cursor begann zu blinken, genau so wie Mark es beschrieben hatte. Juan zog den Speicherstick aus der USB-Buchse und betrachtete ihn. »Und jetzt können wir ihr vielleicht unter den Rock schauen.«

Zehn Minuten später war die Mannschaft in ihrer Rettungskapsel über Bord gehievt worden. Eddie hatte im Maschinenraum noch zwei Männer aufgestöbert. Einer würde mit seinem Schiff untergehen, da er törichterweise geglaubt hatte, er könne Seng eine Pistole aus der Hand treten. Die Sprengladungen waren verteilt, und Gomez Adams hatte mit dem Chopper behutsam auf dem Deck aufgesetzt. Auch wenn die Maschine weniger als eine Tonne wog, hatte sie eine derart kleine Standfläche, dass sie auf jeden Punkt, auf dem sie landete, einen enormen Druck ausübte. Die Drehzahl der Rotoren beizubehalten bewahrte den Helikopter davor, die Decksplatten zu beschädigen und sich unter Umständen sein eigenes Grab zu schaufeln.

Die Männer stiegen in den Chopper, und Adams, der wegen der mittlerweile herrschenden Dunkelheit eine Nachtsichtbrille aufgesetzt hatte, hob ab. Sie überließen es Linc, den entscheidenden Handgriff auszuführen, da ihm der langweiligste Teil der Operation zugefallen war. Er drückte auf den Zündknopf.

Die Explosionen machten sich lediglich durch Luftblasen unterhalb der Wasserlinie bemerkbar, die an der Wasseroberfläche zerplatzten, und es sah zuerst noch so aus, als würde etwas derart Mickriges keine Wirkung auf das riesige Schiff ausüben. Aber Eddie war ein Meister der Zerstörung, und MacD war stets sein eifriger Schüler gewesen. Was ihr Werk zudem unterstützte, war die Tatsache, dass Juan die großen Dieselmotoren des Schiffes auf volle Kraft geschaltet hatte. Die Vorwärtsfahrt drückte Wasser in die Löcher, die Seng und Lawless in den Rumpf gesprengt hatten. Während die Geschwindigkeit zunahm, steigerte sich auch die Wassermenge. Dieser Prozess würde andauern, bis die Maschinen ganz überflutet wären, aber selbst wenn sich das Schiff nicht mehr vom Fleck rührte, würde weiterhin Wasser in seinen Rumpf strömen.

Innerhalb einer Stunde wäre der Autotransporter von der Wasseroberfläche verschwunden.

ACHTUNDZWANZIG

Unter seiner Flugkombination trug Slider ein T-Shirt mit dem Bild einer F-18 und darunter der Inschrift »0 to 60 in 0.7 seconds«. Während die beiden Mantelstromtriebwerke hinter ihm unter lautem Heulen ihre Höchstleistung erreichten, winkte er dem Katapult-Offizier zu und spürte augenblicklich die Beschleunigung. Katapult Nummer zwei der *Johnny Reb* schleuderte ihn und seine F/A-18 Super Hornet die Rollbahn hinunter und über den Bug. Der schlanke Düsenjäger erreichte einhundertsechzig Meilen pro Stunde, als das Deck unter ihm wegsackte und seine gepfeilten Tragflächen genügend Auftrieb erzeugten, um ihn in der Luft zu halten.

Captain Mike Davies (USMC), Rufzeichen Slider, stieß einen kurzen Freudenschrei aus, als er vom Flugzeugträger katapultiert wurde und die Maschine sich von einem hilflosen kleinen Vogel, der von der Decksmannschaft gehätschelt werden musste, in einen tödlichen Räuber verwandelte, der den Himmel beherrschte. Er hob die Nase des Flugzeugs und raste in die Abenddämmerung. Nach wenigen Minuten war er auf zwanzigtausend Fuß gestiegen und fünfzig Meilen von der *Stennis* entfernt. Er und sein Flügelmann, der sofort nach ihm gestartet war, flogen eine bewaffnete Luftraumüberwachung über dem weit verstreuten Kampfverband.

Weil sie dem Atomreaktor die Sporen gegeben hatten, um schnellstens ins Chinesische Meer zu gelangen, musste der Verband das langsamere Versorgungsschiff zurücklassen. Aber die Kreuzer, die Zerstörer und die Fregatte waren allesamt auf dem Posten und beschützten die *Johnny Reb* von allen Seiten vor einem Angriff. Unter der Wasseroberfläche lauerte ein U-Boot-Paar der Los-Angeles-Klasse, das keinerlei Probleme hatte, bei dem hektischen Tempo des Flugzeugträgers mitzugehen. Der Verband war noch immer dreihundert Meilen von den Senkaku-Inseln entfernt, daher erwartete Slider kaum irgendwelche Komplikationen während seines Patrouillenflugs. Er hoffte, dass es ein wenig interessanter würde, wenn sie ihrem Ziel näher kämen.

Im Augenblick zeigte sich auf seinem Radarschirm weder ein anderes Flugzeug noch das Blinken der IFF-Funkfeuer ihrer Verbündeten. Er wusste, dass eine der Maschinen, die ihm dort oben Gesellschaft leisteten, die E-2D Hawkeye AWACS mit ihrer ausladenden Radarkuppel war, die sie wie einen Schildkrötenpanzer auf dem Rücken trug. Sie verschaffte denjenigen, die CAP flogen, einen enormen Vorteil vor jedem anderen Flugzeug im Einsatzgebiet. Er würde einen chinesischen Kampfflieger, der sich im Anflug befand, nicht allzu lange nach Verlassen des Festlandes sehen.

»Stinger Eleven, over.« Es war ein Ruf von der Flugleitung. Bei diesem Einsatz war er Stinger 11 und sein Flügelmann Stinger 12.

»Eleven, over.«

»Eleven, es gibt eine Verzögerung bei Twelve, over.«

»Roger.«

Höchstwahrscheinlich ein Problem mit dem Katapult. Entweder sie führten eine schnelle Reparatur durch, oder sie hängten Stinger 12 an einen anderen Kat. Egal wie oder was, Slider störte es jedenfalls kein bisschen, den Himmel für sich allein zu haben.

Auch wenn ihm jede Menge Elektronik zur Verfügung stand, die ihm gestattete, die virtuelle Welt mehr als einhundert Meilen weit zu überschauen, drehte Slider den Kopf hin und her, während er sich umschaute, die Instrumente überprüfte, in jeder Himmelsrichtung Ausschau hielt und sich vergewisserte, dass sich niemand in der Sonne oder in einem toten Winkel versteckte. Er wusste, dass die Chinesen an der Entwicklung einer neuartigen Tarnkappentechnologie arbeiteten, und wenn sich dies hier als die große Nummer herausstellen sollte – die Spionageheinis ließen etwas Derartiges verlauten –, dann würde die Volksluftwaffe sicherlich ihre besten Spielzeuge an die Front schicken. Also suchte er mit unbeirrter Wachsamkeit nach Flugzeugen, die seinen Sensoren entgangen sein könnten.

Verdammt noch mal, dachte er, ich liebe meinen Job.

Und dann tat er es nicht mehr.

Ohne Vorwarnung gierte die F-18 scharf nach Steuerbord und tauchte zur Erde ab. Er war mit sechshundert Knoten unterwegs gewesen, deutlich unterhalb der Höchstgeschwindigkeit von Mach 1,8. Die Super Hornet durchstieß die Schallmauer, ehe Slider auf die Kursabweichung reagieren konnte. Ganz gleich, was er mit dem Steuerknüppel machte, die Maschine behielt ihre Kopfüberposition bei, und an den Gashebeln zu zerren hatte jetzt überhaupt keinen Einfluss mehr auf die Geschwindigkeit.

Andruckkräfte bauten sich auf, und sein Druckanzug schmiegte sich fester um seine Beine und um seinen Leib, um das Blut daran zu hindern, sich in seinen unteren Extremitäten zu sammeln. Trotzdem legte sich ein grauer Schleier vor seine Augen. Ein schrilles Kreischen füllte seinen Kopf aus. Die Zahlen des Höhenmessers verschwammen.

»Mayday, Mayday, Stinger Eleven«, keuchte er ins Mikrofon seines Funkgeräts.

Doch er konnte nicht auf eine Antwort von der *Stennis* warten. Er musste jetzt gleich aussteigen.

Er zog am Auslösegriff seines Schleudersitzes, und obwohl das System gegen elektromagnetische Impulse abgeschirmt war, kapitulierte die Hard- und Software des Sitzes vor dem Ansturm der geballten magnetischen Wellen, die die Maschine einhüllten. Nicht, dass dies von Bedeutung gewesen wäre. Die Kräfte, die beim Aussteigen aus einer Maschine, die mit zwölfhundert Knoten der Erde entgegenrast, wirksam werden, hätten Slider auf der Stelle getötet.

Er stieß einen heiseren Schrei aus, als der Ozean sein Gesichtsfeld ausfüllte. Das Flugzeug schüttelte sich. Die Maschinenleistung sackte auf null, und dennoch schoss die F-18 der Erde entgegen, wobei sie weiterhin beschleunigte. Die Kräfte, die jetzt auf die Maschine einwirkten, überschritten ihre Toleranzgrenzen, und Teile der Aluminiumhaut begannen sich bereits abzuschälen. Der Kampfjet geriet ins Trudeln, der Auflösungsprozess setzte sich fort. Eine halbe Tragfläche wurde abgerissen.

Gnädigerweise verlor Slider das Bewusstsein.

Die Super Hornet tauchte wie ein olympiareifer Turmspringer mit erstaunlich wenigen Spritzern in die kühlen Fluten des Ostchinesischen Meeres. Die noch vorhandene einzelne Tragfläche und das Schwanzleitwerk brachen bei dem Aufprall ab, während der stromlinienförmige Rumpf, nach dem Aufprall von seinem eigenen Schwung in Bewegung gehalten, dreißig Meter tief absackte.

All das war vom patrouillierenden AWACS-Flugzeug der *Stennis* aufgezeichnet worden. Sie hatten den dramatischen Kurswechsel und den rasend schnellen Sturz in den Ozean beobachtet. Der Controller hatte versucht, das steuerlose Flugzeug zu rufen, jedoch keine Antwort erhalten. Dieser Absturz machte einen in vieler Hinsicht äußerst seltsamen Eindruck. Wenn einem Flugzeug etwas Bedrohliches zustieß, wurde es langsamer, aber Stinger 11 hatte die Geschwindigkeit gesteigert. Das ergab keinen Sinn.

Noch weniger Sinn hätte sich ergeben, hätten Augenzeugen den Vorfall beobachtet. Weil sie überhaupt nichts gesehen hätten. War das Hochleistungsflugzeug soeben noch hoch oben am Himmel unterwegs gewesen, war es schon im nächsten Moment verschwunden, als hätte es niemals existiert. Der schneeweiße Kondensstreifen spannte sich in einer geraden Linie über den Himmel, dann aber brach er so abrupt ab, als wäre er von der Hand Gottes bis zu diesem Punkt ausradiert worden.

Die USS *John C. Stennis* war vom Absturzort der F-18 gut sechzig Meilen entfernt und wühlte sich mit voller Kraft durch die grauen Fluten.

»Was ist da gerade los gewesen?« Max stand hinter Cabrillo im Operationszentrum. Eric bediente das Ruder, Murph versah seinen Dienst auf dem Platz der Waffenkontrolle, und Hali und Linda besetzten die Kommunikation und den Steuerstand des Sensorsystems. Sie alle hatten den Absturz des Jets auf dem Radarschirm verfolgt.

»Sie haben Mist gebaut«, erwiderte Juan mit zuversichtlich funkelnden Augen.

»Das chinesische Tarnkappenschiff.«

»Sieht so aus, als hätte die Maschine mit den gleichen magnetischen Kräften zu kämpfen gehabt wie wir, als wir Kenins erstes Tarnkappenschiff ausgeschaltet haben. Der Chinese ist von der *Stennis* viel zu weit entfernt, und dieser Absturz hat zur Folge, dass es in dieser Region in Kürze von Rettungshubschraubern und einem der Hilfsschiffe des Kampfverbands wimmeln wird.«

»Das heißt, dass er sich aus dem Staub machen muss.«

»Stoney, weshalb nehmen wir nicht Kurs auf die Absturzstelle?«, erkundigte sich Cabrillo bei seinem Steuermann.

Der Unfall hatte in dem Suchfenster stattgefunden, das der Chairman errechnet hatte. Das einzige Problem war, dass sie davon überrascht wurden, als sie sich am Rand des Gebiets befanden, fast fünfzig Meilen von dort entfernt, wo das Flugzeug ins Meer gestürzt war.

»Bin schon dabei«, sagte Stone, und das Schiff schwang herum, und die Kryopumpen begannen zu kreischen.

Juan musste sich abermals in den Kapitän des chinesischen Tarnkappenschiffs versetzen, und er bedauerte eine früher getroffene Entscheidung. Er hatte den Speicherstick mit den Informationen, die er auf dem Autotransporter heruntergeladen hatte, nicht an Eric und Mark weitergegeben, weil er wusste, dass sie die Nacht damit verbringen würden, ihn zu analysieren, und er brauchte sie frisch und ausgeschlafen. Jetzt begriff er, dass er sehr viel mehr über die Fähigkeiten seines Gegners wissen musste.

Über die Sprechanlage meldete er sich unten in der Küche des Butlers neben der Kantine. »Maurice, hier ist Cabrillo. Sie müssen mir einen Gefallen tun.«

Der Engländer erwiderte: »Ich versichere Ihnen, Käpt'n, dass alles, was ich für Sie tun werde, nicht unter die Rubrik Gefallen fällt, denn schließlich bezahlen Sie mich sehr gut für meine Dienste.«

»Auch gut«, erwiderte Juan. »In der mittleren Schublade meines Schreibtisches liegt ein USB-Stick. Würden Sie den bitte in meinen Computer einstecken?«

Eric und Mark sahen ihn an wie zwei Hunde einen Rindsknochen. Sie waren mit Cabrillos früherer Entscheidung nicht sehr glücklich gewesen und konnten es jetzt kaum erwarten, endlich einen Blick auf das zu werfen, was überraschenderweise in ihre Hände gelangt war.

Eine Minute später waren die Informationen in den Hauptcomputer geladen und ins Englische übersetzt worden, und schon klebten die beiden an zwei Tablet-Computern.

Vor einem nächsten Angriff auf den Träger musste Juan noch in Erfahrung bringen, welche neue Position das Tarnkappenschiff einnehmen würde. Linda unterbrach seine stummen Grübeleien. »Es sieht so aus, als sei eben gerade ein Rettungshubschrauber von der *Stennis* gestartet. Und offenbar verlässt einer der Zerstörer die Formation, um Nachforschungen anzustellen.«

Cabrillo wusste auch, dass die U.S. Navy über die Anwesenheit der *Oregon* nicht sehr glücklich wäre. Im Gegenteil, er erwartete sogar, sofort zum Abdampfen aufgefordert zu werden, erst recht in diesem Moment, da sie eins ihrer Kampfflugzeuge verloren hatten. Doch der alte Trampdampfer war der eine Joker, von dem der chinesische Kapitän nicht ahnte, dass er ebenfalls im Spiel war. Er hatte sicherlich amerikanische Seekriegstaktik und -doktrin studiert und konnte sich alle möglichen Reaktionen auf nahezu jedes Szenario ausrechnen. Aber er wusste nicht, dass die Corporation ihn im Visier hatte. Juan musste einen Weg finden, diesen Vorteil auszunutzen.

»Sie haben recht mit Ihrer Einschätzung, dass er Mist gebaut hat«, sagte Eric und blickte von seinem Tablet hoch. »Wenn das Magnetfeld aktiviert wird, legen sie damit ihr Radar lahm. Und da der Jet in den Wolken war, hatten sie keine Ahnung, dass er sich auf dem Rückflug befand.«

»Wie groß ist das Feld, das sie errichten können?«, fragte Cabrillo. »Welche Reichweite hat es?«

»Diesen Abschnitt lese ich gerade«, sagte Murph. »Ich brauche noch ein bisschen Zeit. Die mathematischen Berechnungen sind ziemlich kurios.«

Er drehte das Tablet, damit Eric einen Blick auf den Bildschirm werfen konnte, und schon bald unterhielten sie sich im Flüsterton über Gauß-Verteilungen, Ereignis-Wahrscheinlichkeiten und Terawattstärken. Die restliche Mannschaft verstand nur wenig.

Angesichts der Wetterlage und der schlechten Sicht brauchte sich das chinesische Tarnkappenschiff nur höchstens zwei Meilen vom Absturzort zu entfernen, um sich zu verstecken. Es benötigte seinen magnetischen Schutzschirm überhaupt nicht, bevor es einen weiteren Angriff auf die *Stennis* versuchte. Juan fragte sich, ob sie sich wohl ein größeres Sicherheitspolster genehmigten. Ein Zerstörer der Arleigh-Burke-Klasse verfügte über eines der leistungsfähigsten Radarsysteme, die je auf einem Schiff eingebaut worden waren. Wie weit vertrauten die Chinesen auf die Tarnkappenfähigkeit ihres Schiffes? Wären zwei Meilen genug, oder würden sie sich noch weiter zurückziehen?

Anstelle des chinesischen Kapitäns hätte er sich mehr Raum verschafft und auf eine neue Gelegenheit gewartet. Sie waren noch immer fast dreihundert Meilen von den Inseln entfernt und mindestens zweihundert Meilen von der Position, die der Flugzeugträger-Kampfverband einnehmen würde.

Cabrillo traf eine Entscheidung. »Mr. Stone, Kurs zwei Strich Backbord, bitte.«

»Meinst du, er verpisst sich?«, fragte Max, die erkaltete Pfeife zwischen den Zähnen.

»Nein. Er geht wohl nur ein wenig auf Distanz. Dazu wechselt er zuerst auf Nordost- und dann auf Südostkurs, um in seine Abfangposition zurückzukehren.«

Sie belauschten den Rettungsversuch der Navy. Ein Seahawk-Helikopter schwebte zwanzig Minuten nach dem Vorfall über dem Bereich, in dem die Super Hornet ins Meer gestürzt war, aber dann empfing die *Oregon* einen direkten Funkruf.

»Achtung für das Schiff bei« – die weibliche Stimme rasselte die Längen- und Breitenkoordinaten der *Oregon* auf die Sekunde genau herunter – »Sie sind im Begriff, in militärisches Sperrgebiet einzudringen. Bitte ändern Sie Ihren Kurs.«

Ehe Juan antworten konnte, machte ihn Linda darauf aufmerksam, dass einer der patrouillierenden Jets seine CAP-Mission abgebrochen hatte und nun Kurs in ihre Richtung nahm.

»Wie lange, bis er hier ist?«

»Etwa drei Minuten. Die Häuptlinge haben ihm erlaubt, seinem Vogel die Sporen zu geben. Er nähert sich mit eintausend Knoten.«

Die Hornet musste durch die Wolkendecke stoßen, um sich einen visuellen Überblick zu verschaffen, und das bedeutete, dass der Pilot ebenfalls die Geschwindigkeit drosseln musste. Womit sie weitere zwei Minuten gewannen. Die *Oregon* machte knapp über vierzig Knoten. Das allein war schon ungewöhnlich. Aber dieses Tempo bei einem durch und durch heruntergekommenen Rosteimer würde einiges an Misstrauen wecken. Den Zerstörer könnte er vielleicht täuschen, weil man das Geschehen dort nur über einen Radarschirm verfolgen konnte. Doch sobald der Jetpilot sie gesehen hatte, war die Katze aus dem Sack. Juan musste bremsen, und doch brauchte er das Tempo, um das Tarnkappenschiff einzuholen.

»Es ist variabel«, sagte Mark Murphy.

»Wie bitte?«, fragte Juan irritiert. Eine Ablenkung konnte er gar nicht brauchen.

»Das Magnetfeld. Es ist bis zu fünfzehn Meilen variabel, aber auf diese Entfernung ist das Schiff immer noch unsichtbar – na ja, größtenteils. Die Scherkräfte, mit denen wir es nach Lindas Rettung zu tun hatten, kann man allerdings vernachlässigen.«

»Ist das Schiff überhaupt bewaffnet?«

»Nicht, soweit ich von hier aus feststellen kann, aber wir haben hier ein wahres Gebirge an Informationen, und wir haben gerade erst angefangen, die Ausläufer anzukratzen.«

Cabrillo glaubte nicht, dass das Schiff bewaffnet war. Das Magnetfeld war die eigentliche Waffe, und um seine volle Wirkung zu entfalten, musste die Entfernung so gering wie möglich gehalten werden.

»Ein Gebirge von Daten?«, spöttelte Max. »Ein Sprachkünstler sind Sie nicht gerade.«

Cabrillo machte Anstalten, auf den Funkruf zu antworten, als der Klang der Frauenstimme ein zweites Mal das Operationszentrum ausfüllte. »Achtung, unidentifiziertes Schiff, hier ist die USS *Ross*. Wir sind ein Lenkwaffenzerstörer, und Sie dringen in militärisches Sperrgebiet ein. Kehren Sie sofort um, oder wir ergreifen Maßnahmen, um Sie zum Verlassen dieses Gebiets zu zwingen. Haben Sie verstanden?«

Juan wusste, dass diese Drohung ein Bluff war. Sie waren bislang noch ziemlich weit vom Flugzeugträger entfernt, obgleich die *Ross* auch zum Schutz des Absturzortes abkommandiert sein konnte. So oder so war noch nicht mit einer gewaltsamen Konfrontation zu rechnen.

»Chairman«, rief Linda, »sie haben gerade eben zwei weitere Flugzeuge gestartet, und die nehmen Kurs auf unsere Position.«

Die Navy reagierte erheblich aggressiver, als er erwartet hatte. Ohne Zweifel waren diese beiden Maschinen mit Anti-Schiffsraketen bewaffnet, wahrscheinlich Harpoons. Er schaltete sein Mikro ein. »USS *Ross*, hier spricht Kapitän Juan Rodriguez Cabrillo von der *Oregon*. Bitte wiederholen Sie.«

Cabrillo wusste nicht, wie er in dieser Angelegenheit verfahren sollte. Er bezweifelte zwar, dass er sie würde überreden können, ihn passieren zu lassen, aber er war ebenso überzeugt, dass die Wahrheit sie auch nicht viel weiter bringen würde.

»Sie sind im Begriff, in eine militärische Sperrzone einzudringen. Sie müssen Ihren derzeitigen Kurs um mindestens neunzig Grad ändern.«

»Diese F-18 ist in etwa dreißig Sekunden hier«, meldete Linda.

Sie hatten noch Meilen bis zu dem Punkt vor sich, wo sich das Tarnkappenschiff nach seiner Einschätzung verbarg. Plötzlich kam ihm in den Sinn, dass sich das Schiff frühzeitig getarnt hatte, weil seine Mannschaft wusste, dass sie von einem amerikanischen Spionagesatelliten überflogen wurde. Für die neue Generation Himmelsaugen war eine dichte Wolkendecke, wie sie in diesem Moment über ihnen hing, kein Hindernis mehr. Daher wusste der Chinese jetzt, dass er geortet werden konnte und sich zum Schutz vor Entdeckung tarnen musste.

»Passiver Radarkontakt!«, rief Mark Murphy.

»Die *Ross*?«

»Nein. Der erste Flieger.«

Juan stieß einen Fluch aus. Er hatte sich auf die amerikanische Zurückhaltung verlassen, die verbot, zuerst zu schießen und dann erst Fragen zu stellen. Dass die F-18 sie ins Visier nahm, war kein Bluff mehr, denn ein ziviles Schiff hätte es gar nicht wahrnehmen können. Entweder vermuteten sie, dass die *Oregon* ein chinesisches Kriegsschiff war, oder es war ihnen egal, ob sie einen Zivilisten versenkten.

Die Mastkamera konzentrierte sich auf einen Fleck, der aus der dichten Wolkendecke herausfiel und schnell zu einem schlanken Kampfflugzeug anwuchs. Seine Geschwindigkeit lag knapp im Unterschallbereich, so dass sein Lärm das Schiff bereits einhüllte, bevor der Jet im Niedrigflug darüber hinwegraste und es sogar unten im Operationszentrum zu spüren war.

»Hier ist Viper Seven.« Der Bordcomputer der *Oregon* dechiffrierte den Funkverkehr so schnell, dass man fast den Eindruck haben konnte, den Piloten in Realzeit zu hören. »Es ist kein Kriegsschiff, sondern ein uralter Frachter.«

»Laut unserem Radar macht er vierzig Knoten«, entgegnete der Controller auf dem Flugzeugträger.

»Ich lüge nicht«, protestierte der Pilot. »Er hat eine riesige Heckwelle und einen verdammt dicken Knochen zwischen den Zähnen.«

»*Oregon*, hier ist die USS *Ross*. Antworten Sie sofort. Dies ist unsere letzte Warnung.«

»Linda, wie weit sind die anderen Jets entfernt?«

»Fünf Minuten.«

»Viper Seven«, sagte der Controller. »Waffeneinsatz ist freigegeben. Setzen Sie ihnen eine Ladung vor den Bug. Das wird den Idioten zeigen, dass wir es ernst meinen.«

»Waffenkontrolle«, rief Juan zu Mark Murphy hinüber, »halten Sie sich zurück.«

»Roger.«

Er wusste zwar, dass Murph auf den bevorstehenden Angriff nicht reagieren würde, hatte jedoch das Gefühl, als müsste er den Befehl trotzdem geben.

Die F-18 war bereits eine enge Kurve geflogen und kam zurück, als der Feuerbefehl erteilt wurde. Der Pilot veränderte seinen Kurs so geringfügig, dass die Maschine den Kurs des Schiffes knapp vor dem Bug kreuzte, anstatt seine Kommandobrücke zu überqueren. Bei einer Distanz von einer halben Meile löste er die sechsläufige 20-mm-Gatling-Kanone aus und schickte eine Geschosssalve auf die Reise, die so dicht am Bug des alten Frachters vorbei-raste, dass die beiden letzten Projektile ihren Farbanstrich versengten. Dann aktivierte die F-18 ihre Nachbrenner und kreischte in einer wütenden Demonstration militärischer Macht über das Schiff hinweg.

Sie konnten es sich nicht leisten, dieses Hähnchenspiel fortzusetzen. »USS *Ross*, hier ist die *Oregon*. Bitte nicht mehr feuern.« Juan setzte alles auf eine Karte. »Hören Sie gut zu. In diesen Gewässern operiert ein chinesisches Tarnkappenschiff. Es benutzte eine modifizierte EMP-Waffe, um Ihren Kampfjet zu neutralisieren.« Er wollte nicht erklären, weshalb es unsichtbar war.

»Unsere Flieger sind gegen EMP-Waffen geschützt«, antwortete die Frau an Bord des Zerstörers. »Wir werden es als Provokation betrachten, wenn Sie Ihren Kurs beibehalten. Drehen Sie sofort ab, sonst nehmen wir Ihr Schiff ins Visier.«

Cabrillos Stimme klang jetzt verzweifelt. »*Ross*, ich bitte Sie. Feuern Sie nicht. Da draußen lauert ein echter Feind, der die *Stennis* versenken will.«

Die Frau – Cabrillo vermutete in ihr nicht den Kapitän, sondern eher den Ersten Offizier der *Ross* – meldete sich wieder mit wachsamer Stimme: »Was wissen Sie von der *Stennis*?«

»Ich weiß, dass sie von derselben Waffe angegriffen werden soll, die bereits Ihren Jet zum Absturz gebracht hat.«

»Ich warne Sie zum letzten Mal. Kehren Sie sofort um. Wenn wir wieder feuern, dann geschieht es nicht mehr zur Abschreckung.«

Resignierend antwortete Cabrillo: »Wie Pat Benatar so schön gesungen hat: ›Hit me with your best shot.‹«

»Jetzt verstehe ich erst, was sie damit gemeint hat«, sagte Hali.

»Warum ist die Navy so aggressiv? Wäre es nicht nett gewesen, wenn Overholt uns angerufen und gewarnt hätte?«, fragte Max mürrisch.

»Verdammt.« Juan angelte sein Mobiltelefon aus der Gesäßtasche und tippte auf Overholts Kurzwahlnummer. Mit ein wenig Glück schaffte er es, dass die Navy auf eine weitere Konfrontation verzichtete. Die F-18 beendete ihre Kehre und beschleunigte. Sie kam genau auf sie zu, wütend wie ein Monster, aber Juan wusste, dass es lediglich eine Finte war, weil der Flugzeugträger noch keinen Feuerbefehl gegeben hatte.

Das Telefon summte ein viertes Mal und schaltete auf die Mailbox um. In Sachen Mobiltelefon war Overholt wie ein Schulmädchen. Er hatte es stets bei sich und bewahrte es nur selten an einem Ort auf, wo er sein Rufzeichen nicht hören konnte. Seltsam, dass er das Gespräch jetzt nicht annahm.

»Lang, hier ist Juan«, sagte Cabrillo nach dem Piepton. »Ruf mich so bald wie möglich an. Die Navy möchte die *Oregon* in einen Schweizer Käse verwandeln.«

Die Super Hornet flog über die *Oregon* hinweg, und zwar in einer derart geringen Höhe, dass der Triebwerkslärm, die Schwingungen und der brutale Luftstrom ihrer Strahlturbinen sämtliche Fenster der Kommandobrücke zertrümmerten und in einen Scherbenregen verwandelten, der jedem, der sich dort aufgehalten hätte, Verletzungen zugefügt hätte.

»Hier ist Viper Seven. Ich habe ihnen gerade die Brückenfenster mit meinem Auspuff zerblasen. Das müsste reichen, um sie zum Umkehren zu bewegen.«

»Roger, Viper Seven, aber bringen Sie sich in Position für einen Angriff, falls dieser selbstmörderische Idiot nicht verschwindet. Ausschließlich Kanonenfeuer.«

»Ich wende jetzt. Und ich habe nur Luft-zu-Luft-, keine Luft-zu-Boden-Munition, daher würden meine Raketen gegen ein so großes Schiff nichts ausrichten.«

Juan studierte das Radarbild, das auf den Hauptbildschirm geschaltet war. Zwei weitere Kampfjets der *Stennis* hielten sich in zwanzig Meilen Entfernung bereit, aber ihre Raketen würden die Distanz innerhalb von wenigen Sekunden überwinden.

»Kapitän Cabrillo von der *Oregon*, hier spricht Commander Michelle O'Connell von der USS *Ross*. Würden Sie jetzt endlich beidrehen?«

Juan antwortete nicht. Sollten sie doch denken, sie hätten jeden Anwesenden auf der Kommandobrücke getötet. Damit brauchte die Mannschaft ein paar Minuten, um eine neue Ruderwache zu organisieren. Auf diese Weise gewännen sie weitere Zeit.

»*Ross* an die *Oregon*, verstehen Sie mich?«, fragte O'Connell. In ihrer Stimme lag ein besorgter Unterton. »Ist jemand dort? Die USS *Ross* ruft das Frachtschiff *Oregon*.«

Juan ließ sie schmoren.

Über das militärische Funknetz hörte er mit, wie O'Connell sich mit dem Oberkommandierenden des Kampfverbands, Admiral Roy Giddings, über die weitere Vorgehensweise beriet. Am Ende wurde die F-18 zu einem zusätzlichen Aufklärungsflug zurückbeordert, um sich Gewissheit zu verschaffen, ob sich jemand auf der Kommandobrücke aufhielt. Daher näherte sich die Maschine diesmal mit Mindestgeschwindigkeit.

»Negativ«, funkte Viper 7. »Ich sehe da oben niemanden.«

»Sie sind nahe genug«, sagte Giddings. »Viper Seven, nehmen Sie sie in Höhe der Wasserlinie unter Beschuss. Sie, *Ross*, halten sich bereit, um die Mannschaft aufzunehmen, wenn sie in die Rettungsboote steigt.«

»Roger.«

Der Kampfjet stieß wie ein Adler auf sie herab, und sobald er in Schussweite war, hämmerte die 20-mm-Kanone los. Die gehärteten Projektile trafen das Schiff in Bugnähe über und an der Wasserlinie, so dass Gischt aufwallte, als ob es von einem Torpedo erwischt worden wäre. Kein Geschoss durchschlug den Rumpf. Die Panzerung der *Oregon* lenkte sämtliche Geschosse ab. Jedes andere Schiff wäre nach dieser Attacke tödlich getroffen gewesen und bei der gleichen Geschwindigkeit innerhalb von Minuten kopfüber gesunken.

Das alte Mädchen jedoch pflügte weiter durch die See, als sei nichts geschehen.

»Viper Seven, Lagebericht«, verlangte Giddings Sekunden später, während der Kampfjet das Schiff umkreiste wie ein Wolf ein verwundetes Reh.

»Nichts«, meldete Viper 7 schließlich enttäuscht. »Es ist nichts passiert. Ich habe sie getroffen, aber sie sinkt nicht.«

»Alert One«, rief Giddings. Das musste die führende Maschine der beiden Hornets sein, die sie hatten aufsteigen lassen. »Bereiten Sie Abschuss von Harpoon vor.«

Weil sogar der Supercomputer der *Oregon* einige Zeit brauchte, um die militärische Verschlüsselung zu knacken, hatte die Maschine bereits gewendet, und die Anti-Schiffsrakete war unterwegs.

»Waffenkontrolle!« Ein paar 20-mm-Geschosse einzustecken war die eine Sache. Bei einer knappen Vierteltonne Hochleistungssprengstoff sah es jedoch völlig anders aus.

»Bin schon dran.«

Die Harpoon-Rakete sank bis dicht über die Wasseroberfläche herab und beschleunigte auf fünfhundert Meilen pro Stunde. Ihr Radar fasste sofort das einzige Ziel auf, das sich anbot, und lenkte den Marschflugkörper mit roboterhafter Präzision.

Mark Murphy öffnete die Klappen, die die Hauptverteidigungswaffe der *Oregon* verbargen, und versetzte die sechsläufige Gatling, einen Klon der Waffe, mit der ihre Angreifer ausgerüstet waren, in optimale Schussrotation. Ihr eigenes Zielradar, das sich in einer Kuppel befand, die auf der Waffe thronte, hatte ihr zum Spitznamen R2-FU verholfen, weil sie damit wie der nette kleine Android aus den *Star-Wars*-Filmen aussah, allerdings verfolgte sie hässlichere Absichten.

Als die Harpoon noch eine Meile entfernt war, eröffnete die Gatling das Feuer und schleuderte ihr eine Sperrwolke Wolframstahl entgegen, durch den die Harpoon hindurchfliegen musste, um ihr Ziel zu erreichen. Es war das alte Problem, ein Geschoss mit einem anderen Geschoss zu treffen, aber in diesem Fall hatte die Gatling mehr als eintausend abgefeuert, allesamt genau auf die Rakete gezielt.

Die Harpoon explodierte weit vor dem Schiff, und Murph brachte die Kanone zum Schweigen. Bruchstücke der Rakete pflügten durch den Ozean, während der Feuerball aufwallte und sich verformte, als sich der starke Raketenmotor der Harpoon in seine Bestandteile auflöste.

Im Operationszentrum verfolgten sie den Verlauf des Duells über eine Kamera, die in der Nähe der Kanone installiert war. Die Auflösung reichte zwar nicht aus, um die Rakete während ihres Zielflugs zu sehen, aber alle applaudierten, als das gelborangefarbene Explosionsfeuer plötzlich aufloderte.

»Juan!«

»Was ist?«

Es war Linda. Sie deutete auf die untere Ecke des großen Bildschirms, wo in einem Fenster das Bild der Mastkamera übertragen wurde, die weiterhin die F-18 verfolgt hatte. »Er ist gerade verschwunden.«

»Wer?«

»Der Kampfjet. Noch während ich hingesehen habe, löste er sich vollständig auf. Ich habe auf dem Radarschirm nachgesehen, und jetzt ist er weg.«

Cabrillo biss die Zähne zusammen. »Steuermann, gehen Sie auf Kurs siebenunddreißig Grad. Volle Kraft voraus. Waffenkontrolle, Kanone schussbereit machen.«

»Hier ist Alert One«, meldete sich der Pilot des führenden Kampfjets und berichtete: »Sie haben so etwas wie die Sea Whiz, die Gatling-Kanone, die unsere Navy benutzt. Damit haben sie meine Rakete abgeschossen.« Und dann meldete der Pilot: »Und ich habe Viper Seven nicht mehr auf dem Schirm.«

»Verstanden, Alert One. Alle abfeuern. Ich wiederhole, alle abfeuern. Sie und Alert Two.« Diesmal gab Commander O'Connell an Bord der *Ross* die Befehle, und es gab keinen Einwand von Seiten des Admirals an Bord seines Flaggschiffs. »Ich wusste doch, dass dieser Kerl einer von den Bösen ist.«

Cabrillo spürte, wie das Blut aus seinem Gesicht wich. Jetzt gab es nichts mehr, was er tun konnte. Die Harpoons mit der Gatling auszuschalten war das, wozu das System konstruiert worden war. Diesmal wären sieben Raketen auf sie gerichtet. Wenn sie Glück hatten, würden vier davon ausgeschaltet werden, und das wäre ein Riesenglücksfall, aber drei würden durchkommen, ins Schiff eindringen und mit genügend Wucht explodieren, um den Rumpf aufzureißen wie eine überreife Banane. Ihnen blieben nur noch wenige Minuten.

Aber sie hielten ihren Kurs, wobei Wasser mit unvorstellbarer Wucht aus den Abtriebsrohren gepresst wurde, der Bug durch die See pflügte und zwei identische weiße Wasserwälle vor sich herschob.

»Chairman, ich habe kein Ziel«, sagte Mark.

»In einer Minute.« Juan studierte den Bildschirm und registrierte die Position, in der Linda Viper 7 hatte verschwinden sehen.

»Dir ist hoffentlich klar, dass wir uns in der sprichwörtlichen Position zwischen Hammer und Amboss befinden«, sagte Max.

»Es wird noch schlimmer. Ich habe die Absicht, den Amboss zu rammen.«

»Das letzte Mal ist es uns dabei nicht sehr gut ergangen«, erinnerte ihn Hanley.

Cabrillo aktivierte die schiffsweite Sprechanlage. »Mannschaft, hier spricht der Chairman. Vorbereiten auf Kollision.« Dann blickte er über die Schulter seinen alten Freund an. »Das letzte Mal haben wir das Magnetfeld gestreift. Das ist seine tödliche Wirkung. Wenn ein Schiff schräg auftrifft, wird es aus dem Gleichgewicht gebracht und kentert, aber wenn wir frontal darauf zuhalten, müssen wir mitten hindurch fahren. Ist es nicht so, Freunde?«

Mark und Eric wechselten einige Worte, ehe Stone Murph ein Zeichen gab, dass er darauf antworten solle. »In der Theorie ist das ein guter Gedanke, aber wir werden die Scherkräfte trotzdem zu spüren bekommen. Sie werden uns vielleicht nicht zum Kentern bringen, aber sie könnten den Bug so weit hinunterdrücken, dass das Schiff sinkt, als sei es mit Gewalt ins Wasser getaucht worden.«

»Siehst du«, gab Juan mit einem optimistischen Unterton zurück.

Das Geräusch von reißenden Stoffbahnen hallte durch die *Oregon*, als die Gatling eine der Harpoons zerschredderte. Niemand schenkte dem Treffer auch nur die geringste Beachtung. Alle starrten auf den Bildschirm der vorderen Kamera. Sie näherten sich unaufhaltsam dem unsichtbaren Feld.

Juan überprüfte noch einmal ihre Position, berechnete Winkelmaße und Abdrift, Windrichtung und einige andere Faktoren. »Steuermann, ein Grad nach Steuerbord.«

Das Schiff begann soeben zu reagieren, als der gesamte Rumpf taumelte, als wäre ihm die See hinter dem Bug weggesaugt worden. Es war ein Gefühl, als stürzte man einen Wasserfall hinab. Sie hatten die Glocke der optoelektronischen Tarnung, die das chinesische Kriegsschiff verbarg, erreicht, und die *Oregon* drang nun in sie ein und hindurch, wobei die magnetischen Kräfte ihren Rumpf mit unterschiedlicher Intensität attackierten. Das Heck blieb unbehelligt, während der Bug mit unvorstellbarer Kraft gepackt wurde.

Hinzu kam dann dieses ganz besondere Geräusch, ein transsonisches Trommeln, das tief in den Schädel eindrang. Juan presste die Handflächen auf die Ohren, aber es nutzte wenig. Es schien, als sei der Klang bereits in seinem Kopf, hallte von den Knochen wider und versuchte, sein Gehirn zu zermatschen. Darüber ertönte das schrille Kreischen misshandelten Metalls. Es klang, als werde der gesamte Kiel verbogen. Der Neigungswinkel wurde steiler. Max klammerte sich an die Lehne von Juans Sessel, um nicht zu Boden geworfen zu werden. Lose Gegenstände rollten in Richtung der vorderen Wand. Die Lampen flackerten, und einige Computerschirme verdunkelten sich, da ihr Innenleben nicht ausreichend gegen Magnetwellen und andere unsichtbare Kräfte gesichert war, die das Licht um das Tarnkappenschiff herumlenkten und es auf diese Art und Weise unsichtbar machten.

Der Hauptbildschirm explodierte ohne Vorwarnung, weil die metallene Wand stärker durchgebogen wurde, als es das Glas erlaubte. Mark und Eric wurden mit Scherben überschüttet, aber beide hatten sich instinktiv vorgebeugt und geduckt, so dass sich ihre Verletzungen auf ein paar harmlose Schnitte im Nacken beschränkten.

Die *Oregon* wurde nach vorn gekippt, so dass ihre Antriebsrohre aus dem Ozean auftauchten. Zwei massive Wassersäulen schossen in den Himmel wie die Fontänen aus Feuerwehrschläuchen, die unter Hochdruck standen. Nur ein paar Grad mehr, und die *Oregon* wäre unter Wasser gedrückt worden – ohne jede Hoffnung, jemals wieder aufzutauchen und sich zu erholen. Juan hatte einen hohen Einsatz riskiert und verloren. Sein geliebtes Schiff war den Kräften, die es hatte überwinden sollen, offensichtlich nicht gewachsen. Die *Oregon* hatte alles gegeben, aber es hatte nicht ausgereicht. Der Gegner war zu stark.

Die Bewegung erfolgte so plötzlich, dass Max beinahe

gegen die Decke prallte. Das Schiff hatte sich durch den unsichtbaren Saum der optoelektronischen Tarnung hindurchgearbeitet und richtete sich nun so schnell und tanzend wieder auf wie ein Badespielzeug. Der Lärm, der sie so heftig gequält hatte, verstummte, als wäre er niemals erklungen. Die *Oregon* machte einen schwankenden Satz vorwärts, als die Kraft ihrer Motoren wieder gegen den Widerstand des Ozeans ankämpfte.

Ohne Wissen der Mannschaft trafen die sieben Harpoons die Barriere nur Sekunden später und versagten auf Grund des elektromagnetischen Impulses, der ihre Elektronik verbrannte, spektakulär. Ohne irgendwelchen Schaden anzurichten, fielen sie ins Kielwasser der *Oregon* und versanken.

»Sind alle okay?«, fragte Juan.

»Was für ein Teufelsritt!«, rief Murph begeistert.

Als feststand, dass im Operationszentrum niemand zu Schaden gekommen war, und Max schon begann, die restliche Besatzung zu überprüfen, ging Cabrillo auf dem in seinen Sessel integrierten Minibildschirm die Videos der verschiedenen Außenkameras durch. Anders als zum Zeitpunkt ihrer ersten Begegnung mit der Barriere war diesmal ein großer Teil des Schiffes gegen EMPs gesichert gewesen. Gewiss war es zu Schäden gekommen, aber die Maschinen waren nicht ausgefallen, und die Energieversorgung war nicht unterbrochen worden. Wie er erwartet hatte, trieb eine Meile entfernt das seltsam geformte Tarnkappenschiff. Er hätte wirklich gerne gewusst, was seinem Kapitän in diesem Moment durch den Kopf gehen mochte.

»Waffenkontrolle, sehen Sie, was ich sehe?«

»Ja, Sir«, sagte Murph mit einem wölfischen Grinsen.

»Habe ich Feuererlaubnis?«

»Feuer frei. Und hören Sie erst auf, wenn nichts mehr davon übrig ist.«

Die große 120er im Bug spuckte Feuer, und bereits einen winzigen Moment später traf der Schuss mitten ins Ziel. Ein weiterer folgte, ehe sich der Mündungsqualm verzogen hatte. Und ein dritter ein paar Sekunden später. Erst dieses Projektil traf ein wichtiges technisches Element, das wahrscheinlich von Tesla entdeckt oder entwickelt und mehr als ein Jahrhundert lang modifiziert und verändert worden war. Denn als es getroffen wurde, verdampfte das, was von dem Tarnkappenschiff noch übrig war, in einer irisierenden Wolke blauen Lichts und greller Blitze elementarer Elektrizität. Es geschah zu schnell für Auge und Geist, und sogar später – bei der geringsten möglichen Geschwindigkeit betrachtet – lief dieser Akt der Zerstörung nahezu blitzartig ab. Alles, was übrig blieb, waren winzige Bruchstücke des Kompositrumpfs und ein in allen Farben schillernder Fleck Dieseltreibstoff auf dem Wasser.

Aus den Deckenlautsprechern drang das aufgeregte Durcheinander zahlreicher Stimmen. Sie gehörten einer zutiefst verwirrten Schar von Matrosen und Fliegern, die soeben beobachtet hatten, wie ein Schiff, fast doppelt so lang wie ein Footballfeld, im Zeitraum eines Lidschlags verschwunden war, nur um ein paar Sekunden später wieder da zu sein, ganz zu schweigen davon, dass die Raketen, die sie abgefeuert hatten, ebenfalls verschwunden waren.

»Commander O'Connell, hier spricht Juan Cabrillo von der *Oregon*. Wir brechen unsere Aktion ab und erwarten weitere Anweisungen.«

»Bitte erklären Sie, was da eben geschehen ist.«

»Denken Sie an eine Tarnvorrichtung. Ich erwähnte

doch, dass hier draußen ein chinesisches Kriegsschiff auf der Lauer läge. Geben Sie mir eine E-Mail-Adresse, und ich liefere Ihnen den Beweis.«

Mark nahm das Stichwort auf und bereitete eine digitale Datei von ihrem einseitigen Kanonenduell mit dem Tarnkappenschiff vor. Der Commander nannte eine Adresse.

Ein paar Minuten später meldete sich O'Connell wieder. »Wer sind Sie, und woher wussten Sie, dass dieses Schiff hier draußen war?«

Juans Mobiltelefon summte. Es war Overholt. »Eine Sekunde, Commander.« Er nahm das Gespräch an. »Lang, ich brauche deine Hilfe, um Admiral Giddings davon zu überzeugen, dass er und seine Leute nichts gesehen und nie von der *Oregon* gehört haben.«

»Hast du sie erwischt?«

»Ja, aber was unsere geheime Identität betrifft, ist die Katze aus dem Sack. Außerdem haben wir die ausführliche Beschreibung mitsamt entsprechenden Daten, wie das Tarnkappensystem funktioniert.« Vor seinem geistigen Auge sah er, wie Overholt sich begeistert die Hände rieb. Der Besitz dieser Pläne konnte einem in Washington eine Menge Einfluss verschaffen.

»Was immer du brauchst, mein Junge. Was immer du brauchst.«

»Du bist ein Schatz.« Er beendete das Gespräch und wandte sich wieder an den Commander. »In Kürze wird Admiral Giddings Sie anfunken und Ihnen erklären, dass es diesen Vorfall nie gegeben hat und Sie keinerlei Kenntnis von einem Schiff namens *Oregon* haben.«

»Hat die CIA jetzt ihre eigene Navy?«

»Wenn es das ist, was Sie annehmen, dann soll mir das recht sein. Außerdem müssen Sie einen Krieg verhindern, daher würde ich uns an Ihrer Stelle schnellstens aus dem Gedächtnis streichen und zusehen, dass ich meinen Job erledige.«

»Kapitän Cabrillo, ich möchte …« Ihr wurde plötzlich das Wort abgeschnitten. Als sie wieder zu hören war, hatte ihre Stimme einen ehrfürchtigen Unterton. Langston hatte sich selbst übertroffen. »Ich wünsche Ihnen einen schönen Tag, Käpt'n.«

»Das Gleiche wünsche ich Ihnen, Commander, und viel Glück.«

NEUNUNDZWANZIG

Zwei Tage später lag die *Oregon* an einer der langen Betonpiere in Naha City auf der Insel Okinawa vertäut. Sie befanden sich im zivilen, nicht im militärischen Teil des Hafens. Max hatte für zwei Wochen einen Liegeplatz reserviert und einige ehemalige Mannschaftsangehörige als Wachen für das Schiff angeheuert, während die aktuelle Crew ihren wohlverdienten Urlaub nahm.

Wie erwartet, hatte die Präsenz des schweren Flugzeugträger-Kampfverbands in der Region die Spannungen spürbar abgebaut. Man verhandelte bereits über eine gemeinsame Ausbeutung des neuen Öl- und Erdgasvorkommens.

Der alte Teddy Roosevelt hatte recht gehabt, dachte Cabrillo, als er an seinem Schreibtisch saß und die nötigen Büroarbeiten erledigte: Rede sanft, aber trage einen dicken Knüppel, und dickere Knüppel als einen atomgetriebenen Flugzeugträger gab es nicht.

Er nahm ein paar elektronische Geldüberweisungen vor und fühlte sich dabei ziemlich gut. Die meisten Mannschaftsangehörigen waren bereits zu ihren jeweiligen Urlaubszielen aufgebrochen. Es war erstaunlich, wie viele von ihnen in Dreier- oder Vierergruppen zusammenblieben. Sie arbeiteten und lebten tagaus, tagein miteinander und blieben doch, wenn sie die Gelegenheit bekamen, einige Zeit allein zu verbringen, erst recht zusammen. Andererseits waren sie eben auch mehr als Arbeitskollegen oder Crewmitglieder. Sie waren eine Familie.

Juan hätte am liebsten jeder Überweisung noch eine persönliche Botschaft hinzugefügt, wusste jedoch, dass Anonymität das Beste wäre. Er sendete Anweisungen an eine der Banken, derer sie sich auf den Cayman-Inseln bedienten, über eine Scheinfirma Spenden zu verteilen. Fünf Millionen gingen an Mina Petrowski. Sie könnten den Verlust ihres Ehemanns zwar nicht wiedergutmachen, ihr aber die Erziehung und Ausbildung ihrer beiden bildhübschen Töchter erleichtern. Er hatte keine Ahnung, ob sein Führer, der alte Fischer, auch eine Familie hinterlassen hatte, aber er schickte eine Spende an eine Stiftung, die Pensionäre und Rentner unterstützte, die durch die Zerstörung des Aralsees in Armut geraten waren. Das MIT erhielt ein Fünf-Millionen-Dollar-Geschenk zur Einrichtung des Wesley-Tennyson-Lehrstuhls für angewandte Physik. Er konnte sich gut vorstellen, dass der alte Professor daran Gefallen fand.

Juan würde keinen von ihnen jemals vergessen. Tote Männer, eine verwitwete Frau, und all das, nur damit ein paar andere Männer effizienter töten könnten. Es war eine traurige Erkenntnis.

»Klopf, klopf«, machte sich Max im offenen Türdurchgang bemerkbar.

»Ich dachte, du wärest längst weg.«

»Das Taxi kommt in zwanzig Minuten. Weißt du schon, was du machst?«

»Das kommt auf die Lady an.«

»Auf die Lady?«

»Ich habe Lang gebeten, seine Beziehungen noch einmal spielen zu lassen. Sie sollte in einer Woche versetzt werden, daher habe ich die letzte Chance ergriffen, und Commander O'Connell wird morgen Nachmittag hier eintreffen.«

Max war überrascht. »Du weißt doch nicht einmal, wie sie aussieht.«

Cabrillo lächelte. »Ist das wirklich so wichtig?«

»Nein. Ich glaube nicht.«

»Außerdem weiß sie auch nicht, wie ich aussehe. Ich habe den Commander kurz durch Mark überprüfen lassen und weiß jetzt, dass sie nicht verheiratet ist und mit Vornamen Michelle heißt.«

»Glückwunsch.«

»Ehe du verschwindest, willst du wissen, was Perlmutter mir heute Nacht gemailt hat?«

»Hat er immer noch weiter nachgeforscht, wie die *Lady Marguerite* in ein von Land umschlossenes Gewässer gelangt sein kann?«

»Gib dem Mann ein Rätsel, und schon ist er wie einer der Hardy Boyz.«

Max kratzte sich am Kinn. »Ich habe das Gefühl, unsere beiden Science-Fiction-Freaks werden enttäuscht sein.«

»Damit hast du dir glatt eine Zigarre verdient. Die Männer, die Tesla als Schiffsbesatzung für den Testlauf angeheuert hat, waren Gauner. Sie haben gleich nach dem Test das Boot gestohlen, und zwar mit allem, was nicht niet- und nagelfest war. Danach tauchte es in Havanna wieder auf. Es trug den Namen *Wanderer* und gehörte dem Eigentümer einer Zuckerrohrplantage. Er verlor das Boot beim Poker an einen brasilianischen Kartenhai, der es wiederum an einen marokkanischen Händler verkauft hat. Dann wechselte es immer wieder den Besitzer, bis es 1912 auf dem Schwarzen Meer in Sewastopol endete. Dort wurde das Schiff auseinandergenommen und – zuerst auf dem See-, dann auf dem Landweg – zum Kaspischen Meer und weiter zum Aralsee transportiert. Veranlasst wurde das Ganze von einem Türken namens Gamal

Farouk. Er wollte das Boot als Lockmittel für Investoren einsetzen, die sich an seinem Projekt, im See Fische zu züchten, beteiligen sollten. Heute spricht man von Aquakulturen. Damals war diese Idee ihrer Zeit weit voraus, und St. Julian glaubt, dass das Ganze ein Schwindel gewesen ist.«

»Er nimmt wirklich an, dass dieser Farouk so viel Geld für die Anschaffung des Bootes ausgegeben hat, um damit ein Schwindelunternehmen aufzuziehen?«

»Hast du mal die Baggerschiffe gesehen, die während des Goldrausches nach Klondike geschafft wurden? Diese Ungetüme waren zehn Mal so schwer wie die *Marguerite*, und ich möchte wetten, dass die Syndikate, die die Rechnungen dafür bezahlen mussten, das letzte Hemd verloren haben. Wie P. T. Barnum so schön sagte: Die Dummen werden nicht weniger.«

»Wie haben sie alles wieder zusammengebaut, als sie damit am See eingetroffen sind? Das ist der Punkt, der mich beinahe glauben lässt, dass Tesla die Teleportation erfunden hat.«

»Clever und simpel. Farouk hat Dynamit benutzt, um einen Fluss aufzustauen. Das Boot wurde im Flussbett zusammengebaut und zum Schwimmen gebracht, als man den Damm entfernte.«

Als Ingenieur musste Max einer solchen genialen Lösung des Problems uneingeschränkt Respekt zollen. »Was geschah mit unserem türkischen Schwindler?«

»An dem Tag, an dem sie das Boot vom Stapel laufen ließen, fuhren Farouk und zwei reiche Stammeshäuptlinge, die er als Investoren anwerben wollte, hinaus und kamen nicht mehr zurück. Das Boot versank und wurde erst wieder entdeckt, als sich der See zurückzog und austrocknete. Die Männer, die die *Marguerite* zusammenbauten, waren vermutlich Kameltreiber und Bauern. Als sie ihr Werk vollendet hatten, war die *Marguerite* wahrscheinlich so seetüchtig wie ein Betonklotz.«

»Ich glaube, ich ziehe Marks und Erics Erklärung vor, aber deine Story hat schon auch ihren Reiz«, sagte Max. Er sah auf die Uhr. »Ah, aber was ist mit ihrer Geschichte von den drei Franzosen, deren Leichen in Alaska gefunden wurden?«

»Drei Möglichkeiten«, erwiderte Juan, ohne zu zögern. »Möglichkeit eins, das Ganze ist ein Großstadtmythos ohne realen Hintergrund. Möglichkeit zwei, sie waren Franzosen, also könnte es die Folge eines Schabernacks mit katastrophalem Ausgang gewesen sein.«

»Okay, und Möglichkeit drei?«

»Sie haben mit einer Kraft herumgespielt, die Tesla im Verlauf einer Arbeit, die sich damit beschäftigte, Lichtstrahlen um ein Objekt herumzulenken, entdeckt hat. Aber das war eine Kraft, von der er lieber die Finger ließ, weil er sie nicht beherrschen konnte.«

»Und zu welcher Möglichkeit tendierst du?«

»Zu eins, aber ich denke, dass Nummer zwei ziemlich lustig gewesen wäre, und Nummer drei macht mir Angst, weil nur Gott allein weiß, mit welchen anderen Projekten Tesla damals noch befasst gewesen sein mag. Dieses hier hat jedenfalls beinahe einen Krieg ausgelöst. Das nächste Mal haben wir vielleicht nicht mehr so viel Glück.«

– E N D E –